Du même auteur, aux éditions Bragelonne :

« L'Histoire en marche », in *Faux Rêveur*
« Les Jardins de Saturne », in *Science-Fiction 2006*
« Gagner la paix », in *Le Nouveau Space Opera*

Chez d'autres éditeurs :

Quatre cents milliards d'étoiles
Les Conjurés de Florence
Féerie
La Lumière des astres
Sable rouge
Les Diables blancs
Glyphes
Une invasion martienne
Cowboy Angels

www.bragelonne.fr

Paul McAuley

La Guerre tranquille

Traduit de l'anglais (Grande-Bretagne) par Jean-Daniel Brèque

Bragelonne SF

Collection Bragelonne SF dirigée par Tom Clegg

Titre original : *The Quiet War*

Originellement publié en Grande-Bretagne par Gollancz Ltd, Londres,
une maison d'édition de The Orion Publishing Group.

Illustration de couverture :
© Sparth

ISBN : 978-2-35294-436-2

Bragelonne
35, rue de la Bienfaisance – 75008 Paris

E-mail : info@bragelonne.fr
Site Internet : www.bragelonne.fr

À Russel Schechter,
et à Georgina, naturellement

« Le *Herr Doctor* n'est pas psychologue. »

William Golding, *Chute libre*,
trad. Marie-Lise Marlière, Gallimard

Première partie

Réchauffement

Chapitre premier

Les garçons se réveillaient chaque jour à 6 heures quand les lumières s'allumaient. Ils se douchaient et s'habillaient, faisaient leur lit et rangeaient leur dortoir, puis subissaient l'inspection de l'un de leurs lecteurs. En guise de petit déjeuner, ils avalaient une portion de brouet de maïs et une petite tasse de thé vert. Ils mangeaient vite, chacun assis à la longue table face à l'un de ses frères, et on n'entendait que le bruit des cuillers en plastique raclant les bols en plastique. On comptait quatorze garçons en tout, aussi grands, pâles et élancés que de jeunes arbres écorchés. Leurs yeux étaient bleus. Leurs crânes rasés luisaient sous la lumière froide tandis qu'ils se penchaient sur leur repas frugal. Âgés de deux mille six cents jours, ils étaient pleinement formés mais conservaient des vestiges de gaucherie adolescente. Ils portaient une chemise et un pantalon en papier gris, et des sandales en plastique. Leur chemise était frappée d'un numéro en chiffres rouges, sur le torse comme sur le dos. Ces numéros ne formaient pas une séquence continue, car plus de la moitié du contingent originel avait été éliminée durant les premières phases du programme.

Après le petit déjeuner, les garçons se mettaient au garde-à-vous devant le grand écran, flanqués de leurs lecteurs et des avatars de leurs instructeurs. Un drapeau emplissait l'écran sur toute sa largeur et toute sa hauteur, un vrai drapeau filmé quelque part sur Terre, ondoyant doucement sous la brise. Son éclat vert inondait leurs visages et faisait crépiter leurs yeux tandis qu'ils se tenaient bien droits, en deux rangées de sept, la main droite plaquée sur le cœur, et récitaient le serment d'allégeance.

Le même rituel tous les matins. Le même film. Le même drapeau, ondoyant de la même façon. Le même coin d'azur visible une demi-seconde dans l'angle supérieur gauche, le ciel bleu de la Terre.

L'un des garçons, Dave n° 8, guettait ce petit éclair bleu chaque matin. Il se demandait parfois si ses frères le guettaient aussi, s'ils éprouvaient eux aussi un violent désir de connaître ce monde qu'ils avaient été créés pour défendre mais ne pourraient jamais visiter. Il n'en parlait jamais, même à son meilleur ami, Dave n° 27. Quand on ressentait un truc comme ça, une émotion qui faisait croire que l'on était différent de ses frères, on le gardait pour soi. La différence était une faiblesse et toute faiblesse devait être éradiquée. Néanmoins, au début de chaque journée, Dave n° 8 anticipait cet aperçu fugitif du ciel de la Terre et, chaque fois qu'il le voyait, il sentait dans son cœur une bouffée de désir.

Leurs lecteurs et leurs instructeurs récitaient eux aussi le serment d'allégeance. Les pères Aldos, Clarke, Ramez et Solomon étaient vêtus de leur robe blanche à ceinture de corde ; le visage de chaque instructeur flottait sur la visière de son avatar, une coque humanoïde en plastique. Les lundis, mercredis et vendredis, c'étaient des spécialistes en gestion des écosystèmes, en ingénierie et en sociologie ; le reste de la semaine, on enseignait aux garçons la théorie de la guerre, la psychologie et l'économie, ainsi que l'hindi, le japonais, le mandarin et le russe. Ils maîtrisaient déjà l'anglais, la *lingua franca* de l'ennemi, mais quelques-unes des factions adverses utilisaient encore l'idiome de leurs terres ancestrales, et ils se devaient de les maîtriser également.

Les instructeurs se chargeaient des cours théoriques pendant la matinée, les lecteurs des cours pratiques l'après-midi et le soir. Entretien et réparation d'un vidoscaphe, construction et déploiement de démons et de datamineurs, maniement en simulation de véhicules terrestres et aériens, scénarios d'immersion conçus pour que les garçons connaissent tous les détails de la vie quotidienne dans une cité ennemie. Ils pratiquaient les arts martiaux, la fabrication des bombes et le sabotage, et s'entraînaient avec des bâtons, des épées, des couteaux et tous les autres types d'armes, blanches ou contondantes. Leurs armes d'exercice étaient plus lourdes que la normale afin que les vraies leur soient d'un maniement plus facile. Ils apprenaient à démonter, à réparer et à utiliser les armes à feu dans toutes les conditions possibles et imaginables. Dans le noir absolu ; dans une centrifugeuse qui les secouait de la tête aux pieds ; dans des conditions extrêmes de chaleur ou de froid, dans une chambre climatique réglée sur pluie, neige ou tempête. Engoncés dans leur vidoscaphe. En milieu sous-marin.

Tous les dix jours, ils s'engageaient en file indienne dans un long tunnel ombilical débouchant sur la soute de chargement d'une navette, laquelle les amenait en orbite. Flottant en apesanteur dans un tube capitonné et dépourvu de hublots, où chacun de leurs mouvements devait partir du centre de masse et chacun de leurs coups entraînait une réaction égale et opposée, ils réapprenaient le combat à mains nues et à main armée dans un nouveau contexte.

Les lecteurs châtiaient la moindre de leurs erreurs. Le père Solomon, responsable des cours d'arts martiaux, était le plus enclin à user de sa matraque électrique. Dave n° 8 et ses frères s'épuisaient en affrontements à la boxe, à la capoeira et au karaté pour obtenir son approbation, mais la plupart d'entre eux avaient droit à au moins une décharge par séance.

Parfois, les cours pratiques recevaient la visite d'un avatar au visage féminin. Les lecteurs lui manifestaient une déférence singulière et s'empressaient de répondre à ses questions. En règle générale, elle ne disait pas un mot, se contentant d'observer les garçons au travail pendant quelques minutes, voire parfois une heure, avant que son visage s'efface de la visière de l'avatar, qui quittait alors le gymnase pour regagner son râtelier. Cette femme s'appelait Sri Hong-Owen. Les garçons avaient conclu depuis longtemps qu'il s'agissait de leur mère.

Peu leur importait qu'elle ne leur ressemble en rien. Après tout, on les avait conçus afin qu'ils soient identiques à l'ennemi, les traitant avec les mêmes thérapies géniques, les soumettant aux mêmes manips métaboliques, aux mêmes prétendues améliorations. Mais l'ennemi était humain avant de se pervertir, aussi les garçons étaient-ils sans doute d'origine humaine. Et comme ils étaient des clones, ce qui expliquait qu'ils portent des numéros et soient tous appelés Dave – une blague lancée par l'un des instructeurs, que les garçons avaient intégrée à leur propre mythologie –, ils avaient sûrement la même mère...

Rien ne leur prouvait que cette femme était leur mère, mais c'était ce que leur soufflait leur foi. Et la foi était plus forte que n'importe quelle preuve, car elle était issue de Dieu et non de l'esprit des hommes. La femme ne venait pas les voir souvent. Tous les cinquante jours environ. Sa présence leur était une bénédiction et ils travaillaient avec zèle, se sentant emplis de joie durant les jours suivants. Ces occasions mises à part, leur routine était inflexible, consacrée tout entière à l'apprentissage de la mort et de la destruction. À l'art de la guerre.

Le soir, après la messe, le souper et la séance d'examen de conscience au cours de laquelle les garçons confessaient tour à tour leurs péchés et subissaient les critiques de leurs frères, on en venait à aborder la politique. Des vidéos débordantes de mouvement, de couleur et de musique exaltante racontaient des récits de courage et de sacrifice tirés de l'histoire du Grand-Brésil, exposaient la façon dont l'ennemi avait trahi le genre humain en se planquant sur la Lune durant la Renverse, refusant ensuite de regagner la Terre pour participer à sa reconstruction et préférant s'enfuir sur Mars et sur les lunes de Jupiter et de Saturne, détaillaient la tentative d'un groupe de Martiens, qui avaient voulu attaquer la Terre en dévoyant sur une trajectoire de collision l'un des astéroïdes troyens dont l'orbite elliptique croisait l'orbite terrestre. Leur complot avait échoué et des volontaires pour une mission suicide avaient fait sauter des bombes à hydrogène au-dessus des colonies martiennes d'Ares Valles et de Hellas Planitia, pendant que d'autres détournaient une comète tombant vers le Soleil. Une série de bombes H avait ensuite désintégré cette comète, dont les débris avaient creusé un chapelet de gigantesques cratères le long de l'équateur martien, effaçant toute trace de présence humaine sur la planète rouge. Mais l'ennemi continuait à comploter dans ses nids et ses repaires, sur les lunes de Jupiter et de Saturne ; il s'affairait à ourdir le crime le plus monstrueux de l'histoire de l'humanité : la manipulation anti-évolutionnaire de leur propre génome.

La composition du dîner permettait aux garçons de deviner quel type de vidéo on allait leur montrer. Avant l'histoire et ses héros, ils savouraient leurs plats préférés, riches en sucre et en graisse ; le brouet et les légumes cuits servaient de prélude aux crimes contre l'humanité.

Quand ils en avaient le loisir, ce qui était rare, ils discutaient des héros qu'ils admiraient le plus et des batailles qu'ils auraient le plus aimé livrer, ils spéculaient sur la nature des affectations et des missions qui leur échoiraient une fois terminé leur entraînement. Même si la guerre n'avait pas encore été déclarée, il était clair qu'on les formait pour affronter l'ennemi. Dave n° 27, qui recevait du père Aldos des cours particuliers sur la foi et la nature de Gaïa, pensait que leurs actes héroïques leur vaudraient d'être réincarnés en êtres humains normaux. Dave n° 8 n'en était pas si sûr. Ces derniers temps, il était troublé par un paradoxe tout simple : si ses frères et lui étaient les fruits d'une technologie maléfique, comment pourraient-ils jamais servir le Bien ? Après avoir longuement ruminé cette question en solitaire, il s'était confié à Dave n° 27, qui lui avait dit que le Bien pouvait être issu du Mal, tout comme la plus belle des fleurs pouvait pousser sur le fumier. N'était-ce pas là l'histoire même de la race humaine ? Nous étions tous déchus. Chacun d'entre nous était souillé par le péché originel. Mais chacun d'entre nous pouvait atteindre le paradis à condition de se repentir et de cultiver sa foi, en louant Dieu et en prenant soin de Sa Création. L'ennemi lui-même pouvait avoir droit à la Rédemption, mais il reniait Dieu car il souhaitait devenir lui-même un petit dieu, régnant sur des petits paradis de sa conception. Des domaines qui n'avaient de paradis que le nom et étaient condamnés à devenir des enfers, châtiant ainsi l'*hybris* de leurs créateurs car ceux-ci étaient exempts de la grâce qui ne pouvait venir que de Dieu.

— Nous sommes des pécheurs de par notre naissance et notre figure, mais point de par nos actes, déclara Dave n° 27. Nous n'usons pas de nos talents pour nous rebeller contre Dieu mais pour Le servir. Peut-être même sommes-nous plus proches des anges que le commun des mortels, car nous sommes pleinement dévoués au service de la Trinité. Nous sommes les soldats d'une guerre sainte, prêts à donner notre vie avec joie pour Dieu, Gaïa et le Grand-Brésil.

Affolé par l'éclat qui illuminait les yeux de Dave n° 27, Dave n° 8 avertit son frère qu'il commettait le péché d'orgueil, un péché mortel.

— Notre vie est peut-être vouée à la défense de Dieu, de Gaïa et du Grand-Brésil, mais cela ne veut pas dire que nous sommes pareils aux héros des grandes histoires.

— Que sommes-nous, alors ?

— De simples soldats, répondit Dave n° 8. Ni plus ni moins.

Il ne souhaitait pas être exceptionnel. Fort heureusement, il ne se distinguait en rien du reste de ses frères, dans quelque domaine que ce soit, n'ayant ni l'éloquence et le sens de la repartie de Dave n° 27, ni la souplesse et le corps d'athlète de Dave n° 11, ni l'expertise de Dave n° 19 en matière de guerre électronique. Il voulait croire que cette absence de talent susceptible de le faire sortir du lot constituait une vertu, car se distinguer du commun lui aurait inspiré de l'orgueil, l'écartant du droit chemin et l'empêchant d'accomplir son devoir.

Un jour, le père Solomon le surprit alors qu'il tentait d'examiner son reflet. Cela se passait dans le gymnase. Le long d'un mur étaient alignées des caisses contenant toutes sortes d'armes : des lances et des javelines, des glaives et des épées, des fleurets et des bouquets de couteaux, des bâtons, des masses d'armes, des gourdins, des matraques, des hallebardes et des piques, mais aussi des arcs et des arbalètes, avec des flèches et des carreaux, ainsi que des meules, des flacons d'huile, de la poussière de diamant et des aiguisoirs, de quoi nettoyer et affûter les lames. Plus des armes à feu et des armes énergétiques. Des mitraillettes, des pistolets automatiques et des fusils de précision ; des glasers, dont le rayon pouvait cuire un homme de l'intérieur ; des tasers qui lançaient des grappes de crochets électrisés ; des pulsofusils qui criblaient leur cible d'aiguilles de plasma portées à la température du Soleil. Dans cette caverne, on trouvait accrochés au mur du fond des armures, des vidoscaphes et des tenues de plongée équipées de recycleurs d'air. C'était là que se trouvait Dave n° 8, assis en tailleur au milieu de ses frères, en train de contempler les pièces des vidoscaphes qu'ils venaient de démonter dans le cadre d'un exercice de routine.

Dave n° 8 tenait le plastron du sien à bout de bras, le tournant et le retournant comme pour mieux l'examiner. Sa surface noire et polie ne reflétait que des bribes éparses, mais on ne trouvait aucun miroir dans ce dédale de tanières que les garçons appelaient leur foyer et c'était le meilleur ersatz qu'il ait pu dénicher. Il s'efforçait de voir si son visage présentait un quelconque signe particulier. Si tel était le cas, il aurait la confirmation que son mode de pensée différait de celui de ses frères.

Il ne remarqua pas le père Solomon qui s'approchait en silence grâce à ses sandales à semelles de crêpe, débouclant la lanière qui maintenait sa matraque à sa ceinture.

Lorsque Dave n° 8 reprit conscience, le corps noué de crampes et les lèvres en sang, le père Solomon le dominait de toute sa taille et délivrait à ses frères un sermon sur la vanité. Dave n° 8 comprit qu'il était dans un tel pétrin que l'exercice qui suivit le sermon – remonter leurs vidoscaphes dans la chambre climatique ravagée par une tempête de neige – ne suffirait pas à assurer sa pénitence.

Durant l'examen de conscience du soir, chacun de ses frères se leva tour à tour pour le dénoncer sans merci, tout comme lui-même les avait dénoncés après qu'ils eurent péché, par omission ou par commission. Il ne pouvait leur expliquer qu'il cherchait à repérer sur son reflet les traces de défauts cachés. Il était interdit de se chercher des excuses quand on avait péché, et on l'avait conditionné à croire que chaque châtiment était juste. Si on le châtiait, c'était parce qu'il le méritait.

Durant la messe, le père Clarke choisit pour thème de son sermon le premier verset du chapitre premier de l'Ecclésiaste : « Vanité des vanités, dit le prédicateur ; vanité des vanités, tout est vanité. » C'était un des textes préférés des lecteurs, mais Dave n° 8 savait qu'il était dirigé contre lui, tel le laser de la vertu braqué sur son âme pour la flétrir.

Brûlant de misère, de honte et de mépris de soi, il regarda d'un œil morne une vidéo décrivant d'horrible façon l'anarchie et le cannibalisme qui avaient sévi dans les métropoles d'Amérique du Nord durant la Renverse. Il était sûr d'avoir commis une faute d'une extrême gravité. D'être devenu un candidat à la disparition. Même si la dernière disparition s'était produite plus de mille cinq cents jours auparavant, alors que les garçons étaient encore des enfants, ils n'avaient pas oublié que leur survie demeurait provisoire et qu'ils devaient s'efforcer de parvenir à la perfection chaque heure de chaque jour.

Les disparitions survenaient toujours la nuit. En se réveillant, les garçons découvraient que l'un d'eux n'était plus là, ses draps évacués, son casier vidé. Jamais on ne leur donnait d'explication ; c'était inutile. Leur frère avait disparu parce qu'il avait commis une faute, et aucune faute n'était tolérée.

Après l'extinction des feux, Dave n° 8 lutta pour rester éveillé, mais son conditionnement eut bientôt raison de sa peur. Il s'endormit. Et, le matin venu, fut tout surpris de se découvrir toujours allongé dans son lit, parmi ses frères qui se levaient et s'habillaient autour de lui. C'était comme une nouvelle naissance. Rien n'avait changé, mais tout était chargé de sens.

Éperdu de joie, il se mit au garde-à-vous avec ses frères devant le drapeau ondoyant sur le grand écran et, la main droite plaquée sur le cœur, récita les paroles familières avec une ferveur renouvelée.

— « Je jure allégeance au drapeau du Grand-Brésil et au but qu'il symbolise : placer une Terre unie sous le règne de Gaïa, indivisible, restaurée, enfin comblée et purgée de tout péché humain. »

Chapitre 2

Cash Baker n'avait que vingt-six ans, dont huit de service dans les Forces de défense aériennes du Grand-Brésil, lorsqu'on le sélectionna pour le programme d'essais du J-2. Issu d'une famille sans grand avenir demeurant dans un trou perdu des bad-lands de l'est du Texas, il avait gravi les échelons à une vitesse stupéfiante. Heureusement, il avait reçu une excellente éducation compte tenu de ses origines modestes et l'un de ses instituteurs, repérant son prodigieux talent pour les mathématiques, lui avait donné des cours particuliers avant de l'orienter vers les FDA. Il s'était classé parmi les premiers lors des tests de recrutement, ce qui lui avait valu d'être envoyé à l'académie de Monterrey, où il avait suivi l'entraînement de base des pilotes de chasse, et, un an plus tard, par une journée orageuse du mois d'août, il avait défilé au premier rang lors de la remise des diplômes de la promotion 2210. Il avait commencé par piloter un Tapir-L4, un avion-cargo avec lequel il approvisionnait les camps du Corps de démolition établis à l'est des Grands Lacs, puis on l'avait muté à la patrouille de combat de la 114e escadrille où, aux commandes d'un Raptor aussi rapide que meurtrier, il s'était distingué au cours d'une série de missions de soutien aérien durant la campagne de la 3e division commandée par le général Arvam Peixoto, nettoyant des colonies de bandits établies à Chicago et dans les environs. Quoique bien organisés et disciplinés, ces bandits étaient en majorité pauvrement armés, même si Cash dut affronter un jour un missile intelligent reconditionné, ce qui l'avait obligé à zigzaguer dans le ciel le temps que son IA embarquée décrypte le logiciel de cette saleté et lui ordonne d'exploser en vol.

Puis on l'avait transféré à la grande base de Santiago, depuis laquelle il avait accompli des missions d'interception à longue distance lors de la Guerre froide opposant le Grand-Brésil à la Communauté du Pacifique, à l'époque où la possession de Hawaii apparaissait comme l'enjeu d'un conflit potentiel. Une fois que les tensions s'étaient calmées, on l'avait sélectionné au centre de formation des pilotes d'essai, où il avait bossé sur un avion orbital de chasse, le Jaguar Fantôme. Un oiseau de feu en orbite, une enclume après la rentrée dans l'atmosphère. Après que trois des huit prototypes se furent écrasés suite au comportement erratique de leur moteur durant la phase de retour, et que deux autres eurent pris feu à cause de défauts dans leur bouclier thermique ultraléger, le programme avait été annulé. Mais Cash s'était amusé comme un fou pendant ces six mois ; il adorait voir l'horizon s'incurver en contrebas et le ciel virer au noir piqueté d'étoiles lorsqu'il surgissait de l'atmosphère telle une flèche, il adorait cette sérénité océanique qui l'emplissait lorsqu'il flottait au-dessus de la Terre tout en filant à plusieurs milliers de kilomètres par seconde. Là-haut, les terribles blessures infligées par l'ère industrielle, le changement climatique anthropique et la Renverse étaient pour la plupart invisibles. Les nécrozones qui infestaient les océans, les contours des continents altérés par la montée des eaux, les déserts qui remplaçaient les forêts tropicales de l'Afrique et de l'Amazonie, les régions ravagées et laissées à l'abandon de l'Amérique du Nord, les cités en ruine… Tout cela se perdait dans la vaste splendeur de la planète bleue. Cash n'était pas du genre religieux, mais, la première fois qu'il s'était retrouvé en orbite, il avait compris ce que voulaient dire les saints verts lorsqu'ils affirmaient que la Terre ne formait qu'un seul et gigantesque organisme.

Après le fiasco du programme Jaguar, Cash réintégra une unité combattante, mais l'espace et le job de pilote d'essai lui manquaient cruellement. Il traquait les rumeurs ayant trait à un nouveau type d'avion spatial lorsque le bureau du général Arvam Peixoto entra en contact avec lui. Le général n'avait pas oublié ses prouesses lors de la campagne de Chicago et, quand ses services lui proposèrent de participer à un nouveau programme de tests, il se porta volontaire sans hésiter.

On l'expédia sur la Lune, et la Terre lui parut plus adorable que jamais, perle blanc-bleu flottant dans son écrin de velours noir au-dessus de la désolation lunaire. Cent cinquante ans auparavant, certains des citoyens les plus riches, les plus brillants et les plus puissants de la Terre avaient financé la construction d'Athéna, une cité sous dôme située à l'est du cratère Archimède, au bord de Mare Imbrium, afin d'y fuir les troubles et les catastrophes résultant du changement climatique, sans parler des dizaines de conflits locaux ayant pour enjeu des ressources naturelles en voie de raréfaction. On avait créé des mines à ciel ouvert pour y collecter du régolite et le transformer en hélium 3, et aménagé un site pour fabriquer les composants d'un bouclier solaire destiné à être placé en orbite au point L1, entre la Terre et la Lune, au moyen de lanceurs propulsés grâce à ce même hélium 3. Cet essaim de miroirs avait permis de réduire l'ensoleillement de la Terre, ce qui avait contribué à stabiliser le climat durant la catastrophique période de la Renverse, lorsque le réchauffement global accéléré par le dégagement du méthane contenu dans les clathrates de l'Antarctique avait failli entraîner une extinction de masse à l'échelle planétaire. Le bouclier était toujours en place et des équipes internationales assuraient sa maintenance. Il faudrait au moins un siècle encore pour que les effets de la Renverse et du réchauffement global commencent à s'estomper.

Quand il était devenu clair que les nouveaux États supranationaux formés à l'issue de la Renverse comptaient prendre le contrôle des mines à ciel ouvert et mettre un terme à toutes les autres activités lunaires, les scientifiques et les techniciens, ainsi que leurs familles et la majorité des citoyens exilés, plus les familles et les employés de ces derniers, étaient partis pour Mars et pour les lunes de Saturne et de Jupiter. Le Grand-Brésil avait revendiqué la cité sous dôme abandonnée, qui avait été investie par des membres de la famille Peixoto, la plus favorable à l'extension du programme spatial. Après avoir construit une petite flotte de spationefs au long cours, ils avaient entamé des échanges commerciaux avec les cités et les colonies des systèmes de Jupiter et de Saturne, et leurs unités de recherche et développement avaient conçu toutes sortes de miracles technologiques, parmi lesquels un type inédit d'avion spatial de combat.

Dès qu'ils eurent débarqué de la navette en provenance de la Terre, Cash et les autres volontaires du programme d'essais furent conduits dans une salle de briefing où le général Arvam Peixoto leur décrivit les caractéristiques du prototype, le singlenef J-2. Un oiseau des plus redoutable, en effet. Un missile autoguidé équipé d'un nouveau type de moteur à fusion qui utilisait des antiprotons pour déclencher une réaction de fission-fusion nucléaire à partir de microgouttelettes de deutérium et de tritium, un réacteur bien plus puissant que tous les équivalents actuels. Un biosystème de la taille d'un vidoscaphe était aménagé à la queue du J-2, qui était équipé d'ailes rétractables pour le vol en atmosphère et armé d'un laser à rayons X, d'une batterie de lasers à rayons gamma, d'un minicanon lançant des fléchettes en uranium appauvri, de divers missiles conventionnels et de proxies téléguidés susceptibles de causer toutes sortes de dégâts à leurs cibles. Son système de guidage, incluant un radar à longue portée et un radar à balayage latéral, plus un GPS s'appuyant sur des cartes dont la définition avoisinait les dix centimètres, lui permettait de tourner autour de la Lune à une altitude moyenne de cent mètres, et de répéter la manœuvre avec une exactitude sans faille. Il était si rapide et si agile, expliqua le général Peixoto, qu'il exigeait de son pilote des qualités surhumaines lors d'une situation de combat.

Le général était un colosse aux longs cheveux blancs ramenés vers l'arrière pour dégager son visage rugueux. Il s'exprimait d'un ton décontracté, comme s'il s'adressait à des membres de sa famille, veillant à gratifier d'un regard franc chacune des personnes présentes. Lorsque ses yeux se posèrent un instant sur Cash, le jeune pilote sentit son cœur se gonfler de passion et de fierté.

— Vous êtes déjà les pilotes les plus performants des FDA, déclara le général Peixoto. Vous êtes les meilleurs, Terre et Lune confondues. Mais il est possible de vous rendre encore meilleurs. Je ne suis pas au fait de toutes les techniques concernées, mais il est juste, je pense, que vous compreniez pleinement ce que nous attendons de vous. Je vous confie donc quelques instants aux bons soins du professeur-docteur Sri Hong-Owen, qui va vous expliquer la procédure en détail.

Plus tard, Luiz Schwarcz, un pilote dont la famille comprenait nombre de spécialistes en médecine, dit à ses camarades que Sri Hong-Owen était une femme de génie qui s'était hissée à la tête de sa spécialité grâce au soutien du saint vert de la famille Peixoto, concevant un système photosynthétique totalement inédit, créant toutes sortes de kénobies, des organismes capables de vivre dans le vide absolu, développant nombre des méthodes permettant à la famille de prolonger sa longévité, et cætera, et cætera. Mais, sur le moment, Cash Baker ne fut guère impressionné par son discours. Sévère et pataude, engoncée dans la salopette bleue qui semblait servir d'uniforme au personnel de la base, elle apparaissait comme une femme quelconque d'un âge indéterminé, au crâne rasé et à la peau blafarde. Elle parlait bien trop vite, semblant s'adresser aux check-lists, aux diagrammes et aux vidéos affichés dans l'espace mémo pour illustrer sa démonstration bien plus qu'à son auditoire, et répondant aux questions avec une sécheresse franchement méprisante, comme si les pilotes d'essai étaient à ses yeux des crétins incapables d'appréhender le B.A. BA de la procédure.

Laquelle, une fois qu'on faisait abstraction de son jargon, se réduisait à une reconfiguration du système nerveux qui permettait au pilote non seulement de se connecter directement aux systèmes de contrôle de l'appareil mais aussi de booster sa vitesse de réaction neuronale. Lorsque Sri Hong-Owen eut achevé son exposé, le général Peixoto reprit la parole, expliquant aux pilotes qu'ils allaient être soumis à une procédure radicale, sans la moindre garantie de succès, ni même de survie. Si l'un d'entre eux souhaitait se désister et regagner son affectation précédente, il pouvait le faire sans encourir un quelconque blâme, ni risquer une quelconque mention sur son dossier de carrière ; cela précisé, il pria les volontaires de lever la main.

Cash s'exécuta. Tous ses camarades l'imitèrent. L'un d'eux alla jusqu'à lever les deux mains. Lequel d'entre eux ne souhaitait pas devenir un pilote d'élite ?

La première opération, effectuée sous anesthésie générale, avait pour but de lui implanter un réseau de neurones artificiel. Le processus d'adaptation, au cours duquel ce réseau établit une interface avec son système nerveux périphérique, se révéla barbant et parfois pénible, et, durant les interminables séries de tests qui suivirent, il éprouva un profond malaise en voyant ses bras s'agiter en toute indépendance et ses mains danser dans un espace mémo avec une précision toute robotique, résolvant des problèmes spatiaux et cinétiques sans la moindre intervention consciente de sa part.

Le pire était encore à venir. On l'obligea à demeurer conscient durant la deuxième opération, qui avait pour but d'établir une interface entre le réseau neuronal et ses cortex moteur et sensoriel, car l'équipe chirurgicale devait s'assurer que non seulement ses nouvelles capacités étaient opérationnelles mais qu'en outre la procédure n'affectait en rien ses réflexes, des plus primitifs jusqu'aux plus supérieurs en passant par sa mémoire. Même si on lui avait administré un anesthésique, Cash dut supporter les vibrations et l'odeur de sang et d'os brûlés lorsqu'on lui scia la calotte crânienne, il sentit celle-ci se détacher de lui, entendit nettement les grincements du robot qui attaqua sa matière grise à coups de manipulateurs vivaces qui se divisaient et se redivisaient en plusieurs milliers de sondes et de lames, longues de quelques nanomètres, à peine plus volumineuses que les neurones sur lesquels elles intervenaient. Et même si le cerveau n'était pas censé percevoir la douleur, il sentit des vagues de souffrance spectrale déferler sur ses membres lorsque les robots testèrent ses connexions nerveuses, se noyant dans des symphonies discordantes d'émotions, de saveurs, de sons et d'hallucinations multicolores. Il se retrouva plongé dans l'inconscience lors de l'ultime phase de tests, qui dura quarante-huit heures, puis entama une longue convalescence en compagnie de ses camarades.

Ils durent tous réapprendre à maîtriser leur corps, mais ils étaient jeunes, sains et déterminés. Ils progressèrent à pas de géant, d'autant plus que tout était pour eux prétexte à compétition. Ils pariaient sur celui qui le premier parviendrait à rallier les gogues sans soutien, celui qui dégobillerait le plus – au début, tous souffraient de problèmes d'équilibre et de déficiences de l'oreille interne –, celui qui fournirait aux toubibs le plus gros échantillon d'urine. Plus tard, lorsqu'on les autorisa à utiliser le gymnase, ils organisèrent des concours de pompes, de rameur et de tapis roulant, d'haltères et de vélo elliptique.

Aldo Ruiz se mit à engueuler un interlocuteur invisible, le haranguant sans répit avec une colère qui ne faiblissait jamais. Des infirmiers vinrent le chercher lorsqu'il s'assena de violentes gifles et personne le revit jamais.

La semaine suivante, on passa aux choses sérieuses.

Tout commença par une série d'examens médicaux plus poussés que les volontaires n'en avaient jamais subis. Suivirent des tests psychologiques, durant lesquels ils durent répondre à des questions portant sur des situations hypothétiques et résoudre des énigmes en portant des casques qui enregistraient leur activité cérébrale. Ils étaient également encombrés de ceux-ci lorsqu'ils effectuaient des exercices de simulation pour maîtriser le pilotage du J-2. Deux d'entre eux furent éliminés lors de cette phase, sans qu'on leur donne la moindre explication. Les autres poursuivirent le programme de tests et de formation.

Personne ne se soucia d'expliquer à Cash ce qui se passerait quand ses nouvelles capacités seraient mises en œuvre. Il était allongé sur une couchette, entouré d'une foule de médecins et de techniciens, lorsque tout sembla se ralentir autour de lui. Son ouïe s'atrophia, ne lui laissant capter qu'un grondement sourd ; il eut l'impression de se noyer dans du goudron ; son champ visuel vira au rouge, comme soumis à un effet Doppler, et se réduisit à un disque de la taille de l'ongle de son pouce. Incapable de lever la tête comme de la tourner, il parvenait encore à bouger les pupilles, déplaçant son champ visuel à la façon d'une cible mouvante, ce qui lui permettait d'observer un technicien en train de ciller – chacun de ses yeux s'ouvrait et se fermait tour à tour –, un autre en train d'annoter son écritoire. Puis, soudain, le monde redevint normal. Il était brûlant, à bout de souffle, comme s'il venait de courir un semi-marathon. Son torse se soulevait frénétiquement, son cœur battait à tout rompre, il sentit un goût métallique dans son palais, et il s'évanouit.

Les médecins et les techniciens refusèrent de lui dire s'il avait réussi ou échoué au test, refusèrent de lui expliquer ce qui lui était arrivé, refusèrent même de lui dire s'il avait bien fait de tomber dans les pommes. Il n'en eut le cœur net qu'une fois rentré au dortoir, quand il découvrit que tous ses camarades s'étaient évanouis lorsqu'on les avait placés pour la première fois en mode hyper-réflexif. Durant la nuit, Eudóxia Vitória et Bris Lispector souffrirent tous les deux d'une crise d'épilepsie et furent évacués par le personnel médical, et plus personne n'en entendit parler. Chiquinho Brown ne dépassa pas le deuxième jour de tests et, à en croire Luiz Schwarcz, les techniciens murmuraient qu'il avait succombé à une attaque cardiaque.

On ne déplora pas d'autres pertes. Cinq semaines plus tard, les survivants furent déclarés intégrés et aptes au service. Chacun d'eux avait effectué plus de cent heures de vol en simulation, tant avec des contrôles VTH qu'en mode de connexion neuronale directe. Comme ils risquaient de passer plusieurs semaines d'affilée à bord de leur appareil dans le cadre d'une offensive militaire, chacun d'eux avait vu sa denture remplacée par une prothèse en plastique. Ils avaient également subi une appendicectomie. On les laissa piloter le J-2, d'abord avec les contrôles VTH, les autorisant à effectuer des trajets basiques et à évoluer en situation de combat. Au bout de quinze jours de ce régime, Cash Baker fut sélectionné pour être le premier à voler en mode connecté.

On le soumit à un exercice de tir aux armes réelles avec sélection de cible. Il mit le cap à l'ouest – l'appareil était quasiment en pilotage automatique, mais Cash avait investi la totalité de sa cellule –, survolant une vaste plaine où, plus de trois milliards cinq cent millions d'années auparavant, des flots de lave avaient empli le cratère d'impact de Mare Imbrium. Lorsque apparut à l'horizon la zone de tir, dans les montagnes érodées bordant le bassin, il passa en mode de contrôle total, constatant que la transition était étonnamment fluide. À peine si le compensateur du J-2 s'altéra d'un centième de minute d'arc. Il n'avait pas l'impression de piloter un avion, mais bien *d'être* cet avion. « C'est comme si tu lui faisais l'amour », devait lui dire Luiz par la suite, sauf que, en repensant à ce premier vol, Cash songea alors que jamais le sexe ne lui avait procuré un tel plaisir.

On lui avait appris à déclencher ses hyper-réflexes en visualisant sur son front un bouton rouge qu'il devait ensuite presser. Il effectua la manœuvre voulue et le monde autour de lui ralentit comme dans un rêve. Il sentit jusqu'à la dernière secousse quand le minicanon lâcha une rafale de fléchettes à l'uranium appauvri qui déchiqueta un dôme pressurisé factice, repéra les deux rolligons portant l'emblème brésilien au milieu de six autres poids lourds multiroues identifiés comme ennemis, dont il grilla les systèmes de commande en moins d'une seconde grâce à son laser aux rayons gamma, et démolit une série de cibles mouvantes à coups de missiles. Puis, comme il laissait derrière lui la zone de tir, il confia les commandes du J-2 à son IA embarquée et pressa de nouveau le bouton rouge imaginaire. Il s'était entraîné à demeurer conscient durant cette phase et put capter le rapport d'évaluation de l'officier en charge, qui confirmait sa performance.

Ce soir-là, on organisa une soirée pour célébrer officiellement la réussite du programme. Rassemblés un peu à l'écart, les pilotes sirotaient de l'eau minérale et du jus de fruits pendant que les officiers supérieurs, les scientifiques et les techniciens éclusaient du pulque, du rhum et de la tequila, se montrant de plus en plus bruyants et agités. Le général Peixoto prononça un bref discours, se fit filmer en train de serrer la main aux pilotes puis s'éclipsa. Officiers supérieurs et scientifiques portaient des toasts de plus en plus grandiloquents et jetaient leurs verres sur le carreau. Les pilotes s'en furent lorsqu'une technicienne se laissa convaincre d'ôter son chemisier, signifiant par là que la fête allait commencer pour de bon. Le lendemain matin, entre 5 h 30 et 6 h 30, ils passaient leur examen médical quotidien, après quoi ils auraient droit à une séance de une heure en salle de gym, qui serait suivie du traditionnel petit déjeuner-briefing, prélude à leur journée de travail.

Tout le monde aux FDA était persuadé de l'imminence d'une nouvelle guerre contre les Extros. Les prétendues initiatives de paix et de réconciliation n'étaient qu'une colossale perte de temps et le resteraient ; il fallait mater les Extros avant qu'ils lancent une autre comète sur la Terre ou développent quelque manip posthumaine qui les rendrait invincibles. La guerre était inévitable, et Cash Baker, qui s'était nourri des hauts faits de ses héroïques ancêtres, rongeait déjà son frein. En attendant, ses camarades et lui continuaient à bosser sur le J-2. Les missions se succédaient, en solo et en formation. Ils survolaient tous les types de paysage lunaire, effectuaient des interceptions en orbite autour de la Lune ou de la Terre, mettaient leurs appareils à l'épreuve de l'atmosphère terrestre. Lorsqu'ils ne volaient pas en temps réel, ils affûtaient des capacités spécifiques en simulation, participaient à des séminaires portant sur les prochaines améliorations de leurs appareils et sur les avancées de la théorie du combat, supportaient sans broncher une litanie de séances d'essayage, d'examens médicaux, d'évaluations psychologiques…

Un jour, six mois environ après le baptême du feu de Cash, l'officier des renseignements qui supervisait le briefing quotidien du petit déjeuner céda la place au colonel responsable du programme J-2, qui leur déclara sans préambule que Maximilian Peixoto, époux de la Présidente du Grand-Brésil et commandant en chef des FDA, était mort durant la nuit. Les tests et les vols d'entraînement étaient suspendus et ne reprendraient qu'après ses funérailles, qui se dérouleraient dans une dizaine de jours ; on lui avait demandé de sélectionner quatre pilotes dont les J-2 survoleraient la cathédrale de Brasília à la fin de la cérémonie pour rendre les honneurs à l'homme qui avait été leur chef. Il désigna Cash Baker, Luiz Schwarcz et deux de leurs camarades, concluant son speech en leur annonçant qu'une messe spéciale serait célébrée dans une heure.

Voilà qui changeait tout, dit Luiz à Cash peu après.

— Maximilian Peixoto n'était pas seulement notre commandant en chef. C'était aussi le président du Comité de réconciliation et l'un des partisans de la paix avec les Extros. C'était lui qui avait décidé de la création de nos premières ambassades là-bas, il y a trente ans. Depuis, il n'avait pas cessé d'œuvrer au renforcement des échanges commerciaux avec eux. Et il avait l'oreille de la Présidente, naturellement. À présent qu'il n'est plus de ce monde, ses amis vont voir leur influence diminuer.

— Ce qui signifie ?

— Décidément, tu n'es qu'un plouc ignare.

— Peut-être, fit Cash. Ou peut-être que je me fiche de la politique.

— Dans ce cas, tu as tort. Nombre de membres du gouvernement estiment qu'il est aussi vain que dangereux de tendre la main aux Extros. Ils ne constituent pas encore une majorité, mais ils seront désormais en mesure d'avancer à visage découvert. Et le général Arvam Peixoto s'est toujours violemment opposé à la réconciliation. Tu vas voir. Je te parie qu'il ne tardera pas à obtenir le feu vert pour lancer la production du J-2.

— Donc, on va enfin en découdre avec les Extros.

— Pas tout de suite, mais ça se rapproche.

— Eh bien, ce n'est pas trop tôt, conclut Cash.

Chapitre 3

Cela faisait plus de vingt ans que Brasília n'avait pas servi de théâtre à une cérémonie funèbre aussi grandiose. Les avenues entourant la Catedral Metropolitana Nossa Senhora Aparecida étaient envahies de limousines et d'aéros. Les chauffeurs et gardes du corps se jaugeaient les uns les autres avec un intérêt tout professionnel. Les drones voletaient entre les arbres. Les hélicoptères tournaient en rond dans le ciel d'azur brûlant. Les loups rôdaient dans l'Eixo Monumental, le parc tout en longueur, et la moitié de la ville était paralysée par tout un maillage de services de sécurité.

À l'intérieur de la cathédrale, les harmonies de l'*Agnus Dei* imprégnaient l'atmosphère, survolant les cordes solennelles et les vibrations sismiques de l'orgue, dont les enfilades de tuyaux se dressaient tel un rideau de fer derrière le chœur et l'orchestre. Devant l'autel, un bloc de calcaire d'un blanc immaculé, un cercueil en bois de tulipier reposait sur des monceaux de lis et d'orchidées parfumés. Ci gisait Maximilian Pietro Solomon Cristagau Flores Peixoto, époux de la Présidente du Grand-Brésil, commandant en chef des Forces de défense aériennes du Grand-Brésil, Grand Sorcier de l'Ordre des Chevaliers de Viridis, Intendant des Territoires du Nord, président du Comité de réconciliation, recteur des universités de Montevideo, Caracas, Mexico et Denver, et cætera, et cætera, un grand de ce monde qui avait succombé à une défaillance organique systémique dans sa cent soixante-treizième année. Le visage solennel et basané du défunt était visible au-dessus du linceul drapant son cadavre. Sa célèbre moustache arborait des pointes impeccablement cirées. Sur ses yeux étaient posés des doublons récupérés sur l'épave d'un galion espagnol.

Son cercueil surplombait le plan d'eau qui traversait l'équateur de la nef circulaire. Cette eau d'un noir d'huile était parsemée de cercles mouvants là où des poissons affleuraient sa surface. De l'autre côté, la foule des fidèles en tenue de deuil évoquait un parlement de corbeaux qui aurait investi les gradins. La quasi-totalité de la famille Peixoto était présente, occupant les quarante rangées du centre dans un ordre dicté par le degré de consanguinité. La Présidente, assise au centre du premier rang sur un siège à baldaquin, resplendissante dans sa robe d'une nuance fuligineuse, glissait régulièrement une main sous sa voilette pour recueillir ses larmes dans un minuscule vase en diamant de culture. Derrière la famille se dressaient plusieurs phalanges de sénateurs, d'officiers supérieurs des forces armées en uniforme d'apparat, d'ambassadeurs et de politiciens venus de toute la planète, parmi lesquels on apercevait le représentant de Bifröst sur Callisto. Ils étaient flanqués des membres des autres grandes familles, des ministres, des gouverneurs, des hauts fonctionnaires et des serviteurs de la Grande Maison : une assistance de deux mille personnes, à laquelle s'ajoutaient les millions de spectateurs qui suivaient la cérémonie par l'entremise des caméras statiques.

Elle n'avait pas une seule goutte de sang Peixoto dans les veines, et pourtant le professeur-docteur Sri Hong-Owen, accompagnée d'Alder Topaz, son fils âgé de quinze ans, était assise au sein de la famille, à l'extrême gauche du quarantième gradin de la section centrale. Tous deux représentaient l'un des membres les plus vénérables de la famille, qui était aussi le mentor et le protecteur de Sri, le saint vert Oscar Finnegan Ramos, qui, ces derniers temps, ne quittait pratiquement jamais son ermitage de Basse-Californie, même pour une occasion aussi importante, aussi grandiose que celle-ci.

Le long service était émaillé de rituels complexes. Une messe, un sermon célébrant les mérites du défunt, la prière des morts et, à présent, le requiem. Une musique sans nul doute somptueuse, mais Sri n'avait aucune oreille et n'était pas en mesure de l'apprécier. Comme chaque fois qu'elle se voyait contrainte d'endurer une réunion ou une cérémonie pénible où elle n'avait à faire qu'un acte de présence, elle se retira en elle-même, méditant sur les derniers tests relatifs à un nouveau raffinement fort prometteur du traitement standard en gérontologie. Alder, totalement immergé dans la cérémonie, lui décocha un coup de coude lorsque chœur, orchestre et orgue parvinrent au point culminant de leur extase. L'archevêque, coiffé d'une mitre et vêtu d'une robe également vert et or, glissa vers la bière, aspergea le corps d'eau bénite et lui oignit le front. Puis il recula d'un pas en faisant le signe de la croix et de la boucle, et le cercueil s'inclina en silence au-dessus de son lit de fleurs, et le corps tomba les pieds devant, se défaisant de son linceul pour plonger dans les eaux noires qui se mirent à bouillonner comme les poissons fonçaient à la curée, restituant à Gaïa le carbone et autres éléments constitutifs de Maximilian Peixoto.

L'instant d'après, quatre singlenefs J-2 passèrent dans le ciel de la ville, adoptant la formation dite du Disparu, et la cathédrale tremblante s'emplit des accords de l'hymne *In Paradisium*.

Vu la position qu'elle occupait, Sri fut parmi les premiers à sortir de la cathédrale une fois l'office terminé, mais étant donné son rang fort modeste, elle attendit son véhicule durant un long moment. Les gens qui l'entouraient embarquaient sans répit dans une noria de limousines qui s'éloignaient en vrombissant. Les aéros grouillaient au-dessus de la scène telles des abeilles autour d'une ruche.

Rothco Yang, le représentant de Bifröst, sortit de la foule pour saluer Sri et Alder, et déclara à celle-là que la cérémonie l'avait impressionné par sa splendeur et sa solennité.

— Mais il y a une chose qui m'intrigue, ajouta-t-il. Les poissons.

— Les poissons ?

— Les poissons du bassin ou de la douve, peu importe.

Vêtu d'un pyjama de soie noire et coiffé d'un chapeau noir à larges bords, Rothco Yang était caparaçonné d'un exosquelette qui le préservait des atteintes de la gravitation terrestre.

— Je me demandais ce qu'ils devenaient ensuite, conclut-il. Une fois qu'ils étaient… finis.

— Je n'en sais absolument rien, répondit Sri, mais je peux me renseigner.

— Il n'arrive rien à ces poissons, intervint Alder. Ils sont sacrés, je crois bien.

— Sacrés ?

— Bénis par l'archevêque, précisa Alder.

Le sourire de Rothco Yang luisit sous le rebord de son chapeau. Sa tête reposait sur une minerve capitonnée.

— Et c'est ainsi que les gens… comment dites-vous ?… retournent à Gaïa ?

— Uniquement les plus importants, répondit Alder.

— Et les autres ?

— Ceux qui peuvent se le permettre sont enterrés dans un cimetière vert. Dans une forêt ou un champ de fleurs sauvages. Tous les autres font l'objet d'un recyclage.

— Je vois. Un exemple parmi d'autres de la stratification sociale découlant de la richesse personnelle. Au fait, est-ce que vous attendez quelqu'un ?

— On dirait que notre limousine est bloquée dans la file.

— Si vous allez à la réception, je peux vous y conduire dans mon aéro.

— J'ai beaucoup trop de travail.

Sri n'avait pas été invitée à la réception qui se tenait au Palácio da Alvorado, mais il n'était pas question qu'elle l'avoue à Rothco Yang.

— C'est vrai. Plus que trois semaines, et c'est le grand départ.

— Trois semaines si tout se passe comme prévu.

— Cela ne change rien sur le court terme. Quant au long terme, nous devons redoubler d'efforts pour convaincre les hésitants comme les opposants.

— Bien sûr, fit Sri, mais elle savait que ce n'était pas aussi simple et que Rothco Yang le savait également.

Maximilian Peixoto était l'un des chefs de file de la faction favorable au renforcement des relations diplomatiques et commerciales entre la Terre et les communautés extros. Il avait supervisé la mise en place de légations dans toutes les grandes cités des lunes de Jupiter et de Saturne, financé des programmes d'échanges universitaires et artistiques, décroché un budget important pour le développement et la construction d'une nouvelle génération de vaisseaux interplanétaires. Et lorsque Averne, la légendaire sorcière génétique, et Oscar Finnegan Ramos, le mentor de Sri, avaient conçu le projet d'offrir à la cité de Bifröst sur Callisto un biome symbolisant le nouvel esprit de réconciliation, c'était Maximilian Peixoto qui avait fait voter la loi permettant de financer la construction de son écosystème, triomphant des pièges que lui avait tendus le Sénat du Grand-Brésil et obtenant de justesse la majorité requise en battant le rappel de ses obligés et en profitant sans vergogne de sa position de consort de la Présidente. Dix semaines plus tôt, il avait donné une réception en l'honneur des techniciens affectés au biome qui se préparaient à partir pour Callisto. Et à présent, il était mort. Le projet Biome serait maintenu – l'équipe arriverait sur Callisto dans quelques jours et, de toute façon, il était trop tard pour revenir en arrière sous peine d'un fort déficit de prestige –, mais le décès de Maximilian Peixoto avait sérieusement ébranlé l'alliance pour la paix et la réconciliation. Les conseillers de Sri avaient extrapolé les conséquences à l'aide de la théorie des jeux, et la plupart d'entre elles étaient du genre funeste.

Les minuscules moteurs implantés dans l'exosquelette de Rothco Yang bourdonnèrent comme il se penchait sur Sri et son fils.

— Je vais vous confier un petit secret. Je ne suis pas croyant, mais j'ai adressé une prière pour le succès de notre entreprise. Dans l'esprit du pari de Pascal. Si Dieu n'existe pas, où est le mal ? Et s'Il existe, alors le moment est on ne peut mieux choisi pour demander Son intercession. C'est une noble entreprise que celle que nous avons entamée, vous et moi. Nous devons faire tout notre possible pour qu'elle aboutisse et ensuite exploiter au mieux sa réussite. Êtes-vous impatient d'aller sur Callisto, jeune Alder ?

— Oui, monsieur, répondit Alder. Et aussi sur Europe.

Rothco Yang nomma plusieurs citoyens de Bifröst que Sri et Alder devaient absolument rencontrer puis s'en fut en cliquetant vers son aéro. Les fidèles continuaient à sortir de la cathédrale. Rares étaient ceux qui accordaient un regard à Sri et à Alder. Sri appela son secrétaire, qui se confondit en excuses et lui dit que sa limousine ne serait pas là avant dix minutes. La soif et la fatigue la rendaient irritable. Le soleil tropical inondait l'esplanade de sa chaleur, se reflétait violemment sur les vitres des véhicules. Un hélicoptère tournait en rond sans se lasser au-dessus du faîte de la cathédrale. Sri se retira dans ses pensées jusqu'à l'arrivée de sa limousine, après quoi elle s'effondra avec reconnaissance sur sa banquette fraîche et moelleuse, sirotant de l'eau glacée et ouvrant la liaison cryptée pour traiter les messages qui s'étaient accumulés, tandis qu'Alder racontait la cérémonie à son secrétaire.

La limousine progressait au ralenti sur l'avenue, allant de barrage en barrage. Ne cessant de stopper et de redémarrer. Puis on toqua sur la vitre en verre teinté près de Sri. Surprise, elle leva les yeux. L'homme, un officier des FDA, toqua encore puis agita la main en signe d'impatience. Yamil Cho, le secrétaire de Sri, se retourna sur son siège, prononça le mot qui commandait l'ouverture de la vitre et demanda à l'officier ce qu'il voulait.

— Le général souhaite vous parler, dit-il en regardant Sri droit dans les yeux.

Il recula avec souplesse lorsqu'elle descendit de l'habitacle, pénétrant dans une atmosphère sèche et surchauffée, puis la précéda le long d'une enfilade de chars blottis sous les palmiers tels des crapauds ensommeillés. Rassemblés par petits groupes, les soldats se tenaient sur le qui-vive, le pulsofusil plaqué contre leur torse. Le visage masqué par une visière noire. L'officier ouvrit l'écoutille arrière d'un véhicule de l'avant blindé et Sri monta dans une sorte de cockpit flanqué à droite comme à gauche d'écrans et de panneaux de contrôle, où se bousculaient leviers, cadrans et joysticks.

Le général Arvam Peixoto était avachi sur une banquette. Sri prit place face à lui et dit :

— C'est ridicule de se rencontrer dans un lieu public comme celui-ci.

— Au contraire. En tant que responsable de la sécurité, je puis vous assurer que notre entretien ne sera pas enregistré.

— Ah ! C'est pour cela que vous n'avez pas participé au service.

— Il m'a semblé préférable que ce soit un membre de la famille qui supervise le *cordon sanitaire**. Mais je me suis accordé un instant de contemplation lorsqu'on a livré le corps aux petits poissons affamés.

Le général était vêtu d'un simple treillis et chaussé de lourdes bottes de combat lacées jusqu'aux genoux. Ses cheveux blancs, qui offraient un vif contraste avec sa peau basanée, étaient maintenus par un catogan et sa queue-de-cheval reposait sur les cinq étoiles de son épaulette.

— Au fait, reprit-il, qu'avait donc à vous dire votre ami Rothco Yang ?

— Il m'a présenté ses condoléances, répondit Sri.

— C'est tout ?

— Vos drones n'ont rien capté de notre échange ?

— Je préfère collecter les informations à la source quand c'est possible. Ménagez-moi.

Arvam Peixoto inclina la tête sur le côté lorsque Sri lui fit un bref compte-rendu de sa conversation. Cette attitude, qui tenait de la manie, lui rappelait toujours la posture d'une mante religieuse. Un insecte calculateur se demandant où il allait porter ses mandibules. Ou encore son dard.

— Redoubler d'efforts, dit-il lorsqu'elle eut fini. Pense-t-il vraiment que cela suffira à sauver l'initiative de paix ? Et vous, qu'en pensez-vous ?

— L'initiative de paix n'est pas condamnée à l'échec. Donc, à moins que vous sachiez quelque chose que j'ignore, je maintiens mon départ pour Callisto.

— Votre domaine, c'est l'avenir. Vous rêvez de nouvelles technologies dont vous espérez qu'elles vont orienter et façonner l'avenir.

---

* En français dans le texte, comme tous les mots et expressions en italiques suivis d'un astérisque. (*NdT*)

Quelle direction va-t-il prendre, à votre avis ? Sera-t-il vertical ou horizontal ?

—Vous *savez* quelque chose.

—À vos yeux, l'avenir est une courbe ascendante. Le progrès, toujours. La nouveauté, toujours. Mais pour bien d'autres, l'avenir est un plan. Une surface horizontale. En expansion. Un processus de consolidation. Là est le nœud du problème. L'horizontal contre le vertical. Des humains authentiques contre de dangereux fanatiques prêts à transformer leurs enfants en monstres.

—Ou encore : une propagande délirante contre une réflexion claire et rationnelle.

—Un jour, si vous n'y prenez garde, votre esprit de repartie vous attirera les foudres de personnes redoutables. Que sais-je exactement ? Je vais vous le dire. Commençons par les raisons de votre présence ici. La mort de ce pauvre Maximilian n'est pas seule en cause, même si elle change la donne de toute évidence. J'ai pensé que vous aimeriez savoir que, dans quelques mois, les Forces de défense aériennes entameront une série de manœuvres dans l'espace cislunaire, conjointement avec les forces aériennes et spatiales de l'Union européenne. Pourquoi ? Parce que nous allons louer notre nouveau réacteur à fusion aux Européens, dans le cadre d'un nouvel accord commercial.

Arvam Peixoto observa Sri un instant et conclut :

—Vous n'étiez pas au courant.

—Je savais que des négociations étaient en cours. Je n'étais pas informée des détails, évidemment.

—Les négociations sont plus ou moins terminées. Il ne reste à régler que des broutilles. Dès que la Présidente aura achevé sa période de deuil, elle se rendra à Munich pour signer ce fameux accord. Quel rapport avec vous ? C'est tout simple. Si les Européens se sont retirés du projet Biome et de toutes les initiatives de ce genre, c'est parce que les durs ont pris le contrôle de leur gouvernement. Et maintenant que le consort a quitté ce monde, maintenant que les partisans de la réconciliation avec les Extros ont perdu leur plus puissant soutien, nos propres durs vont exiger à leur tour la fin du projet Biome. Je sais que vous demeurez loyale à notre saint vert, car c'est lui qui vous a découverte et ensuite formée. Mais c'est aujourd'hui un vieillard, qui plus est isolé dans sa paillote. Il a perdu le contact avec le monde. Il n'est plus dans la boucle ou quasiment.

Si la voix du général était malicieuse, on ne percevait aucun humour dans ses yeux fixes, affectés d'un léger strabisme. Derrière lui, les écrans affichaient des vues de la cathédrale, des pelouses et des arbres de l'Eixo Monumental et des rues latérales. L'édifice religieux continuait à dégorger des foules de fidèles, qui s'engouffraient dans les limousines et les transports publics. Des fonctionnaires et des domestiques. Des gens comme Sri.

— C'est pour cela que vous avez pris le risque considérable de me parler ici ? demanda-t-elle. Pour évoquer un sujet dont nous avons déjà discuté jusqu'à plus soif ? Permettez-moi de le répéter : quoi qu'il arrive, je resterai loyale envers la famille. La famille et le Grand-Brésil.

— La famille est consciente des services que vous lui avez rendus, répondit Arvam Peixoto. Malheureusement, elle est divisée sur la question extro. Il y a deux camps en présence. Sinon davantage. Oui, nous avons longuement parlé de cela. Mais la question a cessé d'être théorique. La réalité s'impose à nous, professeur-docteur. La réalité est ce qu'elle est. Et vous êtes au centre des choses, ce qui va vous obliger à choisir votre camp. Et le plus tôt sera le mieux. Par ailleurs, si vous deviez faire le mauvais choix, alors je crains que ni votre palmarès ni votre réputation ne vous mettent à l'abri des conséquences.

— Je vois. C'est tout ?

Sri souffrait d'un léger bourdonnement d'oreilles, et d'un excès de sudation au niveau des paumes de ses mains, mais elle conservait tout son quant-à-soi.

— J'ai un cadeau pour vous, dit le général, qui attrapa un coffret en bois de forme aplatie et le tendit à Sri.

Il contenait des lunettes à l'épaisse monture de plastique noir et une paire de gants en résille.

— Ce sont des bésiks, expliqua Arvam Peixoto. L'équivalent extro du téléphone. Ces lentilles projettent directement sur la rétine des images, du texte et autres données en lumière virtuelle. Ces gants vous permettent de pianoter sur un clavier virtuel, de déplacer des objets virtuels… Vous aurez vite fait d'en maîtriser l'usage, je n'en doute pas. Attendez un peu avant de me remercier. Mon équipe de techniciens y a ajouté une caméra et une puce mémoire à haute capacité équipée d'un système de cryptage quantique. Vous pouvez y télécharger une petite IA et toutes sortes de gadgets. Si jamais vous observez quelque chose d'intéressant, ou participez à une réunion particulièrement édifiante, peut-être pourriez-vous réaliser un enregistrement à mon intention. Je suis sûr que vous n'aurez aucune difficulté à déterminer ce qui sera susceptible de me passionner.

Sri comprit tout de suite. La famille Peixoto dépêchait une équipe de négociateurs à Bifröst, mais comme Arvam Peixoto ne faisait pas partie de la faction favorable à la paix et à la réconciliation avec les Extros, il se trouvait en dehors de la boucle. Il lui demandait donc d'être son espionne, de rassembler des informations pour le bénéfice de ses analystes et de ses stratèges. Des informations de première main, comme il le préférait.

— Vous aurez tout le temps de réfléchir à la question durant le trajet, reprit-il. À votre retour, j'espère que vous serez en mesure de me donner une réponse, dans un sens ou dans l'autre. Oh !... et *bon voyage**, comme disent les Européens.

Lorsqu'elle eut regagné sa limousine, Alder lui demanda si elle avait des ennuis.

— Pas encore, répondit-elle, et elle pria son secrétaire d'ordonner au chauffeur de ne pas traîner. J'ai du travail.

Chapitre 4

Longtemps après, Macy Minnot acquerrait la certitude qu'Emmanuel Vargo avait été la première victime de la guerre. Mais lorsqu'elle apprit la mort de l'ingénieur écosystème, elle l'attribua à la seule malchance. Un aléa médical imprévisible. Un accident.

Tout comme Macy et le reste de l'équipe, Emmanuel Vargo passa les douze semaines de voyage entre la Terre et Callisto dans le sommeil profond de l'hibernation artificielle, anesthésié, congelé et consommant un minimum d'oxygène et d'eau tandis que le spationef-cargo brésilien parcourait huit cents millions de kilomètres de vide interplanétaire. Il dormait toujours lorsque le vaisseau se mit en orbite autour de Callisto, la plus extérieure des quatre lunes galiléennes de Jupiter, et que les passagers de première classe, les cercueils d'hibernation et les modules de fret furent chargés à bord d'un remorqueur qui atterrit sur le spatioport, une dalle encombrée de terminaux surplombant la plaine à l'ouest de Bifröst. Le remorqueur se posa sur une plate-forme calcinée avec la délicatesse pataude d'un hippopotame s'essayant au ballet. Une grue mobile détacha de son armature le module gros comme un camion qui contenait les cercueils d'hibernation pour le transporter dans un hangar pressurisé, où les cercueils en furent extraits l'un après l'autre et chargés sur des wagons plats qui gagnèrent par tunnel souterrain le centre médical situé à la lisière du spatioport. Ce fut là qu'Emmanuel Vargo commença à se réveiller et ce fut là qu'il mourut.

En règle générale, la sortie d'hibernation était une affaire de routine. Les séquelles se limitaient à un estomac atrophié, des tripes en béton et une gueule de bois existentielle. Mais, à l'instar de toutes les procédures médicales, ce réveil-là n'était pas sans risques : syndrome de signature, défaillance systémique des organes, tempêtes métaboliques. Après qu'on eut porté en douceur sa température à 37,5 °C, qu'on eut ajusté sa chimie sanguine et qu'on lui eut injecté un cocktail de stimulants pour récepteurs GABA, Emmanuel Vargo souffrit d'un épisode de découplage neurologique chaotique. Plutôt que d'entamer spontanément et sans délai le schéma classique d'une activité dynamique multilocus, comme lors d'un réveil ordinaire, ses neurones se mirent à émettre à un rythme précipité et totalement asynchrone, perturbant non seulement la prise de conscience mais aussi la coordination du souffle, du rythme cardiaque et de la pression artérielle.

La plupart des victimes de DNC ne souffrent que d'aphasie et de perte de mémoire, mais la crise que subit Emmanuel Vargo se révéla d'une extrême gravité. L'activité électrochimique de son cerveau évoquait un grouillement d'asticots. Une équipe d'urgence tenta en vain de synchroniser ses processus neuronaux au moyen de champs magnétiques à pulsations microtoniques. Sa pression artérielle s'effondra et son cœur cessa de battre, ne réagissant ni au défibrillateur, ni à l'injection de noradrénaline, ni au massage cardiaque. Pendant qu'on le soumettait à un pontage cardio-pulmonaire, il subit un clonus majeur. Bientôt suivi de deux autres. Toute activité cérébrale s'interrompit à l'issue du dernier. Trente minutes plus tard, son décès était prononcé et on débranchait les machines.

Emmanuel Vargo était l'un des principaux responsables du projet d'implantation d'un biome dans la cité de Bifröst sur Callisto, un symbole de coopération et de réconciliation entre la Terre et le Système extérieur tout autant qu'une étape majeure dans le long processus de détente entre l'ultra-conservatisme vert de la Terre et le patchwork de doctrines radicales et de philosophies utopistes des cités-États et des colonies extros. Averne, la plus célèbre de tous les sorciers génétiques extros, avait usé de ses considérables réserves de karma pour soutenir la construction du biome, tandis que Maximilian Peixoto et le saint vert Oscar Finnegan Ramos avaient convaincu le gouvernement brésilien de financer la conception et la mise en route de son écosystème. Même si Euclides Peixoto, l'arrière-arrière-petit-fils du saint vert, avait été placé à la tête de l'équipe de construction, Emmanuel Vargo était responsable de l'organisation pour tout ce qui concernait la contribution du Grand-Brésil. Il avait collaboré avec Sri Hong-Owen, la protégée d'Oscar Finnegan Ramos, pour concevoir l'écosystème, il avait assuré la liaison avec les techniciens callistans durant la construction de la tente, et il était censé superviser du début à la fin l'élaboration et la mise en activité du biome.

Euclides Peixoto rappela tout cela et bien d'autres choses deux jours après le décès d'Emmanuel Vargo, quand il prononça un discours lors de la cérémonie marquant le commencement officiel des travaux de construction. Elle se déroulait sur l'esplanade gazonnée sise à la pointe nord de l'île principale du biome. Euclides Peixoto se tenait sur une estrade avec derrière lui l'immensité du lac encore vide, sous la gigantesque tente aux panneaux de diamant et de polymère et à l'armature en fullerène, face à un public ayant pris place sur des sièges pliants disposés en croissant : l'ambassadeur brésilien et son entourage d'attachés, les membres de la mission commerciale de la famille Peixoto, un échantillon bigarré de représentants du congrès callistan et du conseil municipal de Bifröst, et les membres, masculins et féminins, de l'équipe de construction. Un essaim de drones s'était distribué à diverses altitudes pour transmettre la cérémonie aux citoyens de Bifröst ainsi qu'aux autres cités et colonies de Callisto, de Ganymède et d'Europe, et aux camps miniers plus lointains d'Himalia et d'Élara.

Assise parmi les autres membres de l'équipe, Macy Minnot ne put que reconnaître qu'Euclides Peixoto avait la tête de l'emploi. Bien de sa personne, vêtu d'un costume deux-pièces dont le vert chlorophylle était assorti à celui des combis de l'équipe, un brassard noir passé à sa manche gauche, il s'exprimait d'une voix sonore mais séduisante. Son éloge funèbre d'Emmanuel Vargo, qui insistait sur sa contribution au projet, fut suivi par deux ou trois anecdotes bien choisies et se conclut par une profession de foi affirmant qu'en dépit de cette lourde perte l'équipe de construction était plus déterminée que jamais à produire un biome aussi splendide qu'efficace, honorant en cela la mémoire d'un ingénieur écosystème d'un talent exceptionnel, un homme qu'il était fier d'avoir compté parmi ses amis.

Difficile de croire que c'était le même homme qui, à peine deux jours plus tôt, avait totalement foiré l'annonce du décès d'Emmanuel Vargo. Les membres de l'équipe venaient de se rassembler en vue de ce qu'on leur avait présenté comme un briefing de routine lorsque, sans le moindre préambule, Euclides Peixoto leur avait appris que Maximilian Peixoto, l'époux de la Présidente du Grand-Brésil, était mort pendant qu'ils voyageaient en hibernation entre la Terre et Callisto. Et avant qu'ils aient eu le temps d'encaisser le choc, il avait ajouté qu'Emmanuel Vargo avait perdu la vie lors de la procédure de réveil. Sans lui laisser le temps de poursuivre, Ursula Freye avait pris la parole depuis le fond de la salle. Emmanuel Vargo et elle étaient devenus amants peu après qu'elle eut été recrutée dans l'équipe. Le visage livide, elle avait affirmé d'une voix tremblante que Manny avait sûrement été assassiné par des opposants au projet et exigé l'ouverture d'une enquête sur-le-champ. Speller Twain, le chef de la sécurité, avait tenté de la faire sortir et une bousculade s'était ensuivie. Cris, hurlements, insultes. La réunion avait tourné au chaos et Euclides Peixoto s'était éclipsé sans avoir expliqué comment le projet pourrait être mené à bien après la mort de son ingénieur.

Quand les applaudissements se furent espacés, laissant la place au silence, Euclides Peixoto invita à ses côtés une petite fille désignée par tirage au sort. Âgée de huit ans, grande et mince, vêtue d'une robe blanche toute simple, elle prit la télécommande qu'il lui tendait et en pressa le bouton rouge sans autre forme de procès. Sur les rivages est et ouest du lac, une dizaine de vannes s'ouvrirent sur les conduits et des jets d'eau commencèrent à inonder les lieux. D'immenses nuées d'embruns montèrent vers le faîte de la tente, adoucissant la lueur des chandeliers qui y étaient fixés et emplissant l'atmosphère d'une odeur fraîche et métallique. Tandis que retentissait une nouvelle salve d'applaudissements, Euclides Peixoto déclara d'une voix de stentor que la mise en route du biome était lancée.

Macy Minnot n'avait jamais eu beaucoup d'estime pour Euclides Peixoto. Non seulement il devait son poste à ses appuis politiques, c'est-à-dire essentiellement à son nom, mais c'était en outre un crétin prétentieux qui, même si sa vie en avait dépendu, aurait été infoutu de dessiner un réseau trophique, de ressusciter de la vase morte et même de faire pousser une plante, sans parler d'une forêt ou d'un marécage. Mais elle aimait et respectait Emmanuel Vargo, un homme issu d'un milieu des plus modeste qui était devenu l'un des meilleurs ingénieurs écologues de la Terre et avait fait preuve à son égard d'une amabilité et d'une courtoisie exquises après qu'il l'eut sélectionnée pour intégrer son équipe.

Cela s'était passé un peu plus d'un an auparavant, lorsque Macy, récemment promue chef d'équipe, travaillait dans l'Unité de reconstruction et de réhabilitation n° 553, affectée au lac Champlain, sur la frontière nord d'un territoire nouvellement conquis et offert à la famille Fontaine. À l'issue d'une décennie de combats acharnés, on avait réussi à chasser de la région les guérilleros, les ensauvagés et les squatters, et l'Unité R&R n° 553 s'employait à réparer deux siècles de ravages écologiques. Avant son arrivée, on ne trouvait plus aucun organisme dans le lac à l'exception des cyanobactéries, des crabes chinois, des têtes-de-serpent et d'une variété pernicieuse de jacinthe d'eau, aussi rustique que proliférante, que l'on avait introduite dans les étendues d'eau douce au cours du XXIe siècle dans le cadre des premières tentatives de restauration des milieux naturels. Grâce à l'héritage des cultures consommatrices d'énergie fossile des XXe et XXIe siècles, le fond du lac était recouvert d'une couche de sédiments caractéristique, polluée par les métaux lourds et les résidus de carburant : un tapis d'anaérobies puant, goudronneux et totalement hostile à la vie. Macy Minnot dirigeait l'équipe ayant pour mission de transformer cette gadoue oléanthropocène en une vase honnête. Ils pompaient des masses de sédiments pour les envoyer dans des déflecteurs imprégnés de polymères et de plastizymes qui en extrayaient les métaux lourds et autres substances toxiques, pour les stocker ensuite dans des cuves de fermentation où des cocktails de microbes taillés sur mesure digéraient les résidus de matière organique ; au terme du processus, la vase régénérée se voyait injecter une population microbienne équilibrée, après quoi on la déversait au fond du lac. Il leur avait fallu trois mois pour nettoyer la totalité de celui-ci, en partant de la pointe nord pour aboutir à la baie de Malletts. Ils avaient dû subir deux tempêtes mémorables ainsi que les assauts de bandits et d'ensauvagés. Au cours d'un raid, Macy avait vu une roquette intelligente passer à moins de un mètre d'une plate-forme de pompage, puis effectuer un demi-tour gracieux en prélude à une nouvelle tentative, pour s'abîmer dans les eaux faute de carburant, aspergeant de plusieurs milliers de litres la barge de son équipe. Mais, à part ça, ce boulot était fabuleux. Crade et épuisant, d'accord, mais d'une valeur considérable.

Une fois que l'eau et les sédiments auraient été traités et dépollués, le lac recevrait des apports en algues, en phytoplancton, en invertébrés et en poissons : un réseau trophique reconstitué à partir de zéro et aussitôt activé. Si elle ne participait que pour la forme au culte de Gaïa, Macy considérait néanmoins la restauration quasi intégrale d'un lac promis à la mort comme une sorte d'expérience religieuse. Elle adorait son travail et se réveillait chaque matin vibrante d'énergie, de joie et de reconnaissance.

L'Unité R&R n° 553 était placée sous les ordres de Roxy Parrish, une femme aussi futée qu'expérimentée, qui ne s'en laissait jamais conter et exigeait de ses subalternes compétence, vaillance et loyauté, les gratifiant en retour d'un soutien et d'une protection sans faille face aux caprices et aux errements des bureaucrates travaillant pour les familles. Chaque semaine ou à peu près, elle venait faire un tour dans le domaine de Macy, peuplé de barges, de plates-formes de pompage et de batardeaux, pour faire le point de l'avancement des travaux, régler divers problèmes et échanger des ragots sur les autres unités R&R en activité dans la région. Par une belle soirée d'été, Roxy et Macy se trouvaient sur la passerelle externe de la barge abritant les cabines de l'équipe, sirotant une bière tout en contemplant le couchant qui parait d'un éclat cuivré la vaste étendue d'eau placide jusqu'à la berge orientale du lac, où les bosquets de plantations apparaissaient comme des taches sombres. Un vol d'oies sauvages traversait lentement le ciel indigo en direction du nord, et les appels qu'elles se lançaient parvenaient jusqu'aux deux femmes. Plus heureuse qu'elle ne l'avait jamais été, Macy avala une gorgée de bière et se dit que, l'année prochaine, ces oies trouveraient ici un séjour des plus agréable si elles souhaitaient faire étape. Elle fit part de son impression à sa supérieure, qui lui demanda ce qu'elle comptait faire dans un an de cela.

— Quand ce projet sera arrivé à terme ? répliqua Macy. Ça dépend de l'endroit où on nous enverra, je suppose.

Elle était confortablement installée sur son siège de toile, ses cheveux auburn cascadant sur sa chemise en denim, ses mains calleuses tenant la canette tout contre la ceinture de son jean, ses bottes calées sur la rambarde de la passerelle.

— Cette équipe est vraiment bonne et je comprends que tu souhaites rester parmi nous, dit Roxy. Mais tu es encore jeune et, si tu es bourrée de talent, tu manques encore d'expérience. Tu devrais jeter un coup d'œil à ça, conclut-elle en sortant une ardoise de son sac à dos.

Ce fut à ce moment-là que Macy apprit que le saint vert Oscar Finnegan Ramos et la sulfureuse sorcière génétique Averne s'étaient associés pour promouvoir la construction d'un biome dans la cité de Bifröst sur Callisto, la deuxième des lunes de Jupiter par ordre d'importance, et que la famille Peixoto s'affairait à réunir une équipe pour concevoir et mettre en route son écosystème.

— Pourquoi moi ? lança Macy. C'est du boulot de paysagiste. Un sacré boulot, sur un chantier hors du commun, mais ça n'a rien d'extraordinaire à part ça.

— Lis bien les spécifs, insista Roxy. La plus grande partie du parc sera occupée par un lac d'eau douce. Ils ont besoin de personnes sachant l'activer sans délai, dont un technicien en charge de l'écologie microbienne. Un travail intéressant qui ne manquera pas d'être formateur. L'ingénieur recruté pour diriger les opérations n'est autre qu'Emmanuel Vargo, un cador dans sa catégorie, et je suis sûr que tu apprendras plein de trucs au contact des Extros. Ça fait plus d'un siècle qu'ils développent et maintiennent des écosystèmes en circuit fermé. Sans parler de la possibilité de rencontrer Averne, voire de travailler avec celle qui est sans doute l'égale de Darwin, d'Einstein et autres prodiges scientifiques.

— Merci pour l'argumentaire. Mais c'est foutrement loin d'ici et il doit y avoir une bonne centaine de personnes plus qualifiées que moi pour ce boulot. Non : un bon millier.

— Je n'en suis pas si sûre. Je connais peu de manieurs de microbes aussi doués que toi. Tu as ton franc-parler, ce qui entraîne parfois des frictions, mais tu es dure à la tâche, jeune, intelligente et ambitieuse. Et une occasion comme celle-ci ne se présente pas deux fois dans une vie, Macy. Tu n'en as peut-être pas conscience aujourd'hui, mais ça viendra, crois-moi.

— À t'entendre, j'ai déjà été désignée volontaire.

— Qu'est-ce que je disais à propos de ton franc-parler ? Je vais être franche, moi aussi. J'espérais que tu sauterais sur l'occasion, et sans perdre un instant. Non seulement ça me faciliterait la tâche, mais en outre je pense sincèrement que c'est une chance à saisir et que tu es le plus qualifié de tous les candidats potentiels de ma connaissance. Donc, oui, si tu ne te portes pas volontaire, c'est moi qui te recommanderai et tu n'auras pas ton mot à dire. On n'est ni à l'Armée ni aux FDA, je te l'accorde, mais il existe néanmoins chez nous une chaîne de commandement. Et tu es loin d'être placée à son sommet.

Macy s'abîma dans ses réflexions. Les yeux rivés sur les oies sauvages dessinant un V dans le ciel, qui rapetissait à mesure qu'il se rapprochait de l'horizon enténébré, elle finit par dire :

— Puis-je au moins te demander qui t'a encouragée à me faire cette proposition ?

— Nul autre que le gouverneur de la région.

— Louis Fontaine ?

— Lui-même. Apparemment, il s'intéresse toujours à ta carrière.

— Le gouverneur ne me doit plus rien, rétorqua Macy. Et même dans le cas contraire, je me demande si j'aurais envie de lui dire merci.

Quatre ans plus tôt, Macy avait rang d'ouvrière dans une Unité R&R de Chicago, qui s'affairait à dégager des berges du lac les derniers vestiges de routes et d'habitations. C'était un des projets les plus impressionnants lancés par la famille Fontaine sur son territoire. Les gratte-ciel du centre-ville avaient disparu depuis des années, mais le nettoyage des banlieues, proches ou lointaines, semblait interminable. Jeune fugueuse sans protecteur ni qualifications, Macy aurait été condamnée à une existence de prolo si Fela Fontaine ne s'était pas écrasée à bord d'un aéro volé alors qu'elle était sous l'influence de trois psychotropes de synthèse différents.

Le petit appareil avait commencé par faire du rase-mottes au-dessus des souches et des gravats, semant la panique chez les R&R, puis il avait effectué un demi-tour en vue d'un second passage, heurtant pour son malheur le squelette rouillé d'un pylône de ligne à haute tension, perdant son rotor de queue dans la collision. Tournoyant comme une graine de sycomore, il était tombé en vrille vers le lac, s'abîmant à deux cents mètres du rivage ; Macy avait bondi sur un bateau à moteur et foncé vers l'épave, qui commençait à couler au milieu d'une nappe de carburant en flammes, réussissant à en extraire la jeune fille inconsciente au prix de brûlures au troisième degré sur les mains et les bras.

Le père de Fela Fontaine n'était autre que le gouverneur de la région du Nord-Est. Il était venu voir Macy à l'hôpital, lui avait payé son traitement et lui avait accordé une bourse pour financer ses études universitaires, mais elle ne l'avait plus jamais revu par la suite, non plus que le reste de sa famille. Six mois plus tard, elle avait appris que Fela Fontaine s'était suicidée. De son point de vue, l'histoire s'arrêtait là. Certes, on lui avait donné l'occasion de faire ses preuves, mais, au bout de quatre ans, elle estimait avoir honoré son contrat. Elle avait été classée première de sa promotion et s'était défoncée lors de son affectation initiale, la gigantesque usine de traitement du lac Michigan, où elle avait résolu un problème trapu obérant le fonctionnement des réacteurs de dépollution, ce qui lui avait valu d'être promue chef d'équipe. Elle était toujours reconnaissante au gouverneur de son coup de pouce, mais elle souhaitait mettre cela derrière elle, préférant être jugée sur sa seule valeur et faire son chemin dans le monde sans aide ni piston.

Elle ne pouvait réprimer sa colère à l'idée que le gouverneur puisse décider de son destin à sa place ; lorsque Roxy Parrish s'efforça une nouvelle fois de la convaincre qu'il s'agissait là d'une occasion en or, elle s'exclama :

— Qu'est-ce qu'il vient faire dans cette histoire, au fait ? Le biome est un projet des Peixoto, pas des Fontaine !

— Tu devrais vraiment t'intéresser à la politique. Sinon, ton innocence risque de t'attirer des ennuis un de ces jours.

— Je suis au courant pour les Extros. On leur a fait la guerre il y a un siècle. Certains veulent se réconcilier avec eux. D'autres veulent recommencer les hostilités parce qu'ils n'ont quasiment plus rien d'humain. Appelle ça de la politique si ça te chante. Moi, j'appelle ça des foutaises. On a suffisamment de boulot sur cette planète sans avoir besoin d'écraser des gens sous prétexte qu'ils ne vivent pas selon les mêmes critères que nous.

— C'est exactement la position des Fontaine, répliqua Roxy. C'est pour cela que nous soutenons les Peixoto dans leurs initiatives pour parvenir à un degré de réconciliation avec les Extros. La plupart des autres familles y sont opposées, mais les Fontaine et quelques autres ont appuyé les Peixoto durant la consultation au Sénat. Et comme les Peixoto avaient besoin de nos voix, quelques places nous sont réservées au sein de l'équipe qu'ils mettent sur pied. Mais, je te rassure, tu n'es pas le seul manieur de microbes que nous ayons proposé. Il en vient de toutes les régions, mais, à mon avis, tu as de bonnes chances de l'emporter. C'est quasiment dans la poche. Tu es jeune, mais tu es douée. Tu as fait du bon boulot au lac Michigan et on ne se lasse pas de te voir redonner vie à la vase morte. Ton taux de réversion est si bas qu'il en devient négligeable.

— Comme tu le dis toujours : c'est plus facile de réussir du premier coup que de recommencer cent fois.

— Oui, mais ça demande de sacrées dispositions.

— Si je suis sélectionnée, il y a intérêt à ce que ce soit pour mes capacités.

— Ça m'étonnerait qu'Emmanuel Vargo fasse attention à autre chose.

— Eh bien, entendu. Tu peux leur dire que je suis volontaire.

Roxy porta sa canette à ses lèvres.

— Ce matin, deux de mes ouvriers ont découvert les vestiges d'un autel ensauvagé dans le sous-sol d'un immeuble en ruine : des pièces auto, des ossements, une pyramide de crânes humains. Plus d'une centaine de crânes, dont certains tout petits... Le monde est dans un triste état, ma vieille. Il nous faudra beaucoup de temps et d'efforts pour le réparer. Si tu décides d'aller faire un tour là-haut, je peux te promettre qu'il y aura encore du boulot à ton retour.

Macy s'efforça de ne pas trop penser à la suite des événements. Elle n'avait que peu de chances d'être recrutée, se dit-elle, et si elle décrochait le gros lot, eh bien, elle gérerait le problème à ce moment-là ; en attendant, le travail ne manquait pas. Elle fut par conséquent surprise de sa propre déception lorsque, quinze jours plus tard, elle apprit qu'elle ne faisait pas partie de la première sélection. Elle se jeta à corps perdu dans le travail. Le projet Lac-Champlain touchait à sa fin lorsque Roxy l'appela pour lui dire qu'Emmanuel Vargo souhaitait un entretien avec elle.

L'ingénieur arriva à bord d'un aéro à rotors basculants qui plana au-dessus des arbres puis se posa en douceur dans un pré en bordure de lac. C'était un homme de haute taille, large d'épaules, à la peau noire et au crâne totalement chauve, vêtu d'un jean et d'une veste de soie jaune, coûteuse mais froissée et au revers orné d'une tache de café. Il serra la main de Macy à lui broyer les phalanges et l'étudia de ses yeux pénétrants.

—Allons nous promener dans les bois, proposa-t-il.

C'était par une belle journée fraîche de la mi-octobre. Ils marchèrent sous des frondaisons d'un splendide rouge et or. Des soldats armés de pulsofusils les précédaient et les suivaient. Emmanuel Vargo posa à Macy quelques questions pertinentes sur son travail puis en vint au fait, lui apprenant que la personne affectée à l'origine à la construction de l'écologie microbienne du biome de Bifröst venait de démissionner.

—C'est un ressortissant de l'Union européenne et un membre de la famille Couperin. Il y a dix jours, le dirigeant de celle-ci est décédé et son successeur est un partisan de la ligne dure. L'une de ses premières décisions a été de retirer du projet les trois personnes que sa famille y avait intégrées. Tant pis pour eux et tant mieux pour nous, car nous pouvons les remplacer par trois Brésiliens. C'est pour cela que je suis ici, mademoiselle Minnot. Pour vous prier de vous joindre à notre équipe.

Ils étaient arrivés dans une petite clairière. À la lumière du soleil de cette fin d'après-midi, les feuilles des jeunes érables viraient au cramoisi. On sentait dans l'air pur une pointe de fraîcheur.

—Puis-je vous poser une question, monsieur Vargo ?

L'intéressé se fendit d'un large sourire, laissant apparaître des dents jaunies et déchaussées, et ses yeux luisirent d'amusement.

—Mais je vous en prie.

—Êtes-vous venu me voir parce que je vous ai été recommandée par un membre de la famille Fontaine ?

—Je suis venu vous voir parce que vous étiez le meilleur écologue microbien de tous nos candidats. Malheureusement, j'ai été obligé de sélectionner un autre que vous pour de basses raisons politiques.

Fort heureusement, je suis en mesure de réparer cette erreur pour de nouvelles raisons, tout aussi basses et politiques que les précédentes. Vous n'avez guère d'expérience, mais c'est le cas de presque tous les volontaires. Les autres familles ne tenaient pas à se séparer de leur personnel hautement qualifié. Aucune importance. Dans ce cas précis, nous nous aventurons dans un nouveau domaine, où le talent compte plus que l'expérience. Et je vous estime plus que capable de faire du bon boulot. C'est pour cela que je suis venu personnellement vous prier de vous joindre à mon équipe.

Macy n'était pas le genre de femme sur laquelle les hommes se retournent, mais, quand elle souriait, son visage perdait la réserve qui lui était coutumière pour s'illuminer à la façon d'une maison soudain inondée de soleil. Elle sourit à présent et lança :

— Je me suis déjà portée volontaire, non ? Pour quand avez-vous besoin de moi ?

— Combien de temps vous faut-il pour faire vos bagages ?

Une heure plus tard, Macy s'envolait avec Manny Vargo. Le lendemain, elle entamait son entraînement avec le reste de l'équipe. Et voilà qu'elle était arrivée sur Callisto. Et qu'elle devait de nouveau prouver sa valeur en repartant de zéro.

La tâche s'annonçait difficile. Non seulement à cause de la mort d'Emmanuel Vargo, une véritable tragédie, mais aussi parce que Euclides Peixoto se chargeait désormais de la gestion quotidienne de l'équipe. Et s'il était doué pour prononcer des discours et flatter les diplomates et les représentants du gouvernement callistan, il ne connaissait strictement rien à l'ingénierie écosystème et ne manifestait aucun intérêt ni pour la conception du biome ni pour la formation de l'équipe. Ce qui ne l'avait pas empêché de dicter sa conduite à Emmanuel Vargo, et ce à plus d'une occasion. Son ignorance en matière d'écosystèmes n'avait d'égale que son absence de talent pour les relations humaines et, à la manière de ceux auxquels leur naissance confère des privilèges qui les protègent des conséquences de leurs bévues, il se gardait bien d'écouter les conseils de tous ceux qu'il considérait comme ses inférieurs.

Le professeur-docteur Sri Hong-Owen, qui avait aidé Manny Vargo à concevoir le biome, devait arriver à Bifröst dans quatre semaines, à bord d'un cargo équipé du nouveau moteur à fusion. En attendant, les chances de réussite du projet seraient grandement augmentées si la famille Peixoto acceptait d'en confier les rênes à un ingénieur local. Quelqu'un qui connaissait le travail. Quelqu'un qui collaborerait étroitement avec le reste de l'équipe. Mais non seulement une telle solution était inacceptable sur le plan politique, elle heurtait en outre la fierté de la famille. Les techniciens durent donc subir Euclides Peixoto, dont le moindre des caprices était imposé avec une volonté de fer. Il pouvait certes demander conseil auprès de Sri Hong-Owen et d'une équipe d'experts, mais il était fort possible qu'il se juge plus apte qu'eux à décider de tel ou tel point crucial, étant donné qu'il se trouvait sur place alors qu'ils naviguaient à près d'un milliard de kilomètres de là. Et si jamais il devait résoudre un problème dans l'urgence, sans pouvoir consulter la Terre, il risquait de ne rien faire ou de prendre la mauvaise décision, refusant ensuite de changer de cap à cause de sa fierté mal placée. Naturellement, aucun des membres de l'équipe ne pouvait s'opposer à sa volonté. Les Peixoto étaient bien plus conservateurs que les Fontaine et, même chez ceux-ci, il était déconseillé de contrarier toute personne disposant d'un degré de consanguinité, si faible soit-il, quoiqu'on ait le droit de râler contre les patrons quand ils avaient le dos tourné. Avec les Peixoto, une telle attitude était bien trop risquée. Toute personne surprise à critiquer ceux qui possédaient sa couenne pouvait être accusée de trahison, il y avait des espions et des mouchards partout et les châtiments pour crime de déloyauté étaient fort sévères, de sorte que tous les sujets des Peixoto gardaient leur opinion pour eux. Même Ernest Galpa, le doyen de l'équipe, un brave type qui avait travaillé pendant vingt ans aux côtés d'Emmanuel Vargo et avait pleuré sans honte en apprenant sa mort, même lui, se dit Macy, n'oserait jamais contredire Euclides Peixoto si jamais il prenait une décision susceptible de menacer la réussite du projet.

En théorie, les membres de l'équipe provenant d'autres familles pouvaient lui tenir tête avec une certaine impunité. Mais Cristine Quarrick et Patrick Alan Allard venaient de la famille Nabuco, encore plus rétrograde que les Peixoto, tout le monde savait que César Puntareñas était un espion à la solde du conseil de la famille Fonseca et, même si Ursula Freye avait un degré de consanguinité d'un trente-deuxième avec les Fontaine, étant la fille d'un cousin issu de germain de leur unique saint vert, elle était obnubilée par le fantasme paranoïaque d'un complot ayant causé la mort de son amant. Macy en était réduite à espérer que, lorsque Euclides Peixoto finirait par merder – et ce n'était sans doute qu'une question de temps –, il le ferait dans un domaine sans rapport avec le sien. Car s'il lui ordonnait de faire une quelconque connerie, elle était suffisamment stupide pour se mutiner, ce qui lui vaudrait d'être mise aux fers, de voir sa réputation définitivement ruinée et de regagner la Terre sans la moindre perspective d'avenir.

Si on acceptait de la payer pour casser des cailloux, elle pourrait remercier sa bonne étoile.

Heureusement, elle n'avait guère le temps de s'inquiéter des risques que ce crétin faisait courir au projet. Le travail ne manquait pas et elle devait l'accomplir au plus vite.

Pour commencer, l'écosystème microbien du biome – le répertoire métabolique combiné des billions d'ouvriers microscopiques qui étayaient les cycles de la fixation du carbone, du recyclage des nutriments et de la décomposition organique – devait être opérationnel avant qu'on puisse implanter la végétation dans le lac et y introduire poissons et invertébrés. Macy devait élaborer des cultures microbiennes afin d'ensemencer les roselières et les stromatolithes qui filtreraient les eaux du lac et recycleraient les nutriments, et elle devait aussi travailler en liaison avec le groupe Plancton pour produire une culture de bactéries, de cyanobactéries et de diatomées qui éclaircirait les eaux du lac en se fixant aux particules en suspension et en élaborant des chaînes de glycosaminoglycanes afin de former des flocons suffisamment lourds pour sombrer au fond de la colonne d'eau. Pour lancer cette floculation qui, outre qu'elle autoriserait la photosynthèse jusque dans les profondeurs, produirait une couche de vase riche en matière organique, elle devrait au cours de la cérémonie d'ouverture injecter dans tous les secteurs du lac d'importantes quantités de sa culture mixte. La cérémonie en question aurait lieu dans trente-deux jours, une fois que Sri Hong-Owen les aurait rejoints et que le lac aurait atteint son niveau définitif. Question délai, c'était plutôt serré. Mais dès qu'ils se mirent au travail, Macy et le groupe Plancton butèrent sur un obstacle : la diatomée qu'ils avaient prévu d'utiliser, une souche améliorée de *Skeletonema costatum*, se développait moins vite que prévu lorsqu'on la cultivait dans l'eau de fonte dont on avait rempli le lac. Si son taux de croissance n'était pas multiplié par deux, non seulement il leur manquerait plusieurs quintaux de biomasse, mais en outre il leur faudrait ajuster le taux de croissance de tous les autres micro-organismes.

C'était le genre de problème que Macy adorait résoudre. L'ingénierie des biomes était un art plutôt qu'une science, une partie de puzzle des plus intriquée où chaque pièce affectait toutes les autres et dont la complexité augmentait de façon exponentielle avec l'ajout de chaque nouvelle espèce. Les végétaux se disputaient la lumière et les nutriments ; les animaux se nourrissaient des végétaux et des autres animaux ; les micro-organismes dissociaient la matière organique inerte et recyclaient l'azote, le phosphore et le soufre pour produire des molécules consommables par les autres organismes. Qu'une seule espèce soit ajoutée ou enlevée à ce réseau, et les relations entre toutes les autres seraient altérées d'une façon le plus souvent imprévisible. Macy n'avait pas son pareil pour concevoir mentalement des modèles de flux énergie/nutriments, visualiser leurs équilibres à chaque instant et déduire les changements que produirait dans le système la modification d'un paramètre. Certes, elle n'atteignait pas le niveau de feu Manny Vargo, dont les prouesses évoquaient un chef d'orchestre dirigeant simultanément trois symphonies, avec chœurs, cloches d'église et grandes orgues. Mais elle était compétente, bosseuse et habituée à tenir les délais, et la cité lui avait donné deux assistants sérieux et l'usage exclusif de l'usine sophistiquée construite sur la rive ouest du lac. Pas un instant elle ne doutait de son succès.

On avait aménagé cette usine autour du pied de l'un des pylônes de l'armature de la tente, une arche tressée avec des fils de fullerène. Il s'évasait à sa base pour former une structure de dix étages rappelant par sa forme une gourde creusée et abritant des unités d'habitation, qui dominait une esplanade conçue pour border une baie lorsque le lac serait rempli. Le laboratoire de Macy se trouvait au rez-de-chaussée et les bioréacteurs où elle produisait ses cultures de micro-organismes avec l'aide de ses deux assistants étaient installés sur l'esplanade. C'était là qu'elle s'affairait lorsque Speller Twain, le chef de la sécurité, et Loc Ifrahim, le benjamin de la délégation diplomatique brésilienne, vinrent s'entretenir avec elle.

Onze jours s'étaient écoulés depuis l'ouverture des vannes. Macy et ses deux assistants, Argyll Hall et Loris Sher Yanagita, débattaient des problèmes posés par la culture de diatomées lorsque les deux hommes firent leur apparition.

— Nous avons besoin de parler avec Mlle Minnot, dit Speller Twain aux deux Callistans.

C'était un homme massif, aux cheveux blonds coupés ras et à l'expression peu amène. Il avait arraché les manches de sa combi pour exhiber des bras musculeux couverts de tatouages militaires.

— Ça ne regarde que les membres de l'équipe, alors laissez-nous, je vous prie, ajouta-t-il en guise de précision.

— Ils ont encore du travail, lui lança Macy. (Elle s'était attendue à une visite de ce genre, mais elle avait soudain la bouche sèche et le cœur battant.) Et peut-être préférez-vous être hors de portée de ces caméras ; aussi incroyable que cela paraisse, il y a des citoyens qui n'ont rien de mieux à faire que de me regarder bosser. Si vous voulez me parler en privé, on ferait mieux d'aller ailleurs.

Twain et Ifrahim échangèrent un regard, puis le diplomate haussa les épaules et fit :

— Pourquoi pas ?

Macy s'éloigna des bioréacteurs pour les conduire sur la jetée surplombant la baie encore à sec. Elle ne s'arrêta qu'une fois parvenue au bout, adoptant une démarche adaptée à la faible pesanteur sur Callisto et se débrouillant pour prendre de l'avance sur les deux hommes. Elle avait besoin d'un peu de temps pour reprendre sa contenance et évacuer la colère et la consternation qu'avait suscitées leur arrogance.

En se retournant, elle constata que Speller Twain s'était arrêté à mi-chemin pour s'accouder à la rambarde dans une attitude de touriste, tandis que Loc Ifrahim avait continué à la suivre.

— Dites-moi donc ce qui vous tracasse, lança-t-elle au diplomate. Comme ça, je pourrai vous expliquer pourquoi je ne peux rien y faire et ensuite je retournerai à mes tâches.

Loc Ifrahim sourit.

— On m'avait vanté votre franc-parler.

Plus âgé qu'elle de quelques années à peine, il avait un visage étroit respirant la ruse, qu'encadraient des dizaines de tresses noires qui frôlaient les épaules de sa veste de soie blanche. Officiellement, il faisait partie de la délégation commerciale, mais tout le monde savait que c'était un espion.

— N'attendez pas d'excuses de ma part, monsieur Ifrahim. Contrairement à vous, je n'ai pas été élevée dans un milieu privilégié.

— En fait, j'ai eu une enfance moins dorée que vous le pensez. D'un autre côté, j'ai eu la chance de ne pas être élevé par une secte bizarroïde persuadée qu'il suffit de s'amuser avec le nombre pi pour découvrir des vérités universelles. Veuillez assouvir ma curiosité, mademoiselle Minnot : vous croyez toujours à ces fadaises ?

Macy avait l'habitude de subir des railleries à propos de son étrange éducation. Elle avait dû apprendre à les encaisser dès qu'elle était entrée dans les R&R.

— J'ai tourné la page de mon enfance, monsieur Ifrahim. Et vous ?

— Durant cette période, on m'a inculqué quantité de vertus démodées que je m'efforce toujours de respecter au quotidien. La loyauté envers ma famille et mes amis, par exemple. Et *vous*, mademoiselle Minnot ? Je sais que vous n'êtes pas loyale envers votre famille, étant donné que vous l'avez fuie. Mais l'êtes-vous envers vos amis ? Envers Ursula Freye, par exemple ?

Et voilà, exactement ce qu'elle craignait.

— Je ne pense pas qu'elle apprécierait que je la considère comme une amie, répondit-elle. Nous sommes originaires du même territoire, mais c'est notre seul point commun ou presque. Par ailleurs, Ursula possède un degré de consanguinité et c'est une maniaque du protocole. Elle l'a bien fait sentir pendant l'entraînement.

— Elle a plaisir à vous rappeler son rang, je sais. Néanmoins, je suis sûr que vous l'aideriez si elle avait des ennuis.

— Quel genre d'ennuis ?

— Dans quel état d'esprit est-elle en ce moment, selon vous ?

— Je ne sais pas. Fatiguée et un rien énervée, je suppose. Comme nous tous.

— Énervée… hum ! dit Loc Ifrahim, retournant ce mot sur sa langue comme s'il en savourait le goût. Vous a-t-elle dit ce qu'elle mijotait ?

— Apparemment, vous avez du mal à en venir au fait, monsieur Ifrahim. Comme cette histoire n'a rien d'un secret, permettez-moi d'appeler un chat un chat afin de faire avancer la discussion. Ursula est persuadée que la mort d'Emmanuel Vargo n'était pas accidentelle. Elle pense qu'il a été assassiné. Elle court un peu partout en quête d'indices et j'ai l'impression que ça commence à vous attirer certains embarras. Comment je me débrouille jusqu'ici ?

Les tresses noires de Loc Ifrahim étaient ornées de perles de toutes les tailles et de toutes les couleurs. Elles frémirent et cliquetèrent lorsqu'il se détourna de Macy et agrippa la rambarde des deux mains, feignant de s'abîmer dans la contemplation de la petite baie en devenir. Sa peau couleur cannelle était dénuée d'imperfections. Il portait une bague à chaque doigt et arborait les ongles les plus impeccables que Macy ait jamais vus (elle coupait les siens avec soin, mais ils étaient cassés et abîmés, et celui du pouce droit était encore tuméfié, souvenir du jour où elle l'avait coincé dans l'un des sas à échantillons du bioréacteur). Le parfum du diplomate flottait dans l'air, une senteur âcre évoquant l'écorce d'orange et le caramel.

Il daigna enfin se tourner vers elle et lui dit :

— Pensez-vous que M. Vargo a été assassiné ?

— Si vous cherchez un moyen détourné de me demander de vous aider à enquêter sur les agissements d'Ursula, il faut que vous sachiez que je ne suis pas un mouchard, monsieur Ifrahim.

— Ce n'est pas moi qui ai besoin de votre aide. C'est elle.

— Possédez-vous un degré de consanguinité, monsieur Ifrahim ?

Le sourire de Loc Ifrahim ne bougea pas d'un iota, mais la lueur de ses yeux s'altéra.

— Personne n'en possède au sein du service diplomatique. Cela garantit notre totale impartialité.

— Je n'en possède pas non plus. Mais Ursula Freye est apparentée au trente-deuxième degré à la famille Fontaine. Et celle-ci est propriétaire de mon cul. Donc, si vous cherchez quelqu'un pour la convaincre de cesser de s'intéresser aux circonstances de la mort de Manny Vargo, adressez-vous à un autre que moi. Au cas où, pour des raisons que j'ignore, vous ne souhaiteriez pas lui parler directement, peut-être devriez-vous demander à M. Peixoto de régler cette question. C'est un membre de droit de sa famille et il est censé diriger cette équipe.

— Oh ! à mon avis, ce genre de chose n'est pas de son ressort.

— Il n'est pas du mien non plus.

— Vous vous trompez, mademoiselle Minnot. Il existe quantité de personnes à Bifröst qui sont hostiles à ce projet, et au Grand-Brésil en général. En poursuivant ses activités, Mlle Freye risque de se faire manipuler par cette faction et de nous faire du tort à tous.

— Eh bien, empêchez-la de sortir du biome. Demandez à M. Twain de la placer en résidence surveillée.

— Nous *pourrions* tenter de lui imposer le silence, mais M. Twain estime que cela ne ferait qu'aggraver la situation. Et je dois dire que je partage son avis. Nous devrions expliquer nos actes à la proche famille de Mlle Freye. Et nous ne pouvons pas empêcher les Extros d'entrer dans le biome, naturellement, pas plus que nous ne pouvons les empêcher de s'entretenir avec Mlle Freye. Non, il vaudrait mieux pour toutes les parties concernées que vous ayez un tête-à-tête discret avec votre compatriote. Que vous lui disiez que nous sommes au courant de ses démarches, que nous comprenons sa peine et que nous souhaitons l'aider de toutes les façons possibles.

— C'est un ordre que vous me donnez ou un service que vous me demandez ? lança Macy.

— Je pourrais inviter M. Twain à vous faire entendre raison, répondit Loc Ifrahim. Mais je préférerais que vous vous portiez volontaire, par amitié autant que par loyauté. Par amitié pour votre compatriote et par loyauté envers l'équipe et sa mission. Parce que si Mlle Freye ne met pas un terme à sa ridicule petite croisade, elle va attirer des ennuis à toute l'équipe, mettre en péril bien plus que ce projet et très certainement nuire à la réputation de la famille Fontaine. Et même si vous ne possédez aucun degré de consanguinité, *votre* réputation en souffrira également, mademoiselle Minnot. Les gens diront que vous êtes restée les bras croisés alors que vous auriez pu intervenir. Ils diront que vous cultiviez en partie les mêmes délires infondés que Mlle Freye. Et cela m'étonnerait que la famille Fontaine soit ravie d'apprendre que vous n'avez rien fait pour aider cette malheureuse.

— Présentez la chose comme ça vous chante, mais ce que vous attendez de moi, c'est que je fasse le sale boulot à votre place.

— Allez parler à Mlle Freye. J'ai obtenu de M. Twain qu'il vous accorde un délai de deux jours. Ensuite, il attendra que vous lui fassiez un rapport. Celui-ci a intérêt à contenir des éléments positifs, sinon vous risquez de le regretter.

Cela dit, Loc Ifrahim esquissa une courbette et tourna les talons pour se diriger vers Speller Twain, qui s'écarta de la rambarde, porta l'index au coin de l'œil et le braqua sur Macy comme s'il s'agissait d'un revolver. Traduction : *Je t'ai à l'œil.*

Après s'être enfuie de la secte, Macy avait vécu deux ans dans les rues de Pittsburgh. Elle connaissait bien le coup du bon flic et du méchant flic. Ce petit numéro lui aurait paru fort drôle si elle n'avait pas eu l'occasion de voir Speller Twain en action. Lors de la réunion deux jours plus tôt, par exemple, quand Delmy March, le responsable du groupe Poissons et Mammifères, avait repris Euclides Peixoto sur un point de détail relatif au calendrier de mise en route. Se sentant insulté, Euclides Peixoto avait dit à Delmy qu'il ne saurait tolérer une telle insubordination ; Speller Twain s'était écarté du mur auquel il s'adossait et, traversant la salle en deux bonds, avait immobilisé Delmy d'une clé au bras pour lui planter un brouilleur derrière l'oreille, le plongeant dans des convulsions si violentes qu'il avait failli se trancher la langue à coups de dents.

Plutôt que de suivre les deux hommes sur la jetée, car ils n'auraient pas résisté à l'envie de lui décocher la flèche du Parthe, Macy enjamba la rambarde et se laissa tomber en douceur d'une hauteur de quatre mètres, pour s'éloigner sur le sol de la baie. Vu son état d'esprit du moment, un peu d'activité physique lui éclaircirait sûrement les idées, mais elle avait surtout envie de prendre un peu de recul et, lorsqu'elle émergea à l'entrée de la baie, elle se mit à courir, dévorant les hectomètres à longues enjambées, longeant un promontoire sablonneux où poussaient des yuccas et de jeunes palmiers pinots, filant sous la lumière blanche des chandeliers fixés sous les panneaux de la tente en direction de l'étendue d'eau ovale occupant la partie la plus profonde du lac. Un peu plus au sud se dressait la muraille basse et noire du batardeau qui encerclait le site de construction d'un archipel de petits îlots, un changement de dernière minute dans le paysage, et, plus loin encore, les terrasses de la grande île. Le sol du lac était fait de la même matière que le batardeau, une épaisse couche de composite de fullerène aussi robuste que légère, noire et striée de fibres évoquant des muscles, posée au-dessus d'une substructure isolante de plusieurs mètres d'épaisseur qui l'ancrait à la glace adamantine, sculptée pour présenter des fosses et des hauts-fonds, des tranchées et des plateaux. C'était comme si elle évoluait dans une gigantesque baignoire à demi remplie.

Macy commençait à transpirer. Elle ôta sa casquette pour courir tête nue, ses cheveux la suivant tel le sillage d'une comète couleur rouille. Il était plus facile de courir que de marcher dans cette faible pesanteur, mais on avait du mal à changer de direction car la masse demeurait inchangée, contrairement à la traction ; il fallait planifier ses mouvements à l'avance, contourner les obstacles de loin et ralentir en douceur, car on risquait de tomber cul par-dessus tête en freinant brusquement. Bill Highbridge s'était froissé deux côtes en heurtant l'un des rochers placés sur la grève de la grande île et Pilgrim Greeley s'était cassé le poignet en faisant une mauvaise chute, mais Macy avait pris l'habitude de faire du jogging dans le lac chaque matin avant le petit déjeuner, le temps que ses pensées se mettent en ordre, le temps de se préparer à affronter les problèmes de la journée, et elle se déplaçait désormais avec aisance, allant vers le sud parallèlement à la ligne des hautes eaux qui montait un peu plus chaque jour.

Le grand axe de la surface inondée faisait environ cinq cents mètres de long. Dans moins d'une semaine, l'eau viendrait lécher les berges, ce qui obligerait Macy à courir sur la petite route côtière. Le spectacle était déjà impressionnant : une vaste étendue d'eau brunâtre, agitée par plusieurs dizaines de courants, engendrés par les jets issus des vannes sur chaque rive, un bouillonnement constant de vagues festonnées d'écume. L'eau n'était pas une denrée rare sur Callisto, naturellement – la lune consistait en une boule de silicate enveloppée dans un manteau de glace –, mais vu que la température ambiante était de – 170 °C, cette eau était dure comme du granit. Pour créer le lac, il fallait l'extraire et la faire fondre, la traiter afin de la débarrasser de ses composés sulfureux et de ses surplus de dioxyde de carbone, puis augmenter son taux d'oxygène et ensuite lui faire parcourir quelques kilomètres dans des aqueducs chauffés pour la transporter à l'intérieur du biome. L'extrémité d'un de ces aqueducs saillait du quai à quelques centaines de mètres de là, dégorgeant un flot d'eau écumante dont l'odeur électrisait le sang de Macy. Cette glace était restée figée pendant des milliards d'années, mais il avait suffi d'un peu d'énergie pour affaiblir la liaison hydrogène et provoquer le passage de l'état solide à l'état liquide. Comme si on avait ramené un fossile à la vie.

Les trois titanesques machines qui extrayaient, traitaient et liquéfiaient la glace, la gigantesque tente qui abritait le biome, et le biome proprement dit, tout cela représentait un fabuleux déploiement d'ingénierie, d'énergie, de travail et d'imagination humains. En ajoutant sa modeste contribution, Macy était bien décidée à faire honneur au grandiose projet des Extros, mais même si ses talents avaient fait vibrer son esprit et frémir ses mains, même si elle avait consacré des centaines d'heures sur Terre à peaufiner les détails en compagnie du groupe Plancton et de ce pauvre Manny Vargo, elle passait des nuits blanches depuis son arrivée sur Callisto. La légèreté onirique que conférait la faible pesanteur, l'étrange saveur de l'atmosphère, les bruits incongrus résonnant dans la salle haute de plafond aménagée dans le pied du pylône – elle avait pris l'habitude de dormir au labo –, tout cela contribuait à ses insomnies, mais celles-ci étaient essentiellement dues à l'angoisse et à la peur de l'échec. Quoique parfaitement capable de faire le travail qu'on lui avait confié, elle avait l'impression de surfer sur une vague d'appréhension et d'exaltation. Elle était arrivée. Elle avait réussi. Mais le moindre faux pas pourrait l'anéantir.

Et voilà que, par-dessus le marché, elle devait prendre en charge le petit boulot à elle confié par Speller Twain et Loc Ifrahim, ce charmeur aux paroles de miel. Le problème, c'était que même si la mort de Manny Vargo avait brisé le cœur d'Ursula Freye, au point de la plonger dans le désespoir voire dans la folie, elle n'en demeurait pas moins une snobinarde butée et hautaine. Si bouleversée, si esseulée soit-elle, jamais elle n'écouterait les conseils d'une prolo comme Macy, et celle-ci ne voyait aucun membre de l'équipe qui soit susceptible de l'aider. La plupart d'entre eux appartenaient à la famille Peixoto et, en dépit de tous les efforts déployés pour les souder durant la période de formation, ils avaient eu tôt fait de se diviser en clans de trois ou quatre personnes, indépendamment de toute considération de sexe ou de spécialisation. Quant aux exceptions, Cristine Quarrick et Patrick Allard, de la famille Nabuco, étaient mariés et vivaient dans un monde à part, un univers douillet dont tout étranger était exclu, et César Puntareñas était un sale type qui n'aimait rien tant que jouer de sa réputation de barbouze.

Macy courut sur la berge jusqu'à arriver devant l'un des courants qui bouillonnaient le long d'un chenal de deux mètres de large envahi par la mousse. Elle franchit l'obstacle d'un bond mais se reçut un peu mal et tomba de tout son long, glissant sur quelques mètres et se retrouvant le souffle coupé. Alors qu'elle se redressait, effectuant des flexions des bras et des jambes pour vérifier qu'elle n'avait rien de cassé – elle n'aurait à déplorer qu'une paume écorchée et des bleus au derrière –, elle aperçut l'un des petits drones qui infestaient le biome flottant au-dessus de la berge, minuscule zeppelin de un mètre de long dont la caméra ventrale était braquée sur elle. Un éclat de rire, et elle lui lança un doigt d'honneur, se demandant combien de citoyens l'avaient vue se planter, et ce fut alors qu'elle eut une idée pour traiter le cas Ursula Freye.

Quand elle regagna le labo, elle dit à ses deux assistants qu'ils pourraient sans doute l'aider à résoudre un problème personnel. Elle porta un doigt à ses lèvres dès qu'ils lui demandèrent des précisions puis les conduisit à l'extrémité de la jetée et les informa que ce qu'elle allait leur dire était confidentiel et qu'ils devaient lui jurer de n'en parler à personne.

Les Callistans échangèrent un regard. Âgés tous deux d'une quarantaine d'années, ils semblaient à peine plus vieux qu'elle et, avec leur gabarit tout en longueur, lui évoquaient un couple de girafes bienveillantes. Argyll Hall avait un teint blafard et des cheveux rouge vif évoquant une crête de coq ; Loris Sher Yanagita avait des yeux vert pomme et des pupilles de chat. Macy les aimait bien. Naturellement, ils devaient rapporter le moindre de ses faits et gestes, mais c'étaient des techniciens travailleurs et compétents, et de surcroît enthousiastes à leur façon. D'un tempérament calme, Loris préférait écouter plutôt que parler, n'ouvrant la bouche que lorsqu'elle estimait avoir quelque chose à dire, mais son ardeur et sa persévérance rappelaient à Macy la façon dont les ensauvagés transportaient leur feu d'un camp à l'autre, abritant des braises fumantes dans un pot en terre cuite. Argyll était plus vif, plus impulsif et plus loquace, débordant d'idées mal dégrossies, empli d'une insondable curiosité pour tout ce qui touchait à la Terre et aux réactions de Macy à la société callistane. Macy avait pris soin de ne jamais sembler choquée, mais elle l'était néanmoins par nombre des manips que les Extros infligeaient à leurs organismes. Argyll s'en était tout de suite aperçu et s'était fait un plaisir de lui détailler toutes les différences qui le séparaient de la norme humaine. Adaptation physiologique à la micropesanteur, mécanismes cellulaires conçus pour contrer l'exposition aux radiations, réflexes accrus et sens de l'équilibre digne d'un danseur étoile, altérations du corps calleux lui permettant de se restaurer au moyen de brèves siestes pendant des mois si nécessaire, voire d'entrer en état d'animation suspendue, plus une dizaine de changements mineurs, de son oreille absolue à sa parfaite vision nocturne, obtenue grâce à une membrane réfléchissante insérée au fond de son œil. Lorsque Macy lui avait demandé en plaisantant pourquoi les Extros n'étaient pas allés au bout de leur démarche en remplaçant leurs pieds par des mains, il avait souri, haussé les épaules et répliqué que cela viendrait sans doute un de ces jours.

— Vous avez déjà essayé de marcher sur les mains ? avait alors lancé Lori. Même en micropesanteur comme ici, ce n'est pas facile. Elles ne sont pas faites pour ça.

— Et une queue ? avait dit Macy, d'humeur provocatrice.

Lori avait réfléchi quelques instants, demeurant d'un calme imperturbable.

— Je crois qu'ils ont essayé ça à Camelot sur Mimas. Certes, la pesanteur y est encore plus faible qu'ici…

Macy n'avait pu s'empêcher de rire. Elle aimait bien Loris. Celle-ci lui ressemblait beaucoup.

Avant que Macy ait commencé à leur expliquer pourquoi elle voulait leur demander un grand service, Argyll lui déclara tout à trac :

— Je parie que c'est à propos du meurtre de M. Vargo.

Macy ressentit un soudain malaise.

— Vous avez écouté notre conversation ? On entend donc tout ce qui se dit ici ?

Loris fit non de la tête.

— On a deviné, expliqua Argyll. Enfin, c'est évident, non ? Pour quelle autre raison ce diplomate et le chef de la sécurité seraient-ils venus vous voir ? Alors, ils pensent avoir identifié le coupable ?

— Ils ne pensent pas qu'il s'agisse d'un meurtre et moi non plus.

Macy se tut, frappée par une idée des plus inconfortable.

— Est-ce que les citoyens de Bifröst penchent pour l'hypothèse du meurtre ?

— Selon le dernier sondage, ils sont soixante pour cent à croire que M. Vargo a été tué, répondit Argyll.

— Parce qu'il y a des sondages là-dessus ?

— N'importe qui a le droit de lancer un sondage sur le sujet qui l'intéresse, expliqua Argyll. Sinon, comment saurions-nous ce que pensent les gens ?

— Personnellement, dit Loris, je ne crois pas qu'il ait été assassiné, mais Argyll n'est pas de mon avis. Vous devriez lui demander à quoi ressemble le fil de discussion dédié. Les maniaques de la théorie du complot s'amusent comme des fous.

— Je ne devrais pas vous dire ce que je vais vous dire à présent, reprit Macy, mais j'ai besoin de votre aide. Donc, promettez-moi de ne le répéter à personne, sur ce fameux fil de discussion ou ailleurs. D'accord ?

Du bout de l'index, Argyll traça le signe de l'infini sur son torse, et il déclara :

— Puissé-je mourir avant de parler.

— Ça veut dire qu'il se taira, dit Loris. Et moi aussi.

— Nous voulons vous aider, ajouta Argyll.

— Voyons si c'est possible, dit Macy. Apparemment, l'une de mes collègues se balade un peu partout en ville. Je dois savoir où elle se rend et si elle rencontre des gens. Ne me dites pas que vous n'avez aucun moyen de le savoir. Je sais que les caméras sont omniprésentes. Et que toutes leurs images se retrouvent sur la toile.

La première chose à faire, avait-elle décidé, c'était de vérifier que Loc Ifrahim disait bien la vérité, qu'Ursula s'était vraiment acoquinée avec un quelconque mouvement clandestin. Si ses virées en ville se révélaient innocentes, si les affirmations de Loc Ifrahim ne reposaient que sur sa paranoïa, alors Macy le prierait de lui foutre la paix et de la laisser faire son travail. Mais si elle arrivait à prouver qu'Ursula était entrée en contact avec des contestataires ou des partisans de la ligne dure, elle aurait d'autant plus de chances de convaincre la malheureuse que ces derniers ne lui voulaient rien de bon.

— C'est tout ? demanda Argyll, visiblement déçu.

— De qui s'agit-il ? s'enquit Loris.

— D'Ursula Freye. Et avant que vous me posiez des questions auxquelles il m'est impossible de répondre, cela n'a rien à voir avec la mort de M. Vargo. Tout ce que je souhaite, c'est aider une collègue égarée par son chagrin.

Chapitre 5

Deux jours plus tard, Macy emprunta un tramway pour gagner la zone franche située au nord de Bifröst. Elle s'était déjà rendue en ville à deux reprises, mais uniquement dans le cadre de sorties officielles : d'abord une réception où ses collègues et elle-même avaient été exhibés comme des bêtes curieuses, ensuite un spectacle mêlant le théâtre, la musique, la danse et les arts visuels, qu'on leur avait présenté comme une interprétation des mythes de la Création. Macy avait reconnu deux ou trois fragments de la Genèse, mais le symbolisme de l'ensemble lui était resté impénétrable, la musique lui avait évoqué un train qui déraille et elle avait eu du mal à ne pas somnoler. En dépit de l'angoisse que lui inspirait son entreprise, elle éprouvait donc une impression de libération lorsqu'elle partit se promener en solo.

Bifröst consistait en une grappe de tentes pressurisées et de dômes géodésiques de toutes les tailles. À l'intérieur, des immeubles similaires à ceux que Macy avait achevé de démolir dans les ruines de Chicago étaient alignés le long de rues rayonnant depuis un parc central, disséminés au hasard dans des espaces verts ou encore, dans les quartiers les plus anciens, massés les uns contre les autres et reliés par des passerelles au niveau de leurs toits transformés en jardins. On remarquait quelques pâtés de maisons affectés à l'artisanat et à la petite industrie, mais la plupart des usines étaient implantées dans des dômes de petite taille à l'extérieur de la ville, à côté des raffineries et des fermes de kénobies. Après avoir traversé des champs et des forêts, le tram qui emportait Macy s'engagea dans des rues bordées d'arbres. Elle descendit au terminus et chaussa les bésiks que la ville lui avait fournies à sa sortie d'hibernation. Argyll lui avait montré comment se servir de la fonction navigation ; l'écran virtuel afficha une série de flèches rouges qui s'effaçaient à intervalles réguliers et, deux drones sur les talons, elle les suivit le long d'une allée de gravier blanc entre des immeubles courtauds dont les balcons débordaient de lianes, de fougères et de mousses retombant en cascade. Il était déjà tard. Les panneaux du dôme polarisaient le noir, l'éclairage public se réduisait à quelques réverbères et à de minuscules biolampes vertes, et les passants étaient rares, ce dont elle se félicita. Elle était vêtue d'une tenue empruntée à Loris, pantalon bouffant et tee-shirt bleu pâle descendant jusqu'aux genoux, mais la plupart des personnes qu'elle croisa parurent la reconnaître et quelques-unes l'abordèrent pour lui demander si elle aimait leur ville, ou tout simplement pour la saluer.

La dernière flèche rouge s'effaça lorsque Macy posa le pied sur l'escalator donnant accès à la zone franche. L'un des drones qui la suivait prit la tangente ; l'autre, sans doute télécommandé par Speller Twain, s'immobilisa au sommet de l'escalator, disparaissant à la vue à mesure qu'elle descendait.

Dans cette ville, tout le monde était au courant des affaires de son prochain. C'était un lieu clos, confiné et, comme dans toutes les cités-États et les colonies extros, où l'on respectait des traditions démocratiques tombées dans l'oubli sur Terre, on y faisait preuve d'une certaine candeur pour ce qui était des systèmes de surveillance et du stockage des informations. On n'hésitait pas à exhiber sa vie intime sur la toile, et on exprimait les opinions les plus diverses sur les sujets les plus variés ; n'importe qui pouvait accéder à un poste de responsabilité en suscitant une votation citoyenne, et les élus, censés prendre leurs décisions en conciliant les vœux de l'opinion publique et les avis des experts, étaient tenus de répondre de leur politique lors de séances de questions ouvertes à tous. Cette tradition de transparence généralisée n'était pas sans poser des problèmes à l'équipe terrienne. Le biome recevait plusieurs centaines de visiteurs par jour. Ils pique-niquaient sur la grande île, jouaient au cerf-volant, regardaient le niveau de l'eau monter centimètre par centimètre, se baladaient dans les labos et les postes de travail, harcelaient les techniciens de questions portant sur la Terre et sur leur travail. La veille, alors qu'elle se promenait sur la route côtière avant le souper, Macy avait été accostée par un jeune homme au regard intense qui avait quantité de critiques à formuler sur ses méthodes. Elle avait dû réfuter ses arguments l'un après l'autre, ne contenant sa colère qu'à grand-peine. Certains de ses collègues avaient plus de difficulté à gérer l'insatiable curiosité des Extros ;

Cristine Quarrick avait agoni d'injures une fillette qui lui avait demandé d'un air candide pourquoi elle était aussi laide, et les images de l'enfant en pleurs, filmées par un drone qui passait par là, avaient failli causer un incident diplomatique.

La zone franche était la seule partie de la ville où l'on pouvait jouir d'une certaine intimité. On n'y trouvait aucune caméra, ni aucun accès à la toile. Toutes les lois en vigueur dans la ville y étaient suspendues, hormis celles portant sur les droits humains. Après avoir lancé un datamineur dans les archives visuelles de la ville, Argyll avait découvert qu'Ursula Freye se rendait tous les jours dans la zone franche. En général, elle y passait une heure ou deux avant de regagner le biome, mais il lui arrivait de temps à autre d'en ressortir quelques minutes après son arrivée et, une fois, elle y avait séjourné toute une nuit. Pas étonnant que Loc Ifrahim soit resté dans le vague lorsque Macy lui avait demandé à qui Ursula avait pu parler ; pas étonnant que Speller Twain et lui soient impatients de mettre un terme à ses agissements. Ursula avait déniché le seul lieu où personne ne pouvait l'espionner. Où les citoyens respecteraient son intimité. C'était là que devait se rendre Macy si elle voulait découvrir ce qu'elle mijotait, qui elle rencontrait, de quoi elle parlait.

Macy avait échappé à l'Église de la Divine Régression et survécu aux gangs et aux flics des taudis de Pittsburgh, sans compter les attaques de bandits et d'ensauvagés dans les zones frontières : elle était sûre de pouvoir se débrouiller dans ce genre de milieu. Néanmoins, elle sentit une bouffée d'appréhension lorsqu'elle descendit l'escalator en direction de la zone franche. Elle espérait que les virées d'Ursula Freye n'avaient aucun rapport avec les soupçons que lui inspirait la mort de Manny Vargo, qu'elle se rendait là en quête de plaisirs simples tels que le sexe ou la drogue, de divertissements pour lui faire oublier son chagrin irraisonné.

Il faisait toujours nuit dans la zone franche. Un boulevard suivait le mur de soutènement de la tente, éclairé çà et là par des néons et des holos multicolores. On y croisait des gens vêtus d'une cape et d'un masque leur dissimulant le corps, ou bien d'une simple couche de morphopeinture, qui parait leur peau nue de nuages ou de taches lumineuses, mais la plupart portaient le genre de tenue bigarrée qui était de règle dans toute la ville. Courte veste largement échancrée dans le dos, veste avec des plaques d'armure ou des piquants caoutchouteux, veste en patchwork de plumes ou de fourrures, chemise ruchée ou plissée, kimono chatoyant comme un manteau de vif-argent, kilt, short bouffant, collants agrémentés d'une grotesque coquille, robe droite toute simple…

Quelques passants reconnurent Macy et, surpris de la voir en un tel lieu, violèrent le protocole et la fixèrent des yeux. Elle leur rendit leur regard sans broncher. Ce n'était pas son genre de se sentir intimidée. Comparée aux rues de Pittsburgh, la zone franche de Bifröst ressemblait à un jardin d'enfants. Elle passa devant des échoppes proposant des remodelages du corps, des implants, de la fumette et de la chair, bref toutes sortes de plaisirs monnayés. Une bonne moitié d'entre elles se réduisaient à une entrée discrète, voire anonyme. Les autres préféraient opter pour des enseignes clinquantes. « Palace du Péché doré. » « Fight Club. » « Mensonges & Cie. » On trouvait aussi des bars et des restaurants classiques. Macy commença par explorer ces derniers et tomba sur Ursula Freye dans le troisième où elle entra, un bar baptisé *Jack Frost*.

Ce nom étincelait en lettres rouges au-dessus de la porte, enchâssé dans un logo représentant un glaçon en train de fondre. Macy emboîta le pas à deux clients, se retrouvant dans un couloir où une multitude de manteaux de fourrure étaient accrochés aux murs. Ils étaient forcément artificiels, obtenus par synthèse ou culture biologique, mais elle n'en fut pas moins choquée. Elle dut surmonter sa nausée avant de pouvoir enfiler l'un d'eux, imitant les hommes qui la précédaient puis les suivant dans une grotte mal éclairée.

Le sol, les murs, les meubles, tout était de glace. Ses pieds foulaient un verglas rugueux, les tables et les box étaient sculptés dans de la glace rouge, les murs étaient parcourus de cannelures de glace et le plafond supporté par de gigantesques colonnes de glace à l'intérieur desquelles brillaient de minuscules lumières. On entendait tintinnabuler de délicates clochettes. Des robots en forme de crabes aplatis rampaient sur le plafond, prenant les commandes puis revenant servir les clients en nourriture et en boisson grâce à des tentacules rétractiles. Le décor et la pénombre donnaient l'impression que la salle s'ouvrait sur l'extérieur, où l'on découvrait un panorama proprement lunaire.

C'était seulement la deuxième fois que Macy contemplait la surface de Callisto. Elle s'avança vers une baie vitrée, depuis laquelle on avait vue sur l'intérieur d'un cratère, une plaine qui s'étendait jusqu'à l'horizon nettement dessiné, sur un fond de noir absolu où le disque strié de Jupiter évoquait une broche artistement ouvragée, et elle ne vit Ursula Freye que lorsque celle-ci s'avança vers elle dans le cône lumineux découpé par le réverbère à l'ancienne – identique à ceux que l'on trouvait encore dans les quartiers préservés de Pittsburgh – qui était planté au centre du bar, perdu dans une nuée de flocons de neige.

— C'est M. Twain, n'est-ce pas ? demanda Ursula Freye.

Macy acquiesça. Elle avait décidé d'opter pour la franchise, espérant qu'Ursula ferait de même.

— Lui et Loc Ifrahim, précisa-t-elle.

— Le diplomate ?

— Ouaip. C'est lui qui parlait, Speller Twain se contentait d'occuper le décor en bandant ses muscles.

Ursula Freye s'abîma dans ses réflexions. Macy et elle avaient pris place dans un box aux banquettes recouvertes de fourrure. Deux des compagnons d'Ursula étaient partis sans dire un mot. Le troisième, assis à côté d'elle, était vêtu d'une cape de fourrure blanche qui lui enveloppait la totalité du corps et, à l'instar des deux autres, portait un masque, dont les traits reproduisaient ceux d'un renard.

— Quand il vous a demandé de me parler..., reprit Ursula. Avez-vous eu l'impression que c'était sur ordre du gouvernement ou qu'il s'agissait d'autre chose ?

— C'est la question que je me suis posée. Il semblait sous-entendre que sa démarche n'était pas vraiment officielle. Qu'il souhaitait vous rendre un service. Vous parler, vous dire que...

— Je sais ce qu'il veut me dire. Mais à vous, que vous a-t-il dit ?

— Seulement que vous fréquentiez des gens susceptibles de vous attirer des ennuis. Cela dit sans vous offenser, ajouta Macy pour le bénéfice de la personne au masque de renard. Je ne fais que répéter ses propos.

Tête-de-Renard ne daigna pas répondre, mais, l'espace d'un instant, ses yeux couleur d'ambre semblèrent engloutir Macy. Son masque était d'un réalisme stupéfiant, jusqu'au dernier des poils sur son museau – blancs en dessous, auburn au-dessus –, sans parler de ses moustaches. Ses lèvres noires légèrement entrouvertes laissaient deviner des crocs blancs et acérés.

— M. Ifrahim vous a dit que je rencontrais des gens, reprit Ursula. Que vous a-t-il dit à part cela ?

— Que cela pourrait compromettre le projet.

— Est-ce que vous le croyez ?

— Je n'ai pas confiance en lui.

— En m'abordant comme vous l'avez fait, vous pouvez être arrêtée pour atteinte à la vie privée. C'est l'une des rares choses qui soient interdites par la loi dans cette zone. Je pourrais vous causer tout un tas d'ennuis, mademoiselle Minnot. Et si je décidais d'agir ainsi, messieurs Ifrahim et Twain ne bougeraient pas le petit doigt pour vous aider, j'en suis certaine.

— Ce ne serait que justice, répliqua Macy en sentant son visage s'échauffer en dépit de la froidure du lieu, car c'est moi qui ai eu l'idée de vous chercher ici, pas eux. Je pensais que nous pourrions parler en toute liberté. Mais si vous souhaitez seulement proférer des menaces, je m'en irai.

— Et que rapporterez-vous à vos amis ?

— Ce ne sont pas mes amis. Je leur dirai que vous n'avez pas daigné me parler de vos activités, quelles qu'elles soient. Que s'ils veulent en apprendre davantage, ils n'ont qu'à vous interroger eux-mêmes.

— Pensez-vous qu'ils s'en contenteront ?

— J'en doute. Mais s'ils me demandent de faire autre chose, je leur dirai que je dois d'abord en parler avec M. Peixoto. Afin que tout ceci soit officiel.

— Ce n'est pas une menace, ça ?

Assise bien droite sur sa banquette, avec son manteau de fourrure noir et ses cheveux blonds impeccablement coiffés qui lui faisaient comme une paire d'ailes, Ursula Freye ne semblait en proie ni au chagrin ni à la folie. Elle était froide et totalement maîtresse d'elle-même. Quoique deux fois plus âgée que Macy, elle avait une peau de porcelaine dénuée de toute imperfection, excepté de légers cernes sous ses yeux bleus, lesquels étaient vifs et pénétrants. Sur Terre, elle aurait pu faire fouetter ou emprisonner Macy pour insubordination. Voire lui infliger la double peine. Sauf qu'on n'était pas sur Terre mais dans une zone où les lois ordinaires étaient suspendues, et Macy s'enhardit à poursuivre :

— Ce que vous faites ici ne regarde que vous. Et tant que ça ne sort pas d'ici, je n'ai aucune raison de le rapporter, à M. Peixoto ou à un autre. Mais si cela affecte le projet, alors cela nous affecte tous.

— Avez-vous déjà été amoureuse, mademoiselle Minnot ?

Macy n'hésita qu'un instant. Elle avait décidé d'être franche et, tant qu'elle se débrouillait pour faire parler Ursula, elle risquait d'apprendre quelque chose d'utile.

— J'ai connu un garçon jadis. Un temps, nous avons cru être amoureux.

— Que s'est-il passé ?

— Comme je ne voulais pas finir ma vie dans la rue, j'ai cherché à entrer dans les Unités R&R. Jax m'a dit qu'il n'accepterait jamais de quitter Pittsburgh. C'était là qu'il avait grandi. Il ne connaissait rien d'autre. Alors…

— Alors vous l'avez abandonné.

— Quelque chose comme ça, admit Macy en haussant les épaules.

Elle se rappelait leurs interminables disputes durant cet été-là. Au bout du compte, Jax lui avait dit de faire ce qu'elle voulait mais de cesser de lui en rebattre les oreilles. Le lendemain, elle signait son engagement. Quinze jours plus tard, quand elle était partie pour faire sa formation, Jax et elle avaient rompu pour de bon. Par la suite, elle avait été tellement prise par son apprentissage, de la discipline mais aussi du maniement des armes et des outils, qu'elle n'avait guère eu le loisir de penser à lui, même si elle s'était parfois demandé, de temps à autre, entre l'extinction des feux et le moment de s'endormir, si lui pensait parfois à elle.

— Si vous l'aviez aimé, vous seriez restée avec lui, déclara Ursula Freye.

— Nous étions très jeunes, tous les deux.

Le regard d'Ursula se perdit dans le vague pendant quelques secondes, puis elle pressa le bouton au centre de la table et commanda deux brandys au robot qui accourut au-dessus du box.

— À moins que tu veuilles quelque chose, toi aussi, dit-elle à son compagnon au visage de renard.

Ce dernier se contenta de secouer la tête de droite à gauche.

— Il y a une chose que je sais avec certitude, dit Ursula à Macy. On ne choisit pas de tomber amoureux. C'est quelque chose qui vous arrive, comme un merveilleux accident. Je n'avais pas l'intention de tomber amoureuse de Manny, ni de personne d'autre dans l'équipe. Mais c'est arrivé dès notre première rencontre, au début des négociations entre les Peixoto et notre famille. Ça a causé un problème politique, mais aussi tout un tas de problèmes personnels en ce qui me concerne. Mais c'était comme ça. Des personnes que je considérais comme des proches, voire des amis, m'ont incitée à démissionner du projet ou à cesser de voir Manny. Mais il n'était pas question que je renonce à lui, j'étais la seule de mon rang à être suffisamment qualifiée pour entrer dans l'équipe, et j'ai réussi à persuader les membres les plus influents de la famille que je restais loyale à celle-ci et que ma relation avec Manny contribuerait à renforcer notre alliance avec les Peixoto. Manny a pas mal souffert, lui aussi. Il a quasiment achevé la conception du biome, et pourtant certains membres de la famille Peixoto souhaitaient qu'il soit écarté du projet. Mais c'était Oscar Finnegan Ramos qui avait le dernier mot en la matière, et il est resté ferme sur ce point. Tout a donc fini par s'arranger. Nous sommes restés ensemble et nous sommes venus ici. Mais si Manny avait été obligé de renoncer, j'en aurais fait autant. Cela n'aurait pas été facile, car je serais allée à l'encontre des vœux de ma famille, mais je n'aurais pas fléchi. Et à présent, je regrette qu'on ne l'ait pas forcé à démissionner…

On entendit un grattement au plafond, annonçant l'arrivée du robot serveur. Il fit descendre deux ballons jusqu'à eux avec vitesse et précision, rétracta ses tentacules et s'en fut. Prenant le sien entre ses mains, Ursula Freye le porta à son visage et huma les vapeurs du liquide ambré avant de le savourer. Au bout d'un temps, Macy goûta le contenu de son verre du bout des lèvres. C'était un excellent alcool, incomparablement supérieur à la gnôle qu'on distillait dans les R&R à partir de sucre, de pommes ou de cerises. Il lui enveloppait la langue d'une douceur acide, diffusait jusque dans son estomac une chaleur électrique.

—Je vais vous dire une chose que vous pourrez transmettre à messieurs Twain et Ifrahim, reprit Ursula, s'exprimant avec autorité pour la première fois depuis qu'elle avait surpris Macy à son arrivée. Ils en ont déjà connaissance, mais ils n'ont pas pris la peine de vous en informer. Donc, si vous leur en parlez, cela leur prouvera que vous m'avez effectivement rencontrée. Vous comprenez ?

—Avant d'aller plus loin, peut-être pourriez-vous me présenter votre ami.

—Je ne le peux pas. Et vous savez bien qu'il est malavisé de me le demander. Ici, non seulement c'est grossier, mais c'est aussi illégal. Maintenant, écoutez-moi attentivement, je vous prie. Je vais vous dire pourquoi je sais que Manny a été tué.

—OK.

—Quand on m'a appris sa mort, j'ai demandé à voir son cadavre. Et c'est à ce moment-là que j'ai compris que quelque chose clochait. J'ai découvert, poursuivit Ursula en regardant Macy droit dans les yeux, que son ardoise avait disparu. Et j'ai tout de suite compris qu'on l'avait tué. Qu'on l'avait tué et qu'on lui avait pris son ardoise.

Macy attendit la suite, emmitouflée dans sa fourrure, son ballon de brandy au creux des mains, sentant la froidure de la table se transmettre à ses os, la chaleur de son sang lui empourprer le visage. Sentant qu'elle venait de pénétrer en *terra incognita*.

— On a pu le tuer de trois façons différentes, poursuivit Ursula. En sabotant son cercueil d'hibernation, en lui injectant des drogues ou en le soumettant à une thérapie neuronale déficiente causant des dommages similaires à ceux du DNC… Enfin, peu importent les détails pour le moment. Le plus important, c'est que Manny a été assassiné et que son ardoise a disparu.

— Messieurs Ifrahim et Twain sont-ils au courant de ce détail ?

Ursula acquiesça.

— Et si vous leur dites que je vous en ai parlé, cela leur prouvera que nous nous sommes vues. Que vous avez bien exécuté leurs ordres.

— Je pourrais vous demander ce que vous comptez faire à propos de cette ardoise.

— Le rapporteriez-vous à vos amis ?

— Bien sûr. Pourquoi pas ? Vous me dites uniquement ce que vous voulez qu'ils entendent, non ?

Ursula dévisagea Macy quelques instants et ses lèvres esquissèrent un bref sourire.

— J'ai l'impression qu'ils vous ont sous-estimée.

— J'y compte bien.

— Peut-être pensez-vous que je suis folle. Que j'ai élaboré tout un scénario paranoïaque parce que je refuse d'accepter le caractère accidentel de la mort de Manny. Oh ! si tel était le cas, je ne vous en voudrais pas. Je ne me suis pas montrée très rationnelle sur le moment, je l'avoue, et je n'ai certainement pas fait bonne impression lorsque j'ai donné libre cours à ma frustration en pleine réunion. Mais je suis parfaitement rationnelle à présent. Parfaitement calme. Et je sais ce que je sais. Mon travail consiste en grande partie à localiser et à définir les endroits où des phénomènes émergents sont susceptibles de se produire suite à l'interaction de plusieurs paramètres écologiques. En d'autres termes, je suis douée pour repérer des structures avant qu'elles soient pleinement formées. Donc, si vous croyez que je vois un complot là où il n'y en a pas, laissez-moi vous dire que le complot en question est aussi réel que ce verre.

Ursula vida son ballon de brandy d'un seul coup, le posa sur la table en verglas et se carra dans son siège, fixant Macy de ses yeux vifs et piquetés d'étoiles.

— Maximilian Peixoto a fait tout ce qui était en son pouvoir pour que ce projet soit une réussite, et il est mort quelques jours avant notre arrivée ici, reprit-elle. Val-Jean Couperin, notre principal allié en Union européenne, a lui aussi quitté ce monde. Et maintenant,

Manny… Ils auraient pu nous tuer tous, bien sûr. En faisant sauter le spationef qui nous a conduits ici, par exemple, ou la navette qui nous a transportés à son bord. Mais cela aurait été trop voyant. Un véritable meurtre de masse. Il y aurait eu une enquête approfondie, qui aurait risqué de les confondre. Et, pour le moment tout du moins, les adversaires de l'alliance entre le Grand-Brésil et les colonies extros tiennent avant tout à la discrétion. Ils ne sont pas encore prêts à se révéler au grand jour, car cela équivaudrait à une déclaration de guerre. Et ils n'ont pas encore les moyens de déclencher les hostilités.

—Il n'y aura pas de guerre, interrompit une voix de basse ronronnante.

Macy sursauta. C'était la personne au masque de renard qui avait prononcé ces mots. Elle se rendit compte que l'inconnu devait s'exprimer *via* un patch qui altérait sa voix, mais l'effet obtenu n'en était pas moins étrange.

—Il n'y aura pas de guerre si nous pouvons l'empêcher, compléta Ursula.

Le silence se fit durant un long moment et, lorsqu'il devint évident que Tête-de-Renard ne dirait rien de plus, Ursula reprit le fil de son discours.

—Quand on m'a dit que Manny avait péri durant la procédure de réveil, j'ai tout de suite soupçonné un meurtre. Car s'ils espéraient nuire au projet en tuant l'un de nous, c'était lui la cible la plus évidente. C'était notre ingénieur écosystème. C'est lui qui nous avait recrutés et formés. Et c'est sa volonté et sa personnalité qui ont fait de nous une équipe soudée. Mais je n'ai été sûre de mon fait que lorsque j'ai découvert que son ardoise avait disparu. Alors j'ai su. J'ai su qu'ils l'avaient tué, non seulement parce qu'il était ce qu'il était, mais aussi parce que son ardoise contenait un savoir que ses assassins voulaient occulter. Pas les plans de l'écosystème, non. Il en existe des copies en quantité. J'en possède moi-même un jeu, avec toutes ses annotations. Et Euclides aussi. Sans parler de plusieurs habitants de cette ville. Non, s'ils l'ont tué, c'est parce que, sans en avoir conscience, il était sur le point de découvrir quelque chose qu'ils souhaitent garder secret.

—Et vous ne savez pas ce que c'est, dit Macy. Ce fameux secret.

—J'ai plusieurs idées sur la question. Mais aucun indice me permettant de privilégier l'une d'elles.

—Et vous ignorez qui…

— Les candidats ne manquent pas. Ce pourrait être un membre de la famille Peixoto souhaitant réduire la puissance considérable d'Oscar Finnegan Ramos. Ou bien une faction pro-guerre et anti-extro d'une famille du Grand-Brésil, de la Communauté du Pacifique ou de l'Union européenne. Sans parler de toutes les factions des cités-États extros qui ne veulent plus entendre parler de la Terre… Pour le moment, l'identité du coupable importe peu. Le plus important, c'est son mobile. Et c'est là que vous pouvez m'être utile, mademoiselle Minnot. Je ne vous demanderai pas si vous êtes loyale envers notre famille. Je ne me fais plus d'illusions en ce qui concerne les habitants de notre territoire. Mais êtes-vous loyale envers cette équipe, envers la vision de Manny ? Tenez-vous au succès de notre projet ?

— C'est pour cela que je suis ici. Pour l'équipe. Pour le projet.

Macy avait du mal à regarder Ursula droit dans les yeux. Elle savait ce qui allait suivre, elle le redoutait, mais elle ne pouvait rien faire pour l'empêcher.

— Je me suis fait des amis ici, reprit Ursula. Nous souhaitons toutes les deux la réussite de ce projet et de ce qu'il symbolise. Eux aussi. Je veux les aider. Et vous pouvez les aider, vous aussi.

— Si je suis ici, c'est parce qu'on m'a dit que vous pourriez mettre le projet en danger, rappela Macy.

— Et vous voyez bien qu'il n'en est rien.

— Je ne vois rien de la sorte. Excusez-moi, mais c'est la vérité. Tout ce que je vois, c'est un chasseur en train de traquer un gibier peut-être imaginaire…

— Un gibier bien réel. Et vous allez m'aider à le prouver.

— Vous savez quoi ? lança Macy. Vous êtes exactement comme eux. Comme Loc Ifrahim et Speller Twain. Ils veulent se servir de moi pour vous atteindre. Vous voulez vous servir de moi pour les atteindre.

— Je vous place dans une situation délicate, je le comprends…

— Non, vous ne comprenez rien.

Macy avait parlé si fort que les Extros assis à la table voisine, massés comme des phoques dans leurs manteaux de fourrure, se tournèrent vers elle. Mais elle n'y prit garde, obnubilée qu'elle était par sa colère.

— Les gens de votre espèce, vous n'avez aucune idée de la vie que nous menons, poursuivit-elle. Vous flottez dans les hauteurs au-dessus de nous. Pour vous, la vie ne demande aucun effort. Mais les gens comme moi, nous pataugeons dans la boue. Quand ça va mal, c'est nous qui en souffrons. C'est nous qui encaissons les coups. Quand vous avez un caprice, c'est nous qui le payons.

Elle sentit son pouls battre à ses tempes, sentit son esprit gagné par un vertige sans rapport avec la faible pesanteur. Peu lui importait la réaction d'Ursula Freye, du moins à ce moment-là. On était dans la zone franche, non ? Eh bien, elle usait de sa liberté de parole.

Ursula la surprit. Elle partit d'un petit rire de gorge, extrêmement féminin, et répliqua :

— Vous n'avez aucune idée de la situation, n'est-ce pas ? Vous me pensez vraiment libre d'agir à ma guise ? Ma vie tout entière a été façonnée par le service de la famille. La même famille qui vous protège et vous garantit l'emploi, le gîte et le couvert… Toute ma vie, j'ai fait ce qu'on m'a dit ; ce qui allait dans l'intérêt de la famille. Toute ma vie… jusqu'à ce que je rencontre Manny et tombe amoureuse de lui. Nous étions amoureux. Et pourtant, nous n'étions pas censés l'être, acheva-t-elle, toisant Macy depuis les hauteurs de sa désolation.

Au bout d'un temps, la personne au masque de renard reprit la parole.

— Nous irons au fond des choses, Ursula.

— Ce n'est pas tout, enchaîna Macy. Pourquoi devrais-je envisager d'aider, ne fût-ce qu'une seconde, quelqu'un qui refuse de me parler à visage découvert ?

— Ça n'a rien à voir avec vous, ni même avec moi, lui dit Ursula. Le plus important, c'est le projet. C'est Manny. Je sais que vous le respectiez. Que vous saviez qu'il était le cœur et l'âme de ce projet. S'il y a une chance, même infime, pour qu'il ait été assassiné, vous ne pensez pas que ça vaut la peine d'y regarder de plus près ?

L'instinct de Macy lui commandait de partir sur-le-champ. Mais elle se trouvait en territoire ennemi, elle ignorait combien de personnes dans ce bar, dans la zone franche, dans la ville tout entière, étaient impliquées dans cette histoire. On lui avait donné une information exclusive sans qu'elle puisse dire ce qui allait se passer si elle repoussait la proposition qu'on lui faisait. Aussi inspira-t-elle un bon coup avant de déclarer :

— D'accord. De toute façon, quoi que je décide, je suis foutue, alors dites-moi ce que vous voulez et je verrai ce que je peux faire. Pour le salut du projet. Ça n'ira pas plus loin.

— Ce n'est pas grand-chose, dit Ursula. Vraiment. Tout ce qu'il me faut, ce sont des copies de tous les documents et archives produits depuis que l'équipe s'est mise au travail. À partir d'eux, je compte faire tourner une reconstruction dynamique afin de l'intégrer ensuite. En quête de structures émergentes, de conjonctions… bref, de tout ce qui pourrait signaler un sabotage en cours.

— J'aurais cru que vous possédiez déjà tous ces fichiers. Vous êtes l'économiste de l'équipe, après tout. Ça ne vous est pas nécessaire pour votre boulot ?

— M. Twain m'a bloqué l'accès à la base de données de l'équipe. Si j'ai besoin d'un fichier, je dois passer par son intermédiaire pour l'obtenir. Il m'a placée sous surveillance, Macy. Il a téléchargé un mouchard dans mon ardoise… pour ma propre protection, m'assure-t-il. Et il me suit partout. Partout sauf ici. Mais vous pouvez me rendre ce service et, comme je vous l'ai dit, ce n'est pas grand-chose. Tout ce que vous avez à faire, c'est accéder à la base de données, faire une copie des documents de travail et me la transférer. Ça ne sera pas trop dur, j'espère ?

Chapitre 6

Tout cela était ridicule, songea Macy tandis que le tram la ramenait au biome en traversant la ville plongée dans la nuit. Partagée jusque-là entre la peur, l'inquiétude et la colère, elle sentait ce dernier sentiment l'emporter sur les autres à présent que l'épreuve était passée. Oui, tout cela était ridicule. Un complot ? Foutaises ! Si Manny Vargo était mort, c'était à cause d'un accident médical, horrible certes, mais tout à fait ordinaire. Quant à la disparition de son ardoise, elle pouvait s'expliquer de mille façons différentes, de la banale erreur bureaucratique au simple chapardage. Ursula Freye avait lié deux faits totalement fortuits, la mort de son amant et la disparition d'une ardoise, pour échafauder un scénario paranoïaque, l'alimentant de tout ce qui semblait se conformer à son délire tout en rejetant les éléments qui paraissaient le contredire.

Et elle veut m'embarquer dans sa galère, se dit Macy. *Ainsi que son ami Tête-de-Renard. Sans oublier Speller Twain et cette ordure de Loc Ifrahim. Ils veulent tous m'exploiter pour servir leur fantasme commun.*

Si elle avait accepté de faire une copie des archives de travail, c'était parce que, sur le moment, ça lui avait paru indispensable pour quitter la zone franche en un seul morceau. La démence d'Ursula Freye était contagieuse. Mais à présent qu'elle prenait conscience de tout ce qu'impliquait cette promesse, elle avait l'impression de s'être fait piéger. Faire cette fameuse copie ne présentait aucune difficulté ; Ursula Freye exceptée, tous les membres de l'équipe avaient accès aux archives, qui n'étaient pas protégées contre la copie. Mais si Macy en transférait une sur une dataiguille, Speller Twain exigerait une explication de sa part, si bien que cela l'obligeait au préalable à le consulter, à lui expliquer l'idée d'Ursula, à lui demander la permission…

Enfin, de toute façon, Speller Twain et Loc Ifrahim étaient sûrement impatients de savoir ce qu'Ursula avait pu lui confier. Tant qu'elle ne les avait pas vus, elle ne pourrait rien faire, aussi espéra-t-elle qu'ils s'opposeraient à cette idée, qu'ils lui interdiraient d'encourager Ursula dans ses délires. Macy aurait alors tout le loisir de retourner la voir pour lui dire qu'on lui avait interdit d'accéder aux archives, et on n'en parlerait plus.

En attendant, elle avait du pain sur la planche.

Macy se leva de bonne heure à l'issue d'une nuit agitée et mangea un bol de porridge réchauffé au micro-ondes et arrosé de café tiède – la pression atmosphérique à l'intérieur de la tente n'était que de six cents hectopascals, ce qui réduisait le point d'ébullition de l'eau –, tout en étudiant les rapports d'Argyll Hall et Loris Sher Yanagita, qui, la veille au soir, avaient finalisé les expériences de culture à partir de *Skeletonema* pendant qu'elle perdait son temps à jouer les barbouzes. La conclusion de leur travail était évidente : pour augmenter le taux de croissance des diatomées, il suffisait d'ajouter des phosphates à la neige fondue. Apparemment, les quantités de macronutriments présentes à l'état de nature inhibaient l'évolution des diatomées alors que les autres micro-organismes n'étaient en rien affectés. À moins que le problème trouve son origine dans la culture de *Skeletonema* : celle-ci avait pu muter et son métabolisme s'altérer. Mais Macy décida d'examiner l'eau de fonte de plus près, au cas où les particules en suspension auraient contré l'action des phosphates, par exemple, et elle était occupée à élaborer un protocole dans ce sens lorsque Speller Twain se glissa à côté d'elle, dans un silence étonnant pour un homme de sa carrure, et lui dit qu'il souhaitait lui parler.

— Je vous écoute, lui répondit Macy en s'efforçant de ne pas broncher.

Fidèle à son habitude, le chef de la sécurité portait un vêtement aux manches déchirées, une combi verte cette fois-ci, avec un sac en caoutchouc noir passé sur l'épaule. Il parcourut du regard les paillasses en désordre, puis leva les yeux vers les caméras placées entre les plafonniers.

— Pas ici, déclara-t-il.

Il invita Macy à le précéder dans la plus petite des annexes de stockage et à fermer les yeux.

Elle s'exécuta mais capta néanmoins un éclair lumineux qui lui permit d'admirer tous les vaisseaux sanguins de ses paupières.

—Il y a les caméras que vous connaissez, expliqua Speller Twain, et celles que vous ne connaissez pas, et que nous devons à leurs prétendus gardiens de la paix. Ce petit éclair les a rendues aveugles et sourdes.

Il s'assit sur un bidon contenant du milieu de culture, dit à Macy d'en faire autant et lança :

—Vous savez ce qui m'amène.

—J'ai fait ce que m'a dit M. Ifrahim. Je l'ai vue. Je lui ai dit que…

—Commençons par vous équiper, interrompit Speller Twain.

Il attrapa dans son sac un carré de tissu noir et demanda à Macy si elle savait ce que c'était.

Il s'agissait d'un casque d'imagerie à résonance magnétique. Macy en avait déjà coiffé un, du temps où elle était simple ouvrière, dans le cadre d'une enquête sur la mort de cinq de ses collègues tués lors d'une attaque de bandits. Cet instrument mesurait l'activité dans les aires de Broca et de Wernicke, deux zones situées dans l'hémisphère cérébral gauche et associées au langage. Chaque fois que le sujet répondait à une question, on constatait une activité dans ces deux aires, synchronisée si le sujet disait la vérité, présentant un décalage de quelques millisecondes s'il mentait.

—C'est inutile, protesta Macy. Je tiens à vous dire tout ce qui est arrivé.

—Espérons-le. Ne bougez pas.

Le casque s'ajusta aux contours du crâne de Macy, qui sentit comme un étau la serrer du front à la nuque en passant par les tempes. Speller Twain attrapa une ardoise, la rigidifia d'un mouvement du poignet trahissant une longue expérience et étudia les images transmises par la coiffe tandis qu'il calibrait celle-ci en montrant à Macy une série de figures géométriques et en lui posant des questions anodines.

—On peut y aller, dit-il finalement. Racontez-moi tout, sans omettre un seul détail. Si vous me cachez quelque chose, je le saurai.

Macy livra un bref compte-rendu de sa rencontre avec Ursula Freye et le chef de la sécurité la soumit à un interrogatoire en règle, l'amenant à se rappeler quantité de détails qu'elle avait plus ou moins occultés. Il s'intéressait tout particulièrement aux compagnons d'Ursula Freye.

—Ils portaient un manteau de fourrure, comme tous les clients du bar, et ils étaient masqués, expliqua Macy.

Assise à proximité de ce colosse qui semblait envahir tout l'espace disponible, l'obligeant à se rencogner, elle se sentait prise de claustrophobie. Visage carré, solennel et indéchiffrable. Yeux sombres, froids et fixes.

— Comme je n'ai vu ni leur visage ni leurs mains, poursuivit-elle, j'ignore jusqu'à leur âge et la couleur de leur peau. Je ne sais même pas de quel sexe ils étaient.

— Mais c'étaient des Extros, dites-vous.

— Oui, c'est vraisemblable. Celui qui s'est attardé était plutôt grand. Plus grand que vous, je crois bien. Les deux qui sont partis étaient à peine plus corpulents que moi, mais ça ne veut pas dire que ce n'étaient pas des Extros. C'étaient peut-être des immigrés de la première génération, ou encore des pionniers. Il reste plein de pionniers encore vivants, non ?

— « Vraisemblable », ça ne me suffit pas. Ce qu'il me faut, ce sont des faits.

Speller Twain plongea deux doigts dans la poche de poitrine de sa combi et en retira un patch rouge vif, dont il ôta la protection d'un vif coup d'ongle.

— Minute ! fit Macy. Vous n'avez pas le droit…

— J'ai tous les droits.

Speller Twain l'empêcha de se lever, la poussa sans ménagements d'une main et, de l'autre, lui plaqua le patch sur la tempe droite, neutralisant les efforts dérisoires qu'elle faisait pour l'arracher, le corps envahi d'une torpeur grandissante.

— Bon, fit-il au bout d'un temps. Donne-moi donc le nom de la première personne qui t'ait jamais baisée.

Macy s'ordonna de ne pas répondre, mais les mots montèrent à ses lèvres telle une bulle de gaz des marais et elle ne put s'empêcher de les prononcer.

— Jax. Jax Spano. Et allez vous faire foutre.

— Toi aussi, ma jolie, répliqua Speller Twain en étudiant son ardoise d'un œil impavide. Vous autres, les Fontaine, vous pensez que votre merde sent la rose. Eh bien, laisse-moi te dire qu'elle sent la merde, tout simplement. On va tout reprendre, et depuis le début.

Macy répéta donc son compte-rendu, depuis le moment où elle s'était engagée sur l'escalator pour descendre dans la zone franche jusqu'à celui où elle avait repris le tram pour regagner le dôme du parc. Speller Twain et le réduit où ils se trouvaient lui semblaient infiniment lointains et elle s'entendait décrire des choses qu'elle ne se souvenait pas avoir vues ni entendues. Apparemment, les deux personnes qui s'étaient éclipsées lorsqu'elle avait rencontré Ursula Freye se déplaçaient avec une glissade caractéristique des indigènes de Callisto, et elles étaient en outre chaussées de sandales typiquement extros. La première paire assemblée à partir d'un patchwork de feutre, la seconde tissée avec des lanières de plastique. Peut-être ne s'agissait-il que de faux souvenirs, voire de visions induites par le sérum, mais Macy s'en fichait et, encouragée par Speller Twain, elle répéta mot pour mot sa conversation avec Ursula et Tête-de-Renard.

Au bout d'un moment, le colosse se redressa sur son bidon et dit :

— Il y a encore une chose que je dois savoir. Pourquoi l'as-tu suivie dans ce bar ? Pourquoi prendre cette peine alors que tu pouvais lui parler ici ?

— Je voulais la prendre sur le fait. Et je pensais qu'elle parlerait plus librement en l'absence de caméras.

— Et... ?

— Je ne voulais pas que vous m'espionniez.

— De ce côté-là, c'est raté, hein ? Ne t'inquiète pas. Je ne suis pas fâché contre toi. Tu m'as appris ce que je voulais savoir. Maintenant, tu ne bouges plus. Je dois réfléchir à mon prochain coup, alors ne fais rien tant que je ne t'ai pas recontactée.

Il ôta le casque de la tête de Macy, enroula son ardoise et pêcha un nouveau patch dans sa poche de poitrine, blanc cette fois-ci, pour le plaquer sur la tempe gauche de Macy avec une étonnante délicatesse.

— L'antidote, expliqua-t-il.

Puis il se leva, passa le sac sur son épaule et ouvrit la porte du réduit.

— Un instant, fit Macy. Ursula veut que je lui procure une copie des archives de travail. Que dois-je faire ?

— Je te l'ai déjà dit, répliqua Speller Twain. Ne bouge pas d'un pouce tant que je ne t'en ai pas donné l'ordre. Et ne parle de ceci à personne. Inutile de préciser ce qui t'attend si jamais tu désobéis, pas vrai ?

Puis il s'en fut. Lorsque Macy se leva, une vague de nausée la secoua. Elle arriva à temps à la salle de bains, mais c'était tout juste. Ensuite, elle se défit de sa combi et de ses sous-vêtements trempés de sueur, se doucha, se changea et se servit une tasse de café. Il lui fallut un long moment pour la boire : elle ne parvenait pas à empêcher ses mains de trembler.

Macy en était à son troisième café lorsque ses assistants la rejoignirent. Elle leur raconta qu'elle s'était enivrée avec Ursula Freye dans un bar de la zone franche et avait pu ainsi régler quelques histoires de famille ; elle leur était reconnaissante de leur aide, mais tout allait pour le mieux désormais et ils pouvaient se remettre au travail. Argyll et Loris semblèrent avaler ces mensonges sans broncher et Macy s'aperçut qu'elle leur enviait un peu leur innocence, la simplicité de leur existence dans une ville où tout était transparent, où rien n'était dissimulé. Où tous les citoyens étaient plus ou moins égaux, où on ne trouvait ni petit chef ni nervi susceptible de vous coincer dans un placard pour vous soumettre à un viol mental. Où le vice était un plat figurant sur le menu d'un parc à thème passant pour un quartier chaud, que l'on consommait sur place sans la moindre conséquence.

Elle fit part de ses réflexions sur le problème de la *Skeletonema* et ils allèrent en discuter avec Cristine Quarrick, le chef du groupe Plancton, qui accepta de réaliser un profil ADN et protéomique de la diatomée, en insistant sur une cinquantaine d'enzymes clés et leurs gènes codants. Pendant ce temps, Macy et ses assistants s'efforceraient de trouver un moment pour effectuer quelques expériences toutes simples afin de déterminer le taux d'absorption des phosphates par la diatomée et l'influence de l'eau de fonte sur sa consommation de nutriments, sachant que leurs tâches quotidiennes demeuraient prioritaires.

En fin d'après-midi, alors qu'ils s'affairaient parmi les tubes géants et les cuves à ciel ouvert des bioréacteurs, prélevant des échantillons afin de mesurer la composition et la viabilité de diverses cultures, Macy reçut un appel de Loc Ifrahim. Elle s'écarta de Loris et d'Argyll pour chausser ses bésiks, et le jeune diplomate lui sourit depuis une fenêtre virtuelle qui semblait flotter un mètre devant elle.

— *Je ne vous dérangerai pas longtemps. Je sais que vous êtes occupée.*

— Je suis aussi à court de services.

— *Ce n'est pas un service que je vous demande, Macy. C'est votre coopération.*

— Et si je ne suis pas assez enthousiaste, Speller Twain me rendra une autre visite. Je connais la musique. Pourquoi n'en venez-vous pas au fait ?

Le sourire de Loc Ifrahim était une œuvre d'art, empreint de compassion et de sollicitude mais dénué de toute sincérité.

— *Vous avez beaucoup à faire avant la cérémonie d'ouverture et vous craignez de perdre un temps précieux. Mais ne vous inquiétez pas. Ce que nous vous demandons est très simple et cela n'interférera en rien avec votre travail. Vous avez dit à M. Twain qu'Ursula Freye souhaitait consulter les journaux de travail. Elle ne peut accéder à la base de données, M. Twain ayant suspendu ses privilèges jusqu'à nouvel ordre.*

En toute légitimité, d'ailleurs, étant donné qu'elle pourrait être tentée de pirater ladite base et d'en altérer les données pour corroborer ses fantasmes. Donc, elle vous a priée de lui en procurer une copie. C'est tout ce que je vous demande.

— Vous me donnez la permission de le faire.

— *Je n'en ai pas la capacité, vu que je n'ai aucune autorité sur l'équipe de construction. Non, je vous demande d'agir ainsi en signe de bonne volonté, dans l'intérêt du projet. Car, voyez-vous, une fois que vous aurez donné ces archives à Mlle Freye et qu'elle les aura analysées, elle n'y trouvera rien qui soit de nature à confirmer ses idées fixes de complot et de sabotage. Et ainsi, du moins je l'espère, cela mettra un terme à toute cette histoire.*

— Et si elle a raison ? Et si elle trouve quelque chose ?

— *Vous redoutez des représailles. C'est inutile. Trois économistes de biome restés sur Terre ont déjà vérifié ces données en toute indépendance, et aucun d'eux n'a repéré quoi que ce soit de suspect. Tout ce que vous avez à faire, Macy, c'est lui donner ces fichiers et la laisser faire.*

— Lui donner ces fichiers et la laisser faire. C'est tout ?

— *C'est tout.*

— M. Twain est-il au courant ?

— *Nous en avons longuement discuté. Il convient avec moi que c'est la meilleure solution. En fait, il estime que cette action est essentielle. Il a bien insisté sur ce point. Et je sais que c'est un homme impatient, qui n'aime pas attendre. Donc, Macy, je pense que le plus tôt sera le mieux, d'accord ? Et n'oubliez pas de le prévenir quand vous aurez fait le nécessaire*, conclut Loc Ifrahim, qui coupa aussitôt la communication.

Macy alla faire un tour sur la jetée pour réfléchir un peu. La première leçon qu'elle avait apprise en intégrant les Unités R&R, c'était qu'elle devait adopter un profil bas si elle voulait survivre. *Obéis aux ordres, ne pose pas de questions, ne lance pas de vannes. Fais ton boulot, occupe-toi de tes affaires et, surtout, ne te mêle jamais des querelles entre supérieurs, car c'est le plus sûr moyen de finir en dommage collatéral.* Eh bien, se dit-elle, c'en était fini de ces bonnes résolutions. Elle venait d'entrer en territoire hostile et avançait sur un étroit sentier menant à une destination incertaine, bordé de broussailles dissimulant toutes sortes de dangers, sans la moindre possibilité de battre en retraite. Si elle refusait de faire ce qu'on lui demandait, Speller Twain lui réglerait son compte et, dans le meilleur des cas, elle se retrouverait accusée d'insubordination, de bris de matériel et autres crimes. Mais si elle acceptait, elle n'avait aucun moyen de savoir quelles seraient les conséquences ; certes, Loc Ifrahim lui avait assuré qu'il ne lui demanderait plus aucun service une fois qu'elle aurait fourni à Ursula une copie des journaux de travail, mais elle savait à quoi s'en tenir sur ce genre de promesse…

Elle regretta de ne pouvoir se confier à personne. Elle regretta de ne pas pouvoir en parler à Argyll et à Loris, ni leur demander de nouveau assistance, mais elle ne pouvait courir le risque de leur faire découvrir ainsi qu'il y avait quelque chose de pourri au cœur de l'équipe. Ils lui auraient posé tout un tas de questions embarrassantes et, si Loc Ifrahim ou Speller Twain venaient à l'apprendre, elle se retrouverait en fâcheuse posture.

Eh bien, songea Macy, peut-être qu'elle n'avait pas le choix et devait transmettre une copie des archives à Ursula, mais tant qu'à faire, autant agir au grand jour. Pendant qu'Argyll et Loris achevaient leur travail sur les bioréacteurs, elle téléchargea une copie de tous les journaux de travail sur une dataiguille et se rendit sur la grande île, où la plupart des membres de l'équipe étaient stationnés.

L'île aux contours galbés était déjà paysagée, avec de vastes pelouses disposées de part et d'autre d'une crête centrale où poussait une jeune forêt composée de pins parasols, de cyprès de Monterey, de *maiténs* et de boldos. Des blocs de pyroxène noirs et vert foncé, veinés de cristaux de verre activé par choc, se dressaient parmi les arbustes sur la ligne de crête, évoquant des excroissances sur l'échine d'un dragon. Tous les végétaux avaient poussé dans des tunnels fermiers à partir de semences provenant de la Terre, altérées pour s'adapter à la lumière relativement faible du biome et transplantées conformément aux critères élaborés par Artemis Lampathakis et Aurelio Ochoa, qui avaient basé l'éco-architecture du biome sur le climat sec et tempéré de la cordillère Occidentale, une chaîne de la côte Pacifique du Grand-Brésil. Des arbres à feuilles persistantes et des broussailles sur les berges du lac ; un petit désert côté sud, où l'on planterait bientôt des cactus, des agaves et des washingtonias du Mexique.

Les quartiers de l'équipe et sa salle de travail occupaient un bâtiment à toit plat situé à la pointe nord de l'île, près de l'entrée de la gare depuis laquelle on pouvait gagner la ville. La salle de travail était vaste et parsemée de chaises, de canapés et d'espaces mémo, avec une longue table où tous les membres se réunissaient à intervalles réguliers pour discuter de l'avancement de leurs tâches et des obstacles qu'ils rencontraient. Dans l'un des murs s'ouvraient des baies vitrées donnant sur un chenal presque rempli d'eau, la portion occidentale de la route côtière et des immeubles d'habitation bâtis près de la paroi de la tente.

Macy erra dans la salle jusqu'à ce qu'elle aperçoive Ursula Freye, laquelle s'était installée sur une chaise longue, une ardoise sur les cuisses et des papiers épars sur l'herbe à demi-vie à ses pieds. En voyant Macy s'approcher, elle leva les yeux et ouvrit la bouche.

— Voici ce que vous m'avez demandé, dit Macy en élevant la voix, et elle lui lança la dataiguille.

Celle-ci la frappa au-dessus de ses petits seins puis tomba sur l'écran lumineux de son ardoise. Ursula la ramassa et héla Macy, qui avait déjà tourné les talons, rougissant en sentant tous les regards se poser sur elle.

Mais au moins, c'était fait, et elle l'avait fait au grand jour, en présence de quantité de témoins. Fini les messes basses et les secrets, elle n'avait rien à cacher.

Chapitre 7

Macy s'immergea dans son travail, passant le plus clair de son temps au labo afin d'éviter de croiser Ursula Freye ou Speller Twain, et s'efforça d'oublier ce qui venait de lui arriver. D'oublier que Speller Twain pouvait resurgir à tout moment et la soumettre à sa volonté. Ursula Freye était protégée par sa consanguinité mais le chef de la sécurité avait montré à Macy qu'elle n'était qu'une prolo dont la vie et la carrière dépendaient des caprices de ses supérieurs.

Elle eut quand même droit à une bonne nouvelle : Cristine Quarrick découvrit que les cellules de *Skeletonema* produisaient en quantité insuffisante les protéines de transport qui se liaient aux ions de phosphate afin de les conduire à l'intérieur de la membrane cellulaire, ce qui réduisait la capacité de la diatomée à absorber les nutriments ambiants et expliquait très certainement son faible taux de croissance. Au moyen d'un transcripteur, Cristine fabriqua des boucles d'ADN contenant les gènes codant la production de protéines de transport et les ajouta à un petit échantillon de *Skeletonema* grâce à un rétrovirus bricolé dans ce but, et ce traitement porta le taux de croissance et l'efficience de la photosynthèse au niveau optimal ou presque. La production de rétrovirus en quantité suffisante pour affecter la totalité des diatomées entraînerait un délai supplémentaire, mais celui-ci n'aurait rien d'insurmontable. Le problème serait réglé avant qu'on ait programmé la cérémonie d'ouverture, et c'était l'essentiel.

Lorsque Macy demanda à Cristine si elle avait procédé à une analyse génomique complète de la diatomée, elle lui répondit :

— Les gènes responsables des protéines de transport du phosphate sont bien là, si c'est ce que vous me demandez. Mais, pour une raison que j'ignore, ils ne s'expriment pas correctement.

— Je me demandais s'il n'existait pas une solution plus commode que celle consistant à ajouter des copies de ces gènes.

— Le problème *est* résolu, déclara Cristine d'une voix un rien crispée. (C'était une femme vive mais fragile, qui avait du mal à accepter les critiques.) Et j'ai assez de travail comme ça pour ne pas souhaiter en rajouter.

Macy laissa donc ce problème de côté et se concentra sur ses propres cultures de micro-organismes. Elle évoqua d'éventuelles améliorations à apporter à l'écosystème du marais avec Tito Puntarenas et Delmy March. Elle supervisa la vidange d'un bioréacteur où une température propice et l'activité de plus de trois cents bactéries, d'algues microphytes et de protistes avaient transformé un mélange de particules d'argile et de fragments de chondrites carbonées en une vase noire et fertile. Argyll et son père, Jael Laudrisen Hall, un centenaire languide à la peau couleur café, et l'un des meilleurs pédologues du Système extérieur, avaient aidé Macy à adapter ses méthodes terriennes aux matériaux de base présents sur Callisto, en majorité des minéraux obtenus à partir des palagonites extraits des cratères d'impact. Non seulement elle avait beaucoup appris, mais elle avait été impressionnée par l'usine de production de sol que Jael lui avait fait visiter. Le sol était bien plus difficile à fabriquer que la vase. Il ne s'agissait pas d'un simple mélange de matière minérale, organique et vivante ; le sol était structuré à tous les niveaux, presque de façon fractale. Stratifié, texturé, dynamique, il servait de support à une myriade de réactions chimiques, dont certaines demeuraient encore mal comprises, facilitées par l'eau et l'air présents dans l'espace poreux occupant cinquante pour cent du volume utile. Cette eau transportait également la matière par des processus tels que la percolation, l'éluviation, l'illuviation et l'action par capillarité, et abritait une biocénose riche et variée – plusieurs centaines de bactéries, naturellement, ainsi que des cyanobactéries, des algues microphytes, des champignons et des protistes, mais aussi des nématodes et des asticots, des insectes et des arthropodes – qui recyclait les macronutriments comme les micronutriments, décomposait la matière organique, et mélangeait, transportait et aérait les composants minéraux et organiques. Sur Terre, dans des conditions naturelles, il fallait environ quatre cents ans pour produire un centimètre de sol ; mille ans pour produire une couche propice au développement de l'agriculture. Pour une bonne partie, les missions des Unités de reconstruction et de réhabilitation consistaient à remplacer un sol épuisé par l'agriculture intensive ou pollué par l'industrie durant les XXe et XXIe siècles, ou encore emporté par les inondations et les hypertempêtes de la Renverse. Macy ne pouvait manquer d'être fascinée par les réacteurs, les cuves, les réservoirs et les pédons, ces unités mobiles où l'on manufacturait un sol similaire au tchernoziom noir des zones tempérées et herbeuses de la Terre. Des IA surveillaient et microgéraient chaque étape du processus, mais celui-ci tenait de l'alchimie plutôt que de la chimie et représentait une dépense colossale d'énergie et d'effort.

— Nous n'avons pas besoin de sol pour les fermes hydroponiques, naturellement, dit Jael à Macy. Et nous pourrions utiliser de l'humus et du basalte pulvérisé comme substrat pour les plantations de nos parcs et jardins, faire pousser ceux-ci comme des plantes en pot. Mais la plupart des plantes préfèrent le sol et le sol est pour nous un précieux tampon qui aide à la stabilisation de nos écosystèmes clos. Et puis, c'est plus doux pour les orteils.

Il était plus facile de fabriquer de la vase que du sol, mais, aux yeux de Macy, c'était une fonction tout aussi honorable. Une tâche aussi importante que celles de tous les autres groupes de l'équipe de construction, et peut-être davantage, car la vase était à la base de la plupart des flots de nutriments et de matière organique de l'écosystème aquatique clos du biome. Et il était profondément satisfaisant de partir de cultures de micro-organismes calibrés avec soin pour transformer une matière datant de la création du Système solaire en une vase vivante, un bioréacteur auto-organisé capable de se structurer en microdomaines à l'intérieur de ses couches aérobies supérieures et de ses couches anoxiques inférieures, et capable de consommer toutes sortes de matières organiques pour produire des nutriments non organiques et alimenter ainsi le cycle de la vie. Au grand amusement de ses assistants, Macy préleva une petite portion de la vase grumeleuse sortant du bioréacteur, la goûta et la déclara savoureuse, agréable et pleine de vie. Parfaite pour les hectares de roselières que le groupe Jardin cultivait dans l'un des tunnels fermiers courant sous la ville, en vue de les transplanter le long de la rive orientale du lac une fois qu'on aurait fini de remplir celui-ci.

Le travail de Macy était important, et elle en avait son content. Cinq jours après qu'elle eut transmis la copie des journaux de travail à Ursula Freye, elle sortit avec ses assistants pour examiner le récif du chenal courant à l'ouest du petit archipel en cours de formation par-delà la grande île. Il s'agissait d'un rocher plat de plusieurs centaines de mètres de long, parcouru par un dédale d'arêtes et de rigoles conçu pour optimiser le mélange des eaux provenant des génératrices de vagues implantées à la pointe sud du lac. Lorsque l'eau atteindrait son niveau final, ces arêtes se trouveraient un mètre au-dessous de la surface, et Tito Puntarenas et Delmy March y sèmeraient des éponges, des coraux et des espèces transgéniques d'algue rouge et de varech adaptées à l'eau douce, fournissant ainsi un habitat aux poissons et aux crustacés. Quant aux rigoles, elles abriteraient des sédiments, riches en micro-organismes et stabilisés par une matrice formée de cyanobactéries et des tunnels creusés par diverses espèces d'annélides et de crustacés, qui filtreraient d'énormes quantités d'eau et contribueraient de façon décisive au recyclage de la matière organique en suspension et des nutriments essentiels.

Le lac avait commencé à recouvrir le récif deux ou trois jours plus tôt. L'eau qui coulait au fond de la plupart des rigoles était une soupe ocre jaune saturée de particules en suspension, mais Macy et ses assistants avaient isolé une vingtaine de rigoles pour y déposer divers mélanges de sédiments activés et y verser de l'eau de fonte filtrée. Avant que l'eau du lac les envahisse, ils gagnèrent le récif en skiff pour prélever des échantillons. L'analyse ADN effectuée sur place suggérait que la plupart des espèces de bactéries et d'algues microscopiques étaient florissantes, et Macy était de fort bonne humeur lorsque le bateau piloté par Loris contourna le batardeau qui entourait le site de construction du nouvel archipel pour mettre le cap sur le labo.

Les îles se dressaient comme de petites collines derrière la paroi noire du batardeau. L'une d'elles était couronnée d'un bosquet de cyprès et d'un sanctuaire de style hellénique entouré de colonnes blanches ; d'autres étaient plantées de palmiers ou impeccablement gazonnées ; la plus grande d'entre elles, toujours en construction, disparaissait sous une nuée de robots qui s'affairaient autour d'un échafaudage évoquant une tour Eiffel tronçonnée. Leurs têtes triangulaires, équipées de centaines de minuscules filières d'où sortaient des brins de composite de fullerène durs comme le diamant, dodelinaient sans répit tandis qu'ils façonnaient patiemment les traverses et les étais formant le squelette de l'île. L'un d'eux se tenait à l'écart, son abdomen gonflé tendu vers le ciel et sa tête rejetée en arrière, tandis qu'un technicien débouchait ses filières à l'aide d'une douchette.

Argyll, qui avait lui aussi observé la scène, déclara :

— Ce sera splendide une fois achevé.

— Tant que personne ne décide de mettre au vote de nouveaux changements de dernière minute, tempéra Macy.

— Vous devriez vous libérer de la pensée linéaire, rétorqua Argyll. Notre société n'est pas hiérarchisée comme celle du Grand-Brésil. Vous êtes dans le Système extérieur. Nous faisons les choses différemment.

— Je sais. Tout est provisoire et chacun a le droit d'avoir une opinion sur tout, même celui qui n'y connaît rien. Que vous puissiez mener à bien vos entreprises ne laisse pas de m'étonner.

— Eh bien, le travail ne nous fait pas peur.

— À nous non plus. Mais quand on sait à l'avance en quoi il va consister, ça facilite grandement les choses.

— Sans nécessairement les améliorer.

— En tout cas, ça évite le gaspillage. Qui a pu croire que la démocratie était une bonne idée ?

— La ville possède un surplus de robots, insista Argyll. Et le coût de ces îles ne représente qu'une fraction infime de celui du biome. Pour ce qui est de la matière première, elle se limite à de la pâte de graphite pour fabriquer l'armature, à quelques rochers et à deux cents tonnes de sol. Et le résultat sera vraiment splendide une fois achevé. Un groupe d'îles vertes entourées de voiliers et de hors-bord, peuplées de pique-niqueurs...

— On est au moins d'accord sur un point, conclut Macy. Vous avez des idées délirantes, et nous les concrétisons de façon positive.

Comme ils passaient au sud du batardeau, un autre skiff fonça droit sur eux depuis l'autre bout du lac. Macy se crispa en découvrant que c'était Ursula Freye qui le pilotait, mais elle dit à Loris de ralentir. Si Ursula cherchait à la voir, elle ne pourrait pas y échapper, alors autant en finir au plus vite, et en présence de témoins par-dessus le marché.

Ursula ralentit elle aussi pour s'immobiliser à leur niveau. Ses cheveux blonds étaient tout ébouriffés, ses joues rouges et ses yeux luisants lorsqu'elle se pencha vers Macy pour lui crier :

— J'ai trouvé quelque chose ! Quelque chose d'important ! Retrouvez-moi ce soir ! À 20 heures ! Au même endroit que la première fois !

Avant que Macy ait pu réagir, Ursula actionna le moteur à réaction de son skiff et celui-ci se cabra et effectua dans une gerbe d'écume un virage à cent quatre-vingts degrés pour repasser près du bateau de Macy.

— Huit heures ! Ce que j'ai trouvé, ça change tout ! s'écria Ursula, puis elle accéléra et s'en fut.

— Vous voulez que je la rattrape ? demanda Loris.

— Surtout pas ! répondit Macy.

Elle était secouée par l'incident, par les yeux fous, les déclarations mélodramatiques d'Ursula. De toute évidence, celle-ci était persuadée d'avoir mis au jour une preuve du meurtre d'Emmanuel Vargo et, même si Macy n'avait aucune envie d'être de nouveau impliquée dans ses obsessions, elle avait la certitude que c'était bien ce qui allait lui arriver et cela lui donnait la nausée, comme si elle avait le mal de mer.

— Vous aimez bien l'alcool, vous autres Brésiliens, lança Argyll. J'en connais une qui aura la gueule de bois demain matin.

En le voyant sourire, Macy se rappela que cet homme deux fois plus âgé qu'elle était parfois aussi naïf qu'un petit garçon.

Ils retournèrent au labo, dans le local aménagé au pied du pylône, et ils étaient occupés à analyser les échantillons recueillis sur le récif, tout en mangeant leur dîner sur le pouce, lorsque Speller Twain fit son apparition et dit aux deux Callistans de se tailler. Loris demanda à Macy si tout allait bien ; Speller Twain lui décocha un regard glacial et la pria de se retirer pendant qu'il avait avec Mlle Minnot une conversation en privé.

— Tout va bien, dit Macy. Je vous retrouve demain.

Une fois que les deux assistants furent partis, non sans que Loris adresse à Macy un regard soucieux, Speller lança :

— Tu sais ce qui m'amène.

Appuyé sur un coin de table, le colosse ne cessait d'allumer et d'éteindre un écran grossissant.

— Vous pourriez demander vous-même à Ursula pourquoi elle est aussi excitée, rétorqua Macy.

— Oui, je pourrais. Mais elle est comme elle est, et toi aussi.

— Ça doit vous frustrer de ne pas pouvoir la toucher du fait de sa consanguinité.

— Elle te considère comme son amie. (Speller Twain agitait la main devant l'écran allumé, projetant dans les hauteurs des ombres stroboscopiques.) Elle te dira des choses qu'elle ne m'avouerait jamais. Et tu sais que si tu refuses de m'aider, je peux te faire virer sur-le-champ et te fourrer dans un cercueil d'hibernation. Et quand on te réveillera sur Terre, tes ennuis ne feront que commencer. Mais si tu décides de m'aider à trouver sur quoi débouche cette affaire, je peux t'assurer qu'on reconnaîtra à sa juste valeur le travail exemplaire que tu as accompli au nom du projet.

— Si l'affaire en question débouche sur quelque chose.

— C'est à toi de le découvrir. Huit heures, c'est ça ? Et à l'endroit habituel. C'est-à-dire ce bar de la zone franche, à moins que vous vous soyez revues sans que j'en sois avisé. Si tu comptes y aller, tu ferais mieux de te presser, non ? Il ne faudrait pas que tu arrives en retard.

Chapitre 8

Partagée entre la colère et l'inquiétude, Macy se rendit en tram à Bifröst, prit une correspondance pour traverser la ville et descendit l'escalator conduisant à la zone franche. Comme elle se dirigeait vers le *Jack Frost* au sein des ombres et des néons, croisant des passants aux tenues carnavalesques, un individu de haute taille, enveloppé dans une cape rouge et portant un masque de renard, surgit d'une ruelle et l'agrippa par le bras.

— Elle n'est pas là, dit-il.

Macy se dégagea d'un geste vif.

— Cette histoire ne vous regarde pas, alors fichez-moi la paix !

Tête-de-Renard la fixa un long moment, ses yeux ambrés luisant au-dessus de son museau blanc et auburn, qui surmontait un sourire carnassier, puis leva une main et ôta son masque.

— Je ne veux pas qu'on vous fasse du mal, déclara Loris.

La colère étouffa la surprise qui avait saisi Macy.

— Alors, comme ça, vous m'espionnez ?

— Ursula Freye ne vous attend pas au *Jack Frost.* Elle n'a pas quitté le biome. Speller Twain l'a interceptée avant. Je n'en suis pas sûre, mais je crois qu'il est en train de l'interroger.

— Foutaises ! C'est lui qui m'a envoyée ici, dans l'espoir que je lui ferais entendre raison.

— Non. À l'en croire, il veut que vous découvriez ce qu'Ursula affirme avoir trouvé. Mais, de toute évidence, Loc Ifrahim et lui ont d'autres projets. S'ils vous ont envoyée ici, Macy, c'est dans l'intention de vous manipuler. De vous faire tomber dans un piège. De s'assurer que c'est vous qu'on accusera du crime qu'ils ont l'intention de commettre.

— Foutaises ! répéta Macy.

Mais elle semblait moins convaincue, car le regard calme de Loris avait accru son angoisse.

— Il y a beaucoup de gens qui souhaitent l'échec du projet Biome, reprit cette dernière. Des citoyens de cette ville et d'autres lunes du Système extérieur. Des citoyens du Grand-Brésil ; et même des membres de votre équipe. M. Twain. M. Ifrahim.

— Vous croyez donc au fantasme d'Ursula.

— Ce n'est pas nécessairement un fantasme.

— Elle souffre. Elle est choquée par la mort de Manny. Le chagrin l'a rendue folle et elle tente d'expliquer un accident par une histoire de meurtre et de complot. Vous l'y avez encouragée, pour des raisons que j'ignore, et vous cherchez maintenant à m'embarquer dans ce délire. Pas question !

Cela dit, Macy écarta Loris de son chemin et se dirigea vers l'enseigne du *Jack Frost*, tache rouge et argent parmi les bancs d'holos et de néons à l'ancienne qui nageaient dans le crépuscule artificiel du boulevard de la zone franche.

Loris s'empressa de la suivre.

— Et le problème des cultures de *Skeletonema*, c'était un fantasme ?

— Nous en avons identifié la cause et nous l'avons résolu. Et il ne s'agissait pas d'un sabotage.

— Détrompez-vous. Le coup du phosphate n'était qu'un effet secondaire. Écoutez-moi, Macy. Écoutez-moi attentivement. Nous avons contrôlé toutes les espèces importées par votre équipe... Une précaution aussi simple qu'évidente. Et nous avons découvert deux séquences inédites dans le génome de *Skeletonema*. La première se trouve à l'extrémité du chromosome 4, une structure répétitive de paires de bases substituée au télomère que l'on trouve en général à cet endroit. Une séquence minutée. La seconde est codante pour six gènes du même chromosome et on l'a insérée près d'un gène produisant l'une des protéines contrôlant l'apport en phosphate. La première séquence perd une paire de bases chaque fois que la cellule se divise. Quand elle a atteint la moitié de sa longueur initiale, elle active la transcription de la seconde. Résultat : elle produira un viroïde à ARN pathogène six à huit semaines après la cérémonie d'ouverture et l'introduction des cultures de *Skeletonema* dans le lac. La population de *Skeletonema* sera anéantie et les bactéries qui se nourriront de leur biomasse morte épuiseront tout l'oxygène de l'eau et détruiront l'écosystème. Chaussez vos bésiks. Je vais vous montrer l'analyse génomique...

—Vous pouvez me montrer tout ce qui vous chante, répliqua Macy.

Elle s'engouffra dans l'étroit vestibule du *Jack Frost* et, après s'être frayé un chemin entre les manteaux de fourrure, s'avança sur le sol glacé de la salle chichement éclairée.

—Vous voyez bien que je vous ai dit la vérité, lança Loris après que Macy eut cherché en vain une trace d'Ursula.

—Et si c'était vous qui l'aviez kidnappée ?

—Est-ce que je vous ai kidnappée, vous ? Écoutez-moi, ne serait-ce qu'une minute. On souhaitait que nous découvrions le sabotage des cultures de *Skeletonema*, nous en sommes persuadés. Nos procédures de contrôle n'avaient rien de secret. Et si l'effet délétère de la séquence insérée sur le transport des phosphates était une erreur, elle nous semble bien maladroite. Quelqu'un voulait nous montrer qu'il avait la capacité de nuire au projet, même à distance. Peut-être souhaitait-on déclencher un scandale. Ou alors détourner notre attention d'une autre manœuvre.

—Est-ce qu'Ursula a trouvé quelque chose ?

—Je ne sais pas.

—Est-ce que Manny Vargo a été assassiné ?

—Ursula et vous courez sans doute un grave danger, Macy. Peut-être est-il trop tard pour secourir Ursula, mais je sais que je peux vous aider. Restez ici. Ne retournez pas au biome.

—Que ferez-vous sinon ? Vous m'arrêterez ?

—Bien sûr que non. Mais ce serait vraiment une bonne idée de rester ici tant que nous ne saurons pas ce que mijote M. Twain.

—Ne comptez pas sur moi pour faire partie des plans de quiconque.

Elle sortit du bar et se mit à courir. Le long boulevard incurvé de la zone franche, l'escalator, les rues au sol herbeux. Elle sauta dans un tram et se plaça au fond du compartiment, le souffle court, fixant les immeubles d'habitation qui défilaient à droite et à gauche. Apparemment, personne ne la suivait ; même pas un drone.

À présent plus terrifiée que furieuse, elle s'efforçait de garder son calme, de réfléchir aux conséquences de ce qu'elle venait d'apprendre. Une chose était sûre : Speller Twain ne toucherait pas à Ursula Freye. Il pouvait l'interroger, la menacer, mais il ne lui ferait aucun mal, et Loc Ifrahim pas davantage. Ursula survivrait à son épreuve, peut-être consentirait-elle à protéger Macy, et elle le souhaiterait sûrement si Macy lui apportait la preuve d'un sabotage. Conclusion : la première chose à faire était de contrôler les cultures de *Skeletonema* et de séquencer le génome de la diatomée.

Elle se demanda pourquoi Cristine Quarrick n'avait repéré ni la séquence minutée ni les viroïdes et un frisson la parcourut à l'idée qu'elle ait été au courant de leur existence. Qu'elle ait fait partie du complot, elle aussi. Ouais, d'un autre côté, peut-être qu'elle était paresseuse, tout simplement, à moins qu'elle ait tendance à bâcler son boulot. Et Loris avait pu lui raconter des bobards. À spéculer comme ça, elle finirait bientôt par tourner en rond. *Restes-en aux faits, ma fille. Séquence ce putain de génome. Cherche ces gènes insérés. Va voir Ursula. Et laisse rouler.*

Personne ne tenta d'arrêter Macy lorsqu'elle changea de tram puis entra dans le biome ; ni lorsqu'elle sortit de la gare sur la grande île. C'était la nuit. Les panneaux de la tente étaient polarisés en noir, les chandeliers réglés sur un éclat falot. Les réverbères alignés au bord du lac scintillaient au-dessus de leurs reflets brouillés. Une aura diffuse nimbait le squelette de l'île en construction visible derrière le batardeau, projetant sur le plafond incliné les gigantesques ombres des robots qui s'y affairaient.

Un drone se mit à suivre Macy lorsqu'elle s'éloigna de la gare. Elle lui décocha un regard mauvais afin que son pilote – Speller Twain, Loris ou un curieux anonyme – comprenne qu'elle se savait surveillée puis se mit en marche d'un pas vif, bien décidée à ne plus se retourner mais sentant comme une démangeaison entre les omoplates.

Elle emprunta le sentier qui traversait la forêt au centre de l'île, puis le pont aux lignes gracieuses qui reliait celle-ci à la route côtière… et c'est alors que les lumières s'éteignirent. Les lumignons courant le long de la rambarde, les chandeliers, le réseau de réverbères maillant toute l'île, l'éclairage de la gare et celui des quartiers de l'équipe. Seul le chantier demeurait éclairé.

Macy tiqua en entendant quelque chose tomber dans l'eau sous le pont. Elle attrapa ses bésiks, les chaussa, activa la vision nocturne et découvrit la forme allongée d'un drone flottant sur les eaux noires, sans doute celui qui la suivait. Quelqu'un avait désactivé l'éclairage, mais aussi les drones… Un sinistre pressentiment monta en elle, lui donnant la nausée. Elle se sentit horriblement vulnérable, seule sur le point le plus élevé du pont, et elle courut jusqu'au rivage, traversant la route sans s'arrêter pour foncer à travers le parc tout en longueur, aussi légère qu'un oiseau coureur au sein des ténèbres lumineuses, zigzaguant pour éviter buissons et affleurements rocheux, manquant succomber au fou rire lorsqu'elle voulut s'arrêter et tomba cul par-dessus tête dans un bosquet de lauriers-roses, se retrouvant coincée dans un fouillis de branches et de feuilles tandis que se levait autour d'elle une tempête de pétales cireux.

Elle resta là un moment, les yeux fixés sur le plafond enténébré et l'oreille tendue en quête du moindre bruit. Les coups et les grincements produits par les robots s'activant dans leur bulle de lumière derrière le batardeau ; le moteur à réaction d'un bateau s'éloignant sur le lac ; des voix montant de la grande île, des gens se demandant ce qui pouvait bien se passer. Lorsqu'elle se fut plus ou moins assurée qu'on ne la suivait pas, Macy se leva et reprit sa traversée du parc, avançant parallèlement à la route côtière et ralentissant lorsqu'elle s'approcha de l'ombre du pylône. Elle obliqua vers le bioréacteur le plus proche, situé sous l'arche, posa une main sur son flanc chaud et perçut le bourdonnement rassurant des pompes. Le générateur de secours s'était mis en marche, si bien qu'elle n'avait pas à craindre la perte prématurée de ses précieuses cultures. Elle s'avança en sinuant entre les citernes puis s'arrêta.

Une forme allongée sur l'herbe devant l'entrée du labo. Un corps. Celui d'Ursula Freye.

Elle gisait sur le dos, un bras ouvert comme pour saisir quelque chose, la tête tournée sur le côté. Elle ne bougea pas d'un pouce tandis que Macy rampait vers elle en l'appelant dans un murmure. Ses narines étaient inondées de sang et un épais filet rouge avait coulé le long de sa joue gauche. Ses yeux étaient grands ouverts mais révulsés. Macy pressa l'index et le médius sous sa mâchoire, sans trouver aucun pouls, et, prise d'une terreur soudaine, se rendit compte que Loris ne s'était pas trompée. On lui avait tendu un piège. Elle se leva d'un bond, avec une telle vivacité qu'elle décolla pendant deux ou trois secondes ; comme elle redescendait en douceur, les chandeliers accrochés au-dessus du lac se rallumèrent, éclairant la scène comme en plein jour.

La fonction vision nocturne de ses bésiks s'était aussitôt désactivée, mais Macy fut néanmoins éblouie par cette soudaine lueur. Elle ôta vivement l'appareil pour essuyer ses yeux mouillés de larmes, vit une ombre surgir sur sa droite pour foncer sur elle, mais elle courait bien trop vite et perdit l'équilibre et s'effondra. C'était Speller Twain, il se redressait et braquait un taser sur elle, une arme projetant des boucles de nanofils supraconducteurs à compression fractale.

Macy fit un vif écart sur la gauche tandis qu'un éclair miniature roussissait l'herbe devant elle. Speller Twain lui ordonna de faire halte, mais elle courait déjà, bondissant sur le gazon telle une gazelle poursuivie par un lion. Un chapelet d'étincelles crépita sur le flanc d'un bioréacteur et elle fit un bond fantastique, saisit le rebord du réservoir grand comme un wagon et se hissa dessus. Elle le parcourut sur toute sa longueur, sauta sur son voisin, se remit à courir, sauta de nouveau et se reçut avec souplesse sur le sol, pour foncer aussitôt sur la plaine. Une nouvelle série d'étincelles balaya la rambarde bordant l'esplanade lorsqu'elle la franchit d'un bond, projetant sur elle des escarbilles de métal, et elle se laissa choir pour dévaler la pente douce débouchant sur le lac où l'attendait le skiff échoué là.

Elle le traînait vers l'eau lorsque Speller Twain sauta à son tour par-dessus la rambarde. Il rata son atterrissage et s'étala sur le dos, pressant la détente par réflexe et atteignant l'un des panneaux de la tente, ce qui déclencha un superbe feu d'artifice. Comme le colosse se redressait, Macy vit un objet se déplacer à grande vitesse derrière lui ; il se retourna vivement, mais le drone fondit sur lui et lui heurta la tête de plein fouet.

Il tomba une nouvelle fois et lâcha son taser. Macy se précipita pour le ramasser, s'écartant d'un pas chassé lorsque Speller Twain voulut la saisir. Elle se dirigea vers le skiff à reculons en braquant l'arme sur lui. Il se leva, cracha un glaviot de sang et lui dit qu'elle commettait une grave erreur.

Macy avait de l'eau jusqu'aux genoux. Sa bouche était si sèche qu'elle dut déglutir avant de pouvoir répondre :

— Restez où vous êtes, monsieur Twain. Je ne veux pas vous tirer dessus.

— Tu n'oseras pas tirer, déclara Speller Twain, et il bondit sur elle.

Elle tira. Le coup l'atteignit au torse et il tomba à plat ventre dans l'eau, le corps secoué de convulsions. Macy monta à bord du skiff, démarra le moteur et empoigna la barre, faisant effectuer à la petite embarcation un virage à cent quatre-vingts degrés. Elle avait décrit un long arc de cercle au large de la baie lorsqu'elle reprit enfin ses esprits et comprit qu'il ne lui restait plus qu'une seule issue. Elle mit le cap à l'ouest, fonçant vers le rivage, et activa la fonction téléphone de ses bésiks. Mais avant qu'elle ait pu appeler qui que ce soit, une fenêtre s'ouvrit et Loc Ifrahim se pencha vers elle pour lui dire :

— Ce coup-ci, vous êtes vraiment dans la merde…

Macy arracha les bésiks, les jeta le plus loin possible, échoua son skiff au pied d'un escalier et gagna une large avenue qui longeait des appartements en terrasse. Elle fit une pause, hors d'haleine, et se retourna vers le lac. Son cœur cognait contre ses côtes. Dix minutes avaient passé depuis qu'elle avait découvert le cadavre d'Ursula.

Une étoile luisit dans les hauteurs : le reflet d'un chandelier sur un drone fondant sur elle.

Macy zigzagua parmi des empilements de matériaux de construction, fonça vers l'immeuble d'habitation, trébucha et entra dans l'atrium en volant. Elle emboutit un mur et tomba par terre, le souffle coupé et la cheville gauche en feu. Le drone traversa un faisceau lumineux oblique provenant d'une fenêtre circulaire et une voix de stentor résonna dans l'air, l'appelant par son nom et lui ordonnant de ne pas bouger d'un pouce. Macy leva le taser et visa avec soin, mais sa main tremblait tellement que la première décharge se perdit au-dehors après avoir franchi la fenêtre. Le drone fit une embardée et la seconde décharge l'enveloppa dans un filet d'étincelles qui fit exploser son ballon gonflé à l'hélium.

Tandis qu'il s'abîmait, elle se leva d'un bond et reprit sa course, traînant sa jambe blessée, pour gagner une cour dont l'entrée se trouvait à l'autre bout de l'atrium. Des bambous et de gigantesques coussins de mousse vert jade, du sable noir ratissé avec soin, la vasque d'une fontaine de pierre noire. Macy passa en courant sous une arche. Sur sa droite, un escalier en colimaçon montait vers les étages ; sur sa gauche, un autre conduisait au sous-sol.

On leur avait dit lors des briefings que tous les immeubles de la ville étaient équipés d'un passage souterrain conduisant *via* un sas à un abri étanche où ils étaient censés se réfugier en cas de défaillance de la tente ou du dôme. Les Extros, qui vivaient depuis plus d'un siècle dans des environnements où la moindre négligence pouvait se révéler mortelle, étaient des maniaques de la sécurité. Macy s'en remettait désormais à leur prudence, espérant que le sas de l'immeuble était fonctionnel même si les travaux n'étaient pas encore achevés. Dans le cas contraire, elle n'aurait sûrement pas le temps de quitter la tente avant d'être rattrapée par Loc Ifrahim.

La porte en bas des marches était fermée et rien ne se passa lorsqu'elle pressa le bouton rouge qui était censé l'ouvrir. Elle gaspilla une minute à tourner la roue qui servait de commande manuelle, une autre à actionner une roue identique de l'autre côté une fois qu'elle se fut glissée par l'embrasure.

Devant elle, un étroit couloir en pente douce, éclairé par des veilleuses enchâssées dans le sol. Elle se mit à courir, rebondissant d'un mur sur l'autre. Sa cheville lui faisait horriblement mal, mais elle ne pouvait pas se permettre de ralentir. Loc Ifrahim ne tarderait pas à comprendre où elle était passée et, s'il avait le pouvoir d'éteindre les chandeliers, il avait sûrement celui de bloquer les sorties de secours de la tente…

Le couloir n'en finissait pas. L'atmosphère se rafraîchissait. Chacune de ses exhalaisons produisait de petites nuées blanches ; le givre scintillait sur les murs. Encore une porte ; encore une paire de roues à tourner. Puis un bunker bas de plafond, éclairé d'une lueur crue. Lors d'une alerte, les citoyens non affectés aux secours et aux interventions d'urgence étaient censés se réfugier dans des endroits comme celui-ci jusqu'à ce qu'on les autorise à regagner leur domicile. Le sol en plastique à mémoire de forme pouvait façonner des lits et des fauteuils ; dans un coin se trouvait une nacelle médicale évoquant un congélateur d'antan ; dans un autre, une kitchenette et deux cabines de douche ; le long d'un mur, des caisses contenant des couvertures et des réserves de nourriture. Plus une échelle montant vers une écoutille frappée d'un icone universellement connu : une porte circulaire émettant un petit nuage. Le sas.

Macy grimpa cette échelle à la force du poignet et émergea dans une antichambre vivement éclairée où elle découvrit une porte flanquée de deux armoires à vidoscaphe. Elle s'empressa d'ôter sa combi, enfila un justaucorps isolant et se glissa dans le plus petit des deux scaphes rouges qui se présentaient à elle. Elle le scella, l'ajusta à ses mensurations en jouant sur les articulations à soufflets au niveau des coudes et des genoux, ralentie dans ses mouvements par les gants lourds et encombrants, cala sur son dos le recycleur d'air, abaissa le casque sphérique et le scella à son tour. La console VTH s'activa et elle entra dans le sas pour lancer le cycle. Un banc de brume se condensa autour d'elle, pour disparaître dès que l'air s'évacua, la porte extérieure s'ouvrit et elle posa le pied sur la surface de Callisto.

On était en fin d'après-midi. Le Soleil, qui demeurait le plus brillant des objets célestes en dépit de sa petite taille, flottait au-dessus de l'horizon à l'ouest. Le disque rayé de Jupiter, visible sur un peu plus de la moitié de sa surface, était haut dans le ciel d'un noir d'encre. Le sas occupait un globe situé au bord d'une plate-forme parcourue d'empreintes de bottes. Un peu plus loin, la paroi de la tente du biome se dressait suivant un angle raide, formant un gigantesque puzzle de panneaux et d'entretoises soutenu par une armature aux poteaux aussi hauts que des gratte-ciel. Partout ailleurs, une plaine parsemée de cratères s'étendait jusqu'à un horizon incurvé distant de trois kilomètres à peine.

Le système de navigation du vidoscaphe se mit en route et identifia des points de repère au milieu du paysage lunaire environnant. Au nord-ouest, cette colline aplatie était la bordure du cratère Wealtheow, surplombant une ferme de kénobies. À l'ombre d'un long talus distant de deux kilomètres, une enfilade de robots de construction. Deux ou trois hangars abritant du matériel. Et une route argentée qui longeait la plate-forme et contournait la tente du biome. À en croire le système, elle conduisait directement à la ville. Dix kilomètres de marche… même compte tenu de la faible pesanteur, Macy mettrait une bonne heure à atteindre son but. Si tant est qu'elle en ait la force, vu la masse du vidoscaphe et le handicap de sa cheville blessée. Mais elle ne pouvait pas rester ici. Speller Twain et Loc Ifrahim ne tarderaient pas à découvrir où elle était passée, et ils ne pouvaient pas se permettre de la laisser fuir.

Passant outre aux avertissements renouvelés de son scaphe, Macy en désactiva les balises puis se dirigea vers les robots de construction. Elle était en proie au même mélange d'excitation, d'angoisse et de détermination qui l'avait habitée le jour où elle avait fui l'Église de la Divine Régression. À l'époque, elle avait passé un an à préparer son coup. Elle avait amassé et planqué des vêtements et des provisions de bouche près de la clôture, mémorisé trois itinéraires distincts jusqu'à l'autoroute la plus proche, conçu et programmé un ver pour neutraliser l'IA de la sécurité, volé des tranquillisants à la pharmacie pour droguer les chiens de garde… Bref, elle avait peaufiné tous les aspects de son plan. Mais, cette fois-ci, elle en était réduite à improviser.

Arrivée à proximité de la file de robots de construction, elle se dirigea vers un petit bulldozer équipé d'un siège baquet surplombant sa large lame. Il lui suffirait de le faire démarrer pour faire en ville une arrivée mémorable…

Un icone se mit à clignoter sur l'écran virtuel de sa visière : appel sur l'un des canaux à courte portée. Elle se retourna et sentit un afflux d'adrénaline en apercevant un vidoscaphe rouge identique au sien qui s'éloignait du sas à l'autre bout de la plaine sillonnée de traces de roues, avançant aussi précautionneusement qu'un vieillard sur une patinoire. Elle s'insinua entre deux machines, rebroussa chemin et s'abrita à l'ombre d'une roue de trois mètres de haut.

L'inconnu fonçait droit sur elle, petite silhouette rouge sur fond noir. Elle palpa ses poches et les sacoches de son ceinturon, vit en esprit le taser abandonné devant l'armoire à vidoscaphes. *Idiote!* En plus de ça, elle avait négligé de bloquer le verrou du sas. L'icone clignota de plus belle. Enfin… ce fils de pute savait déjà où elle se trouvait ; si elle répondait à son appel, au moins saurait-elle à qui elle avait affaire.

—*Ah! vous voilà*, fit Loc Ifrahim quand elle ouvrit le canal. *Écoutez, Macy, je suis ici pour vous aider. Restez calme et ne faites pas de bêtises. À nous deux, nous arriverons bien à régler cette affaire.*

—Et comment cela?

Loc Ifrahim et Speller Twain comptaient l'accuser du meurtre de cette pauvre Ursula Freye, ça ne faisait aucun doute. Elle avait tout gâché en réussissant à s'enfuir, il ne leur restait donc plus qu'à la tuer. S'ils échouaient, si elle réussissait à se livrer aux autorités de la ville, leur petit complot serait éventé. Elle se dirigea vers le plus gros des robots de construction, une grue mobile équipée de trois paires de chenilles. Elle avait vu bien des monstres mécaniques dans les Unités R&R, mais celui-ci les enfonçait tous. Sa plate-forme faisait cinquante mètres de long et sa flèche télescopique, composée de tuyaux de fullerène et inclinée de trente degrés, mesurait bien cent mètres.

—*Nous devons discuter ensemble et nous mettre d'accord sur ce qui s'est passé*, dit Loc Ifrahim. *Pour commencer, je dois savoir ce que vous vous êtes dit, Ursula et vous.*

—Elle était morte quand je l'ai trouvée. Vous devriez le savoir.

— *Tout ce que je sais, c'est que M. Twain vous a trouvée près de son cadavre. Vous l'avez attaqué puis vous avez pris la fuite. Un comportement suspect, non? Mais je suis disposé à entendre votre version des faits. À discuter avec vous pour convenir ensemble de la marche à suivre.*

—Moi, je sais une chose: Ursula avait raison. Quelqu'un tente de saboter le biome.

Cela dit, Macy coupa la communication.

Elle envisagea d'appeler Loris, mais elle ignorait combien de temps mettraient les secours à arriver. Elle pouvait toujours essayer de fuir, grimper sur le talus et se mettre à courir dans la plaine. Ses réserves d'air et de nourriture lui permettraient de survivre plus de deux jours, mais sa cheville la ralentirait et, si Loc Ifrahim savait piloter l'un de ces robots, il n'aurait aucune peine à la rattraper. Non, songea-t-elle, elle allait devoir l'affronter, ici et maintenant.

Macy s'écarta de l'ombre de la grue puis se mit à courir, ignorant la douleur qui lui taraudait la jambe gauche à chaque pas, et sauta sur l'une des chenilles. Elle se reçut maladroitement et dut s'accrocher à un patin pour ne pas rebondir. Quelques instants s'écoulèrent, durant lesquels elle reprit son souffle, puis elle se mit à ramper sur la chenille. À cinq mètres au-dessus du sol, elle voyait Loc Ifrahim s'avancer le long de la file de robots, sautillant d'une zone d'ombre à l'autre, tournant la tête de droite à gauche et braquant son taser sur les coins sombres. Même lorsqu'il se réfugiait au sein des ténèbres, elle le distinguait grâce à la vision infrarouge ; l'isolation et le système de recyclage de son scaphe n'étaient pas d'une efficience parfaite et il lui apparaissait comme un spectre blanc, d'une température supérieure de quarante degrés à son environnement glacial.

S'il levait les yeux, elle était foutue, mais il était trop concentré sur le sol, à chercher des traces sous les machines, entre les roues et les chenilles… Macy recula en rampant et resta sans bouger pendant dix minutes avant d'oser un nouveau coup d'œil. Elle échoua tout d'abord à le localiser, puis le vit qui avançait doucement à l'autre bout de la grue, examinant l'espace au-dessous tel un homme qui aurait perdu son chien. Elle se redressa d'un bond, courut le long de la chenille et, décrivant une parabole parfaite, lui tomba dessus et le jeta à terre. Il tenta de se relever, mais elle lui saisit le casque des deux mains et le cogna à plusieurs reprises sur le sol, composé d'un sable fin et granuleux, puis ouvrit le canal à courte portée et lui demanda s'il tenait à la vie.

— *Si vous me tuez, vous serez punie de mort, et ce sera loin d'être agréable. Ici, les assassins sont exposés au vide.*

— C'est le sort qui vous attend si vous ne restez pas tranquille, répliqua Macy, coupant aussitôt la communication.

Elle était épuisée et sa cheville la faisait souffrir. Écouter ses bobards, c'était plus qu'elle n'en pouvait supporter.

Impossible de mettre la main sur le taser – il avait dû le lâcher lorsqu'elle l'avait embouti –, mais elle trouva des menottes en plastique sur son ceinturon. Elle lui lia les mains derrière le dos puis ouvrit l'annuaire de la ville et composa un numéro.

Loris répondit aussitôt et lui demanda si tout allait bien.

— Je vous remercie d'avoir frappé M. Twain avec ce drone. Car c'était vous, n'est-ce pas ?

— *Vous n'étiez pas obligée de fuir, Macy. Je sais qu'on vous a piégée. J'étais sur le point de vous rejoindre.*

— M. Ifrahim l'a fait le premier, vous étiez au courant ? Heureusement, j'ai pu le neutraliser. Je suis assise sur lui en ce moment même. Vous pouvez l'interroger…

— *Hélas, non. Il bénéficie de l'immunité diplomatique. Mais nous pouvons vous récupérer. Où êtes-vous ?*

— Si vous le laissez filer, il affirmera qu'Ursula et moi étions des saboteurs. Que c'est nous qui avons trafiqué les cultures de *Skeletonema*… lesquelles relevaient de ma responsabilité, d'ailleurs. Il dira que nous nous sommes disputées et que je l'ai tuée. Et je vous parie que Twain et lui me mettront aussi le meurtre de Manny Vargo sur le dos. Ils diront qu'il avait découvert que les cultures étaient viciées.

— *Ou que vous avez voulu nuire au projet en l'éliminant, tout simplement*, enchaîna Loris. *Nous ne savons pas tout, Macy. Peut-être n'en aurons-nous jamais le cœur net. Mais nous savons que vous êtes une personne innocente prise entre le marteau et l'enclume. C'est pour cela que nous sommes prêts à vous offrir notre protection.*

Macy comprit qu'on s'était servi d'elle pour obliger Speller Twain et Loc Ifrahim à s'exposer. Encore baisée. Comme un animal sacrifié par des ensauvagés.

— Décidément, je fais un pigeon de première, dit-elle.

— *Nous vous sommes reconnaissants de votre aide. Et vous n'êtes pas dans le pétrin, contrairement à ce que vous semblez croire.*

— Je ne peux plus revenir en arrière, ça, c'est sûr. Il y a une série de robots de construction parqués à l'ouest du dôme. C'est là que vous me trouverez.

— *J'arrive tout de suite. Ne vous inquiétez pas, Macy, vous avez fait le bon choix.*

Macy aperçut le taser gisant dans la poussière et s'écarta de Loc Ifrahim pour s'en emparer. Le diplomate roula sur lui-même et tenta de se redresser, se figea lorsqu'elle braqua le taser sur lui. L'icone du canal à courte portée se remit à clignoter, mais elle ne l'ouvrit pas. Elle n'avait plus rien à lui dire.

Quelques minutes plus tard, le système de navigation du vidoscaphe l'avisa qu'un véhicule s'approchait et se cala sur un point lumineux glissant au-dessus de l'horizon. Elle distingua bientôt une silhouette en scaphe pilotant une plate-forme volante, mue par des propulseurs. Loc Ifrahim se redressa. Sans lui prêter attention, Macy observa la plate-forme entamer sa manœuvre d'atterrissage, se posant sur des pattes arachnéennes après avoir assuré sa stabilité au moyen de légères impulsions de ses tuyères.

Elle fit un signe de la main à l'adresse du pilote, se rappelant l'exaltation qu'elle avait éprouvée, bien des années auparavant, sur une route enténébrée du Nebraska, lorsqu'elle était montée dans la cabine du camion qui s'était arrêté à son niveau. La conductrice, une femme corpulente aux cheveux blonds coupés en brosse et aux joues couperosées, lui avait demandé où elle allait. Et elle de lui répondre, avec cette naïveté qu'on ne pardonne qu'aux jeunes : « N'importe où sauf ici. »

Le pilote de la plate-forme leva une main puis la porta à son casque.

Macy avait déjà changé de vie une fois ; elle était sur le point de recommencer. Elle activa le canal à courte portée et lança à Loc Ifrahim :

— Dites à M. Peixoto que je démissionne.

Elle était redevenue une réfugiée.

Chapitre 9

Sri Hong-Owen et Alder, son fils aîné, rallièrent Callisto à bord du *Luís Inácio da Silva*, un petit cargo équipé d'un prototype du nouveau moteur à fusion. Il battit le record du parcours Terre-Jupiter, qu'il effectua en un tiers de la durée habituelle, démontrant la supériorité technologique de la famille Peixoto et lui fournissant un excellent argument de vente dans ses négociations avec les Callistans. Sri avait un emploi du temps des plus chargé : elle devait visiter des fermes, des usines et des laboratoires, rencontrer les sénateurs et les notables de Bifröst, participer à une cérémonie marquant le début de l'activation du lac du biome, et cætera, et cætera. Et elle tenait également à rencontrer Averne, la sorcière génétique. Mais il lui fallait d'abord démêler un écheveau fort complexe – une tentative de sabotage, le meurtre d'Ursula Freye, la défection de Macy Minnot –, aussi se dégagea-t-elle un moment pour rencontrer le jeune diplomate qui semblait être étroitement mêlé à l'affaire.

Loc Ifrahim fut convoqué dans la suite de Sri Hong-Owen le lendemain de son arrivée. Elle logeait dans le penthouse d'un immeuble occupant l'un des pylônes de la tente du biome. Il se présenta à l'heure dite et subit l'examen approfondi du secrétaire de Sri Hong-Owen, qui le laissa ensuite ronger son frein dans une antichambre. Sans doute souhaitait-on le remettre à sa place et accroître encore l'inquiétude censée l'habiter, mais il parvint sans peine à se dominer. Cela lui donnait le temps de réviser son récit et la possibilité d'observer les allées et venues. Il aimait bien regarder les gens, déduire leurs mobiles et deviner leurs pensées, déterminer s'ils pouvaient lui être d'une quelconque utilité.

Les deux gardiens de la paix qui l'avaient interrogé à propos de la mort d'Ursula Freye sortirent de la suite de Sri Hong-Owen. L'un d'entre eux, une femme au visage sévère et au crâne orné d'une touffe de cheveux blancs comme neige, le gratifia d'un sourire glacial et lui demanda s'il comptait se montrer plus coopératif avec sa patronne qu'avec elle-même.

Loc lui rendit son sourire.

—Le professeur-docteur Sri Hong-Owen n'est pas ma « patronne ». Je travaille pour le gouvernement brésilien et non pour la famille Peixoto.

—J'ai l'impression que vous travaillez surtout pour votre propre compte.

—Et je ne peux m'empêcher de penser que si votre ville tenait vraiment à voir aboutir ce projet, elle n'aurait pas pris Macy Minnot sous sa protection, rétorqua Loc.

—Nous savons tous les deux qu'elle n'a rien à voir avec le meurtre d'Ursula Freye, dit la flic à la touffe blanche.

—Je ne suis pas de cet avis. En fait, je vous ai même fourni des preuves du contraire. Des preuves dont vous avez choisi de ne pas tenir compte.

—Renoncez donc à votre immunité diplomatique, dit la femme. Ensuite, je serai ravie de discuter de ces preuves avec vous.

La colère et la frustration se lisaient dans ses yeux. Après la mort d'Ursula Freye et la défection de Macy Minnot, Loc avait accepté d'être interrogé par les gardiens de la paix, sans que ceux-ci puissent enregistrer l'entretien ni le soumettre à la coiffe IRM ; ils avaient dû se contenter d'écouter sa déclaration, de lui poser deux ou trois questions polies et de le laisser partir. Quelques sénateurs avaient parlé de l'expulser, mais leur proposition n'avait pas abouti car rien ne le liait directement à la mort d'Ursula Freye et personne ne souhaitait causer un incident diplomatique qui aurait nui aux négociations commerciales et à la prochaine ouverture du biome.

—Laisse-le tranquille, Dee, dit l'autre gardien de la paix. Ce n'est que du menu fretin.

—À la première entourloupe, je vous saute dessus, dit la femme flic, qui détourna la tête.

—Pourquoi y en aurait-il maintenant que Macy Minnot est entre vos mains ? lança Loc tandis que les deux gardiens de la paix se dirigeaient vers l'enchaînement de plates-formes montantes et descendantes pour gagner les étages inférieurs.

Le secrétaire de Sri Hong-Owen leva les yeux de l'ardoise qu'il annotait, mais les deux flics ne se retournèrent même pas.

Qu'ils aillent se faire foutre. Ils n'avaient pas lésiné sur les sous-entendus menaçants durant leur enquête, mais ils ne pouvaient rien contre lui. Et ce balourd de Speller Twain était également protégé. Certes, ils l'avaient sûrement chargé durant leur entretien avec Sri Hong-Owen, mais Loc s'était préparé à cette éventualité. Il avait pensé à tout.

On daigna enfin le faire entrer. La suite l'impressionna quelque peu : une caverne au sol recouvert d'une pelouse à demi-vie qui se fondait dans le décor virtuel des murs, où des animaux disparus et fabuleux paissaient sur une plaine s'étendant vers un horizon barré de montagnes. Sri Hong-Owen l'attendait au fond de la pièce, à l'ombre d'un bosquet de bambous et de fougères poussant parmi les rochers. Une femme mince et élancée, vêtue d'une version plus élégante de l'uniforme vert porté par l'équipe de construction, les yeux masqués par une paire de bésiks aux verres argentés et à l'épaisse monture noire, avec un crâne chauve d'une pâleur de porcelaine. Loc s'avança vers elle, posant soigneusement ses pieds chaussés de sandales grippantes, s'inclina aussi bas qu'il l'osait et se déclara au service de son hôtesse.

— Asseyons-nous, dit celle-ci.

Aussitôt, deux hamacs poussèrent à partir de la végétation environnante.

Ils s'assirent face à face et leurs genoux se frôlèrent.

— J'ai lu les rapports concernant les circonstances du décès de Mlle Freye, commença Sri Hong-Owen. Je veux à présent connaître votre version des faits. Votre point de vue, vos intuitions. Tous les petits détails.

Comme le savait Loc, la sorcière génétique était réputée pour son impatience et son franc-parler ; il fut néanmoins surpris par cette question directe. Elle semblait le considérer comme un serf sur lequel elle aurait eu droit de vie et de mort, mais il laissa passer l'insulte car il avait besoin de la charmer et lui fit son exposé d'une voix calme et assurée. L'amante d'Emmanuel Vargo, c'est-à-dire Ursula Freye, affirmait avec insistance que sa mort n'était pas accidentelle, qu'il avait été assassiné par une ou plusieurs personnes cherchant à saboter le projet. Ses accusations étaient sans fondement – hormis, peut-être, le fait que l'ardoise d'Emmanuel Vargo avait disparu –, mais, du fait de son degré de consanguinité avec la famille Fontaine, Euclides Peixoto ne pouvait les négliger. Il avait ordonné à Speller Twain, le chef de la sécurité, de s'occuper personnellement de cette affaire, et Speller Twain s'était tourné vers l'ambassade.

—Tout comme M. Twain, l'ambassadeur ne souhaitait pas être mêlé à d'éventuelles complications politiques. Il a donc confié l'affaire au moins gradé de ses subalternes, c'est-à-dire moi-même, dit Loc Ifrahim avec un sourire en coin. M. Twain et moi avons décidé de faire appel à Macy Minnot, le seul autre membre de l'équipe de construction à avoir des liens avec la famille Fontaine. Obéissant à nos instructions, elle a tenté de raisonner Mlle Freye, mais cette dernière, non contente de persister dans sa lubie, a demandé à Mlle Minnot de l'aider en lui procurant une copie des journaux de travail de l'équipe. Elle souhaitait les examiner en quête d'une preuve de sabotage, vous comprenez, et elle ne pouvait pas les obtenir par elle-même. M. Twain lui en avait interdit l'accès par mesure de précaution.

—Pourquoi a-t-il fait cela ?

—En fait, il a agi à mon initiative. Je craignais qu'Ursula Freye ne soit tentée d'altérer ces archives pour nous faire croire qu'Emmanuel Vargo avait été assassiné. Elle était totalement irrationnelle, vous savez. Capable de tout.

—Ah. Vous ne lui avez pas interdit l'accès à ces archives dans la crainte qu'elle ne découvre une vérité qui dérange.

—Absolument pas. Nous avons autorisé Mlle Minnot à faire une copie des journaux de travail et à la transmettre à Mlle Freye. Quelques jours plus tard, cette dernière affirmait avoir découvert quelque chose d'important. Elle a pris rendez-vous avec Mlle Minnot, mais nous sommes intervenus pour essayer de lui faire entendre raison.

—Et Mlle Freye vous a-t-elle dit ce qu'elle avait découvert ? demanda Sri Hong-Owen.

Loc savait qu'elle était tombée sur les données que Speller Twain avait introduites dans les archives juste avant que Macy Minnot en effectue une copie – des indices tendant à prouver que Cristine Quarrick et Patrick Alan Allard étaient responsables du sabotage bien réel d'une culture de diatomées –, mais il ne fit que dire la vérité en répondant qu'Ursula Freye avait refusé de coopérer.

—Quand nous l'avons relâchée, elle a dû rejoindre Macy Minnot pour lui parler. C'est alors que le système de surveillance du biome s'est crashé et que Mlle Freye a été tuée. M. Twain a tenté de poursuivre Macy Minnot, mais elle a réussi à lui échapper.

—Elle lui a tiré dessus avec son propre taser, je crois.

—Oui, madame. Après qu'on l'eut étourdi à l'aide d'un drone.

— Où étiez-vous lorsque cela s'est produit ?

Sri Hong-Owen étant penchée en avant, les mains posées sur les genoux. Loc fixa son reflet dédoublé dans les verres argentés des bésiks. Elle étudiait sans doute la dilatation de ses pupilles et l'afflux de sang dans les vaisseaux superficiels de son visage, en quête de signes prouvant qu'il lui mentait, mais il se fiait à son entraînement pour déjouer cette tentative. Par ailleurs, il ne faisait que lui dire la vérité, à part l'omission de quelques détails gênants.

— Pas très loin, en fait, répondit-il. Je pilotais un drone pour surveiller Macy Minnot. Jusqu'à ce que le système de surveillance se crashe, naturellement.

— Donc, vous n'avez pas vu qui a tué Ursula Freye.

— J'ai dû attendre que le drone se réactive pour découvrir la scène. Je lui ai aussitôt ordonné de suivre Macy Minnot. Malheureusement, elle l'a détruit avec le taser qu'elle avait pris à M. Twain. J'ai tenté de la suivre moi-même, mais elle a réussi à m'échapper.

— Elle a neutralisé M. Twain, et ensuite elle s'est débarrassée de vous.

— Elle a servi dans les Unités de reconstruction et de réhabilitation avant d'être recrutée pour ce projet. Elle a donc reçu un entraînement militaire. Et j'ai le regret de vous dire que, contrairement à M. Twain, je ne suis pas un homme d'action.

— M. Twain affirme l'avoir vue tirer sur Ursula Freye avec un cloueur.

— C'est en effet ce qu'il a déclaré, madame. Il s'agit d'un outil provenant du laboratoire de Mlle Minnot, et qu'on a par la suite retrouvé au fond du lac.

Là où ce crétin de Twain l'avait jeté.

— M. Twain affirme également que c'est Ursula Freye qui a tué Emmanuel Vargo, reprit Sri Hong-Owen. Êtes-vous aussi de cet avis ?

— Il est attesté que Mlle Freye a été l'une des dernières personnes à voir M. Vargo avant que les membres de l'équipe soient placés en hibernation, répondit Loc. Et M. Twain a retrouvé l'ardoise de M. Vargo en fouillant les quartiers de Mlle Freye après la mort de celle-ci. Il pense qu'elle a pu infecter M. Vargo avec un agent qui a déclenché chez lui une forme de DNC lors de son réveil. Mais, je dois l'admettre, je vois mal comment cette hypothèse cadrerait avec les accusations lancées par Mlle Freye après le décès de M. Vargo, d'autant plus que tout le monde était prêt à conclure à un accident. C'est là une incohérence des plus troublante.

— M. Twain dispose-t-il de preuves pour étayer son hypothèse ? Excepté l'ardoise de M. Vargo, qu'un tiers a pu placer chez Mlle Freye.

— M. Twain affirme que mesdemoiselles Freye et Minnot œuvraient de concert pour saboter le projet et qu'elles se sont disputées. Malheureusement, Mlle Minnot a quitté Bifröst le lendemain de sa défection. À bord d'un remorqueur nommé *La Longue Marche*, qui l'a conduite dans la ville d'À l'Est d'Éden sur Ganymède. Ce bâtiment appartient à un dénommé Galileo Wu, qui n'est autre que le grand-oncle de Loris Sher Yanagita ; cette dernière, outre qu'elle était l'assistante de Mlle Minnot, est également la fille d'un sénateur callistan.

Il commençait à jouir de la situation. Après la fuite de Macy Minnot, c'était sa présence d'esprit et elle seule qui leur avait permis d'éviter la catastrophe, et il était sûr de pouvoir trouver un nouveau bouc émissaire qui serait accusé des deux meurtres. Il lui suffisait de semer les graines du doute dans l'esprit d'Euclides Peixoto et de cette prétendue sorcière génétique, et ensuite ses nouveaux amis s'occuperaient de régler les détails.

— Il semble donc que Mlle Minnot bénéficie de sérieuses protections, dit Sri Hong-Owen.

— En effet. Nous avons exigé de lui parler aussitôt après sa défection, mais cela nous a été refusé. Nous avons fait une nouvelle tentative après son départ pour À l'Est d'Éden, sans plus de succès. Et nous ne pouvons poursuivre l'enquête tant que nous n'aurons pas accès à Mlle Minnot.

— Et la famille Fontaine ?

— Il lui faudrait engager des frais importants pour exercer son influence ici, mais vu que Mlle Minnot est soupçonnée d'avoir tué une personne possédant un degré de consanguinité d'un trente-deuxième, cette possibilité ne doit pas être exclue.

— N'oubliez pas que les Fontaine ont renié Ursula Freye.

Loc sourit.

— Ils ne pouvaient pas faire autrement, n'est-ce pas ? Cette histoire leur a causé un tort considérable. Et même si Mlle Minnot n'a fait qu'exécuter leurs ordres, ça m'étonnerait qu'ils l'accueillent à bras ouverts.

Sri Hong-Owen le dévisagea un moment, puis :

— Je vais vous montrer quelque chose.

Il la suivit tandis qu'elle faisait le tour du bosquet pour gagner une bulle de verre collée comme une goutte de pluie sur le flanc incliné du pylône. Sri Hong-Owen y pénétra sans broncher, mais Loc fit halte sur le seuil : le sol de cette bulle était aussi transparent que le reste de sa surface. En contrebas, l'eau lapait la berge rocheuse du lac.

— Nous pouvons parler sans crainte ici, dit Sri Hong-Owen en se tournant vers lui. (Elle semblait flotter dans le vide.) Mes subalternes ont trouvé quantité de micros cachés dans la suite, mais peut-être en ont-ils laissé échapper quelques-uns. Cet environnement, en revanche, est parfaitement stérile. La surface de verre est à sens unique et les vibrations d'un petit moteur empêchent les sons d'être captés de l'extérieur. Entrez et fermez la porte.

Loc s'exécuta mais n'avança que d'un pas sur le sol transparent. Il était sûr que la sorcière génétique attendait quelque chose de lui. Une information, un service... Bref, quelque chose qu'il pourrait monnayer par la suite.

— J'ai eu une intéressante conversation avec les gardiens de la paix qui enquêtent sur le meurtre de Mlle Freye, déclara Sri Hong-Owen.

— Je les ai vus lorsqu'ils sortaient d'ici.

Loc ne souhaitait pas s'attirer l'animosité de la sorcière génétique, en ce moment précis où elle semblait disposée à lui faire confiance, aussi s'abstint-il d'ajouter que cette confrontation lui était apparue comme conçue pour le déstabiliser.

— Ils m'ont dit que Mlle Freye avait été tuée par un clou logé dans son bulbe rachidien, reprit Sri Hong-Owen. La mort a été instantanée. Soit son assassin a eu un coup de chance, soit il savait exactement ce qu'il faisait. Après examen de la blessure, les enquêteurs ont conclu que le cloueur était pointé vers le bas quand il a été actionné et, vu les plaies observées sur la gorge et les mains de Mlle Freye, celle-ci était immobilisée par une personne qui lui tenait les deux mains derrière le dos. Cela ne colle pas avec les déclarations de M. Twain, qui affirme avoir vu mesdemoiselles Minnot et Freye en train de lutter. Et alors qu'on a tiré à bout portant sur Mlle Freye, les gardiens de la paix n'ont trouvé aucune trace suspecte sur les vêtements que Mlle Minnot a abandonnés avant de s'enfuir par le sas. Ni trace de sang, ni éclat d'os, ni bribe de cervelle. Il y avait certes du sang sur les doigts de Mlle Minnot, mais elle a dit aux enquêteurs qu'elle avait cherché le pouls de Mlle Freye. Par ailleurs, on n'a relevé sur l'arme du crime ni empreintes digitales ni résidu d'ADN. Peut-être que Mlle Minnot portait des gants, mais on n'en a trouvé aucun. Elle n'en portait pas lorsqu'elle s'est taché les doigts avec le sang de Mlle Freye, cela est certain. Pour me résumer, monsieur Ifrahim, les gardiens de la paix ne pensent pas que Mlle Minnot ait tué Mlle Freye. Et ils ne croient pas davantage au témoignage de

M. Twain. Permettez-moi donc de vous poser la question de but en blanc : pensez-vous que Mlle Minnot soit coupable de ce meurtre ?

On y arrivait. Loc s'autorisa à afficher un air soucieux et dit :

— Ce que je vous ai donné, c'est la version officielle. Mais puisque vous m'assurez que nous pouvons parler librement... la réponse est non. Non, je ne pense pas que Macy Minnot ait tué Ursula Freye.

— Qui est donc le coupable ?

— Je pense que vous le savez aussi bien que moi, madame.

— C'est M. Twain qui a tué Ursula Freye, et il était également prêt à tuer Macy Minnot. Mais celle-ci a réussi à fuir.

— Sans doute comptait-il prétendre qu'elle lui avait résisté quand il avait voulu l'appréhender. L'arme du crime était un outil provenant de son laboratoire et le programme viral qui a fait crasher le système de surveillance semble avoir été émis par son ardoise. Moi-même, je le confesse, j'aurais été prêt à le croire.

— Est-ce qu'il a également tué Emmanuel Vargo ?

— Ma foi, c'est une possibilité, dit Loc comme s'il venait tout juste de prendre conscience de cette hypothèse.

— Vous figurez aussi au nombre des suspects, je crois bien.

— Si je suis coupable d'une chose, c'est de naïveté. J'étais trop pressé de faire confiance à M. Twain, et j'ai honte d'avoir été manipulé aussi aisément. D'autant plus qu'il est de nouveau libre d'agir.

— Que voulez-vous dire ?

Une coulée de plaisir s'instilla dans le cœur de Loc. Il la tenait. Il le savait.

— Après avoir découvert qu'une culture de diatomées était viciée, l'équipe de construction a vérifié tout le matériau qu'elle avait apporté ici. Sans trouver d'autre trace de sabotage. Et les Extros travaillant en liaison avec elle ont produit une nouvelle culture, si bien que l'activation du lac aura lieu à la date prévue. Mais il est possible que M. Twain prépare une action bien plus directe. Un assassinat, peut-être ?

— Et qui en serait la victime ?

— J'ai le regret de vous dire que vous faites une cible idéale, madame. Vous, ou alors Averne.

— Si tant est qu'elle décide de venir ici, et nous ne sommes pas encore fixés sur ce point. Avez-vous fait part de vos soupçons à l'ambassadeur ou à Euclides Peixoto ?

— Hélas non. Je n'ai aucune preuve concrète et l'ambassadeur a fait savoir qu'il considérait l'affaire comme classée. Quant à M. Peixoto, sauf le respect que je lui dois, il ne me semble guère... concerné.

Sri Hong-Owen acquiesça.

— C'est ma foi vrai. M. Peixoto doit sa position à un oncle qui le tient en trop haute estime.

En entendant ce commentaire, Loc sut qu'il avait gagné sa confiance.

— Si je puis faire quelque chose pour vous, n'importe quoi, il vous suffit de me le demander.

— Et le serment que vous avez fait au gouvernement ?

— Le gouvernement n'existe que pour servir les familles, madame.

— Quel âge avez-vous, monsieur Ifrahim ?

— Vingt-cinq ans.

— Vingt-cinq ans. Vous êtes né dans les taudis de Caracas, je crois. Vous avez fait un long chemin, et en très peu de temps. Vous devez être très ambitieux.

— Je veux seulement servir de mon mieux, madame.

— Vous êtes une drôle de créature, monsieur Ifrahim. (Sri Hong-Owen se tourna vers la vue au-dehors et dit :) Venez ici. Près de moi.

Loc s'avança lentement sur le sol transparent, les orteils contractés, les tripes nouées par une oppressante sensation de malaise.

Sri Hong-Owen regardait par-delà son reflet ténu sur la paroi de verre, en direction du lac et de son semis d'îles vertes enveloppé par les murs à facettes de la tente du biome.

— C'est magnifique, déclara-t-elle. On a peine à croire que vingt mille personnes entassées sur une lune glaciale, si loin de la chaleur du Soleil, aient été capables de créer un tel monument. Mais il leur a fallu moins d'un an pour l'édifier, le pressuriser et le paysager. Savez-vous ce qui leur a permis d'accomplir cette prouesse ?

— Ils possèdent beaucoup de robots qui…

— Leur savoir, interrompit Sri Hong-Owen. Ils ont préservé bien des choses que la Terre a perdues à cause de la Renverse. Et ils n'ont cessé de progresser par la suite, tandis que nous consacrions l'essentiel de nos ressources à la reconstruction et à la réhabilitation. Une tâche digne d'éloges, bien entendu. Une tâche nécessaire. Une noble tâche. Mais imaginez ce que nous pourrions réaliser si nous possédions les connaissances scientifiques et technologiques que les Extros ont cultivées et développées. C'est pour cela que la famille Peixoto a accepté la proposition d'Averne, qu'elle a envoyé une équipe de construction activer ce biome. Cela fait des années qu'elle œuvre à la réconciliation de la Terre et du Système extérieur. Ce projet est une étape cruciale du processus. Une démonstration de bonne foi. Le début d'une longue et fructueuse association commerciale avec les Extros, du moins nous l'espérons.

» Je suis une domestique au même titre que vous, monsieur Ifrahim. Vous travaillez pour le gouvernement et moi pour la famille Peixoto. Mais, ainsi que vous le savez sûrement, les bénéfices potentiels de cette entreprise sont si importants que même des subalternes de mon rang peuvent en espérer des retombées. Tant que nous plaçons les intérêts de la famille avant les nôtres. Tant que nous faisons preuve d'une loyauté entière et inflexible.

Loc feignit d'être insulté.

— J'espère que la sincérité que je viens de manifester atteste ma volonté de coopération.

— Il est évident que M. Twain a assassiné Ursula Freye. Si vous voulez vraiment m'aider, vous allez devoir faire mieux que ça.

Il l'aurait embrassée. Non seulement elle avait avalé ses bobards, mais elle le pensait prêt à tout pour quelques miettes du gâteau.

— M. Twain a nui à votre projet et il est presque certainement acoquiné avec des personnes souhaitant lui nuire davantage, dit-il. Laissez-moi mener une enquête approfondie. Ensuite, peut-être serai-je en mesure de vous aider à éliminer la menace qu'il représente.

Chapitre 10

Plus tard, Sri Hong-Owen demanda à son fils :

— Puis-je lui faire confiance ?

— Seulement si ses intérêts coïncident avec les tiens. Dans le cas contraire… eh bien, il a vendu Speller Twain pour sauver sa peau, n'est-ce pas ? Et nous ne pouvons être sûrs qu'il t'a dit toute la vérité.

Mère et fils étaient assis l'un près de l'autre dans un nid de coussins aménagé à l'intérieur de la bulle de verre. La nuit était tombée à l'intérieur du biome. Le visage d'elfe d'Alder était éclairé par l'ardoise posée sur ses genoux, qui diffusait un enregistrement de l'entretien avec Loc Ifrahim. En regardant son fils étudier les altérations des pupilles du diplomate, Sri sentit déferler dans ses veines une vague d'amour maternel. Même si elle était responsable de sa beauté fatale, de l'architecture de ses pommettes aux proportions classiques de ses membres, en passant par sa chaleur enfiévrée et son parfum saturé de phéromones aux relents de miel, elle n'était pas invulnérable à ses charmes. Son bel enfant doré. Elle se félicitait de l'avoir emmené avec elle. Il aurait bientôt seize ans : le moment était venu de lui apprendre comment on traitait les affaires importantes, et rien de mieux pour une telle leçon que les fondations d'un accord historique. Et il lui serait d'une aide inappréciable ; son charme et son charisme constitueraient un atout maître lors de leurs apparitions en public.

— Il *semble* sincère, dit Alder. Mais c'est un diplomate, et il est par conséquent entraîné à tromper un détecteur de mensonge.

— Il ne servirait à rien de trier le vrai du faux dans ses propos, sans parler de son désir de se mettre en avant. Essayons plutôt de déterminer quels sont les éléments qui nous seraient les plus nuisibles s'ils se révélaient inventés une fois que nous serions passés à l'action.

Un pli vertical barra le front d'Alder, signe d'une intense réflexion.

— C'est pour cela que tu as refusé lorsqu'il t'a proposé d'espionner Speller Twain. Cela aurait fait de toi son obligée. Cela lui aurait donné un pouvoir sur toi.

— Et cela lui aurait été plus utile qu'à moi.

— Parce qu'il n'est pas innocent dans cette histoire, dit Alder. Il travaillait de concert avec M. Twain. Et comme ils ont échoué à attribuer le meurtre d'Ursula Freye à Macy Minnot, il veut réduire M. Twain au silence avant que celui-ci le trahisse.

— Et vers qui M. Twain se tournerait-il pour ce faire ?

— Vers les gardiens de la paix ?

— Loc Ifrahim jouit de l'immunité diplomatique. Les autorités locales ne pourraient au mieux qu'exiger son expulsion.

— Eh bien, vers Euclides Peixoto, je suppose. Ou vers l'ambassadeur. M. Ifrahim aurait de graves ennuis s'il était percé à jour.

— L'ambassadeur ne compte pas, car M. Ifrahim travaille pour quelqu'un de plus haut placé.

— Veux-tu parler du général ?

— Lui ou l'un de ses nombreux amis et alliés. Quant à Euclides, son grand-oncle lui a confié ce projet parce qu'une entreprise de cette importance ne pouvait être menée que par un membre de la famille. Il ne pouvait pas refuser une telle proposition, mais il a fait comprendre depuis le début qu'il ne se sentait pas tenu de garantir sa réussite. Toutefois, son indifférence ne suffit pas à expliquer l'inaction dont il a fait preuve à l'issue du meurtre d'Ursula Freye. Il est bel et bien passé dans l'autre camp. Je m'en doutais depuis longtemps. J'en ai maintenant la certitude.

La veille, lorsque Sri s'était entretenue avec Euclides Peixoto dès sa descente du spationef, il avait balayé d'un revers de la main ses questions à propos de la mort d'Emmanuel Vargo, du meurtre d'Ursula Freye et de la défection de Macy Minnot, lui affirmant qu'il s'était débarrassé de deux emmerdeuses à la solde des Fontaine et qu'il avait mis un terme au sabotage en faisant produire des cultures de diatomées parfaitement pures ; en ce qui le concernait, les choses avaient tourné pour le mieux.

— Rien ne prouve qu'Euclides ait changé de camp, dit Alder. Et même s'il n'est pas l'homme le plus qualifié pour le poste qu'il occupe, Oscar a confiance en lui.

— Et Oscar ne se trompe jamais.

— Pas dans ce domaine.

Sri et Alder avaient passé des heures à discuter de la polarisation sans cesse croissante des relations et affiliations des principaux leaders de la famille Peixoto. Comme sa mère, Alder croyait que la paix et la réconciliation étaient préférables à la guerre, mais il croyait aussi que le saint vert de la famille bénéficiait toujours d'un pouvoir et d'une influence considérables, une opinion que Sri attribuait davantage au sentiment qu'à la raison.

— Oscar avait peut-être raison de se fier à Euclides quand il lui a confié ce projet, dit-elle. Mais les choses ont changé depuis lors. Depuis la mort de Maximilian.

— Mais toi, tu n'as pas changé d'avis.

— Tu le sais bien.

Comme d'habitude, Sri était tentée d'ajouter « Pas encore », mais elle ne voulait pas se lancer dans une discussion sur sa loyauté divisée, elle qui travaillait à la fois pour Oscar Finnegan Ramos et pour le projet Méandre, souhaitant avant tout se concentrer sur le problème en cours. En outre, elle désirait sincèrement le succès du projet Biome et de ce qui en découlait. Non seulement parce que ce ne serait pas une mince affaire que de trahir Oscar Finnegan Ramos, mais aussi parce qu'elle s'y était beaucoup investie et que le résultat était splendide. Par ailleurs, un tel succès ne pourrait que favoriser sa collaboration avec Averne et satisfaire par là même sa plus grande ambition.

— Ce que je crois n'a rien à voir avec ce que peut croire Euclides, reprit-elle. Et, de toute évidence, il croit qu'il est dans son intérêt de changer de camp pour gagner celui des faucons. C'est la seule façon d'expliquer l'indifférence qu'il manifeste pour cette crise.

— Peut-être que tu ne l'aimes pas, tout simplement, rétorqua Alder, qui ne supportait décidément pas que l'on doute du jugement d'Oscar.

— Qu'y a-t-il d'aimable chez lui ? C'est un être bouffi d'arrogance et de vanité, qui ne brille guère par son intelligence. Comme la plupart des fils de famille, il accepte la *noblesse** mais refuse l'*oblige**. Ils ont tous hérité de leurs positions, Alder, mais nous avons mérité la nôtre. C'est pour cela que nous leur sommes supérieurs, bien qu'ils possèdent la quasi-totalité du monde. C'est pour cela que nous survivrons à cette épreuve. Quoi qu'il arrive, nous survivrons.

Il y eut un bref silence. Puis Alder répéta :

— Quoi qu'il arrive.

— Bien. Maintenant, que faisons-nous à propos de Loc Ifrahim et de son insinuation selon laquelle Speller Twain projette peut-être de m'assassiner ?

— Nous ne pouvons agir directement contre Speller Twain vu qu'il travaille toujours pour Euclides Peixoto. Et nous ne pouvons attendre aucun soutien de la part de celui-ci. Donc, je suppose que nous devons feindre la confiance envers Loc Ifrahim.

Sri étreignit son enfant chéri si intelligent et l'embrassa sur le front.

— Tant qu'il pensera que nous avons confiance en lui, il nous mangera dans la main, dit-elle.

— Ce n'est peut-être pas Speller Twain qui s'en prendra à nous, ajouta Alder. C'est peut-être M. Ifrahim en personne. Et s'il travaille pour le général...

— Non, trancha Sri. Arvam a besoin de moi. C'est pour cela qu'il m'a adressé cette mise en garde après les funérailles. Si M. Ifrahim a dit vrai, si l'on doit tenter de m'assassiner, c'est un autre qu'Arvam qui en est responsable.

— Toutefois, il serait sage d'éviter à l'avenir tout contact rapproché avec M. Ifrahim.

— L'assassin, s'il y en a bien un, ne va pas frapper tout de suite. Il agira dans un lieu public pour que l'impact de son acte soit maximal.

— La cérémonie d'ouverture.

— Exactement. En attendant ce moment, conduisons-nous comme si de rien n'était. Ouvre tes fichiers. Briefe-moi sur les personnes que je dois rencontrer demain.

Chapitre 11

Sri avait déjà enduré une pénible cérémonie de bienvenue : des discours barbants émaillés de platitudes, une interminable série de présentations, des conversations assommantes avec des notables qui ne l'étaient pas moins. Mais le pire était à venir. Le lendemain du jour où elle rencontra Loc Ifrahim, sa tournée des popotes commença pour de bon.

Les réunions au cours desquelles les négociateurs de la famille Peixoto détaillèrent d'éventuels accords commerciaux en long, en large et en travers gaspillèrent son temps précieux, mais au moins se révélèrent-elles amusantes, quoique dans un registre tenant de la farce plutôt que de la comédie. Contrairement aux réunions ministérielles et aux conseils de familles de Brasília, ces assemblées voyaient intervenir non seulement les sénateurs de la ville et des autres colonies callistanes, mais aussi de simples citoyens férus de démocratie participative. Et l'on s'y souciait peu du protocole. N'importe qui pouvait y prendre la parole. Le concept d'ancienneté y était inconnu. La mauvaise foi était plus efficace que la logique lorsqu'il s'agissait de remporter des joutes oratoires, et on perdait des heures à régler des comptes sans aucun rapport avec le sujet de la discussion. Un jour, un vieux briscard représentant une communauté russe de la face cachée – par rapport à Jupiter – de Callisto passa deux heures à prononcer un discours dans le seul but d'obtenir des privilèges pour sa famille. Et lorsque, finalement, il consentit à céder la parole à un tiers, celui-ci se lança dans une litanie de questions hors sujet, qui eurent pour effet de transformer la séance en un véritable pandémonium.

Sri porta ses bésiks durant tout ce cirque, en enregistrant jusqu'au dernier instant. Comme aucune décision d'importance ne serait prise durant ces séances, les intérêts du camp de la paix et de la réconciliation ne seraient pas lésés si Arvam Peixoto était informé de leur déroulement. Les négociateurs de la famille, des experts en la matière, peaufineraient les accords commerciaux lors de réunions confidentielles. Les connaissant, Sri savait qu'ils n'auraient aucun mal à embobiner les malheureux Extros, lesquels ne faisaient pas mystère de leur intérêt pour le nouveau moteur à fusion. Jusqu'à présent, le projet à long terme d'Oscar Finnegan Ramos, partisan d'un programme de financement de la technologie extro qu'une bonne partie de la famille considérait comme du gaspillage pur et simple, semblait parfaitement fondé.

Elle veilla également à enregistrer toutes les visites qu'on lui fit faire. Les Callistans étaient fiers de Bifröst et impatients d'en montrer tous les recoins à leurs distingués visiteurs. Naturellement, on lui fit les honneurs du biome, ainsi que des fermes souterraines et des jardins affectés au recyclage des déchets, des usines exemplaires et des unités d'habitation modèles, des parcs de poche et de la forêt-cimetière...

Elle n'avait rien d'une diplomate, mais elle feignit d'être intéressée par ce qu'on lui montra et de supporter les questions impertinentes des Extros, qui semblaient se croire en droit de tout savoir sur tous. Le fait que la plupart de ses interlocuteurs, à peine plus âgés qu'Alder, soient dans leur immense majorité vifs, enthousiastes, sincères et optimistes ne lui facilitait pas la tâche. Elle les jugeait bien trop naïfs et bien trop idéalistes, et les améliorations cosmétiques dont ils étaient si fiers suscitaient sa réprobation. Rien à dire en ce qui concernait les appoints conçus pour s'adapter à la micropesanteur : altération des mécanismes de réabsorption du calcium par les os, réglages de l'équilibre et de la proprioception, implantation de microcœurs dans les artères fémorales et subclavières pour prévenir l'engorgement, et cætera. Mais la pléthore de tatouages, d'ergots et d'écailles intelligents, sans parler de toutes sortes d'autres gadgets ridicules, lui apparaissaient comme purement cosmétiques, leur seule fin étant de flatter la vanité de ses hôtes ; comme ces derniers se considéraient comme le pinacle de l'évolution humaine et voyaient en leur ville une authentique utopie, ils étaient de plus en plus gênés et déconcertés par l'indifférence avec laquelle elle accueillait leur propagande quelque peu maladroite.

La seule visite vraiment intéressante fut la dernière d'une interminable série qui lui fit perdre bien trop de temps : une virée dans une ferme de kénobies située dans une plaine piquetée de cratères au nord de Bifröst. Sri, Alder et leurs hôtes embarquèrent dans un rolligon à la cabine presque entièrement transparente, qui évoquait un bocal à poissons rouges posé sur trois paires de roues. Il avançait à un train de sénateur sur une large route qui fendait les crêtes soulevées par d'antiques impacts. Il faisait nuit. Le disque de Jupiter dominait un ciel d'ébène, constellé d'étoiles semées sans souci d'économie, des milliers de points multicolores à l'éclat immuable.

La ferme était sise dans un cratère peu profond de dix kilomètres de large et à moitié enfouie dans la plaine. Par une brèche dans la paroi, on découvrait un patchwork de champs de kénobies s'étendant jusqu'à l'horizon incurvé. D'autres fermes, à l'ouest comme à l'est, étaient affectées à la monoculture de kénobies synthétisant des plastiques, des composés CHON [1] qui, en cas de nécessité, nourriraient la population de la ville pendant plusieurs mois. On trouvait aussi des milliers d'hectares de kénobies accumulant à leur surface une couche de graphite pur utilisée pour la fabrication de fullerène et de diamant de construction. Dans cette ferme-ci, toutefois, on cultivait des variétés qui, après propagation, seraient transplantées dans des sites métallifères de Callisto. Certaines étaient chimiotrophiques et accumulaient de l'énergie par oxydation du fer et du soufre ; d'autres exploitaient l'énergie solaire et électrochimique résultant du gradient de température dans la croûte de la lune, que leurs racines pénétraient sur plusieurs dizaines de mètres ; toutes fabriquaient des réseaux denses et complexes qui maillaient la glace en profondeur, filtrant les métaux et les accumulant dans des nodules faciles à récolter. Le métal était une denrée rare sur Callisto et sur les autres lunes de Jupiter, où on ne le trouvait que dans les débris météoritiques. Seuls les plus volumineux des corps célestes et leurs cratères d'impact pouvaient être exploités de façon classique, mais la glace recouvrant la surface était criblée de micro-impacts que les kénobies pouvaient extraire avec efficience.

Les kénobies occupaient une zone floue entre le vivant et le mécanique : il s'agissait d'essaims de micromachines hautement organisées qui se comportaient comme les cellules d'un organisme vivant, capables de se reproduire et d'altérer leur forme et leur répertoire métabolique en fonction de règles toutes simples programmées dans de gigantesques molécules autorépliquantes analogues à de l'ADN. Ils croissaient et se multipliaient à des températures pouvant atteindre – 220 °C, formant des structures qui s'intégraient de façon harmonieuse dans le paysage austère. Les types les plus communs

1. Acronyme de Carbone, Hydrogène, Oxygène, Nitrogène (c'est-à-dire azote). (*NdT*)

présentaient une morphologie rappelant les lichens, croûtes rugueuses et amas de filaments. On remarquait des alignements de spécimens un peu plus ouvragés, dont certains ressemblaient à des éventails ou à des ailettes, orientés du nord au sud de façon à capter le maximum de lumière. Étant donné que l'espace jovien ne bénéficiait que d'un ensoleillement minime – quatre pour cent de celui de la Terre –, tous les types de kénobies étaient d'un noir profond afin d'absorber le plus de lumière possible. Rouler sur une route qui traversait ces champs de poussière ocre, c'était comme de survoler la page d'un immense manuscrit rédigé dans les caractères hiéroglyphiques d'une langue tombée dans l'oubli.

Alder était fasciné par les robots qui s'affairaient le long des rangées de kénobies et par le fait que la plupart des ouvriers étaient des condamnés affectés à des travaux d'intérêt général. Tandis que Sri et lui visitaient les laboratoires où Averne avait travaillé lors des premiers temps de la colonisation du Système extérieur, quand les pionniers n'avaient survécu que grâce à la création des kénobies et à l'évolution forcée de l'industrie agroalimentaire classique, il posa quantité de questions, feignant sans vergogne un enthousiasme juvénile dont il n'était guère coutumier et se montrant aussi innocent, aussi charmant qu'un jeune chiot.

Les laboratoires se trouvaient dans des salles au plafond bas, dont les cloisons étaient faites de briques obtenues à partir de poussière compressée, jointes par du mortier noirci par les ans. Nombre de chambres étaient inoccupées – les ouvriers étaient hébergés dans des immeubles neufs plus au sud – et la plupart des salles étaient également désertes et plongées dans l'ombre, les autres abritant un équipement antique que l'on n'utilisait presque plus. En dépit des nappes impeccables, des verres et des assiettes étincelants et des fleurs décorant les tables, le réfectoire où Sri, Alder et leurs hôtes s'installèrent pour déjeuner semblait tout aussi désaffecté. Apparemment, la recherche périclitait ces temps-ci.

Sri, qui devait sa réputation initiale à un système de photosynthèse artificiel plus efficient de cinq pour cent que tous ceux conçus par Averne, parla à ses hôtes des kénobies que l'on cultivait sur la Lune autour d'Athéna.

— On pourrait les implanter ici, à condition d'avoir l'éclairage adéquat. Ou leur préférer des kénobies utilisant l'énergie électrochimique, comme les variétés originelles. J'en ai élaboré plusieurs variantes. On peut les brancher par champs entiers à une source d'électricité, et on n'a plus ensuite qu'à les regarder pousser. Il faudrait certes les adapter à une température inférieure, mais ce n'est pas un problème. Je vous parie que je pourrais doubler la productivité, à tout le moins.

L'un des scientifiques travaillant au labo concéda que sa proposition était intéressante, pour ajouter aussitôt qu'ils n'avaient pas besoin d'augmenter leur efficience. La population de Bifröst était stable et les fermes conventionnelles connaissaient en fait une surproduction de denrées alimentaires.

Sri n'eut droit qu'à des regards neutres ou évasifs lorsqu'elle demanda ce qui se produirait si la population venait à augmenter subitement. Suite à une poussée d'immigration, par exemple.

— C'est une possibilité qui n'est pas à écarter, insista-t-elle. Vous disposez de vastes territoires encore déserts. Des millions de kilomètres carrés. Nombre des habitants de la Terre qui s'entassent dans les villes seraient ravis de devenir des colons.

Ses hôtes se montrèrent polis mais dubitatifs, lui faisant remarquer au passage qu'une telle entreprise n'était pas économiquement viable. Sri répliqua que la plupart des gens ne pouvaient plus quitter les villes tant que la restauration de la planète-mère ne serait pas achevée et que la population continuait à augmenter en dépit d'un strict contrôle des naissances, en grande partie parce que l'espérance de vie ne cessait de croître. Tôt ou tard, un programme d'émigration était inévitable, et pas seulement à destination de la Lune, laquelle ne pouvait de toute façon qu'accueillir une population limitée du fait de ses faibles réserves d'eau. Grâce au nouveau moteur à fusion, il deviendrait bien plus facile de rallier le Système extérieur et, par-dessus le marché, il n'était pas très coûteux de fourrer les gens dans des cercueils d'hibernation et de les expédier dans des cargos.

Elle cherchait à susciter une réaction de leur part, mais autant chatouiller des anémones de mer. Deux ou trois questions dans ce style, et ils fermaient leur clapet. Seul Devon Pike, un vénérable sorcier génétique jouissant au laboratoire d'une position honoraire, osait lui tenir tête.

C'était un vieillard étique mais vigoureux, doté d'une crinière de cheveux blancs, un Extro de la première génération qui avait travaillé ici aux côtés d'Averne plus de quatre-vingts ans auparavant. Sri, qui avait étudié son dossier, savait qu'il avait un certain talent pour transmettre des traits d'une espèce à une autre mais que l'imagination lui faisait défaut. Un technicien compétent plutôt qu'un artiste.

— Le fait est, madame, que Bifröst est la plus grande et la plus ancienne colonie du Système extérieur, dit-il. Elle a été fondée il y a presque un siècle et, en dépit des traitements de longévité et de la croissance initialement imposée à la population, nous ne comptons encore qu'un peu moins de vingt mille âmes. Nous vivons en fonction de nos moyens. Nous n'avons pas l'intention de reproduire les erreurs de la Terre et, compte tenu du fait que la réparation des dommages causés par la surpopulation et par la Renverse est aujourd'hui assimilée à une religion, je suis surpris que vous nous pensiez capables de survivre à des calamités qui ont failli détruire la Terre.

— Que cela vous plaise ou non, le nouveau moteur à fusion va changer la donne. Il réduira considérablement la distance séparant les systèmes de Jupiter et de Saturne et vous permettra d'exploiter de nouveaux territoires. Et il contribuera aussi à rapprocher la Terre du Système extérieur.

— Dans ce cas, peut-être ferions-nous mieux de nous en passer, lâcha Devon Pike.

— Il existe, grand-père, rétorqua un jeune Extro. On ne peut pas défaire ce qui a été fait.

— Il va mettre Neptune et Uranus à notre portée, ajouta un autre. Sans parler de la ceinture de Kuiper.

— Nous n'avons pas besoin d'une expansion, déclara le vieillard, qui se retourna vers Sri. Vous nous avez pris la Lune. Ainsi que Mars, dont vous n'avez rien fait après avoir massacré les Martiens. Et maintenant, vous voulez venir ici pour semer de nouveau la zizanie.

— Mars a été attaquée par la République démocratique de Chine, un pays qui a cessé d'exister, répondit Sri. C'est de l'histoire ancienne. Les temps ont changé. Nous en avons conscience chaque jour, quand nous nous efforçons de réparer les dégâts écologiques que nos arrière-arrière-grands-parents ont infligés à la Terre. Et, pour être franche, je suis étonnée de constater qu'il y a ici des personnes décidées à maintenir le *statu quo* pour la seule raison qu'il leur convient parfaitement. Vous êtes opposé à l'expansion. Je suppose que vous êtes également opposé au biome.

— Le biome est une erreur, dit le vieil homme. J'ai le plus grand respect pour Averne. Je ne doute pas de sa générosité. Mais nous n'avons pas besoin que l'on nous rappelle ce que nous avons dû abandonner. Ici, nous nous sommes forgé une nouvelle vie.

— Nouvelle ? De quand date la dernière souche de kénobie produite par ces laboratoires ? Je ne parle pas d'une modification ni d'une amélioration mineure, mais d'une souche totalement inédite.

— Eh bien, je suppose qu'il faudrait poser la question au directeur…

— C'est inutile, trancha Sri. Votre programme de recherche est au mieux trivial. Du dilettantisme. Vous avez eu pendant longtemps de l'avance sur nous, vu les archives et les bibliothèques génomiques dont vous disposiez, mais nous commençons à vous rattraper. Nous possédons l'énergie, l'esprit et la vision que vous avez perdus.

Devon Pike bredouilla une réponse, mais Sri n'y prêta pas attention. Une ode à la joie chantait dans la tête. Ce n'était pas de la simple propagande. Elle n'avait pas le temps de s'abaisser à ça. Elle croyait sincèrement ce qu'elle disait. À la table voisine, Alder bavardait avec un groupe de scientifiques plus jeunes, splendide et élancé dans son justaucorps rouge. Quelle équipe ils faisaient ! pensa-t-elle, émue. Ses hôtes feignirent de réagir à sa franchise par un amusement poli et s'efforcèrent de détourner la conversation vers des sujets plus consensuels, mais elle ne leur en laissa pas l'occasion.

— Jadis, vous avez connu beaucoup de réussite. Je l'admets. Vous ne vous êtes pas contentés de survivre. Vous avez créé de nouveaux modes de vie. Vous avez sauvé la recherche scientifique. Mais vous avez perdu cet esprit pionnier qui vous a amenés à accomplir tant de merveilles. Tout comme les individus, les sociétés redoutent le changement à mesure qu'elles vieillissent. Simple question de nature humaine. Les jeunes ont des aventures pendant que les vieux cultivent leurs souvenirs assis au coin du feu. Mais il est temps de dire adieu au passé, c'est un fait indéniable. Il est temps de regarder vers l'avenir. Votre société est censément une démocratie. Tout le monde a droit à la parole ; tout le monde peut lancer une votation citoyenne. Mais cela fait trop longtemps que votre génération jouit d'un pouvoir disproportionné à son importance, monsieur Pike. Si vous ne me croyez pas, demandez à vos arrière-petits-enfants.

— Ils ne doivent pas oublier ce que la Terre nous a fait, rétorqua Devon Pike d'un air buté. Ce qui est arrivé à la Lune et à Mars. Ce qui nous a poussés à venir ici.

Sri parcourut la tablée du regard, mais, exception faite du vieux sorcier génétique, personne – même pas les plus jeunes – n'osa la regarder en face.

— Peut-être qu'Averne a une vision plus affûtée de l'avenir, dit-elle. Il me tarde de m'en assurer.

Sri savait qu'Averne et elle avaient beaucoup de choses à se dire. Son assurance était sans faille. Si elle n'était pas le plus influent des sorciers génétiques de la Terre, du moins pas encore, et pas davantage le plus expérimenté, elle n'en était pas moins le meilleur. Averne ne pouvait qu'être impatiente de rencontrer celle qui était sans doute son égale.

Après que le projet Biome eut été finalisé, Sri avait fait tout ce qui était en son pouvoir pour contacter Averne. Elle avait même expédié à son seul domicile permanent, situé à Paris sur Dioné, un exemplaire imprimé, signé et relié d'un cuir provenant de ses cuves, de l'article qui avait fait sa réputation. Mais, jusque-là, elle n'avait reçu aucune réponse, même pas un petit signe. Cela faisait huit jours qu'elle était sur Callisto et elle ne savait toujours pas si Averne assisterait à la cérémonie d'ouverture. Chaque fois qu'elle posait la question à ses hôtes, ils se fendaient de réponses aussi vagues qu'agaçantes, ce qui signifiait sans doute qu'ils n'en savaient rien, eux non plus, mais étaient trop polis pour le reconnaître. Alder n'avait guère progressé sur ce point et aucun des contacts de Sri sur Terre, dans la famille Peixoto comme dans le gouvernement brésilien, n'était informé des intentions d'Averne, sans parler de l'endroit où elle se trouvait présentement. Même son mentor, Oscar Finnegan Ramos, avait fait chou blanc.

« *Elle a toujours été timide et évasive*, avait-il dit à Sri dans son dernier message. *Tu sais peut-être que je ne l'ai rencontrée qu'une seule fois. Il y a environ cent ans. Oui, juste avant la Renverse. C'était à l'occasion d'une conférence sur la conception des voies métaboliques des premiers kénobies. Un domaine dont elle était le leader incontesté, naturellement. On l'avait invitée à prononcer un discours lors de la séance plénière et, jusqu'au tout dernier moment, personne ne savait si elle daignerait se montrer. J'étais censé la remplacer en cas de défection. Et soudain, quelques heures à peine avant le moment crucial, elle a débarqué sans prévenir, assise au fond de la salle pendant une table ronde. Je te laisse imaginer l'agitation qui s'est ensuivie. Tout le monde s'est rué vers elle. Quant à son discours, eh bien, je dirais que trois personnes au moins doivent leur carrière à certaines des idées qu'elle y a abordées. Puis elle a disparu. Alors ne t'inquiète pas, ma chère. Viendra ? Viendra pas ? Tu ne le sauras que le jour même.* »

Sri n'avait pu dire à Oscar qu'il y avait de fortes chances pour que quelqu'un – Speller Twain, Loc Ifrahim ou un autre – projette d'assassiner Averne. Ou projette de l'assassiner, *elle.* Non seulement elle ne se fiait pas au cryptage de la liaison radio et savait que les Extros étaient sûrement à l'écoute, mais en outre Euclides Peixoto l'espionnait probablement, lui aussi. Sans oublier le général Arvam Peixoto. Elle était entourée d'ennemis. Elle ne pouvait se fier qu'à deux personnes : Alder et Yamil Cho, son secrétaire.

Aussitôt après avoir visité la ferme de kénobies, elle retrouva l'équipe de construction pour un rapport de progrès, puis s'entretint brièvement avec Loc Ifrahim, le jeune diplomate, qui prétendait avoir quelque chose d'intéressant à lui apprendre.

— M. Twain effectue de fréquentes visites à la zone franche de la ville.

Feignant de ne rien savoir sur la zone en question, Sri laissa à Loc Ifrahim le soin de lui en décrire les us et coutumes.

— À ce que l'on dit, tout ce qui se produit dans la zone franche n'est jamais mentionné en dehors de ses limites. Mais j'ai eu vent d'une rumeur selon laquelle il rencontrait des citoyens opposés au projet et, plus généralement, à l'idée même de réconciliation. Comme vous le savez sûrement, il existe certaines parties qui sont prêtes à tout pour faire échouer le projet Biome.

— Avez-vous une idée de l'identité de ces citoyens ?

— Hélas non. Pas encore. Mais je sais qu'Ursula Freye s'est rendue dans la zone franche à plusieurs reprises avant d'être assassinée. Il y a un lien, madame. J'en suis persuadé. Je vais poursuivre mon enquête et soyez assurée que, si je découvre quelque chose, vous en serez informée sans délai.

Un peu plus tard, Sri confia à Alder :

— Il veut me faire croire que Speller Twain complote contre moi.

— Comment sais-tu qu'il ne dit pas la vérité ? Après tout, c'est bien Speller Twain qui a tué Ursula Freye.

Ils étaient allongés côte à côte dans la bulle de verre. Alder savourait la pulpe crémeuse d'un corossol.

— Tu te souviens des gardiens de la paix qui sont venus me voir ?

— Bien sûr.

— Le gouvernement de la ville leur a ordonné d'abandonner l'enquête sur la mort d'Ursula Freye, arguant que le sujet était trop sensible. Cela ne les enchante guère, aussi ont-ils dressé l'oreille lorsque je leur ai dit que Loc Ifrahim m'avait offert la tête de Speller Twain sur un plateau d'argent. Ils sont du même avis que nous. Speller Twain et Loc Ifrahim sont impliqués tous les deux dans la mort de Mlle Freye et Loc Ifrahim se sert de Speller Twain pour détourner l'attention afin de pouvoir agir en toute liberté.

— Mais comment pourraient-ils nous aider puisqu'on leur a ordonné de laisser tomber l'enquête ?

— Comme tous les policiers du monde, ils sont prêts à contourner la loi si ça les arrange. Ils ont placé Speller Twain et Loc Ifrahim sous surveillance. Je savais par conséquent que Speller Twain se rendait dans la zone franche bien avant que M. Ifrahim m'en parle. Je sais même ce qu'il va y faire. Cela n'a rien à voir avec une quelconque conspiration. Il fréquente un club dont les membres se masquent et se déguisent pour avoir des relations sexuelles.

— Ce n'est peut-être qu'une couverture.

— Speller Twain a tué Ursula Freye, cela ne fait aucun doute. Peut-être l'a-t-il fait sur ordre d'Euclides Peixoto. Peut-être y a-t-il été incité par Loc Ifrahim. Peut-être a-t-il agi de sa propre initiative. Mais les gardiens de la paix sont convaincus que cela n'a rien à voir avec les factions indigènes.

Alder engloutit une bouchée de pulpe et de pépins et dit :

— Je crois savoir pourquoi tu ne souhaites pas effectuer de frappe préventive sur M. Twain.

— Ah bon ? fit Sri en souriant.

— Tu veux que l'un de nos deux suspects attente à la vie d'Averne. Comme ça, tu la sauveras, elle t'en sera reconnaissante et…

— Et elle m'enseignera tout ce qu'elle sait ? C'est un joli fantasme. Mais, malheureusement, ce n'est que cela. On dirait que ça sort d'une de tes sagas.

Alder baissa les yeux et esquissa une moue boudeuse. Cela ne fit que le rendre plus délectable encore.

— Arrête de me taquiner et explique-moi tes plans une bonne fois pour toutes, dit-il. Je sais que tu ne vas pas te contenter de rester les bras croisés.

— En fait, c'est précisément ce que je compte faire.

— Donc, je n'ai pas à me faire du souci. Tu as déjà pris toutes les dispositions nécessaires. Tu n'as pas besoin de mon aide.

— Ne sois pas ridicule. Pourquoi t'aurais-je amené jusqu'ici si je n'avais pas besoin de ton aide, de tes talents uniques ? Celui de se faire des amis, par exemple. Je suis douée pour agacer et intimider mon prochain, mais quant à me lier d'amitié… Pour ça, j'ai besoin de ton aide.

— Eh bien, tu as fait de moi ce que je suis.

— Dis-moi de quoi vous avez parlé durant le déjeuner. On dirait que tu t'es fait des amis parmi les plus jeunes scientifiques de la ferme.

— Oh ! on ne s'est pas dit grand-chose. Si, il y avait quand même un point intéressant. Quoique, comparé à tes projets, ça n'a rien de très excitant.

Sri savait qu'il brûlait d'envie de lui faire part de sa découverte, mais elle dut dépenser forces baisers et chatouilles pour le faire parler, et il lui dit que quelques-uns des jeunes scientifiques affectés à la ferme l'avaient invité à visiter une petite grotte qui avait servi de terrain d'expérience à Averne pour nombre de ses réalisations ultérieures.

— Quel genre de grotte ?

— Une petite crevasse, c'est tout. Avec des kénobies à l'intérieur. Mais elle ne date pas d'hier. Averne l'a aménagée quand elle travaillait dans cette ferme, il y a quatre-vingts ans ou plus.

— Quel genre de kénobies ?

Alder haussa les épaules.

— Pourquoi n'ai-je pas été informée ?

— Cette grotte a été découverte par mes nouveaux amis il y a deux ans à peine. Et ils n'en ont parlé à personne depuis.

Alder lui expliqua que les citoyens de Bifröst de la quatrième génération aimaient bien randonner et camper dans ce qu'ils appelaient l'arrière-pays.

— Ils y passent parfois jusqu'à une semaine d'affilée et parcourent plusieurs centaines de kilomètres à pied. À les croire, celui qui n'a pas foulé la terre ne pourra jamais la comprendre. Ça sonne comme du mysticisme à la gomme, je sais, mais ils prennent la chose très au sérieux.

— Ils passent tout ce temps en vidoscaphe ?

— Ils font étape dans des abris et des oasis. Ça fait plus de dix ans que cette pratique s'est instaurée. Il existe différentes tribus, chacune avec son totem, chacune parcourant des itinéraires distincts. Enfin, je crois bien que c'est comme ça que ça se passe. Burton m'a expliqué la chose pendant des heures, mais ça ressemblait à du charabia.

— Burton fait partie de ceux qui souhaitent t'emmener dans cette grotte ?

Alder acquiesça.

— Elle n'est pas très loin de la ferme. Une centaine de kilomètres.

— Et ce Burton…

— *Cette* Burton.

— Elle veut te faire marcher cent kilomètres ?

— J'en ai parcouru bien plus sur la Lune.

— En compagnie de Yamil Cho, suivi par tout un convoi de rolligons. Peut-être que Yamil devrait t'accompagner.

— Je ne pense pas que mes amis apprécieraient, répliqua Alder. Ce lieu est presque sacré à leurs yeux. S'ils veulent partager leur secret avec moi, c'est parce que je suis leur nouveau meilleur ami. Et ce n'est pas aussi risqué que ça en a l'air, je te l'assure. Au premier pépin, ils appellent un cabriolet.

Le regard qu'il adressa à Sri était franchement implorant. Il venait de déposer un trésor à ses pieds et attendait des louanges et une récompense. Au bout de quelques instants de réflexion, elle décida de céder. Il était temps qu'elle lui accorde certaines des responsabilités qu'il désirait avec ardeur. Cela lui montrerait qu'il avait toute sa confiance, et puis cette grotte n'était pas à négliger : il s'agissait presque certainement d'une création d'Averne, contenant Dieu savait quels secrets…

Elle le serra dans ses bras, le félicita pour son travail, l'assura de la fierté qu'il lui inspirait et lui conseilla de garder la tête froide si sa nouvelle amitié évoluait vers une relation sexuelle.

— Tu es en train de découvrir qui tu es. Cela devrait être très amusant pour toi. Et si des condamnés font partie de votre petite expédition, assure-toi qu'ils ont été triés sur le volet. Et je compte sur toi pour me rapporter des échantillons, ainsi qu'un enregistrement vidéo et un relevé précis des coordonnées globales de cette fameuse grotte.

— Je ne suis pas stupide, rétorqua Alder, mais il souriait à présent.

Sri l'embrassa à pleine bouche. Aux doux sucs de son corps se mêlait l'acidité sucrée de la pulpe de corossol.

— Tu es loin d'être stupide. Je ne sais pas ce que je ferais sans toi.

Chapitre 12

Les colonies extros avaient passé un siècle refermées sur elles-mêmes, se souciant avant tout de survivre dans un environnement hostile et spartiate, puis de bâtir des écosystèmes et des mécanismes socio-économiques robustes et durables. Mais à présent, elles étaient parvenues au seuil d'une profonde révolution sociale et culturelle. Un changement de phase prigogénique découlant de la volonté qu'avaient nombre de jeunes Extros de s'affranchir des régimes vieillots et réactionnaires des cités-États des lunes de Jupiter et de Saturne. Explorer de nouveaux territoires. Les lunes d'Uranus et de Neptune. Pluton, Éris et les centaines de planètes naines de la ceinture de Kuiper. Quelques-uns voulaient terraformer Mars, démanteler l'une des petites lunes extérieures de Jupiter pour fabriquer des miroirs solaires ainsi que des milliers de tonnes de gaz à effet de serre qui réchaufferaient la planète rouge et déclencheraient des émissions de vapeur d'eau et de dioxyde de carbone à partir du régolite gelé, ce qui aurait pour effet d'augmenter encore la pression atmosphérique, déjà accrue par la comète que les Chinois avaient lâchée sur les premières colonies martiennes.

Ce nouvel esprit pionnier, que pimentaient des notions radicales sur les utopies posthumaines, était à l'origine d'inquiétants troubles sociaux et politiques. L'économie extro reposait sur un système de troc et de hiérarchisation sociale, lui-même fondé sur le bénévolat et la libre circulation des idées et informations de nature scientifique, culturelle et technologique. Mais à présent, les représentants les plus brillants de la nouvelle génération formaient de nouveaux types de groupes sociaux qui s'excluaient eux-mêmes des courants majoritaires. Les jeunes désertaient les cités en faveur des oasis, des refuges et autres microhabitats construits par des équipes de robots infatigables. Et ils se livraient à des débats animés et parfois agressifs au sein des collectifs et des fiducies familiales possédant la plupart des spationefs.

Les Extros de la nouvelle génération voulaient affecter ces vaisseaux à l'exploration et au transport de volontaires impatients de fonder de nouvelles colonies dans les confins du Système solaire, mais ils étaient en infériorité numérique face à leurs parents, leurs grands-parents et leurs arrière-grands-parents. Comme tous les citoyens extros avaient accès à des traitements médicaux prolongeant la durée de vie moyenne jusqu'à un peu plus de cent cinquante ans, les cités et les colonies, les collectifs et les fiducies, tenaient de la gérontocratie plutôt que de la démocratie, se montrant prudents et réactionnaires, préférant le débat à la décision, les arguties aux actes. Les anciennes générations, qui contrôlaient non seulement les vaisseaux spatiaux mais aussi la plupart des infrastructures coloniales, considéraient celles-ci et ceux-là comme essentiels aux échanges commerciaux dans les systèmes de Jupiter et de Saturne et refusaient de financer la construction de nouveaux spationefs, une entreprise trop coûteuse à leurs yeux. Les oasis et les refuges étaient bâtis par des robots – ceux-ci avaient été expressément conçus pour l'édification des cités et il était moins onéreux de les occuper que de les démanteler –, mais il n'existait pas d'usines robots affectées à la construction de spationefs. Chacun de ces derniers était pour ainsi dire fabriqué à la main et, si leur coque et leurs modules de vie pouvaient être tissés en composites de diamant et de fullerène obtenus à partir de dépôts carbonés faciles à extraire du régolite glacé de la plupart des lunes, on avait besoin pour fabriquer leurs moteurs à fusion et leurs systèmes de contrôle de métaux et de terres rares.

Les aspirants explorateurs attaquaient le problème à bras-le-corps. Ils projetaient d'implanter des usines robots sur des astéroïdes choisis avec soin, où elles procéderaient à l'extraction et au raffinage de métaux qui seraient ensuite expédiés vers Saturne et Jupiter par canon électrique, et ils avaient conçu des vaisseaux équipés de voiles solaires et de propulseurs au laser, ou encore de moteurs chimiques sophistiqués fabriqués en céramique ou en composites de fullerène. Peut-être leur faudrait-il une décennie pour parvenir à leur destination, mais leurs passagers voyageraient en état d'hibernation. Les jeunes Extros comptaient bien compenser leur faiblesse, tant politique que financière, par l'énergie, l'ingéniosité et la détermination. Et le temps travaillait pour eux, naturellement. En dépit des progrès de la médecine en général et de la gérontologie en particulier, l'homme demeurait mortel et, tôt ou tard, la nouvelle génération s'emparerait des leviers de commande des fiducies et des collectifs. Mais, à ce moment-là, ses représentants seraient aussi âgés que l'étaient présentement leurs grands-parents, et ils n'avaient pas la patience d'attendre. La quasi-totalité des modèles sociopolitiques prédisaient une rupture dans les dix ans. Si la Terre ne parvenait pas à renforcer ses liens avec les cités-États de Jupiter et de Saturne, consolidant ainsi leurs régimes conservateurs, les Extros divergeraient les uns des autres d'une façon si rapide et si imprévisible qu'il serait impossible de trouver avec eux un terrain d'entente. La guerre deviendrait alors inévitable.

Mais la nouvelle génération n'avait pas encore coupé tous les ponts avec le passé. Ses représentants vénéraient littéralement le travail accompli par Averne et les autres sorciers génétiques durant les premiers temps de la colonisation extro, les nouveaux types de kénobies et d'écosystèmes fermés qui avaient rendu possibles les habitats permanents sur les lunes de Jupiter et de Saturne. Averne était leur saint vert, leur Darwin, leur Einstein, un génie énigmatique drapé dans la légende et les rumeurs, une source d'inspiration pour leur radicalisme, leur ambition et leurs souhaits encore informulés. Sri jugeait intéressant le fait que les nouveaux amis d'Alder aient caché à leurs aînés la découverte de la grotte, et très encourageant qu'ils lui aient confié leur secret. Si jamais elle avait la chance de rencontrer Averne, l'occasion serait obérée par quantité de considérations diplomatiques et protocolaires. Ce qui exclurait toute forme de dialogue ouvert, de scientifique à scientifique. Mais si Alder pouvait approcher les membres de la célèbre équipe d'Averne aussi facilement qu'il avait conquis les jeunes scientifiques de la ferme de kénobies, peut-être établirait-il avec eux une liaison informelle grâce à laquelle Sri communiquerait avec Averne et suivrait ses mouvements une fois que la sorcière génétique aurait quitté Callisto.

Quelques journées à peine les séparaient de la cérémonie d'ouverture du biome et personne, ni à l'ambassade du Grand-Brésil ni au sein de l'équipe Peixoto, ne pouvait ni confirmer ni infirmer la venue d'Averne à Bifröst. Le *Luís Inácio da Silva*, branché en permanence sur le centre de contrôle du trafic spatial dans le système de Jupiter, n'avait rien capté de probant. On parlait beaucoup de la sorcière génétique sur les forums de discussion, mais sans que se dégage une information concrète. Alder revint de son excursion avec des photos et des échantillons de kénobies, des organismes chimiotrophiques aux formes complexes qui avaient poussé quatre-vingts ans durant dans un lieu clos, mais il n'avait aucune nouvelle de leur créatrice.

De guerre lasse, Sri s'assit sur sa fierté et sa prudence, et invita Loc Ifrahim à venir la voir dans sa suite. Il lui livra des preuves ténues contre Speller Twain et lui proposa une nouvelle fois de « régler ce problème », mais avoua qu'il ignorait lui aussi si Averne assisterait à la cérémonie d'ouverture. Apparemment, personne n'en savait rien, et cette incertitude plongeait Sri dans un énervement tel qu'Alder et Yamil Cho durent apprendre à faire le gros dos quand elle se mettait en colère. Puis, la veille de l'événement, alors qu'elle assistait à une réception officielle, Euclides Peixoto se glissa jusqu'à elle et lui dit :

— Elle est ici.

— Qui ça ?

— Averne… qui d'autre ? À votre place, je changerais d'informateurs, car les vôtres sont moins doués que les miens, et je n'essayais même pas de me rapprocher de cette vieille sorcière.

La scène se passait dans le grand patio de l'ambassade brésilienne. On l'avait décoré de banderoles en soie aux couleurs pastel, qui faisaient ressortir les murailles végétales grouillant de fougères et de fleurs exotiques, et on avait semé sur le sol des pétales de rose séchés, qui diffusaient une senteur musquée à mesure qu'ils étaient piétinés par les notables de Bifröst, les diplomates et les délégués commerciaux brésiliens, et les représentants de Minos sur Europe et autres cités et colonies du système de Jupiter. Les membres de l'équipe de construction s'étaient massés dans un coin, visiblement mal à l'aise au milieu des invités élégants et sophistiqués, d'autant plus que leur uniforme était encore plus terne que la livrée des domestiques servant cocktails et petits-fours, sans parler du costume de scène du quatuor à cordes jouant des morceaux de Haydn et de Mozart. La foule était si dense qu'on ne pouvait lever le petit doigt sans faire des vagues, si bien que tous les convives pivotaient doucement sur eux-mêmes à la façon des rouages d'une horloge aussi antique que complexe. Face à face avec Euclides Peixoto, ou plutôt orteils contre orteils, Sri se sentit enveloppée dans un nuage d'eau de toilette.

— Je n'ai jamais douté de la venue d'Averne, dit-elle d'une voix glaciale. C'est elle qui a eu l'idée du biome. Elle qui a financé sa construction. Elle ne pouvait qu'être présente lors de sa mise en route, c'était évident.

Le sourire d'Euclides Peixoto s'élargit jusqu'à exhiber une dentition d'une blancheur étonnante. Il était vêtu d'une sorte d'uniforme d'opérette qui devait être de sa propre invention : une veste et un pantalon gris à parements roses, un râtelier de médailles sur le torse, une casquette grise à visière noire vissée sur la tête, ce qui faisait ressortir des petits yeux rapprochés évoquant irrésistiblement ceux d'un mustélidé. Une fouine ou une hermine ; un petit prédateur sournois rampant sous les fourrés en quête d'une proie.

— « Évident », tu parles, répliqua-t-il. Oh ! je sais que vous êtes souvent amenés à faire des hypothèses de ce genre, vous autres scientifiques. Vous êtes des optimistes nés. Mais il n'est pas question de science ici. Il est question de politique. Et comme le disait mon père, en politique il ne faut préjuger de rien, c'est le meilleur moyen de passer pour un crétin. C'est Averne qui a financé le biome, je vous l'accorde, mais elle n'a pas manifesté le moindre intérêt pour sa conception, elle n'a pas dit un seul mot à ceux qui s'en sont chargés. Ni à nous, ni à nos hôtes. Nous ne savons même pas si elle apprécie ce qui est fait en son nom. Donc, si vous m'aviez demandé hier si elle allait finir par se montrer, je vous aurais répondu : « Ne pariez pas là-dessus. » Mais jamais je ne vous aurais dit : « C'est évident. »

— Vous devez être déçu de vous être trompé.

— N'espérez pas trop avoir un rendez-vous avec elle. Elle se trouve sur Callisto, c'est entendu, mais elle n'est pas en ville, et j'ignore si elle viendra à la cérémonie d'ouverture. Je ne sais même pas où elle loge. Mais je vais vous dire ce que je compte faire. (Une lueur méchante éclaira les yeux d'Euclides Peixoto sous la visière noire de sa casquette.) Si elle se pointe, je serai probablement amené à discuter du biome avec elle, même si notre travail ne l'intéresse pas. Ça ne me coûtera rien de citer votre nom. Au cas où elle n'aurait jamais entendu parler de vous.

— Merci. Mais ce ne sera pas nécessaire.

— C'est une proposition sincère. Quand j'étais petit, je m'amusais à enfermer des fourmis dans un bocal pour voir lesquelles allaient bouffer les autres. Je dois l'avouer, ça m'intrigue de voir ce qui se passerait si les deux génies que vous êtes venaient à s'affronter.

— La question n'est pas de perdre ou de gagner, ni de savoir qui a les plus grandes idées. Il s'agit avant tout d'instaurer un dialogue. Pour le bien de la famille.

— Eh bien, faites-moi savoir comment vous vous serez débrouillée si jamais vous parvenez à arranger quelque chose, conclut Euclides Peixoto. Si vous avez des problèmes à établir le contact, si vos subalternes n'arrivent pas à faire leur boulot, je suis prêt à vous donner un coup de main. Car, même si vous n'êtes pas de notre sang, j'aime à vous croire loyale envers mon oncle. Mais, pour le moment, il faut que j'aille serrer des mains et proférer des banalités. Et boire un verre ou deux avant de prononcer mon discours.

Sri consulta le journal du datamineur qu'elle avait programmé pour surveiller les forums de la ville, mais il n'avait rien à signaler hormis des mégaoctets de spéculations infondées. Elle appela son secrétaire et l'envoya à la chasse aux informations. Elle appela Alder, qui était perdu quelque part dans la foule ; il lui dit qu'il n'était au courant de rien mais qu'il allait contacter ses nouveaux amis. Enfin, elle appela Dee Fujita, la gardienne de la paix. Celle-ci affirma n'avoir pas été informée de l'arrivée d'Averne sur Callisto et déclara qu'il serait impossible d'arrêter Speller Twain et Loc Ifrahim pour les neutraliser durant la cérémonie d'ouverture. Non seulement Loc Ifrahim jouissait de l'immunité diplomatique, mais en outre rien ne prouvait que l'un ou l'autre des deux hommes soit impliqué dans un complot.

— *On ne peut pas arrêter Speller Twain sur la foi de simples soupçons*, dit Dee Fujita. *Cela nous est déjà interdit pour nos citoyens, alors des visiteurs…*

— De simples soupçons ? Mais il a déjà assassiné au moins une personne.

— *Si vous ne pouvez pas me prouver que Speller Twain, Loc Ifrahim ou les deux ont l'intention de nuire à Averne, je n'ai pas le droit de les appréhender. Tout ce que vous pouvez faire, c'est tenter de convaincre le Sénat que la sécurité de la cité est menacée. Vous pourriez rédiger une déposition.*

— Pouvez-vous me garantir le résultat de cette démarche ?

— *D'abord, il faudrait que le Sénat décide de voter. Ensuite, il faudrait que le vote soit en votre faveur.*

— Et toute la ville serait au courant.

— *C'est vrai que vous avez de drôles d'idées sur la gouvernance, je n'arrête pas de l'oublier.*

— Ce que j'oublie sans cesse, moi, c'est que vous avez tendance à prendre des décisions vitales pour votre sécurité en vous fondant sur des cotes de popularité.

Sri se sentit bouillir de frustration et comprit qu'elle était sur le point de piquer une crise. Elle ferma les yeux, visualisa le ciel de l'Antarctique, chape blanche comme neige au-dessus d'un océan moucheté de glaçons, et dit :

— Une telle déposition constituerait une déclaration de guerre aux yeux de M. Peixoto. Il faudrait que je sois sûre de votre soutien.

— Je ne peux faire qu'une chose pour vous : continuer à surveiller Speller Twain et Loc Ifrahim. Si vous découvrez quelque chose, tenez-moi au courant.

Et Dee Fujita coupa la communication.

Sri ne pouvait pas quitter la réception avant les discours, aussi dut-elle bavarder avec des inconnus dont elle n'avait cure pendant qu'elle cherchait à dégager les conséquences de la nouvelle que lui avait annoncée Euclides Peixoto et à déterminer la meilleure façon de contacter Averne avant la cérémonie d'ouverture. Les rouages qui animaient la foule finirent par la conduire face à Loc Ifrahim.

Il se fendit d'un hochement de tête retenu et lui demanda si elle avait réfléchi à la question dont ils avaient discuté lors de leur dernière entrevue.

— Vous avez failli à votre mission, lui dit-elle. Averne est ici. Et il a fallu que je l'apprenne de la bouche d'Euclides Peixoto.

La surprise de Loc Ifrahim ne semblait pas feinte.

— Si c'est exact, s'il ne s'agit pas d'une énième rumeur, alors aucun de mes contacts n'est au courant. M. Peixoto vous a-t-il dit comment il avait appris la nouvelle ?

— Je ne le lui ai pas demandé. Vous me décevez, monsieur Ifrahim. Vous me décevez beaucoup. Soit vos contacts sont mal choisis, soit ils ne vous disent pas la vérité. Averne est ici. Quelque part sur Callisto. Peut-être en ville, peut-être ailleurs... à la ferme de kénobies où elle travaillait jadis, par exemple. Je veux savoir où elle se trouve, d'où elle vient et qui l'accompagne. Et, par-dessus tout, je veux savoir comment la joindre. Si vous me rapportez des informations utiles, j'oublierai cet échec et veillerai à ce que vous soyez récompensé de votre travail.

S'il savait quelque chose et le lui cachait, Sri voulait lui forcer la main. L'obliger à cracher le morceau, par la menace ou par la corruption. Et s'il ne savait rien, il pouvait encore lui être utile, et elle souhaitait par ailleurs le tenir à l'œil.

Le jeune diplomate réfléchit quelques instants puis dit :

— J'ai un contact au spatioport. J'irai la voir dès la fin de la réception.

— Non, tout de suite, car j'ai besoin de le savoir le plus vite possible. Voulez-vous m'aider, oui ou non ?

— Ça risque de prendre un certain temps.

— Rendez-vous chez moi dans trois heures.

Sri lui tourna le dos et se laissa emporter par le lent mouvement de la foule.

L'ambassadeur brésilien et le maire de Bifröst prononcèrent leurs discours ; Euclides Peixoto en fit autant. Son allocution était brève et ne contenait rien de neuf, mais il la prononça avec un certain talent, insistant sur les phrases clés et récoltant des salves d'applaudissements qu'il savourait avec un petit sourire en coin, comme si lui seul comprenait la plaisanterie. Sri put enfin s'éclipser sans courir le risque de déclencher un incident diplomatique. Lorsqu'elle arriva dans sa suite, son secrétaire lui apprit que Loc Ifrahim était déjà là. Il l'attendait dans la bulle de verre plongée dans l'ombre, silhouette penchée sur le lac en contrebas, tout en noir et argent à la lueur crépusculaire des chandeliers, et il se retourna quand elle entra pour lui annoncer qu'il avait du nouveau.

— J'ai retrouvé mon contact au spatioport. Elle a interrogé les pilotes de tous les spationefs arrivés durant la semaine. Apparemment, Averne a débarqué il y a six heures, à bord d'un remorqueur tractant une cargaison de produits pharmaceutiques et de denrées alimentaires de luxe en provenance d'Europe. Ce remorqueur appartient à la famille de son pilote, Vlad Izumi. Vingt-huit ans, sans attaches, sans enfants, citoyen de Minos sur Europe.

— Elle est venue seule ? Sans son équipe ?

— Il y avait un autre passager. Une jeune fille, sans doute la sienne.

— Yuli. Elle s'appelle Yuli. Où sont-elles à présent ? En ville ?

— Elles ont embarqué dans un rolligon qui est parti vers le nord. Si vous m'accordez un peu de temps, je suis sûr de pouvoir découvrir sa destination.

— Je veux cette information le plus vite possible. Et comment se fait-il que M. Peixoto ait été avisé avant moi ? Comment Averne a-t-elle pu débarquer sans que personne en ville l'apprenne ?

— L'ambassade surveille de près le trafic du spatioport de Bifröst, bien entendu. C'est à la portée de n'importe qui. L'information est disponible sur la toile. Mais Vlad Izumi n'est pas connu comme étant un proche d'Averne, et celle-ci et sa fille n'étaient pas enregistrées comme passagers. Il est probable qu'elles ont fait du stop. Ça arrive tout le temps. Ici, on ne connaît ni la douane ni la police des frontières. Je suppose que personne ne les a reconnues à leur arrivée et qu'elles n'ont utilisé ni le téléphone ni le réseau. Elles ont quitté le spatioport à pied, tout simplement. Quant à M. Izumi, il est déjà reparti pour Europe, mais il était ravi de parler de ses passagères. Mon contact n'était pas la première personne à s'intéresser à celles-ci. Speller Twain l'avait devancée.

— Je croyais que vous étiez un ami de M. Twain.

— Je n'ai jamais prétendu cela, protesta Loc Ifrahim. Souhaitez-vous savoir autre chose ? Comme vous le voyez, je suis tout disposé à vous aider.

Son sourire, à peine visible à la lumière tamisée des chandeliers, était de toute beauté, un mélange de charme et de duplicité.

— Oui, il y a une chose, répondit Sri.

C'était le signal qu'attendait son secrétaire, lequel suivait la conversation depuis le début. Lorsque Yamil Cho entra dans la bulle, souple et vif dans sa combi noire, Loc Ifrahim garda le sourire mais ne put dissimuler le trouble dans sa voix.

— Je suis venu ici pour vous aider, madame. Et je peux encore vous être utile. À propos de la question que nous avons évoquée la dernière fois, par exemple.

— Tuer Speller Twain, vous voulez dire ?

— Le tuer ? fit-il en feignant d'être choqué. Je vous ai dit que je vous aiderais à réparer les dégâts qu'il a infligés à votre projet, mais je crois que vous m'avez mal compris.

— Vous ai-je mal compris lorsque vous m'avez dit qu'il avait assassiné Ursula Freye ?

Yamil Cho s'avança vers Loc Ifrahim et celui-ci recula jusqu'à se retrouver le dos plaqué contre la paroi transparente.

— C'est l'évidence même, dit-il. Il l'a plus ou moins avoué à M. Peixoto.

— Un détail que vous aviez négligé de me préciser. Et comme je me demande si vous ne m'avez pas caché autre chose, je me vois contrainte de vous garder ici quelque temps. En attendant que la cérémonie d'ouverture soit passée, disons.

Les yeux de Loc Ifrahim allaient et venaient entre Sri et Yamil Cho.

— Mon statut de diplomate…

— Nous dirons que vous avez accepté de m'aider dans mon enquête. À moins que je montre à l'ambassadeur l'enregistrement de notre entretien, afin qu'il se fasse une opinion. Je n'ai pas les moyens de prouver que vous m'avez proposé de tuer Speller Twain, mais votre sous-entendu est assez clair.

— Très bien, fit Loc Ifrahim. Je resterai ici et jouerai votre petit jeu stupide. Mais je peux vous dire que ça ne vous apportera rien de bon.

— S'agit-il d'une menace, monsieur Ifrahim ?

— Il s'agit d'un fait, madame, j'en ai bien peur, répliqua le jeune homme.

Il avait recouvré son self-control ; son visage était un masque neutre et inexpressif. Pour la première fois, Sri prit la mesure de son ambition et de sa détermination. C'était aussi admirable que terrifiant.

Chapitre 13

Loc Ifrahim s'en tint à sa version des faits : il soupçonnait Speller Twain de mijoter quelque chose mais ne savait pas quoi. Sri fut tentée de le soumettre à la question, mais elle s'exposait à des ennuis en agissant de la sorte sans en référer à Euclides Peixoto ou à l'ambassadeur, deux hommes en lesquels elle n'avait aucune confiance. Après mûre réflexion, elle dépêcha son secrétaire à l'ambassade, où se trouvaient les bureaux d'Euclides Peixoto et de son chef de la sécurité. Si Speller Twain s'absentait pour quelque raison que ce soit, Yamil lui filerait le train en veillant à ce qu'il s'en aperçoive. Pendant qu'elle prenait ces dispositions, Alder avait appris qu'Averne s'était rendue à la ferme de kénobies où elle avait jadis travaillé puis était partie pour le nord à bord d'un rolligon, accompagnée par sa fille et par certains des jeunes scientifiques qui avaient montré à Alder la grotte secrète. Il proposa de se lancer à leur poursuite, mais Sri lui assura que ce serait aussi inutile que dangereux. La surface chaotique de Callisto pouvait dissimuler des armées entières et, contrairement à celle de la Terre, elle n'était pas soumise en permanence à l'examen des satellites météo et des caméras espions. Vu l'avance dont ils disposaient, Averne et son entourage pouvaient se trouver déjà à la grotte, où n'importe où à deux ou trois cents kilomètres de la ferme.

Où qu'ils soient, Sri était sûre qu'ils regagneraient la ville à temps pour la cérémonie d'ouverture. Elle était résolue à contacter directement Averne, à l'avertir que sa vie était peut-être en danger, à lui proposer un entretien privé... Mais, en attendant, elle ne pouvait rien faire hormis patienter et essayer de dormir un peu.

Ce fut un appel de Dee Fujita qui la réveilla de bon matin. Apparemment, Speller Twain avait disparu.

—Hier soir, il s'est rendu dans la zone franche à l'issue de la réception. Il est entré dans son club préféré et n'en est pas ressorti. Nous interrogeons toutes les personnes qui s'y trouvaient. Cela va nous prendre du temps ; rien ne nous garantit qu'elles nous diront la vérité et, malheureusement, nous ne pouvons les y contraindre. Mais nous pouvons espérer glaner des renseignements utiles.

Sri ferma les yeux. Visualisa des floes oscillant sur la mer au-dessous d'un ciel glacial.

—Il va passer à l'action, dit-elle. Et il a besoin de temps pour préparer son coup. Pendant que vous perdez des heures précieuses à interroger des témoins rétifs ou ignorants, il se planque quelque part en ville et se tient prêt à frapper.

— C'est une possibilité. Il est également possible que M. Ifrahim l'ait éliminé comme il avait menacé de le faire.

—M. Ifrahim s'est-il rendu dans la zone franche hier soir ?

Sri fit ses calculs. Le diplomate avait eu tout juste le temps de suivre Speller Twain avant de venir la voir.

—Non, pour ce que nous en savons, répondit Dee Fujita. *Si je n'étais pas sûre de le voir invoquer son immunité diplomatique, j'exigerais de le soumettre à un interrogatoire.*

—Je m'occupe de lui.

Sri ne souhaitait pas avouer à la gardienne de la paix qu'elle retenait Loc Ifrahim contre sa volonté, pas plus qu'elle souhaitait la voir se lancer à sa recherche pour constater qu'il avait également disparu.

—Je vais finir d'interroger les clients du club, conclut Dee Fujita. *Si j'apprends quoi que ce soit d'intéressant, je vous en aviserai aussitôt.*

Mais si Speller Twain avait été filmé en train d'entrer dans la zone franche, les clients de son club préféré n'avaient rien remarqué d'anormal ce soir-là, et lorsqu'on interrogea un échantillon de citoyens également présents dans la zone franche, aucun ne se rappela l'avoir aperçu. Les enquêteurs ne réussirent qu'à rendre publique la disparition de Speller Twain. Un groupe de citoyens de Bifröst organisa aussitôt un référendum pour savoir si la cérémonie d'ouverture devait être reportée, étant donné qu'elle risquait d'être perturbée par des adversaires non identifiés du projet Biome ; en moins de une heure, plus de quatre-vingts pour cent du corps électoral s'était exprimé. On observait une dichotomie nettement tranchée, une moitié des votants jugeant que tout délai ne ferait que compromettre, voire trahir les principes d'amitié et de coopération que symbolisait le biome, l'autre accusant la famille Peixoto et son équipe de construction d'être seules responsables de la situation et estimant qu'on avait commis une erreur en les laissant participer à la construction du biome. Au bout du compte, ce fut à une faible majorité qu'il fut décidé de maintenir la cérémonie à la date prévue.

Après la publication des résultats, Euclides Peixoto appela Sri et exigea qu'elle lui dise tout ce qu'elle savait à propos de la disparition de son chef de la sécurité, menaçant de prendre les choses en main et de s'occuper personnellement des coupables. Sa colère était impressionnante et ne semblait pas feinte.

— *Priez pour que cette brute soit en train de se remettre de ses excès*, dit-il. *Priez pour que sa disparition ne représente pas la première offensive de notre ennemi. La cérémonie se déroulera comme prévu et je tiens à ce que vous y assistiez, professeur-docteur. Vous vous tiendrez à mes côtés. Comme ça, s'il y a une catastrophe, elle nous frappera tous les deux.*

Le lac avait atteint son niveau définitif et on avait ouvert les générateurs de vagues. Celles-ci couraient du sud au nord sur toute la longueur du plan d'eau, et l'éclat des chandeliers faisait scintiller leur crête. Elles se brisaient en larges tapis d'écume sur les récifs et les môles et explosaient en geysers lorsqu'elles frappaient la côte rocheuse de la grande île, où le public ne cessait d'affluer depuis qu'on avait ouvert la gare à midi.

Il était à présent 19 heures, une heure avant l'activation officielle du lac, et les Callistans continuaient à arriver, en famille ou par groupes d'amis, en couple ou en solo, un flot humain envahissant les escalators sous le toit en verre de la gare et se fondant dans la foule carnavalesque qui avait envahi les pelouses de part et d'autre de la crête boisée. Des stands distribuaient gratuitement des pommes d'amour et de la barbe à papa, des falafels et des légumes au curry, des sushis et toutes sortes de gâteaux, de la citronnade et du thé vert. Des échassiers et des cracheurs de feu se donnaient en spectacle. Des acrobates faisaient la roue et grimpaient sur un mât de cocagne ; l'un d'eux exécuta toute une série de numéros sur un trapèze suspendu à un ballon amarré au sol. Les enfants couraient dans tous les sens. Les cercles de tambours tambourinaient. Le quatuor à cordes entama une variation sur la *Water Music* de Haendel lorsque Sri monta sur la barge de maintenance ancrée à la pointe sud de l'île.

On y avait accroché des banderoles de la proue à la poupe et on avait placé une barrière transparente le long de son pourtour afin d'éviter que les personnes peu habituées à la faible pesanteur tombent par-dessus bord. Nombre des invités de la veille étaient déjà là, parmi lesquels des sénateurs, le maire, Euclides Peixoto et l'équipe de construction au grand complet. Comme Sri montait sur le pont, Euclides Peixoto se précipita vers elle, manquant de trébucher, et lui demanda sans ambages si elle avait du nouveau.

— Rien.

— Vous êtes seule, à ce que je vois. Où est votre fils ?

— Il est indisposé.

— Et votre secrétaire, indisposé, lui aussi ?

— Malheureusement.

Yamil Cho était consigné dans le penthouse, où il gardait Loc Ifrahim et surveillait la tente du biome par l'entremise de plusieurs drones, en quête du moindre mouvement suspect.

— Rappelez-vous que nous sommes dans le même bateau, et deux fois plutôt qu'une, déclara Euclides Peixoto en lui jetant un regard mauvais.

Le moteur de la barge démarra, son équipage se prépara à lever l'ancre, et une femme et une jeune fille s'avancèrent main dans la main sur l'échelle de coupée. Plutôt petite pour une Extro, la peau basanée, les cheveux blancs et les hanches larges, la femme était vêtue d'une robe-tunique grise toute simple ; le visage solennel de sa cadette disparaissait à moitié derrière des boucles d'un noir de jais. Elles firent halte avant de poser le pied sur le pont, le temps de parcourir l'assistance du regard, et tous les passagers de la barge se mirent à applaudir.

C'étaient Averne et sa fille, Yuli. Elles étaient suivies par un groupe de jeunes gens bruyants, parmi lesquels se trouvaient nombre des scientifiques de la ferme de kénobies. Sri attendait ce moment depuis qu'on lui avait parlé du projet pour la première fois, mais à présent qu'elle voyait de ses yeux la sorcière génétique s'avancer sur le pont, entourée d'une foule de dignitaires, sur fond sonore de vibrations évoquant le bourdonnement d'un cœur monstrueux, elle fut saisie d'une soudaine angoisse. Il allait se passer quelque chose d'horrible et elle ne pouvait rien y faire, comme si elle était en plein cauchemar.

Peut-être avait-elle avancé d'un pas sans le vouloir ni même s'en rendre compte, car Euclides Peixoto lui empoigna le bras et lui intima l'ordre de ne pas bouger.

Au même instant, un murmure monta de l'entourage d'Averne. Les jeunes gens se tournaient vers le lac et pointaient du doigt un certain endroit. Se dégageant de l'étreinte d'Euclides Peixoto, Sri flotta jusqu'à la barrière transparente. Quelque chose se dirigeait vers la barge. Un homme. Elle crut tout d'abord qu'il marchait sur l'eau. Puis elle vit que son corps reposait dans un harnais maillé et que trois drones équipés de câbles le transportaient comme une poupée : sa tête dodelinait doucement, ses bras étaient ballants, ses jambes disparaissaient jusqu'à mi-cuisses dans l'écume des lentes vagues qui parcouraient le lac.

Sur le rivage de l'île, les spectateurs applaudirent et lancèrent des vivats, pensant qu'il s'agissait d'un numéro intégré à la cérémonie. Mais les passagers de la barge, qui se trouvaient plus près de l'homme, virent qu'on lui avait tranché la gorge. Lorsque les drones s'approchèrent, on n'eut aucune peine à reconnaître Speller Twain.

Chapitre 14

La mort de Speller Twain déclencha des réactions immédiates, violentes et dommageables. Euclides Peixoto s'empressa d'accuser la ville et exigea une enquête approfondie. Le Sénat callistan riposta en ordonnant un audit détaillé du travail de l'équipe de construction et une enquête sur la mort de trois de ses membres. Et dès que cette enquête serait bouclée, un référendum serait organisé pour décider de l'éventuel départ de ladite équipe. Partisans et adversaires des relations avec le Grand-Brésil se préparaient déjà à un affrontement politique majeur, se livrant à de frénétiques échanges d'accusations et de démentis.

Sri avait sa petite idée sur l'identité de l'assassin de Speller Twain.

— Vous m'avez parlé de vos contacts à Bifröst, dit-elle à Loc Ifrahim avant de lui rendre sa liberté. J'aurais dû me douter qu'ils étaient opposés à ce projet. Tout comme vous.

— J'ai beaucoup d'amis en ville, madame.

— Notamment trois citoyens de Paris sur Dioné, qui ont quitté la ville juste avant la cérémonie. L'un d'eux ayant été souvent aperçu en votre compagnie dans un bar de la zone franche. Ce sont eux qui ont tué Speller Twain, n'est-ce pas ? Ils l'ont kidnappé quand il s'est rendu dans la zone franche, et ensuite ils l'ont tué.

— Je n'ai aucun moyen de le savoir, madame. Après tout, j'étais retenu prisonnier ici.

— Oui, j'ai été assez bête pour vous fournir un alibi pendant que vos amis se tapaient le sale boulot.

Loc Ifrahim ne prit pas la peine de cacher son amusement.

— Si vous n'avez plus besoin de moi ici, j'ai beaucoup à faire à l'ambassade. L'ambassadeur doit réagir officiellement à la demande émise par le Sénat à propos des récents événements. Peut-être vous reverrai-je dans le cadre de l'enquête.

— Permettez-moi d'en douter.

Averne avait déjà quitté Bifröst pour regagner Europe. Sri était bien décidée à la suivre. Peut-être réussirait-elle à sauver quelque chose de ce fiasco.

Avant de quitter Callisto, Sri et Alder empruntèrent un cabriolet pour se rendre dans le jardin secret d'Averne. Callisto était trop éloignée de Jupiter pour être affectée par les effets de marée qui réchauffaient Io, Europe et Ganymède, et sa lithosphère s'était très vite refroidie après sa formation. Sa coque d'eau à l'état solide, que ni le volcanisme ni l'activité tectonique n'avaient altérée, était donc sans relief ou presque et recélait quantité de traces du bombardement météoritique qui avait marqué ses origines. On constatait la présence de vastes bassins d'impact, notamment Valhalla et Asgard, dont les zones centrales à fort albédo étaient entourées de crêtes concentriques, elles-mêmes séparées par des fossés chaotiques. Sur toute l'étendue de la lune, le terrain était pareil à un antique champ de bataille, criblé de cratères de toutes les formes et de toutes les tailles, où l'on observait des éjectas aux morphologies fluidifiées – tantôt des remparts lobés, tantôt des crêpes avec des sillons radiaux – qui compliquaient encore la topographie de la surface.

Le jardin d'Averne se trouvait dans un cratère-puits d'une quarantaine de kilomètres de diamètre. Le poids exercé par son pourtour sur la croûte de glace en avait bombé l'intérieur, le transformant en un chaos de crêtes et de mesas hachuré de crevasses. Après avoir guidé le cabriolet au milieu de ce dédale, Alder conduisit Sri dans une longue tranchée jonchée de glaçons, coincée entre deux falaises qui ne laissaient entrevoir du ciel qu'un étroit ruban noir. Quoique dure comme le roc, la glace demeurait en partie malléable ; dans les profondeurs de la crevasse, la pression des masses en surface avait fait saillir un entrelacs de lobes polis dont certains atteignaient une hauteur de vingt ou trente mètres.

Quatre-vingts ans plus tôt, Averne avait aspergé sur ces rotondités une poussière riche en minéraux qu'elle avait activée au moyen d'une sélection de kénobies élaborée avec soin. Ceux-ci avaient crû et s'étaient multipliés, formant une mosaïque que les projecteurs de leurs vidoscaphes coloraient de rose, d'orange et de rouge sombre, chaque tache correspondant à une variété différente, chacune délimitée par un trait noir signalant la zone d'affrontement avec sa voisine.

Certaines d'entre elles étaient lisses comme de la glace, d'autres étaient marquetées d'écailles ou de cannelures évoquant du tissu cérébral. Quelques-unes se prolongeaient par des filaments de sulfate de fer cristallisé, aussi rouges que du sang fraîchement versé.

Devant cet acte fondateur d'une beauté étrangère, Sri ne put s'empêcher d'être impressionnée, tout en demeurant consciente de sa futilité. C'était comme si on lui avait donné un aperçu de l'esprit de la grande sorcière génétique, qu'elle était cependant incapable de comprendre, et elle prit des photos et ajouta des échantillons à ceux qu'Alder avait déjà subtilisés lors de sa précédente visite. Puis ils rebroussèrent chemin pour regagner le cabriolet, retournèrent en ville, embarquèrent dans la navette du *Luís Inácio da Silva* et partirent pour Europe.

Averne disposait d'environ vingt-six heures d'avance, mais le *Luís Inácio da Silva*, équipé du nouveau moteur à fusion, pouvait foncer en ligne droite entre les lobes des ceintures de rayonnement de Jupiter plutôt que de suivre la trajectoire orbitale classique permettant d'économiser le carburant. Six heures après qu'il eut quitté son orbite autour de Callisto, Europe apparaissait déjà dans ses écrans de visée.

Tout comme Callisto, Europe était une boule de silicates enveloppée dans une coque de glace, mais les effets de marée dus aux attractions concurrentes de Jupiter et de Ganymède, la plus grosse des lunes joviennes, réchauffaient ses entrailles et sa croûte glacée abritait un océan global de quelque vingt kilomètres de profondeur, maintenu à l'état liquide grâce aux fissures et sources hydrothermales par lesquelles l'eau entrait en contact avec la lithosphère par subduction. La surface glacée d'Europe était piquetée de cratères d'impact, de lézardes et de panaches d'eau chaude jaillissant des évents très anciens et très actifs, et l'eau liquide envahissait les lézardes avant de se geler. Cela ressemblait à un palimpseste où aurait été consignée une longue histoire de déluges et de glaciations, et, en découvrant cette sphère jaune pâle aux fines craquelures, Sri pensa à une boule de billard en ivoire qu'elle avait vue jadis à Quito, dans un musée consacré aux aberrations écologiques, ou encore à une vieille carte de Mars du temps où on l'imaginait sillonnée de canaux.

Le *Luís Inácio da Silva* se plaça en orbite autour d'Europe trois heures après l'arrivée du remorqueur d'Averne, mais le contrôle du trafic spatial local mit un certain temps à approuver le plan de vol de sa navette. Sri n'en fut guère contrariée. Elle ne tenait pas à ce que son initiative vire à la course-poursuite. Dès qu'elle aurait localisé l'endroit où se trouvait la sorcière génétique, elle chercherait à la contacter en vue d'entamer avec elle un dialogue qu'elle espérait fructueux. Oscar Finnegan Ramos lui avait donné sa bénédiction et l'avait recommandée à un de ses vieux amis demeurant à Minos, la seule ville importante d'Europe.

À l'origine une minuscule base scientifique, la cité de Minos s'était agrandie en creusant, s'enfouissant sous la glace afin de se protéger du rayonnement de Jupiter, lequel était capable de tuer en trois jours une personne restant sans protection sur la surface de la lune. Épaisse de trente kilomètres à peine autour du site, la croûte était en outre érodée par des panaches d'eau chaude provenant d'un complexe de sources hydrothermales longeant une faille, et les habitants de la ville avaient creusé des puits descendant jusqu'au niveau de l'océan subglaciaire.

Tymon Simonov, l'ami d'Oscar Finnegan Ramos, était un sorcier génétique âgé de plus de cent soixante ans, un des pionniers qui avaient pris part au grand exode depuis la Lune. Sri et Alder mirent plus d'une journée à se rendre chez lui, empruntant une série de gigantesques puits et descendant à une profondeur qui, sur Terre, correspondrait à celle où les plaques tectoniques dérivent sur le magma. Sur Europe, ils ne virent qu'un cañon creusé sous la glace et empli d'air. On avait excavé sur chaque flanc de gigantesques biomes et aménagé sur les parois des terrasses décorées de pins et d'alpages, qui dominaient une membrane à demi-vie ondoyant avec le flot des eaux qu'elle scellait. En dépit des sceaux complexes placés sur son rebord à intervalles réguliers, il montait une légère odeur d'œuf pourri de l'océan anoxique, et, même si des chapelets de projecteurs solaires illuminaient l'atmosphère et bariolaient de couleurs vives les panneaux de glace, il faisait très froid. Les citoyens les plus âgés portaient des manteaux et des chapkas en fourrure de synthèse, et nombre des plus jeunes avaient subi des modifications génétiques qui les avaient dotés d'un pelage lisse et d'épaisses couches de graisse. On aurait dit des phoques pourvus d'un visage, de mains et de pieds humains, vêtus d'un short et d'une veste multipoches.

Tymon Simonov vivait dans une sorte de boîte pressurisée à triple coque flottant sur les eaux noires à l'ouest du cañon, sous un plafond de glace qui s'étendait à perte de vue dans toutes les directions. Ses laboratoires occupaient les cinq ponts et il semblait être le seul habitant des lieux avec sa petite armée de robots. Comme il l'avoua à Sri et à Alder, il se sentait d'humeur misanthrope ces derniers temps et envisageait de se lancer dans un voyage en solo autour d'Europe qui lui prendrait deux bonnes années. Mais il se montra néanmoins hospitalier, petit gnome au visage cireux et à la couronne de longs cheveux blancs. Il portait pour seul vêtement un short rapiécé maintenu par un ceinturon auquel étaient fixés des outils et parlait avec animation ; à l'en croire, ils n'auraient aucun problème pour contacter Averne une fois qu'elle aurait atteint sa destination.

Apparemment, elle était montée dans une capsule blindée circulant sur la voie ferrée équatoriale à moitié achevée, parcourant quelques milliers de kilomètres pour gagner le point de jonction avec la voie latérale menant aux fermes du bassin Tyre. Il y avait là un point de forte activité sous la plaine glaciaire. La croûte, épaisse d'un kilomètre à peine, était érodée par un panache d'eau chaude qui, dans une centaine d'années, finirait par faire fondre la surface et par créer une mer temporaire, une gadoue d'eau et de glace qui se mettrait à bouillir dans le vide et à inonder les environs avant de geler de nouveau. L'eau de ce panache, riche en minéraux, était pompée dans d'immenses réservoirs où des bactéries spécialisées en extrayaient les métaux, les nitrates et les phosphates, et où des levures en fixaient le carbone grâce à des voies métaboliques copiées sur celles des microbes indigènes présents autour des sources hydrothermales dans les ténèbres écrasantes des profondeurs océanes. Il n'y avait pas pénurie de carbone sur Europe, mais cet élément était surtout présent sous la forme de dioxyde de carbone dissous dans l'océan. Exception faite des cultures de kénobies présentes sur les sites d'impact météoritique, ces réservoirs constituaient la principale source de carbone pour la fabrication de fullerène et de diamant de construction nécessaires à l'expansion de la ville et des colonies secondaires de la lune. C'était Averne qui avait jadis conçu les bactéries et les levures des réservoirs, et elle conservait un appartement sur site. Sri se demanda si elle avait créé des jardins secrets dans les environs. Si c'était pour s'y rendre qu'elle se déplaçait sur la surface bombardée par les radiations.

Tymon ne cessa de bavarder pendant qu'il offrait à Sri et à son fils ce qu'il appelait « la visite à dix *cents* » de ses laboratoires. Des aquariums scellés contenaient divers types d'herbes autolithotrophiques provenant de rhodophytes et de bactéries indigènes, des vers tubulaires évoquant des fleurs visqueuses longues comme le bras, des crabes albinos apathiques qui restaient tapis sous les rochers et des spécimens d'un poisson rappelant l'anguille, pareils à des alevins blafards et aveugles drapés dans des haillons – en réalité des ouïes externes riches en bactéries symbiotiques – qui ondoyaient avec une lenteur onirique dans un aquarium cylindrique aux épaisses parois en verre blindé dont la température approchait celle du corps humain.

Le vieux sorcier génétique leur expliqua qu'il comptait cloner plusieurs milliers d'individus de cette espèce de pseudo-anguille pour les lâcher ensuite dans les profondeurs océanes.

— Ils seront porteurs de micropuces qui transmettront des données à des nuées de récepteurs microscopiques. Et leurs batteries de cellules musculaires modifiées les alimenteront plusieurs mois, pendant lesquels ils exploreront les fosses sous-marines et les sources hydrothermales.

— Voilà un petit projet qui a l'air amusant, déclara Sri. Mais des robots seraient plus efficients, non ? Et vous ne craignez pas de contaminer l'écosystème indigène d'Europe ?

Les microbes présents dans les sources hydrothermales de la lune, la seule forme de vie extraterrestre du Système solaire, étaient apparentés à leurs équivalents terriens. Ils contenaient de l'ADN et de l'ARN qui codaient les acides aminés dans des séquences identiques à celles des organismes terriens, et, à en juger par la chronologie des mutations ponctuelles de l'ARNt, la divergence d'évolution entre les organismes d'Europe et de la Terre avait débuté trois milliards cinq cents millions d'années auparavant, longtemps après l'apparition de la vie sur Terre. Selon toute probabilité, Europe avait été ensemencée par un bout de roche terrestre mis sur orbite à la suite d'une collision avec un objet céleste, puis capté par le champ gravitationnel de Jupiter pour finir sa course sur son satellite, où les spores bactériennes ayant survécu au long périple avaient été lâchées dans l'océan après que le point d'impact eut fondu suite à l'éruption d'un panache. Sur Terre, certaines espèces de bactéries s'étaient combinées pour évoluer en plantes, en champignons et en animaux multicellulaires, une transformation décisive rendue possible par des voies métaboliques productrices d'énergie qui exploitaient l'oxygène dégagé dans l'atmosphère au cours de la photosynthèse. Mais dans l'océan anoxique d'Europe, l'évolution était restée bloquée au stade des colonies de microbes, présentes sous la forme de croûtes et de draps, de vases et de paniers arachnéens et de bouquets de longs filaments poussant autour des sources hydrothermales, d'où était issue une eau chaude et riche en minéraux et en sulfure d'hydrogène.

Comme l'expliqua Tymon, cet écosystème unique et délicat ne pouvait être affecté par ses anguilles étant donné que les bactéries symbiotiques de leurs ouïes provenaient elles-mêmes de la manipulation des souches de bactéries indigènes.

— Quoi qu'il en soit, ajouta-t-il d'un air enjoué, il est trop tard pour craindre une contamination. Si ça vous intéresse, je vais vous montrer pourquoi.

Il conduisit Sri et Alder dans une salle minuscule où s'ouvrait un hublot en diamant monomoléculaire. L'eau qu'on pouvait y observer semblait de prime abord d'un noir de jais, mais lorsque les visiteurs l'examinèrent de plus près, ils y distinguèrent des constellations à la limite de leur acuité visuelle.

Soudain, il y eut une forte secousse. Les constellations basculèrent puis se redressèrent. Sri se retourna et vit que des plafonniers venaient de s'activer et qu'une écoutille s'était refermée derrière Tymon Simonov, qui s'était accroupi et pianotait sur une ardoise. La salle où ils se trouvaient était en fait l'habitacle d'un sous-marin de poche, une nacelle à propulsion autonome qui s'éloignait à présent de son point d'ancrage.

— Nous allons faire un petit tour dans mes fermes, déclara Tymon. Ça devrait vous intéresser, vu que vous avez pris la peine de venir jusqu'ici, et ça ne sera pas trop long.

Les feux de position de la nacelle s'allumèrent, éclairant un plafond de glace situé cent mètres au-dessus d'eux, où se dessinaient des ondulations figées érodées par des courants d'une chaleur toute relative, un plafond décoré à perte de vue par des alignements de fougères de glace et qui dominait de toutes parts l'océan du monde. Au-dessous d'eux, un abîme sans fond d'eau sans oxygène, noire, salée et acide : un poisson s'y noierait aussi vite qu'un homme. Réprimant un accès de claustrophobie, Sri se persuada que la nacelle où elle se trouvait, avec son habitacle étanche, ses vaillants moteurs et ses gyroscopes fiables, constituait un abri parfaitement sûr.

Peut-être Alder perçut-il son trouble, car il lui étreignit la main et dit :

— J'ai l'impression que ces lumières sont celles d'une ferme.

— Vous avez l'œil, commenta Tymon. C'est tout à fait ça.

À mesure que la nacelle s'approchait, les lumières en question devinrent de longs alignements de projecteurs suspendus à des câbles fixés à la glace, chacun éclairant un cadre grillagé de trente mètres de côté sur lequel étaient fixés des filaments frémissant doucement sous le courant.

— Des algues, dit Alder.

— Vous avez violé la quarantaine, dit Sri.

Elle éprouva un sinistre pressentiment et se demanda pourquoi elle avait ignoré ce détail jusque-là. Comment avait-il fait pour garder le secret sur ses agissements ? Et qu'est-ce que les Européans pouvaient cacher d'autre ? Sans parler des Extros dans leur ensemble, dont le domaine était riche en lunes et en astéroïdes recélant quantité de tunnels et de crevasses.

— La quarantaine est devenue caduque dès que le premier aquanaute est descendu dans l'océan, répliqua Tymon. Et c'est une notion qui a perdu sa pertinence quand nous avons compris que la biologie indigène était plus ou moins identique à la biologie terrestre. En outre, ces algues ne peuvent croître qu'en présence de lumière. Et si l'on excepte les sites où une éruption permet à la lave de dispenser ses feux éphémères, il n'y a qu'en cet endroit de l'océan que l'on trouve un tant soit peu de lumière.

La nacelle descendit encore et passa entre les râteliers. Il y en avait des centaines, voire des milliers, à perte de vue. Les algues pendaient à des câbles fixés aux barres transversales, des rubans évanescents auxquels les feux de la nacelle conféraient une couleur rappelant la pourpre ou le sang séché. Les spécimens les plus matures mesuraient cent mètres de long. Telles des lianes dans une jungle, ils oscillaient doucement comme sous le souffle d'un dragon endormi. Il en émanait une aura de soufre, sous-produit de la fixation du carbone.

L'eau issue des sources hydrothermales était riche en nutriments, mais les formes de vie indigènes ne trouvaient que peu d'énergie dans leur flot. Le sulfure d'hydrogène montant des profondeurs, qui favorisait l'oxydation dans les colonies bactériennes, était très vite dissocié pour former des sulfates inexploitables. Les fissures, ces oasis de vie, étaient hélas fort rares ; dans les vastes déserts enténébrés de l'océan européan, seuls survivaient les chimiolithrophes qui exploitaient les rares oxydes métalliques pour en extraire de l'hydrogène. Mais, tout comme les végétaux terriens utilisaient l'énergie photonique pour déclencher des réactions transférant les ions d'hydrogène et les électrons de l'eau à l'oxyde de carbone, ce qui permettait d'obtenir du glucose et de l'oxygène comme produit dérivé, les algues de Tymon utilisaient la lumière pour réduire les composants non organiques contenant du soufre et du fer. Elles absorbaient le dioxyde de carbone et les nutriments contenus dans l'eau et croissaient à une vitesse phénoménale, qui pouvait atteindre deux ou trois mètres par jour. Quant à l'éclairage, on n'avait aucune peine à le produire en captant l'énergie des courants ou en exploitant les variations de température.

Des robots équipés de bras articulés et de moteurs intégrés s'affairaient çà et là, coupant de longs brins d'algue et transportant leur récolte vers une station de traitement. Tymon dirigea son sous-marin vers la lisière de sa vaste exploitation, où des robots de construction façonnaient de nouveaux supports telles des abeilles agrandissant leur ruche. La ferme occupait une surface de onze kilomètres carrés et comptait plus de dix-huit mille râteliers, un chiffre qu'elle augmentait de vingt unités par jour.

Une authentique transition de phase, songea Sri. Comme quand on lâche un cristal dans une solution sursaturée. Ce qui était liquide se solidifie en un instant. Elle visualisa des milliers de kilomètres carrés colonisés par ces fermes autoréplicantes, tels des radeaux dérivant dans l'océan à des profondeurs variables, avec des communautés croissant tout autour d'eux, des villes flottantes peuplées d'hommes-phoques…

Tymon répondait sans se lasser aux questions que lui posait Alder à propos des robots et des algues. Le sous-marin fit le tour d'une station où des bioréacteurs et des réservoirs sanglés dans un filet traitaient la récolte. Pour le moment, le carbone obtenu à l'issue de celle-ci servait uniquement à la construction de nouveaux râteliers accueillant de nouveaux plants. Mais Tymon et ses collègues travaillaient sur des souches d'algue comestibles et d'autres permettant d'obtenir des plastiques, des produits pharmaceutiques… Leur imagination et leurs capacités étaient sans limites.

Lorsque le sous-marin regagna le laboratoire de Tymon, Sri avait trouvé un biais par lequel la famille pourrait s'associer à cette entreprise. Elle dit au sorcier génétique que des sources d'énergie compactes et peu coûteuses, développées à partir de la nouvelle technologie de la fusion, étaient capables d'éclairer une ferme mille fois plus grande que la sienne. Elle lui décrivit un océan où les fermes flottantes seraient aussi nombreuses que les étoiles dans le ciel : chacune d'elles serait pareille à un soleil miniature, entouré d'un chapelet de villages en orbite. Sans doute serait-il possible, renchérit-elle, de semer dans l'océan des usines d'électrohydrolyse autoréplicantes capables d'oxygéner l'eau des profondeurs océanes jusqu'à la plaque glaciaire, afin de mettre en place un écosystème aérobie allant de la bactérie à la baleine. Et on n'aurait aucune peine à altérer les êtres humains afin de les rendre amphibies.

Lorsqu'elle eut fini, Tymon éclata de rire et dit qu'Oscar ne s'était pas trompé sur elle.

— Vous avez des idées grandioses.

— La vie est un équilibre instable. Quand les bonnes conditions sont réunies, elle prospère et se répand. Et vous avez réussi à les réunir ici. Si vous ne réfléchissez pas à la direction que vous souhaitez la voir prendre, elle risque de vous conduire dans une direction que vous n'auriez jamais choisie.

— Cette ferme est une expérience, répondit Tymon. Une expérience qui a réussi, je pense pouvoir l'affirmer, mais rien de plus. La cité devra décider de la suite à lui donner. C'est en cela que nous nous distinguons de la Terre. Nous prenons nos décisions à la suite d'un débat et d'un vote, puis nous passons à l'action.

— Sans que des dissidents se manifestent ?

— Pourquoi pas ?

— Cela ne durera pas. Votre prétendu consensus n'est qu'une fiction polie, favorisée par un environnement où la dissidence est limitée par son manque de ressources. Le jour où les dissidents disposeront de ressources autonomes, c'en sera fini de votre belle unité. Tout ce dont ils ont besoin, c'est d'une poignée de robots, de matériaux de construction et de quelques spores. En moins d'un an, ils auront élaboré une ferme aussi importante que celle-ci. Une décennie de plus, et ils auront leur propre cité. Imaginez la même situation reproduite à mille exemplaires. Vous avez fait le premier pas dans la colonisation de votre océan. Désormais, il est impossible de revenir en arrière.

Sri se sentait exaltée, motivée à fond. Oublié, le contretemps de Bifröst. Elle allait affûter ses arguments face à ce vieillard et les soumettre à l'Assemblée citoyenne de Minos. Et parler à Averne. Planter quelques graines et revenir plus tard, au moment de la moisson.

— Nous avons joui d'un siècle de consensus, répliqua Tymon. Je ne vois pas pourquoi cela s'arrêterait.

— Oui, oui. Des gens intelligents, coopératifs et compatissants vivant dans une authentique utopie. J'ai entendu le même boniment à Bifröst. Sauf que, pour ce que j'ai pu constater, les vieilles pulsions sont toujours là, à peine dissimulées par quelques altérations purement cosmétiques.

Tymon éclata de rire et lui rappela une chose : l'environnement influe sur la nature humaine autant, sinon davantage, que le patrimoine génétique.

— Je ne l'ai pas oublié, répliqua Sri. Cet océan diffère grandement des cavernes de glace de Minos et des tentes et des dômes de Bifröst. Et il doit exister quantité d'autres sites où les gens peuvent prospérer en cultivant leur différence, parfois au prix d'adaptations des plus radicales. Et ces sites seront tôt ou tard colonisés. Le nouveau moteur à fusion développé par ma famille fera fondre les distances et rendra accessibles tout un tas d'endroits reculés. Les Extros affirment que l'évolution les éloigne de plus en plus des habitants de la Terre, mais, en vérité, ils s'éloignent encore plus vite les uns des autres. Que deviendra votre consensus lorsque l'humanité se dissociera en une centaine d'espèces différentes ?

Elle était prête à recourir aux mêmes menaces dont elle avait usé avec les Callistans – si les Européans ne s'empressaient pas de coloniser leur océan, quelqu'un d'autre le ferait à leur place, des Terriens ou d'autres Extros, ils devaient à toute force contrôler le processus de colonisation –, mais Tymon la coupa dans son élan en lui disant qu'elle avait un appel urgent de son secrétaire, et il le transmit de son ardoise aux bésiks qu'elle avait chaussées.

— *Il y a du nouveau*, annonça Yamil Cho. *Les citoyens de Bifröst ont décidé par référendum de la déportation immédiate de l'équipe de construction. Vous devez regagner votre spationef au plus vite, madame. Son capitaine a ordre de retourner sur-le-champ à Callisto pour embarquer Euclides Peixoto et toute sa délégation.*

Chapitre 15

La tentative de rapprochement entre la famille Peixoto et le Système extérieur s'acheva donc de piteuse façon. Le *Luís Inácio da Silva* repartit pour la Terre, avec dans sa soute les cercueils d'hibernation abritant les membres de l'équipe de construction, et Sri passa les trois semaines de voyage à éviter de croiser Euclides Peixoto dans les minuscules modules de vie du spationef.

Une fois arrivés à destination, Sri, Alder et Yamil Cho gagnèrent Brasília à bord d'une navette. Écrasés par la pesanteur et par l'atmosphère tropicale, ils ne firent qu'entrevoir les rues noires de monde derrière les vitres teintées de la limousine qui les conduisait à la clinique. Ils avaient fréquenté avec assiduité la centrifugeuse du vaisseau pour leurs séances d'exercices, mais il leur fallut pourtant deux semaines pour se remettre des effets débilitants de la micropesanteur. Pendant tout ce temps, Sri n'eut pas la moindre nouvelle du général Arvam Peixoto. Elle finit par demander à Yamil Cho d'apporter à son bureau une copie brute des images qu'elle avait enregistrées avec ses bésiks. Le général ne daigna lui transmettre aucun message, ni ce jour-là ni les jours suivants. Sri tenta de se convaincre que cela ne voulait rien dire. Elle avait exécuté ses instructions. S'il voulait manifester ainsi son insatisfaction, elle n'y pouvait rien et ne ferait qu'aggraver la situation en tentant de le contacter. L'heure était venue de passer à autre chose.

Alder partit pour l'Antarctique, Sri et Yamil Cho pour la côte de Basse-Californie. Ils prirent le train à La Paz, traversèrent la plaine côtière inondée du sud de la péninsule puis obliquèrent vers l'est, franchissant un petit col pour arriver à Carrizalito, une bourgade où ils louèrent une voiture pour rouler trente kilomètres le long de la route côtière. Sri parcourut à pied le dernier kilomètre, traversant une étendue de dunes entre l'océan et les collines ocre, pour gagner la demeure d'Oscar Finnegan Ramos.

Elle se trouvait face à la mer, une hutte édifiée avec des feuilles de plastique et évoquant la proue d'un navire, nichée entre deux dunes à l'ombre d'un bosquet de pins de Norfolk tordus par le vent, amarrée au sol par des câbles solides. On y jouissait d'une vue imprenable sur la plage et sur le golfe de Californie, étendue d'eau miroitante sous un ciel d'un azur splendide. Oscar agita la main comme Sri descendait la pente stabilisée par des oyats, passant devant un enclos où trois chèvres mangeaient de l'herbe coupée. C'était un homme petit et voûté, vêtu en tout et pour tout d'un short bleu délavé. Peau basanée, crâne chauve. Il avait fait chauffer une théière sur un feu de bois flotté et leur servit deux chopes d'un thé noir et odorant.

— Tu es venue à pied, remarqua-t-il. Cela signifie-t-il que tu es remise de ton périple ?

— Absolument, dit Sri.

Et en dépit des courbatures qui lui taraudaient les jambes et le dos, elle se sentait en pleine forme, vive et forte. Elle s'était appliqué une épaisse couche de crème solaire et portait une combi filtrante et un chapeau à larges bords.

— Et Alder ?

— Il s'est très bien conduit. Je suis fière de lui.

Elle raconta au vieillard la façon dont il avait charmé les jeunes scientifiques et découvert le jardin secret d'Averne.

— J'aurais établi le contact avec elle s'il n'y avait pas eu cet incident lors de la cérémonie d'ouverture. Si je n'avais pas été rappelée d'Europe. J'étais à deux doigts d'y parvenir.

Pour illustrer son propos, elle leva la main, tenant pouce et index à un centimètre l'un de l'autre.

— J'ai lu le rapport que tu as rédigé pour la sous-commission sénatoriale pour les Affaires extraterrestres. Mais j'aimerais entendre ce récit de ta propre bouche. Raconte-moi tout et ne me cache rien.

Sri parla durant une heure. Elle décrivit par le menu la grossière tentative de sabotage du projet, les meurtres d'Ursula Freye et de Speller Twain, ainsi que le rôle joué par le diplomate Loc Ifrahim, et détailla les raisons qui la poussaient à croire qu'Euclides Peixoto avait rejoint la faction belliciste de la famille. Elle décrivit le jardin secret d'Averne et les petits habitats qu'Alder avait aperçus à la surface de Callisto, évoqua le potentiel des fermes d'algues de l'océan européan et déclara que, selon elle, la rupture entre l'ancienne et la nouvelle génération d'Extros était irréversible.

—Je pense que c'était une erreur d'aider les Extros les plus conservateurs à garder le contrôle de leur société, dit-elle. Nous devrions plutôt faire des ouvertures à la génération montante. J'ai entrevu quelques-uns de leurs secrets. Je pense qu'il en existe bien d'autres et que c'est pour nous une occasion à saisir. Mais nous devons agir sans tarder, car ils sont sur le point d'entrer dans une phase d'expansion aussi rapide qu'imprévisible. Dans quelques années tout au plus, il existera plusieurs dizaines de communautés aux confins du Système solaire, chacune évoluant dans une direction qui lui sera propre. Nous devons forger au plus tôt des liens durables avec elles, nous poser en alliés de leur diaspora. C'est notre seule chance d'exercer une influence sur celle-ci.

Oscar réfléchit en silence. Habituée à son mutisme, Sri sirota son thé froid et amer en s'abîmant dans la contemplation du vent qui aplatissait les oyats en haut des dunes et faisait frémir les branches des pins.

Finalement, le saint vert déclara :

—Tu es le plus brillant de tous mes *protégés**. Je ne cours aucun risque en te disant cela, car tu le sais déjà. Mais tu es sans doute aussi le plus romantique. Ce n'est pas une critique. Cela fait partie intégrante de ton imagination créatrice. Sans cela, jamais tu ne serais allée aussi loin, jamais tu n'aurais accompli de si grandes choses. Mais cela peut devenir une faiblesse si tu n'es pas prudente.

—Vous pensez que j'ai été séduite par le mystère et l'exotisme de la frontière? Je n'ai fait que vous rapporter des faits avérés. J'ai longuement réfléchi à mes expériences durant le voyage retour et il n'y a qu'une conclusion possible. Nous disposons d'une fenêtre d'opportunité, mais elle est étroite et éphémère. Si nous ne nous hâtons pas de faire alliance avec les Extros, cela sera bientôt impossible. Nous n'aurons d'autre alternative que de les contrôler par la force.

—Je pense que tu as besoin d'un peu plus de temps pour pleinement absorber le sens de ton expérience. Pour réfléchir en profondeur aux implications de tout ce que tu as appris. Tu dois trouver une meilleure assise. Élargir tes perspectives.

Oscar était assis en tailleur, les pieds coincés au-dessous de ses genoux. Un homoncule puissant et vénérable, pas tout à fait humain, aux articulations enflées sous sa peau tannée comme du vieux cuir, à la tête un rien trop grosse pour son gabarit, aux oreilles pendantes, au crâne ridé et tavelé de colonies de cancers bénins. Le gourou, le maître de Sri. Son organisme était criblé d'appoints médicaux qui filtraient son sang, manufacturaient de puissants antibiotiques pour contrer la moindre infection, détruisaient les cellules cancéreuses et demeuraient en liaison permanente avec une équipe médicale postée à Carrizalito. Il était connecté à tout un tas de satellites et de stations météo, recevait sans interruption les données collectées par les milliers de machines flottantes qui veillaient sur les océans. Il jouissait d'un accès direct à la Présidente du Grand-Brésil et aux dirigeants et aux saints verts de tous les pays de la planète. Si l'envie lui prenait, il pouvait convoquer une armée de robots de construction pour planter une forêt ou modeler une montagne à son image. Une garnison affectée sur site protégeait les alentours de son ermitage, des loups patrouillaient dans les dunes et il contrôlait un statite en orbite stationnaire à une altitude de deux cents kilomètres, qui avait la capacité de griller tout intrus aux lasers à rayons X.

En voyant Oscar la fixer de ses yeux tristes et troublés, Sri éprouva soudain une sensation de chute. Sentit pour la première fois le goût amer de l'échec. L'effondrement du projet Biome ne l'avait guère affectée : en fin de compte, il ne s'était jamais agi que d'un geste politique, qui avait permis de faire ressortir les désaccords entre les Callistans comme au sein de la famille Peixoto. Et même si elle était furieuse et humiliée de se voir rappeler sur Terre avant d'avoir pu entrer en contact avec Averne, elle s'en était remise et, plus que jamais, elle était résolue à prouver qu'elle était l'égale de la sorcière génétique... voire sa supérieure. Mais si elle ne pouvait pas convaincre Oscar que la famille devait redoubler d'efforts pour établir un partenariat pacifique avec les Extros, s'il demeurait aveugle au potentiel immense de leur génération montante, elle devrait renoncer à son gourou et se vouer tout entière à la cause d'Arvam Peixoto et des ennemis de la réconciliation. Se vouer tout entière à la guerre. Tout en affrontant le regard d'Oscar, elle se demanda s'il le savait ; s'il savait qu'elle avait aussi envoyé un rapport à Arvam et à ses alliés.

— Viens avec moi, dit-il finalement. Je veux te montrer quelque chose.

Ils traversèrent un jardin d'agrément décoré par des objets hétéroclites provenant des villes et des villages engloutis par la montée des eaux et rejetés sur la plage : bouteilles et jarres calcinées, antiques panneaux en fer-blanc, bidons de plastique blanchis par des années d'immersion, morceaux de bois flotté aussi lisses que des muscles.

Un peu plus loin, aménagé dans une étendue de sable blanc, se trouvait un enclos fermé par du grillage tendu entre des poteaux. Le saint vert enjamba la clôture, s'agenouilla et, avec un luxe de précautions, creusa une tranchée dans le sable, mettant au jour quelques boules blanches et molles. Des œufs de tortue.

— J'ai déjà tenté le coup l'année dernière, expliqua-t-il. La clôture empêche les crabes et les lézards de les manger... Il faut enfouir le grillage à une certaine profondeur. Quand les œufs seront éclos, je la démonterai et laisserai les jeunes ramper jusqu'à la mer.

— Est-ce qu'il y a eu des survivants l'année dernière ?

— Pas à ma connaissance.

— La mer n'est pas prête à les accueillir, je suppose.

— Peut-être abrite-t-elle quelques spécimens. Il est possible qu'ils soient allés pondre sur une autre plage. Mais tu as sans doute raison. Il reste tant de choses à faire. Ceux-ci ne reviendront pas non plus, je le crains, acheva-t-il en recouvrant les œufs. Mais il faut continuer à essayer.

— S'il s'agit d'une parabole, je ne suis pas sûre de bien la comprendre.

Oscar se leva et s'épousseta les genoux.

— Nous avons entrepris une grande œuvre de pénitence. Une tâche des plus ardue et peut-être en grande partie impossible. Nous ne pouvons qu'échouer. Mais nous devons persister, car c'est ce qui nous est échu. Nous racheter... c'est pour cela que nous sommes ici. La réconciliation avec les Extros fait partie de ce processus. Ce n'est pas une fin en soi. Personne n'en retirera ni bénéfice ni profit.

— Nous pouvons faire plus. Beaucoup plus. Je retournerai là-bas. Dès que vous le souhaiterez.

— Je souhaite autant que toi forger un lien pacifique avec les Extros, mais cela doit se faire selon leurs termes. S'ils repoussent nos ouvertures, qu'il en soit ainsi. Tu comprends, ma chère ?

— Bien sûr.

Que pouvait-elle répondre ? Oscar Finnegan Ramos était un être puissant, capricieux et pas tout à fait humain. Il pouvait lui enlever son laboratoire, sa carrière même. Il pouvait ordonner à son satellite de la tuer pendant qu'elle retournerait à la voiture où l'attendait Yamil Cho. Une boule de feu descendue du ciel la désintégrerait, ne laissant d'elle qu'un petit cratère vitrifié et fumant.

— Il y a toujours eu des adversaires de la réconciliation au sein de la famille, reprit Oscar. Et ils ont repris du poil de la bête après la soudaine interruption du projet Biome. Nous ne devons pas les encourager en leur offrant un nouvel échec, même potentiel. Nous allons donc nous retrancher. Maintenons ouverts les canaux de communication, attendons le moment propice, et nous ferons une nouvelle tentative.

Le saint vert était âgé de deux cents ans. Cela faisait belle lurette qu'il avait appris à cultiver la patience et à raisonner sur le long terme. Mais, cette fois-ci, Sri était sûre qu'il se trompait. Les choses changeaient à une vitesse prodigieuse, elle le savait. Ils n'avaient pas le temps d'attendre que l'on ait oublié ce petit scandale qu'était le projet Biome, pas le temps de préparer une nouvelle tentative. Lorsqu'elle regagna La Paz, puis s'envola pour l'Antarctique, et durant les jours qui suivirent, elle réfléchit longuement à ce qu'elle devait faire. À la paix et à la guerre.

Deuxième partie

La survie du plus apte

Chapitre premier

Un jour, alors que les garçons se préparaient à embarquer dans la navette en vue d'une séance d'entraînement au combat en apesanteur, le père Solomon leur ordonna d'enfiler leurs vidoscaphes.

—Aujourd'hui, nous allons essayer quelque chose de nouveau.

Leur casque sphérique calé au creux du bras, les garçons suivirent le père Solomon et les trois autres lecteurs dans la soute capitonnée de la navette et restèrent assis en silence durant deux heures, sanglés à leurs sièges, tandis que l'appareil décrivait une longue parabole suborbitale qui lui fit faire un demi-tour de Lune. Une fois qu'il se fut posé, les garçons verrouillèrent leur casque en place et chacun contrôla le pack dorsal de son voisin. Tout patauds dans leurs vidoscaphes, ils ne cessaient de se cogner les uns aux autres, dévorés par la crainte et l'excitation. La soute fut vidée de son atmosphère, une rampe jaillit du flanc de la navette pour toucher le sol et, obéissant aux lecteurs, les garçons se mirent en file indienne pour gagner la surface.

Dave n° 8 fut l'un des derniers à descendre et à émerger de l'ombre portée de la navette. Quelques garçons tombèrent à genoux et voulurent se plaquer les mains sur la tête. Les autres, parmi lesquels on comptait Dave n° 8, étaient tout aussi frappés d'émerveillement par le paysage, une plaine désolée qui s'étendait jusqu'à une chaîne de collines aussi rondes que des oreillers en s'incurvant doucement d'un horizon à l'autre. Tout autour d'eux était clair et net, et, comme la plaine était parsemée de cratères et de rochers de toutes les tailles, les collines se détachant quant à elles sur un ciel d'une noirceur de fin du monde, on avait peine à chasser l'impression de se trouver dans une pièce nue éclairée par une lampe solitaire suspendue à un plafond noirci par la suie. Jamais Dave n° 8 n'avait connu de lumière plus intense, et même le verre polarisé de son casque était incapable de l'atténuer. C'était la lumière du Soleil, un projecteur d'un blanc aveuglant flottant au sein de ténèbres absolues, une lumière reflétée par la désolation qui les entourait…

Quelqu'un poussa un cri de joie et trois garçons s'éloignèrent d'un bond et se mirent à courir sur le sol illuminé. Le père Solomon et le père Ramez se lancèrent à leur poursuite, leur ordonnant de faire halte et de regagner le groupe ; le père Aldos et le père Clarke restèrent auprès de celui-ci, encourageant à se relever ceux qui étaient tombés à genoux et ordonnant aux autres de se mettre en rang.

Dave n° 8 prit sa place habituelle dans les deux rangées que ses frères et lui formèrent par réflexe. Les trois garçons qui s'étaient éloignés les rejoignirent sans qu'une admonestation soit nécessaire et le père Solomon déclara qu'ils allaient se grouper par paires et que chacune de ces paires recevrait un jeu de coordonnées différent. Elle devrait gagner un point déterminé, y retrouver un fanion largué par un drone et le rapporter. Un simple exercice d'entraînement, le premier d'une série conçue pour les familiariser avec tous les types de terrain de la surface lunaire. Ils ne manqueraient pas de trouver ce nouvel environnement aussi étrange qu'intimidant, ajouta le père Solomon, mais ils auraient vite fait de se ressaisir et il comptait sur eux pour accomplir leur tâche et faire honneur au groupe.

Dave n° 8 fit équipe avec Dave n° 14 et ils se dirigèrent vers un point situé à trois kilomètres de distance au nord-ouest de la navette, bondissant sans plier les jambes selon la technique qu'ils avaient appris à maîtriser lors des exercices dans le gymnase. Le sol – la surface de la Lune – était uniformément recouvert d'une couche de poussière veloutée qui semblait sur le point de s'envoler au premier souffle d'air mais cédait à peine sous les bottes de Dave n° 8. Celles-ci semblaient émettre des nuées de poussière à chacun de ses bonds et cette poussière s'accrochait à elles, comme s'il les avait passées au charbon. Ses semelles et celles de son frère laissaient dans le sol des empreintes nettes ; lorsqu'il marqua une pause pour se retourner et mesurer le chemin parcouru, il découvrit une double série de traces de pas qui brillait sous les feux du Soleil et un soudain vertige l'envahit comme son sens de la perspective s'ajustait, l'amenant à se rendre compte que certains points remarquables du paysage, qu'il avait crus proches et relativement petits, étaient en fait gros et fort éloignés. S'il était difficile d'évaluer les distances, c'était parce que tous les objets apparaissaient comme nets en l'absence d'une atmosphère, les proches comme les lointains. Mais ces collines rondes ne devaient pas se trouver tout près, car elles n'avaient pas changé de taille depuis leur départ alors que, à en croire l'écran de navigation incrusté en bas à droite de sa visière, Dave n° 14 et lui avaient déjà parcouru un kilomètre dans leur direction…

Dave n° 14 lui dit de se remettre en route et il s'empressa de le rattraper. Son souffle rauque emplissait tout l'intérieur de son casque, son cœur battait à un rythme régulier. Il captait tous les détails de ce qui l'entourait, et tout à ses yeux était nouveau et excitant, chargé de sens et de la haute définition de la réalité. Le Soleil projetait devant eux leurs ombres qui ondoyaient sur le sol à chacun de leurs bonds, la surface lunaire était un tapis mordoré se déroulant devant eux, qui s'assombrissait de part et d'autre de leur route et semblait gris ou noir au-dessous d'eux. Ce tapis était parsemé de petits rochers enfouis à divers niveaux, dont chacun projetait une ombre découpée avec netteté et présentait une surface piquetée de petits trous. Des cratères d'impact dus à des micrométéorites, songea Dave n° 8, et ce lien entre ce qu'il avait appris et ce qu'il observait lui procura un frisson de plaisir.

La plaine alentour était elle aussi criblée de cratères, des cratères de toutes les tailles, de la tête d'épingle à la dépression grosse comme la navette en passant par des cuvettes de roche fracassée. Les parois de certains de ces cratères étaient elles-mêmes marquées de cratères, et les plus grands étaient entourés d'éjectas, des rochers projetés dans le vide par l'impact qui avait creusé la surface. Certains d'entre eux étaient gigantesques : Dave n° 8 aperçut deux de ses frères bondissant non loin d'un amas de blocs rocheux encore plus gros que la navette, puis s'aperçut que Dave n° 14 l'avait distancé de nouveau.

Le point rouge marquant la position de Dave n° 8 sur l'écran de navigation rampa vers la croix jaune signalant les coordonnées de leur cible jusqu'à ce que Dave n° 14 et lui atteignent enfin l'orée d'un cratère d'une centaine de mètres de diamètre. Il présentait une bordure d'un blanc étincelant et un intérieur en forme d'assiette creuse, avec en son centre un plateau recouvert d'une multitude de rochers brisés.

Dave n° 8 parcourut les lieux du regard et dit :

— Je ne vois pas les étoiles. Je suppose que l'éclat du Soleil les occulte. Mais où est la Terre ? Elle devrait être plus brillante que les étoiles. Crois-tu que nous soyons sur la face cachée, celle qu'on ne voit jamais depuis la Terre ?

— Tu as trop d'imagination, répliqua Dave n° 14. Ça t'amène à perdre du temps avec des futilités.

C'était un type prosaïque, pragmatique, têtu et infatigable. Comme disait Dave n° 27, chaque fois qu'il rencontrait un problème insoluble, il se cognait la tête dessus jusqu'à le fissurer.

— Tout ce qui doit nous préoccuper pour le moment, c'est de récupérer ce fanion, poursuivit-il. Et si tu avais examiné le sol plutôt que le ciel, tu l'aurais déjà repéré.

Dave n° 8 fixa l'endroit que Dave n° 14 lui désignait du doigt et vit un triangle rouge planté devant un rocher carré à l'autre bout du cratère.

— Ce n'est pas dangereux de descendre là-bas ? demanda-t-il d'un air dubitatif.

— Nous avons ordre de rapporter ce fanion, donc nous devons descendre, répliqua Dave n° 14.

Ils empruntèrent une pente dont le gradient allait en s'accentuant, ce qui les obligea à ramper comme des crabes au sein de nuées de poussière, une poussière qui finit par maculer les bras, les jambes et le plastron de leur vidoscaphe, et même leur visière sur laquelle leurs mains laissaient des traînées quand ils voulaient la nettoyer. Dave n° 8 shoota dans un rocher gros comme le poing, qui dévala la pente devant lui en prenant de la vitesse, jusqu'à entrer en collision avec un rocher plus grand qui arrêta sa course. Dave n° 8 éprouva un bref accès de terreur. Son scaphe n'était qu'une fragile bulle d'air et de chaleur ; au moindre faux pas, il dévalerait le flanc du cratère, fracasserait son casque sur une arête rocheuse.

Dave n° 14 parcourut au petit trot un sol jonché de débris, agrippa de ses deux mains gantées la hampe métallique du fanion et l'arracha au sol. Le triangle rouge émettait un éclat hallucinatoire sur fond de rochers monochromes. Lorsque Dave n° 8 rejoignit son frère, il s'aperçut que la navette était invisible. Seules les parois du cratère les entouraient ; seuls le ciel noir et le disque impitoyable du Soleil s'offraient à eux dans les hauteurs.

— L'un de nous aurait dû rester là-haut au cas où l'autre aurait eu des ennuis, dit-il.

— On y pensera la prochaine fois, rétorqua Dave n° 14. Pour le retour, tu me laisses passer le premier.

Ils suivirent leurs traces de pas sur le sol lunaire pour regagner la navette, mais le retour ne ressembla pas à l'aller. Cette brève expédition les avait changés à jamais.

Il leur fallut effectuer beaucoup d'autres exercices. Randonner sur toutes sortes de terrain. Naviguer d'un point à un autre. Rechercher des caches de nourriture. On les divisa en équipes et on les arma de pistolets tirant des cartouches contenant un talc rouge compressé, le garçon qui se retrouvait marqué, par malchance ou par maladresse, étant alors considéré comme un blessé dans ce jeu de guerre. Les exercices se déroulaient toujours sur la face cachée de la Lune, et jamais ils ne virent le croissant bleu et blanc de la Terre dans le ciel.

Une soixantaine de jours après leur première excursion, Dave n° 8 marchait seul dans une vallée en forme de selle de cheval, coincée entre deux monts érodés des Montes Cordillera, tractant un petit traîneau chargé de provisions, lorsqu'il tomba sur des empreintes de bottes. Vu qu'elles étaient un peu plus larges que les siennes, elles n'étaient pas dues à l'un de ses frères, et le dessin de leurs semelles était également différent. Elles pouvaient dater de la veille ou du siècle précédent ; dans le vide régnant sur la Lune, de telles traces pouvaient perdurer des millions d'années, jusqu'à ce qu'elles soient effacées par la lente mais inexorable dégradation des impacts micrométéoritiques. Il suivit ces traces et contourna un cratère peu profond, puis descendit une colline et se retrouva devant une série d'empreintes de roues, laissées par un petit véhicule qui avait fait demi-tour vers l'est après avoir poussé jusqu'ici.

Figé sur place, Dave n° 8 songea soudain qu'il pourrait suivre ces traces par-delà l'immense anneau des Montes Cordillera, traversant ensuite les pics et les vallées des Montes Rook jusqu'au bassin de la Mare Orientale, à la lisière de la face visible de la Lune. Et il contemplerait enfin la Terre, splendide masse bleu et blanc suspendue dans le ciel noir. La randonnée qu'il devait accomplir était censée durer quarante-huit heures. Le temps que les lecteurs s'aperçoivent de sa disparition, il serait introuvable. L'espace d'un instant, il fut pris d'un désir aussi violent qu'une crampe dans ses muscles, puis ce désir s'estompa. Que ferait-il une fois sur la face visible ? Où irait-il ? Comment vivrait-il ?

Dave n° 14 se trompait, se dit-il en regagnant son traîneau. Son défaut n'était pas d'avoir trop d'imagination, mais de ne pas en avoir assez.

Chapitre 2

À présent que le programme de tests du J-2 avait atteint sa vitesse de croisière, les pilotes retournaient sur Terre à intervalles réguliers, pour y bénéficier d'une permission, effectuer une visite de propagande dans l'usine où l'on assemblait leurs oiseaux, participer à des séances de travail avec les concepteurs de leur vaisseau porteur, le *Gloire de Gaïa*, et assurer la promotion de leur unité auprès des gros bonnets de l'armée, de la politique et de l'industrie de l'armement, trois mondes étroitement liés. En revenant d'une de ces tournées, Luiz Schwarcz apprit à ses camarades qu'on allait recruter de nouveaux pilotes, parmi lesquels des citoyens de l'Union européenne.

— Sur le plan politique, ça tombe sous le sens, dit-il à Cash Baker et à Colly Blanco deux ou trois jours plus tard. Les Européens nous ont soutenus quand on a failli entrer en guerre contre la Communauté du Pacifique, nous avons avec eux des liens économiques solides et durables, et ils détestent les Extros encore plus que nous. Après tout, ils ont refusé de participer à ces ridicules efforts de paix et de réconciliation, en dépit de toutes les pressions qu'ils ont subies. Si nous entrons en guerre contre les Extros…

— *Quand* nous entrerons en guerre, rectifia Cash.

— Quand nous entrerons en guerre contre les Extros, donc, leur aide nous sera fort précieuse, acheva Luiz. Les Européens constituent le bloc le plus riche et le plus ancien. On dit qu'ils prendront en charge une partie du coût de la construction du *Gloire de Gaïa* et des futurs vaisseaux au long cours. En échange, ils auront accès à notre technologie : le nouveau moteur à fusion et les systèmes hyper-réflexifs.

— Tant que les gradés n'oublient pas que l'élite de la lutte anti-extro, c'est nous, ça m'est égal qu'ils nous envoient des renforts, commenta Colly Blanco.

— Bien dit, fit Cash.

— On va leur botter le cul, toi et moi, dit Colly.

À vingt et un ans tout juste, c'était le benjamin des pilotes de J-2, nettement plus doué que Cash à son âge mais pas tout à fait aussi performant que l'était Cash aujourd'hui. Un petit gars qui n'avait pas froid aux yeux, originaire d'une ville minière de la cordillère des Andes, qui affirmait avoir appris à monter à cheval et à capturer un taureau avant de marcher, à piloter avant de lire. Il avait pris la tête du trio pour explorer les corridors enténébrés des niveaux de service de la vieille cité. Les trois pilotes se livraient à la chasse aux rats, une de leurs activités préférées quand ils étaient au repos et consignés dans leur base. Ils portaient des lunettes à vision nocturne, équipées de détecteurs de mouvements, et étaient armés de petits pistolets à fléchettes taser.

Comme ils arrivaient à l'intersection de deux corridors, Colly leva la main puis désigna celui de gauche. À trente mètres de là, ils distinguèrent une masse confuse qui palpitait doucement dans la pénombre. Une bonne vingtaine de rats, facile. Peut-être même une trentaine. Cash et Luiz se plaquèrent contre le mur, puis bondirent au signal de leur camarade. La masse se dissocia en une série d'ombres furtives qui s'égaillèrent dans toutes les directions. Cash se cala sur une cible et tira, vit des étincelles jaillir le long du corridor comme les fléchettes frappaient le sol et les murs.

Ils ne retrouvèrent qu'un seul cadavre. Un rat d'un âge vénérable, long de cinquante centimètres du museau au bout de la queue, caparaçonné dans une armure confectionnée à partir de mousse isolante. Ses oreilles étaient ornées d'encoches complexes dont Luiz déclara qu'elles correspondaient à son statut au sein de la tribu. Autour de son cou, il portait un bout de plastique mâchonné accroché à du fil de fer.

Ni Cash ni Luiz ne protestèrent lorsque Colly affirma que c'était lui qui l'avait tué.

— Ces bestioles sont de plus en plus futées, dit-il en propulsant d'un coup de pied le rat en armure dans l'ombre.

— Elles apprennent, dit Luiz. Elles développent leur culture. D'après une toubib de ma connaissance, ces encoches correspondent à un alphabet. Elle cherche à les décoder.

— Cette toubib, c'est celle qui t'a à la bonne ? lança Cash.

— Un gentleman s'abstient de répondre à ce genre de question.

Luiz était plus fringant que jamais, avec son foulard de soie rouge autour du cou et ses cheveux noirs gominés.

Ils ne se souciaient plus de faire silence. Ils savaient que, tout autour d'eux, des rats étaient tapis dans les conduits d'aération et les cavités creusées dans les murs. La nouvelle de leur présence se répandait *via* le téléphone muridé. Mais ils n'étaient pas d'humeur à renoncer à leur chasse et à remonter à la surface.

Le corridor qu'ils avaient emprunté fit un coude. Devant eux, une lueur d'un bleu diffus émanait d'une porte ouverte. Ils se mirent en file indienne et avancèrent à pas de loup. Luiz leva une main, compta jusqu'à trois en repliant ses doigts. Ils s'engouffrèrent dans la salle, braquant leurs armes sur la source lumineuse, un antique écran photo abandonné sur une table depuis un siècle. Il affichait l'image d'un homme qui faisait tourner un enfant à bout de bras sur une plage. Sable blanc, soleil chaud, ciel d'azur, petits voiliers dans le lointain. La partie la plus ancienne de la base regorgeait d'antiquités comme celle-ci. Des placards pleins de vêtements. Des congélateurs remplis de denrées momifiées. Un jardin d'enfants jonché de jouets.

Luiz prit l'écran photo, l'examina quelques instants puis le lança à Cash.

— Tu crois qu'ils sont encore vivants, sur une lune quelconque ?

— Le gamin, tu veux dire ?

— L'adulte aussi, peut-être. Certains Extros vivent très vieux. Bien plus d'un siècle, parfois.

— Ce n'est pas la bonne question, intervint Colly. La bonne question, c'est : qu'est-ce qui a activé ce truc ?

Luiz et Cash le fixèrent des yeux, puis ils entendirent une série de grattements au-dessus de leur tête et le faux plafond s'effondra, laissant choir sur eux une ondée de crottes de rat. Poussant un juron, Colly ouvrit le feu sur les hauteurs, dispensant dans la salle une lumière stroboscopique au sein de laquelle on voyait se mouvoir des ombres fugitives. Mais même en plissant les yeux, Cash ne trouva parmi elles aucune cible digne de ce nom. Luiz éclata de rire.

— Tu trouves ça drôle ? cracha Colly.

— Ils nous ont tendu une embuscade ! dit Luiz, qui s'esclaffa de plus belle.

— Ça aurait pu être pire… on aurait pu recevoir de la roche plutôt que du caca, ajouta Cash, aussitôt pris d'une crise de fou rire.

Colly foudroya ses camarades du regard, épousseta vivement sa combi maculée de crottes de rat, puis se passa une main dans les cheveux et secoua la tête.

— Ouais, de plus en plus futés, ces rats, dit Luiz comme ils rebroussaient chemin. Ils nous ont tendu un piège, ce qui prouve qu'ils sont capables d'anticiper. D'élaborer des plans. Et ils ont trouvé un moyen pour nous attirer dedans, ce qui prouve qu'ils sont également capables de penser comme nous.

Colly secoua la tête.

— Des rats intelligents. D'où peuvent-ils sortir ?

— Du labo de Sri Hong-Owen, répliqua Luiz. Leurs ancêtres ont souffert afin que nous ne mourions pas en vain.

— Qu'est-ce que tu racontes ?

— Il veut dire qu'ils ont servi de cobayes avant nous, expliqua Cash.

— Donc, d'une certaine façon, ce sont un peu nos frères, reprit Luiz.

— *Tes* frères, peut-être.

À en juger par l'expression de Colly, il avait l'impression que Luiz se moquait de lui.

— Il faut qu'on se ressaisisse, dit ce dernier. Si on se fait niquer comme ça par une tribu de rats, on risque d'avoir des emmerdes quand on affrontera les Extros.

— Pas de danger, dit Cash. On vaut beaucoup mieux que ces manipés. Ils racontent qu'ils en sont au stade de l'*Homo superior*, mais on les a déjà dépassés. Les surhommes, c'est nous. Le moment venu, on en fera de la chair à pâté.

Chapitre 3

À l'Est d'Éden sur Ganymède occupait une étroite crevasse à la lisière sud-est de Galileo Regio, une zone obscure et criblée de cratères. Le fond et les parois de cette crevasse étaient isolés et pressurisés par des couches d'aérogel et de composite de fullerène, son toit étant fabriqué dans les mêmes matériaux et recouvert en outre d'une couche épaisse de deux mètres de pierres extraites d'un cratère tout proche, qui la protégeait de l'incessant rayonnement de la magnétosphère de Jupiter. Exception faite d'une petite zone industrielle aménagée dans la partie sud de la crevasse, le paysage de celle-ci était uniformément pastoral : un patchwork de prés, d'oliviers et de citronniers, parsemé çà et là d'étangs et de marécages ; des forêts de pins dominant une profusion de céanothes, de choisyas, de raisins d'ours, de myrtes et autres arbustes à fleurs ornant les murs en terrasse. Des bâtiments publics et des petits villages étaient nichés parmi les bois, protégés par des tentes en polymère transparent reposant sur des armatures de fullerène, qui ressemblaient de loin à de gigantesques yeux à facettes ou à des diadèmes de phytoplancton.

La colonie avait été fondée cinquante ans auparavant par un groupe estimant que les citoyens des lunes de Jupiter commençaient à s'amollir, voire à s'embourgeoiser. En dépit du caractère bucolique du lieu, les habitants d'À l'Est d'Éden étaient des gens austères et rigoristes, soucieux de tradition, de civisme et de conformisme, dont les valeurs fondamentales étaient l'acquisition du savoir, scientifique et philosophique, et la réussite artistique. Chacun d'eux consacrait plusieurs jours par semaine à l'administration de la colonie et à l'entretien de son infrastructure, mais l'essentiel de leur énergie allait à la recherche scientifique pure, sans souci de retombées concrètes hormis l'accumulation de connaissances, et à la création de sagas, d'opéras, de symphonies, de pièces de théâtre et autres œuvres d'art d'une complexité inégalée. Ils avaient conçu et développé de nouvelles techniques de méditation, ressuscité cette succursale de la sorcellerie baptisée psychanalyse, créé des plantes et des animaux hautement décoratifs, étudié des branches aberrantes de la philosophie et des mathématiques, exploré les méandres des tentatives les plus obscures pour parvenir à une théorie du champ unifié, et cætera, et cætera. Et ils passaient au moins autant de temps à parler de leurs activités qu'à s'y atteler, discutant planning et stratégie avec les représentants d'autres groupes de recherche ou de création artistique, affrontant leurs rivaux lors d'ateliers virtuels et allant jusqu'à organiser des conférences en mode réel. Le fonctionnement de leur gouvernement, qui appliquait la démocratie directe comme on la concevait dans les cités-États de la Grèce antique ou aux premiers temps de la République romaine, était également prétexte à nombre de discussions. Il ignorait cependant les élections, les sondages et les référendums. Chaque semaine se tenait une assemblée locale où tous les citoyens avaient le droit de débattre et de voter, l'assemblée générale portant sur la cité dans son ensemble ayant lieu tous les mois. Le luxe était un crime, le sacrifice de soi une vertu. Tout ce qui n'était pas interdit était obligatoire.

Aux yeux de Macy Minnot, cette utopie-là tenait de la fourmilière. Elle était partie pour À l'Est d'Éden trois mois auparavant, juste après sa défection. Le gouvernement de Bifröst sur Callisto avait insisté. Officiellement, c'était avant tout pour la protéger. Officieusement, elle le savait, les Callistans souhaitaient se débarrasser au plus vite de l'encombrant souvenir d'un incident des plus gênant.

Si À l'Est d'Éden avait proposé de l'accueillir, ce n'était ni par compassion ni par esprit de charité, mais parce que cela lui permettait de solder une ancienne dette envers Bifröst. On lui avait trouvé un tuteur, un vieil homme aigri du nom d'Ivo Teagarden, et un emploi, ouvrière dans les tunnels fermiers, mais elle ne disposait que d'un accès restreint à la toile, il lui était interdit de franchir les limites de la ville, et son statut était à mi-chemin entre le prisonnier politique et le spécimen zoologique. Néanmoins, elle était bien décidée à faire contre mauvaise fortune bon cœur. Elle avait consacré toute son énergie à décorer le studio qu'on lui avait alloué dans le village du Lot de Lot : elle avait posé et poli un parquet en bambou, peint les murs de différentes nuances de vert et de rose, joué sur l'éclairage modulable, refait le carrelage de la petite salle d'eau, peuplé le patio dallé de plantations de piment et de fines herbes, placé autour de sa porte une guirlande de figuier nain rampant. C'était le premier domicile fixe qu'elle ait jamais connu et elle se persuadait qu'elle devait y prendre racine, mais, durant ses moments de déprime, il lui apparaissait davantage comme une cellule et l'utopie de poche d'À l'Est d'Éden comme une prison.

Pour l'instant, elle ne s'était pas fait beaucoup d'amis. Ivo Teagarden. Jon Ho, le propriétaire de son café préféré au réfectoire du Lot de Lot. Sada Selene et son petit gang de *refuzniks*. Plus deux ou trois de ses collègues dans les tunnels fermiers. La plupart des citoyens lui témoignaient une politesse glaciale, quand ce n'était pas de l'indifférence ; seuls quelques-uns lui réservaient une franche hostilité. C'était notamment le cas de Jibril, l'un des transhumanistes qui s'étaient baptisés les Élohim. Tout le monde les surnommait les cosmétanges, car illes se sculptaient une beauté exotique à coups de balafres et de chirurgie plastique, et trafiquaient dans toutes sortes de traitements prétendument conçus pour leur élargir l'esprit, de la chromothérapie aux psychotropes viraux. C'étaient en outre des androgynes sexuellement neutres, car illes avaient ressuscité une vieille lune voulant que seule une absence totale de pulsions animales permette de parvenir à un état supérieur de la conscience. Illes renonçaient à leur patronyme humain, en effaçant toutes les références dans les archives de la cité pour s'affubler d'un nom d'ange, et passaient le plus clair de leur temps à traîner autour des édifices publics pour parader comme des aristocrates à la petite semaine. La plupart d'entre illes tâtaient des arts de la scène. Le meilleur chanteur de fado d'À l'Est d'Éden était un cosmétange, ainsi que la plupart de ses micro-artistes. Jibril était un virtuose du théâtre psychoactif et Macy s'était retrouvée ciblée par ses performances depuis son arrivée, des performances qui allaient de la remarque sarcastique à la question moqueuse, en passant par les diatribes sur les humains de basse extraction compromettant l'intégrité esthétique d'À l'Est d'Éden et polluant sa gestalt. Et chacune de leurs rencontres était filmée, pour être remontée et diffusée sur le réseau afin de divertir les foules.

Du temps où elle suivait la formation des Unités R&R, Macy avait lancé un défi à une femme qui la harcelait, et toutes deux s'étaient affrontées derrière le mess, parvenant à un résultat nul d'où leur honneur était sorti sauf. Mais après qu'elle eut commis l'erreur de lancer semblable défi à Jibril, se plantant devant le cosmétange pour l'inciter à poursuivre leur affrontement ailleurs, elle avait dû battre en retraite, écœurée par ses mimiques traduisant une sensibilité outragée, pour découvrir par la suite que le film de cet incident était désormais la plus populaire des performances de Jibril. Ivo Teagarden lui expliqua que les cosmétanges souffraient d'une forme avancée de narcissisme et l'encouragea à penser qu'elle avait contribué par sa démarche à la thérapie de Jibril, tout en faisant avancer sa propre intégration à la communauté. Jon Ho lui dit que l'incident n'avait aucune importance, le théâtre psychoactif étant en perte de vitesse ces derniers temps. Seuls les gamins qui s'étaient baptisés *refuzniks* se rangèrent dans le camp de Macy, mais c'était avant tout pour des raisons idéologiques.

— Les cosmétanges confondent l'évolution et le choix d'un style de vie, dit Sada Selene à Macy. (C'était l'aînée des *refuzniks*, une fille de quinze ans au corps malingre et au regard intense.) Les altérations qu'illes s'infligent ? Elles sont aussi radicales que des tatouages. Ridicule quand on pense au potentiel de changement de l'authentique transhumanisme. Des pratiques inoffensives et codifiées, soumises en outre à un contrôle permanent. Typique de ce trou perdu peuplé de puritains pratiquant la politique de l'autruche.

— Illes se prétendent dévoués à un idéal élevé, mais illes ne font que fuir leur véritable nature, ajouta un deuxième *refuznik*. Comme des nonnes. Tu sais ce que c'est, au moins ?

— N'oublie pas qu'elle vient de la Terre, intervint un troisième. La Terre grouille de sectes religieuses. Les saints verts, c'est des genres de nonnes, pas vrai ?

— Plus ou moins, admit Macy.

— Ce que je veux dire, reprit Sada Selene, c'est que les cosmétanges ne menacent en rien le *statu quo*. C'est pour ça que le système les tolère alors qu'il nous déteste. Nous, nous voulons prendre le contrôle de l'évolution humaine. Les vrais transhumains sont toujours en flux, ils évoluent dans une centaine de directions différentes. Aucune utopie ne peut le supporter, car une utopie est statique par définition. L'utopie déteste le changement, car le changement est un défi lancé à son fantasme de perfection.

Si Macy aimait bien les *refuzniks*, c'était parce qu'ils étaient les seuls habitants d'À l'Est d'Éden avec lesquels elle pouvait avoir une conversation ordinaire. Mais bien qu'ils se vantent d'être des rebelles, ce n'étaient en fait que des adolescents en pleine crise. Ils affirmaient vivre hors la loi et mépriser les us et coutumes étouffants de la colonie, mais ils n'avaient jamais tenté de les changer et, contrairement à ce qu'ils affirmaient, il était peu probable qu'ils quittent la colonie une fois parvenus à l'âge adulte. Ils refusaient de participer à la vie citoyenne mais squattaient des appartements inoccupés, vivaient d'allocations et de mendicité, respiraient l'air de la communauté, buvaient son eau et utilisaient sa toile. Toutefois, ils étaient vifs et intelligents, et ils soutenaient Macy car elle était l'ennemie de leur ennemi. Ils postaient des commentaires en sa faveur sur le site de Jibril et lui affirmaient qu'elle pouvait compter sur eux en cas de pépin.

Un soir, alors qu'elle était assise au comptoir du café de Jon Ho, Macy vit Jibril et deux de ses acolytes se diriger vers elle. Le café était sis à l'une des extrémités du réfectoire occupant le toit du plus grand bâtiment du Lot de Lot, et l'on y jouissait d'une vue splendide sur les bois de pins plantés de l'autre côté de la crevasse, visibles derrière les panneaux de la tente protégeant le village. Un spectacle des plus agréable, même si les arbres étaient rabougris, pas plus de cinq ou six mètres de haut, et distants de deux cents mètres à peine, tapis sous la voûte bleu-gris du plafond. Cela rappelait à Macy la chambre qu'elle avait partagée avec Jax Spano à Pittsburgh du temps de leurs amours éphémères : quand on se plantait en son centre, on n'avait même pas besoin de tendre les doigts pour toucher les murs. Le café lui aussi était minuscule. Joliment compact. Un petit comptoir recouvert d'un bambou poli comme un miroir, un espace capable d'accueillir six tabourets et une machine à café sifflante que Jon Ho avait fabriquée à partir de plans vieux de trois siècles.

Sauf qu'elle ne distillait pas vraiment du café – les caféiers auraient pris trop de place dans les tunnels, aussi les Extros leur avaient-ils substitué une espèce de mousse génétiquement modifiée pour produire des nodules riches en caféine –, mais c'était le meilleur ersatz que Macy ait trouvé depuis son départ de la Terre, et, par ailleurs, Jon confectionnait de savoureux en-cas chauds et autorisait ses habitués à garder sous le comptoir une bouteille de leur alcool préféré. Il avait brièvement travaillé comme chef mécanicien sur un spationef et se montrait bien plus ouvert, bien plus tolérant que la moyenne des habitants d'À l'Est d'Éden. Il aimait bien que Macy lui parle de la vie sur Terre et elle aimait explorer avec lui les façons dont on pouvait amener la fameuse mousse à produire un meilleur café ; l'art de procéder à de minuscules changements métaboliques pour obtenir un équilibre parfait entre plusieurs dizaines de flavonoïdes, d'alcools, d'aldéhydes et d'huiles essentielles était fort proche de celui consistant à ajuster les micro-organismes pour produire la vase la plus fertile possible.

Jon décrivait à Macy sa dernière tentative pour produire une variété dont la saveur évoquerait le Mandailing de Sumatra lorsqu'elle vit trois cosmétanges se diriger vers elle en se frayant un chemin entre les tables et les bancs, les mousses, les fougères et les fleurs, les échoppes et les cafés. Illes passèrent devant deux joueurs absorbés par leur échiquier, un homme fixant des yeux des silhouettes se mouvant dans le halo d'un espace mémo et un groupe d'enfants apprenant à cuire du pain devant la boulangerie, criant et riant tout en pétrissant la farine.

—Tu penses vraiment trouver le visage de Dieu dans un nombre irrationnel ? lança Jibril à voix haute.

Comprenant aussitôt qu'ille avait découvert ses tribulations au sein de l'Église de la Divine Régression, Macy se leva et sentit un flot d'adrénaline lui irriguer le sang. Fuir ou se battre... c'était la seule alternative. Colère et consternation.

—Aide-moi à comprendre, je te prie, poursuivit le cosmétange. Je sais que la suite décimale composant le nombre pi est infinie, sans la moindre répétition périodique. Mais même si cette suite de chiffres recélait une description complète de l'univers, il te faudrait un temps infini pour l'interpréter. Et quant à trouver Dieu...

—Je ne compte pas perdre du temps à t'expliquer quoi que ce soit, interrompit Macy.

—Mais je suis *sincèrement* intéressé, répliqua Jibril en lui bloquant le passage.

Le cosmétange mesurait deux mètres cinquante, ille était mince comme un roseau et, comme à son habitude, n'était vêtu que d'un short et d'une ceinture passée en bandoulière afin d'exhiber au maximum son épiderme blanc et dépourvu de pores, sa galerie de tatouages et les écailles iridescentes implantées sur son torse. Ses yeux mordorés luisaient au-dessus de ses pommettes tranchantes. Ses deux acolytes, aussi grands et minces que lui, toisaient Macy et l'enfermaient dans leur espace. Un drone planait au-dessus de la scène et sa caméra n'en perdait pas une miette.

—Quel genre de Dieu cherchais-tu ? insista Jibril. Le patriarche à barbe blanche de jadis ? Ou quelqu'un à ton image ?

—Le Ciel nous en préserve, dit l'un des acolytes.

—Non, nous devons nous efforcer d'être charitables, le reprit Jibril. Cela dit, l'idée d'un dieu à l'image de Macy Minnot *est* repoussante.

Jon Ho demanda aux cosmétanges s'illes comptaient laisser sa cliente partir tranquille et Macy lui assura qu'elle n'avait pas besoin de son aide, puis elle prit appui des deux mains sur les tabourets voisins du sien, se hissa sans problème grâce à la faible pesanteur, s'assit sur le comptoir, pivota sur ses fesses et descendit de l'autre côté.

— Une guenon aux jambes souples et aux hanches larges, lança Jibril tandis qu'elle s'éloignait. Ça ne correspond à aucune description du Créateur, pas vrai ?

Le lendemain matin, Jibril et sa petite congrégation attendaient Macy à l'entrée du souterrain piétonnier qui reliait À l'Est d'Éden aux tunnels fermiers. Les deux acolytes se mirent à réciter des nombres en chantonnant tandis que Jibril demandait à Macy si elle croyait vraiment que des astuces mathématiques suffiraient à lui révéler Dieu. Macy avança sans broncher, serrant les poings dans les poches de son gilet, faisant mine de ne pas voir le drone qui la suivait de près. Mais elle eut droit au même cirque le jour suivant. Les cosmétanges lui demandèrent si elle comptait répandre la bonne parole et transformer tous les gens en zombies cherchant le secret de l'univers dans les entrailles d'un nombre irrationnel.

Elle refusa de leur céder quoi que ce soit, ni un mot ni même un regard. Ce qui ne les empêcha pas de poster les images sur leur site.

— Ne le prenez pas personnellement, lui dit Ivo Teagarden. Aux yeux de Jibril, vous n'êtes que du matériau brut pour ses œuvres d'art.

— Déterrer une vie que j'ai quittée il y a si longtemps, moi je trouve ça très personnel.

Macy avait rêvé de l'Église durant la nuit. Le cercle de caravanes refermé autour de l'antique silo à missiles dans la lueur fauve d'une tempête de sable montant de la prairie ravagée transformée en désert à perte de vue. Les empilements de serveurs et de terminaux d'ordinateur obsolètes emplissant le silo, dont chaque niveau possédait un plancher renforcé d'acier et abritait des casiers de circuits reliés entre eux par des tresses de fils multicolores et des câbles en fibre optique pareils à des vers gris et gras, le tout vibrant doucement au rythme des ventilateurs qui les empêchaient de surchauffer tandis qu'ils effectuaient leurs sempiternels calculs.

Lorsque la mère de Macy avait rejoint l'Église, la première tâche confiée à la petite fille avait été de nettoyer les serveurs ; le silo avait été scellé, mais la poussière s'y infiltrait en permanence et il fallait l'évacuer de crainte de voir survenir des dysfonctionnements. Par la suite, on l'avait admise au premier niveau de prière exploratoire, et elle avait traversé des espaces virtuels créés par des transformations arithmétiques simples de la divine régression infinie de pi. Quoique déjà bien balisées, ces régions étaient utiles à l'endoctrinement et à la formation, préparant les acolytes à des niveaux plus élevés tels que le Champ de Quarante, où la mère de Macy volait le long de branches fractales engendrées par des fonctions de transformation fondées sur les rapports entre des propriétés physiques fondamentales de la lumière, de la matière et de la gravitation, qui reflétaient, ainsi l'affirmait le dogme, la structure profonde de l'univers créé par un Dieu mathématique dont la présence rôdait peut-être encore dans Sa création.

Jour après jour, année après année, les saints mathénautes volaient dans des reconstitutions virtuelles engendrées par des transformations complexes de la régression de pi, cherchant des traces non aléatoires susceptibles de constituer les empreintes des doigts ou des orteils du Créateur, faisant montre d'un fanatisme que Macy trouvait de plus en plus futile et étouffant à mesure qu'elle grandissait et que sa mère, devenue une sainte créature maigre à faire peur et à moitié folle, occupée dix-huit heures par jour à chercher la divine régression, s'éloignait d'elle et du monde réel en général.

Macy avait renoncé à cette vie lorsqu'elle avait fui la secte. Renoncé à sa mère et aux seules personnes qu'elle ait jamais connues. Il n'était pas question de revenir à elles.

— Vous devriez rencontrer Jibril, lui suggéra Ivo Teagarden. Vous retrouver face à face pour résoudre votre différend.

— Lui et ses acolytes… pardon : *ille* et ses acolytes en profiteraient pour filmer la scène et la poster sur le réseau avec des commentaires sarcastiques.

— Alors filmez-les en train de vous filmer et postez vos images. Créez une œuvre d'art qui critique celle de Jibril.

— Je vais y réfléchir.

Le vieil homme cherchait sincèrement à l'aider, mais il la croyait capable de penser comme un Extro. Ce n'était pas à sa portée. Elle était une immigrée en terre étrangère. Quand elle s'efforçait de mesurer le long exil qui l'attendait – un exil éternel, peut-être –, cela lui donnait le vertige. Ses tripes se nouaient et elle prenait conscience du guêpier dans lequel elle s'était fourrée : des années sans nombre à respirer de l'air en conserve, à redouter en permanence une brutale exposition au vide ou tout autre désastre du même tonneau, des espaces étroits et des horizons étriqués. Vivre avec des inconnus qui n'avaient rien de commun avec elle. Des inconnus qui, parfois, lui semblaient à peine humains.

Le lendemain, qui était pour elle un jour de repos, elle se rendit dans le bloc voisin du sien, où se déroulait un marché vert. Elle achetait de la mousse produisant du thé à la menthe à une femme qui la faisait pousser dans l'un des petits jardins en terrasse de la crevasse lorsqu'elle vit un drone flotter au-dessus de l'échoppe du fleuriste. Et voilà que Jibril marchait droit sur elle, ses deux acolytes sur les talons.

— J'ai une question à te poser, dit-ille d'une voix de stentor.

D'un geste plein d'emphase, ille leva un stylo laser au-dessus de son crâne chauve et tatoué et conjura le diagramme en écailles de poisson d'un des paysages dérivés de pi parmi les plus simples.

— Peux-tu me dire où Dieu est caché dans cette image ?

Lorsque Macy tourna les talons pour s'éloigner d'ille, Jibril commit l'erreur de la suivre et de vouloir l'agripper par le coude pour l'arrêter. Macy se retourna vivement, investie d'une colère aussi soudaine que féroce, frappa le cosmétange du plat de la main, l'atteignant au torse, et lui dit :

— C'est du spectacle que tu veux ? Et si on réglait nos comptes une bonne fois pour toutes, toi et moi ?

Jibril tenta de s'enfuir mais Macy saisit son ceinturon passé en bandoulière et tous deux perdirent l'équilibre et échouèrent dans un massif de fleurs. Les pétales s'envolèrent autour d'eux tandis que Macy clouait Jibril au sol et lui faisait comprendre sans la moindre ambiguïté ce qu'elle pensait de ses œuvres d'art. Les acolytes se mirent à pépier et à se tordre les mains, partagés entre le désir de porter assistance à leur chef et celui d'enregistrer la performance. Une petite foule se massa autour des deux antagonistes et apparut alors un couple de gardiens de la paix. Ils réussirent à séparer Jibril et Macy, mais celle-ci, n'écoutant que sa colère, se dégagea, parcourut trois mètres d'un bond et parvint à décocher au cosmétange un coup de poing en plein visage. Elle sentit les dents s'entrechoquer sous ses phalanges et son adversaire s'effondra, un sang d'un rouge choquant coulant de ses lèvres blafardes, puis les gardiens de la paix la maîtrisèrent pour de bon et l'emmenèrent.

Le drone avait tout enregistré. La vidéo fut postée moins de une heure plus tard et se hissa aussitôt en tête du hit-parade.

Le jour même, Macy était jugée par une cour citoyenne. Jibril, la joue enflée et tuméfiée, avait porté plainte contre elle ; Macy refusa de s'excuser comme d'éprouver de quelconques remords, et refusa qu'Ivo Teagarden s'excuse à sa place. Sur le dernier balcon, un petit groupe de *refuzniks* lança des huées en signe de protestation, mais la majorité de l'assistance leur imposa le silence. Le plus âgé des gardiens de la paix ayant procédé à l'arrestation déclara le vote ouvert, Macy fut reconnue coupable à une écrasante majorité, et le flic se fendit d'un petit speech sur la nécessité de respecter le code civil qui permettait à tous de s'occuper de leurs affaires sans peur ni désagrément – une règle s'appliquant aux citoyens comme aux visiteurs – puis condamna Macy à quarante jours de travaux d'intérêt général, sentence exécutoire sur-le-champ.

Chapitre 4

Le réchauffement global, le dégagement dans l'atmosphère d'importantes quantités de méthane et la destruction subséquente d'une grande partie de la biosphère durant la Renverse avaient entraîné de graves perturbations dans les moteurs thermiques qui régentaient le climat de la Terre. Seules des mesures radicales, telle la mise en place d'une nuée de miroirs solaires réduisant la quantité de lumière frappant la surface terrestre et la plantation en masse d'arbres de Lackner, dont les voiles synthétiques absorbaient des tonnes de dioxyde de carbone, avaient permis d'obtenir une baisse significative de la température globale, mais il s'écoulerait encore plusieurs décennies avant que le climat retrouve sa physionomie de l'ère préindustrielle. En Antarctique, les glaciers côtiers avaient battu en retraite, l'extension hivernale de la banquise était fortement réduite et, pendant la brève saison estivale, on n'observait presque aucune trace de neige et de glace le long des côtes de la péninsule Antarctique.

Sri Hong-Owen avait bâti sa maison et son complexe de recherche sur la côte de la terre de Graham, à la pointe nord de ladite péninsule. Sa retraite, son repaire, sa forteresse de la solitude, dominait un fjord que son embouchure tordue protégeait des icebergs, des courants glacials et des redoutables tempêtes de la mer de Weddell. Sur la berge de ce fjord, Sri avait édifié un biome modelé sur l'écosystème qui avait brièvement fleuri ici lors du pliocène. Un tapis de laîches recouvrait les rochers le long de la ligne de haute mer et, un peu plus haut, sur les pentes raides, on trouvait une profusion de hêtres antarctiques – autrement dit, de *Nothofagus antarctica* –, de saules nains, de myrtilles, de bouleaux et de thés du Labrador, avec çà et là des champs d'herbes et de mousses qui, l'été venu, se constellaient de renoncules et de pissenlits jaune vif, de campanules bleues, de vendangeuses blanches et d'épilobes roses et cramoisis. Des lièvres et deux espèces de campagnol peuplaient cet habitat. Des manchots à jugulaire et des manchots papous se disputaient l'espace sur la grève. On trouvait aussi une petite colonie de phoques de Weddell. Skuas et pygargues planaient sur les vents glacials. Il y avait même un petit bois dans un vallon protégé, en contrebas de la maison de Sri, où les hêtres antarctiques atteignaient six ou sept mètres de haut parmi les rochers moussus. C'était là qu'elle se promenait, en compagnie de Berry, son fils cadet, lorsque son secrétaire l'appela pour l'informer d'un problème sur la Lune.

On était au début du mois de mars. En automne. Les hêtres se drapaient de jaune et d'orangé. Une fine neige tombait du ciel gris, des flocons ténus frappant doucement la mousse et les feuilles mortes. Des écureuils noirs hyperactifs s'affairaient à ramasser des faines pour l'hiver ; ils ne tarderaient pas à hiberner, sombrant dans la somnolence durant les six mois de ténèbres et de températures glaciales. Sri gronda Berry lorsqu'il jeta un caillou à un écureuil imprudent qui s'était approché trop près. C'était un garçon massif, plus petit et plus lourd que son frère aîné. Tout comme Sri, il était emmitouflé dans un manteau et un pantalon molletonnés, la tête enfouie dans son capuchon bien serré, et il donnait des coups de pied répétés au tronc moussu d'un arbre abattu par une tempête hivernale quelques années plus tôt.

Ces derniers temps, Sri avait longuement réfléchi à l'avenir de Berry, cherchant un domaine susceptible d'éveiller son intérêt et de l'amener à exceller. C'était un enfant boudeur et obstiné, pas vraiment brillant, apparemment animé par le plaisir de manger et celui de détruire, mais son esprit recélait sûrement une étincelle qu'elle parviendrait à activer.

Elle lui ordonna de s'agenouiller devant elle et lui montra les invertébrés qui grouillaient dans la mince couche de terreau sous le tronc moussu. Des dizaines de minuscules collemboles – le seul invertébré terrestre de l'Antarctique avant la Renverse –, des vers se rétractant dans leurs tunnels, des cloportes, un gros lucane aux pinces incurvées. On comptait plus de deux cents espèces d'insectes dans le bois et les prés environnants, y compris une espèce de bourdon que Sri avait introduite pour assurer la pollinisation des fleurs en été. À quatre pattes sur les feuilles mortes, Berry cherchait un autre lucane afin d'organiser un combat entre insectes, ce qui évoquait à Sri le souvenir d'Euclides Peixoto, lorsque son téléphone sonna.

— *Il y a un problème à Méandre*, annonça Yamil Cho de but en blanc. *Un code dix.*

Méandre était le centre abritant les superdoués. Un code dix, cela signifiait une tentative d'évasion avec des pertes fatales.

— C'est grave ?

— *Cinq morts, sans compter les dommages collatéraux. Votre présence est requise. J'ai pris la liberté d'organiser le transport; vous prendrez l'*Uakti.

C'était la navette qui avait servi à expérimenter le premier moteur à fusion. Selon Yamil Cho, elle pouvait effectuer le trajet en moins de six heures.

Berry s'était mis à piétiner la terre et à écraser les insectes qu'il avait mis au jour. Il entreprit de pousser des cris pour attirer l'attention de sa mère. Elle lui tourna le dos et demanda à son secrétaire :

— Quand arrive-t-elle ?

— *Dans un peu plus de une heure. Parabole suborbitale depuis Brasília.*

— Venez me chercher à ce moment-là, conclut Sri, qui appela Berry à ses côtés.

Il la rejoignit en trottinant, brandissant fièrement le trésor qu'il venait de déterrer. Une côte humaine brunie par les ans, tout ce qui restait d'une victime des guerres du XXIe siècle, dont l'enjeu était le pétrole et le méthane des champs de clathrates de la mer de Weddell. Lorsque Sri s'était établie dans la région, on y trouvait encore des vestiges de plates-formes pétrolières au large et des épaves de tankers et de navires de guerre sur les côtes. Elle avait usé de toute son influence pour les faire démanteler et évacuer, entreprenant de façon générale un nettoyage en règle de la péninsule. Elle avait fait disparaître du paysage les avions écrasés, les chars explosés et autres blindés en ruine. Enlevé les baraquements et les cimetières. Conçu des bactéries dédiées pour digérer une nappe de pétrole qui s'était accumulée dans une fosse à trente kilomètres de la côte, envoyant des galettes polluer le rivage chaque fois que survenait une tempête. Mais on s'était beaucoup battu par ici, et le froid avait préservé quantité de vestiges. On retrouvait encore des souvenirs de guerre sur toute l'étendue de la péninsule. Des armes et des munitions, des vêtements, des détritus et des ossements telle cette côte que Berry brandissait comme un poignard.

Sentant un pressentiment glacé la parcourir, Sri ordonna à son fils de jeter ce sinistre mémento, adoptant un ton si autoritaire qu'il lui obéit sans discuter.

— Il y en a d'autres sous le tronc d'arbre, précisa-t-il.

— Quelqu'un viendra nettoyer tout ça. Retourne à la maison et demande à la gouvernante de te donner un chocolat chaud.

— Je n'ai rien fait de mal.

En voyant le rictus qui se peignait sur le visage de son fils, Sri comprit que la crise de larmes et les caprices n'étaient pas loin. Elle mit un genou à terre, le prit dans ses bras et lui dit :

— Je le sais. Mais je dois partir quelques jours et j'ai besoin que mon petit soldat veille sur les lieux pendant mon absence.

— Tu retournes à Brasília ? Je peux venir avec toi ?

— Je vais sur la Lune et je ne peux pas t'emmener là-bas, à mon grand regret, sois-en persuadé. Ne fais pas la grimace. Je ne peux pas davantage emmener Alder. Allez, rentre à la maison, vite !

Tandis que son fils s'éloignait en courant, Sri partit dans la direction opposée. Elle avait besoin d'un peu de solitude. Elle devait réfléchir au sens de cette tentative d'évasion et de cette convocation péremptoire, et se forger une réaction appropriée.

Émergeant de la forêt, elle gravit un sentier en lacets qui la conduisit sur une crête envahie par les laîches. Elle la suivit vers l'est, traversant des étendues de rochers tavelés de lichen, pour atteindre une large plate-forme rocheuse depuis laquelle elle avait une vue panoramique sur le fjord et le grand large. Face au vent d'une froidure purifiante, qui déversait sur elle une fine poudre de flocons, elle parcourut du regard son petit royaume. Le patchwork de la brande où l'on distinguait le repli boisé du vallon. Sa maison surplombant le flanc est de la vallée, un amas de boîtes de verre et d'acier, et le petit campus du centre de recherche s'étirant sur la plage en direction des lointains sommets enneigés. Les eaux noires du fjord étaient envahies de glaçons. Par-delà l'étroite embouchure, des flottes d'icebergs voguaient sur la mer, et trois lignes verticales hachuraient le ciel à l'horizon, aussi nettes que des coups de pinceau sur une estampe japonaise, s'inclinant vers le nord en leur sommet avant de se dissiper : les panaches émanant de volcans devenus actifs après la diminution de la pression lithostatique exercée par la calotte glaciaire antarctique.

Mais la glace revenait. Chaque année, l'hiver était un peu plus précoce, le printemps un peu plus tardif. Dans un demi-siècle, l'emprise du froid serait quasiment permanente. Toute la vie que Sri avait implantée près du fjord, la forêt, les prés et la brande, les écureuils agités, les lièvres et les campagnols, tout cela aurait disparu, vaincu par la neige et le froid.

Belle leçon sur l'éphémère, songea-t-elle. *Rien n'est permanent en ce monde. Tout individu, toute espèce qui s'accroche à sa niche et résiste au changement, est promis à l'extinction. L'adaptabilité est la clé de la survie.* Le monde était ravivé, il n'était ni refait ni restauré, et le changement était le moteur de ce processus. Oscar Finnegan Ramos et les autres saints verts évoquaient la mission sacrée qui était la leur, à savoir refaire de la planète un paradis d'avant la chute, mais, exception faite de quelques jardins isolés dont seules d'énormes dépenses d'effort et d'énergie garantissaient la protection, il serait impossible d'inverser le flot de l'entropie et de retrouver et de maintenir une situation appartenant désormais à l'histoire. Leur vision n'était qu'un mirage. Le monde devait être libre de trouver son propre point d'équilibre. Reconstruction et réhabilitation constituaient un commencement et non une fin en soi. Quand le monde serait reconstruit et réhabilité, les êtres humains devraient renoncer à le contrôler afin qu'en émergent de nouveaux états.

La biosphère était un espace riche de possibilités, Sri le croyait avec ferveur. Même si la vie était apparue sur Terre depuis des milliards d'années, elle n'avait exploré qu'une infime partie de cet espace. Il suffisait d'une modeste boîte à outils et d'un peu d'imagination pour découvrir des choses fabuleuses, et rien n'était contre nature puisque la nature n'était pas limitée aux variations sur les deux ou trois thèmes privilégiés jusque-là par l'évolution. Sri rêvait de mille Terres, toutes différentes. Un millier de jardins d'abondance, harmonieux, bourgeonnant de merveilles.

Il lui faudrait bien plus longtemps pour réaliser ce rêve que le siècle et demi qui lui était alloué, elle le savait, tout comme elle savait qu'une autre personne au moins partageait son ambition mais avait aussi le pouvoir de lui donner la clé de la longévité. Jusqu'ici, elle avait fidèlement servi Oscar Finnegan Ramos. C'était lui qui l'avait orientée vers la carrière dont elle avait fait sa vie. Il avait financé ses recherches, il l'avait protégée du mépris et des manœuvres politiciennes de ses rivaux, sans parler des fanatiques hostiles au changement, pour qui le statisme tenait de la religion. Mais, durant tout ce temps, c'était à Averne – ou plutôt à la vision idéalisée qu'elle s'en faisait – qu'était allée son allégeance. Sri avait commencé à s'éloigner des idées d'Oscar Finnegan Ramos bien avant son séjour sur Callisto et sur Europe ; le centre pour superdoués de la Lune témoignait de son désir d'indépendance. Il en était issu nombre de merveilles, parmi lesquelles le nouveau moteur à fusion, mais le confinement y avait toujours constitué un problème.

Empêcher Oscar de découvrir la vérité; empêcher les superdoués d'échapper à leur enclos.

Et voilà que le confinement était de nouveau compromis. On ne lui communiquerait aucun détail supplémentaire… simple question de sécurité. Tout ce qu'elle savait, c'était que cinq superdoués avaient péri ; pour le reste, elle devrait attendre d'avoir parlé au personnel et constaté les dégâts. Mais une chose était sûre : la situation avait atteint le point critique. Sri revenait tout juste de Brasília, où elle avait passé un mois fort éprouvant. Entretiens avec des commissions, audits politiques, séances de remue-méninges, réunions de stratégie à long terme avec l'état-major. Les adversaires de la réconciliation avaient le vent en poupe, enhardis par la mort de Maximilian Peixoto et l'échec du projet Biome. Un sénateur influent et favorable aux échanges commerciaux avec les Extros avait perdu son siège suite à un scandale sexuel. Un vote hâtif avait débloqué les fonds nécessaires pour la conversion de plusieurs cargos en vaisseaux de guerre. On ne parlait que de révolutions de palais, au sein de la famille comme de la législature. Selon certaines rumeurs, la Communauté du Pacifique allait bientôt lancer son propre programme de réarmement spatial.

Rothco Yang, le représentant de Bifröst, était très pessimiste.

« Désormais, nous parlons de conciliation plutôt que de réconciliation, avait-il confié à Sri lors d'un dîner. D'apaisement. Il convient de réduire les dégâts économiques et politiques que ne manquerait pas de causer un conflit entre la Terre et le Système extérieur. Bifröst n'a jamais voulu la guerre. Nous avons toujours défendu les bénéfices de la paix et de la coopération, mais c'est là une tâche de plus en plus difficile. »

La paix restait et resterait toujours la meilleure solution, mais elle perdait des soutiens des deux côtés. D'après Rothco Yang, aucune des cités extros, y compris Bifröst, ne pouvait accepter les revendications des factions vertes les plus radicales de la Terre : le renoncement total à l'autonomie économique et politique et l'interruption définitive de l'ingénierie génétique prétendument anti-évolutionnaire et de l'exploration des confins du Système solaire.

« Quantité de membres de votre gouvernement ne sont pas d'humeur à faire des concessions, ni à reconnaître la position isolationniste qui est la nôtre, avait-il dit. En même temps, nombre des cités du système de Saturne ne rêvent que d'affrontement. Elles pensent que des forces hostiles seront fatalement handicapées par la longueur des lignes d'approvisionnement entre la Terre et Saturne. Mais leur vulnérabilité est évidente. Leurs villes et leurs colonies ne sont que de fragiles bulles d'air au sein d'un environnement impitoyable. Il ne faudrait pas grand-chose pour les soumettre. »

Rothco Yang paraissait épuisé. Plus rien ne subsistait de son optimisme jovial. Il avait invoqué la fatigue due à la pesanteur et à l'air non filtré pour expliquer son prochain retour à Bifröst et, en le voyant, on n'était plus enclin à parler d'excuses diplomatiques. Sri et lui se séparèrent en bons termes, échangeant des vœux de réussite parfaitement sincères et se promettant de rester en contact, mais tous deux savaient qu'ils venaient d'enterrer une cause aussi noble que perdue.

Non, l'heure n'était plus à la paix et à la réconciliation. Sri se rappela une autre conversation à Brasília, bien plus brève et bien plus déplaisante. Elle s'était accordé une pause déjeuner en compagnie de ses assistants et de deux autres scientifiques durant une longue et pénible séance d'une sous-commission sur l'éthique et les protocoles de la recherche portant sur le génome humain, et Euclides Peixoto s'était approché de sa table. Un sourire aux lèvres et une dague planquée dans la manche. Après avoir brièvement évoqué les retombées du projet Biome, il avait demandé à Sri quel serait son prochain grand projet.

« Cette décision ne m'appartient pas. Je suis au service de votre famille, comme toujours.

— Ah bon ? Si vous êtes si heureuse de nous servir, c'est parce que vos intérêts coïncident avec les nôtres, je le sais bien. Mais les choses sont en train de changer et je me demande ce que vous allez faire. »

En guise de flèche du Parthe, Euclides Peixoto lui avait promis de suivre sa carrière avec attention.

Si seulement tous ses ennemis étaient aussi stupides et paresseux. Aussi lisibles. Les grossières menaces d'Euclides l'avaient troublée, mais elles avaient servi à lui rappeler qu'elle devrait bientôt faire un choix. Debout sur la crête dominant sa forteresse de la solitude, sous un ciel gris et bas, gelée jusqu'aux os par les vents antarctiques, elle se rendit compte qu'elle l'avait déjà fait. Elle aurait pu refuser de se rendre sur la Lune, et Oscar l'aurait sans doute protégée des conséquences de cet acte, mais elle se félicitait de ne pas l'avoir fait, tout en n'étant pas sûre de survivre à sa décision. L'espace d'un bref laps de temps, elle pourrait se sentir libérée de tout fardeau. Elle avait renoncé au passé et pouvait faire face à l'avenir, ce jardin aux sentiers qui bifurquent, avec sérénité sinon avec espoir.

Son attention fut attirée par une griffure étincelante au-dessus de l'océan, un point venu du nord qui fonçait vers elle puis effectuait un virage serré pour gagner le rivage, produisant un tonnerre enfin audible qui dévala sur la brande. Sri regarda le petit appareil aux lignes profilées qui survolait le fjord, à une altitude légèrement moins élevée que celle où elle se trouvait, ses statoréacteurs ronronnant en mode turbo. Il était peint en noir et blanc, évoquant les épaulards qu'elle avait réintroduits dans le biome antarctique. Son aileron de queue était frappé du drapeau vert du Grand-Brésil. Comme il descendait vers l'aire d'atterrissage située derrière le complexe, Sri appela son secrétaire et lui dit de venir la chercher. Quelques minutes plus tard, un petit hélicoptère décollait derrière la maison.

L'*Uakti* monta en chandelle au-dessus de la mer de Weddell. Parvenue à une altitude de quatre-vingts kilomètres, soit à la lisière de l'espace, elle lança son moteur à fusion et Sri, Yamil Cho et le pilote se retrouvèrent plaqués sur leurs couchettes anti-g tandis qu'elle atteignait sa vitesse de libération.

Le pilote était un jeune homme du nom de Cash Baker, un des membres de l'escadrille que Sri avait équipée d'appoints neurologiques un an auparavant. Elle lui demanda s'il avait bien assimilé ses altérations et il lui répondit que tout allait pour le mieux et qu'il regagnait Athéna après avoir rencontré les ingénieurs chargés de superviser la conversion d'un cargo en spationef porteur pour les singlenefs J-2. Sri l'interrompit lorsqu'il se lança dans un panégyrique de cette merveille technologique, lui expliquant qu'elle allait profiter du voyage pour dormir un peu.

Cette capacité de dormir à volonté faisait partie des améliorations qu'elle s'était apportées dans sa jeunesse. Yamil Cho en avait également bénéficié. Ils dormirent côte à côte sur leurs couchettes pendant que l'*Uakti* franchissait trois cent quatre-vingt mille kilomètres et se réveillèrent quasiment à la même seconde. Ils survolaient la face sombre et scarifiée de l'hémisphère dissimulé de la Lune, pour se diriger vers un horizon où Terre et Soleil allaient bientôt se lever, et le pilote bavardait avec les contrôleurs spatiaux, qui firent atterrir la navette sur l'une des aires aménagées au nord d'Athéna, cette cité de tentes et de dômes.

Un rolligon emprunta une route longeant des champs de kénobies pour conduire Sri et Yamil Cho dans l'antique station de recherche où elle avait fait son apprentissage. Cette enfilade de bâtiments courtauds recouverts de roche et de poussière servait aujourd'hui de couverture à des installations souterraines. Le poids lourd passa devant un cabriolet et plusieurs véhicules terrestres pour entrer dans un hangar illuminé.

Une fois le sas refermé et l'intérieur du garage pressurisé, deux femmes, des vraies jumelles aux cheveux noirs vêtues d'une combi moulante rouge, escortèrent Sri et son secrétaire jusqu'à un ascenseur qui les conduisit au premier niveau. C'était là que vivaient les chimpanzés surdoués. Tout comme la station en surface leur servait de couverture, ils jouaient le même rôle pour le second niveau, où se cachait le véritable secret de Méandre.

Le général Arvam Peixoto attendait Sri dans la salle de conférence, debout devant la large baie vitrée en verre blindé qui donnait sur l'arboretum constituant l'habitat des chimpanzés. Le directeur du centre, le chef de la sécurité et le responsable de l'unité de recherche se trouvaient avec lui, flanqués de deux autres femmes en rouge. Sri se demanda qui avait conçu leur modification génétique.

— Cinq, dit Arvam.

Il était vêtu d'une combi de vol équipée d'une quantité invraisemblable de poches et ses longs cheveux blancs étaient réunis par un catogan. À sa ceinture pendait un étui de cuir noir contenant un pistolet à crosse d'acier.

— Qu'est-ce que vous dites de ça ? reprit-il. Cinq. Et ils sont arrivés jusqu'à la surface.

— Il y a des survivants ?

— Le dispositif secondaire de sécurité les a tous éliminés. Mais il était moins une. Vos monstres sont de plus en plus malins.

— Je pense que vous feriez mieux de me donner les détails, dit Sri.

Arvam se tourna vers Ernest Genlicht-Ho, le directeur de la station.

— Ils ont creusé un tunnel, dit celui-ci. Heureusement, le satellite « Étoile de la mort » les a repérés tout de suite et a pris les mesures qui s'imposaient.

Il ouvrit une vidéo dans l'espace mémo de la salle. Vue panoramique de la zone parsemée de cratères située à l'ouest de la station, puis zoom sur un soudain geyser de poussière qui, en s'estompant, révèle cinq formes nues émergeant d'un puits, chacune enchâssée dans une bulle de plastique doré. Vue multifocale d'une navette fondant sur les fugitifs depuis le ciel noir, les cinq bulles d'or qui explosent, s'effondrent sur leurs occupants pris de convulsions, puis bientôt immobiles, l'appareil qui continue sa course à basse altitude avant de s'écraser au sol, moteurs toujours allumés, creusant une tranchée dans la plaine.

Comme l'expliqua Ernest Genlicht-Ho, les superdoués s'étaient introduits dans le système de sécurité, établissant une liaison avec le contrôle du trafic spatial d'Athéna et s'emparant d'une navette.

— Quant à leur évasion proprement dite, l'un de nos sujets est passé à l'action durant un contrôle médical de routine. Le tranquillisant qu'on lui a administré était en fait de l'eau distillée. Le temps que nous comprenions que la sécurité de la station était compromise, il avait tué deux médecins et cinq animaliers, puis libéré quatre de ses congénères.

Apparemment, les superdoués avaient accédé au système de sécurité grâce à un tunnel quantique. Celui-ci transmettait des données à un rythme d'une lenteur effroyable – le chef de la sécurité estimait qu'il leur avait fallu six mois pour assembler la sous-personnalité virale qui avait pris le contrôle de l'IA de la sécurité durant leur tentative d'évasion –, mais les superdoués avaient tout leur temps. Après avoir subverti le système de sécurité, ils avaient manipulé les robots médicaux afin qu'ils substituent des capsules d'eau distillée à celles contenant les tranquillisants. Les cinq évadés avaient utilisé des charges creuses pour ouvrir un tunnel à travers le périmètre de confinement et les trente mètres de régolite lunaire ; les bulles qui les protégeaient du vide étaient le fruit d'une expérience qu'effectuait l'un d'eux sur les plastiques à mémoire de forme. Dix secondes à peine les séparaient de la liberté lorsque le satellite les avait tués à coups de micro-ondes, anéantissant du même coup l'IA de la navette.

— Ces petits salopards forcent l'admiration, dit Arvam à Sri. Ils ne renoncent jamais. Première tentative : deux d'entre eux s'entre-tuent et un troisième manque de s'évader lorsque les animaliers vont nettoyer les dégâts. Deuxième tentative : ils compromettent l'IA de la sécurité et terrassent tout le personnel à coups d'ultrasons avec un gadget de leur fabrication. Ce jour-là, deux d'entre eux ont réussi à gagner le hangar avant d'être rattrapés par les loups. Et aujourd'hui, ils ont remis le couvert. Ils ont encore réussi à circonvenir l'IA de la sécurité, alors qu'on m'avait assuré que c'était impossible, vu les nouveaux pare-feu et les sites miroirs. Et leur virus a eu raison des loups, ce qui signifie que les deux spécimens à l'origine de la deuxième tentative ont eu contact avec leurs congénères. Je me trompe, docteur Genlicht-Ho ?

— Il semble que non. (Ernest Genlicht-Ho était blanc comme un linge et la sueur perlait à son front.) Les deux premières tentatives n'étaient sans doute pas des événements isolés mais bien des répétitions en vue de celle-ci.

— Dites-lui le reste, lança Arvam Peixoto.

Genlicht-Ho baissa les yeux.

— Il est possible qu'ils aient été aidés par l'un des animaliers.

— « Possible », mon cul ! s'exclama Arvam. Il a bien fallu que quelqu'un appelle cette navette. Jamais ils n'auraient pu y parvenir tout seuls.

— Permettez-moi de vous rappeler qu'ils ont conçu il y a trois ans un système de rétrodiffusion des neutrinos, dit Genlicht-Ho. Un système qui s'est révélé très rentable, d'ailleurs, une sorte de radar dont la portée et la résolution dépassent de loin celles des systèmes du commerce. Il est possible qu'ils aient profité de sa phase de développement pour dresser une carte des environs de la station dans un rayon de vingt kilomètres. Et incluant par conséquent le spatioport.

— Sans doute connaissaient-ils l'existence des navettes, je vous l'accorde. Mais ils ne savaient pas les contacter à distance. Pour cela, ils avaient besoin d'aide.

Arvam se tourna vers Sri.

— Soumettez-moi à la question et vous verrez que je n'ai rien à voir avec tout cela, dit-elle, partagée entre la terreur et une colère froide. Et mon secrétaire pas davantage.

— Je ne doute pas de votre loyauté, répliqua Arvam. Quant à ces trois-là, ce sont des crétins, mais ce ne sont pas des traîtres. Reste les animaliers. Aucun d'eux n'est autorisé à sortir du deuxième niveau, et encore moins de la station, mais il est possible que les superdoués aient retourné l'un d'eux, qu'ils en aient fait leur marionnette. À moins qu'il se trouve parmi eux un agent dormant… introduit dans la station dès sa mise en place. Nous les soumettrons tous à un interrogatoire poussé, bien entendu.

Arvam avait le sourire aux lèvres et s'exprimait d'une voix affable, mais ses yeux étaient de glace. La terreur de Sri monta d'un cran. Elle l'avait déjà vu dans cet état et savait avec certitude qu'il comptait faire un exemple. S'il tentait de l'abattre, ou s'il en donnait l'ordre à ses gardes du corps, Yamil Cho serait obligé de les éliminer tous. Ensuite, si elle parvenait à sortir de la station, elle devrait mettre en branle son plan pour gagner le Système extérieur, plus de doute sur ce point…

Toujours souriant, Arvam demanda à Ernest Genlicht-Ho s'il avait une idée de la marche à suivre après ce contretemps.

— Le mieux serait de les séparer les uns des autres, déclara le directeur. Toutes leurs tentatives d'évasion exigeaient une coopération sans faille entre plusieurs individus. S'ils se retrouvaient isolés, cela réduirait leur capacité à formuler et à exécuter un nouveau plan.

—Cela serait coûteux à mettre en place, fit remarquer Arvam.

Le chef de la sécurité abonda dans son sens.

—Malheureusement, dit-il, compte tenu de leur capacité à utiliser un équipement de labo pour communiquer à longue distance, il serait nécessaire de construire une station pour chaque individu. Et il faudrait les répartir sur la surface de la Lune ou alors les placer en orbite.

—Mais les bénéfices potentiels sont énormes, intervint le chef de l'unité de recherche. (Il avait enfoui ses mains dans les poches de sa blouse pour qu'on ne les voie pas trembler.) Ils ont déjà produit le moteur à fusion, le super-radar, le pulsofusil, un nouveau type d'eau polymérisée…

—Que devons-nous faire, à votre avis ? demanda Arvam à Sri. C'est vous qui avez créé ces monstres. Pouvons-nous encore les contrôler ?

—Ce sera très difficile. Ils ont appris trop de choses. Ils ont la volonté de nous échapper. Il y aura de nouvelles tentatives, et chacune sera plus sophistiquée que la précédente.

Le chef de la sécurité frémit.

—Si je puis me permettre, mon général, le docteur Hong-Owen a raison. D'une part, nous devons maintenir une vigilance de tous les instants, une vigilance sans faille qui plus est. D'autre part, il leur suffit d'attendre que nous commettions une erreur qu'ils pourront exploiter.

—Si je vous entends bien, vous ne pourrez faire autrement que de merder encore, c'est ça ? lança Arvam d'un ton enjoué.

—Nous sommes humains, répliqua Ernest Genlicht-Ho. Et eux, ils sont plus qu'humains.

Arvam se tourna vers Sri.

—Dites-moi ce que je dois faire.

Sri était prête à lui répondre. Elle s'était préparée à cette question depuis qu'on lui avait annoncé un code dix.

—Détruisez-les.

—Tout de suite ?

—Ils ne peuvent pas fonctionner en isolation. Seul le travail en gestalt leur garantit le succès, mais cette gestalt est impossible à confiner. Conclusion : l'expérience doit s'achever là.

—C'est aussi ce que je pense.

Arvam dégaina son pistolet et logea deux balles dans la poitrine d'Ernest Genlicht-Ho. Le chef de la sécurité eut le temps de se redresser et de fermer les yeux avant de subir le même sort, mais le chef de l'unité de recherche fonça vers la porte et l'une des gardes du corps d'Arvam lui sauta dessus, vive comme une chatte, et lui brisa la nuque. Sri s'efforça de maintenir une immobilité absolue, sentant Yamil Cho se tendre à ses côtés, prêt à passer à l'action.

— Bon, fit Arvam en rengainant son arme. C'est fini.

— Pas tout à fait, dit Sri. Je dois encore m'occuper des superdoués survivants.

— Bien sûr. Et mes gars s'occuperont des animaliers une fois que nous aurons identifié le complice des superdoués et déterminé son mobile. Et les chimpanzés ? demanda Arvam en se tournant vers la baie vitrée.

Sri le rejoignit. À dix mètres de là, l'un des chimpanzés se prélassait en haut d'un arbre, sur une plate-forme confectionnée avec des branches mortes. Ses yeux marron contemplaient l'infini tandis que ses doigts griffonnaient des symboles sur l'ardoise calée contre son torse. Sri l'avait créé, ainsi que ses congénères, à partir du génome de *Pan troglodytes verus*, le chimpanzé commun d'Afrique de l'Ouest. Ses manipulations génétiques avaient eu pour conséquence la prolifération de connexions neuronales entraînant un développement de l'intelligence dépassant le stade du génie humain, mais le résultat s'était néanmoins révélé une impasse. Les quelques spécimens épargnés par la démence et le suicide construisaient des raisonnements mathématiques aussi complexes qu'ésotériques avec une facilité déconcertante, mais c'était le plus souvent pour produire des preuves alambiquées de théorèmes déjà connus, un travail sans importance excepté aux yeux de leurs superviseurs, qui en extrayaient parfois de précieuses pépites. Et celles-ci se faisaient de plus en plus rares. Les chimpanzés s'éloignaient des mathématiques conventionnelles pour tisser des fantasmes baroques que même les meilleurs mathématiciens humains parvenaient difficilement à concilier avec la réalité.

Sri pleurerait leur disparition, mais ils avaient cessé d'être utiles et elle n'éprouva qu'une pincée de chagrin lorsqu'elle dit à Arvam Peixoto :

— Nous n'avons plus besoin d'eux.

— Bien. Maintenant, passons au vrai problème.

Au sein des Peixoto, environ quarante membres des échelons supérieurs, parmi lesquels Oscar Finnegan Ramos, étaient au courant de l'existence des chimpanzés, qu'on leur avait présentés comme responsables des fantastiques avancées technologiques qui avaient fait d'eux en moins de dix ans la famille la plus puissante du Grand-Brésil. Mais seuls le personnel de Méandre, Sri, son secrétaire, Arvam Peixoto et six membres du conseil supérieur de la famille connaissaient l'existence du second niveau, la véritable source de cette technologie quasi magique. Ce fut là que Sri et Arvam Peixoto descendirent, passant devant des robots sentinelles équipés de processeurs multicœur renforcés, câblés et blindés, empruntant un long couloir roulant et pénétrant enfin dans le saint des saints après avoir croisé d'autres robots ainsi que deux des gardes du corps d'Arvam.

La salle de surveillance, où les animaliers se relayaient d'ordinaire vingt-quatre heures sur vingt-quatre, n'abritait que trois robots montés sur roulettes. Les espaces mémo affichaient des vues de toutes les pièces et de tous les couloirs du niveau deux, ainsi qu'une vue globale de la cage des superdoués. Celle-ci consistait en une sphère aux parois de plastique, bourrée à craquer d'étagères et de râteliers à outils, d'établis, de cuves d'immersion et de machines d'exercice, et équipée de deux toilettes en circuit fermé et d'une unique cabine de douche. Les occupants du lieu dormaient dans des duvets suspendus comme des cocons. Au début, après une période de croissance forcée qui les avait amenés à l'âge adulte en deux ans, quatorze superdoués avaient vécu et travaillé ici. Sri les avait produits à partir d'embryons humains, utilisant des techniques qu'elle avait mises au point durant ses expériences sur les chimpanzés et affligeant ses spécimens d'une forme bénigne d'autisme, conçue pour influer sur leur comportement, et les former à absorber un régime intensif de connaissances et de techniques et à se concentrer au maximum sur les problèmes que leur soumettraient les animaliers. Ils avaient élaboré un langage qui leur était propre, à partir d'expressions et de mouvements digitaux transmettant des idées complexes avec une étonnante rapidité ; lorsqu'ils travaillaient de concert sur le même problème, ils faisaient montre d'une synchronie des plus harmonieuse, comme s'ils exécutaient un élégant ballet dégagé des contraintes de la danse classique.

Aujourd'hui, neuf de ses enfants géniaux étaient morts, tués lors de tentatives d'évasion successives, et les survivants étaient parqués dans une cellule capitonnée, anesthésiés dans l'attente de leur sort. Sri se sentait à la fois fière et attristée. Fière parce qu'ils avaient connu une immense réussite en un bref laps de temps. La farouche et impitoyable détermination dont ils avaient fait preuve lors de leurs tentatives d'évasion était elle aussi admirable. Attristée parce qu'ils étaient parvenus au point final qu'elle avait anticipé avant même de mettre en œuvre leur création.

Elle plaqua la paume de sa main sur un écran qui vérifia son ADN et sa signature métabolique. Puis elle chargea la clé idoine dans le système et dit à Arvam qu'elle aimerait voir les superdoués une dernière fois.

— Je ne vous aurais pas crue aussi sentimentale, rétorqua-t-il. D'accord. Deux de mes gars vont vous escorter.

Elle ne pouvait pas entrer dans la cellule capitonnée, dont l'atmosphère était saturée de gaz anesthésiant. Elle se planta devant la porte et regarda par l'œilleton. Les cinq superdoués gisaient sur des couchettes au-dessus desquelles des espaces mémo affichaient leurs graphes vitaux. C'étaient des androgynes neutres, nus, pâles, glabres, mesurant environ un mètre. Pareils à des enfants mais sans rien d'enfantin, avec un torse surdéveloppé, une grosse tête et des membres grêles. Leur visage était calme et apaisé sous leur front enflé et asymétrique : Sri avait découvert qu'on obtenait une personnalité plus stable en stimulant la croissance de l'hémisphère cérébral gauche. Les cinq survivants présentaient entre eux de fortes ressemblances, avec leurs yeux rapprochés, leur nez aplati et leur petite bouche au pli amer, mais elle reconnut chacun d'eux et leur dit adieu à tous avant d'activer la clé et d'ouvrir un compartiment donnant sur le vide de la surface lunaire.

La pâle brume qui emplissait la cellule s'effilocha et disparut. Les dormeurs ouvrirent grande leur bouche en quête d'un air qui n'était plus là ; leur torse se souleva et retomba, de plus en plus vite, puis cessa de bouger à l'issue de quelques convulsions ; leur langue gonflée jaillit entre leurs lèvres bleuies puis explosa dans un geyser de sang ; le sang coula à flots de leurs narines et de la commissure de leurs paupières, bouillant dans le vide alors même qu'il maculait leur peau blafarde. Sur les espaces mémo, les graphes devinrent des horizontales.

Les dormeurs étaient morts. Une partie de la vie de Sri avait pris fin. Elle se retourna, le cœur gonflé de chagrin et d'apitoiement sur soi.

— Bravo pour votre efficacité, dit Arvam. Au fait, je vous remercie pour les nombreuses heures d'amusement que m'a valu le matériau que vous m'avez transmis après votre petit voyage sur Callisto.

— Je croyais que vous aviez oublié cette histoire.

— Oh ! je n'oublie jamais un service. Maintenant, j'aimerais voir comment se débrouillent vos autres enfants. Je pense que nous aurons bientôt besoin d'eux. Après tout, la fin d'un chapitre est toujours suivie par le début d'un autre, hein ?

Chapitre 5

Le père Aldos défonça la porte du gymnase, passa en trombe devant les garçons s'affrontant au couteau et monta sur l'estrade au fond de la salle. Il s'entretint avec le père Solomon puis tapa des mains à deux reprises pour attirer l'attention des garçons.

Dave n° 8 s'inclina devant son adversaire, Dave n° 15, qui lui rendit la pareille, et tous deux se tournèrent en même temps que leurs autres frères, évoquant un mouvement reflété dans une galerie de miroirs.

— Nous avons des visiteurs, annonça le père Aldos. (Son beau visage café au lait était foncé par l'afflux de sang, ses yeux étaient plissés et inquiets.) Des visiteurs importants. Tout le monde au garde-à-vous pour l'inspection !

Les garçons se redressèrent et portèrent à hauteur du visage leur lourd poignard d'exercice. Tous étaient torse nu et pieds nus, vêtus en tout et pour tout d'un ample pantalon blanc, noué par un cordon à la taille et aux chevilles, et de deux protège-bras. Durant plusieurs minutes, il ne se passa rien. Dave n° 8 fixa un point dans l'espace, un mètre derrière la pointe de son couteau. La transpiration refroidissait et séchait sur son torse, son dos et son crâne rasé. Partagé entre l'excitation et l'appréhension, il se demandait si ses frères éprouvaient les mêmes sentiments. Finalement, il perçut un mouvement à la lisière de son champ visuel. Coulant un regard sur sa gauche, il découvrit que quatre inconnus venaient d'apparaître sur le seuil du gymnase. Vêtus d'un uniforme de combat noir, coiffés d'un casque à visière et chaussés de lourdes bottes, ils se placèrent de part et d'autre de l'entrée pour laisser passer d'autres personnes. Deux hommes et une femme, suivis par le père Clarke et le père Ramez.

Le cœur de Dave n° 8 se mit à battre plus fort. Cette femme n'était autre que celle dont le visage apparaissait parfois sur l'un des avatars : Sri Hong-Owen.

Un frisson parcourut les rangs des garçons lorsqu'elle passa devant eux pour se diriger vers l'estrade où l'attendaient le père Aldos et le père Solomon. Elle eut un bref entretien avec ces derniers puis se tourna vers les garçons pour les fixer des yeux. Elle était vêtue d'un long manteau et d'un pantalon molletonnés, d'un tricot et de hautes bottes doublées de fourrure blanche. Son crâne pâle et chauve luisait à la lueur des plafonniers. Dave n° 8 sentit le sang affluer à ses joues lorsqu'elle posa les yeux sur lui.

Des deux hommes qui l'accompagnaient, le plus petit était de toute évidence le plus dangereux. Mince et souple dans sa chemise et son pantalon noirs, l'allure détendue mais les yeux constamment aux aguets. L'autre était bien plus âgé et vêtu d'une combinaison de vol grise, avec à sa ceinture un étui contenant un pistolet. Il respirait l'assurance et l'autorité lorsqu'il se planta au bord de l'estrade et annonça d'une voix de stentor qu'il était le général Arvam Peixoto.

— C'est ma famille, la famille Peixoto, qui possède ce centre. Tout ce qui se passe ici s'y passe sous mon commandement. Si je suis venu vous voir aujourd'hui, c'est parce que votre période d'entraînement va bientôt s'achever. Il vous sera dur d'accepter une telle chose, je le sais. Vous n'avez cessé de vous entraîner toute votre vie durant. En fait, c'est la seule vie que vous connaissez. Mais l'entraînement n'est pas une fin en soi. Le temps est venu de mettre à l'épreuve les talents que vous avez acquis ici.

Le général marqua une pause pour fixer les râteliers d'armes et de matériel le long des murs, puis il reprit :

— Je vois toutes sortes d'armes ici.

Au bout d'un temps, le père Solomon s'enhardit à dire :

— Nous les avons entraînés à toutes les disciplines, mon général.

— Je vois des arcs et des flèches.

— Les flèches sont des armes silencieuses auxquelles on peut adapter toutes sortes d'appoints, du harpon au grappin en passant par la capsule de gaz innervant ou explosif. En outre, elles ont une très longue portée en faible pesanteur. Et dans le vide et l'apesanteur de l'espace, elles continuent à voler même sans perdre de vitesse jusqu'à ce qu'elles aient atteint leur cible. Par ailleurs, l'entraînement au tir à l'arc améliore la coordination et…

— Je vois aussi des épées, interrompit le général. Des couteaux, oui, je peux le comprendre. Le couteau est utile en combat rapproché. Mais des épées ! Dans quel type de bataille une épée leur serait-elle utile ?

— Je le répète, pour travailler leur coordination…

— Il me semble que vous êtes trop doux avec ces garçons. Vous les entraînez à tout, et je parierais qu'ils ne sont bons à rien. Ils ne sont pas focalisés. Comment pouvons-nous les aider à se focaliser ? demanda le général à Sri Hong-Owen en se tournant vers elle.

— Ne me mêlez pas à cela, répliqua-t-elle.

— Mais ce sont vos garçons. (Le général souriait, mais c'était seulement pour exhiber sa dentition.) Vos créations. La chair de votre chair, transformée par votre talent et votre travail. Vous avez sûrement une idée sur la question.

Dave n° 8 fut pris d'une soudaine exultation sacrée. Dave n° 27, le plus sage d'entre ses frères, avait raison depuis le début. Ils n'étaient pas des Extros. Non, ils étaient des armes conçues pour frapper les Extros, ce qui expliquait qu'on leur ait donné l'apparence de l'ennemi, mais ils n'étaient pas doublement déchus. Ils étaient humains. La rédemption ne leur était pas interdite. La joie jaillit en lui. Il dut se mordre la joue pour ne pas pousser un cri et il tremblait de la tête aux pieds, et Dave n° 11, le frère qui se tenait juste devant lui, tremblait tout autant.

— Si vous m'avez amenée ici pour prouver quelque chose, dit Sri Hong-Owen au général, alors venez-en au fait. Cessez de jouer à ce petit jeu.

Il y eut un bref silence.

— S'il s'agit de juger de leurs prouesses, intervint le père Clarke, si vous souhaitez une démonstration, je suis sûr que nous pouvons organiser quelque chose. Ils maîtrisent toutes les armes que vous voyez ici. Ainsi que plusieurs styles de combat à mains nues, bien entendu. Il ne nous faudra que peu de temps pour mettre sur pied une démonstration de leurs capacités, dans la discipline de votre choix.

Le général gratifia le lecteur de son sinistre sourire.

— Pourquoi pas le couteau ?

— Mais bien sûr, dit le père Clarke. Ils étaient justement occupés à s'entraîner au couteau quand vous êtes arrivé. Si vous souhaitez qu'ils poursuivent…

— Lequel d'entre eux est le meilleur ?

— Au couteau ?

— À tout. Votre élève le plus doué.

— Ils maîtrisent une grande variété de techniques... C'est difficile à dire.

— Je vais vous faciliter la tâche, déclara le général. Si vous ne pouviez en sauver qu'un seul, lequel sauveriez-vous ?

— Je ne suis pas sûr de vous suivre, répondit le père Clarke.

Il tripotait sa croix pectorale de la main droite, et ses phalanges étaient livides.

— Le numéro huit, dit le père Solomon. Si vous devez choisir l'un d'eux, choisissez le numéro huit.

— C'est celui que vous sauveriez entre tous ? demanda le général. Ou celui que vous êtes prêt à sacrifier si nécessaire ?

— C'est le meilleur.

Vu les regards qu'il jetait au général, le père Solomon brûlait d'envie de sortir sa matraque électrique.

— Voyons ça. Amenez-le-moi.

Le père Solomon se tourna face aux garçons et dit :

— Numéro huit. Un pas en avant.

Sans changer de position, Dave n° 8 fit les trois pas réglementaires pour sortir du tatami vert et poser le pied sur le béton froid et poli. Il savait que le père Solomon l'avait choisi pour le punir, mais il était résolu à faire ce qu'on lui demanderait en se comportant le mieux possible.

— Tout cela est inutile, dit Sri Hong-Owen. Ne vous ai-je pas prouvé ma loyauté tout à l'heure ?

— Tout ce que vous avez fait, c'est un peu de ménage, répliqua le général.

— Les garçons sont loyaux, dit le père Clarke. Totalement loyaux. Tout comme nous, mon général.

— Leur loyauté a-t-elle été mise à l'épreuve ?

— Ils font chaque jour le serment d'allégeance, répondit le père Clarke. Tous les instants de leur vie sont consacrés au service de Dieu, de Gaïa et du Grand-Brésil.

— Et de la famille Peixoto, j'espère.

— Oui, bien sûr, s'empressa de dire le père Clarke. Je ne souhaitais nullement...

— Dans ce cas, leur vie m'appartient, non ? (Le général descendit de l'estrade et glissa jusqu'à Dave n° 8, auquel il demanda :) Est-ce que ta vie m'appartient, fiston ?

Il mesurait trente centimètres de moins que Dave n° 8, mais son regard était aussi impérieux que le cœur brûlant d'une forge.

Dave n° 8 ne savait quoi répondre. Il jeta un regard en direction du père Clarke, qu'il apercevait par-dessus la tête du général, et il le vit acquiescer d'un air pincé et misérable. Luttant pour articuler alors qu'il avait l'impression d'avoir la bouche pleine de sable, Dave n° 8 réussit à dire :

— Je suis à votre service, monsieur.

— Tu obéiras à mes ordres.

— Monsieur, je suis à…

— Mon service. Es-tu un soldat ou un perroquet, fiston ? Non, ne regarde pas tes instructeurs. Regarde-moi. Réponds à mes questions.

— Nous sommes des soldats, monsieur.

La lame du couteau que brandissait Dave n° 8 tremblait devant ses yeux. Il ordonna à ses muscles de se verrouiller, mais cela ne fit qu'accentuer ses tremblements.

— Tu *es* un soldat, dit le général.

— Oui, monsieur.

— As-tu déjà tué ?

— Oui, monsieur. En simulation.

— Mais pas en réalité. Tu n'as jamais livré de lutte à mort.

— Chacun d'eux vaut le prix d'un singlenef, intervint Sri Hong-Owen.

— S'ils ne peuvent pas se battre, ils ne valent rien, répliqua le général sans détacher ses yeux de Dave n° 8.

— Ce n'est pas leur but premier, insista Sri Hong-Owen.

— Infiltration, espionnage, immersion profonde et toutes ces conneries, ça pourra sans doute nous être utile, j'en conviens, mais je n'y comprends rien. Le combat, l'habileté, le courage, *ça*, j'y comprends quelque chose. Et il est facile de les mettre à l'épreuve sur ce plan-là, tout de suite.

— Je peux organiser une démonstration dans la discipline de votre choix, proposa le père Solomon.

Sans lui prêter attention, le général demanda à Dave n° 8 de lui donner son couteau. Dave n° 8 l'abaissa, le prit par la lame et le tendit au général en lui présentant le manche. Le général fendit l'air, éprouva du pouce le fil de la lame et lui rendit le couteau.

— Es-tu prêt à utiliser cette arme à mon service, fiston ?

— Oui, monsieur.

Dave n° 8 vit que l'homme en noir se tenait prêt à passer à l'action. Sans doute pensait-il que le général allait lui donner l'ordre de tuer Sri Hong-Owen.

— Le père Solomon a cru que je voulais faire tuer le meilleur d'entre vous pour donner une leçon aux autres, dit le général. Il ne m'a donc pas désigné le meilleur, comme je le lui demandais, mais celui qu'il aimait le moins. Il m'a désobéi. Tue-le.

Si Dave n° 8 comprit l'ordre du général, il ne comprit pas pourquoi il le donnait ; il avait certes été entraîné à obéir sans discuter, mais la loyauté que lui inspiraient les lecteurs était si forte, si profonde, qu'elle était comparable à de l'amour filial. Peut-être serait-il resté paralysé si le père Solomon n'avait pas tenté de prendre la fuite, sautant de l'estrade dans un tourbillon de bure et courant devant les garçons. Les réflexes de Dave n° 8 prirent le dessus et il se mit à courir, rattrapant le fugitif en trois enjambées et l'envoyant à terre d'un coup d'épaule. L'homme tenta de dégainer sa matraque, hurla quand Dave n° 8 lui tailla le poignet et tenta de s'éloigner en rampant sur le béton et de lui décocher des coups de pied. Dave n° 8 tomba sur lui comme une masse, lui bloquant les épaules avec ses genoux, le frappa à la pointe du menton de sa main libre, lui trancha la gorge d'un coup de couteau et se releva d'un bond.

Le père Solomon plaqua ses mains sur son cou. Des jets de sang jaillirent entre ses doigts et maculèrent sa robe blanche. Il leva les yeux vers Dave n° 8, remuant les lèvres pour formuler des mots inaudibles ; puis ses yeux devinrent vitreux, il frissonna de la tête aux pieds, ses bras se relâchèrent et sa tête tomba sur le côté. Une mare de sang s'élargit autour d'elle, écarlate et luisante, et il en monta un parfum lourd et capiteux.

Dave n° 8 avait le souffle coupé et tremblait de plus belle. Son torse nu était constellé du sang du père Solomon. La lumière était éblouissante. Tous les occupants de la salle lui apparaissaient avec netteté. Ses frères se tenaient toujours au garde-à-vous, mais tous avaient les yeux braqués sur lui. Un peu en retrait, le général se mit à applaudir bruyamment. Il souriait. Sur l'estrade, l'homme en noir avait passé un bras autour des épaules de Sri Hong-Owen pour l'empêcher de tomber. Penché au-dessus d'une petite flaque de vomissures, le père Clarke continuait à tousser. Le père Aldos avait fermé les yeux pour prier. Le père Ramez descendit de l'estrade, dit à Dave n° 8 de reculer, s'agenouilla près du père Solomon, lui posa une main sur le front et commença à réciter le rite funèbre.

— Tu t'es bien conduit, dit le général à Dave n° 8. Si seulement j'en avais mille comme toi. Qu'en dites-vous, professeur-docteur ? Est-ce que c'est possible ?

La femme lui adressa un regard méprisant.

— Il vous faudrait construire une crèche plus grande. Et ensuite attendre sept ans.

— Hum. Malheureusement, le temps nous est compté, alors nous nous contenterons du contingent existant.

Après avoir lancé un dernier sourire à Dave n° 8, le général se tourna pour examiner les autres garçons.

— Nous prendrons ma navette pour regagner la Terre, professeur-docteur. Elle est moins rapide que l'appareil qui vous a amenée ici, mais cela tombe bien. Nous avons beaucoup de choses à nous dire.

Chapitre 6

Au cours de sa première nuit dans l'aile des femmes du centre de correction, Macy se fit coincer par trois détenues condamnées à de longues peines qui entreprirent de la passer à tabac. Comme elle leur résista, cela lui valut de perdre une dent et de gagner un œil au beurre noir. Une fois accompli ce rituel d'initiation, on la laissa plus ou moins tranquille et elle eut vite fait de s'habituer à la routine du lieu. Huit heures enfermée dans sa cellule, une heure d'association libre avec les autres détenus et, le reste du temps, le travail et les activités correctives : des tutoriels interactifs avec une IA experte, une thérapie de groupe censée lui faire prendre conscience de sa personnalité et de ses lacunes, et d'interminables séances personnelles où elle était obligée d'écouter les monologues barbants et narcissiques de Sasaki Tabata, une femme aux yeux morts condamnée aux travaux d'intérêt général à perpétuité pour avoir tué son amant et mangé une portion de ses fesses après l'avoir fait cuire.

Inutile de dire que le travail lui était un soulagement : trois heures par jour sur la surface, engoncée dans un vidoscaphe alourdi par les boucliers antiradiation, à ramasser des boutons de graphite sur des allées de kénobies jetées sur la glace et éclairées par des projecteurs. Une corvée sans doute considérée comme humiliante, mais Macy s'en accommodait sans peine : c'était la première fois qu'elle sortait d'À l'Est d'Éden depuis son arrivée sur Ganymède et le paysage était aussi stupéfiant que réjouissant. Les champs de kénobies – des colonies hautement organisées de nanomachines liées qui catalysaient des réactions complexes à très basse température – parsemant une plaine de glace poussiéreuse noire piquetée de petits cratères et jonchée d'éjectas, et un escarpement rocheux en dents de scie occupant tout l'horizon au nord, la paroi d'un cratère de plus de quatre-vingt-dix kilomètres de diamètre. Le disque gonflé de Jupiter flottant au-dessus de tout ça, croissant jusqu'à devenir plein puis décroissant ensuite en un cycle d'un peu plus de sept jours, immobile dans le ciel car Ganymède, à l'instar de la Lune, était en rotation synchrone avec la géante gazeuse et lui présentait toujours la même face. Au milieu de la courte nuit ganymédienne, l'ombre minuscule de la lune apparaissait sur la bande fauve qui courait sur l'équateur jovien ; lorsque Ganymède passait dans l'ombre de Jupiter pendant la brève éclipse de midi, on avait l'impression qu'un trou noir s'était ouvert dans le ciel étoilé, délimité par la faible lueur du Soleil réfractée par son atmosphère, et on voyait des tempêtes dix fois plus vastes que la Terre fouailler ses pôles avec leur foudre.

En travaillant dans les champs de kénobies, Macy apprit à se fier à son vidoscaphe, cette bulle d'air et de chaleur, et à apprécier le silence des plaines de glace de Ganymède, désolées et impitoyables, qui s'étendaient à perte de vue sous un ciel noir et sans fin, et elle connut des moments de béatitude durant lesquels sa conscience se confondait avec ses muscles, le temps se réduisait à un éternel présent, et où tout ce qui l'entourait, son scaphe encombrant qui ne cessait de siffler, de bourdonner et de cliqueter, les champs de kénobies et la plaine austère au-delà, fusionnait pour ne plus faire qu'une seule et pure expérience.

Et la vie continua. Elle dormait ou tentait de dormir dans sa cellule, supportait les monologues de Sasaki Tabata, les sermons ridicules et les exercices de correction fastidieux, et s'anéantissait dans le travail. Un jour, trois semaines après le début de sa sentence, alors qu'elle venait d'être réprimandée pour avoir admiré le paysage plutôt que d'accomplir son travail, une voix inconnue, une voix d'homme, intervint sur le canal commun.

—*Ayez un peu de cœur. Cette vue a de quoi estomaquer n'importe qui.*

— *Vous aurez tout le temps de l'admirer quand vous aurez fini votre travail*, dit le gardien. *En attendant, cessez de tirer au flanc.*

Contrairement aux prisons du Grand-Brésil, le centre de correction autorisait la mixité pendant les périodes de travail et de thérapie de groupe, ainsi qu'à la cantine et à la salle de gym ; seules les unités d'habitation étaient strictement réglementées. Plus tard ce même jour, alors que Macy dînait au bout d'une table presque vide, un homme s'assit près d'elle et dit :

—C'est bizarre, mais une planète n'est jamais aussi belle que lorsqu'elle flotte au-dessus d'un paysage. Pas mal de gens affirment que

Saturne est la plus belle de toutes, mais le spectacle de Jupiter est tout aussi grandiose, non ? Je m'appelle Newt, au fait. Newt Jones. C'est un diminutif de Newton, mais je n'y suis pour rien. Tu es Macy Minnot, je crois. On m'a dit que tu venais de la Terre. Donc, nous sommes tous les deux des étrangers, pas vrai ?

Il tendit la main, un geste curieusement désuet. Macy la serra. Il avait la peau froide et la poigne osseuse.

— Comment as-tu su qui j'étais ? demanda Macy. Dans le champ de kénobies, je veux dire.

— Le numéro de ton scaphe, répondit Newt Jones.

Il la dévisageait de façon franche et amicale. Grand et pâle, il avait un visage anguleux, adouci par un sourire candide. Macy avait du mal à estimer l'âge des Extros, mais il ne semblait guère plus vieux qu'elle. Peut-être même plus jeune d'un an ou deux.

— Tu ne savais pas que ton scaphe avait un numéro ? demanda-t-il.

— Je sais à peine par quel bout on l'enfile. Je dois être encore plus étrangère que toi.

— Oh ! ça m'étonnerait. Mon lieu de naissance est plus éloigné d'ici que la Terre.

Ainsi qu'il l'expliqua à Macy, Newt était né dans une éphémère commune de Titania, la plus grosse lune d'Uranus ; même si sa famille était retournée dans le système de Saturne après son démantèlement, s'établissant finalement sur Dioné, il se considérerait toujours comme un Uranien, une espèce des plus rare. Aux commandes d'un vaisseau appartenant à sa mère, il remorquait toutes sortes de cargaisons vers toutes sortes de destinations. Il avait gagné le système de Jupiter pour effectuer ce qu'il appelait le Grand Tour, profitant de ce que Jupiter et Saturne étaient en conjonction, il avait fait de bonnes affaires sur Callisto et sur Europe, mais il avait échoué au centre de correction d'À l'Est d'Éden après avoir été surpris à introduire dans la colonie des produits pharmaceutiques prohibés.

— Rien de grave, mais ils sont tellement puritains ! Ils parlent tout le temps de s'élever et de s'affûter l'esprit, ils se prétendent plus intelligents que tous les autres, mais ils interdisent tous les psychotropes plus puissants que la caféine et la théobromine. Dingue, non ? Tout ce que je voulais, c'est faire pétiller un peu la vie de quelques citoyens, mais ils m'ont pris la main dans le sac et ils m'ont condamné à dix jours de correction. Autant dire rien. *Nada.* Je pourrais faire ça la tête en bas. En dépit de la forte pesanteur… tu savais qu'elle était cinq fois supérieure à celle de Dioné ? Sur Dioné, on est capable de voler.

Sans déconner. Avant d'entreprendre mon Grand Tour, j'ai dû me muscler un peu en absorbant des doses de séquence promotrice et en m'imposant un régime d'exercices. Mais toi, pourquoi es-tu ici ? Tu es célèbre, tu sais, l'héroïne qui a déjoué un complot à Bifröst. Enfin, c'est ce que j'ai ouï dire. T'as dû faire un truc vraiment grave pour les énerver. Tu as tué quelqu'un ? Tu as mis des déchets en plastique dans un conteneur pour verre ? Tu as accumulé trop de kudos ? Tu as cueilli une fleur ?

— J'ai refusé de m'excuser.

— Ça ne leur a pas plu, je parie. Et de quoi fallait-il que tu t'excuses ?

— D'avoir frappé quelqu'un.

— Je suis sûr qu'il le méritait.

Macy ne put s'empêcher de sourire.

— Disons que je me suis sentie beaucoup mieux après coup.

— Si tu n'as pas envie d'en parler, on peut passer à autre chose.

— C'est surtout que je suis obligée d'en parler tous les jours en thérapie de groupe.

— J'ai dû passer par là ce matin pour expliquer ce que j'avais fait, dit Newt Jones. Quelqu'un m'a demandé si j'étais prêt à me laisser instruire par mes erreurs et j'ai répondu que oui, à condition que ça m'aide à ne pas me faire gauler la prochaine fois.

Il demanda à Macy comment elle avait échoué dans cette colonie ganymédienne et la pria de lui raconter comment elle s'était trouvée mêlée à la série de meurtres et de tentatives de sabotage qui avait amené le Grand-Brésil à se retirer du projet Biome de Bifröst. Elle était parvenue à la moitié de son récit lorsque retentit la sonnerie signalant la fin de la période d'association libre.

— On continuera demain, dit Newt tandis que Macy et lui jetaient les reliefs de leur repas dans l'unité de recyclage. Après tout, on n'a quasiment rien d'autre à faire.

Macy se surprit à attendre le lendemain avec impatience. Lorsqu'ils furent revenus des champs de kénobies, ils s'assirent ensemble à la cantine et elle termina son histoire. Newt lui posa tout un tas de questions sur celle-ci, mais aussi à propos de la vie sur Terre. Des questions appelant des réponses qu'elle connaissait par cœur à présent – comment vivaient les gens, pourquoi n'étaient-ils pas libres de se déplacer, comment se déroulait un projet de réhabilitation, à quoi ressemblaient les vastes zones à réhabiliter –, entrecoupées d'autres nettement plus surprenantes. Quelle saveur avait l'air ? Existait-il des lieux sans oxygène ? La pluie faisait-elle mal ? Était-il exact que le climat altérait les modes de pensée ? Quel effet ça faisait de dormir à la belle étoile ?

— J'ai essayé une fois, précisa Newt. Dans une bulle de plastique que j'avais installée en dehors de mon vaisseau. Pour être franc, ça m'a fichu les jetons.

— Avoir un horizon, ça doit aider, suggéra Macy.

Elle se rappela les nuits qu'elle passait dans les ruines du temps où elle appartenait au Corps de démolition. L'odeur du feu de camp, le murmure du vent traversant les frondaisons ou butant sur les murs démolis, la fraîcheur de l'air nocturne sur son visage et ses bras nus, les étoiles tournant doucement dans le ciel, la course des satellites et des spationefs au sein des constellations rigides. Cette conversation avec Newt réveilla en elle quantité de souvenirs, et avec eux resurgirent des émotions qu'elle avait quasiment oubliées. Parfois, elle avait le mal du pays ; ce n'était pas aussi déprimant qu'au tout début de son exil, mais c'était quand même violent.

Ils parlèrent une heure chaque soir pendant cinq jours d'affilée. Amusé par les histoires qu'elle lui racontait à propos de la Terre, Newt s'efforça de l'étonner en grossissant le trait quand il évoquait son existence de caboteur spatial allant de lune en lune. Elle se sentait à l'aise avec lui, comme si elle l'avait connu toute sa vie. Il n'était pas vraiment beau et elle le jugeait trop décharné à son goût, mais il était aimable, drôle et décontracté.

Il ne comprenait pas pourquoi Macy était coincée dans À l'Est d'Éden. Qu'est-ce qui l'empêchait de partir ailleurs une fois sa peine accomplie ? À l'en croire, le travail ne manquait pas pour une personne calée en écologie microbienne. Elle pouvait assurer la maintenance de fermes municipales et d'habitats, activer de nouvelles oasis...

— Tu n'as qu'à choisir, résuma-t-il.

— Il faut d'abord que je persuade la cité de me laisser partir.

— Ils ne tiennent pas vraiment à ce que tu restes, et tu n'en as pas envie toi non plus. Où est le problème ?

— Question de politique. Les gens de Bifröst n'ont pas renoncé à l'idée d'un accord avec le Grand-Brésil. Je représente un grain de sable dans leur belle machine, alors ils m'ont exilée ici. Pour évacuer le problème. Et ils ne tiennent pas à ce que je me balade n'importe où, je risquerais de leur causer des ennuis.

— Tu le ferais ?

— Les ennuis, j'en ai assez vu pour le restant de mes jours.

— Eh bien, dis-le-leur. Dis-leur que tu veux partir tellement loin de Bifröst qu'ils n'entendront plus jamais parler de toi.

— Dans le système de Saturne, tu veux dire.

— Pourquoi pas ?

— Parce que je ne sais pas si je suis prête à sauter le pas.

Macy s'efforça d'expliquer sa situation à Newt : quitter À l'Est d'Éden pour s'éloigner davantage de la Terre, ce serait peut-être renoncer à la possibilité d'un retour.

— Le Grand-Brésil ne veut plus me voir, sauf si je suis enchaînée. Mais les choses peuvent changer. Et dans le cas contraire, eh bien, le Grand-Brésil n'est pas la seule nation sur Terre à s'être dotée d'un programme spatial.

— Tu retournerais sur Terre si tu le pouvais, mais tu ne le peux pas pour le moment ?

— En gros, c'est ça.

— Alors en attendant que les choses évoluent selon tes souhaits, pourquoi tu ne t'amuserais pas un peu ? lança Newt.

Le lendemain, un gardien vint voir Macy alors qu'elle ôtait son vidoscaphe à l'issue d'une séance de travail dans les champs de kénobies et lui apprit que sa peine avait été commuée.

— Qu'est-ce que ça veut dire, « commuée » ?

— Ça veut dire qu'il y a quelqu'un qui t'apprécie beaucoup plus que moi, car je ne pense pas que tu aies mérité cet honneur. Ça veut dire que tu regagnes ta cellule et que tu fais tes bagages, et sans traîner. Il y a un bus qui t'attend pour te ramener chez toi.

Macy repéra Newt parmi les détenus occupés à ranger leur vidoscaphe et lui annonça la nouvelle.

— J'irais bien te voir une fois sorti d'ici, mais je me ferais arrêter aussi sec, lui dit-il. Ils m'ont interdit d'entrer dans leur bled de merde, de crainte que je corrompe la jeunesse. Mais tu me trouveras sur la toile. C'est facile, tu n'as qu'à chercher le nom de mon vaisseau. *Éléphant.*

— *Éléphant ?*

— D'après la célèbre bête de somme. Il n'y en a plus sur Terre ?

— Je ne sais pas. C'est une espèce disparue, je crois.

— Nous, on en a, mais ils sont tout petits. Des miniatures hautes comme ça, dit-il en immobilisant sa main un mètre au-dessus de la table. C'est un beau vaisseau. Tu ne peux pas le louper.

— Je te reparlerai quand tu seras sorti.

— Tu as intérêt.

Suivit un moment délicat, où ils auraient pu s'étreindre et même s'embrasser, mais le gardien dit à Macy que le bus ne l'attendrait pas éternellement, qu'elle avait intérêt à se grouiller.

— Rappelle-toi ce que je t'ai dit, lança Newt. Amuse-toi un peu. Mais n'oublie pas que c'est illégal dans À l'Est d'Éden.

Durant le long trajet en bus, où elle se retrouva enfermée dans une cabine sans hublot, Macy eut tout le temps de réfléchir à la saillie de Newt. Une chose était sûre : elle ne regrettait pas d'avoir frappé Jibril. Et elle était prête à recommencer si le cosmétange lui cherchait de nouveau querelle. Autre certitude : tous les habitants de la colonie sauraient d'où elle venait, et pour quelle raison, et elle ne pouvait que serrer les dents et attendre que l'orage soit passé. Donc, lorsqu'elle arriva enfin au Lot de Lot, elle fonça droit au réfectoire et, ne prêtant aucune attention aux regards qu'on lui jetait, s'assit au comptoir du café de Jon Ho et lui commanda un *espresso* avec une goutte de brandy.

— Tu ne t'es pas arrêtée chez toi ? demanda Jon.

— Ton café me manquait davantage que ma piaule, on dirait.

— Ce serait une bonne idée d'aller y faire un tour. Et, à mon grand regret, je dois te rendre ceci.

Jon posa sur le comptoir la bouteille de brandy aux cerises à moitié vide sur laquelle était collée une étiquette avec le nom de Macy.

— Qu'est-ce qui se passe ?

Jon refusait de la regarder en face.

— Je crois que tu ferais mieux d'aller faire un tour chez toi.

Quelqu'un l'attendait devant la porte de son appartement. C'était Junpei Smith, la gardienne de la paix du Lot de Lot. Elle aussi n'arrivait pas à la regarder en face, et elle était au regret de lui dire que le conseil du village avait soulevé lors de sa dernière réunion le problème de sa résidence en période probatoire et avait voté en sa défaveur.

Macy mit un peu de temps à comprendre qu'on venait de l'expulser. Le rouge aux joues, Junpei l'autorisa à entrer afin qu'elle emballe quelques souvenirs, après quoi Macy la pria de stocker le reste de ses possessions dans un garde-meuble et s'en fut, les sangs échauffés par cette humiliation. Parvenue au village voisin, elle s'arrêta dans un café en bord de lac, sirota une tasse de thé vert et décida de ne pas demander l'aide d'Ivo Teagarden, ne souhaitant pas l'entendre prononcer un sermon sur les rouages de la société et la nécessité de son intégration à celle-ci. Elle ne voulait pas être intégrée. Elle voulait retrouver sa vie d'avant. Son indépendance. Elle appela l'administration des fermes, sachant qu'elle gardait tout le temps deux ou trois chambres pour les visiteurs. C'est ainsi qu'elle apprit qu'elle avait aussi perdu son emploi. Même topo : une discussion en son absence, un vote défavorable à sa cause. Si elle voulait retrouver son job, il lui faudrait faire à Jibril des excuses en bonne et due forme.

Son châtiment n'avait pas pris fin : loin de se limiter au centre de correction, il débordait à présent sur tous les aspects de sa vie.

Elle acheva son thé vert, se versa un doigt de brandy aux cerises et s'autorisa quelques minutes d'apitoiement sur soi à la sauce mélo, puis elle appela Ivo Teagarden pour arranger un rendez-vous. Non pour lui demander conseil mais pour lui soumettre une requête.

Il arriva quelques minutes plus tard et, dès qu'il se fut assis en face d'elle, elle lui dit qu'elle souhaitait partir.

— Voilà qui est inattendu.

— Je ne pense pas. J'ai perdu mon travail et mon domicile. Plus rien ne me retient ici.

Ivo Teagarden plissa les lèvres et réfléchit. Cet Extro de la deuxième génération avait quatre-vingt-douze ans mais en paraissait à peine cinquante ; c'était un homme un peu vain et affecté, avec une crinière de cheveux noirs et une barbe noire taillée en éventail, vêtu comme à son habitude d'une tunique lui arrivant aux genoux et portant autour du cou un collier de pierres taillées à la main et de billes de bois.

— J'espérais que vous auriez changé d'attitude durant votre absence, déclara-t-il. J'espérais que vous auriez appris quelque chose sur vous-même et sur la vie dans notre communauté.

— C'était donc ça, le but ? Me donner une leçon ?

— Le but était de vous aider à vous comprendre vous-même et à comprendre votre rôle dans notre communauté.

— Pour ce qui est de ce dernier point, je pense en avoir une idée très précise.

— Il vous est facile d'améliorer les choses, dit Ivo.

— En m'excusant à Jibril ? Il n'en est pas question. Je préfère retourner en prison.

— Cela n'a rien à voir avec Jibril, Macy. Un de vos vieux amis va bientôt visiter notre ville. Loc Ifrahim.

Ivo attendit une réaction de Macy. Comme aucune ne venait, il reprit :

— M. Ifrahim déclare vouloir nous rendre visite afin de nous convaincre qu'il serait vertueux pour nous de commercer avec le Grand-Brésil. Nous le soupçonnons d'avoir d'autres intentions et nous souhaiterions découvrir lesquelles.

Macy comprit soudain pourquoi on avait commué sa peine.

— Vous voulez que je fasse le sale boulot à votre place. Si je réussis, je récupérerai mon job et ma piaule.

— Je ne peux rien vous garantir sur ce point, Macy. Cela est du seul ressort des résidents de votre village et de vos collègues de travail. Mais, si vous nous aidez, je veillerai à ce qu'ils en soient informés.

— Vous savez déjà que ce type est un espion. Vous n'avez pas besoin que je vous le confirme.

— Nous voulons savoir ce qu'il espère découvrir sur nous. Si nous avons une idée de ce qui l'intéresse, cela nous aidera à déterminer ses intentions mais aussi celles de ses maîtres. Et une telle information serait d'une grande utilité à l'ensemble du Système extérieur.

— Je découvre ce qu'il mijote et c'est vous qui vendez l'info. Pardon : vous allez la donner pour rien, ou alors pour des kudos.

— Votre remarque est grossière.

— Mais fondée, ne le niez pas. Et si je refuse de coopérer ?

— Nous sommes une petite communauté qui ne peut survivre qu'à condition de préserver son harmonie. De temps à autre, si l'on veut éviter un conflit, il est nécessaire que l'individu se sacrifie pour le bien commun. Dans le cas présent, le sacrifice n'est guère pénible, n'est-ce pas ? En fait, vous pourriez le considérer comme une sorte de rédemption. Une chance de racheter votre orgueilleux entêtement. (Cela dit, Ivo écarta sa chaise de la table et se leva.) Je n'attends pas de vous que vous vous décidiez tout de suite. Réfléchissez, Macy. Réfléchissez bien, mais ne tardez pas à vous décider. M. Ifrahim arrivera ici dans deux jours à peine.

Macy fit une longue promenade dans l'étroit parc d'À l'Est d'Éden, traversant une oliveraie et des prés constellés de fleurs où paissaient moutons et lamas, contournant un chapelet de mares et longeant les groupements d'immeubles résidentiels sous leurs coquilles protectrices, la bibliothèque, le théâtre. Elle ne pensait pas que le harcèlement de Jibril, le procès, le centre de correction… que tout cela avait été ourdi pour la forcer à coopérer. Plus probablement, se dit-elle, Ivo Teagarden et ses complices avaient appris la prochaine visite de Loc Ifrahim après qu'on l'eut envoyée au centre de correction et ils s'étaient arrangés pour qu'elle soit libérée, mais privée d'emploi comme de domicile, à seule fin de l'obliger à accomplir leur volonté. Sur Terre, au Grand-Brésil, les autorités lui auraient proposé une alternative bien plus tranchée : obéir aux ordres ou souffrir les conséquences. Ivo Teagarden et ses complices se croyaient moralement supérieurs aux Terriens. Il n'était pas dans leur nature de contraindre leur prochain à agir contre sa volonté, ni de le menacer de quoi que ce soit. Mais, d'un autre côté, ils ne faisaient aucune confiance à Macy. Ils ne pouvaient être sûrs qu'elle accepterait de les aider. Ils avaient donc conçu un piège pourvu d'une seule issue, se convainquant au passage qu'ils agissaient ainsi pour son bien. Qu'ils lui offraient un moyen d'échapper aux conséquences de sa propre stupidité.

Cela ne rendait pas leur entreprise plus ragoûtante – en règle générale, elle préférait la franche brutalité aux manipulations hypocrites – et, plus elle y pensait, plus elle sentait monter sa colère. Une colère qui n'était dirigée ni contre Ivo Teagarden, ni contre Jibril, mais bien contre elle-même. Comme elle avait été naïve ! Elle n'avait pas vu que jamais elle ne serait acceptée par À l'Est d'Éden et ses citoyens. Elle n'avait pas compris que cette ville était une prison depuis le début, que son appartement était une cellule comme celle du centre de correction, la déco en plus.

Elle pouvait soit rester ici et faire ce qu'ils voulaient, soit rester ici et refuser de collaborer puis accepter les conséquences. Dans les deux cas, elle passerait le restant de ses jours enterrée dans ce trou. À moins qu'elle trouve le moyen de s'évader.

Quitter Ganymède ne devrait pas poser de problème. Elle était sûre que Newt Jones l'y aiderait une fois libéré, ne serait-ce que pour le plaisir de faire un pied de nez aux bons citoyens d'À l'Est d'Éden. Mais quitter la ville, c'était une autre histoire. Newt ne pouvait pas y entrer et elle ne pouvait pas en sortir. Par ailleurs, si elle tentait de le contacter, elle se ferait sûrement repérer par une IA, qui transmettrait l'info à Ivo Teagarden. Elle n'osait même pas consulter la toile pour obtenir des renseignements sur son vaisseau.

Et il fallait aussi penser au timing, question délicate s'il en était. Lorsque Loc Ifrahim arriverait, Newt serait encore incarcéré ; avant de songer à élaborer un plan d'évasion, Macy devrait dire à Ivo Teagarden qu'elle acceptait de collaborer avec lui. Si jamais elle s'y refusait, elle était sûre qu'on la renverrait aussitôt en tôle…

Elle se retrouva au nord de la ville, dans le parc-cimetière commun à toutes les cités et colonies extros, où tous les composants utiles des défunts – carbone, azote, phosphore, et cætera – réintégraient le cycle éternel de l'écosystème ; les cadavres étaient dissous par hydrolyse alcaline et leurs fluides évaporés puis transformés en une poudre que l'on répandait autour des jeunes pousses lors de cérémonies dédiées.

Le parc était une étroite vallée paisible, occupée par un lac bordé de coteaux boisés, dans l'enceinte de laquelle toute vidéosurveillance était interdite, à l'instar de la zone franche de Bifröst. C'était par là que Newt s'était introduit en ville pour y fourguer ses produits illicites, mais Macy ignorait lequel des six sas il avait utilisé, ni comment il avait berné l'IA qui les contrôlait ; elle aurait dû lui poser la question en prison. Mais le fait qu'il ait joué ce tour aux autorités suffisait à lui redonner espoir. S'il avait pu entrer, elle pouvait sortir.

Elle grimpa parmi des alignements de pins pour arpenter l'étroite bande dégagée qui séparait les plantations d'arbres de la base du toit, qu'on avait peint d'un bleu printanier. L'atmosphère était chaude. Des papillons tournoyaient autour d'un buisson en fleur. Des lapins blancs bondissaient dans l'herbe drue. Macy passa devant chacun des sas, enchâssés dans un rocher factice à l'extrémité d'une ravine sablonneuse, examinant le terrain alentour et recensant les sentiers, les combes et les crêtes, bref les cachettes possibles. Elle redescendit au fond de la vallée, traversa le lac sur une élégante passerelle pour examiner l'autre versant de la vallée, puis descendit dans une combe herbeuse entourée de bouleaux argentés, son coin préféré, et resta un long moment à passer ses options en revue.

Puis elle retourna dans la section centrale d'À l'Est d'Éden, chaussa ses bésiks et appela Ivo Teagarden pour lui dire qu'elle allait faire ce qu'on lui demandait.

— *Tant que vous agissez de votre propre volonté, je suis ravi.*

— Oui, c'est mon choix, en effet.

— *Bien. Vous comprendrez, j'espère, que votre situation doit demeurer inchangée pour le moment.*

— Loc Ifrahim doit savoir que je suis dans la merde. Il pensera que je n'ai pas d'autre choix que de collaborer avec lui.

— *Vous avez parfaitement compris, Macy. Retrouvons-nous quelque part. Nous avons beaucoup de choses à mettre au point.*

Plus tard dans la soirée, Macy retrouva trois des *refuzniks* dans une station de pompage sous le lac du parc-cimetière. Un lieu oublié de tous où personne ne venait jamais. L'idéal pour un rendez-vous clandestin, froid et humide à souhait : des flaques sur le sol de béton, des conduites ventrues exsudant l'eau, des graffitis luminescents qui se tortillaient sur les murs, tels des nœuds de vipères et de scorpions. Une fois que Macy eut exposé ses souhaits, Sada Selene, la chef des *refuzniks*, haussa les épaules et demanda :

— C'est tout ?

— Pour moi, c'est déjà beaucoup.

Les *refuzniks* s'isolèrent dans un coin et palabrèrent quelques minutes. Puis Sada revint auprès de Macy et déclara :

— On garde les droits vidéo.

— Pourquoi pas ?

Macy n'avait même pas envisagé que son évasion puisse intéresser quiconque.

— On en retirera sûrement quelque chose, expliqua Sada en jubilant. Ça va être un pied d'enfer.

Macy lui rendait une bonne cinquantaine de centimètres, mais la jeune fille n'avait que quinze ans et faisait montre de l'enthousiasme et de l'assurance d'une personne n'ayant jamais eu à subir de revers de sa vie. Macy doutait déjà de son sérieux – le choix de ce lieu de rendez-vous traduisait une tendance au mélodrame et prouvait qu'elle ne mesurait pas la gravité du problème – et craignait que Sada et ses amis l'embarquent dans une aventure qui ne ferait qu'aggraver sa situation.

— Passons aux détails pratiques, dit-elle. Persuade-moi que tu peux vraiment m'aider.

Ensuite, elle n'avait plus qu'à attendre l'arrivée de Loc Ifrahim. Elle se trouva une chambre dans l'un des dortoirs de la colonie réservés aux visiteurs et passa le plus clair de son temps dans les cafés de divers villages, ignorant ostensiblement les regards appuyés des autres clients. Tout le monde savait qu'elle n'avait plus ni piaule ni boulot, supposait-elle, et qu'elle s'en foutait. À un moment donné, elle s'aperçut qu'un drone lui filait le train, mais elle ne vit ni Jibril ni ses acolytes. Le soir de son deuxième jour d'exil intérieur, elle trouva Loc Ifrahim assis en tailleur sur son lit pliant en ouvrant la porte de sa misérable chambre. Il la toisa de la tête aux pieds et déclara qu'elle avait l'air en parfaite santé.

— Bien plus en forme que dans ces vidéos auxquelles vous avez participé contre votre gré. La prison vous a fait du bien.

— On n'appelle pas ça la prison par ici.

— Mais c'en est quand même une, pas vrai ? On vous a tabassée, si j'ai bien compris.

— J'ai rendu les coups que j'ai reçus.

Macy se demanda comment il était au courant. Son calme la surprenait elle-même. Elle referma la porte et s'y adossa, car la pièce était si petite qu'elle ne savait pas où se mettre à présent que le lit était occupé.

— Est-ce qu'ils vous ont libérée parce que vous n'étiez plus en sécurité là-bas ? Ou parce qu'ils ont eu pitié de vous ?

Loc Ifrahim était vêtu d'une tunique noire et d'un pantalon jaune canari. Ses cheveux étaient toujours réunis en tresses ornées de perles, son sourire était plus éclatant que jamais.

— Ils m'ont libérée parce qu'ils savaient que vous souhaiteriez me parler, répondit Macy. Parce qu'ils voulaient que je découvre la raison de votre présence ici.

— Dans ce cas, vous pouvez leur dire que nous avons joué franc-jeu. Il s'agit d'une simple mission d'information. Croyez-le ou non, nous sommes toujours décidés à faire des échanges commerciaux avec les Extros. Quant à cette prise de contact avec vous, disons que j'ai un peu de temps libre et que je tenais à assister une citoyenne du Grand-Brésil en difficulté dans un pays étranger. Une citoyenne ayant souffert d'une grave humiliation publique. Si vous pensez que je peux vous venir en aide, je serai ravi de m'entretenir avec l'administration qui vous est hostile.

— Oui, ça vous permettrait de comparer vos méthodes, répliqua Macy. Quelle est la véritable raison de votre présence, monsieur Ifrahim ? Je suis sûre que vous n'êtes pas venu ici uniquement pour nouer des liens et collecter des données.

Loc Ifrahim la fixa des yeux un moment puis lui dit de se débarrasser de ses bésiks.

— Elles ne sont pas activées. Voyez vous-même, dit Macy en les lui tendant.

Loc Ifrahim les saisit, se leva, ouvrit la porte, les jeta dans le couloir, referma la porte et se rassit.

— On m'a fourni exactement les mêmes. Elles contenaient un mouchard permettant de me localiser et d'écouter mes transmissions.

— Vous plaisantez.

— Absolument pas. Ces gens-là ne sont guère subtils. Maintenant, expliquez-moi comment les bons citoyens d'À l'Est d'Éden vous ont piégée et ce qu'ils attendent de vous. Ne vous inquiétez pas : ils vous ont équipée de mouchards, mais ils ont oublié d'en faire autant pour ce trou où vous logez.

Macy lui fit un compte-rendu aussi concis que possible, ce qui sembla lui plaire.

— Ils vous ont demandé d'implorer mon aide et de me trahir une fois que je vous l'aurais accordée. Une initiative compréhensible quoique simpliste et transparente. Mais avez-vous choisi de les trahir en m'en avisant ?

— Je n'aime pas qu'on se serve de moi. Vous le savez.

— Je sais que vous finirez par pourrir ici si vous ne choisissez pas votre camp, Macy. Ils trouveront tôt ou tard une excuse pour vous renvoyer dans ce « centre de correction ». Et vous y finirez vos jours. Vous y crèverez, oubliée de tous. À moins que vous décidiez de m'aider, ce qui me permettra de vous aider en retour.

— Vous voulez que je travaille pour vous tout en faisant semblant de travailler pour À l'Est d'Éden.

— Ne précipitons pas les choses. Je vous reverrai très bientôt, Macy. Et, à ce moment-là, j'espère que vous aurez pris le temps de répondre à quelques questions. Tenez.

Loc Ifrahim se leva et lui donna une dataiguille.

— Qu'est-ce que c'est ? Une mise à l'épreuve ?

— Exactement.

Et, cela dit, il s'éclipsa.

La dataiguille contenait une liste de questions anodines sur À l'Est d'Éden et une vingtaine de pages extraites d'un forum et portant sur la présence brésilienne dans le système de Jupiter. « Quand nous nous reverrons, disait la note attachée au fichier, dites-moi quels sont les commentaires qui vous semblent importants. »

Lorsque Macy eut résumé sa rencontre avec Loc Ifrahim et les desiderata de celui-ci, Ivo Teagarden lui prit la dataiguille afin de la faire analyser.

— Je vous la rendrai ce soir, et vous pourrez appeler M. Ifrahim pour convenir d'un nouveau rendez-vous. Cette fois-ci, je pense, il vous révélera ses véritables intentions.

Elle appela Loc Ifrahim et prit rendez-vous pour le lendemain. Puis, après qu'Ivo Teagarden lui eut restitué la dataiguille, déclarant que rien de ce que le diplomate souhaitait savoir n'était frappé du sceau du secret et lui donnant carte blanche pour répondre à ses questions, elle retrouva Sada Selene dans le parc-cimetière et lui déclara de but en blanc que ses bésiks étaient compromises, du moins à en croire Loc Ifrahim.

— Je suis navrée. Apparemment, je vais devoir prendre d'autres dispositions. Ou bien renoncer complètement.

— Ce diplomate, c'est en fait un espion. N'est-ce pas ?

— Plus ou moins.

— Donc, il est possible qu'il t'ait menti en parlant de mouchard. Et même s'il disait vrai, rien ne prouve que quelqu'un nous écoutait. Ni même qu'on *pouvait* nous écouter, d'ailleurs. Il n'y a pas un seul relais là où nous nous sommes retrouvés. C'est pour ça que nous avons choisi cet endroit.

—Ce mouchard ne dépend pas du réseau téléphonique. Et même s'il ne pouvait rien transmettre sur le moment, il a sûrement enregistré notre conversation en vue d'une transmission ultérieure. Nous devons supposer qu'ils sont au courant de tout, Sada.

—Eh bien, ce n'est pas un problème. Il existe plus d'une façon de sortir de la ville.

—Si je dois agir, il vaut mieux que j'agisse seule.

—Pour ne pas nous attirer des ennuis ? Il est un peu tard pour avoir de tels scrupules.

—Pour ne pas vous attirer de *nouveaux* ennuis.

—Décidément, tu ne comprends rien à rien !

Macy fut surprise par la véhémence de Sada. Elles s'étaient retrouvées dans la petite combe bordée de bouleaux argentés. La jeune *refuznik* se leva d'un bond pour faire les cent pas. Vêtue d'un justaucorps blanc, avec sa peau blafarde et ses cheveux décolorés coupés ras, elle ressemblait à un spectre maigrelet.

—Tu me considères comme une gamine, je le parierais. Eh bien, détrompe-toi. J'ai quinze ans sonnés. Ainsi que tous mes amis, tous ceux qui veulent t'aider. Excepté dans ce trou, la majorité légale est fixée à quatorze ans. Partout ailleurs, nous serions traités comme des adultes et non comme des enfants. Alors ne va pas croire que tu nous exploites, Macy, ni que tu nous mets en danger. Nous ne courons *aucun* danger, du moins aucun danger réel. Car les autorités nous considèrent comme des gamins. Et nous savons exactement ce que nous faisons, nous avons de bonnes raisons pour t'aider et jamais tu ne t'en sortiras sans notre aide. (Sada se planta devant Macy et lui jeta un regard noir.) Tu ne sais pas grand-chose, mais tu sais que je dis *vrai*. N'est-ce pas ?

Macy éclata de rire et secoua la tête.

—Je suis mortellement sérieuse, ajouta Sada.

—Je n'en doute pas. Quand je me suis enfuie de chez moi, j'étais presque aussi jeune que toi. Et c'était une décision mortellement sérieuse. Mais je n'ai mis personne en danger excepté moi-même.

—Personne ne courra le moindre danger si nous procédons avec rigueur, décréta Sada. Mettons les choses au point dès à présent.

Elles passèrent quelque temps à élaborer divers plans de fuite. Toujours aussi sérieuse, Sada assura Macy que ses amis et elle auraient pris les dispositions nécessaires dès le lendemain et qu'elle veillerait personnellement à ce que Newt soit informé du changement de plan après sa libération.

—Au fait, vous êtes amoureux, tous les deux ? Ça ferait une histoire plus palpitante.

—Je pense qu'il est amoureux de la possibilité d'avoir une aventure.

—Tant pis, ça fait quand même une belle histoire.

—À condition que tout se passe bien.

—Ne t'inquiète pas pour ça. Dis-toi que je sais tout et que tu ne sais rien.

—Il y a autre chose.

Macy lui exposa l'idée qu'elle avait eue à propos des bésiks.

—Ça ne les trompera pas très longtemps, l'avertit Sada.

—Assez pour me combler, du moins je l'espère, répondit Macy. Et puis, c'est une question de principe.

Chapitre 7

Lorsque Macy Minnot dit à Loc Ifrahim qu'elle avait rempli son questionnaire, il lui suggéra de se retrouver chez elle le lendemain à 10 heures du matin. Et se pointa avec une heure d'avance, histoire de la déstabiliser et de lui faire sentir que sa docilité ne lui inspirait que du mépris. Il ne pensait pas qu'elle lui apprendrait quoi que ce soit d'utile, naturellement ; elle n'avait pas manqué d'aviser ses amis extros qu'il avait tenté de la recruter et ils chercheraient sûrement à lui refiler des renseignements bidons par son intermédiaire. Mais la mission qu'il s'était donnée ne relevait pas du renseignement : il était ici pour mener une vie impossible à cette petite salope et la punir des ennuis qu'elle lui avait causés à Bifröst, et aussi pour lui montrer que jamais elle n'échapperait aux conséquences de sa trahison. Il avait déjà tiré profit de l'attitude de Jibril à son égard, communiquant au cosmétange des détails croustillants sur son passé, et il était bien décidé à jouir au maximum de son humiliation, voire à lui pourrir totalement la vie avant de repartir.

Sauf qu'elle n'était pas dans sa chambre, dont ses vêtements, son ardoise et autres objets personnels avaient également disparu. Loc allait ressortir lorsque la porte s'ouvrit sur Ivo Teagarden, le tuteur de Macy.

— Qu'avez-vous fait d'elle ? lui demanda le vieil homme, nullement surpris de le trouver ici.

— Rien. J'allais vous poser la même question.

— Elle m'a appelé. Elle semblait troublée et m'a demandé de venir ici…

Loc sentit l'inquiétude le gagner.

— Peut-être devriez-vous la localiser avec le mouchard que vous avez planqué dans ses bésiks.

—Je ne vois pas en quoi son sort vous intéresse.

—Ne soyez pas stupide. Vous savez exactement de quoi il retourne. Après tout, notre intérêt est le même.

Ivo Teagarden le fixa en cillant, éprouvant quelques difficultés à suivre son raisonnement. Comme tous les Extros, il n'avait pas l'habitude du franc-parler. S'il n'en avait tenu qu'à lui, se dit Loc, ils auraient passé une demi-heure à échanger des banalités en évitant scrupuleusement le sujet essentiel.

—Elle m'a demandé de venir ici et elle vous a demandé la même chose, reprit Loc, parlant comme s'il s'adressait à un enfant demeuré. Elle s'est jouée de nous. Elle s'est assurée que nous serions ici pendant qu'elle filerait ailleurs. Donc, nous devons découvrir au plus vite où elle se trouve et ce qu'elle fait.

Ivo Teagarden chaussa ses bésiks avec une lenteur horripilante puis glissa sa main gauche dans un gant et esquissa un arpège dans le vide.

—Elle est au parc-cimetière, dit-il au bout d'un temps.

—Vous la voyez ?

—Il n'y a pas de caméras dans ce parc, par respect pour nos défunts et pour leurs proches, répondit Ivo Teagarden. Hum. Elle ne répond pas au téléphone.

—Il n'y a pas de caméras, donc vous l'avez repérée grâce au mouchard de ses bésiks et à lui seul. Ne cherchez pas à nier, mais répondez à cette question : comment êtes-vous sûr que c'est bien elle ? Et si elle avait refilé ses bésiks à un complice ?

—Pourquoi aurait-elle fait cela ?

—Parce qu'elle cherche à s'enfuir et souhaite vous persuader qu'elle se trouve dans ce parc alors qu'elle est ailleurs.

—Elle prévoyait de fuir par l'un des sas du parc-cimetière. Si elle essaie, elle va avoir une surprise. Leurs IA n'autorisent personne à les ouvrir en l'absence de superviseur humain. Mais peut-être devrais-je envoyer sur place des gardiens de la paix. Si elle a vraiment donné ses bésiks à un complice, ils pourront interroger celui-ci…

—Sauf qu'il n'aura aucune idée de l'endroit où elle se trouve. Demandez à vos IA de se lancer à sa recherche. Exploitez les données recueillies par tous les drones et toutes les caméras fixes de ce trou perdu.

—Et pourquoi devrais-je obéir à vos ordres ? se rebiffa le vieil homme.

— Parce qu'elle nous a bernés tous les deux, répliqua Loc. Parce que je préfère vous aider que de laisser fuir Macy Minnot.

Elle lui avait déjà échappé une fois. Pas question qu'elle récidive. Il voulait qu'elle reste coincée jusqu'à la fin de ses jours dans cette ville-prison. Sentant l'impatience monter en lui, le consumant comme une mèche lente, il lança au vieil homme :

— Dépêchez-vous, bon sang ! Il ne faut pas la laisser filer.

Macy traversait la zone industrielle de la ville, longeant des ateliers, des raffineries, des bunkers, des usines de recyclage, des citernes et des dépôts de matériau brut… le tout massé de part et d'autre d'un boulevard central bordé de murs incurvés avec un plafonnier ininterrompu à leur jonction. Elle portait un justaucorps isolant sous une combi trop grande pour elle. Un sac de voyage était passé sur son épaule. Elle s'efforçait d'adopter une allure aussi banale que possible, un peu inquiète depuis qu'elle avait constaté que Sada avait dépêché le benjamin des *refuzniks* pour récupérer ses bésiks plutôt que de se charger elle-même de cette tâche.

Tous les types de robots s'affairaient autour d'elle, du camion géant à la machine trapue de la taille d'une poubelle. Certains étaient équipés d'une grue ou de fourches élévatrices, d'autres de bras articulés, auxquels s'adaptaient des pinces et des fers à souder, tous se déplaçaient avec assurance d'un bâtiment à l'autre, actionnant leur gyrophare pour le bénéfice des quelques humains travaillant dans les parages. Macy prit un raccourci entre les ateliers, apercevant des ouvriers occupés à défourner des céramiques, d'autres à faire tourner une masse d'argile sur une roue, d'autres encore à verser du verre fondu dans un moule creusé dans le sable, à marteler un bout de métal sur une enclume. Personne ne lui prêtait attention et elle y vit un bon présage, se morigénant aussitôt pour cette réaction superstitieuse. Soit elle pourrait passer par le sas, soit elle ne pourrait pas. Le gosse qui avait récupéré ses bésiks et lui avait confirmé que Newt Jones avait été libéré ce matin à 8 heures comme prévu… soit il avait dit la vérité, soit il avait menti. Soit Newt viendrait au rendez-vous, soit il ne viendrait pas. Rien de ce qu'elle verrait en chemin ne pourrait influer sur ces aléas.

Passé les ateliers, un chemin de desserte courait au pied d'une rampe d'accès en matériau composite. À deux cents mètres de là se trouvait le sas que Sada et ses amis étaient censés avoir saboté pour lui ouvrir le passage. Macy fit halte pour laisser passer un robot chargé de pièces promises au rebut, puis traversa le chemin… et c'est à ce moment-là qu'un drone se laissa choir des hauteurs pour s'immobiliser devant elle et que Jibril et ses deux acolytes émergèrent du tunnel.

— Tu as pu embobiner M. Teagarden, mais moi, tu ne m'as pas eu, lança le cosmétange.

— Je ne cherche à embobiner personne.

Les deux acolytes de Jibril affichaient un sourire identique au sien ; vêtus tous les trois d'une tenue paramilitaire d'un noir absolu, illes ressemblaient à des mannequins sortis du même moule.

— Nous te plaçons en état d'arrestation, conformément au pouvoir que nous confère notre statut de citoyen, dit Jibril en braquant sur elle ce qui ressemblait bien à un pistolet. Ne cherche pas à résister. J'adorerais me servir de ce joujou.

— J'adorerais te voir essayer, répliqua Macy.

Elle était adossée au mur en matériau composite d'un entrepôt. Un camion-robot se dirigeait vers elle sur le chemin de desserte. Quand il passerait à son niveau, elle disposerait de deux secondes pour fuir en direction des ateliers et trouver une autre sortie…

Mais Jibril avait également aperçu le camion. Le cosmétange traversa la chaussée, ses deux acolytes sur les talons.

— Cours si ça te chante, Macy, tu ne nous échapperas pas. La ville n'est pas grande et elle nous appartient. Vas-y, cours. On va bien s'amuser à te traquer. Cela ne fera que parachever la vidéo de ton humiliation. Nous allons créer une authentique œuvre d'art.

Le camion-robot ralentit et s'arrêta devant eux. C'était un transporteur bas sur roues, pourvu d'un gros capteur noir qui saillait de sa coque comme une corne de rhinocéros, d'une capsule de bronze sur son plateau et d'un bras multifonctions fixé à l'arrière de celui-ci. Ce bras pivota soudain, aussi vif que celui d'une mante religieuse. On entendit un crépitement sourd et les trois cosmétanges se retrouvèrent à terre, gigotant dans le filet aux mailles d'acier que venait de lancer le fusil tenu par les manipulateurs du robot.

Un mouvement à l'intérieur de la capsule. C'était Sada Selene, qui ouvrait une écoutille et faisait signe à Macy de la rejoindre. Macy monta d'un bond sur le plateau et s'exécuta, après quoi Sada referma hermétiquement l'écoutille. Elle avait enfilé un vidoscaphe blanc auquel ne manquait que le casque. Une paire de bésiks dissimulait ses yeux. Elle s'assit en tailleur, baissa le bras d'un geste sec, et le camion-robot se remit en route, prenant la direction du boulevard central.

— Apparemment, il y a eu un changement de plan, commenta Macy.

Blottie au fond de la capsule, elle observait les environs grâce à la coque analogue à un miroir sans tain. Personne ne semblait leur filer le train.

— Mon plan a toujours été le même, répondit Sada.

Elle ne cessait d'agiter ses mains gantées, pilotant le camion par l'intermédiaire de ses bésiks. Un sac de voyage bourré comme un cocon gisait à ses pieds. Derrière elle était posé un vidoscaphe soigneusement plié.

— Comment savais-tu que les cosmétanges m'avaient suivie ?

— Parce que nous les suivions nous aussi. Pour des créatures qui se croient au sommet de l'évolution, illes sont vraiment stupides. La vidéo de ton évasion sera pour illes l'humiliation suprême. Tu as vu la tête qu'illes faisaient quand illes ont compris qu'on les avait pris dans un filet antiémeute ?

— Illes vont te causer tout un tas d'ennuis, dit Macy.

Sada s'esclaffa.

— Ça m'étonnerait. J'ai décidé de t'accompagner. Ton petit copain a accepté de m'emmener dans le système de Saturne.

— Ce n'est pas mon petit copain. Et il n'a le droit de t'emmener nulle part.

— Ça fait des années que j'ai envie de quitter ce bocal à poissons rouges. Il ne se passe jamais rien ici et je ne le supporte plus. Si je ne me casse pas tout de suite, je ne vais pas tarder à mourir d'ennui. Ne fais pas cette tête. On va bien s'amuser ensemble.

Le camion déboucha sur l'esplanade où s'ouvraient les sas principaux, croisant quantité de robots occupés à charger ou à décharger des palettes, des conteneurs, des caisses et des citernes de matériau brut.

— Voilà les gardiens de la paix, annonça Sada.

Macy les vit elle aussi : un homme et une femme chevauchant des trikes aux pneus surdimensionnés. Une voix de stentor leur ordonna de faire halte. Ses échos rebondirent sur le plafond. Les deux gardiens encadrèrent le camion-robot, calèrent leur vitesse sur la sienne.

— Ils cherchent à prendre le contrôle de mon véhicule, dit Sada à Macy, mais j'arrive encore à les bloquer.

Le gardien de la paix qui roulait à leur droite sortit son arme et la braqua sur le capteur du camion-robot. Le bras articulé d'une grue-robot l'arracha à sa selle pour le poser sur le bas-côté, et sa moto à trois roues s'arrêta aussitôt. Un autre bras articulé plaça une palette sur la route du second gardien, qui ne put faire autrement que de freiner, laissant le camion-robot filer vers la gueule ouverte d'un sas.

Macy jeta sur les lieux un regard circulaire mais ne vit aucun signe des *refuzniks* qui contrôlaient les robots. Ils pouvaient se trouver n'importe où, comprit-elle, reliés aux machines par la toile. Elle aperçut dans le lointain un homme vêtu de jaune et noir qui courait le long du boulevard. Il entra en collision avec un robot en forme de poubelle, perdit l'équilibre, tomba sur le cul, rebondit et reprit sa course. Il semblait s'époumoner. Plus près d'elle, les deux gardiens de la paix s'étaient ressaisis et couraient derrière le camion-robot, mais celui-ci s'engagea dans le sas dont la porte intérieure se referma aussitôt. Quelques instants plus tard, la porte extérieure s'ouvrait et le camion-robot empruntait une allée maillée conduisant au spatioport. Sada conseilla à Macy de s'accrocher, et le véhicule grimpa sur le rebord de l'allée pour couper court à travers la plaine accidentée.

—Encore un changement de plan. Inutile d'aller jusqu'au spatioport, ton petit copain nous attend tout près. Tu ferais mieux d'enfiler ce vidoscaphe.

Macy ôta sa combi, se sentant de plus en plus vulnérable. La capsule était apparemment transparente et seule sa mince paroi la séparait des radiations et du zéro absolu. Dans les hauteurs, le minuscule disque du Soleil brûlait tout près du mince croissant de Jupiter. Elle glissa les jambes dans le vidoscaphe, en remonta le plastron segmenté jusqu'à ses épaules, enfila les manches et s'assit afin de fermer les sceaux des bottes au niveau de ses chevilles.

Pendant ce temps, Sada s'affairait à scruter le ciel enténébré, braquant son regard dans toutes les directions. Elle poussa un cri et pointa le doigt dans une direction précise, et Macy vit une étoile traverser le ciel à vive allure, devenant de plus en plus brillante puis s'élargissant pour prendre la forme d'un remorqueur. Le camion-robot ralentit et stoppa lorsque le spationef le survola, donnant des tuyères pour compenser son mouvement et perdant de l'altitude. Macy éclata de rire. Lorsque Newt lui avait dit qu'elle ne risquait pas de louper son vaisseau, il ne plaisantait pas.

L'*Éléphant* était rose.

Chapitre 8

Loc Ifrahim ne souffrit en rien de l'évasion de Macy Minnot, sauf peut-être dans sa fierté. Il passa quelque temps à fignoler un rapport faisant porter le chapeau à Ivo Teagarden et aux autorités d'À l'Est d'Éden, mais ce fut une perte de temps. Personne d'important ne prêta attention à l'incident: il ne constituait que l'appendice insignifiant d'une affaire embarrassante mais néanmoins triviale. Quatre semaines plus tard, il fut de nouveau affecté à Brasília, recevant au passage une petite promotion et un siège dans la commission chargée d'analyser les informations ayant trait aux acteurs politiques des cités et colonies du système de Saturne.

Ce poste se révéla aussi envié que passionnant, la commission étant composée de jeunes politiciens brillants et ambitieux, tous résolus en outre à placer le Système extérieur sous le contrôle de la Terre. Il régnait dans ses bureaux une agitation évoquant les salles de rédaction d'antan, les idées se bousculaient dans les espaces mémo, on s'acharnait à construire et à déconstruire les modèles sociodynamiques, on traquait toutes les personnes ayant séjourné dans le Système extérieur pour leur soutirer des informations, on élaborait quantité de rapports et d'instantanés portant sur la situation politique.

Un étage entier était dévolu aux IA, aux cuves d'immersion et aux espaces mémo haute définition du Groupe de stratégie théorique, qui modélisait tous les projets d'invasion et de conquête des cités et des colonies extros. On y trouvait à foison des spécialistes du jeu de guerre, des jeunes gens blafards sans la moindre expérience du terrain qui appliquaient à la lettre les théories de divers gourous et *éminences grises**. Ils carburaient aux stimulants, à l'adrénaline et à la testostérone, dormant et mangeant dans leurs espaces de travail tout en faisant tourner des simulations en temps réel aussi complexes que coûteuses. On encourageait vivement la concurrence entre équipes. Lorsque Loc Ifrahim arrivait de bon matin, il n'était pas rare qu'il découvre les gardes en train d'évacuer un spécialiste terrassé par le surmenage ; un jour, ce fut la police antiémeute qui dut intervenir pour séparer deux groupes rivaux qui en étaient venus aux mains.

Une minorité agissante, qui affirmait que le génocide était la seule solution au problème extro, élabora des plans pour détruire les tentes et les dômes des cités et des colonies avec des météorites intelligentes, les oblitérer à coups de bombes H ou éliminer leur population avec des armes biologiques, des gaz empoisonnés et des embrasements généralisés éclair aux rayons gamma. Mais ces tactiques extrémistes étaient le plus souvent jugées inapplicables. La quantité de bombes H à mettre en œuvre viderait l'arsenal du Grand-Brésil au point de le rendre vulnérable à une attaque ennemie ; les cités les plus hostiles, telle Paris sur Dioné, avaient déjà mis sur pied des défenses antimissiles ; la plupart des cités et des colonies disposaient d'abris et de bâtiments blindés où la population trouverait refuge si les tentes perdaient leur intégrité, et nombre de quartiers étaient si profondément enfouis dans le sol qu'ils étaient invulnérables aux armes conventionnelles ; et puis, dans tous les cas, les Extros étaient si dispersés à la surface des lunes de Jupiter et de Saturne que jamais on ne parviendrait à les exterminer, et les survivants chercheraient sûrement à se venger de la Terre. Par ailleurs, le génocide constituait une option inacceptable sur le plan politique, et ne manquerait pas de détruire des actifs de haute valeur qui pour bon nombre de gens constituaient la seule justification pour mener cette guerre. Cela faisait plus d'un siècle que les Extros se consacraient à toutes sortes de travaux scientifiques, tant théoriques que pratiques : on réaliserait des profits faramineux en pillant leurs bases de données et leurs bibliothèques génomiques, en s'emparant de leurs scientifiques et de leurs sorciers génétiques. Et la valeur intrinsèque des cités et des colonies n'était pas non plus à négliger. Par conséquent, la plupart des spécialistes des jeux de guerre s'intéressaient à des stratégies dites asymétriques, parfois baptisées du nom de « guerre tranquille », qui mêlaient la propagande, l'espionnage, le sabotage et la coercition politique, avec des tactiques militaires conventionnelles adaptées au terrain unique du Système extérieur.

Les modèles prédictifs qu'ils mettaient sur pied avec le concours des services de renseignements étaient transmis à des laboratoires et à des groupes de réflexion, dans le cadre desquels des scientifiques, des ingénieurs et des psychologues élaboraient le matériel et les techniques nécessaires aux opérations clandestines et paramilitaires, aux campagnes d'infiltration, de sabotage et de dissémination de propagande noire. Les politiciens et les officiers supérieurs des trois branches des forces armées avaient droit à des briefings individuels. Il n'était pas rare qu'une VIP débarque au bureau, escortée par une nuée d'assistants et traversant les salles de travail comme un paquebot tracté par des remorqueurs empressés et anxieux.

Vu son expérience du terrain et ses nombreux contacts, Loc Ifrahim eut vite fait de se rendre indispensable. Il renforça ses liens avec l'équipe d'Arvam Peixoto, se fit quantité de nouveaux amis, parmi lesquels des politiciens influents et des membres du cercle intime de plusieurs familles, et devint une précieuse source d'information pour qui avait besoin de maîtriser les protocoles, les coutumes et les rivalités des cités et des colonies des lunes de Jupiter, d'une opinion tranchée sur tel ou tel notable extro ou sur l'atmosphère prévalant au sein de la population dans son ensemble.

Un travail important qui arrivait à point nommé. Après l'échec de la tentative de paix et de réconciliation, il était vital de prendre au plus vite le contrôle du Système extérieur, et le gouvernement était désormais aux mains de ceux qui pensaient que la guerre était non seulement inévitable mais aussi nécessaire. Une sainte mission. Cependant, le programme visant à mettre sur pied des échanges culturels et commerciaux avec les Extros se voyait consolidé plutôt que délaissé, car il fournissait une couverture idéale aux agents de renseignements, qui pouvaient grâce à lui forger des liens avec les cités et les colonies les moins hostiles, tant sur les lunes de Jupiter que sur celles de Saturne, lesquelles serviraient de têtes de pont une fois la guerre déclarée.

Un an après son retour sur Terre, Loc Ifrahim repartait pour l'espace profond, plus précisément pour la cité de Camelot sur Mimas, une lune de Saturne. Tout comme À l'Est d'Éden, Camelot était une communauté refermée sur elle-même, avec dans sa population une forte proportion de conservateurs des première et deuxième générations. Son maire et plusieurs de ses sénateurs, aussi vulnérables à la flatterie qu'aux pots-de-vin, votèrent une loi accordant au Grand-Brésil le droit d'avoir une base permanente sur la lune et approuvèrent d'enthousiasme son projet d'envoyer une expédition dans l'atmosphère de Saturne… une expédition scientifique destinée à faire la démonstration des prodigieuses capacités du nouveau type de singlenef de combat.

Combler les politiciens gentiment corrompus de Camelot de caresses et de cadeaux représentait un travail à plein-temps, mais Loc prit la peine de faire quelques recherches, qui lui apprirent que Macy Minnot avait été formellement adoptée par le clan Jones-Truex-Bakaleinikoff. Elle résidait en ce moment dans leur habitat-jardin, un cratère sous tente sur Dioné, et travaillait comme conceptrice de biome. Elle avait en outre réalisé des études théoriques sur les écosystèmes clos, en collaboration avec une équipe ayant effectué des recherches remarquées portant sur Tierra, l'une des exoplanètes terrestres. Loc découvrit également qu'Abbie Jones, la matriarche du clan Jones-Truex-Bakaleinikoff et la mère du pilote ayant facilité l'évasion de Macy Minnot, était une amie très proche d'Averne, la sorcière génétique. Il s'empressa d'en informer Sri Hong-Owen, par pure méchanceté. Quant à Macy Minnot, il ne projetait pas de lui rendre visite pour le moment, mais leurs chemins finiraient par se croiser de nouveau, il n'en doutait pas une seconde. Les tambours de guerre battaient de plus en plus fort et, quand les hostilités se déclencheraient, Loc s'assurerait qu'elle serait châtiée pour avoir choisi le mauvais camp.

En attendant, le *Gloire de Gaïa*, un cargo modifié en douce pour transporter des vaisseaux de guerre, s'était mis en orbite autour de Mimas. L'opération Sonde-Abysse se préparait à explorer les profondeurs de Saturne. Loc avait du pain sur la planche, le succès prévisible de la mission étant censé lui permettre d'engager des négociations en vue de la cession du nouveau moteur à fusion à diverses fiducies familiales et autorités municipales. Le gouvernement brésilien n'avait aucune intention d'honorer d'éventuels contrats, bien entendu, mais une telle démarche permettrait d'exacerber les tensions entre les différentes générations d'Extros et d'affaiblir la cohésion civique de leur société. Quatre siècles après la guerre de Sécession américaine, Loc et les faucons de son espèce avaient une conscience aiguë de ce principe : une maison divisée ne peut que s'effondrer.

Troisième partie

Rencontres rapprochées

Chapitre premier

Après la mort du père Solomon, lecteurs et avatars furent remplacés par un escadron d'instructeurs militaires : des hommes secs et endurcis, qui traitaient les garçons avec mépris et rudesse, et ne se séparaient jamais de leur pistolet et de leur matraque électrique. C'en était fini des exercices en surface. À leur place, les instructeurs soumirent les garçons à des manœuvres militaires, les faisant marcher au pas dans le gymnase, le fusil posé sur l'épaule, et les entraînant à mettre en joue et à viser au moyen d'une séquence de mouvements d'une précision toute mécanique. Ils continuèrent à les former à l'usage des armes, ainsi qu'aux techniques d'infiltration et de sabotage, et les garçons passèrent des heures dans le simulateur de vol, apprenant à piloter une petite capsule propulsée par des fusées qu'un vaisseau larguait sous diverses conditions gravitationnelles, et qu'ils devaient poser intacte sur toutes sortes de paysages lunaires. Ils consacrèrent également beaucoup de temps à des scénarios d'immersion, s'entraînant à parler et à se comporter comme l'ennemi. Auparavant, ces scénarios se déroulaient toujours dans une reconstitution virtuelle de la cité de Bifröst sur Callisto. Désormais, les garçons se formaient aussi à la structure, à l'histoire, aux conditions socio-économiques et aux milieux culturels d'autres cités. Ils se l'étaient coulée douce jusqu'ici, affirmaient leurs instructeurs. Désormais, leur entraînement avait un objectif bien précis, il ne s'agissait plus d'un simple jeu, et ils devaient en sortir trempés comme des armes afin que, le moment venu, ils puissent accomplir leur devoir sans la moindre hésitation.

Ce changement dans leurs habitudes et dans le traitement qu'on leur réservait rapprocha les garçons les uns des autres. Aucun d'eux ne rendait Dave n° 8 responsable de la situation ; en fait, ils avaient plutôt tendance à le protéger et à le bichonner. Dave n° 7 tenta de plaisanter, lui affirmant que tous avaient rêvé un jour ou l'autre de tuer le père Solomon après avoir tâté de sa matraque. Dave n° 14 grommela qu'un ordre était un ordre et qu'il aurait agi comme lui. Dave n° 27 lui dit qu'ils n'avaient qu'un seul cœur et un seul esprit. C'était certes sa main qui avait tenu le poignard assassin, mais n'importe lequel d'entre eux aurait coupé la gorge du père Solomon comme il l'avait fait. Par ailleurs, ajouta-t-il, il était dans leur nature de tuer.

— Nous sommes nés pour tuer, nous avons été entraînés à tuer depuis le jour de notre naissance. Le lion est-il coupable quand il tue l'agneau ? Bien sûr que non, car il ne fait qu'exprimer sa nature. C'est la nature du lion de tuer et celle de l'agneau d'être sa proie. Nous sommes pareils à des lions et les hommes sont nos proies.

— Même si tu dis vrai, seul l'ennemi est notre proie, rétorqua Dave n° 8. Et le père Solomon n'était pas un ennemi.

— Peut-être avait-il commis une transgression dont nous ignorons tout, répondit Dave n° 27. Un acte qui mettait en péril le succès de notre mission. Un acte qui le rendait aussi dangereux que l'ennemi. Mais nous n'avons pas besoin de savoir lequel. Car nous ne sommes que la main et le bras, mon frère, et obéissons à une volonté que nous ne devons pas questionner.

Dave n° 8 n'était ni convaincu ni consolé par ces propos. N'importe lequel de ses frères aurait agi comme lui, c'était sans doute vrai ; néanmoins, c'était lui qu'on avait sélectionné. Le général Peixoto avait demandé au père Solomon de choisir son élève le plus doué, et le père Solomon l'avait choisi. Pas parce qu'il le considérait comme le meilleur entre tous les garçons, mais parce qu'il croyait que le général voulait tuer l'un d'eux pour faire un exemple et que Dave n° 8 était le plus vicié à ses yeux. Et peut-être ne s'était-il pas trompé ; peut-être savait-il ce que Dave n° 8 soupçonnait depuis sa naissance. Peut-être savait-il que Dave n° 8 était *différent*, même s'il s'efforçait en permanence de se fondre dans la masse, de se comporter exactement comme ses frères. Peut-être le père Solomon avait-il perçu cette faille dans les yeux de Dave n° 8, de sorte qu'il l'avait choisi pour être sacrifié, ignorant qu'il désignait ainsi son propre meurtrier. Et c'est ainsi qu'il était mort et que Dave n° 8 devait vivre avec son fardeau de culpabilité, encore alourdi par la certitude qu'il avait de ne pas être ce qu'il était censé être.

Il fit de son mieux pour se racheter en se jetant à corps perdu dans le nouveau cycle d'enseignement et de formation. Il se montrait plus assidu et plus acharné que quiconque lors des séances d'entraînement, il était le premier à se jeter à terre pour faire une série de pompes chaque fois qu'un instructeur détectait dans les rangs une erreur ou une hésitation. Il se fit un point d'honneur d'être supérieur à ses frères dans tous les domaines. En se montrant le meilleur, il leur prouverait qu'il n'était pas différent d'eux.

Puis, une nuit, après s'être couché dans son lit, il se réveilla dans un autre et comprit qu'il recevait enfin le châtiment que lui valaient sa différence et le meurtre du père Solomon. Il avait disparu.

Il était allongé sur un lit plus haut et plus moelleux que l'étroite couchette où il avait dormi toute sa vie durant, dans une petite chambre éclairée par des plafonniers. Ses poignets et ses chevilles étaient enchaînés aux montants du lit et son visage lui faisait mal. Une douleur sourde lui taraudait le nez, qui lui semblait bourré de coton, des élancements faisaient frémir ses pommettes et ses maxillaires, une atroce démangeaison lui irradiait le cuir chevelu.

Il resta ainsi un long moment, durant lequel rien ne se produisit. Aucune importance. Il était entraîné à attendre et, à présent que le pire était passé, toute crainte, toute angoisse l'avait déserté et il ne ressentait qu'un calme océanique. Puis il constata que l'éclairage s'était intensifié et qu'un homme était assis à son chevet, et il acheva de reprendre conscience lorsque cet homme lui demanda s'il le reconnaissait.

— Oui, monsieur. Vous êtes le colonel Arraes. Un de nos instructeurs. Vous nous enseigniez la psychologie.

— Et j'ai conçu votre programme d'entraînement, pour mon malheur, répliqua le colonel Arraes. La façon dont on vous a élevés et formés jusqu'à… jusqu'à ce que tout change.

Dave n° 8 s'enhardit à demander s'il était puni et le colonel Arraes secoua la tête en souriant. C'était un homme trapu, au crâne dégarni et au visage affable. Il était étrange de le voir ainsi en chair et en os plutôt que plaqué sur la visière d'un avatar.

— Tu penses à ce qu'il est arrivé à ce pauvre père Solomon, reprit-il. Tu n'as rien à te reprocher sur ce point. Vous avez été mêlés tous les deux à une lutte d'influence au cours de laquelle l'une des parties a affirmé son droit à prendre le contrôle de ce projet. Mais cela n'a aucune importance, car l'objectif du projet demeure inchangé. Tu vas entamer la dernière phase de ta formation. Désormais, tu t'entraîneras seul, car ta tâche exigera de toi que tu l'accomplisses seul. Et comme nous ne tarderons pas à t'envoyer en mission, nous devons modifier ton visage. Après tout, nous ne pouvons pas lâcher sur le monde des espions qui se ressemblent tous, n'est-ce pas ? Comment te sens-tu, au fait ?

— Très bien, monsieur.

— Tu guériras vite. Tu as subi une opération ayant pour but de te pourvoir d'un nez cassé et de remodeler tes pommettes et tes maxillaires. Rien de grave. Une petite intervention de chirurgie plastique. Désormais, tu ne t'appelles plus Numéro Huit. Ton nom est à présent Ken Shintaro. Tu as compris ?

— Oui, monsieur. Je suis Ken Shintaro.

— Ken Shintaro sera ton alias, dit le colonel Arraes. Ken Shintaro, de Bifröst sur Callisto. Tu apprendras tout ce qu'il y a à savoir sur lui durant la dernière phase de formation. Tu apprendras à vivre comme lui, mais aussi, et c'est là le plus important, tu apprendras tout ce que tu as besoin de savoir pour accomplir la tâche que nous allons te confier. Ta tâche, ta mission… c'est là tout ce qui te définit. Tu n'oublieras jamais cela, n'est-ce pas ?

— Non, monsieur.

Dave n° 8 se demanda un instant à quoi ressemblait son nouveau visage, mais cela n'avait pas d'importance. Ce qui importait, c'était que les défauts que le père Solomon avait décelés en lui seraient désormais dissimulés par le masque qu'on lui avait donné.

— Je sais que tu ne nous décevras pas, déclara le colonel Arraes.

Puis il se leva et ajouta qu'il lui restait beaucoup de choses à faire avant d'être prêt, mais qu'il devait maintenant se reposer et guérir. Arrivé devant la porte, le colonel marqua une pause et dit :

— Je suppose que tu souhaites savoir où tu vas aller.

— Je suis Ken Shintaro, de Bifröst sur Callisto.

— En effet. Mais tu vas te rendre à Paris. À Paris sur Dioné.

Chapitre 2

Les ingénieurs occupés à préparer les deux singlenefs applaudirent avec enthousiasme lorsque les pilotes, un homme et une femme vêtus d'une combinaison anti-g des plus moulante, entrèrent dans le hangar, escortés par une nuée de médecins et d'officiers. On entonna l'un après l'autre les hymnes du Grand-Brésil et de l'Union européenne et tout le monde se mit au garde-à-vous dans la mesure où le permettait l'apesanteur. Un avatar frappé du visage de la Présidente du Grand-Brésil prononça un bref discours préenregistré qui évoquait les grands moments de l'exploration et l'indomptable esprit pionnier du genre humain. Le commandant Gabriel Vaduva serra la main des pilotes devant la cocarde de l'opération Sonde-Abysse tandis qu'ingénieurs et techniciens applaudissaient à tout rompre et lançaient vivats, sifflets et cris de guerre, faisant montre d'un enthousiasme sincère quand bien même la scène était orchestrée pour le bénéfice des médias. Dès que l'officier de sécurité annonça que la liaison vidéo était coupée, les ingénieurs se remirent au travail, et les médecins et les techniciens se pressèrent autour des pilotes pour les ultimes check-lists avant l'envol.

Pareils à des dagues noires et effilées, les deux singlenefs J-2 étaient blottis tête-bêche dans leurs berceaux de lancement. Les ingénieurs grouillaient autour d'eux, évoquant des ouvrières préparant des fourmis ailées à quitter le nid, et procédaient à d'ultimes réglages, chargeaient les colis clandestins dans les soutes de largage. Prêts à bondir, les deux appareils vibraient d'impatience, imprégnant l'atmosphère glaciale d'une odeur d'ozone et faisant entendre leur chant caractéristique. Cash Baker sentait la mélodie familière de son oiseau lui faire frémir les sangs comme un chœur céleste. Une harmonie complexe qui se résolvait quelque part au-dessus du mi bémol, composée par les servomoteurs et les volants, les turbines et les titanesques courants circulant dans les aimants supraconducteurs du tore de fusion.

Cash se plaça bras et jambes écartés sur une armature dédiée tandis qu'un technicien examinait sa combi anti-g en quête de défauts microscopiques susceptibles de causer des hématomes et des plaies dues à la surpression. Tissée à partir de plusieurs centaines de variantes de fullerène dopées, quasi vivante et autorégulante, cette tenue lui faisait comme une seconde peau, le recouvrant de la plante des pieds au sommet de son crâne rasé, seul son visage demeurant exposé. Le tech donna enfin son feu vert et Cash se vit appliquer un masque facial, après quoi l'armature dédiée s'éleva, pivota sur son axe et se déplaça en direction du compartiment du module de vie, un étroit cercueil qui béait derrière les évents des nacelles d'équipement. Cash entrevit Vera Flamilion Jackson, sa collègue européenne, suspendue au-dessus de son oiseau, puis la liaison s'activa et il connut un black-out de quelques secondes, après quoi il revint à lui, en fusion avec son appareil, et son écran de contrôle se superposa à la vue du hangar animé.

— Ouaouh ! fit-il. Ne traînons pas.

— *Quand tu voudras*, lança Vera Jackson.

La liaison s'interrompit comme les médecins de la phase vol se mettaient à l'œuvre, s'assurant de la robustesse du mariage alchimique entre l'interface instruments de l'appareil et le système nerveux de Cash et de l'absence de fuites et d'échos, effectuant la série de tests habituelle sur ses systèmes visuel, auditif et proprioceptif, série qu'ils conclurent par un feu vert.

Il s'inséra la tête la première dans le module de vie, comme dans un accouchement inversé. Un flot de gel intelligent l'inonda. Le module de vie dépêcha des conduits appropriés pour lui fournir de l'air, de l'eau et des nutriments, et un autre pour évacuer ses déjections. Une longue et voluptueuse poussée le saisit de la tête aux pieds puis il se logea tout entier dans un cocon de gel et les sens de l'oiseau se fondirent aux siens, lui donnant une vue à trois cent soixante degrés du hangar en pleine activité. Les nacelles d'équipement se refermèrent, les ailes se plièrent et se rétractèrent comme dans une démonstration d'origami et le singlenef s'enfonça un peu plus dans son berceau, prélude à son éversion dans le vide.

Cash n'avait plus aucune perception de son corps. Ce n'était plus qu'un tas de viande dans la boîte scellée du module de vie, imbibé de sédatifs et de relaxants, nourri par intraveineuse, évacuant ses toxines au moyen d'un circuit muni de filtres, équipé d'un relais neuronal pour réguler son souffle, son rythme cardiaque et son métabolisme. Avec pour unique fonction d'alimenter son cerveau. Son esprit. Et, en ce qui le concernait, cet esprit n'était plus logé dans son crâne. Il ne faisait plus qu'un avec son oiseau, son système nerveux s'était fondu dans ses circuits pour les investir en totalité, et les sens de l'appareil étaient désormais les siens.

Le lancement consista en une petite tape amicale de la catapulte électronique du berceau, ponctuée par une brève correction d'attitude. Puis Cash filait derrière le singlenef de Vera Jackson et tous deux contournaient la courbure accentuée du globe scarifié de Mimas. Le large croissant de Saturne se leva, si proche qu'il en semblait presque palpable. Ses anneaux apparaissaient comme une ligne noire barrant ses bandes équatoriales aux nuances délicates, pêche et caramel, et projetaient une ombre cannelée comme une trace de pneu sur les bandes azur et turquoise de son hémisphère Nord.

Nouveau frémissement, le compensateur cette fois. Cash regarda s'égrener le compte à rebours, hurla « Géronimo ! » quand il atteignit zéro et mit les gaz, entamant une trajectoire qui le conduirait jusqu'à Saturne et dans les livres d'histoire.

Les deux singlenefs traversèrent le plan des anneaux après avoir parcouru un peu plus de la moitié de la distance Terre-Lune. Ils filèrent une centaine de kilomètres au-dessus de l'arc étincelant de l'anneau A et de la tresse excentrique de l'annelet de Huygens, franchissant ce gouffre inondé de soleil qu'était la division de Cassini, survolant l'anneau B, une tresse opaque et intriquée où des annelets de glace découverts à contre-jour et séparés par de fins intervalles semblaient s'enfuir dans les ténèbres d'un côté et, de l'autre, converger pour former un pont élancé qui se jetait vers le croissant flou de Saturne. Glorieux spectacle façonné à partir d'une lune pulvérisée des millions d'années auparavant, et dont les débris avaient été calibrés et distribués par la seule mécanique newtonienne.

Alors que Cash Baker et Vera Jackson atteignaient puis dépassaient les étroites bandes des anneaux et annelets intérieurs, le centre de contrôle leur transmit une série de données cryptées qui se métamorphosa en l'image d'un vaisseau les suivant à quinze mille kilomètres de distance et gagnant rapidement sur eux : une sphère floue chevauchant une lance de fusion qui brûlait comme un astre vagabond au-dessus de la face obscure de Saturne. Un cartouche l'identifiait comme étant le *Joyeuses Pistes*, une navette appartenant à un collectif basé à Paris sur Dioné ; on avait reconstitué sa trajectoire et déduit de celle-ci qu'il était parti d'Atlas, une minuscule lune à la périphérie de l'anneau A.

— *Atlas se trouvait de l'autre côté de Saturne quand vous avez décollé*, ajouta le centre de contrôle. *Nous pensons que ce spationef était parqué là-bas. Il a dû partir en même temps que vous. Apparemment, il a subi sa poussée initiale quand il nous était encore invisible. Il a traversé les anneaux en douce sur sa lancée et nous ne l'avons repéré que lorsqu'il a remis les gaz.*

— *À vous entendre, il nous guettait*, fit remarquer Vera Jackson.

— *C'est possible. Notre mission était connue de tous.*

— *Est-ce qu'il communique ?* demanda Vera.

— *Il ne répond pas à nos appels. Selon ce qui se dit sur la toile, son équipage est composé de Spectres.*

— Un vaisseau fantôme ? intervint Cash.

— *Ça t'arrive de lire les briefings ?* cracha Vera. *Les Spectres, c'est un gang ou une secte dont les membres se croient guidés par leurs moi futurs.*

Plus âgée que Cash d'une dizaine d'années, c'était une femme glaciale et redoutablement compétente. Lorsqu'elle avait rejoint l'escadrille en compagnie de deux autres Européens, Bo Nash avait ouvert les paris sur celui qui serait le premier à la baiser, et Cash lui avait répondu que la question était de savoir qui elle baiserait en premier. Son attitude ne facilitait guère les contacts rapprochés, mais Cash la respectait énormément en tant que pilote.

— *Ils ont un lien avec le gouvernement de Paris*, précisa le centre de contrôle. *Nous sommes en train d'interroger le maire.*

— *Visez un peu leurs balises*, dit Vera.

Elle avait capté le signal sur le scanner du canal général, l'avait passé aux antivirus puis copié pour le bénéfice de Cash et du centre de contrôle. Un disque jaune frappé de deux points et d'un sourire en arc de cercle, avec au-dessus de lui une bannière où deux phrases se succédaient sans discontinuer : « Nous venons en paix au nom de toute l'humanité [1] » et « Tous ces mondes nous appartiennent [2] ».

— Comme c'est mignon, fit Cash.

---

1. Inscription sur la plaque laissée sur la Lune par les astronautes d'Apollo 11. (*NdT*)
2. Allusion ironique au message transmis à l'humanité (« Tous ces mondes vous appartiennent : usez-en sagement. ») par les mystérieux monolithes dans le roman *2010 : Odyssée deux* d'Arthur C. Clarke. (*NdT*)

— *Ne vous inquiétez pas*, dit le centre de contrôle. *Ils vous frôleront mais ils ne pourront pas vous suivre sur Saturne. Leur vaisseau est configuré pour le vide. Il vous lâchera au moment de l'entrée dans l'atmosphère. Nous pensons qu'ils souhaitent avant tout faire un geste politique. Un coup médiatique. Donc, s'ils tentent d'établir le contact, radio ou visuel, ne répondez pas mais transmettez-nous leur message. Je répète : ne répondez pas. Ne leur donnez aucune information qu'ils puissent utiliser. C'est clair ? Bon, passons à la dernière check-list.*

Les deux singlenefs survolaient à présent la face nocturne de Saturne. La masse noire de la géante gazeuse éclipsait la moitié du ciel. Les anneaux luisaient dans les hauteurs. L'aube approchait à toute vitesse. Cash et Vera égrenèrent leurs check-lists, testèrent les systèmes de guidage et de contrôle, procédèrent à de microscopiques ajustements d'attitude. S'ils n'entraient pas dans l'atmosphère en suivant une trajectoire bien précise, soit ils en ressortiraient aussitôt, soit ils descendraient en piqué et seraient condamnés à être incinérés.

Pendant tout ce temps-là, Cash ne perdit pas la navette de vue. Elle avait complété sa poussée et se rapprochait ; si elle conservait sa trajectoire et sa vélocité actuelles, elle passerait à cent kilomètres des singlenefs alors qu'ils parviendraient à la lisière de l'atmosphère saturnienne. Cash et Vera n'avaient qu'à mettre les gaz pour distancer l'importun, naturellement, mais ils perdraient leur fenêtre d'opportunité et seraient obligés d'avorter la mission. Ils ne pouvaient donc rien faire excepté garder le cap et surveiller la navette tout en complétant leur approche.

Le minuscule disque du Soleil affleura à l'horizon de la géante gazeuse, dessinant un arc de lumière perlée qui évolua bien vite en croissant au sein duquel émergèrent les contours de nuages titanesques. La cible des deux singlenefs était une zone ovale située entre deux bandes latitudinales au nord de l'équateur : une tempête de longue durée, ancrée au-dessus d'un point chaud dans les basses couches atmosphériques, qui chassait les nuages aux alentours. Les détails se multipliaient à mesure que les deux vaisseaux tombaient vers les nuées, froissements et ondulations apparaissaient le long de la solution de continuité entre deux bandes, tels des parchemins intriqués enluminés par la tension entre des courants contraires. Cash distinguait également des structures au sein des bandes, de vastes plaines et des hauts plateaux de nuages. C'est à ce moment-là que la navette rattrapa les deux singlenefs, filant sur une trajectoire qui lui ferait frôler l'atmosphère avant de la propulser loin de Saturne.

Cash entraperçut un éclair, nettoya la capture vidéo et se la repassa, découvrant que le vaisseau avait largué une nacelle pourvue d'un bouclier thermique et équipée d'une paire de rétrofusées à carburant solide.

Trop tard pour faire quoi que ce soit. Il sentait déjà les premières turbulences. Des vibrations subtiles, de brefs frémissements lorsque les propulseurs corrigeaient son attitude. Le singlenef volait à une vitesse hypersonique. Les bandes de nuages défilaient à toute allure et un hurlement se fit entendre, ne tardant pas à monter dans les aigus, et une aura lumineuse l'enveloppa, éblouissante, à mesure que la friction transformait en chaleur son énergie cinétique. Les ondes de choc parcourant l'hydrogène ionisé formèrent une coque stabilisée à l'intérieur de laquelle les feux iridescents du plasma se mirent à clignoter, des ondes de choc qui convergeaient derrière le singlenef en un point focal pareil à un diamant incandescent. La décélération commença à se faire sentir : cinq g, dix, une pointe à quinze. Puis le light-show perdit de son intensité. Cash déploya les ailes du singlenef. L'atmosphère était suffisamment dense pour que les compensateurs passent le relais à l'aérodynamique.

Cash tombait en chute libre dans le vaste ciel de Saturne en suivant un angle accentué, effectuant régulièrement des virages en S pour perdre de sa vélocité. Il repéra l'appareil de Vera Jackson devant lui, à une cinquantaine de kilomètres à l'est, chercha en vain la nacelle larguée par la navette, envoya un rapport de situation au centre de contrôle et accepta les félicitations du commandant de la mission.

—*À vos marques*, dit Vera en entamant un compte à rebours.

À zéro, Cash activa ses parachutes de freinage et l'appareil sursauta et tourna sur son axe comme son élan était brutalement diminué, puis il tomba en piqué dans un vaste océan d'hydrogène et d'hélium, perdant de l'altitude à une vitesse juste en dessous de cent kilomètres à l'heure, et chevauchant un courant aérien qui l'emportait vers l'est à une vélocité cinq fois supérieure. S'il continuait à choir à ce rythme, il lui faudrait dix heures pour atteindre la frontière indécise entre l'atmosphère gazeuse et l'océan ardent d'hydrogène métallique qui se trouvait en dessous, sauf que, longtemps avant cela, pression et température auraient transformé le singlenef en une boule de cendres. Même les plus résistantes des sondes-robots blindées n'avaient pu pénétrer moins de la moitié de l'atmosphère saturnienne. Les deux singlenefs tomberaient durant trois heures, atteignant la couche d'eau liquide avant de remettre les gaz pour repartir.

Si tout se passait comme prévu, ils frôleraient leur cible de très près. Et même s'ils la rataient, les colis qu'ils avaient l'intention de larguer contenaient des drones autonomes capables de voler plusieurs mois sur les vents de Saturne tout en traquant la cible en question ainsi que d'autres anomalies.

En attendant, Cash disposait de quelques instants pour profiter du superbe panorama qui l'entourait. On était en début de matinée. Le ciel indigo semblait infini, le Soleil n'était qu'un petit disque aplati brûlant au-dessus d'un horizon flou, au centre d'une série de coques concentriques à l'éclat sanglant qui montait jusqu'au zénith. L'atmosphère d'hydrogène cristallin s'étendait tous azimuts sur des milliers de kilomètres, parsemée çà et là de quelques nuées d'ammoniac gelé, pareilles à des cirrus ordinaires et rosies par l'aurore. Il se sentait dans la peau du roi de ce monde sans fin, de l'empereur des hauteurs, et il confia à Vera que ce lieu était fait pour le vol libre.

—*Affirmatif*, dit-elle. *Regarde la tempête. On arrive droit dessus.*

À mi-chemin de l'horizon est, un océan de nuages couleur crème s'ouvrait autour du gigantesque œil ovale. Cernée par des arcs fracturés de nuages et d'atmosphère dégagée, la tempête ressemblait furieusement à un cyclone terrien. En fait, ce spectacle dans son ensemble était étrangement familier. Un ciel bleu, des nuages blancs, un soleil à l'éclat de plus en plus doré à mesure qu'il montait au-dessus de l'horizon. Il fallait faire un effort pour se rappeler que cet horizon était dix fois plus éloigné que sur Terre. Que la tempête mesurait deux mille kilomètres de diamètre. Que l'atmosphère d'hydrogène et d'hélium occupait une hauteur de mille kilomètres, coincée entre des nuages de glace d'ammonium dans les hauteurs et, dans les profondeurs, des nuages de gouttelettes d'eau et des bancs d'hydrosulfide d'ammonium et d'eau solide riche en ammonium, qui tournaient tel un éternel carrousel autour de ce monde géant.

Cash et Vera poursuivaient leur chute oblique vers ce continent orageux. Le parachute de Vera était frappé du pavillon européen. Un rectangle bleu qui jurait violemment avec les nuages pastel dans lesquels ils sombraient à grande vitesse. Vera capta un signal radar, dont la source était encore trop lointaine pour permettre une résolution, mais qui correspondait néanmoins avec la position de leur cible. Quelques instants plus tard, Cash capta un autre signal, cinq cents kilomètres derrière eux. Deux échos ténus. Le système de guidage de son singlenef leur associa des vecteurs. Ils se déplaçaient plus vite que les vents dominants et gagnaient du terrain sur eux.

— *On les a repérés nous aussi*, dit le centre de contrôle. *Attendez nos instructions.*

Vera transmit le cliché haute définition d'un drone chevauchant un réservoir de carburant. Cash repensa au film d'une antique navette spatiale qu'il avait vu dans un cours d'histoire. Le centre de contrôle revint en ligne pour leur dire de s'en tenir à leurs ordres, ajoutant qu'il avait officiellement protesté auprès du gouvernement de Paris sur Dioné.

— Imaginez notre gratitude, dit Cash.

Dans la foulée, il proposa à Vera qu'ils mettent les gaz dès que les drones seraient assez près pour les réduire en cendres.

— *Il faudrait d'abord larguer les parachutes*, fit-elle remarquer. *Ce qui signifierait renoncer à notre mission.*

— Donc, on reste les bras croisés en espérant qu'on a affaire à des touristes, comme ceux qu'on est censés être. Ça me plaît pas des masses.

— *En fait, c'est exactement ce qu'on vous demande*, intervint le centre de contrôle.

Il ajouta que ses spécialistes s'efforçaient d'élaborer de nouveaux scénarios pour résoudre la crise en cours.

— Alors c'est ça ? fit Cash. On reste les bras croisés et on les laisse prendre l'initiative ? Vous déconnez ou quoi ?

— *T'as entendu les ordres*, répliqua Vera. *Exécution !*

Cash ouvrit le système de navigation de son singlenef et se lança dans une série de calculs. Les drones continuaient leur approche, alors que les J-2 arrivaient aux abords de la zone d'influence de la tempête, passant devant un archipel de nuages de dix kilomètres de haut, de leur couronne blanche et cotonneuse à leur base enténébrée. L'espace d'un instant de panique, il franchit une zone de violentes turbulences puis se coula dans un courant orienté au nord-est, qui lui faisait contourner la tempête dans le sens des aiguilles d'une montre. Devant lui passèrent des nuages évoquant des enclumes d'un noir absolu, similaires aux nuées d'un orage terrien, qu'emportaient des courants un peu plus rapides.

La température ambiante atteignait – 10 °C et continuait à monter. La pression augmentait elle aussi, à un niveau quadruple de l'atmosphère terrestre. L'air demeurait transparent, telle une plaine rougeoyante surplombant des récifs nuageux s'assombrissant cent kilomètres en contrebas. La cible était distante de moins de mille kilomètres et son image radar commençait à se dissocier en signaux distincts.

Le ciel dans les hauteurs se parait d'une nuance de bleu évoquant un soir d'été sur Terre et le Soleil avait pris de l'altitude : le jour saturnien durait cinq heures à peine.

Les singlenefs frôlèrent les racines des nuages noirs et poursuivirent leur chute vers le sol couleur de rouille. Ils commençaient à ralentir, car leurs parachutes de freinage étaient plus efficaces à mesure qu'augmentait la pression atmosphérique. Dans moins de trente minutes, ils atteindraient l'altitude de leur cible ; une heure plus tard, ils se trouveraient deux mille mètres au-dessous de la base des nuages, battant le record de pénétration dans l'atmosphère saturnienne. À ce moment-là, ils pourraient larguer leurs parachutes, activer leurs moteurs et repartir vers l'espace. Cash attendait cela avec impatience : il allait enfin voler. Mais les deux drones extros se rapprochaient et il vit que chacun d'eux était calé sur un singlenef.

Cash ouvrit la liaison laser internef et expliqua à Vera comment s'y prendre pour échapper à leurs anges gardiens et accomplir la mission.

— *On n'a pas assez de carburant*, objecta-t-elle.

— Pas si on veut battre le record, je le concède, mais assez pour larguer nos colis, frôler la cible et nous remettre en orbite. Ensuite, le *Gloire de Gaïa* viendra nous récupérer.

— *Mais le temps qu'il rapplique, les Extros pourront nous canarder à loisir.*

— Ce qu'ils peuvent déjà faire en ce moment.

Il y eut une pause, puis Vera déclara :

— *Il nous faut l'aval du centre de contrôle.*

— Pas le temps, trancha Cash. Nous sommes en situation de combat. En tant que commandant de la mission, c'est à toi de prendre la décision.

Il observait le drone qui s'était calé sur son oiseau. Sa forme évoquait celle d'un calmar, une carapace noire frappée d'un crâne blanc ricanant au-dessus d'une paire de tibias entrecroisés, avec cinq tentacules saillant sous une grappe de capteurs. Il imaginait déjà ces tentacules enserrant son singlenef dans une étreinte de fer…

— *On y va*, décida Vera. *Aligne-toi sur moi… C'est moi qui lance le compte à rebours. Sinon, on risque d'être pulvérisés.*

— Roger, fit Cash en lui donnant le contrôle de son appareil.

Vera entama le compte à rebours. Cash vit le drone larguer son booster, puis activer son moteur auxiliaire, et dit à son équipière de passer à l'action.

Ce qu'elle fit.

Le singlenef de Cash se cabra lorsque son parachute se détacha pour s'envoler comme une feuille morte. L'espace d'un instant, il se retrouva en chute libre. Le drone le dépassa, tentant en vain de faire demi-tour à grands coups de propulseurs compensateurs, puis le moteur à fusion du singlenef prit le relais, émettant un double crépitement caractéristique, et il piqua du nez, se redressant peu à peu en même temps que celui de Vera devant lui.

L'oiseau frémit en franchissant le mur du son et Cash en reprit le contrôle. Il avalait son carburant à grandes lampées pour rattraper Vera, et tous deux filaient vers l'est en laissant dans le ciel un sillage blanc, s'enfonçant dans une atmosphère de plus en plus dense. Leur cible était droit devant, le radar captait des signaux de plus en plus nets. Une image spectrale dont la forme évoquait la sphère d'un fil à plomb, une poignée de rectangles émetteurs, une nuée d'activité tout autour d'eux.

— *On largue les colis !*

Obéissant à Vera, Cash enclencha la séquence, sentant son oiseau frémir comme les cylindres noirs se détachaient de leurs berceaux, tourneboulant dans le ciel, déployant leurs parachutes et disparaissant dans les cieux illimités.

Ils étaient presque au niveau de leur cible. Cash entraperçut un amas de rectangles découpés en silhouette sur fond de tempête blanche, puis l'oiseau de Vera se mit à grimper et il le suivit, gagnant de la vitesse en même temps que de l'altitude, coupant à travers les courants aériens. La cordillère de nuages en contrebas s'aplatit à mesure qu'il s'élevait au-dessus d'elle, se transformant en une plaine bordée de bandes enténébrées. Devant lui, le ciel passa du bleu à l'indigo, de l'indigo au noir. Quelques étoiles apparurent. Il avait l'impression de voler dans le ciel terrien, à une vitesse certes supérieure à celle de n'importe quel aéronef, une vitesse qui ne cessait de croître…

Cash poussa un hurlement et se permit un *looping*. Le Soleil sombra derrière la masse de la planète, la nuit tomba sur les chaînes de nuages et les étoiles apparurent un peu partout, ainsi que deux lunes en point de mire des singlenefs, qui émergèrent de l'atmosphère et parvinrent à la vitesse de libération, c'est-à-dire trente-six kilomètres par seconde, et continuèrent à accélérer jusqu'à vider leurs réservoirs.

Ils étaient en orbite, adoptant une trajectoire elliptique qui leur ferait faire le tour de Saturne en deux heures.

Dès que les moteurs à fusion furent désactivés, Vera appela le centre de contrôle pour lui faire son rapport. Le commandant Vaduva les félicita en personne mais leur dit de rester aux aguets jusqu'à ce qu'on les ait récupérés. Traduction : si un vaisseau extro tentait de les aborder, ils devaient se saborder plutôt que d'être capturés, ne serait-ce qu'à l'état d'épaves. Ils se mirent à transmettre des données cryptées, du compte-rendu de mission détaillé aux captures effectuées durant l'approche de leur cible, tant visuelles que radar. Check-lists et mises à jour se succédèrent durant une heure qui leur sembla interminable. L'officier de sécurité leur transmit une vidéo montrant le maire de Paris sur Dioné prononçant un discours en langue de bois, refusant toute responsabilité pour les agissements de quelques éléments incontrôlés, et leur apprit que l'on prenait en ce moment même des initiatives diplomatiques de la plus grande fermeté.

—*Moi, je sais quel genre d'initiative diplomatique j'aimerais prendre*, dit Vera à Cash. *On nous enferme dans la même pièce, toi, moi et ces Spectres, et on leur donne une leçon de fermeté.*

—Roger, fit Cash.

Il avait pris son pied à affronter les Spectres, même si ça s'était conclu par un match nul. La prochaine fois, il avait bien l'intention de les battre à plate couture.

Chapitre 3

Des *highlands* miniatures, des bovins pas plus grands que des saint-bernard, à la robe auburn et aux longues cornes incurvées, levèrent les yeux lorsque Newton Jones entra dans leur pâture. Quelques-uns s'écartèrent de son chemin, les autres le regardèrent passer en ruminant tandis qu'il progressait par petits bonds vers les quatre personnes assises autour d'un espace mémo lumineux sous le feuillage d'un grand châtaignier, un surgeon issu de l'étroite ceinture boisée qui entourait la zone extérieure de l'habitat-jardin du clan Jones-Truex-Bakaleinikoff. Il se laissa choir à côté de Macy Minnot et dit :

— Le vaisseau de guerre a récupéré les singlenefs. Il retourne à Mimas.

— Espérons que ça mettra un terme à cette stupide histoire, commenta Pete Bakaleinikoff.

— Tout s'est passé à la perfection, reprit Newt. Les Spectres ont montré aux Brésiliens qu'ils ne pouvaient pas aller n'importe où sans risquer des pépins. Ils leur ont fichu la trouille et, par-dessus le marché, ils ont nettoyé les bidules prétendument scientifiques lâchés sur la planète.

— Il n'y a aucune raison d'être fier d'un tel comportement de primate, insista Pete Bakaleinikoff.

— C'était une idée stupide, renchérit Junko Asai.

— Maintenant que c'est fini, le mieux serait encore d'oublier tout ça, ajouta Junpei Asai.

Les époux étaient penchés l'un vers l'autre, attitude traduisant une longue familiarité, et tous deux étaient vêtus d'un ensemble blanc, tunique sans col et pantalon. Junpei arborait des lèvres couleur prune et plusieurs couches de colliers de perles ; Junko portait un bouc blanc taillé avec soin et avait les doigts couverts de bagues. Mariés depuis près de cinquante ans, ils avaient six enfants, quinze petits-enfants et quatre arrière-petits-enfants, une fécondité qui ne laissait pas d'étonner Macy, originaire d'un pays où seuls les riches, les gagnants de la loterie et les criminels avaient plus d'un enfant. C'étaient aussi deux des personnes les plus intelligentes qu'elle ait jamais rencontrées. Ils s'étaient associés à Pete Bakaleinikoff pour exploiter un nuage de télescopes de plus de vingt mille kilomètres d'amplitude placé en orbite stable sur l'un des points troyens de Saturne. Junko et Junpei avaient conçu les éléments de ce dispositif ainsi que l'IA coordonnant son fonctionnement ; Pete Bakaleinikoff avait financé son installation et supervisait l'analyse des données qu'il collectait. Durant les cinq dernières années, ils s'étaient concentrés sur Tierra, une exoplanète rocheuse de type terrestre d'un diamètre égal à une fois et demie celui de la Terre et orbitant autour de l'étoile Delta Pavonis, à une distance qui la rendait propice à la vie, cartographiant son unique supercontinent, ses immenses calottes glaciaires et sa lune aussi grosse que Mars. Il y avait de la vie sur Tierra : son atmosphère contenait de l'oxygène, de la vapeur d'eau et du méthane, et on observait sur les côtes du supercontinent des variations de couleurs correspondant aux changements de saison. Pour le moment, la meilleure résolution du nuage de télescopes était d'environ un pixel pour cent kilomètres, mais ses propriétaires ne cessaient d'affiner et de perfectionner leurs instruments de mesure et d'analyse.

Newt effectuait pour leur compte des missions de maintenance et de mise à jour ; Macy s'était impliquée dans l'affaire par l'intermédiaire de son oncle, Pete Bakaleinikoff. Ce dernier s'intéressait aussi aux écosystèmes clos à long terme, du type qui serait nécessaire à une arche stellaire programmée pour un voyage de deux ou trois cents ans, au cours duquel toute la matière devrait être recyclée avec une efficience approchant les cent pour cent. C'était le genre de problème dont raffolait Macy, et Pete l'avait recrutée pour l'aider à construire et à faire tourner une variété de systèmes expérimentaux robustes.

Macy était fascinée par l'enthousiasme avec lequel le trio accumulait des données sans intérêt. Tierra n'était pas la première exoplanète de type terrestre à avoir été découverte ; ce n'était même pas la dixième. Et même si le gang du télescope pouvait affiner ses instruments au point de rendre nettes des taches que l'on hésitait à identifier comme des lacs, des forêts, des prairies ou des déserts, il était peu probable qu'une expédition débarque là-bas de leur vivant. Ils pouvaient espérer au mieux un survol par une microsonde, mais même si on parvenait à en fabriquer une, au prix d'investissements et d'efforts inimaginables, il lui faudrait plus de cinquante ans pour atteindre Delta Pavonis. Néanmoins, Macy ne pouvait s'empêcher de frissonner chaque fois qu'elle examinait des images de ce monde lointain, et son travail sur les écosystèmes en circuit fermé allait lui rapporter un bon paquet de kudos. Dans peu de temps, elle allait participer à un colloque sur la recherche d'exoplanètes et le vol interstellaire en compagnie de Pete Bakaleinikoff et de Junko et de Junpei Asai, et ils s'interrogeaient sur la meilleure façon de présenter leurs données lorsque Newt avait interrompu leur discussion.

— Il n'est pas question d'oublier, il faut aller encore plus loin, répliqua-t-il à Junko. Après tout, ils sont toujours là. Ils ne sont pas partis. Leur vaisseau de guerre retourne se mettre en orbite autour de Mimas et il en viendra d'autres. On ne peut pas faire comme si leur présence était anodine, continuer à vivre comme s'ils n'existaient pas. Ne pas en tenir compte ne constitue pas une option valide.

— La situation est grave, dit Pete. Et un coup d'éclat comme celui-ci, qui évoque le gorille hurlant un cri de défi en se frappant le torse, ne me paraît pas la façon la plus raisonnable de la traiter.

— Un coup d'éclat, d'accord… et alors ? lança Newt.

Lorsqu'il s'énervait, une légère rougeur lui marquait les joues et ses gestes se faisaient emphatiques. En ce moment même, il piquait un fard et agitait les mains comme pour faire apparaître un objet par la seule force de sa volonté.

— Reconnais au moins que ce coup d'éclat a été utile à quelque chose, poursuivit-il. Il a fixé une limite. Il a fait comprendre aux Brésiliens qu'ils ne pouvaient pas se balader n'importe où impunément. Qu'ils ne pouvaient pas faire tout ce qu'ils voulaient chez nous. Qu'il y avait des gens prêts à se dresser devant eux.

— Le fait que nombre d'entre nous soient opposés à leur présence n'est pas un secret, dit Junko.

— Même si la majorité préfère le dialogue et la discussion à la provocation, enchaîna Junpei.

— La manœuvre était impeccable, insista Newt sans se démonter. Les Brésiliens l'ont forcément remarqué. Ils savent désormais que si nous n'avons ni cuirassés spatiaux ni moteurs à fusion du dernier cri, nous n'en savons pas moins comment voler.

— Par « nous », tu entends les Extros en général, au moins, dit Pete. J'espère que tu ne vas pas nous annoncer que tu as pris part à cette idiotie.

Newt s'esclaffa.

— Ça t'inquiète que je puisse être impliqué? Rassure-toi, je n'étais pas dans le coup.

— Je suis ravi de l'entendre.

— Les Spectres se sont occupés de tout. Si j'avais fait partie de l'équipe, j'aurais veillé à ce qu'un autre vaisseau soit présent. Dire qu'ils ont raté l'occasion de récupérer ces singlenefs quand ils se sont retrouvés à court de carburant!

— Heureusement, nous pouvons dire aux Brésiliens qu'ils ont eu affaire à une bande de garnements incontrôlés qui pensent agir sur instruction de leurs moi futurs, railla Pete.

— Au moins ont-ils fait quelque chose.

— Tu parles. Ils ont hurlé en se frappant le torse. Ils ont menacé une expédition scientifique tout à fait pacifique.

— Aide-moi, dit Newt à Macy. Toi au moins, tu devrais être ravie de constater que quelqu'un leur a montré à quoi s'en tenir.

— Tu veux vraiment mon opinion ? rétorqua Macy.

— C'est ce que je te demande, non ?

— La semaine dernière, tu m'as dit que mon opinion ne comptait pas, vu que je n'avais pas vécu ici assez longtemps pour comprendre la façon dont marchent les choses.

— J'ai dit ça, moi ?

— Plus ou moins.

— Eh bien, je suis sûr que tu sauras nous dire si, oui ou non, les Brésiliens vont se montrer plus polis à l'avenir.

— Les Brésiliens et les Européens, corrigea Macy. Il s'agit d'une expédition conjointe.

Newt haussa les épaules.

— Je suis sûre qu'ils penseront la même chose que moi, déclara Macy. C'était une démonstration stupide qui ne les menaçait en rien.

— En rien ? C'est pour ça que les singlenefs ont fait demi-tour et sont partis à toute vitesse ?

— Peut-être ont-ils battu en retraite. Mais peut-être ont-ils échappé à une embuscade sans gaspiller leurs munitions. Réagi à une situation potentiellement menaçante de façon raisonnable et pacifique.

Newt la fixa un moment puis secoua la tête.

— Je te rappelle que ce sont ces types-là qui ont essayé de te tuer. Et tu prends leur parti ?

— Tu m'as demandé mon opinion. Je te l'ai donnée.

— Tu penses qu'on devrait les laisser se balader où ça leur chante et faire tout ce qu'ils veulent ?

— C'est une autre question. Tu veux aussi mon opinion à ce sujet ? Je pense que nous ne pouvons même pas les *prier* de s'abstenir d'aller partout. Nous pouvons leur dire qu'ils ne peuvent pas se mettre en orbite autour de Dioné ni s'y poser sans notre autorisation. Et pareil pour toutes les lunes habitées. Mais, si j'ai bien compris, personne dans ce système n'a le droit de dire à autrui qu'il est interdit d'aller ici ou là.

— D'ailleurs, intervint Junko, les Spectres ont violé la règle de libre passage quand ils ont dangereusement frôlé les vaisseaux brésiliens.

— Du coup, les Spectres sont apparus comme des délinquants et les Brésiliens comme des victimes, enchaîna Junpei. Ce qui n'aide en rien notre cause.

— Je suis dans la minorité, à ce que je vois, fit Newt, qui ne semblait nullement contrarié. Enfin, ça ne durera peut-être pas. Si je suis venu ici, c'est aussi pour vous annoncer deux nouvelles, vu que vous vous êtes déconnectés de la toile pour parler science. La première, c'est que Marisa Bassi nous rend visite après-demain. Il veut nous parler de la réponse de Dioné à l'arrivée de nouveaux vaisseaux terriens.

— S'il vient chercher du soutien, il s'est trompé d'endroit, dit Pete. Paris fait ce qu'elle veut. C'est son droit le plus strict. Mais nous avons décidé d'adopter une position de neutralité. Et c'est notre droit le plus strict.

— Passons à la seconde nouvelle. Certains sont d'avis que nous devrions renoncer à cette fameuse neutralité, vu que la situation risque de changer quand ces nouveaux vaisseaux seront là. Ils sont d'avis que nous devrions soutenir Paris. Et ils ont lancé une pétition pour qu'un scrutin soit organisé sur la question… une pétition qui a obtenu le nombre de signatures requis.

— Vous autres, les jeunes, vous êtes aussi pénibles que Marisa Bassi, dit Pete. Toujours à attirer les ennuis quand il ne faut pas. Je suppose que ta mère n'est pas ravie de cette initiative.

— Je ne lui ai pas posé la question, répliqua Newt en se levant d'un bond. Mais je sais une chose. Que nous décidions ou non de soutenir Marisa Bassi, la neutralité est un luxe que nous ne pouvons plus nous permettre.

Après son départ, Junko gratifia Macy d'un sourire attendri et lui dit :

—La façon que vous avez de vous quereller ! On jurerait que vous êtes amoureux, tous les deux.

—À mon avis, Newt est incapable d'aimer autre chose que sa réputation, rétorqua Macy.

Ainsi que Macy l'avait compris depuis un moment, la nonchalance un peu casse-cou de Newton Jones masquait mal un désir profond et persistant d'échapper à l'ombre de la célébrité dont jouissait sa mère. Ce n'était pas une tâche facile. Alors qu'elle avait un an de moins que Newt aujourd'hui, les parents d'Abbie Jones avaient péri dans une explosion et elle avait hérité de leur vaisseau spatial, qu'elle avait équipé pour de longs périples. Elle avait exploré les lunes d'Uranus. Elle avait été le premier être humain à fouler les neiges d'azote d'Enka. Et, lors d'une expédition ultérieure, elle avait traversé la ceinture de Kuiper pour aller jusqu'à la lisière de la zone cométaire, établissant le record en matière d'éloignement du Soleil par un être humain – soit soixante-dix billions de kilomètres –, record inégalé à ce jour.

Ce voyage par-delà l'héliopause, dans les ténèbres extérieures où des comètes séparées par des distances plus vastes que celles entre les planètes couraient sur leurs longues orbites esseulées, avait duré plus de quatre ans, et on pensait qu'Abbie Jones avait péri dans l'espace lorsque son vaisseau avait péniblement regagné Saturne. Cette expédition devait être la dernière. Elle s'était mariée puis était partie avec deux dizaines de pionniers fonder une colonie sur Titania, la plus grosse des lunes d'Uranus. Elle y avait vécu pendant six ans, jusqu'à ce que la petite communauté implose du fait des querelles entre ses membres, l'isolement et les épreuves n'ayant fait qu'accentuer leurs incompatibilités d'humeur. Elle avait regagné Dioné avec son mari et leurs enfants, participant à la construction de ce qui était devenu l'habitat-jardin du clan Jones-Truex-Bakaleinikoff.

Aujourd'hui, elle était l'aînée du clan. Une puissante matriarche, une redoutable recluse. Newt, le benjamin de ses quatre enfants, n'était pas défini par ses actes mais par sa lignée : tout ce qu'il accomplissait était comparé aux exploits de sa mère, et la comparaison n'était que rarement favorable. Telle était désormais sa raison de vivre, ainsi qu'il en avait lui-même conscience, un exemple classique de rébellion filiale motivé non par la haine mais par un tendre désespoir. Ses sœurs et son frère avaient fini par s'accommoder de leur héritage, mais Newt avait préféré endosser le rôle du mouton noir. Il vivait une existence précaire et chaotique, pilotant le remorqueur du clan et cabotant dans les systèmes de Jupiter et de Saturne, cultivait son cœur d'artichaut et échafaudait tout un tas de projets à la limite de la légalité pour gagner des crédits ou des kudos. Il avait souvent maille à partir avec les autorités et refusait systématiquement les offres d'assistance de sa mère : chaque fois qu'il échappait de justesse aux flics ou se retrouvait condamné à une amende ou à une peine d'intérêt général, cela enrichissait sa petite réputation de contrebandier et de casse-cou. Puis il avait aidé Macy et Sada, la jeune *refuznik*, à s'échapper d'À l'Est d'Éden.

Même si cette aventure lui avait valu moult kudos, même s'il se considérait comme le plus rebelle de tous, Newt avait conduit ses passagères tout droit dans le giron de son clan. Il prétendait vouloir les présenter à sa mère et au reste de sa famille, tels des trophées de chasse dont il était fier, mais, en vérité, il n'avait pas le choix. Le clan était propriétaire de son vaisseau ; l'habitat-jardin du clan était le seul domaine qui lui soit ouvert dans le système de Saturne ; il avait besoin de l'influence de sa mère pour faire annuler le mandat d'amener émis à son nom et à ceux de ses passagères par les autorités d'À l'Est d'Éden. Sada était allée s'installer à Paris sur Dioné, où elle avait rejoint les rangs des Spectres, la bande qui venait de tenter de saboter la mission brésilienne dans l'atmosphère de Saturne. Macy, quant à elle, était restée dans l'habitat-jardin, se mettant au service de Strom Bakaleinikoff, le père de Newt, qui supervisait la régulation et l'entretien de l'écosystème de l'habitat.

Macy aimait bien Strom, un homme non seulement aussi décontracté que Newt, mais en outre totalement dénué d'ambition et de suffisance, satisfait de son sort et possédant d'immenses connaissances en ingénierie écosystème. Elle avait beaucoup appris à ses côtés et il l'avait encouragée à collaborer avec son frère Pete. Quant à Newt, il avait cessé de s'intéresser à elle dès que s'était tassée l'agitation consécutive à son évasion. C'était un peu insultant de sa part, d'autant plus qu'à en croire sa réputation, il avait une femme dans chaque spatioport. Elle pouvait comprendre qu'il n'ait rien tenté durant le long voyage de Jupiter à Saturne : Sada partageait avec eux l'espace confiné du module de vie de l'*Éléphant* et ils étaient les uns sur les autres. Mais son indifférence avait persisté après cela, comme s'il voyait en elle un trophée de chasse qui n'était bon qu'à prendre la poussière sur une étagère.

Elle aurait plus facilement accepté cette situation si elle ne s'était pas sentie attirée par sa franchise, sa bonne humeur, son charme juvénile et sa vulnérabilité apparente. Leur relation avait fini par évoluer en querelle permanente, leurs discussions tenant à la fois du flirt et de la provocation, mais Macy sentait parfois sa gorge se serrer lorsqu'elle le regardait, après quoi son indifférence la replongeait dans la colère. Elle avait eu deux liaisons alors qu'elle bossait sur les écosystèmes d'oasis en construction, rien de sérieux à ses yeux, rien en tout cas qui lui laisse croire qu'elle cherchait à se venger de Newt, qui avait eu son content d'aventures depuis qu'il l'avait amenée sur Dioné. Et si elle s'était trouvé une nouvelle vie au sein du clan, c'était une vie sans but précis, un peu comme celle de Newt, et elle se sentait toujours étrangère. Un statut qui lui permettait de percevoir avec netteté les tensions montant au sein des cités et des colonies de son nouveau foyer.

L'intérêt dont la Terre faisait preuve ces derniers temps pour le Système extérieur suscitait des réactions différentes suivant les générations. Les Extros les plus âgés, dont la quasi-totalité des survivants de l'exode originel, affirmaient qu'il était dans l'intérêt de tous de parvenir à un accord avec la Terre. En dépit de l'échec du projet Biome de Bifröst, ils espéraient encore une réconciliation. Au nom de la paix et des échanges intellectuels et commerciaux qui ne pouvaient que profiter aux deux parties.

Les Extros âgés de quarante ans et moins se montraient nettement plus méfiants. Ils ne croyaient pas aux promesses du Grand-Brésil et de l'Union européenne, s'irritaient de l'arrivée imminente d'un vaisseau de la Communauté du Pacifique, dont la mission et les intentions demeuraient inconnues, et estimaient que les objectifs de la Terre et du Système extérieur étaient si différents qu'une guerre était inévitable et que les Extros devaient se mobiliser, sans laisser le temps à la Terre de renforcer sa présence en bernant des dirigeants d'un pacifisme criminel, comme elle l'avait déjà fait avec ceux de Camelot sur Mimas. Une minorité agissante parmi ces faucons exigeait une frappe préventive visant le vaisseau de guerre en orbite autour de Mimas, ainsi que le spationef de la Communauté du Pacifique et un cargo brésilien de ravitaillement qui approchaient le système de Saturne.

Il existait un troisième groupe qui, s'il jugeait la guerre inévitable, estimait néanmoins qu'il serait impossible d'affronter et de vaincre l'envahisseur sans causer de sévères pertes, en matériel comme en vies humaines, aux cités et aux colonies extros, particulièrement vulnérables à une agression extérieure. Il suffisait d'une attaque à l'arme cinétique pour priver une cité de son intégrité, et une dépressurisation soudaine pouvait tuer des milliers de personnes. Plutôt que d'attaquer les Terriens de front, suggérait ce troisième groupe, mieux valait leur rendre la vie impossible une fois qu'ils auraient pris le contrôle du Système extérieur. Pratiquer la résistance passive et évacuer le plus de monde et de matériel possible vers les oasis creusées un peu partout dans les lunes de Saturne.

Jusqu'ici, le clan Jones-Truex-Bakaleinikoff était demeuré neutre, préférant opter pour une voie plus ou moins médiane, mais voilà qu'une importante minorité de ses membres les plus jeunes avait obtenu la tenue d'un vote afin de savoir si le clan devait soutenir les protestations de Paris contre la présence terrienne dans le système de Saturne, un vote qui aurait lieu à l'issue de la visite de Marisa Bassi. Le maire de Paris s'entretint en privé avec Abbie Jones et d'autres seniors du clan, puis prononça un bref discours destiné à l'ensemble de celui-ci, affirmant qu'ils étaient en train de vivre une crise très grave, et qui le deviendrait davantage si personne ne prenait les mesures qui s'imposaient. Il pressa le clan de se joindre à ceux qui exigeaient le départ immédiat et sans condition de la prétendue expédition scientifique terrienne et le pria de déléguer l'un de ses membres à la commission représentative du système de Saturne qui était en train de se former en vue de mener les négociations avec la Terre. À l'en croire, seul un front uni pouvait garantir une issue favorable, car sinon la Terre passerait une série d'accords unilatéraux comme ceux qu'elle avait déjà conclus avec Camelot sur Mimas et quelques petites colonies, encourageant ainsi le développement de plusieurs factions antagonistes qu'elle n'aurait plus ensuite qu'à conquérir l'une après l'autre.

C'était une performance modeste et retenue, qui fut accueillie par des applaudissements polis mais un peu hésitants. La plupart des jeunes membres du clan semblaient déçus ; ils s'étaient attendus à un vibrant appel aux armes. Durant la réception qui suivit, sur la pelouse de la Grande Maison, Macy Minnot passa sans s'arrêter devant des groupes animés et des buissons de mimosas en fleur pour se diriger vers Marisa Bassi, qui pérorait devant le buffet. On lui avait dit que le maire souhaitait la voir et elle avait décidé de le confronter directement.

Quoique plus petit que les Extros qui l'entouraient, Marisa Bassi dégageait une forte impression de vitalité et avait les épaules et le cou de taureau d'un dur à cuire. Voyant Macy venir vers lui, il lui empoigna la main droite, lui agrippant le coude dans le même mouvement, et s'exclama avec un enthousiasme aussi bruyant qu'apparemment sincère :

— La célèbre réfugiée de la Terre ! Je suis ravi de faire enfin votre connaissance ! Nous avons quelque chose en commun, vous et moi.

Mon père a abandonné la Terre pour le Système extérieur, comme vous l'avez fait. Vous l'ignoriez, je le vois, mais c'est la vérité. Ça s'est passé il y a quarante ans, lorsque l'Union européenne a entamé ses premiers travaux d'approche. Mon père faisait partie des fonctionnaires envoyés par la Terre pour rédiger un accord. Ça n'a pas marché, mais il a rencontré ma mère, il en est tombé amoureux et il a fait défection pour rester auprès d'elle. Roméo et Juliette, sauf que l'histoire finit bien ! Il n'y a donc qu'une seule génération pour me séparer de la Terre, et voilà que vous arrivez après avoir fait la même chose que lui. Une rencontre historique, non ?

Macy réussit à se dégager de son étreinte et dit :

— Entre votre père et moi, c'est lui qui a eu la meilleure part, j'en jurerais.

— Mais la vie qui est la vôtre ici est sûrement préférable à celle que vous meniez au Grand-Brésil. Après tout, vous avez pu entrer dans l'un de nos clans les plus distingués. Vous êtes libre de faire ce qui vous plaît. Vous n'êtes plus une bête de somme mais une citoyenne.

— Ce que je voulais dire, c'est que votre père a choisi de faire défection. Moi, j'y ai été plus ou moins forcée.

— Si mon père a fait défection, c'est parce qu'il était tombé amoureux. Peut-on dire dans ces conditions qu'il avait vraiment le choix ? (Marisa Bassi gratifia d'un sourire les assistants, flatteurs et pique-assiette qui l'entouraient.) Peut-être que votre histoire est moins romantique que la sienne, Macy, mais vous êtes bien plus héroïque qu'il ne l'a été. C'est pour cela que je tiens à recueillir votre opinion sur ma modeste proposition. Je vous en prie, ne craignez pas d'être franche avec moi.

— C'était un discours fort astucieux. Vous souhaitez nous faire croire qu'en vous soutenant nous contribuerons à une résolution pacifique de la confrontation entre Terre et Système extérieur. Mais vu que vous avez déjà aggravé la situation en qualifiant de héros les Spectres qui ont commis ce stupide coup d'éclat, je me demande quels sont vos véritables mobiles.

— Vous auriez préféré que je félicite les Brésiliens pour leur habileté à déjouer un piège ? rétorqua Marisa Bassi, visiblement amusé par les réflexions de Macy.

— Vous n'étiez pas obligé de dire quoi que ce soit.

— Mon silence aurait été interprété comme un soutien tacite aux Brésiliens. Tout le monde me croit obsédé par la guerre. Mais la guerre n'est pas inévitable. Il suffit que nous présentions un front uni et faisions comprendre à l'équipage du *Gloire de Gaïa* qu'il n'est pas le bienvenu ici et qu'il ne peut pas aller partout où bon lui semble dans notre système. Cela ne signifie pas que tout accord est impossible avec les Brésiliens et les Européens, sans parler de la Communauté du Pacifique. Mais nous ne pouvons pas… nous ne *voulons* pas négocier tant qu'il y aura un vaisseau de guerre dans notre espace. Nous ne négocierons pas sous la contrainte. Il est important que cela soit très clair. (Marisa Bassi s'empara de nouveau de l'avant-bras de Macy, braqua sur elle ses yeux implacables.) Mais je ne suis pas venu ici pour me quereller avec vous. J'ai un service à vous demander. Rien d'extraordinaire. Je souhaiterais que vous parliez du Grand-Brésil. Donnez une idée de la tyrannie qui est imposée à son peuple. Parlez de ces grandes familles qui ont acquis pouvoir et richesse grâce à des actes de violence. Exposez le sort des gens ordinaires, qui vivent comme des esclaves, sous un contrôle de tous les instants, privés de tous les droits que leur accorderait une démocratie.

—Apparemment, vous savez déjà tout ce qu'il y a à savoir sur le sujet, persifla Macy.

—Mais vous connaissez tous les détails. Vous êtes la voix des opprimés. Inutile de rédiger des discours. Je vois plutôt une sorte d'entretien. Une conversation amicale avec un interlocuteur sympathique. Ensuite, le public vous poserait des questions et vous y répondriez en toute liberté. Ni restriction, ni censure, rien de ce contrôle pesant que vous avez sûrement appris à redouter. Ne me répondez pas tout de suite. Prenez le temps de réfléchir. Et j'espère que vous prendrez la bonne décision, Macy.

—Je peux vous donner ma réponse sur-le-champ, monsieur Bassi. C'est non. Je ne tiens pas à faire partie de votre dispositif de propagande.

—Je veux seulement que vous disiez la vérité. Nos citoyens doivent la connaître s'ils veulent prendre une décision fondée. C'est ainsi que nous procédons, Macy. Tout citoyen a droit à un accès illimité à l'information et il s'en sert pour décider de son vote. Ici, les gens sont libres. Ils ne sont pas des possessions, contrairement à ce qui se passe au Grand-Brésil.

—Ce n'est pas tout à fait ça.

—Si vous pensez que nous entretenons des idées fausses sur le Grand-Brésil, pourquoi ne pas nous décrire la vraie réalité des choses ?

—Je devrais me sentir flattée à l'idée que vous me croyez utile à votre cause, dit Macy. Et ça ne me dérange en rien de dire la vérité. Non, le problème, c'est que les gens comme vous, les fauteurs de trouble, ont toujours des idées bien arrêtées et que la vérité ne les convainc jamais d'y renoncer.

Marisa Bassi n'était pas du genre à lâcher prise et il répéta à Macy de prendre le temps de la réflexion.

—Je vous reposerai la question et, cette fois-ci, j'espère que vous aurez changé d'avis. L'enjeu est de première importance.

Cela dit, il se détourna d'elle pour demander à Ismi Bakaleinikoff, qui venait de rejoindre le petit groupe, ce qu'elle pensait de sa modeste proposition, et Macy comprit qu'il venait de la congédier.

Yuldez Truex, le leader affecté des jeunes membres du clan qui souhaitaient que celui-ci s'aligne sur Paris, la rattrapa alors qu'elle s'éloignait, lui déclarant qu'elle avait commis une erreur en refusant la proposition de Marisa Bassi.

—C'est une occasion en or pour toi. Si tu la saisis, non seulement tu gagneras des kudos mais en outre tu prouveras que tu nous es loyale. Mais si tu la repousses, eh bien, tout le monde conclura que tu ne peux te résoudre à dire la vérité parce que ta loyauté est toujours acquise au Grand-Brésil.

Macy éclata de rire.

—Être loyal, cela signifie donc penser comme toi ?

—Je m'efforce de te donner un bon conseil, insista Yuldez. Quand la guerre éclatera, les gens dont la loyauté est sujette à caution risquent d'avoir de sérieux ennuis.

—À qui va ta loyauté, Yuldez ? Au clan ou à Marisa Bassi ?

—Je veux que nous fassions ce qui est juste. Et toi aussi, tu devrais agir dans ce sens.

—Dès que j'aurai déterminé quel est le sens de la justice, je te promets que j'agirai.

Avant que Yuldez ait eu le temps de répondre, Newt fit son apparition et dit :

—Ce gamin te cherche noise ?

—Il n'est pas dangereux, dit Macy.

—Au moins, je peux compter sur *ton* vote, dit Yuldez à Newt. Quelqu'un qui a applaudi les Spectres comme tu l'as fait ne souhaite pas que nous nous rendions sans combattre.

—Macy et moi devons avoir un entretien privé, Yuldez, alors disparais, tu veux ? Je suis sûr qu'il y a plein de personnes ici qui n'attendent que de succomber à ton charme.

Quand Yuldez se fut éloigné, Newt confia à Macy qu'il était né avec une langue de vipère.

— Il n'arrêtait pas de tourmenter les enfants plus jeunes que lui. Il n'aimait rien tant que les faire pleurer. J'espérais que ça lui passerait en grandissant, mais j'en doute de plus en plus.

— C'est comme ça que tu me vois, comme une enfant ayant besoin de protection ?

— Ce n'est pas exactement ce que je voulais dire. Et ce n'est pas la peine de me sortir ta réplique suivante. « Savoir se tenir debout et tomber de temps en temps pour mieux se relever, ça fait partie du processus d'apprentissage. » C'est ce que tu dis toujours quand quelqu'un veut t'aider et que ça t'énerve.

— Ça ne servirait pas à grand-chose de te le répéter, vu que tu n'écoutes jamais ce que je te dis. Mais je n'ai pas besoin qu'on m'aide à gérer des têtes brûlées comme ce crétin de Yuldez.

Newt eut un sourire.

— Tu te crois également capable de gérer Marisa Bassi toute seule, je parie.

— Je pense y être bien arrivée. Il m'a demandé de lui rendre un service…

— Et tu lui as dit que tu ne voulais pas être intégrée à son dispositif de propagande. L'un de ses aides a retransmis toute votre conversation sur la toile. Au bout de trente secondes, plein de gens m'ont appelé et je me suis connecté pour suivre la fin. (Newt pêcha une paire de bésiks dans sa poche de poitrine et l'agita dans l'air.) Tu peux savourer le spectacle si ça t'intéresse.

— Ce fils de pute m'a tendu une embuscade.

Macy avait l'impression que ses poumons venaient de se vider.

— Si tu veux mon avis, tu fais déjà partie de son dispositif de propagande, reprit Newt. Que comptes-tu faire pour remédier à cela ? Non que je te propose mon aide, bien entendu. Je suis curieux, c'est tout.

— Je ne sais pas. Mais je pense que je ne peux plus faire autrement que d'être mêlée à ce bordel.

Chapitre 4

Après l'embuscade qui faillit faire capoter l'opération Sonde-Abysse, les échanges diplomatiques se durcirent des deux côtés. L'ambassadeur brésilien à Camelot sur Mimas envoya à toutes les cités et colonies du système de Saturne une vidéo dans laquelle il protestait contre les actes inconsidérés de l'équipage du *Joyeuses Pistes* et déclarait en guise d'avertissement que toute nouvelle tentative de refuser le passage aux vaisseaux brésiliens ferait l'objet d'une riposte appropriée. Les maires, sénateurs, préfets et conseillers municipaux des cités et colonies ayant jusqu'ici opté pour la neutralité se fendirent de communiqués conciliants qui veillaient à souligner que les Spectres ne relevaient pas de leur juridiction. Le maire de Paris sur Dioné prononça un long discours passionné au cours duquel il déclara que toutes les activités de la prétendue expédition scientifique constituaient des cibles légitimes pour les manifestants pacifiques et qu'il venait d'autoriser l'installation autour de sa ville de divers systèmes de défense, parmi lesquels des lasers à rayons gamma et des canons électriques tirant de la grenaille intelligente, ajoutant qu'il n'hésiterait pas à réagir si les Brésiliens et les Européens faisaient mine de porter atteinte à la sécurité et à la souveraineté de sa cité. Les analystes des deux camps s'affairaient encore à déterminer les implications de ce défi lorsque Averne, la sorcière génétique, diffusa une brève allocution sur la toile, faisant par la même occasion sa première apparition publique depuis plus d'un an.

Elle s'adressait directement à la caméra qui ne cadrait que sa tête et ses épaules et parlait avec sobriété. C'était une vieille femme aux cheveux blancs et au teint basané, sans bijoux ni maquillage, vierge de toute altération cosmétique. Mais elle rayonnait de charisme.

Aussi célèbre que tous les scientifiques de l'histoire de l'humanité, elle était également la doyenne du Système solaire. Née sur Terre au début du XXIe siècle, elle avait survécu aux guerres du pétrole, aux guerres de l'eau et au chaos qui avait accompagné le premier changement climatique global, et, après la Renverse, elle avait fait partie des leaders de la rébellion qui avait abouti au grand exode vers Mars et les lunes de Jupiter et de Saturne. Elle avait créé les premiers kénobies, conçu toute une palette d'écosystèmes adoptés par la plupart des cités, des colonies et des habitats extros, altéré l'organisme humain pour l'adapter à la vie en faible pesanteur, développé les premiers traitements de longévité, et accompli bien d'autres exploits. Alors même qu'elle s'était plus ou moins retirée du monde, sa gloire avait perduré au fil des décennies, se transformant en une légende alimentée par les rumeurs les plus étranges. En rompant ainsi la ligne de conduite qu'elle semblait s'être imposée, elle attira aussitôt l'attention de tous les habitants du Système extérieur et de tous les décideurs de la Terre, quoique les analystes, les commentateurs et les psycholinguistes qui devaient disséquer son propos se soient accordés pour dire que, si elle s'exprimait avec une clarté admirable, c'était malheureusement pour proférer des banalités, voire des platitudes.

Averne évoqua les différentes routes qu'avaient suivies à l'issue de la Renverse les nations de la Terre et les colonies extros, chacune s'orientant dans une direction qui lui était dictée par ses problèmes spécifiques. Mais, en dépit de ces différences, ajouta-t-elle, l'histoire récente des peuples de la Terre et du Système extérieur avait pour moteur le même indomptable esprit humain, souvent téméraire mais également admirable, qui était à l'origine de tentatives héroïques pour comprendre et améliorer la condition humaine, et pour graver son empreinte sur l'avenir au moyen d'entreprises d'une échelle et d'une ambition vertigineuses.

Encore et encore, nous échouons, déclara-t-elle. Et chaque fois que nous échouons, nous nous relevons pour reprendre la lutte, résolus à échouer de moins lamentable façon. Si nous agissons ainsi, c'est parce que nous possédons un don sublime, celui de voir plus loin que la boussole de notre vie médiocre, et c'est parce que nous souhaitons préserver ce qu'il y a de mieux dans cette vie que les êtres humains, qu'ils soient de la Terre ou des lunes de Jupiter et de Saturne, doivent mettre de côté leurs différences et s'unir pour faire cause commune. Dans cet esprit, elle demanda aux Extros d'éviter les provocations envers l'expédition en orbite autour de Mimas, rappela à son auditoire l'importance du développement des échanges commerciaux et esquissa les grandes choses que pouvaient accomplir ensemble les deux branches de l'espèce humaine : un avenir authentiquement utopique où la Terre serait enfin guérie de ses maux, où la totalité du Système solaire serait colonisée par une harmonieuse pluralité de cités-États. Pour ce qui était du futur proche, elle appela de ses vœux la création d'une entité semblable aux Nations unies de jadis, où des ambassadeurs venus de toutes les lunes habitées des systèmes de Jupiter et de Saturne et de toutes les nations de la Terre pourraient débattre de leurs différences. Finalement, elle annonça qu'elle résiderait à Paris sur Dioné pendant toute la durée de la crise, dans l'espoir de contribuer à un processus de paix et de réconciliation.

Les discours d'Averne et de Marisa Bassi définissaient parfaitement la polarisation du Système extérieur. D'un côté, on trouvait ceux qui voulaient combler le fossé historique séparant les Extros de la Terre grâce aux échanges culturels et commerciaux, portant sur des biens matériels et intellectuels, à la diplomatie et à l'organisation de projets communs susceptibles de profiter à tous. De l'autre, on trouvait ceux qui non seulement doutaient des mobiles des trois grandes puissances terriennes mais jugeaient en outre que la Terre était à présent dépassée, une puissance exsangue dont les gesticulations militaires actuelles constituaient un réflexe futile. Cette seconde faction affirmait que l'avenir appartenait au seul Système extérieur, lequel était au seuil d'une révolution culturelle et scientifique qui allait entraîner l'avènement du prochain stade de l'évolution humaine.

Sur Terre, le clivage se faisait suivant les mêmes lignes. Au Sénat brésilien, les partisans du saint vert Oscar Finnegan Ramos défendaient avec passion la poursuite des efforts en vue de signer des accords commerciaux. Mais, pour la majorité, l'incident de l'opération Sonde-Abysse prouvait que les Extros représentaient une menace pour le peuple de la Terre, et les partisans de la paix connurent un revers d'importance lorsque, au cours d'une session secrète, le directeur de la Sécurité nationale apporta la preuve que plusieurs cités des lunes de Saturne stockaient des armes de destruction massive, parmi lesquelles des pestes transgéniques et des missiles nucléaires, et que Marisa Bassi avait commandé une étude de faisabilité sur la perturbation des orbites de certaines comètes à courte période, ce qui rappelait fâcheusement la tentative martienne de bombarder la Terre avec un astéroïde troyen. Lorsqu'une partie de ces preuves se retrouva sur les forums, on assista à des manifestations anti-extros dans toutes les métropoles du Grand-Brésil et de l'Union européenne, et le gouvernement de la Communauté du Pacifique annonça que sa force expéditionnaire dans le système de Saturne veillerait à ce que les tragiques erreurs du passé ne se reproduisent pas.

— En fait, les adversaires de la paix ont déjà arrêté leur décision et ils sont prêts à tout pour parvenir à leur but, dit Oscar Finnegan Ramos à Sri Hong-Owen. Donc, ils attisent la haine et la terreur. Les préjugés primaires. Tant que les gens craindront leur ennemi, ils le croiront capable de toutes les atrocités. Ces rumeurs à propos de pestes et d'objets tueurs de planète ne sont que cela, des rumeurs, mais dans le climat actuel, elles constituent un formidable outil de diabolisation des Extros. Quant à nous, nous avons un handicap par rapport à notre adversaire, vu que nous ne pouvons répandre des rumeurs contraires de peur de nous abaisser à son niveau. Nous devons nous en tenir à la vérité, si nous ne voulons pas devenir semblables à notre adversaire et ainsi trahir notre cause. En même temps, que l'on se place sur le plan logique, moral ou historique, il ne sert à rien d'avoir raison… D'avoir raison et de perdre la bataille.

C'était à la requête du saint vert que Sri s'était rendue à son ermitage de Basse-Californie. La crise l'avait amené à recevoir des visiteurs en si grand nombre qu'on avait dû construire une route temporaire à la sortie de Carrizalito. Sri était venue directement depuis l'Antarctique, accompagnée de ses deux fils, et elle avait dû patienter à un check point pendant qu'Oscar finissait de s'entretenir avec une délégation de scientifiques de l'Union européenne. Un mois plus tôt, on avait tenté d'empoisonner son puits, de sorte que la sécurité était plus draconienne que Sri ne l'avait jamais connue. Des soldats et des blindés à l'aéroport. Un chapelet de barrages sur la route. Une corvette profilée comme un squale croisant à deux kilomètres de la côte. On l'avait consciencieusement fouillée au check point, mais elle dut se soumettre à l'examen d'un loup patrouillant dans les dunes avant de pouvoir emprunter le sentier menant à la hutte d'Oscar.

Tous deux marchaient à présent sur la plage, où soufflait une forte brise tiède, et le loup les suivait à une distance respectueuse, sinuant sur la crête à travers les oyats, entre lesquels on apercevait par intermittence le lustre de sa robe spéculaire. Sri avait vu un jour l'une de ces machines chasser un cerf non loin de l'usine où on les fabriquait. Les cadres qui avaient organisé cette démonstration avaient parié sur le temps que survivrait le cerf tandis que le loup le coursait pour le fatiguer, tel un matador face à un taureau dans l'arène, jusqu'à ce que le cerf, épuisé, la bave aux lèvres, se fige tout tremblant, après quoi le loup l'avait tué net d'une fléchette logée à la base du crâne, qui lui avait sectionné la colonne vertébrale.

Sri savait que le loup qui rôdait au sommet de la dune était capable de lui réserver le même sort, mais pas une fois elle ne se tourna vers lui tandis qu'elle longeait le rivage en compagnie du saint vert. Oscar remuait le bois flotté avec son bâton tout en faisant un parallèle entre la situation présente et la guerre unilatérale contre Mars, ressassant des arguments entendus cent fois.

— Il y a un siècle, la nécessité de la guerre ne faisait aucun doute, dit-il. Les Martiens avaient failli détruire la Terre. Nous devions lancer des représailles, sinon ils auraient tôt ou tard récidivé. Nous aurions pu occuper Mars, nous en servir comme d'un tremplin pour gagner Saturne et Jupiter. Au lieu de cela, nous avons démoli la planète rouge comme des enfants capricieux. Et voilà que, maintenant, tout va recommencer.

Il souleva un tas de varech avec la pointe en fer de son bâton et le jeta au loin, pour aussitôt après s'excuser à Sri de ce mouvement d'humeur.

— J'ai eu une journée désagréable. Et ce n'était pas la première. Trop de naïfs qui croient encore à une simple action de police. Pacification, purification, prévention… ils n'ont que ces mots à la bouche. Alors que ce qui les attend, c'est la guerre, tout simplement. Une guerre qui risque de détruire toutes les cités extros, ce qui entraînera forcément des représailles de la part des survivants. Ces derniers risquent de réussir là où les Martiens ont échoué. C'est dans des moments comme celui-ci que je me demande si les Verts extrémistes n'avaient pas raison. Peut-être que Gaïa a tout avantage à se passer de nous. Avec le temps, une autre espèce pourrait s'émerveiller en contemplant les étoiles. Les ours, peut-être. Ou encore les ratons laveurs. Peut-être qu'ils se débrouilleront mieux que nous…

Ils marchèrent quelque temps en silence. Lorsque Oscar donna le signal du retour, Sri sentit quelque chose se détendre en elle, comme si elle était soulagée d'une crampe. Le rendez-vous touchait à sa fin ; peut-être que le vieillard allait enfin en venir au fait. Mais il attendit pour reprendre la parole qu'ils soient arrivés à mi-chemin de sa hutte.

— Tu es en contact avec Arvam ces temps-ci ?

— Je serais ravie de lui transmettre un message.

Elle dut faire un effort surhumain pour ne pas se tourner vers la machine qui rôdait dans les dunes.

— Si j'ai envie de parler à mon neveu, je peux encore l'appeler. Je l'ai fait sauter sur mes genoux quand il était bébé, je l'ai vu grandir. C'était un enfant plein de hardiesse, d'intelligence et de franchise… (Ils firent quelques pas pendant qu'Oscar s'abîmait dans ses réflexions. Puis il reprit :) Je sais qu'on a mis un terme au projet Superdoués. Je me demandais si tes services étaient encore en liaison avec les siens.

— Nous organisons des réunions pour discuter d'éventuels nouveaux projets.

Sri s'ordonna la prudence. Elle ignorait ce qu'Oscar savait au juste des superdoués : les vrais, pas les chimpanzés. Et elle ignorait également ce qu'il pouvait savoir ou soupçonner de l'autre projet.

— Donc, si tu devais rencontrer ses assistants, cela n'aurait rien d'anormal ?

— Absolument pas. Qu'attendez-vous de moi ?

— Pas grand-chose. Et puis, de toute façon, tu vas te rendre à Brasília, n'est-ce pas ? Cette commission d'enquête…

— J'ai reçu une citation à comparaître. J'avais rédigé un rapport dès mon retour et voilà que je dois le commenter mot par mot devant la commission de sécurité, après avoir fait le serment d'usage. Ce n'est pas ce que j'appelle un témoignage de confiance.

— Je ne t'accuse pas d'aider nos adversaires, dit Oscar. Ils sont à l'affût de toutes les excuses pour nuire aux Extros. Je sais bien que tu n'as pas le choix.

— Ils vont aussi interroger mon fils. Ils interrogent tous ceux qui se sont rendus dans le Système extérieur au cours des cinq années écoulées.

— Comment va Alder ? Et Berry ?

— Alder dirige à présent son propre service, qui supervise les applications de plusieurs de mes vieux projets. Berry continue à s'intéresser à l'histoire naturelle.

— Alder a seize ans, c'est cela ? Aussi précoce que sa mère. Tu aurais dû les amener avec toi plutôt que de les laisser à Carrizalito.

— La prochaine fois, peut-être.

— J'ai quelque chose qui devrait plaire à Berry. Au fait, ça me rappelle… ce petit service. L'un des analystes du renseignement travaillant pour mon neveu est un sympathisant de notre cause. À l'en croire, lui et ses collègues sont vivement encouragés à produire des rapports qui confirment les préjugés de leur supérieur plutôt que de refléter la vérité. Il veut me transmettre les données brutes formant le soubassement du rapport qu'ils sont en train d'élaborer. J'ai l'intention de les faire analyser par ma propre équipe afin de voir si, oui ou non, les services de mon neveu parviennent à des conclusions conformes à la vérité. Et comme tes services ont établi des lignes de communication durables avec ceux d'Arvam, il me semble que tu es la mieux placée pour réceptionner ces données et me les communiquer de la façon la plus sûre et la plus discrète qui soit.

Oscar donna à Sri le nom du sympathisant en question, précisant que c'était un officier supérieur de l'unité de renseignements affectée à Arvam Peixoto et qu'il arriverait sans peine à trouver une excuse plausible pour la rencontrer, elle ou l'un de ses subordonnés.

— Je m'en occuperai personnellement, lui assura Sri.

— Bien. Ensuite, tu me les apporteras toi-même, et le plus tôt sera le mieux. Nous devons contrer la propagande noire de mon neveu et contester ses affirmations avant qu'elles aient le temps de s'enraciner dans les esprits. D'accord ?

— Je ferai mon possible.

Elle savait qu'elle devrait informer Arvam au plus vite, ne rien lui cacher de cette requête, lui laisser le soin de décider du sort d'Oscar. C'était la meilleure chose à faire, et ce pour tout un tas de raisons : non seulement sa propre sécurité était en jeu, mais en outre Arvam allait bientôt partir pour Saturne et il ne supportait pas que quiconque s'oppose à lui. S'il découvrait l'existence de ce complot ridicule, il en profiterait sûrement pour humilier Oscar, le dépouiller de toute l'influence qu'il exerçait encore sur la famille et causer le maximum de dommages au camp de la paix et de la réconciliation. Et si la réputation d'Oscar était ruinée, celle de Sri serait souillée par association. Mais elle avait encore des bribes de loyauté envers son vieux mentor. Elle décida donc de ne rien faire, afin de le sauver des conséquences de sa stupidité. Elle allait attendre quelques jours puis informer Oscar qu'elle avait échoué dans sa mission. Restait à trouver un moyen pour l'absoudre de toute faute ; peut-être demanderait-elle à Yamil d'éliminer cet officier, de le faire disparaître...

— N'aie pas honte d'avoir peur, dit Oscar, se méprenant sur la raison de son silence. Nous vivons des temps dangereux. Je sais que tu ne crains rien dans ton centre de recherche de l'Antarctique, mais tu devrais faire attention quand tu te rends à Brasília, ma chère. Par ailleurs, peut-être n'était-il pas très sage d'emmener tes fils avec toi.

— Alder lui aussi est cité à comparaître.

Les yeux d'Oscar se voilèrent un instant.

— Oui. C'est vrai. Excuse-moi, ma chère. Je suis fort distrait ces temps-ci.

— Ne vous inquiétez pas pour moi. Je sais me débrouiller.

— Tu as toujours été le plus brillant de mes élèves.

— Jamais je n'oublierai tout ce que je vous dois.

Soudain prise de chagrin et de pitié, elle se rendit compte que leur longue relation arrivait à son terme. Après cela, toutes les dettes qu'elle avait envers lui seraient soldées. En fait, c'est lui qui lui serait redevable. Il lui devrait son honneur et sa vie, même s'il ne le saurait jamais.

— Je veux te montrer quelque chose avant que tu repartes, reprit Oscar. Une chose qui devrait plaire à Berry. Ce ne sera pas long.

Le saint vert conduisit Sri vers un enclos aménagé au-dessus de la ligne de haute mer.

— Vous avez remis ça avec les tortues, dit-elle.

— Pas tout à fait. Deux des femelles que j'avais lâchées l'an dernier sont revenues pondre des œufs. Une fois éclos, ceux-ci produiront la première génération authentiquement indigène de tortues de Kemp depuis plus d'un siècle et demi.

Oscar eut un sourire traduisant un plaisir sincère et innocent. Il paraissait encore robuste. Voûté comme un vieux singe, ses larges épaules tavelées de taches marron suite à un récent traitement aux phages contre le cancer de la peau. Indomptable et endurant.

— Quand tout semble désespéré, il ne nous reste que l'espoir, déclara-t-il. Et il lui arrive parfois de récompenser notre foi en lui. Va, ma chère, et fais ce que tu dois faire.

Sri et ses fils prirent l'avion pour Brasília et la situation se détériora aussitôt. Comme ils quittaient l'aéroport, deux voitures de police interceptèrent la limousine de Sri et la forcèrent à se garer. Yamil Cho ordonna au chauffeur de ne pas bouger, ajoutant qu'il allait voir ce que voulaient les flics, mais il n'était pas plus tôt descendu de voiture que deux de ceux-ci le plaquèrent contre le capot et entreprirent de le fouiller, de lui confisquer son arme et de lui passer les menottes. Berry, qui observait la scène à travers les vitres teintées, demanda s'ils allaient le tuer et Alder lui répondit par la négative, affirmant que jamais la police ne s'en prendrait à un auxiliaire de la famille, qu'il devait s'agir d'une erreur.

Un officier ouvrit la portière et pria Sri de descendre à son tour.

— Vous le regretterez, lui lança Alder.

— Chut ! fit Sri.

Aussitôt sortie, elle eut conscience de la chaleur et du déplacement d'air causé par les véhicules défilant sur la chaussée. Elle se demanda si Arvam avait percé à jour le plan d'Oscar et décidé de l'étouffer dans l'œuf en la faisant disparaître. Même si elle se sentait fort calme, un bourdonnement lui vrilla les tympans et ses jambes se mirent à flageoler lorsque l'officier l'agrippa par le bras, la conduisit vers l'une des voitures de police et lui dit de monter à l'arrière.

Un jeune homme mince en costume noir l'accueillit d'un petit sourire comme elle prenait place à ses côtés et la pria de les excuser pour le caractère mélodramatique de cet épisode.

— Malheureusement, nous n'avons pas la possibilité de vous joindre par les canaux traditionnels.

Les amortisseurs du véhicule grincèrent lorsque l'officier s'installa au volant ; il démarra en trombe, toutes sirènes dehors, et laissa la limousine sur place.

— Ne vous inquiétez pas, dit le jeune homme. Vos fils et votre secrétaire ne tarderont pas à regagner votre résidence.

— Et où m'emmenez-vous ?

— Euclides Peixoto tient à vous rencontrer pour vous demander un service, dit le jeune homme.

La voiture de police gagna les quartiers sud de Brasília et emprunta une route en lacets sinuant au sein d'une végétation luxuriante, que brisaient de temps à autre les murs de riches demeures, pour gagner la villa retirée où Euclides Peixoto logeait l'une de ses maîtresses. Euclides attendait Sri dans le patio. Sa maîtresse, une quadragénaire grassouillette et maternelle, posa sur la table décorée de mosaïques une carafe de café glacé et des assiettes de pâtisseries, puis se retira.

Euclides assura Sri que le lieu était vierge de tout mouchard, soumis à des vérifications régulières et gardé par des hommes triés sur le volet. Personne ne saurait jamais qu'elle s'y était rendue ; ils pouvaient parler librement.

— Ce que j'attends de vous, poursuivit-il, c'est que vous me disiez quel service mon oncle vous a demandé de lui rendre. Dites-moi tout.

— Vous savez déjà tout. Sinon, vous ne m'auriez pas kidnappée.

— Vous êtes en colère. Et très certainement terrorisée. Je comprends. Mais vous n'avez aucune raison d'avoir peur. Ai-je blessé ou menacé vos fils ? Non. Je les ai autorisés à regagner votre appartement, et votre secrétaire avec eux. Vous ai-je blessée ou menacée ? Non. Je vous ai invitée ici parce que je souhaite vous aider. Je veux vous empêcher de commettre une terrible erreur. Alors, allez-y, parlez-moi de ce fameux service. Et n'omettez aucun détail.

Euclides savait qu'Oscar lui avait demandé de récupérer cette fichue dataiguille, aucun doute sur ce point. Il avait fait poser un mouchard dans l'ermitage d'Oscar. Lui ou un autre membre de la famille, peut-être n'agissait-il pas seul. À moins que le fameux officier sympathisant ait été percé à jour ou soit un agent double. Aucune importance. L'important, c'était qu'Euclides allait lui demander de trahir Oscar une fois qu'il aurait fini de jouer au chat et à la souris avec elle. C'était la seule explication possible de sa présence ici. Elle y avait réfléchi durant le trajet, examinant la situation sous tous les angles, et elle savait exactement ce qu'on allait lui demander, et elle savait aussi qu'elle allait accepter. Elle avait compté protéger Oscar des conséquences de sa ridicule conspiration, mais c'était désormais impossible. Il était d'ores et déjà condamné. Tout ce qu'elle pouvait faire, c'était se sauver, sauver ses fils, sauver son œuvre.

Elle fixa donc un point situé quelques centimètres à gauche du visage d'Euclides Peixoto et, d'une voix aussi neutre que possible, lui expliqua qu'Oscar doutait de la validité du rapport sur les capacités des Extros et souhaitait qu'elle contacte l'un des assistants d'Arvam Peixoto, qui était disposé à lui communiquer les données sur lesquelles se fondait ce rapport. Elle savait qu'elle n'avait pas le choix, mais elle n'en fut pas moins saisie de honte et de dégoût.

— Une fois que vous auriez récupéré cette dataiguille, vous étiez censée la livrer à Oscar en personne, dit Euclides.

Il était vautré dans son siège, le torse nu, vêtu en tout et pour tout d'un pantalon blanc. De l'épaule au coude, son bras droit était gainé de tatouages : des têtes d'aigle et de jaguar d'un style vaguement maya.

— Je devais retourner chez lui dès que j'aurais eu réglé cette affaire.

— Chez Oscar et nulle part ailleurs. Il est seul sur ce coup.

— Oui, tout seul.

Durant un long moment, on n'entendit que le friselis de la fontaine au centre du patio ombragé. Sri sentait son cœur battre contre ses côtes tel un animal en cage.

— Est-ce que vous l'auriez fait ? demanda Euclides. Est-ce que vous auriez déposé cette dataiguille aux pieds de mon oncle comme un chien obéissant ?

— J'étais en train de passer mes options en revue.

— Vous êtes une femme très intelligente, professeur-docteur. Je suis sûr que vous aviez déjà pris une décision. Comptiez-vous informer Arvam de l'existence de ce traître ?

— J'envisageais de le faire tuer. Le traître, je veux dire.

— Avant ou après avoir réceptionné la dataiguille ?

— Est-ce que ça a une importance à présent ?

— Ce qui est important à mes yeux, c'est que vous ne me cachiez rien.

— Je n'avais pas l'intention de livrer la dataiguille à Oscar. Pas plus que je ne comptais en parler au général Peixoto.

— Vous aviez décidé de protéger mon oncle des conséquences de sa sottise. Comme c'est admirable !

Sri attendit en silence, soumise à son regard moqueur.

— Il me semble que mon oncle a toujours été vieux, reprit Euclides. Il a une histoire aussi riche que glorieuse, mais aujourd'hui, quoique j'aie peine à le dire, il a peur du changement. En ce qui le concerne, le passé est plus important que le présent. Car le passé est fixé, familier. Alors que le présent regorge de choses qu'il ne peut plus ni comprendre ni contrôler. C'est pour cela qu'il s'est retiré dans son ermitage, voyez-vous. Il a réduit son univers jusqu'à lui donner une taille gérable. Il ratisse la plage. Il élève des tortues. Il fait pousser des légumes. N'allez pas croire que je le critique. Bien au contraire. Pour une personne d'un âge avancé comme le sien, de tels passe-temps sont bien suffisants quand on veut occuper ses journées. Et cependant, comme vous le savez, il ne peut s'empêcher de se mêler de tout. Il n'est plus dans le monde mais il ne peut laisser le monde en paix. Le sens des choses lui échappe, mais il se croit encore capable de faire une différence. Qui est le traître, au fait ? Vous avez omis de citer son nom.

— Manuel Montagne.

Sri n'éprouva aucun sentiment hormis un léger étonnement à l'idée de ne rien ressentir. Elle venait de condamner un homme à mort et cela ne lui faisait ni chaud ni froid.

— Manuel Montagne, répéta Euclides Peixoto en savourant le goût de ce nom dans son palais. Le lieutenant-colonel Manuel Montagne. L'un des assistants personnels d'Arvam. Eh bien, inutile d'éprouver ni honte ni remords, professeur-docteur. Je sais à présent que ce Montagne place son prétendu sens moral au-dessus de sa loyauté. Je sais à présent que c'est un traître. La question, bien entendu, est la suivante : Arvam le sait-il ?

— J'ai été parfaitement franche avec vous, dit Sri. Ne l'oubliez pas.

— Vous avez fait le bon choix et j'en suis ravi. Vous représentez un atout, professeur-docteur. Pas seulement à cause de votre talent et de votre ingéniosité, mais parce que mon oncle ne fait que vous soupçonner de traîtrise. Il n'a encore aucune certitude sur ce point.

— J'ai toujours servi la famille au mieux de mes capacités.

— Ravi de l'entendre. Maintenant, écoutez-moi attentivement. Voici ce que vous allez faire. Vous allez rencontrer le lieutenant-colonel Montagne, mais vous ne livrerez pas à mon oncle les informations qu'il vous communiquera. Vous lui livrerez les informations que je souhaite lui donner. Je sais ce que vous pensez… Mais n'ayez crainte, professeur-docteur, je n'ai aucune intention de vous faire du mal, ni à vous, ni à vos fils. Tant que vous obéirez à mes instructions, bien entendu. Et je n'ai pas davantage l'intention de faire du mal à mon oncle. Non, je veux l'empêcher de commettre une bévue. Donc, voici ce que vous allez faire. Vous lui transmettrez des données montrant sans ambiguïté non seulement que les Extros projettent une attaque contre nos actifs dans le système de Saturne, mais aussi qu'ils sont en train de s'armer en vue d'attaquer la Terre. S'il dispose de preuves irréfutables des intentions belliqueuses des Extros, il renoncera probablement à soutenir cette cause perdue qu'est le processus de paix et de réconciliation.

— Permettez-moi d'en douter sérieusement. Il a échoué à prévenir une guerre il y a un siècle, de sorte qu'il est bien décidé à empêcher celle-ci.

— Mon oncle est un homme buté, je vous le concède, dit Euclides. Buté, rusé et intelligent. Que pensez-vous de sa façon de mettre votre loyauté à l'épreuve avec cette petite mission ? Mais peut-être suis-je aussi rusé que lui. Une fois que vous lui aurez apporté la dataiguille, je dénoncerai cet homme, le lieutenant-colonel Montagne. Et il donnera tous les détails du complot à ses interrogateurs, ce qui déclenchera un scandale et, par ricochet, Oscar tombera en disgrâce.

— Et moi ?

— Vous aurez démontré votre loyauté envers la famille et non envers un vieux fou. Car il est fou, vous le savez bien. Ce qu'il ne comprend pas, c'est que le conflit n'oppose pas seulement la Terre aux Extros, les vrais humains aux prétendus posthumains. C'est aussi un conflit des générations. Dans un camp comme dans l'autre, ça fait trop longtemps que les vieillards détiennent le pouvoir. Ils résistent au changement. Ils ne voient que ce qu'ils veulent voir. Eh bien, l'heure du changement est venue. En fait, celui-ci est inévitable, ainsi que nous l'enseigne l'histoire. Je vous conseille donc de faire une croix sur l'attachement que vous avez pour votre mentor, professeur-docteur.

Ne cherchez pas à le sauver de lui-même. Il ne ferait que vous entraîner dans sa chute.

— Je suppose que je devrai vous informer de l'heure et du lieu de mon rendez-vous avec le lieutenant-colonel.

— Inutile. Je le saurai avant vous. Nous le surveillons de très près.

— Le général Peixoto est-il au courant pour lui ? Et pour ce que vous comptez faire ?

— Arvam n'a pas besoin de savoir quoi que ce soit, répondit Euclides. Il est bien trop occupé par son départ pour Saturne. Il croule sous le travail. Tous ces préparatifs. Il ne sert à rien de le tracasser avec ce genre de problème. Me suis-je fait comprendre ?

— Oh ! oui.

Euclides avait besoin de Sri pour livrer la dataiguille à Oscar mais, une fois cela accompli, et en dépit de toutes les assurances qu'il venait de lui donner, il la ferait sans doute tuer vu qu'elle ne lui serait plus d'aucune utilité.

— Il y a intérêt, lâcha-t-il. Oh ! avant que vous partiez… Encore une chose. La famille estime qu'il serait préférable que vous restiez à Brasília pour le moment.

— J'ai l'intention de regagner l'Antarctique dès que j'aurai déposé devant la commission d'enquête, répliqua Sri. Tout comme le général Peixoto, j'ai beaucoup à faire.

— Je suis sûr que vous pouvez travailler tout aussi efficacement ici que dans votre petit royaume des glaces. Vous serez autorisée à vous rendre dans la hutte de mon oncle, bien entendu, mais vous reviendrez ici tout de suite. Et vous resterez ici. Vous et vos fils.

— Mes fils n'ont rien à voir avec cette histoire.

— La famille se soucie de leur sécurité et de la vôtre. Ici, ils seront à l'abri.

— Vous voulez dire qu'ils seront vos otages.

— Ils seront à l'abri. Je vous le promets. Je n'entendrai pas un mot de plus à ce sujet. La décision est prise et on ne peut plus revenir en arrière. De grands changements se préparent. Au cours des prochaines semaines, nous devons garder tout le monde auprès de nous. Toutes les personnes importantes pour nous. Et, ma chère professeur-docteur, vous comptez parmi les plus importantes de toutes.

— J'ai fidèlement servi la famille, dit Sri à son fils aîné. Quand nous sommes allés dans le système de Jupiter, j'ai tout fait pour que le projet Biome soit une réussite. J'étais animée des meilleures intentions.

Mais, en même temps, je travaillais pour le compte d'Arvam. Toujours avec les meilleures intentions. Comment aurais-je pu faire autrement ? Si j'avais montré des signes de désobéissance, si j'avais refusé de me soumettre à Oscar ou à Arvam, j'aurais été châtiée. Dépouillée de toute mon œuvre. Mais si loyale que j'aie été, me voilà quand même condamnée. On m'a obligée à trahir Oscar et tu peux être sûr que je n'en retirerai aucune récompense.

— Tu as fait ce qu'il fallait faire, dit Alder. La seule chose que tu pouvais faire étant donné les circonstances.

— Je sais. Mais ça n'arrange rien.

Sri et Alder se promenaient dans le parc autour de la bibliothèque de la famille Peixoto. Celle-ci se trouvait dans le quartier qu'on appelait Jardim Botânico, avant la Renverse et les guerres civiles. On était en début de soirée. Les lumières s'allumaient le long des allées qui sinuaient entre les massifs de fleurs, les vastes pelouses impeccables et les bosquets d'arbres. L'éclat du crépuscule s'attardait à l'ouest, mais le ciel, d'un bleu virant à l'indigo, servait d'écrin aux premières étoiles et au croissant de lune resplendissant, pareil à un sourire caricatural au-dessus de l'amas de cubes noirs qui constituait la bibliothèque.

C'était l'un des lieux préférés de Sri sur Terre. Après qu'Oscar Finnegan Ramos l'eut remarquée et arrachée de l'obscur centre de recherche agricole où elle stagnait pour la gratifier d'une de ces célèbres bourses dont les bénéficiaires pouvaient étudier le sujet de leur choix, elle avait passé trois ans ici, à cultiver ses premières idées authentiquement originales, entrevoyant la forme qu'elle devait donner à sa vie et à sa carrière pour obtenir du monde qu'il exauce son vœu le plus cher. C'était ici même, devant un bosquet de palmiers et d'hibiscus, qu'elle avait enfin compris comment résoudre un problème de transfert d'électrons dans le système de photosynthèse artificiel qu'elle s'efforçait de mettre sur pied, un problème qui était demeuré insoluble des semaines durant en dépit de tous ses efforts. Elle observait des colibris vert émeraude bourdonnant au-dessus des fleurs d'hibiscus rouge vif lorsque la réponse lui était soudain venue, en état parfait d'achèvement, une authentique épiphanie, lui valant de goûter un bonheur pur et sans nuages qu'elle n'avait connu par la suite qu'à la naissance de son premier fils.

Elle avait conservé des appartements dans l'un des blocs réservés aux érudits en résidence et adorait se promener dans les jardins entourant la bibliothèque. Mais aujourd'hui, le dédale familier d'allées, de talus et de crêtes paysagés lui faisait l'effet d'une cage, et l'air chaud et humide pesait sur elle comme un linceul.

— Euclides ne travaille pas seul, fit remarquer Alder.

— Non. Jamais il n'aurait pu concevoir un coup tordu comme celui-ci. Il n'est que la partie visible d'une faction importante de la famille. Une faction favorable à la guerre et qui souhaite humilier Oscar. Saper son autorité. Cela au moins est évident. Et saper aussi l'autorité d'Arvam, du moins je le pense.

— Tu es sûre qu'il n'est pas mêlé à tout cela ?

— Euclides me l'a clairement fait comprendre. Il ignore qu'un de ses plus proches assistants transmet des informations à Oscar. Non, ils utiliseront cela contre Arvam le moment venu, pour s'assurer qu'il ne monte pas en puissance une fois qu'il aura gagné la guerre. Et, bien entendu, cela leur donnera aussi une excuse pour m'éliminer. Tout ceci est bien goupillé. C'en est même admirable. D'une pierre, trois coups.

— Pourquoi souhaiteraient-ils t'éliminer ?

— Parce que ma loyauté est remise en question. Parce que j'en sais trop. Parce que j'ai cessé de leur être utile. Parce que je leur ai donné tout ce qui leur était nécessaire pour poursuivre leur guerre et qu'ils n'ont plus besoin de moi.

Sri cracha ces derniers mots avec amertume.

— Tu attendais une récompense, mais tu as plutôt l'impression d'avoir reçu une punition, dit Alder. Tu es troublée car tu te juges victime d'une injustice. Mais les gens ordinaires qui servent les riches et les puissants doivent toujours être prêts à subir de brusques revers de fortune, c'est là un principe bien établi. Car les riches et les puissants peuvent se montrer cruels et capricieux. Ils ont le pouvoir d'altérer le sort de leurs serviteurs si l'envie leur en prend. Donc, aux yeux d'Euclides et de sa faction, il est parfaitement possible que tu ne sois qu'un grouillot. Un pion dans la partie qui les oppose à Oscar et au général.

— Un pion qu'ils envisagent de sacrifier.

— Si la partie approche de sa fin, peut-être risques-tu aussi de gagner une promotion.

— D'après Euclides, la famille souhaite que je reste ici. Il m'est interdit de rentrer à la maison. S'ils peuvent anéantir par caprice les vingt ans de travail que j'ai accomplis pour eux, alors ma personne n'est pas à l'abri du même sort. Et ils n'auront pas le moindre regret. Je ne peux compter ni sur leur charité, ni sur leurs sentiments. Non, si je veux survivre à cette épreuve, je dois passer à l'action de mon côté. Et puis, nous n'avons pas encore abordé le point le plus important.

Alder comprit tout de suite.

—Averne.

Depuis le fiasco de Bifröst, Sri s'était juré que si la guerre éclatait… *quand* la guerre éclaterait, elle veillerait à ce qu'on la récompense pour son travail et sa loyauté en lui réservant l'exclusivité d'Averne et de ses secrets. Ce trophée lui était destiné à elle seule. Elle seule en était digne ; elle seule le méritait. L'idée qu'un de ses rivaux, ces crétins avides et pataauds, puisse tripoter l'œuvre d'Averne, découvrir et exploiter les secrets de la sorcière génétique, l'emplissait d'une colère teintée d'impuissance et d'amertume.

—Mieux vaudrait tuer Averne et détruire son œuvre que de laisser un imbécile la ruiner ou la pervertir, déclara-t-elle.

Ils marchèrent au sein d'un crépuscule qui allait en se réchauffant. Le système d'irrigation s'activa parmi les pelouses et les massifs, crachant des jets d'eau dans les airs et cliquetant bruyamment.

Au bout d'un temps, Alder demanda :

—Ce n'est pas un de tes tests, au moins ? Tu sais déjà ce que tu comptes faire et tu veux que je le déduise…

Il rendait désormais dix bons centimètres à Sri et, quoiqu'il ait encore l'allure un peu gauche d'un adolescent, elle percevait nettement les linéaments du bel homme élégant qu'il allait devenir. Tout comme elle, il était entièrement vêtu de noir. Chemisette noire, pantalon plissé noir, bottes noires au bout pointu et renforcé d'acier. Ses cheveux couleur de miel étaient coupés ras, sauf à la tempe droite où poussait une anglaise qui s'achevait au niveau de la pommette. Ce n'était plus un petit garçon. C'était un jeune homme ambitieux, au fait des rouages du pouvoir et de la politique, des compromis et des négociations nécessaires aux intérêts de sa mère et à la sécurité de ses recherches.

Sri se sentait partagée entre le chagrin et la fierté, et cependant elle savait depuis toujours que plus Alder prendrait des responsabilités, comme elle n'avait cessé de l'y encourager, plus cela serait aux dépens de son innocence. Tel était le prix que l'on payait quand on recherchait le pouvoir, elle le savait, mais cela ne l'aidait guère à l'accepter.

—Je ne veux pas que tu déduises quoi que ce soit, lui dit-elle. Je veux te garder en sécurité, ce qui signifie que tu ne peux pas savoir ce que j'ai l'intention de faire ou de ne pas faire. Mais j'aurai besoin de ton aide. La politique, les complots, la flatterie et tout le reste… je ne suis pas douée pour ça. En outre, tu es déjà aussi impliqué que moi. Même si je réussis à survivre, notre vie sera profondément changée.

Et si je commets une erreur, eh bien, Berry et toi vous retrouverez non seulement orphelins mais aussi spoliés de votre héritage.

Alder s'esclaffa, pour s'excuser aussitôt.

— Pardon, mais ça sonne un peu mélo.

— C'est néanmoins la vérité.

— Je pense que je serais mieux à même de t'aider si tu me faisais davantage confiance...

— Ne va jamais croire que je n'ai pas confiance en toi. Ce n'est pas une question de confiance. C'est une question de sécurité. Si tu en sais trop, tu ne seras jamais en sécurité, alors ne me pose *plus jamais* de questions sur mes plans.

— Pardon, répéta Alder.

— Il faudra que tu partes, reprit Sri. Que tu te mettes hors de portée d'Euclides.

— Et Berry ?

— Je m'occuperai de Berry. Toi, tu devras prendre soin de toi jusqu'à ce que j'aie besoin de ton aide.

— Entendu.

Sri s'arrêta de marcher. Alder en fit autant et se tourna vers elle, grand et grave.

— Promets-le, dit-elle.

— Je le jure.

Elle se pencha vers l'avant, se haussa sur la pointe des pieds et l'embrassa sur les lèvres.

— Bien. Ça prendra peut-être un an. Peut-être davantage. Mais ça ne durera pas éternellement. Je te contacterai quand ce sera sans danger et j'aurai alors besoin de ton talent pour la diplomatie et la négociation. Ce ne sera pas facile, mais c'est le seul moyen pour nous de survivre à cela.

— Tu m'as appris que rien de ce qui est important ne s'acquiert facilement, dit Alder. Et même si Euclides et sa faction te tiennent en leur pouvoir, tu es en fait plus puissante qu'ils ne peuvent l'imaginer. Tu as accompli un travail très important pour la famille. Tu es une grande sorcière génétique, le plus grand sorcier génétique que la famille ait jamais connu. Cela compte sûrement pour quelque chose.

— Espérons-le.

Chapitre 5

Le clan Jones-Truex-Bakaleinikoff organisait des consultations publiques à la mode athénienne. Les citoyens votaient en plaçant dans l'urne un disque de verre noir ou blanc, dans le cadre d'un scrutin à un seul tour. Newton Jones fut l'un des derniers à donner son avis sur le soutien à apporter à la cité de Paris sur Dioné. Macy eut droit à un sourire lorsqu'il glissa un disque noir dans l'urne. Le résultat fut annoncé dix minutes plus tard. Les noirs l'emportaient sur les blancs à une courte majorité. La proposition était repoussée.

Comme elle sortait de la salle, Yuldez Truex l'apostropha :

— Je suppose que tu seras ravie quand les soldats brésiliens défileront dans nos cités.

— Ton camp a été battu, et pas seulement à cause de mon vote, répliqua Macy. Arrête de me rendre responsable de ta défaite et passe à autre chose.

Le lendemain matin, alors qu'elle était occupée à charger un rolligon de conteneurs de graines, de cultures de micro-organismes et de flasques de nématodes et de collemboles, elle reçut une convocation émanant d'Abbie Jones. La mère de Newt demeurait dans une tour à l'ouest de l'habitat-jardin. En découvrant sa silhouette profilée et ses ailerons, on pensait aux fusées telles qu'on les fantasmait trois siècles auparavant, impression encore renforcée par sa coque en fullerène noir où se reflétait la végétation environnante. Des massifs de lis, une herbe vert pâle, des chardons argentés et des bordures de buis taillées. Des allées gravillonnées. Une tonnelle de roses blanches. Une mare carrée bordée de dalles où des carpes ventrues glissaient sous les nymphéas, qui évoquaient des pièces de monnaie semées sur les eaux noires.

Macy s'était déjà entretenue à plusieurs reprises avec Abbie Jones, mais jamais en tête à tête, et c'était la première fois qu'elle entrait dans la tour de la matriarche. Elle fut accueillie par un petit robot pourvu de trois pattes arachnéennes et d'une carapace de plastique transparent usée par les ans. Il la conduisit vers un ascenseur qui la mena au sommet de la tour, dans une pièce où Abbie, assise sur un pouf, examinait une ardoise à la lumière d'une des quatre fenêtres circulaires creusées à chacun des points cardinaux. C'était une femme pâle et élancée, aussi grande que Newt, vêtue d'une tunique et d'un pantalon de coton écru. Ses longs cheveux blancs réunis par une sorte de résille reposaient sur son épaule droite, laissant son visage dégagé. Elle posa son ardoise et pria Macy de s'asseoir, puis lui demanda si elle avait déjà petit-déjeuné.

—Oui, madame.

—Eh bien, voulez-vous un peu de café ?

Macy répondit par l'affirmative et prit place sur un pouf en face de la vieille femme pendant que le robot repartait vers l'ascenseur en cliquetant. L'ouvroir où elles se trouvaient était petit mais lumineux et aéré. Entre deux des fenêtres était placée une étagère pleine de livres, face à un métier à tisser où une pièce à rayures rouges et noires attendait d'être achevée. Les fenêtres donnaient sur le jardin vert et blanc, et, plus loin, sur un patchwork de champs, de prés et de bosquets s'étendant jusqu'à la bordure forestière, le tout éclairé par les chandeliers et les veilleuses fixées aux angles de la tente.

Abbie Jones dit à Macy qu'elle espérait ne pas l'avoir dérangée dans son travail ; Macy lui répondit que celui-ci n'avait rien d'urgent.

—Vous allez activer un nouvel habitat ?

—Oui, madame. Dans la plaine au sud de Carthage Fossae. Une équipe de robots est en train d'édifier un hameau.

—Je vous en prie. Appelez-moi Abbie.

—OK.

—Cela fait un moment que vous travaillez sur nos oasis.

—Environ huit mois.

—Vous aimez votre travail ?

—Beaucoup.

—J'en suis ravie. Tout le monde devrait aimer son travail. Cela cesse d'en être un. Cela devient une partie de soi. De son être.

—Vous aimez tisser, à ce que je vois.

—Cela m'aide à me détendre quand je me lasse de gouverner. Nous sommes une démocratie non hiérarchisée qui soumet toutes les décisions au vote. Mais quelqu'un doit s'assurer que les décisions en question sont appliquées dans la justice et la transparence. Et quelqu'un doit gérer les problèmes quotidiens et les difficultés trop triviales pour être soumises à la sagesse collective du peuple.

Le petit robot revint avec un plateau en bois sur lequel étaient posées une cafetière et une cruche de lait, ainsi qu'une assiette de biscuits couleur de miel. Il le posa sur le sol entre les deux femmes, sa bande de capteurs panoramique tourna de cent quatre-vingts degrés et il recula pour se placer près de l'étagère, où il s'accroupit en poussant un soupir hydraulique. Abbie Jones servit le café et demanda à Macy si elle voulait du sucre ou de la crème.

— Noir, ça ira.

Abbie Jones sirota son café et fixa Macy derrière le rebord de sa tasse.

— Vous avez voté contre l'alliance avec Paris.

— Comme la majorité.

— Pensez-vous que Marisa Bassi interprétera votre vote comme un refus de l'aider ?

— Qu'il l'interprète comme ça lui chante. (Macy marqua une pause puis reprit :) Si Marisa Bassi connaît la teneur de mon vote, s'il ne fait pas que la deviner, alors c'est qu'un des votants présents au scrutin lui a dit que j'avais mis un disque noir dans l'urne.

Abbie Jones hocha la tête avec un petit sourire.

— Je crois savoir qui c'est, poursuivit Macy. Ne vous inquiétez pas. Je ne compte pas protester officiellement. Sauf si vous le souhaitez.

— Si nécessaire, je m'en chargerai moi-même.

— Comment avez-vous su que Marisa Bassi était informé de mon vote ?

— Il m'a appelée juste avant que je vous contacte. Il m'a présenté divers arguments tendant à prouver que nous avions tort de ne pas le soutenir. Et il m'a dit qu'il savait que vous aviez voté contre la motion en ce sens, suggérant en outre que vous aviez répandu dans nos esprits ce qu'il qualifie de propagande probrésilienne.

— C'est pour cela que vous m'avez fait venir ici ?

Abbie Jones secoua la tête.

— Je ne vous accuse de rien. Si je vous ai priée de me rendre visite, c'est parce que j'estimais devoir vous informer de ces accusations. Est-ce qu'il vous a parlé ?

— Non, mais ça ne tardera pas, je le parierais. Sans doute va-t-il revenir à la charge. Et si je refuse toujours de l'aider, il se fendra sans doute d'un speech pour m'accuser d'espionnage.

— Si vous avez besoin d'aide, il vous suffit de demander.

— C'est généreux de votre part. Mais je crois savoir comment lui couper l'herbe sous les pieds.

— Cependant, ma proposition tient toujours.

— Je vous en remercie. Mais, si ça ne vous dérange pas, laissez-moi d'abord appliquer mon idée. De toute façon, je m'y suis plus ou moins engagée.

Il y eut un bref silence, puis Abbie Jones déclara :

— Parfois, il survient un événement qui change la vie d'une personne de façon radicale. Un chapitre s'achève et un autre commence. Il y a un avant et un après. Tout ce qui concerne l'avant, y compris les actes et les décisions qui ont pu causer cette rupture, cesse d'avoir un sens immédiat. C'est comme un rêve, ou encore l'histoire de la vie d'un tiers. Et tout ce qui se produit après diffère de tout ce qui s'est produit avant, car la personne concernée n'est plus jamais la même. C'est ce qui vous est arrivé, je pense ?

— Ma vie a changé, ça, c'est sûr. Mais j'ignore encore comment cela m'a changée.

— Cela m'est arrivé également. Le même genre de rupture. Avant de partir pour mon périple dans la ceinture de Kuiper, je jouissais d'une petite renommée dans le cercle restreint des personnes qui s'intéressent aux confins du Système solaire. Je possédais quelques kudos. Rien de plus. Mais à mon retour, j'ai été un temps la personne la plus célèbre du Système extérieur, et ma célébrité a engendré des rumeurs prétendant que j'avais fait d'étranges rencontres dans l'espace. Avec un extraterrestre ou le fantôme d'un astronaute perdu. Une authentique intelligence artificielle qui aurait évolué à partir d'une antique sonde-robot. Certains prétendaient qu'une hallucination m'avait amenée à revivre des existences antérieures. Ou que j'étais devenue plus qu'humaine. Que j'avais désormais un point de vue divin sur les comédies et les tragédies de la vie quotidienne. Tout cela était ridicule, bien entendu, mais ce n'en était pas moins compréhensible. Quand survient un événement ou un changement spectaculaire, les gens aiment lui trouver une explication qui l'est tout autant. Et il est exact que ma vie avait changé, de fond en comble et à jamais. Le fait que j'aie passé quatre années de totale solitude n'y est peut-être pas étranger, mais il n'en demeure pas moins que je n'ai rien trouvé dans les confins que je ne me sois attendue à trouver, et si j'ai changé, alors ce n'est pas à cause d'un phénomène inconnu mais du simple fait d'une évolution au quotidien comme nous en connaissons tous. C'est ce voyage qui m'a rendue célèbre, et là se place le point de rupture de ma vie. Celui qui sépare l'avant de l'après. Si je suis partie fonder une colonie sur Titania en compagnie de mon époux et de quelques amis, c'était en partie pour échapper à la visibilité qui découle de la célébrité. Par ailleurs, nous étions tous jeunes à l'époque, jeunes et arrogants. Nous nous pensions incapables d'échouer. Mais c'est ce que nous avons fait. Nous étions trop loin de tout, et notre isolement a grossi nos petits désaccords jusqu'à les transformer en conflits ouverts. Nous sommes donc revenus au bercail, mon époux, mes enfants et moi, nous avons pris un nouveau départ, et nous voilà. (Abbie Jones trempa un biscuit dans son café et en mangea une infime bouchée.) Là où je veux en venir, c'est que j'avais tort de croire que je pourrais retrouver ma vie d'avant... avant que je sois célèbre. Personne ne peut revenir en arrière. Il n'y a plus d'avant, avant n'existe plus.

Il y eut un nouveau silence. Les deux femmes sirotèrent leur café. L'antique robot se tenait immobile près de l'étagère, un point rouge brillant dans sa bande de capteurs. Macy reprit la parole.

— Si j'ai débarqué ici, c'est en grande partie par accident. Je n'en avais nullement l'intention. Mais je ne compte pas revenir en arrière. À un moment donné, j'ai cru que ce serait possible. Je l'ai même espéré. Mais je sais à présent que je me trompais.

— C'est bien. Cela signifie que vous êtes libre de découvrir ce que vous êtes devenue.

— Je suis une étrangère. Je le sais. Peut-être serai-je toujours une étrangère. Mais je vais m'efforcer de me faire une place ici.

— Vous êtes plus célèbre qu'avant, vous aussi. Cela peut vous servir, si vous vous y adaptez. Ou cela peut devenir un fardeau, si vous n'y prenez garde. Vous aurez à lutter constamment contre les attentes d'autrui. (Abbie Jones but une gorgée de café.) Vous et moi, nous pouvons étudier le point de rupture de notre vie. Ce qui nous définit. Tout le monde n'a pas cet avantage. Certains luttent toute leur vie durant pour découvrir ce qu'ils sont, sans jamais trouver de réponse satisfaisante. Le plus jeune de mes fils, par exemple.

Macy ne pipa mot, mais elle sut avec une certitude glacée que la matriarche était au courant de ses projets.

— Newton ne connaît pas le repos, reprit Abbie Jones. Il faut toujours qu'il tente quelque chose. Une nouvelle idée, une nouvelle attitude. Comme quelqu'un qui essaierait des vêtements. Il n'a encore rien trouvé qui le satisfasse.

— Cela viendra, j'en suis sûre.

— Il ne veut pas qu'on voie en lui le fils d'Abbie Jones. Il veut être lui-même. Il espère trouver quelque chose qui tracera dans sa vie une solution de continuité. Quelque chose qui le définira. Tout comme vous et moi sommes définies par ce qui nous est arrivé. Il n'est pas stupide et je le pense courageux, même si son courage n'a pas encore été mis à l'épreuve. Peut-être est-il bravache ou téméraire plus qu'il n'est courageux. Et il est trop influençable.

— Jamais je ne persuaderais Newt de faire une chose qu'il ne souhaite pas faire, dit Macy. Je ne saurais même pas comment m'y prendre.

Elle se demanda si Abbie Jones la sondait, si elle voulait savoir ce que trafiquait Newt quand il partait pour les villes et les colonies de diverses lunes. Qui il rencontrait, avec qui il parlait, de quoi il parlait. Eh bien, elle n'en savait rien. Oh ! Newt lâchait parfois des indices et des sous-entendus, mais Macy, qui avait des rouages de cette société une connaissance moins approfondie qu'elle ne l'aurait souhaité, ne parvenait pas à trier dans ses propos les faits des vantardises et des histoires à dormir debout, encore moins à les situer dans un contexte précis. Par ailleurs, sa mère, une personne aussi bien connectée que respectée, possédant d'amples réserves de karma et du pouvoir à revendre, en savait probablement plus qu'elle sur les escapades de son fils. Peut-être qu'Abbie Jones lançait un avertissement à Macy ; peut-être la croyait-elle branchée sur les fantasmes de Newt...

— Eh bien, dans ce cas, j'espère que vous rencontrerez le succès, conclut Abbie Jones. Et votre intérêt n'est pas seul en jeu. Si Marisa Bassi parvient à convaincre les bonnes personnes que vous êtes une sorte d'espionne, la réputation du clan ne pourra qu'en souffrir. Comme nous vous avons accueillie parmi nous, nous passerons pour des idiots, ou pire encore.

— Je ne vous décevrai pas.

Macy roulait dans la plaine enténébrée, longeant des champs de kénobies et une chaîne de petites collines dans lesquelles, à chaque nouvel an, les citoyens des habitats et des oasis environnants sculptaient à coups de ciseau, de marteau-piqueur et d'explosif des statues et des fresques représentant des animaux, réels et imaginaires, des châteaux, des temples, des palais et des paysages fantastiques, tantôt leur conservant leur couleur naturelle, c'est-à-dire le brun, tantôt les aspergeant de givre argenté ou d'eau teintée. La route longeait la lisière de ce pays enchanté et filait en ligne droite vers le nord-est, en direction du réseau de crêtes et d'escarpements qui entourait la gigantesque faille de Carthage Fossae. Le croissant de Saturne montait lentement par-delà l'horizon. La route traversa une série de crêtes à moitié enfouies sous un tapis de poussière, vestige de plusieurs millions d'années d'impacts micrométéoritiques, et Macy la quitta pour mettre le cap au nord, montant une côte qui déboucha sur un escarpement abrupt dominant une cuvette où un hameau d'oasis et d'abris scintillait doucement, évoquant un semis d'émeraudes taillées avec un soin exquis.

Macy imagina un caillou intelligent tombant du ciel noir : s'il se déplaçait avec une vélocité suffisante, il n'avait pas besoin d'être massif pour pulvériser l'une de ces petites tentes et ouvrir un nouveau cratère dans le paysage. Elle imagina une pluie de cailloux tombant sur les colonies, criblant la surface de Dioné, des heures durant, sans se lasser…

Elle suivit une étroite piste en lacets pour gagner la plaine, puis se dirigea vers la toute nouvelle oasis. Une équipe de robots constructeurs venait d'achever la tente et son infrastructure et le clan Jones-Truex-Bakaleinikoff avait décroché son contrat d'activation. L'*Éléphant* était posé près d'elle, et sa coque rose vif contrastait violemment avec le décor brun clair et terre de Sienne. Macy se gara devant le sas de service, verrouilla son casque et descendit, puis entreprit de charger sur un traîneau ses bidons et ses caisses scellés. Elle venait tout juste de commencer lorsque Newt apparut au coin de la tente, progressant par petits bonds impatients. Le plastron de son vidoscaphe blanc était décoré par une reproduction de la *Nuit étoilée* de Van Gogh : tourbillons indigo et soleils farouches.

— Désolée d'être en retard, dit Macy. J'ai eu un empêchement.

— *Tu aurais pu appeler.*

— Je savais que tu m'attendrais. Et puis je ne suis pas *trop* en retard.

— *Tu ne peux pas attendre qu'on soit rentrés pour décharger ces trucs ? Tu nous retardes encore plus.*

— Je ne veux pas les laisser dans le camion. Si la batterie lâche, le froid les détruira.

— *La batterie ne lâchera pas.*

— Donne-moi un coup de main et ça ira plus vite.

Newt l'aida à charger la cargaison du rolligon sur le traîneau et ils tractèrent celui-ci dans le sas, qu'ils pressurisèrent. Sous les parois inclinées de la tente, l'espace était divisé en deux par une cloison sinueuse, décorée çà et là par des excroissances de basalte, et recouvert d'une couche de sol artificiel obtenu à partir de particules de smectite et de sidérite moulues et conditionnées dans un bioréacteur. Un robot jardinier l'avait posée quelques jours plus tôt. Après s'être assurée de la viabilité de sa microflore et de son biote et avoir procédé aux ajustements nécessaires, Macy allait semer dans chaque centimètre carré un mélange d'herbe et de trèfle à croissance rapide. Elle reviendrait quinze jours plus tard pour moissonner la récolte et en faire du compost, laissant le sol prêt à recevoir des plantes plus évoluées.

Elle ôta son casque et pria Newt de s'asseoir, car elle avait quelque chose à lui dire.

— Tu as les foies ? lâcha-t-il après qu'il eut ôté son casque et se fut perché sur le traîneau.

— Je pars toujours avec toi. Mais il faut que tu saches une chose : ta mère est au courant.

— Elle sait ce que tu as l'intention de faire ?

— Peut-être. Je l'ignore. Elle ne m'a posé aucune question précise et je me suis gardée de l'y encourager. Mais elle m'a clairement fait comprendre qu'elle te savait impliqué dans l'affaire.

Une fois que Macy lui eut résumé sa conversation avec Abbie Jones, Newt dit :

— C'est Yuldez, pas vrai ?

— Qui a parlé à Marisa Bassi ? Oui, c'est ce que je pense.

— Hier soir, il est venu me demander de l'emmener à Paris. Il s'est pointé au moment où j'allais partir et m'a dit que je pourrais le déposer avant d'aller chercher ma cargaison. Je lui ai dit que ça me faisait un trop gros détour et qu'il n'avait qu'à prendre le train. Je présume que c'est ce qu'il a fait.

— Et Marisa Bassi a appelé ta mère le matin venu. Ça colle.

— Je vais m'occuper de lui.

— Ta mère m'a dit qu'elle s'en chargerait. Et puis, ce n'est pas comme s'il avait livré un secret d'État. Tous les membres du clan savent comment j'ai voté.

— Il voulait te mettre dans la merde.

— De toute façon, Marisa Bassi s'en serait pris à moi quand il aurait compris que je refusais de coopérer avec lui.

— Ton fichu plan a intérêt à marcher, alors. Vas-tu me dire, oui ou non, qui tu as l'intention de rencontrer ?

— Tu ne tarderas pas à le savoir. Dès que nous arriverons sur Encelade.

Chapitre 6

Euclides Peixoto appela Sri quelques heures avant qu'elle comparaisse devant la commission d'enquête sénatoriale. Elle petit-déjeunait en compagnie d'Alder et d'un groupe d'assistants, d'avocats et de conseillers, qui l'aidaient à préparer sa déposition. Une fois qu'elle se fut isolée sur la terrasse, Euclides lui dit que son rendez-vous avec le traître, le lieutenant-colonel Manuel Montagne, était fixé pour 15 heures.

—Aujourd'hui ?

—*Ne vous inquiétez pas, professeur-docteur. Vous avez tout le temps.*

Euclides ajouta qu'elle devrait emprunter l'allée centrale longeant le Lago Paranoá en direction de l'ouest. Le traître l'attendrait à son extrémité.

—Et ensuite ?

—*Ensuite, vous procéderez comme prévu. Il n'a aucune raison de vous soupçonner et j'aurai placé des hommes en observation. Au cas bien improbable où il surviendrait un problème, ils interviendront sur-le-champ. Mais je suis sûr que vous veillerez à ce qu'aucun problème ne se présente, n'est-ce pas ?*

—Ne soyez pas si triomphant. Cela nous déprécie tous les deux.

— *Vous n'êtes pas en position de me faire la morale. Quand vous aurez récupéré la dataiguille, vous serez abordée par un de mes hommes. Vous échangerez votre dataiguille contre la sienne et c'est celle-ci que vous apporterez à mon oncle.*

—C'est tout ce que j'aurai à faire, dit Sri.

Elle savait que c'était faux. Il y avait aussi ses propres plans à considérer.

— C'est tout. Vous avez pris la bonne décision, professeur-docteur. Vous ne regretterez pas de nous avoir aidés.

Face aux quatre membres de la commission d'enquête, Sri récita des réponses soigneusement apprises à des questions qu'on lui avait communiquées à l'avance, et, à l'issue d'un bref interrogatoire, le président la remercia de son aide et lui donna congé. Vint alors le tour d'Alder ; en l'écoutant faire sa déposition, Sri se sentit fière de lui, impassible devant les sénateurs, l'œil franc et la voix posée.

Cela fait, des gardes du corps escortèrent Alder jusqu'à leurs appartements et Yamil Cho conduisit Sri au lieu de rendez-vous, situé à l'autre bout de la ville. Les rues étaient envahies de bicyclettes et de cyclo-pousse tractant des remorques lourdement chargées, de camions civils et militaires, d'autobus et de taxis collectifs si bondés que leurs passagers évoquaient des fourmis agglutinées autour d'un bout de nourriture. Les superquadras monolithiques occultaient le ciel et plongeaient les rues bordées d'arbres dans une perpétuelle pénombre. Boutiques et appartements se bousculaient sur les terrasses des étages inférieurs, les autres étant dévolus à des plates-formes fermières bardées de panneaux solaires et surmontées d'éoliennes dont les pales géantes projetaient tous azimuts des échardes de soleil.

Sri détestait Brasília. Elle détestait le brutalisme de son architecture. Elle détestait la chaleur, l'air sec et la poussière venue du *planalto* qui bariolait le ciel de rouge sang. Mais ce qu'elle détestait le plus, c'étaient les gens, les prolos aux vêtements bon marché de couleur criarde, au corps et au visage non reconstruits, imparfaits, qui se pressaient par milliers dans les rues, surpopulation totalement irrationnelle mais encouragée par la nécessité comme par l'idéologie. La terre appartient à Gaïa, la ville à l'humanité. Tel était l'aboutissement d'une tendance datant de l'invention de l'agriculture. Désormais, la quasi-totalité des habitants de la Terre demeuraient dans une ville, et les villes avaient cessé de vampiriser les campagnes environnantes, de capter les ressources en eau, en nourriture et en minéraux à cent ou mille kilomètres à la ronde, car elles étaient devenues des structures fonctionnant en autarcie, recyclant leurs ordures et leurs eaux usées, exploitant des plates-formes fermières occupant les terrasses des immeubles, quand ce n'était pas leur toit tout entier. Des monades urbaines isolées comme des pustules des étendues naturelles reconstruites et régénérées qui les entouraient.

La puanteur de la rue s'infiltrait dans l'habitacle climatisé de la limousine, se posant sur Sri telle une seconde peau graisseuse. La sueur et le parfum bon marché, l'encens brûlant sur les autels, la fumée des feux entretenus par les vendeurs de victuailles, la saveur âcre du biogazole brûlé. Une dizaine de styles de musique rugissaient depuis les autoradios des véhicules, les haut-parleurs des boutiques et les radios ventrues des échoppes alignées sur le trottoir à l'ombre des arbres majestueux. Les gens vivaient au vu et au su de tous, pareils à des animaux. On les observait en train de se faire couper les cheveux, soigner les dents, scanner ou tatouer, en train de manger, de regarder des danseurs ou des marionnettes, en train d'écouter les prédicateurs itinérants qui fulminaient au coin des rues, de prier devant des autels consacrés à tout un zoo de totems animaliers. Aux yeux des prolos, Gaïa n'était pas un concept scientifique, le réseau intégré de tous les biomes de la planète, mais une antique déesse, puissante et cependant vulnérable. Par l'intercession de leur totem, ils imploraient Son pardon pour les plaies que l'humanité Lui avait infligées et priaient pour Son renouveau. Leurs grossiers autels La représentaient sous la forme de Vénus naissant des eaux, debout sur son coquillage, ou d'une danseuse aux bras multiples, d'une figure maternelle aux hanches fertiles, ou encore d'un enfant rieur dansant au cœur d'une forêt mouchetée de soleil.

Un abîme d'ignorance, que jamais on ne pourrait combler, songea Sri tout en contemplant les rues carnavalesques derrière les vitres teintées de sa limousine blindée. Parfois, elle rêvait d'une épidémie qui réduirait l'espèce humaine à un niveau de population gérable. D'une planète verte retournée à la Nature où dix millions de personnes à peine marcheraient dans les plaines et les forêts, vogueraient sur les océans d'un bleu pur. Des hommes et des femmes grands, forts et intelligents, qui vivraient de la terre avec parcimonie, reliés les uns aux autres par une toile planétaire, portant dans leur esprit l'essence de la civilisation. Une utopie où tout le monde lui ressemblerait. Le changement climatique, puis les guerres de l'eau et des céréales avaient fait des milliards de victimes, et la Renverse d'autres milliards encore, mais cela n'avait pas suffi.

Les paysages vides et frigides des lunes de Saturne lui apparurent en esprit. Les jardins des cités et des oasis. Des cathédrales vertes célébrant le triomphe du rationnel.

Elle se rendit compte que la limousine ralentissait, comme s'ils étaient coincés dans un embouteillage. Des arpèges d'avertisseurs.

Des cris de conducteurs frustrés. Le rugissement animal d'une foule massée sur une esplanade et débordant sur la chaussée. Yamil Cho parla à quelqu'un *via* son microcasque puis annonça à Sri qu'ils avaient rencontré un problème bénin.

— Qu'est-ce que c'est, une manifestation ?

— Disons plutôt une émeute, madame.

— Une émeute ?

— À force d'être excités par la propagande de guerre, les gens cherchent un exutoire à leur colère. Ils brûlent des effigies, reprennent des slogans en chœur. En général, ce n'est pas grave. Les chaînes infos leur accordent la même couverture médiatique qu'au football en salle.

— Je ne regarde pas les chaînes infos.

Elle se rappela une chose que lui avait dite Oscar, le jour où elle avait remarqué que quantité de gens ne contribuaient en rien au monde, qu'ils n'étaient que des calices de chair par lesquels s'exprimait la pulsion reproductrice de leurs gènes. À en croire Oscar, l'instinct de meute avait fait son apparition peu après que les êtres humains se furent regroupés dans des cités. La meute était aussi hideuse que vicieuse, mais elle servait un but précis, rassemblant la populace autour d'une plaie de sa psyché, à la façon de globules blancs se ralliant autour d'une infection. La meute était une soupape de sécurité à la frustration et à l'insatisfaction ; elle unissait la population face à l'ennemi, réel ou imaginaire. La meute a toujours été avec nous, affirmait Oscar. On avait testé toutes les formes de gouvernement, mais seule la meute était une constante de la civilisation. Les dirigeants croyaient contrôler le peuple, ils se croyaient supérieurs aux masses, qu'ils aient tenu leur pouvoir du consensus, de la force brute ou du droit divin, mais, en réalité, ils n'étaient que des serviteurs de la meute.

Yamil Cho parla dans son micro puis dit à Sri :

— La police nous assure que nous serons en sécurité tant que nous resterons dans cette voiture. On va nous faire sortir d'ici au plus vite, mais mieux vaut adopter un comportement discret.

— Nous sommes dans une limousine, monsieur Cho. Elle n'a rien de discret. Et puis nous ne devons pas rater ce rendez-vous. Sortez-nous de ce pétrin sans tarder.

— Je vais faire de mon mieux.

Yamil Cho accéléra d'un rien.

La foule reflua autour d'un gigantesque arbre du peuple au centre de l'esplanade. Les arbres du peuple étaient un legs d'Averne, créés avant son départ pour la Lune, avant la Renverse. On en avait planté dans chaque ville. Leur sève abondante et riche en glucose servait à la fabrication de sirop, de vin et de bière, et leurs graines une fois pilées donnaient du biocarburant ; ils produisaient à la jonction de leurs branches des nodules riches en protéines, leur écorce recélait un antibiotique et plusieurs épices, et, une fois bouillie, donnait une sorte de tissu papier, et leurs feuilles étaient parfaitement comestibles. Les gens qui le choisissaient pouvaient vivre de leurs fruits et de rien d'autre. C'était le cas de nombre de saints des deux sexes ; il était rare qu'un arbre du peuple ne soit pas habité par un mendiant ou une pythie.

Celui-ci abritait un bien macabre locataire : un homme pendu au bout d'une de ses branches basses. Comme la limousine frôlait la lisière de la foule, Sri vit que ce cadavre était celui d'un albinos, le cou brisé, les vêtements en lambeaux, portant autour du cou un écriteau sur lequel étaient écrits, en lettres rouge sang, les mots « Contre Nature ». Certains émeutiers lui tapaient les jambes à coups de bâton, comme si c'était une *piñata*. D'autres lui jetaient des fruits et des cailloux. Et même des chaussures. Ils ôtaient leurs chaussures pour en bombarder le cadavre.

L'avaient-ils pris pour un Extro, ou bien servait-il d'exutoire à la rage que leur inspiraient les posthumains ? Cela n'avait pas d'importance, comprit Sri. L'important, c'était la colère de la meute.

Une escadrille de drones et de mono-hélicos de la police s'était répartie à diverses altitudes au-dessus des terrasses et des gradins du superquadra qui bordait l'esplanade sur trois côtés. Comme l'expliqua Yamil Cho, les policiers évitaient toute intervention directe dans ce cas de figure, car cela ne faisait qu'exciter la meute.

— Ils aspergent les émeutiers de phéromones afin de les calmer.

— Ça n'a pas l'air de marcher, commenta Sri.

De nouveaux émeutiers affluaient sans cesse, pareils à des fourmis attirées par du sucre. Certains tentaient d'identifier les occupants de la limousine, formant derrière les vitres teintées un défilé de visages excités, déconcertés, furibonds, éplorés. Ils tapaient du poing sur la carrosserie, tambourinaient sur le toit. La voiture se mit à tanguer comme une chaloupe par gros temps. Des bagarres éclataient un peu partout au sein de la foule, la meute retournait sa rage contre elle-même. Quelque chose frappa la vitre à quelques centimètres de Sri ; de la pulpe de fruit coula le long du verre, y laissant un sillage visqueux. Et soudain, la limousine devint la cible d'un feu nourri de fruits et de pavés. Un homme attaqua son pare-brise avec un poteau arraché à une échoppe. Yamil Cho braqua son glaser sur lui et il lâcha son arme et tomba à genoux en poussant un cri de douleur, frappé de plein fouet aux récepteurs sensoriels. D'autres émeutiers accoururent et se mirent à secouer la limousine, pour entrer en convulsions lorsque sa carrosserie laissa échapper une décharge de cinquante mille volts.

Yamil Cho conseilla à Sri de boucler son harnais de sécurité. Tandis qu'elle s'exécutait, la limousine contourna un camion bariolé de slogans religieux et monta sur le trottoir, dispersant les piétons et défonçant les échoppes à mesure qu'elle accélérait. Yamil Cho restait en contact avec la police qui guidait sa trajectoire avec précision. Comme il revenait sur la chaussée, un mono-hélico se plaça au-dessus d'eux, tous gyrophares et sirènes dehors, et les voitures s'écartèrent de leur passage.

Quelques pâtés de maisons plus loin, la circulation redevint normale, tant sur la chaussée que sur les trottoirs. Yamil Cho remercia le pilote du mono-hélico qui s'en fut après avoir piqué du nez pour les saluer, retournant auprès de ses équipiers.

— Elles sont fréquentes, ces émeutes ? demanda Sri.

— Désormais, il y en a au moins une par jour, madame. Et pas seulement à Brasília.

— On ne peut plus arrêter les choses.

— Cela ne dure jamais très longtemps.

— Je parlais de la guerre, monsieur Cho. Le peuple a parlé. Il veut la guerre.

— Oui, madame. (Yamil Cho roula un moment en silence, puis :) Si je puis me permettre, je pense que vous avez bien agi. Pas parce que la guerre est inévitable, mais parce qu'elle est souhaitable.

— Merci, monsieur Cho.

Sri était surprise et touchée. C'était la première fois qu'elle entendait son secrétaire exprimer une opinion.

Elle était censée retrouver le lieutenant-colonel Montagne dans le vaste parc en partie boisé bordant un lac tout en longueur que l'on avait créé bien des siècles auparavant en détournant le cours de trois rivières. Les voiliers étaient de sortie sur ses eaux, aussi colorés qu'un vol de papillons, tirant des bordées sous la brise chaude. Sri s'avança sur l'allée centrale, passant devant des baraques, des bancs et des tables de pique-nique. Des familles. Des amoureux se tenant par la main. Des enfants fascinés par les marionnettes.

Personne ne l'attendait à l'extrémité de l'allée, mais un bout de papier était punaisé au dossier du dernier banc. On y avait noté une adresse.

— Excellente précaution, commenta Yamil Cho lorsqu'une Sri furibonde retourna à la limousine. Ce type sait ce qu'il fait.

— Ces petits jeux stupides ne l'aideront en rien.

— Bien sûr que non.

— Nous sommes toujours suivis ?

— Nous avons semé la première équipe en traversant l'émeute, mais une seconde nous attendait ici même. Je peux la semer en route, si c'est ce que vous souhaitez.

Sri secoua la tête.

— Je tiens à ce que ces nervis nous filent le train. Je tiens à ce qu'Euclides Peixoto sache que j'ai suivi ses instructions à la lettre.

L'adresse correspondait à une *lanchonete* proche du Cemitério da Esperança, un snack-bar semblable à des milliers d'autres. Des tables et des chaises installées à l'ombre d'un arbre du peuple, un stand proposant du café et des jus de fruits, des beignets et des *empadinhas*. Sri s'assit et commanda au serveur un verre de jus de mangue qu'elle n'avait aucune intention de boire : il s'agissait sûrement d'un cocktail de bactéries et d'impuretés diverses. Au bout de deux ou trois minutes, un jeune homme aux cheveux noirs vint le lui apporter, le posant devant elle sur une serviette en papier.

— Je suis un ami du lieutenant-colonel Montagne, dit-il. Vous êtes placée sous surveillance, vous le saviez ?

— Je m'en doutais, répondit Sri.

— Ce que vous êtes venue chercher est à l'intérieur de la serviette. Nous devons prendre des précautions, vous comprenez. Pas pour notre sécurité mais pour la vôtre.

L'espace d'un instant, Sri eut envie de lui dire que tout ceci n'était qu'une mascarade, qu'Euclides Peixoto avait l'intention de truquer ces données et que, de toute façon, le saint vert qu'ils vénéraient n'en avait pas besoin, qu'il ne lui avait confié cette mission que pour mettre sa loyauté à l'épreuve. Le lieutenant-colonel Montagne et ce jeune homme étaient sans doute persuadés de changer le cours de l'histoire, mais ils n'étaient que des pions dans un jeu qu'ils ne comprenaient pas, un jeu dont les maîtres manœuvriers les avaient déjà condamnés. Il lui suffirait de prononcer quelques mots pour leur sauver la vie. L'envie monta en elle comme un haut-le-cœur, lui donnant le vertige, puis cela passa. Elle recouvra son self-control.

— Je tiens à vous dire que c'est un honneur de vous rencontrer, docteur Hong-Owen, dit le jeune homme en se fendant d'un sourire rayonnant. Vous avez accompli de grandes choses. Je vous admire profondément pour avoir eu le courage de venir ici et pour avoir affronté cette commission de vieillards séniles et leur avoir dit la vérité sur nos frères et nos sœurs.

— Nos frères… ?

— Nous sommes tous les enfants de Gaïa. Ici, sur Terre, et sur tous les autres mondes. Cette guerre que souhaitent les vieillards… nous savons vous et moi qu'elle est artificielle. Ce qu'ils veulent, c'est nier l'évolution. Ils ont refait le monde pour servir leurs intérêts et ils redoutent le changement car ils savent que le changement ne peut que les détrôner. J'ai lu vos écrits, docteur Hong-Owen. Que vous soyez dans notre camp… cela me ravit plus que je ne saurais l'exprimer. Vous veillerez à ce que notre contribution parvienne à son destinataire, je le sais.

Cela dit, le jeune homme se retourna et s'éloigna, se perdant au sein de la foule dès qu'il eut quitté la terrasse du snack-bar.

Un drone pas plus gros qu'un bourdon s'empressa de le suivre, étincelant un instant au soleil lorsqu'il quitta l'ombre du feuillage pour survoler les passants. Sri plia soigneusement la serviette en papier, la glissa dans sa poche et regagna la limousine.

Lorsque Sri revint à ses appartements, elle trouva ses fils jouant au water-polo dans la piscine de la grande terrasse. Restant à l'ombre près des portes-fenêtres, elle les regarda crier et s'agiter. Si Alder se montrait vif et rusé, Berry, à la fois plus fort et plus gracieux, monopolisait le ballon la plupart du temps. Contrairement à Alder, il avait été conçu par des moyens naturels après que Sri eut séduit Stamount Horne, un membre de la famille Peixoto jouissant d'un degré de consanguinité d'un huitième, qui était à l'époque commandant en second du service de sécurité.

Pour dire vrai, Stamount s'était laissé séduire sans résister. Il était presque l'égal de Sri pour ce qui était de l'intelligence, de la ruse et de l'ambition. Ils auraient pu fonder une dynastie puissante et prestigieuse, mais, cinq mois après que Sri se fut autorisée à concevoir, Stamount avait péri lors d'un raid visant une tribu de bandits qui sabotait la voie ferrée transandine. Sri le pleurerait jusqu'à la fin de ses jours. Elle portait à l'annulaire de la main gauche une bague en filigrane sculptée dans un os provenant d'une culture de ses ostéoblastes et, pour honorer sa mémoire, elle n'avait procédé à aucune manipulation génétique sur Berry, qui ne tenait de son père que sa beauté.

Berry était un enfant enjoué tant qu'il obtenait ce qu'il voulait dès qu'il en exprimait le souhait, mais il était paresseux, doué d'une intelligence à peine moyenne, et, ces derniers temps, se montrait enclin à une cruauté glaçante ; suite à de malheureux incidents ayant impliqué ses compagnons de jeu – des enfants de domestiques, fort heureusement –, Sri avait décidé de ne jamais le laisser seul avec un enfant plus jeune que lui. Néanmoins, il faisait preuve d'une tendresse et d'une loyauté sans faille envers sa mère et son frère, et Sri, qui n'avait pas cessé de l'aimer, se montrait plus tolérante avec lui qu'avec quiconque, sachant qu'il serait toujours dépendant de sa génitrice, qu'il aurait toujours besoin qu'on le protège des conséquences de sa nature impulsive et bornée. Lorsqu'elle l'appela, il sortit de la piscine et trottina jusqu'à elle pour lui raconter sa visite d'une ferme municipale. Elle se laissa envelopper par son babil ravi, qui la purifia et lui permit de se détendre. Désormais, elle avait fait son choix. Il n'était plus question de revenir en arrière, elle n'avait plus besoin de s'angoisser là-dessus.

Mais plus tard, allongée sous le corps de Yamil Cho, aussi souple et musclé que celui d'un serpent, frissonnant et étouffant ses cris sous les caresses d'une langue, de lèvres et de doigts également habiles, elle vit apparaître un visage sur l'écran noir de ses paupières : le jeune homme condamné qui lui avait donné la dataiguille.

Chapitre 7

— Le voilà, dit Newt.

En chute libre autour de Saturne, l'*Éléphant* entamait son approche d'Encelade et Mimas venait d'apparaître par-delà le pourtour flou de la géante gazeuse. Une fenêtre ouverte dans l'espace mémo de l'*Éléphant* affichait une vue en gros plan du *Gloire de Gaïa*, un ovale noir se détachant nettement sur la surface piquetée de cratères de la petite lune ; une seconde fenêtre affichait l'écran radar. Un point lumineux passa à toute vitesse près de la tache correspondant à l'écho radar du spationef brésilien, se confondant avec elle l'espace d'un instant. Macy demanda à Newt si c'était un singlenef de combat.

— Plus probablement un de nos vaisseaux d'observation, répondit-il. Il y en a toujours deux ou trois dans les parages.

Il effectua un zoom arrière sur l'affichage visuel, révélant deux étincelles flottant derrière le bâtiment brésilien.

— Ils sont de la même taille que l'*Éléphant* ? demanda Macy.

— Plus ou moins.

— Ce spationef est sacrément gros.

— Et il y en a deux autres comme lui qui arrivent.

— Tu as déjà fait ça ? Monter la garde ici, je veux dire.

— J'ai frôlé ce monstre deux ou trois fois, oui.

— Ça ne leur fait pas peur.

— Bien sûr que non. Mais nous devons leur rappeler que leur présence ne plaît pas à tout le monde et que nous surveillons de près tous leurs agissements. Alors on les harcèle un peu. On tente de brouiller leur radar et leur télémétrie. De temps en temps, on les éblouit. Bref, on s'efforce de les agacer de toutes les façons possibles et imaginables, en espérant que ça leur sapera le moral. Tu dois juger ça un peu enfantin, je le parierais.

— Je pense qu'aucun de vous ne s'est jamais trouvé dans une véritable situation de combat.

— Autrement dit, quand ça va péter, j'ai intérêt à me planquer et à prier pour que ça tourne bien, c'est ça ? Ou encore à rendre les armes avant le début des hostilités, comme ils l'ont fait à Camelot.

— J'espère que tu n'imagines pas devenir un héros pour avoir survécu à une rencontre rapprochée avec un singlenef. Tu n'as aucune chance.

— Tu sais pourquoi j'ai voté contre une alliance avec Paris ?

— Ce n'était pas pour me faire plaisir, je présume.

— Outre le fait que Marisa Bassi est un démagogue qui se soucie avant tout de sa réputation, je sais que nous ne vaincrons jamais la Terre en employant les mêmes armes qu'elle. Nous devons nous montrer plus malins. Et peut-être devrais-tu réfléchir à un truc : si la guerre éclate, tu auras besoin d'une bonne cachette. Car les Brésiliens voudront sûrement te retrouver. Peut-être qu'à ce moment-là tu changeras d'avis en ce qui concerne ta position de neutralité.

Il voulait qu'elle l'interroge sur ses projets et ceux de ses amis, ici et dans l'ensemble du système de Saturne, elle le savait, mais elle savait aussi qu'il la provoquait afin de mieux flirter avec elle. Qu'il s'amusait avec elle. Aussi répondit-elle :

— S'il y a une chose que j'ai apprise dans les Unités R&R, c'est qu'aucun plan de bataille ne survit au contact avec l'ennemi.

Newt éclata de rire.

— Tout ce que ça veut dire, c'est que tu n'as jamais ourdi de bon plan.

Encelade était une grosse boule de neige d'un blanc lumineux. Sa surface au relief peu accentué était recouverte de plusieurs couches de cristaux de glace, qui reflétaient la quasi-totalité des rayons du Soleil et se renouvelaient régulièrement grâce aux geysers de son pôle Sud, une zone parcourue de rayures évoquant le pelage d'un tigre, où des poches et des nappes d'eau liquide affleurant la surface friable entraient en ébullition lorsqu'une fracture les exposait au vide frigorifiant, formant des panaches de cristaux de glace dont la hauteur atteignait parfois quatre cents kilomètres. La plupart retombaient sur la surface de la lune ; les autres échappaient à sa force de gravitation pour orbiter autour de Saturne et augmenter la masse de l'anneau E. D'un diamètre égal à cinq cents kilomètres à peine, Encelade aurait dû se transformer entièrement en bloc de glace des milliards d'années auparavant, dit Newt à Macy, mais son eau était riche en ammoniac, ce qui diminuait son point de congélation de 100 °C, et la désintégration des radio-isotopes et les effets de marée lui fournissaient une énergie thermique suffisante pour la maintenir à l'état liquide. On observait encore une forte activité géologique sur la petite lune ; tandis que l'*Éléphant* tournait autour de Bagdad, Newt montra à Macy des patchworks de terrains au dessin complexe, avec crêtes de compression, plaines étales de formation récente, cratères érodés et parcourus de fissures…

La ville sous dôme apparut à l'horizon, dressée sur une antique plaine criblée de cratères dont les contours étaient adoucis par des couches de givre scintillant. Puis ils se posèrent dans le spatioport et empruntèrent un bus pour gagner Bagdad. La tente abritant la ville reposait sur des fondations en aérogel et composite de fullerène, insérées entre les parois courtaudes d'un petit cratère d'impact, et on y avait injecté lors de sa construction de l'eau de fonte qui avait formé un lac circulaire, avec des récifs pour abriter les mollusques, des forêts d'algues, des îlots de mangroves et des radeaux de nénuphars géants. En son centre se trouvaient quatre îles vertes abritant une cité de flèches squelettiques, formées d'échafaudages en tuyaux de fullerène, un amoncellement de terrasses et de plates-formes où les arbres côtoyaient les jardins, un agrégat de maisons-capsules peintes de couleurs vives, reliées les unes aux autres par un réseau de passerelles, de toboggans, de câbles et de tyroliennes.

Conformément aux instructions qu'elle avait reçues, Macy emmena Newt dans un café sis à la base d'une tour ornementale, où il engloutit un tajine de légumes et but plusieurs verres de thé à la menthe tout en contactant divers grossistes, leur vantant sa cargaison composée de toile denim tissée à la main et de huit variétés de café. Plus tard, il irait trouver l'un d'eux pour marchander une heure ou deux, s'appuyant sur des comparaisons stochastiques récemment enregistrées par la Bourse et promettant moult services et pourcentages afin d'obtenir au meilleur prix les épices et les levures qu'il comptait rapporter sur Dioné. L'économie du Système extérieur reposait sur des milliers de transactions du même tonneau, ainsi que sur le cours des kudos, un système complexe évaluant la position de chaque citoyen sur une échelle de l'estime sociale en fonction de ses contributions à la communauté. En fin de compte, il s'agissait davantage d'un jeu que d'un système monétaire sérieux.

Les négociants pratiquaient le bluff comme des joueurs de poker ; parfois, on avait recours à un lancer de dés pour débloquer une négociation difficile.

Affalée dans sa chaise longue, Macy sirotait son thé à la menthe sucré et s'efforçait de ne pas trop penser à ce qui l'attendait. La politique était aussi un jeu et elle était hélas une joueuse naïve et sans expérience, qui n'avait qu'une vague idée des règles en vigueur. Il ne lui restait plus qu'à déclarer les cartes dans sa main et à jouer au pif. À se fier à la bonté des inconnus.

On était en début de soirée. Les chandeliers diminuaient d'intensité, les panneaux de la tente s'assombrissaient, obscurcissant peu à peu le paysage lunaire blanc comme neige. Des vagues lourdes et lentes roulaient sur le lac, sous les tesselles géantes des feuilles de nénuphar. Dans les hauteurs, une demi-douzaine de volistes exécutaient un gracieux ballet aérien, passant du rase-mottes à l'essor, tournant les uns autour des autres telles des chauves-souris sous le ciel noir, sous le disque de Saturne. Sur toutes les lunes de la géante gazeuse, la faible pesanteur rendait possible le vol humain. C'était un sport très populaire ; Macy s'y était essayée à plusieurs reprises dans l'habitat Jones-Truex-Bakaleinikoff, prenant son envol depuis l'une des plates-formes aménagées sur les poteaux de tente. Sur Encelade, où la force de gravitation était si faible qu'un humain pesait autant qu'un corbeau sur Terre, les gens volaient tout le temps. Soit ils portaient des ailes mécaniques, soit – à l'instar de nombre des volistes évoluant au-dessus du lac – ils avaient subi des manips somatiques et arboraient une paire d'ailes membraneuses allant du poignet à la cheville, bénéficiant en outre de modifications des fibres musculaires et de la capacité d'oxygénation de l'hémoglobine qui leur permettaient de voler des heures durant.

Newt acheva de traiter ses affaires, bavarda avec quelques amis puis ôta enfin ses bésiks et fit remarquer à Macy que son mystérieux contact était en retard.

— Pas tellement.

— Si personne ne vient, consentiras-tu à me dire enfin de quoi il retourne ?

— Quelqu'un viendra.

— Une fois que ce sera réglé, je connais deux ou trois bars qui risquent de te plaire. Le premier est un café sous-marin, en plein dans une forêt d'algues. On y accède à la nage, la salle est une cloche remplie d'air.

— Comment rentres-tu chez toi si tu es bourré ?

— On n'y boit que du thé. Toutes sortes de thé. Quand tu as fini ta tasse et tes gâteaux, tu repars à la nage. On voit les poissons évoluer derrière la cloison de verre.

— Ça a l'air génial. Qu'est-ce que c'est que ça ?

Une voix d'homme provenant des hauteurs, sans doute du sommet d'une tour, laissait échapper un chant ululant qui flottait dans l'air vespéral.

— L'appel à la prière, dit Newt. Il n'y a pas de musulmans au Grand-Brésil ?

— Si. Mais je n'en ai jamais rencontré.

Une ombre passa sur la terrasse comme une voliste la survolait, créature vêtue de vert aux bras en croix, filant vers le lac emportée par un courant ascendant.

— Cette ville est très portée sur le spirituel, reprit Newt. On y trouve des musulmans, des chrétiens, des hindous, des juifs... Il y a un temple bouddhiste à Camelot sur Mimas. Certains des organisateurs du Débat permanent sur la paix qui se tient à Paris sont également bouddhistes.

— Et ces moines, ils étaient quoi, déjà ? Ceux qui tenaient le *ryokan* dans la paroi du cratère Didon.

Macy s'y était rendue six mois plus tôt, en compagnie de Newt, de Pete Bakaleinikoff, et de Junko et Junpei Asai. Au sein d'un jardin de mousse et de bambous, ils s'étaient prélassés dans un bassin d'eau chaude taillé dans un bloc de sidérite, sirotant de l'alcool de riz et croquant des petits légumes en conserve, parlant de télescopes et savourant le spectacle du paysage aride au-dehors.

— Shintoïstes, répondit Newt. C'est aussi le cas de certains bouddhistes. Du moins s'ils sont d'ascendance japonaise.

— Mais personne dans le clan ne semble avoir de religion.

— Nous sommes tous de fieffés rationalistes. Tu as appartenu à une secte religieuse, si j'ai bien compris.

— Oui, autrefois.

— Mais plus maintenant.

— Non.

— Que s'est-il passé ? Tu as perdu la foi quand tu t'es enfuie et que tu as découvert le vaste monde ?

— Je l'ai perdue bien avant de partir. C'est d'ailleurs pour ça que je me suis enfuie, je pense.

La voliste en combinaison verte revint vers la terrasse, frôlant les eaux du lac puis se posant avec souplesse sur le rebord. Sa tenue l'enveloppa comme une cape tandis qu'elle se dirigeait vers eux, ôtant son casque et ses lunettes de vol, ce qui eut pour effet de faire cascader ses longs cheveux noirs.

Newt ouvrit de grands yeux, se tourna vers Macy et éclata de rire.

C'était Yuli, la fille d'Averne.

Macy et Yuli s'entretinrent à l'intérieur d'une nacelle au sol en fourrure à demi-vie et aux parois en plexiglas, accrochée dans les hauteurs à la lisière d'un bouquet de tours illuminées. À peine Macy avait-elle commencé à exposer sa position que Yuli l'interrompait.

—Je comprends tout.

—Tout?

—C'est la simplicité même. Marisa Bassi veut que vous discouriez sur le Grand-Brésil. Sur la Terre. Si vous refusez, il vous qualifiera de traître. D'espionne. Si vous acceptez d'être interviewée par un de ses sbires, vous contribuerez à sa sempiternelle propagande martiale. Vous pensez que nous sommes en mesure de vous aider à échapper à ce piège. Qu'en vous entretenant avec ma mère, vous relèverez le défi lancé par Marisa Bassi sans pour autant lui être inféodée ni servir sa cause.

—Je suis venue ici dans le cadre de l'effort de paix et de réconciliation. Pour promouvoir le dialogue entre le Grand-Brésil et le Système extérieur. Je crois encore en cet idéal et je suis prête à parler avec quiconque souhaite mieux connaître la Terre. Je ferai de mon mieux pour répondre en toute franchise aux questions qu'on me posera. Mais Marisa Bassi ne désire qu'une chose: que j'explique comment les grandes familles accaparent toutes les richesses et exploitent tous les citoyens. Il veut que je colporte des histoires d'horreur qu'il pourra ensuite exploiter à loisir.

—Dites-moi seulement: pouvons-nous empêcher la guerre?

—Non, probablement pas.

—Ma mère est d'un autre avis. C'est pour cela qu'elle s'est livrée en otage à Paris. Elle se positionne comme le principal opposant de Marisa Bassi. Grâce à ses kudos et à tous ses contacts, ici, au Grand-Brésil et sur la Terre en général, elle s'efforce de prévenir l'inévitable. Et comme elle est persuadée que les Terriens aimeraient la capturer vivante, elle pense qu'ils ne frapperont pas Paris tant qu'elle y séjournera. Nous avons tenté de la convaincre qu'elle surestimait son importance et sous-estimait leur ambition et leur agressivité. Sans parler de la crainte que nous leur inspirons, nous ou ce que nous allons devenir. Elle refuse de nous écouter. Elle nous juge trop pessimistes. Mais elle a accepté de vous parler.

Yuli était assise en tailleur sur la chaude fourrure bleue, mince et souple dans sa combinaison verte, son visage en cœur encadré par des cheveux noirs qui tombaient sur ses épaules. Elle avait une peau blanche comme la neige et des yeux d'un vert chlorophylle. Bien qu'ayant l'aspect d'une fillette de huit ans, elle était aussi grande que Macy et son regard était franc et sérieux. Froidement analytique. Selon certaines rumeurs, elle n'était pas la fille biologique d'Averne – ce qui aurait constitué un miracle, vu le grand âge de celle-ci –, mais un clone ou un construct. À moins qu'elle soit plus âgée qu'elle le paraissait et ait été altérée afin de ne jamais vieillir. Dans tous les cas, elle faisait un peu peur.

— Je ne pense pas pouvoir amener votre mère à changer d'avis, dit Macy.

— Je ne m'attends pas que vous y parveniez. Elle seule en sera capable, une fois en possession de tous les faits. Et encore, cela n'est pas garanti. Mais nous devons nous assurer qu'elle est bien informée. Cela fait un siècle et demi qu'elle a quitté la Terre. Elle s'est efforcée de se tenir au courant, mais elle sait que ses connaissances présentent de sérieuses lacunes. C'est là que vous pouvez nous aider. Ma mère aimerait entendre la vérité. La vérité toute nue. Elle aimerait que vous répondiez à ses questions, de façon franche et exhaustive. Acceptez-vous de le faire ?

— Comme vous l'avez dit, c'est pour cela que je suis ici.

— Vous ne pouvez pas aller à Paris, de peur d'être arrêtée par Marisa Bassi. Et ma mère ne quittera pas Paris. Mais ce n'est pas un problème. (Yuli attrapa une paire de gants sensibles dans sa poche de poitrine.) Enfilez-les. Et chaussez vos bésiks.

— Vous voulez qu'on commence tout de suite ?

Yuli partit d'un rire qui lui donna l'aspect d'une petite fille comme les autres.

— Évidemment. Nous avions deviné vos intentions et décidé d'accepter votre proposition avant même de vous avoir rencontrée. Et puisque vous voulez dire la vérité, vous n'avez pas besoin de préparation.

— Ça va être diffusé sur la toile ?

— En direct, brut et sans retouche.

— J'ai l'impression que vous avez deviné toutes mes pensées.

— Je sais que la guerre est inévitable. Je sais qu'elle va tout changer. Ce que j'ignore, c'est de quelle façon. Espérons que, sur le long terme, ce sera pour le mieux. Et la meilleure conclusion que nous puissions espérer, ce serait que ma mère réussisse à conserver non seulement sa vie mais aussi sa liberté. Qu'elle reprenne ses esprits et quitte Paris avant qu'il soit trop tard. Nous faisons tout ce qui est en notre pouvoir pour l'en convaincre. Y compris ceci.

— Vous ne craignez pas qu'on interprète votre franchise comme de la grossièreté ?

— La vérité ne devrait insulter personne. Je suis aux abois. Vous aussi. Nous pouvons nous entraider. Bon, vous feriez mieux de vous étendre. Et ne tentez pas de faire bouger votre avatar tant que vous ne serez pas habituée au délai de réponse.

— Où allons-nous nous rencontrer, votre mère et moi ? demanda Macy en enfilant les gants.

— Dans l'un de ses jardins, répondit Yuli en chaussant ses bésiks.

Celles de Macy se vidèrent de toute image dès qu'elle s'allongea, puis le lien de téléprésence s'établit. Elle gisait sur un tapis de fourrure et, en même temps, elle occupait un avatar qui se tenait devant une cloison transparente, le regard tourné vers un gouffre d'air cristallin au fond duquel une tornade jaune smog s'effilait vers un banc de nuages rouge foncé. Midi. Le disque minuscule du Soleil brillait dans un ciel aussi bleu que celui de la Terre et parsemé de petits nuages blancs évanescents. Une nuée de minuscules rectangles aux bords tranchants volait un peu en retrait de la tornade géante.

Macy ouvrit le levier de contrôle virtuel de l'avatar et se retourna pour voir où elle avait atterri. Une vaste pièce de forme carrée aux murs transparents et au plancher matérialisé par une grille à peine visible, le dernier d'une succession d'étages dans un grand bâtiment cylindrique flottant dans les airs. Un peu comme un gigantesque tube à essai entouré à chaque extrémité par une vessie transparente et criblé de propulseurs maintenant son attitude. D'autres avatars se tenaient çà et là, à ce niveau et aux niveaux inférieurs, évoquant des pions de taille humaine figés lors d'une phase de jeu. L'un d'eux s'anima et se dirigea vers elle d'une démarche chaloupée, et une voix résonna dans ses oreilles.

— Je suis Averne. Bienvenue sur Tourbillon de l'Abysse.

Macy se présenta et demanda si le lieu était bien réel.

— Oh ! oui. Tout à fait réel. Nous flottons dans la ceinture aquatique de Saturne, trois cents kilomètres au-dessous des hautes couches de l'atmosphère. Ces nuages blancs sont de la vapeur d'eau, et

cette tempête également, du moins en grande partie, un vortex permanent alimenté par un point chaud dans la zone d'hydrogène liquide au-dessous de nous. Elle se refroidit en prenant de l'altitude, tout en demeurant à une température nettement plus élevée que l'atmosphère environnante, et c'est la dissipation de sa chaleur qui est à l'origine des formations nuageuses, comme dans le cas d'un cyclone sur Terre. Par ailleurs, les vents qui l'encerclent chassent le smog engendré par la chimie anaérobique de Saturne, ce qui explique cette vue splendide. Le regard porte à mille kilomètres tous azimuts.

Macy demanda si les rectangles flottant dans l'atmosphère étaient des buildings comme celui-ci ; Averne répondit qu'elle comprendrait mieux leur nature si on les lui montrait.

—*Nous nous y rendrons quand nous aurons fini ici. Les Brésiliens ont tenté d'approcher cet endroit quand ils ont eu la bêtise d'envoyer des singlenefs sur Saturne. Ils ont échoué de justesse, mais je sais qu'ils continuent à nous observer, de sorte que c'est le lieu rêvé pour notre rencontre. Je n'ai plus rien à cacher désormais. S'ils veulent en savoir davantage sur mon travail, ils n'ont qu'à me poser des questions. Cet endroit n'est pas une usine d'armements, ni un refuge pour monstres. Il n'a d'autre fonction que de servir de lieu de rencontre et de poste d'observation à ceux qui souhaitent contempler ce monde splendide. Et c'est pour cela que nous sommes ici, bien sûr. Pour nous rencontrer et discuter ensemble. Pour commencer, dites-moi comment vous avez fait pour arriver ici.*

—C'est une histoire longue et compliquée.

—*J'ai tout mon temps.*

Elles parlèrent pendant près de une heure. Macy raconta à Averne comment elle avait quitté l'Église de la Divine Régression, comment elle avait survécu à Pittsburgh avant d'intégrer les Unités de réhabilitation et de reconstruction. Le travail qu'elle avait accompli dans les ruines de Chicago, la promotion qui lui était échue après qu'elle eut sauvé la vie de Fela Fontaine, ses activités au sein de l'Unité R&R n° 553, son recrutement par défaut dans l'équipe de construction affectée à Bifröst sur Callisto. Averne lui posa quantité de questions. Si Macy ne pouvait guère la renseigner sur la politique et les rivalités entre familles, elle s'efforça de lui répondre avec franchise et sincérité sur tous les autres points.

Finalement, la sorcière génétique déclara :

—*Je vous ai promis de vous montrer le reste de Tourbillon de l'Abysse. Si vous voulez bien me laisser le contrôle un instant…*

Un clin d'œil, et le point de vue de Macy embrassa soudain un long tapis rectangulaire tissé de noir et d'écarlate, moucheté çà et là de petites taches blanches. De lentes ondulations se propageaient sur toute sa longueur, ainsi que sur son pourtour bordé de sphères noires. Des flotteurs. Derrière lui, deux autres rectangles se découpaient en silhouette sur fond de ciel bleu.

— C'est un jardin, dit Macy. Vous avez créé des jardins sur Saturne !

— *Je les appelle des récifs*, dit Averne.

Toutes deux furent transférées dans l'un des petits robots qui cultivaient les récifs et Averne l'envoya se promener au-dessus du pré flottant. Hormis leur pigmentation foncée, conçue pour optimiser l'absorption de lumière, les plantes du récif ressemblaient de façon frappante à leurs équivalents terriens. Il y avait là des mousses, des touffes d'herbes aux minces lames, des denses amas de fougères et des rubans noirs de plusieurs mètres de long. Des végétaux qui évoquaient le tournesol, avec une tige courte et épaisse et un disque concentrant les rayons du Soleil en une nodosité centrale de couleur argent. Des amas cotonneux qui captaient la vapeur d'eau lorsque le récif traversait un nuage, pour irriguer ensuite les plantes environnantes en échange de nutriments présents dans leurs racines. Plus de cinquante espèces différentes, serrées les unes contre les autres, enracinées dans un maillage saturé d'un goudron à base de composés carbonés, qu'elles transformaient en molécules organiques utiles grâce à l'énergie de la photosynthèse. Les flotteurs, dont l'enveloppe noire n'était épaisse que de quelques nanomètres, absorbaient l'énergie solaire qui réchauffait l'hydrogène qu'ils contenaient, ce qui avait pour effet d'empêcher les récifs de sombrer quand des vents violents les faisaient tourner autour du Tourbillon de l'Abysse. Lorsqu'ils traversaient l'un des courants secondaires émis par le vortex, ils étaient arrosés de méthane et d'ammonium provenant des couches supérieures de l'atmosphère, bien plus froides qu'à cette altitude. Des microbes présents dans le goudron absorbaient ces précieux nutriments, et les récifs croissaient et prospéraient.

— *Au début, ils ont tous été ensemencés avec le même mélange d'espèces*, expliqua Averne. *Depuis, chacun d'eux a trouvé un équilibre qui lui est propre. Nous n'interférons pas avec leur développement, sauf pour les empêcher de dériver. Quand l'un d'eux est trop gros, nous le coupons en deux. Nous avons commencé avec dix récifs. En vingt ans, ce nombre a été multiplié par plus de cent.*

— Personne ne vit ici.

— *Pas à ma connaissance.*

— Vous avez créé ceci juste pour voir si vous en étiez capable.

— *Ce qui m'intéresse, c'est explorer les possibilités infinies de ce que Per Bak appelait les systèmes critiques auto-organisés. Les équilibres complexes et délicats naissant de l'interdépendance symbiotique de l'ordre et du chaos, que nous observons dans les tas de sable, les marchés libres et les écosystèmes. Quand je suis en pleine forme, je me dis que j'aspire à quelque chose qui ressemble à de l'art. Mais, quoi qu'il en soit, nos mondes seraient ternes et insipides si nous ne devions créer qu'au nom de l'utilité. J'aime concevoir mes jardins et j'espère qu'ils apporteront du plaisir aux autres. Avant notre rencontre, seules quelques personnes connaissaient l'existence du Tourbillon de l'Abysse. Désormais, son adresse et le protocole d'accès de ses avatars ont été rendus publics. Tout le monde peut le visiter. Même les Terriens. En particulier les Terriens. Je veux qu'ils comprennent qu'il n'y a rien ici hormis mes petits jardins et la beauté sauvage de cette planète.*

Macy vit une créature ressemblant à un mille-pattes qui se déplaçait dans les herbes à la vitesse d'un glacier, apparemment dans l'intention de dévorer de gros vers occupés à se gorger de rubans noirs.

— Vos jardins aussi sont beaux, dit-elle.

— *Merci. Et merci pour votre sincérité. Je veux réfléchir à tout ce que vous m'avez dit. Ensuite, peut-être nous retrouverons-nous dans un autre jardin, pour avoir une nouvelle conversation.*

— Cela me plairait, dit Macy.

Mais le lien était déjà rompu et elle vit apparaître derrière les verres de ses bésiks les poutres en fullerène et les panneaux éteints de la tente de Bagdad.

Assise en tailleur adossée à la cloison transparente de la capsule, découpée à contre-jour sur un fond de tours enveloppées de lumière, Yuli déclara :

— J'ai analysé les premiers sondages. Voulez-vous savoir ce que les gens pensent de vous ?

Chapitre 8

Les adieux de Sri à Alder furent placés sous le signe d'une maladresse un peu guindée. Elle s'efforça de paraître impassible de peur de le déstabiliser et lui se montra carrément glacial, visiblement angoissé par ce qui l'attendait. Son avenir s'annonçait des plus sinistre, d'autant plus qu'il allait se retrouver seul pour naviguer dans des eaux périlleuses sur le plan politique.

Dès que Sri partirait pour retrouver Oscar Finnegan Ramos, Alder serait conduit au cabinet de ses avocats, théoriquement pour participer à une réunion d'affaires, et deux hommes le feraient sortir par un passage secret et le conduiraient dans un abri sûr. On le soumettrait à une petite opération de chirurgie plastique, augmentée de quelques manips toutes simples, après quoi il afficherait une peau basanée et des yeux décolorés, puis, voyageant sous une fausse identité, il gagnerait Buenos Aires par la route et le train, embarquant ensuite dans un charter pour s'envoler vers l'Antarctique. Ce subterfuge était nécessaire non seulement parce qu'une injonction de la Sécurité l'empêchait de quitter le Grand-Brésil mais aussi parce que, dans quelques heures, les hommes d'Euclides Peixoto voudraient certainement l'arrêter à des fins d'interrogatoire.

Le gouvernement brésilien avait fait don à Sri de son centre de recherche antarctique bien des années auparavant, elle avait consacré une bonne partie de sa modeste fortune à le développer et, la veille au soir, elle l'avait officiellement transféré à son fils aîné. Ses avocats lui avaient assuré que toute personne contestant cette décision devant les tribunaux ne manquerait pas d'être déboutée. Il était possible qu'Euclides Peixoto et ses alliés tentent de confisquer l'installation au moyen d'un décret sénatorial, voire en faisant usage de la force.

Mais, même s'ils parvenaient à leurs fins de cette façon ou d'une autre, cela déclencherait une action en justice qui traînerait durant des années, et il était peu probable qu'ils mettent leur réputation en danger en s'attaquant de front à une propriété privée.

Alder serait probablement en lieu sûr là-bas, où il pourrait en outre assurer la protection de l'œuvre de Sri. Bien entendu, elle avait l'intention de faire un retour triomphal le plus vite possible, mais cela ne facilitait pas pour autant leurs adieux.

— J'aurais aimé prendre Berry avec moi, dit Alder.

— Il sera plus en sécurité auprès de moi.

La veille au soir, Berry avait été anesthésié et placé dans un cercueil d'hibernation, qu'on avait évacué discrètement dans le camion emportant les ordures à recycler.

— Il me manquera, dit Alder. Et toi aussi.

Saisie par une soudaine bouffée de tendresse, Sri fut prise de l'envie d'étreindre son fils superbe et courageux, de l'écraser contre son sein pour ne plus jamais le lâcher, mais elle ne pouvait plus se permettre d'afficher le moindre signe de doute ou de faiblesse.

— Nous survivrons à cette épreuve, dit-elle. Nous survivrons et nous accomplirons de grandes choses, ensemble.

— Je ne te décevrai pas.

— Je sais.

Sri s'envola ensuite pour la Basse-Californie à bord d'un hélicoptère piloté par Yamil Cho. Ils atterrirent près du check point et Sri s'enfonça dans les dunes pour gagner l'ermitage d'Oscar Finnegan Ramos.

Un loup montait la garde sur le sentier, à l'entrée d'un défilé entre deux dunes. Le système nerveux de ces créatures représentait le premier succès de Sri en matière de conception synthétique. Elle s'était inspirée des longues fibres vivaces des cigales de mer et du traitement des informations visuelles chez l'urubu à tête rouge, veillant selon une tradition bien établie depuis des siècles à se ménager une porte dérobée dans le système olfactif. Avant de descendre de l'hélicoptère, elle s'était appliqué sur la paume de la main une goutte d'huile contenant un indole transgénique. Elle plaça sa main dans la fente d'identification du loup et les molécules de l'indole activèrent des récepteurs dédiés présents dans ses organes olfactifs, neutralisant la somme de contrôle de son système interne et ouvrant un chemin d'accès à ses tâches prioritaires. Lorsqu'elle approcha la bague passée à son auriculaire de l'un des détecteurs de mouvement de la machine, le signal émis par la LED insérée dans la pierre reprogramma aussitôt son catalogue de cibles.

Le loup se dressa sur ses pattes puissantes et dégaina la totalité de ses armes. Dénuda ses crocs. Sri se savait maîtresse de la machine, mais cette démonstration de force n'en restait pas moins inquiétante. Elle lui ordonna de se déconnecter du central puis descendit vers la plage, animée par une froide résolution.

Assis sur un tronc d'arbre écorché et blanchi par le sel, Oscar Finnegan Ramos se taillait un sifflet dans un bout de bois à l'aide d'un couteau à lame courte et à manche de corne. Comme à son habitude, il n'était vêtu que d'un short. Lorsque Sri et le loup s'approchèrent, il leva vers eux des yeux aussi inexpressifs que les fenêtres d'une maison vide.

— Je me doutais que ce serait toi, dit-il. Au moins as-tu eu l'honnêteté de venir en personne. Tu n'as pas dépêché l'un de ces psychopathes que tu élèves sur la Lune.

— Je me suis toujours demandé si vous connaissiez leur existence.

— Qui en a eu l'idée ? Toi ou mon neveu ?

— Moi et moi seule.

— Jadis, tu étais capable de penser sur le long terme. Mais tu es devenue si impatiente ces dernières années. Tôt ou tard, cela causera ta perte.

— C'est ma seule chance de sauver ma vie et celle de mes fils.

— Tu dois te méfier de la chance dans un jeu aussi subtil et dangereux que celui-ci. Tu dois savoir exactement ce que tu fais, pourquoi tu le fais et quelles seront les conséquences de tes actes. Et, pardonne-moi, mais j'ai l'impression que tu ne comprends pas vraiment ce que tu vas faire. Es-tu sûre d'avoir bien réfléchi à la question ?

— Je sais exactement ce que je dois faire. Ne rendez pas les choses difficiles.

— En d'autres termes : « Meurs sans rechigner. Ne me fais pas de scène. Épargne-moi cela. »

— Et l'homme qui m'a donné la dataiguille, l'homme que vous avez sacrifié ? Est-il mort sans rechigner ?

— Je suppose qu'Euclides t'a convaincue que tu ne pourrais t'en tirer qu'à condition de m'éliminer. Il t'a obligée à accomplir sa volonté tout en te faisant croire que l'idée venait de toi. (Le sourire d'Oscar exprimait la douceur et la sérénité.) Si tu as des doutes, c'est peut-être parce que tu pressens cela sans l'avoir encore déduit.

— J'ai pensé à tout, et avec le plus grand soin.

Sri se sentait très calme, mais elle dut enfoncer ses mains dans les poches de son blouson pour dissimuler leurs tremblements incontrôlables. Lorsque Oscar acheva de tailler son sifflet et le porta à ses lèvres pour le tester, elle sentit son cuir chevelu se contracter, redoutant qu'il ait activé quelque système de sécurité. Mais il ne se passa rien. La brise chaude continuait à souffler, plaquant les oyats en haut de la dune ; les rouleaux continuaient à déferler sur la plage, de gauche à droite sans fin ; au large, la corvette voguant sur les eaux brûlantes se découpait sur le ciel comme un bateau en papier. Ses occupants devaient observer leur conversation avec attention, mais cela n'avait aucune importance. Le loup contrôlait le dispositif de sécurité local ainsi que le statite positionné à deux cents kilomètres au-dessus de leurs têtes, et il avait également désactivé l'armement du navire.

Oscar lui adressa un sourire.

— J'ai eu une très longue vie. Et quiconque en aurait vécu ne serait-ce que la moitié sait qu'on vit chaque jour avec la mort. La mort est ta compagne de tous les instants. Toujours au coin de tes pensées. Même par une belle journée comme celle-ci. Je croyais que je l'accueillerais avec joie le moment venu. Je me trompais.

Et il lança son couteau en direction de Sri.

Le loup le pulvérisa en vol et Oscar se laissa choir du tronc d'arbre pour, l'instant d'après, se relever et courir en zigzag. Le loup se lança à sa poursuite, mais il avait du mal à garder son assise sur le sable sec. Lorsque Oscar contourna l'enclos qu'il avait bricolé pour protéger les œufs de tortue, la machine fonça droit dessus, délogeant les poteaux et s'entortillant dans le grillage, se retrouvant immobilisée.

— Tue-le ! hurla Sri.

Terrifiée, furieuse, elle sentit ses pensées partir à vau-l'eau. Oscar grimpait une dune à quatre pattes. Des ailes de sable marquaient la progression de ses mains et de ses pieds.

— Mais vas-y ! Tue-le !

Le loup se redressa. Il y eut un éclair aveuglant et Oscar s'envola de côté tandis que jaillissait un geyser de sable et de fumée. Il roula jusqu'au pied de la dune, pour s'y arrêter couché sur le dos, tel un pantin désarticulé.

Sri appela Yamil Cho puis alla jusqu'à la plage pour s'assurer que son mentor était bien mort. Comme elle se redressait, l'hélicoptère apparut au-dessus des dunes, rugissant de toutes ses turbines, et atterrit sur une langue de sable mouillé en bordure de plage.

Il décolla dès que Sri fut à son bord. Plage et océan scintillant basculèrent. La corvette fonçait vers le rivage, laissant un sillage d'écume blanche qui fendait l'eau couleur d'azur.

— La navette ? dit Sri en prenant place à côté de Yamil Cho.

— Prête à décoller, répondit-il.

— Berry ?

— Déjà à son bord. Nous y serons dans vingt minutes.

L'hélicoptère fit demi-tour tout en prenant de l'altitude. Sri vit les dunes s'étirant le long de la grève, les flancs bruns et secs des montagnes. Elle vit le fin ruban blanc de la route, une tache noire et un panache de fumée matérialisant l'emplacement du check point. Le Soleil brillait avec bienveillance dans un ciel d'un bleu parfait. Elle songea que ce jour était peut-être le dernier qu'elle passait sur Terre.

Quatrième partie

Un agent qui vous veut du bien

Chapitre premier

À l'issue de l'opération Sonde-Abysse, Cash Baker et les autres pilotes de singlenef furent affectés à des missions prétendument scientifiques autour des lunes de Saturne. Ils mesuraient les variations de leurs champs gravitationnels et électromagnétiques et survolaient leurs principales cités et colonies, les sondant au radar et aux micro-ondes, produisant des vidéos haute définition de chacune de leurs excursions. La plupart des données ainsi collectées auraient pu être obtenues grâce à des drones, mais ces missions avaient également une dimension politique, car elles témoignaient de la domination exercée par l'expédition brésilo-européenne tout en lui permettant d'évaluer les capacités des systèmes de défense et de contrôle du trafic spatial des Extros. À en croire les officiers psy, chaque nouveau survol contribuait à un programme tentaculaire dont le but était d'instiller la crainte et l'hostilité au sein de la communauté extro, de déstabiliser ses structures sociales et politiques, d'élargir encore le fossé entre faucons et colombes, et d'amener les communautés encore indécises à opter pour la neutralité. La plupart des pilotes considéraient cette stratégie avec scepticisme. Comme le disait Luiz Schwarcz, autant attaquer un nid de guêpes à coups de bâton en espérant qu'elles s'entre-tueraient plutôt que de s'en prendre à leur agresseur.

— Car, en fin de compte, un Extro reste un Extro, conclut-il. Malgré tout ce qui les sépare, ils sauront s'unir face à un ennemi commun.

— Si tu veux attaquer quelqu'un, il ne sert à rien de l'insulter et de lui pincer le nez, renchérit Colly Blanco. Tu dois passer à l'acte, un point c'est tout. Et veiller à attaquer le premier.

— Je suis partant pour une mission de première frappe, dit Cash.

— Comme nous tous, enchaîna Luiz. C'est pour ça qu'on a été opérés. C'est pour ça qu'on est ici.

— Au lieu de quoi, on reste à se tourner les pouces avec une cible peinte sur le cul pendant que les officiers psy font joujou avec leur propagande noire et leurs démentis à la noix, ragea Colly. Si l'un de ces enfoirés décide de nous canarder, on va être dans la merde. Il leur suffit de faire tomber sur cette patache une pluie de cailloux à grande vitesse. Il y en aura forcément quelques-uns pour trouer la coque, et on subira le sort que les Martiens réservaient à nos ancêtres il y a cent ans en lançant leur foutue comète.

— C'était un astéroïde, corrigea Luiz. La comète, c'était l'arme des Chinois contre les Martiens. Mais cela dit, tu n'as pas tort.

— De la glace, de la roche, une bouse de vache... peu importe la nature du projectile quand il t'arrive dessus à dix mille kilomètres à l'heure, dit Colly.

Trois jours plus tard, le *Getúlio Dornelles Vargas*, leur vaisseau d'approvisionnement, se mit en orbite autour de Mimas. Le spationef de la Communauté du Pacifique le suivait de près et quatre vaisseaux brésiliens venaient de quitter l'orbite terrestre. Trois d'entre eux volaient vers Jupiter ; le quatrième, le *Fleur de la Forêt*, le *sister-ship* du *Gloire de Gaïa*, conduisait le général Arvam Peixoto dans le système de Saturne.

Quand le *Getúlio Dornelles Vargas* eut accosté le *Gloire de Gaïa*, Cash Baker fut convoqué par deux agents du service secret qui lui déclarèrent qu'on l'avait affecté à une mission clandestine.

— Vous ne devez en parler à personne, dit le premier agent.

— Y compris à la cartographe partageant votre cabine, ajouta le second. Par ailleurs, si vous veniez à être capturé, nous nierions avoir eu connaissance de vos agissements.

Cash les gratifia de son plus beau sourire.

— On est entre potes, non ? Dites-moi ce que vous voulez et finissons-en.

Deux heures plus tard, on l'insérait dans son singlenef et il vit qu'une capsule de largage était logée côté tribord, à la place de la nacelle d'armement. À peine plus grande qu'un cercueil, elle consistait en un cockpit plaqué sur un moteur ionique et flanqué de boosters à carburant solide, petits mais puissants. En la voyant, Cash pensa à l'antique voiture de sport que son grand-oncle Jack avait restaurée avec amour, fabriquant des pièces à la main pour remplacer les originaux rongés par la rouille et sculptant une carrosserie flambant neuve en résine stratifiée sur laquelle il avait appliqué quinze couches de laque rouge cerise. Oncle Jack sortait son carrosse pour parader dans les grandes occasions – Thanksgiving, le Dîner des anciens, le Jour de la Terre –, jusqu'à cette belle journée d'été, un an pile après que son épouse eut été emportée par un lymphome foudroyant, où il avait fait le plein et pris la route, pour partir dans le décor après avoir négocié un virage à plus de cent cinquante kilomètres à l'heure, se réduisant en pièces ainsi que son joujou.

Le passager arriva à la toute dernière minute, tandis que Cash et les techniciens procédaient à l'ultime check-list. Il était déjà en vidoscaphe, mais le scanner du singlenef permit à Cash de l'examiner sous toutes les coutures, révélant un jeune homme plutôt maigre pourvu de microcœurs dans les artères fémorales et sous-clavières : un Extro. Les agents du service secret n'avaient donné aucune information à Cash, se contentant de lui dire qu'il devait larguer son passager là où on le lui ordonnait. Mais il ne faisait aucun doute à ses yeux qu'il devait s'agir d'un transfuge. Un espion, peut-être, ou un assassin.

On scella la capsule une fois le passager installé. Cash acheva sa check-list et, sans la moindre cérémonie, le singlenef jaillit de son berceau pour filer dans le vide. Cash donna des propulseurs compensateurs d'attitude pour s'éloigner du *Gloire de Gaïa* puis actionna le moteur à fusion, distançant sans problème le remorqueur extro qui tenta de le suivre comme il mettait le cap sur Saturne.

On avait programmé cette mission afin qu'elle coïncide avec l'approche finale du vaisseau de la Communauté du Pacifique, dans l'espoir que le singlenef de Cash puisse traverser le système pendant que tout le monde regarderait ailleurs. Pour le moment, ainsi que le constataient une flottille d'observateurs – au nombre desquels on comptait un drone brésilien –, le grand spationef venu de la Terre semblait vouloir se placer en orbite autour de Saturne, mais il lui suffirait d'une dernière poussée du moteur pour changer de trajectoire ; Colly Blanco avait pris les paris sur sa destination et Cash misait sur Titan.

Entre-temps, son singlenef à lui survola les anneaux, prit de la vitesse et changea de cap comme il frôlait la lisière des océans de nuages de Saturne. Alors qu'il repartait vers l'espace, Cash risqua un petit coup de radar pour sonder le ciel. Il ne repéra que deux vaisseaux extros qui franchissaient les anneaux à leur tour, et ni l'un ni l'autre n'étaient en mesure de l'intercepter. Ce qui ne signifiait pas qu'il était à l'abri des mauvaises surprises, des fantômes planqués au fond d'une cave, par exemple…

Il dépassa l'anneau C, avec ses béances et ses étroits annelets, tressés et fracturés, puis la feuille opaque de l'anneau B et s'engagea dans la fosse emplie d'étoiles de la division de Cassini. L'anneau A se déployait devant lui, et sa cible, Atlas, l'attendait juste au-delà de sa lisière fracturée.

Cash lança les préparatifs du largage, procéda à une énième check-list et ouvrit l'écoutille de la capsule. D'étoile, Atlas devint grain de poussière puis caillou difforme. Il s'agissait d'un bloc de glace en forme de cacahouète, dont la plus grande longueur atteignait à peine quarante kilomètres, mais sa faible force gravitationnelle suffisait à dessiner de complexes ondulations sur la bordure de l'anneau A, toutes en crêtes et en talus, et à maintenir l'hiatus de la division Keeler. En dépit de sa petite taille, une équipe de robots constructeurs y avait édifié pas moins de trois habitats, pressurisés et alimentés en énergie, qui attendaient des ermites ou de hardis pionniers. Ou des réfugiés, si la guerre venait à éclater. On trouvait suffisamment d'habitats inoccupés dispersés sur les soixante-dix et quelques lunes de Saturne – dont la majorité n'étaient que des blocs de glace comme Atlas – pour abriter le double de la population des cités du systèmc.

Un signal d'alarme retentit et Cash se plaça en mode hyper-réflexif et procéda à un minuscule ajustement à l'aide de ses compensateurs tandis qu'Atlas fonçait vers lui. Il entrevit un chapelet de cratères près de l'horizon, dont le plus vaste abritait un habitat à l'éclat émeraude, puis le compte à rebours atteignit zéro et il activa son canon électrique. Atlas passa sous la quille du singlenef et, au même instant, pendant que la minuscule lune occultait toute surveillance radar ou visuelle, la capsule fila d'un bref coup de ses boosters. Comme elle était équipée de systèmes furtifs, elle disparut des écrans de Cash dès qu'elle se fut éloignée. Cash supposa qu'elle filait déjà vers Dioné.

Il effectua un virage à cent quatre-vingts degrés et entama le long voyage qui le ramènerait à Mimas après un tour de Saturne. Un petit coup d'œil dans son télescope et il constata que, à quatorze millions de kilomètres de là, le vaisseau de la Communauté du Pacifique avait procédé à sa propre correction de trajectoire. Apparemment, il venait de perdre dix balles. Le spationef ne se dirigeait ni vers Titan ni vers une quelconque lune intérieure. Il s'élevait au-dessus du plan équatorial de Saturne pour mettre le cap sur Phœbé, la plus grande des lunes extérieures et excentriques.

Chapitre 2

Lorsque la toile informa l'ensemble du système de Saturne de la destination du vaisseau de la Communauté du Pacifique, Loc Ifrahim était coincé sur Dioné, dans un minuscule habitat infesté de rats où il assistait au dix-huitième colloque sur le Grand Bond au-dehors. Des délégués venus de toutes les lunes habitées de Saturne et de Jupiter s'y retrouvaient pour discourir sur les voyages interstellaires, abordant des sujets pratiques tels que les écosystèmes clos, l'hibernation de longue durée et l'observation des exoplanètes au moyen de nuages de télescopes, ainsi que d'autres plus ésotériques comme la téléportation, le téléchargement d'un esprit dans une unité de stockage de données et toutes sortes de méthodes pour percer le mur de la lumière. Loc, qui escortait un officier scientifique des Forces de défense aériennes, avait pour mission de caresser dans le sens du poil les délégués des lunes et des colonies espérant encore une réconciliation entre la Terre et le Système extérieur et de s'efforcer d'instiller chez les autres une sainte terreur. De son point de vue, la situation n'était pas terrible à l'origine et n'avait cessé de se détériorer.

L'habitat consistait en un large puits creusé dans le régolite glacé de Dioné à l'est du cratère Ilia, en bordure de la voie ferrée qui ceignait la lune au niveau de son équateur. Une large rampe en spirale bordée de salles et de chambres permettait d'en atteindre le fond et ses parois étaient paysagées de grottes, de terrasses, de cascades de mousses et de fougères, de cataractes de lierre et de vigne vierge. Conçu comme un centre de conférence, il ne comptait aucun occupant à titre permanent ; pour maintenir ses systèmes environnementaux, on faisait appel à une IA et à des auxiliaires robots, et ses jardins étaient confiés aux bons soins de rats transgéniques dotés d'une intelligence et d'une dextérité remarquables.

Si Loc avait été briefé à fond sur les participants au colloque, personne n'avait pris la peine de lui parler des rats. Lors de la réception de bienvenue du premier jour, comme il se tenait un peu en retrait pour observer la complexe danse sociale avec un intérêt professionnel, il avait senti quelque chose bouger derrière un citronnier. Pour découvrir à quelques centimètres de ses sandales un rat de cinquante centimètres de long affublé d'une sorte de harnais. Il eut un mouvement de recul, tenta d'instinct de chasser la bestiole d'un coup de pied, la rata et, déséquilibré par la faible pesanteur, se retrouva propulsé vers la balustrade bordant la terrasse. Il aurait fait une chute de cent mètres en direction des arbres emplissant le fond du puits si un Extro ne l'avait pas retenu par le col de sa tunique.

Lorsqu'il vit que Macy Minnot faisait partie des personnes qui avaient observé la scène, son humiliation n'en fut que plus aiguë.

Il avait déjà repéré son nom sur la liste des délégués et avait bien l'intention de lui parler en privé. En tête à tête. Pour mettre les choses au clair. Mais, pour le moment, il devait avant tout sauver la face, et il se dirigea vers elle après avoir remis de l'ordre dans sa tenue.

— Mademoiselle Minnot, dit-il avec son plus beau sourire. Étrange que nous nous retrouvions dans de telles circonstances.

— Voici Loc Ifrahim, dit Macy Minnot à l'homme qui l'accompagnait. Monsieur Ifrahim, voici mon ami Pete Bakaleinikoff.

Loc élargit son sourire d'un cran.

— Le concepteur du nuage de télescopes. Et l'oncle de Newton Jones, si ma mémoire est bonne.

— Vous avez suivi mon parcours, à ce que je vois, dit Macy Minnot. Dois-je en être flattée ou terrifiée ?

— Ni flattée ni terrifiée, si je puis me permettre, répliqua Loc. Pour être franc, votre présence ici ne m'intéresse guère.

— Je suis ravie de l'entendre, dit Macy Minnot.

Ses cheveux auburn étaient coupés ras, elle portait un tee-shirt blanc frappé de la carte papillon d'une exoplanète pourvue de continents et d'océans, et elle semblait parfaitement à l'aise parmi les Extros, levant son petit menton pour adresser à Loc ce regard insolent qu'il n'avait pas oublié. Sans doute jouissait-elle de sa gêne et se préparait-elle à lui faire une réputation de clown, regardez la facilité avec laquelle elle l'avait berné à Bifröst… Il ignorait jusqu'ici à quel point il la haïssait, et il décida de la remettre à sa place sur-le-champ.

— Cela dit, si vous avez un moment à me consacrer, j'adorerais que vous me racontiez votre vie. Autour d'un bon verre, de préférence, pour enterrer toute rancune.

— Il n'est probablement pas souhaitable qu'on me voie en votre compagnie, encore moins que nous nous retrouvions en privé, répliqua Macy Minnot en lui rendant son sourire. On pourrait croire que je m'acoquine avec l'ennemi.

Loc lui assura qu'il était ici pour promouvoir les échanges commerciaux et culturels, dans le cadre du programme pour la paix et la réconciliation, tâche certes ingrate mais néanmoins essentielle. Il cita les noms des amis qu'il s'était faits sur Mimas, expliquant qu'il espérait bien s'en faire d'autres ici.

— J'accompagne le colonel Angel Garcia. Peut-être en avez-vous entendu parler ? Un scientifique des plus éminent. M. Bakaleinikoff et vous seriez ravis de faire sa connaissance, je vous l'assure. Et lui-même serait enchanté que vous lui parliez de votre télescope.

— Votre ami est libre de parler avec toutes les personnes présentes, dit Macy Minnot. C'est pour cela que nous sommes ici.

— Je le lui dirai. Je vois que vous êtes pressée de reprendre vos activités, mais avant de vous quitter, j'aimerais que vous me disiez (une soudaine inspiration venait de frapper Loc) s'il est exact qu'Averne assistera à ce colloque ainsi que le prétend certaine rumeur.

— De quelle rumeur parlez-vous ? demanda Macy Minnot, qui semblait sur ses gardes.

— Elle n'a jamais participé à ces colloques, à l'exception du tout premier, intervint son compagnon, Pete Bakaleinikoff.

— Ne l'ébruitez pas, mais nous aimerions bien entrer en contact avec elle, dit Loc.

C'était un pur mensonge, évidemment, mais Macy Minnot n'avait aucun moyen de le savoir, ce qui faisait la beauté de la chose. Oh ! comme il allait s'amuser à l'embrouiller.

— Vu que vous avez eu avec elle un long entretien public, peut-être connaissez-vous un moyen de la joindre…

Une main se posa sur l'épaule de Loc et la serra. Il se retourna, pour découvrir un jeune homme maigre dont le visage pâle et anguleux et la crinière de cheveux noirs lui étaient familiers grâce aux rapports des renseignements.

— Monsieur Jones, dit-il. Quel plaisir de vous rencontrer enfin.

Sans paraître lui prêter attention, Newton Jones demanda à Macy Minnot :

— Ce raseur est-il bien le type auquel je pense ?

— Il veut que je l'aide à joindre Averne.

— Lui as-tu dit qu'il a toutes les chances de la trouver s'il prend le premier train pour Paris ?

— J'allais lui dire qu'on ne joint pas Averne ; c'est elle qui vous joint.

Macy Minnot semblait agacée. Apparemment, tout n'allait pas pour le mieux entre la damoiselle et son chevalier blanc.

— J'ai de bonnes raisons, des raisons importantes pour contacter Averne, reprit Loc, qui s'aperçut qu'il n'avait plus envie de s'amuser avec Macy Minnot. Malheureusement, Marisa Bassi a interdit Paris aux Brésiliens et aux Européens, et j'espérais la voir ici.

— Vous me voyez surprise, monsieur Ifrahim. Je vous croyais favorable à la guerre.

— Ce ne serait pas la première fois que vous vous méprenez sur mes intentions, mademoiselle Minnot, répliqua Loc en esquissant une courbette. J'espère que nous pourrons nous parler un peu plus tard.

Et peut-être réussirait-il à la mener en bateau sans que M. Newton Jones vienne s'en mêler.

Macy Minnot attendit qu'il se soit éloigné de quelques pas pour lui lancer :

— J'espère que vous n'avez pas de problème avec les rats, monsieur Ifrahim. Ce sont eux qui assurent l'entretien des jardins et même de l'habitat dans son ensemble. Il est difficile de les éviter.

Loc ne pouvait lui laisser le dernier mot.

— Je suis parfaitement capable de surmonter toutes sortes d'irritations, mademoiselle Minnot.

En vérité, il avait bel et bien un problème avec les rats. Il les détestait, car ils lui rappelaient son enfance dans un bidonville à la lisière des ruines de Caracas. Le minable deux pièces dont la porte donnait sur la rue bondée. La puanteur âcre des tas d'ordures à recycler encore plus hauts que les vestiges des buildings, les mouches omniprésentes dans la chaleur poisseuse de l'été, les grosses mouches vertes qui se posaient sur la nourriture mais aussi sur votre visage, les innombrables moucherons noirs qui s'insinuaient dans vos cheveux, dans vos narines, dans vos yeux.

Comme tous les gamins de son quartier, Loc se faisait de l'argent de poche en récupérant dans les tas d'ordures des bouts de câble et des tiges métalliques, courant entre les monstrueux camions qui transportaient des gravats depuis la vieille ville, détruite par un séisme vingt ans plus tôt et en cours de réhabilitation pour devenir un parc. Il avait échappé à sa condition en passant l'examen d'entrée dans la fonction publique, et son ambition et sa force de travail l'avaient aidé à grimper un à un les échelons de la hiérarchie du service diplomatique. Mais quel que soit son degré de réussite, il suffisait d'une odeur d'immondice en train de brûler, d'une mouche, d'un cafard ou d'un rat pour lui rappeler son enfance misérable. Les tas d'ordures étaient infestés de rats. On offrait même une récompense à qui les tuait : deux *cents* par cadavre. Certains des gamins les plus âgés avaient formé des bandes de chasseurs, mais jamais Loc n'en avait fait partie. Il haïssait les rats jadis, il les haïssait encore plus aujourd'hui, et l'occasion lui était donnée de refaire connaissance avec la répugnance qu'ils lui inspiraient. Le colonel Angel Garcia et lui s'étaient vu attribuer le pire des logis possibles, juste au-dessus de la serre qui servait d'engin à l'écosystème de l'habitat, au-dessus des banians gigantesques dont les frondaisons dessinaient un dédale surplombant le riche terreau et hébergeaient une petite armée de rats.

Pour ce qui était du colloque proprement dit, le colonel était franchement barbant, Macy Minnot l'évitait studieusement et les groupes de discussion se montraient chaotiques au possible. Pas de président de séance, pas de présentation en bonne et due forme, pas de table ronde réunissant des spécialistes éminents, rien que des groupes anarchiques glapissant autour de leurs espaces mémo. Il suffisait qu'Untel lance une idée intéressante pour que Telautre l'interrompe afin de l'enrichir ou de la réfuter, à moins qu'il oriente la discussion dans une direction inattendue. Le plus souvent, deux ou trois intervenants se mettaient à arguer en même temps, et c'était celui qui parlait le plus fort qui avait raison. Quel que soit le sujet, tout consensus paraissait impossible, tout était en flux et, de toute façon, c'était en dehors des discussions et des ateliers prévus au programme que le plus intéressant semblait se passer ; ce colloque se doublait d'un lieu de rencontre, où on retrouvait de vieux amis tout en s'en faisant des nouveaux, où on profitait des sentiers de randonnée aménagés dans les jardins de glace en surface, où on s'enivrait d'alcool ou de drogue, et où on baisait pas mal. Toutes sortes de liaisons se nouaient dans la clandestinité. Et comme Loc était exclu de cette *ronde** sociale et sexuelle, il avait du mal à savoir si les Extros prenaient au sérieux leurs histoires de sondes-robots, d'arches stellaires, d'être humain transfiguré et d'immortalité à la portée de tous.

Par-dessus le marché, les quelques Spectres participant au colloque avaient apparemment décidé de passer leur temps à le harceler. Ils le suivaient partout et faisaient à haute voix des commentaires grossiers sur son apparence, le bousculaient quand il tentait d'écouter une discussion, empêchaient le colonel Garcia de placer le moindre mot. Loc était sûr que c'étaient eux qui avaient posé des mouchards primitifs dans la chambre qu'il partageait avec le colonel, mais, lorsqu'il s'en était plaint auprès des organisateurs, ceux-ci lui avaient répliqué qu'ils n'avaient aucun pouvoir pour intervenir dans ce conflit, et d'ailleurs, n'avait-il jamais entendu parler de la liberté d'expression ?

Le troisième jour du colloque, deux heures après que le spationef de la Communauté du Pacifique se fut mis en orbite autour de Phœbé, les Spectres coincèrent Loc et entreprirent de lui dire comment ils allaient chasser tous les Terriens du système de Saturne. Réussissant à garder son calme, il quitta la salle sous les quolibets et passa le reste de la journée enfermé dans sa petite chambre sordide, à surfer sur les sites d'infos. Ici, une vidéo floue montrait le vaisseau en train de se poser sur la petite lune, vidéo tournée par un remorqueur extro passé à moins de vingt millions de kilomètres. Là, une image bien plus nette du spationef installé dans un grand bassin entouré de hautes falaises, image captée par l'un des télescopes régulant le trafic spatial. Des taches larges de quelques pixels étaient cerclées de rouge : des hommes en vidoscaphe, selon toute apparence. Pour l'instant, le gouvernement de la Communauté du Pacifique n'avait fait aucune déclaration, mais les commentaires se multipliaient sur les forums extros. Comme on pouvait le prévoir, Marisa Bassi, le maire de Paris sur Dioné, avait dénoncé cette intrusion et les exaltés habituels se montraient eux aussi fort bruyants. Les premiers sondages faisaient état d'un taux de réprobation de quatre-vingt-dix-huit pour cent.

Ce scénario n'était pas l'un des pires – la Communauté du Pacifique ne s'était pas mise en orbite autour d'une lune habitée, pas plus qu'elle avait attaqué une cité ou une colonie extro, ni abattu ou arraisonné l'un de leurs vaisseaux –, mais la situation n'en était pas moins grave. Cependant, lorsque Loc appela l'ambassade à Camelot sur Mimas afin de demander qu'on l'exfiltre de Dioné ainsi que le colonel Garcia, on lui ordonna de rester où il était. Il devait protéger le colonel de toute tentative de représailles et s'entretenir avec les délégués amis, afin de les rassurer et de les convaincre que l'expédition brésilo-européenne désapprouvait l'atterrissage sur Phœbé, que ses intentions n'avaient rien à voir avec celles de la Communauté du Pacifique.

Loc n'avait aucune envie de se mettre en danger. Le colonel Garcia était assez grand pour se protéger tout seul et il était inutile de dialoguer avec les Extros, amis ou non, tant que la situation ne serait pas calmée. Il resta donc dans sa chambre, suivant grâce à la toile l'évolution des choses sur Phœbé et dans le système de Saturne, jusqu'à ce que la faim le fasse sortir en début de soirée.

Il fut aussitôt agressé par l'un des Spectres, une grande femme à la peau tannée du nom de Janejean Blanquet, qui lui déclara sans ambages que si la Terre pensait avoir le droit de s'emparer d'une de leurs lunes, elle allait au-devant de sacrées surprises.

— Peut-être que personne n'habite sur ce caillou, mais cela reste *notre* caillou. On va vous le reprendre, petit homme. Attends un peu.

Elle l'avait coincé près du pied de la rampe qui courait le long des parois de l'habitat, entre les bambous recouvrant la roche noire et la jungle de banians en contrebas. Il n'y avait personne dans les parages, personne dont Loc puisse implorer l'aide, personne pour être le témoin de sa nouvelle humiliation. Il s'efforça de raisonner la femme, la gratifiant de son plus doux sourire, lui affirmant qu'elle se trompait de cible, qu'il n'avait rien à voir avec la Communauté du Pacifique, son spationef et ses plans, mais elle était ivre, ou bien droguée, et elle avait soif de sang.

— On va les chasser de ce caillou à coups de pied au cul, et toi aussi, on va te chasser d'ici à coups de pied au cul si tu t'attardes un peu trop.

Elle se pencha sur Loc pour lui frapper le torse avec l'index. Les pupilles de ses yeux bleus étaient réduites à des têtes d'épingle, son haleine était d'une puanteur métallique.

— Tirez-vous de nos lunes, tirez-vous de notre ciel, ou on va vous exploser !

Loc tenta de la contourner mais, vive comme un serpent, elle se replanta face à lui et le frappa de nouveau. Il l'agrippa par le poignet et le tordit, elle hurla et lui griffa la joue, visant les yeux, et il la poussa entre les bambous, la plaqua contre la paroi. L'espace d'un instant, ils échangèrent un regard au sein de leur cage de bambou. Puis la femme lui cracha au visage et lui laboura le visage de ses ongles crasseux, et il empoigna sa crête de cheveux laqués blancs comme neige et lui cogna la tête contre la roche, encore et encore et encore, jusqu'à ce que ses yeux se révulsent et qu'elle s'effondre entre ses bras.

Une vague de panique et de répugnance déferla sur lui et il la repoussa et recula d'un pas. Elle s'effondra mollement sur le sol.

Loc vit du sang et de la matière grise sur la roche noire, du sang au bout de ses doigts quand il les porta à sa joue en feu.

Bon. Rien de tout cela n'était sa faute, mais jamais il ne pourrait l'expliquer, jamais il n'aurait droit à un procès équitable. La seule solution était de partir d'ici pour aller le plus loin possible.

Il jeta autour de lui un regard circulaire, se pencha sur la rambarde et, scrutant par-delà les conduits de lumière qui couraient en tresse le long de l'axe du puits, il tendit l'oreille en quête de signaux d'alarme, puis ramassa le corps flasque de la Spectre. Elle ne pesait pas plus qu'un oiseau. Sa nuque était poisseuse de sang et semblait défoncée. Elle avait les yeux clos et le souffle rauque et irrégulier. La planquer parmi les racines des banians ? Non, ces saloperies de rats la trouveraient tout de suite. Loc avança en titubant, montant la rampe jusqu'à aboutir devant l'un des jardinets en terrasse, et laissa choir la femme derrière une haie de buissons en fleur, après quoi il appela le colonel Garcia et lui demanda de le retrouver dans leur chambre. L'autre fit mine de protester mais Loc lui coupa la parole et lui dit qu'il était arrivé quelque chose de grave : ils devaient en discuter en privé, et sans tarder.

Comme il ôtait ses bésiks, il entrevit le spectre de son reflet sur un pan de roche noire et lisse : son profil de roué, son sourire de loup. L'adrénaline bouillonnait dans ses veines. Tout lui semblait plus éclatant, plus réel. Il ne s'était pas senti aussi vivant depuis Bifröst.

Loc enfournait ses objets personnels dans sa mallette antichoc lorsque le colonel Garcia entra dans leur chambre.

— Il y a intérêt à ce que ce soit important, dit-il. Je participais à une discussion fort intéressante sur la recréation d'organismes à partir d'information pure.

— J'ai été attaqué, dit Loc, qui donna brièvement sa version des faits. Nous ne pouvons pas rester ici. Ils vont nous lyncher.

— La femme qui vous a agressé… elle est morte ?

Le colonel Garcia était un petit homme laid et bedonnant. Les yeux écarquillés, il fixait les balafres sur la joue de Loc.

— Je ne sais pas, dit ce dernier. Elle respirait encore quand je suis parti.

— Vous l'avez abandonnée ? Où cela ? Si elle est grièvement blessée, nous devons la…

— Qu'elle survive ou non, ça n'a aucune importance, interrompit Loc. Dans les deux cas, ils nous lyncheront. Nous devons partir d'ici. Ensuite, nous devrons être exfiltrés d'urgence.

— Non.

— Non ?

Loc fixa le colonel du regard. Il n'en croyait pas ses oreilles.

— Non. Quoi qu'il se soit produit entre vous et cette femme, cette soi-disant Spectre, cela ne justifie pas une exfiltration. Nous avons été invités ici, insista le colonel Garcia en se rengorgeant. Si nous sommes ici, c'est grâce à la générosité du gouvernement de Camelot, qui nous a fourni un moyen de transport, et des organisateurs de ce colloque, qui nous ont priés d'y assister. Voici ce que nous allons faire, monsieur Ifrahim. Premièrement, vous allez me conduire à l'endroit où vous avez abandonné cette malheureuse et nous ferons venir des secours. Ensuite, nous informerons nos hôtes de la situation.

Loc éclata de rire. Impossible de se retenir. Le rire jaillit de son gosier, une sorte de couinement né de sa colère et de son incrédulité.

— Vous voulez que je me rende aux *Extros* ?

— Nous devons agir correctement. Nous devons veiller à ce que cette affaire ne tourne pas à l'incident diplomatique. Si vous êtes innocent, vous n'avez rien à craindre, conclut le colonel Garcia.

Partant d'un nouveau rire, Loc fit décrire un arc de cercle à sa mallette antichoc, dont le coin emboutit le visage du colonel Garcia. Celui-ci poussa un petit cri d'horreur et recula en titubant, palpant son nez cassé, et Loc frappa une nouvelle fois, l'atteignant à la tempe. Le colonel s'effondra comme un pantin désarticulé, et le sang bouillonna à ses narines, coula de la plaie triangulaire ouverte au-dessus de son oreille. Ses cils papillonnèrent lorsqu'il voulut poser ses yeux sur Loc.

— Ne vous en prenez qu'à vous-même, espèce de béni-oui-oui à la con. Vous étiez prêt à me faire tuer.

— Non, fit le colonel d'une voix faible, et il tenta de lever la main comme Loc abattait de nouveau sa mallette.

Chapitre 3

Cash Baker croisait à un million de kilomètres de Mimas et du *Gloire de Gaïa* lorsqu'il aperçut droit devant lui l'éclat fugace d'un moteur à fusion : un vaisseau de transport filant à toute allure. Il contacta le centre de contrôle pour demander des infos mais, en dépit du fait que sa liaison laser bénéficiait d'une forte cohérence et d'un cryptage sûr, on refusa de lui communiquer la destination de l'appareil et l'identité de son pilote. Une chose était sûre : ce vaisseau ne se dirigeait pas vers le spationef de la Communauté du Pacifique posé sur Phœbé. Il allait faire le tour de Saturne pour gagner ses lunes intérieures.

L'un des bâtiments extros qui traînaient autour du *Gloire de Gaïa* se détourna vers Cash alors qu'il entamait son approche. C'était un remorqueur trapu, à la coque recouverte de slogans, qui lança toute une série de drones programmés pour émettre des émissions lumière et radio sur sa trajectoire. Cash n'était pas d'humeur à badiner. Passant outre au feu d'artifice spatial, il effectua une manœuvre de retournement et décéléra avec une précision digne d'éloges, pour se glisser sous la coque galbée du *Gloire de Gaïa* à un peu moins de dix centimètres par seconde, s'alignant sur le berceau qui en saillait comme un tiroir dans l'armoire d'une morgue et s'y insérant au prix de deux jets brefs de ses propulseurs.

Les deux agents du service secret l'attendaient dans le hangar et ils l'accompagnèrent dans une cabine discrète dès qu'on l'eut débranché de son oiseau. Ils l'assurèrent que la prise de Phœbé par la Communauté du Pacifique n'altérait en rien le statut de la mission, mais ils ne voulaient ou ne pouvaient rien lui dire sur le transport qu'il avait repéré. Bouillant d'impatience, transpirant dans sa combi anti-g,

Cash passa une des heures les plus longues de son existence à détailler son plan de vol et, dès que le débriefing eut pris fin, il fonça droit sur le mess des pilotes.

Luiz Schwarcz et Caetano Cavalcanti étaient absorbés par leur partie d'échecs. Cash s'assit à leur table et lança :

— Peut-être allez-vous me mettre au parfum rapport au transport qui vient de partir à fond la caisse. Aurais-je loupé le début de la guerre ?

Luiz avança un pion et répondit :

— Tu n'es pas au courant ?

— J'étais sorti, répondit Cash. Je ne vous ai pas trop manqué, au moins ?

— Il y a eu un incident, enchaîna Caetano.

— Sur Dioné, dit Luiz. Ça concerne un diplomate et le scientifique qu'il escortait.

— Un truc à la con, ajouta Caetano en étudiant l'échiquier.

— Les Extros ont tué le scientifique, le diplomate a réussi à fuir et le transport est allé le récupérer, conclut Luiz.

— Je croyais qu'on ne pouvait pas se poser sur Dioné, fit remarquer Cash. Au cas où ce cinglé de maire déciderait de nous aligner avec son célèbre système de défense.

— Le type qu'on doit secourir est pourchassé par les Extros, répondit Luiz. Il a besoin qu'on l'exfiltre de Dioné s'il veut se tirer d'affaire. Le transport a embarqué un escadron de marines au cas où il y aurait du grabuge.

— Et personne n'est parti en soutien ?

— Qu'est-ce que tu crois ? On ne tient pas à énerver les Extros plus que nécessaire. Tu es sûr de ton coup, C ?

— Je veux, dit Caetano, qui lâcha le cavalier qu'il venait de déplacer.

— Alors, tu ne m'en voudras pas si je fais ceci.

Luiz plaça sa tour à l'autre bout de l'échiquier et s'empara d'un pion.

— Merde ! fit Caetano.

— Une mission dangereuse, apparemment, lâcha Cash.

— Tu peux le dire, répliqua Luiz. Avant de se poser, le transport devra effectuer au moins une orbite pour confirmer le point de contact. Et si les Extros ne lui tirent pas dessus à ce moment-là, ils tenteront sûrement de l'attaquer quand il fera sa descente. Au moment de repartir, il lui faudra déployer toutes ses ressources tactiques.

— Qui le pilote ?

— Je crois bien que c'est Colly.

— L'enfoiré ! rugit Cash. C'est toujours lui qui se tape les bons plans !

Chapitre 4

Macy dînait avec Newt lorsque deux Spectres firent irruption dans le réfectoire. Un homme et une femme vêtus de blanc, le visage dur et empreint de résolution, qui parcoururent du regard les tables dispersées parmi les îlots de végétation. La femme toucha le bras de son compagnon et lui désigna Macy. Newt fit mine de se lever en les voyant s'approcher et Macy lui dit de n'en rien faire, lui assurant qu'elle pouvait se débrouiller toute seule.

— S'ils sont venus te chercher noise à cause du spationef qui s'est posé sur Phœbé, envoie-les au diable, dit Newt.

— Je vais commencer par écouter ce qu'ils ont à me dire avant de prendre une décision, répliqua Macy, irritée par son attitude.

Les deux Spectres se plantèrent devant leur table.

— Macy Minnot, dit l'homme. Vous êtes en état d'arrestation pour le meurtre de notre amie et collègue Janejean Blanquet et du colonel Angel Garcia. Levez-vous et suivez-nous.

— Vous plaisantez, j'espère, dit Macy.

Elle était trop stupéfiée pour éprouver de la peur ou de la colère, mais Newt jeta à l'homme un regard haineux.

— Quelles preuves avez-vous de ce que vous avancez ? Et de quelle autorité êtes-vous investis ?

— De l'autorité que nous a conférée le maire de Paris en nous confiant la défense de Dioné et de l'ensemble du système de Saturne, répondit la femme.

— Quant aux preuves, enchaîna l'homme en élevant la voix pour être entendu de toute l'assistance, Janejean a été laissée pour morte après que son agresseur lui eut fracassé le crâne. Le colonel Garcia a été retrouvé mort dans sa chambre, des suites d'une autre agression. Le diplomate Loc Ifrahim s'est enfui de l'habitat. Nous pensons que Macy Minnot était sa complice. Elle va nous suivre à des fins d'interrogatoire.

S'efforçant au calme, Macy déclara :

— Si Loc Ifrahim a tué ces personnes, sachez que j'espère qu'il répondra de ses actes. Je parle sincèrement. Mais sachez aussi que vous commettez une grave erreur en me pensant liée aux actes en question du seul fait de mon origine et de mon identité.

— J'ai passé toute la journée avec elle, dit Newt en se levant. Et je n'aurai aucune peine à réunir vingt témoins qui vous confirmeront son innocence.

La femme glissa une main derrière son dos et, tout en souplesse, dégaina un taser et l'actionna. Newt tomba comme une masse, agité de convulsions. L'homme sortit un pistolet et tira dans le plafond, y ouvrant un trou de belle taille et produisant un bruit assourdissant. Les convives se jetèrent à terre ou se figèrent sur leurs sièges tandis qu'un nuage de poussière tombait doucement sur eux.

— Soit tu nous accompagnes sans protester, soit on t'assomme et on t'embarque, dit l'homme à Macy. À toi de choisir.

Bousculant Macy sans ménagements, les deux Spectres la firent sortir du réfectoire puis ils montèrent la rampe en spirale pour gagner le tunnel menant à la gare, où un wagon les attendait. Au fond du compartiment étaient posés quatre vidoscaphes, à côté d'un corps enveloppé dans un cocon de sommeil, dont Macy supposa que c'était celui de Janejean Blanquet. À l'autre bout, on avait soulevé une trappe dans le sol, d'où s'échappait un câble relié à l'ardoise qu'une femme tenait sur ses cuisses. C'était une Spectre, vêtue de blanc comme ses amis, avec des yeux dorés et de longs cheveux couleur d'aluminium terni. Dès que Macy fut à bord, elle pianota sur son ardoise et les portes se refermèrent ; le wagon sortit de la gare et s'enfonça dans le paysage lunaire.

Macy s'assit sur un pouf et l'homme s'accroupit devant elle.

— Nous n'allons pas te tuer. Tu auras droit à un procès équitable à Paris, et pourtant tu ne le mérites pas. Même chose pour Loc Ifrahim.

— Vous l'avez capturé, lui aussi ?

— Certains de mes amis l'ont retrouvé. Nous allons le récupérer au passage.

— Ce qui explique que ce wagon n'ait pas pris la direction de Paris.

L'autre lui sourit, révélant une denture de plaques noires.

— Ne t'inquiète pas. Nous finirons par y arriver.

— Pas si mes amis vous rattrapent avant.

— Tes amis et toi êtes des fossiles vivants. Vous êtes le passé dont nous allons surgir.

— Dites-moi une chose. Qui a eu l'idée de me kidnapper, vous ou Marisa Bassi ?

— Qui a eu l'idée de tuer cette pauvre Janejean, toi ou Loc Ifrahim ? rétorqua l'autre.

Macy lui rendit son regard sans broncher mais jugea inutile de protester de nouveau de son innocence.

— C'est bien ce que je pensais, conclut l'homme.

Il se leva pour rejoindre la femme à l'ardoise, qui lui dit :

— Même à vitesse maximale, il nous faudra quarante minutes. Ça va être juste.

— Essaie de faire mieux. Voyons ce que cette machine a dans le ventre.

Les trois Spectres étalèrent leur équipement sur le sol, s'accroupirent dans une position évoquant la sauterelle, la tête entre les genoux, et contrôlèrent toutes les pièces. Voyant que Macy les observait, l'homme braqua son pistolet sur elle et s'esclaffa lorsqu'elle détourna les yeux. Les Spectres avaient confisqué ses bésiks. Personne ne savait où elle se trouvait ; elle n'avait aucun moyen d'appeler au secours. Si elle voulait se tirer de ce pétrin, elle ne devait compter que sur elle-même. Une chose était certaine : jamais elle n'aurait droit à un procès équitable. Marisa Bassi préparait sûrement un nouveau numéro de propagande antibrésilienne, avec Loc Ifrahim et elle en vedettes invitées. Elle l'avait froissé en se plaçant du côté des colombes et en s'entretenant publiquement avec Averne, et il était bien décidé à se venger.

Le wagon filait sur la voie ferrée aérienne. On en comptait plusieurs centaines comme lui, qui parcouraient une ligne magnétique supraconductrice, alimentée par des foreuses géothermiques captant la chaleur résiduelle du noyau de Dioné et réparties le long de son équateur, qui décrivaient un cercle de trois mille cinq cents kilomètres de long. Pour le moment, le wagon avançait parallèlement à des falaises entrecoupées d'éperons rocheux et criblées de petits cratères d'impact, une des longues crêtes engendrées par les effondrements de compression consécutifs au refroidissement de l'intérieur de la lune. Saturne flottait bas dans le ciel noir, sombrant vers l'horizon ouest à mesure qu'ils filaient vers l'est, en direction de l'hémisphère perpétuellement opposé à la géante gazeuse.

Les Spectres finirent par ranger leur équipement pour enfiler leurs vidoscaphes, ordonnant à Macy d'en faire autant. Elle hérita d'un modèle pour enfant bien trop petit pour elle. Naturellement, elle avait apporté le sien en venant au colloque, mais il était resté dans sa chambre.

— Je ne pourrai pas marcher longtemps dans cette tenue, dit-elle à la Spectre qui l'aidait à ajuster ses articulations.

— Tu n'en auras pas besoin, lui répliqua-t-elle.

Le wagon fit halte. Les Spectres verrouillèrent leurs casques et l'homme pointa son arme sur Macy pendant que l'une des femmes vérifiait les sceaux de son scaphe et de son casque ; puis la porte s'ouvrit et l'air disparut dans le vide noir et glacial. Macy descendit du wagon, posant le pied sur une étroite galerie, mais fit la sourde oreille lorsque l'homme lui ordonna de descendre le long du pylône qui soutenait la voie ferrée en empruntant l'échelle prévue à cet effet. Comme il se dirigeait vers elle, elle se retourna, l'agrippa par le bras et le poussa violemment. Tous deux churent de quatre mètres dans une lenteur onirique et elle réussit à lui arracher son pistolet avant qu'ils touchent terre, de façon plus brutale qu'elle l'aurait cru. S'éloignant d'un coup de pied, elle braqua le pistolet sur la visière de l'homme et dit aux deux femmes, qui restaient figées sur le seuil du compartiment, qu'elle lui tirerait dessus si elles ne lâchaient pas leurs armes sur-le-champ.

— *Tu n'oseras pas*, dit l'homme.

Il fit mine de se relever, se figea lorsque Macy logea une balle dans le sol devant lui.

— La prochaine est pour ton casque, dit-elle. Je ne plaisante pas.

— *Ça suffit*, dit une voix inconnue.

Une demi-douzaine d'Extros chevauchant des trikes apparurent sur la crête qui courait parallèlement à la voie ferrée, découpés en silhouette sur fond de ciel noir ; tous pointaient une arme vers Macy.

Elle les toisa puis jeta le pistolet au loin. On entendit un rire féminin tandis que les motos à trois roues dévalaient la côte en pente douce. L'un des Extros descendit de son engin, s'approcha de Macy et l'agrippa par le poignet pour l'aider à se relever.

Macy reconnut le visage à l'intérieur du casque, tout proche du sien. C'était celui de Sada Selene, la *refuznik* qui l'avait aidée à s'évader d'À l'Est d'Éden.

Les Spectres descendirent avec solennité la dépouille mortelle de Janejean Blanquet, la sanglèrent sur la remorque attachée à l'un des trikes, firent demi-tour et s'en furent, laissant le wagon derrière eux. Assise derrière Sada, Macy s'accrocha à sa selle tandis que le convoi suivait la voie ferrée vers l'est, pour obliquer quelques kilomètres plus tard et grimper une côte pavée de gigantesques polygones irréguliers et érodée par des milliards d'années d'impacts micrométéoritiques, qui s'élevait en pente douce vers une étroite crevasse coincée entre des talus courtauds et arrondis : la trace d'une météorite qui avait frappé le sommet de la crête suivant un angle oblique.

Macy avait l'habitude de découvrir les paysages lunaires par l'entremise de l'IA de son vidoscaphe : particularités géographiques étiquetées, courbes de niveau soulignées, zones d'ombre adoucies grâce au radar à micro-ondes, fonction zoom permettant d'examiner en gros plan les objets éloignés. Mais l'IA de son scaphe d'emprunt avait subi un hacking et, privée de ses systèmes d'extrapolation, Macy ne voyait qu'un paysage hostile et désolé. Elle se rappela l'un des antiques hymnes qu'entonnaient les fidèles de l'Église de la Divine Régression pour chanter les louanges du Dieu qui dissimulait Ses secrets dans les paysages de pi. Un cantique de Noël : « La terre dure comme fer, et l'eau comme la pierre[1]. »

Son téléphone était également affecté, réduit à un unique canal à courte portée. Pendant qu'ils roulaient, Sada lui dit que tout se déroulait conformément au plan. Lorsque Macy demanda des précisions, l'un des autres Spectres lui dit qu'elle verrait bien assez tôt de quoi il retournait, ce qui déclencha l'hilarité générale. Préférant changer de sujet, Macy demanda à Sada comment elle avait échoué parmi les Spectres. La jeune fille lui expliqua qu'elle avait toujours été une passionnée de maths et de physique et qu'elle avait découvert l'existence des Spectres après avoir lu sur des forums de physique des messages énonçant des assertions inédites en matière de relativité spéciale et mettant les forumeurs au défi de les prouver. Alors qu'elle travaillait sur l'une d'elles, elle avait mis au jour un chiffre qui, une fois décodé, lui avait donné une clé de cryptage lui permettant de communiquer directement avec Levi, le leader des Spectres. Tout ce montage n'était en fait qu'une épreuve initiatique ; elle en avait triomphé, ce qui lui avait valu d'être initiée à d'autres mystères. Peu après, elle avait commencé à planifier son évasion. Elle était trop jeune pour quitter À l'Est d'Éden sans l'autorisation de ses

---

1. Poème de Christina Rossetti, mis en musique par Gustav Holst. (*NdT*)

parents, mais quand Macy lui avait demandé de l'aide, elle avait profité de l'occasion pour fuir elle aussi dans le système de Saturne.

— Et moi qui croyais que tu m'avais aidée par amitié, soupira Macy.

— *Mais j'étais ton amie. Et je le suis toujours. Mais je pense que tu as commis une grave erreur quand tu as posté sur la toile ta conversation avec Averne. On a eu l'impression que tu t'étais rangée du côté des capitulards.*

— Pourtant, je crois avoir fait comprendre que la guerre était inévitable.

— *Tu penses que nous allons la perdre, voilà ce que nous avons compris*, lança quelqu'un.

— Je ne pense pas que nous puissions vaincre une force supérieure en nombre, si c'est ce que tu veux dire.

— *Nous gagnerons*, affirma Sada avec entrain. *Nous renverrons l'ennemi sur Terre et nous prendrons en charge la destinée du genre humain. Tu es en compagnie d'une tribu d'immortels.*

— C'est écrit dans les étoiles ? dit Macy, regrettant aussitôt cette saillie.

Le silence bourdonna dans ses oreilles. Puis quelqu'un éclata de rire.

— *Tout objet se déplaçant plus vite que la lumière viole la causalité, c'est un principe de la relativité générale*, expliqua patiemment Sada. *Cet objet suit une courbe temporelle fermée. C'est un serpent qui se mord la queue. Toute machine transluminique se double d'une machine temporelle, et cela signifie qu'un signal peut être transmis d'un futur vers son passé. Donc, ce que nous savons du futur est aussi vrai et aussi réel que la physique.*

Telle était l'essence du credo des Spectres. Levi, leur leader reclus, affirmait recevoir des messages de son moi futur, qui avait gagné par astronef transluminique une exoplanète terrestre en orbite autour de Bêta Hydri et envoyait des signaux vers une époque antérieure à son départ. À en croire Levi, la teneur de ces messages était délibérément vague, car son moi futur ne tenait pas à défaire sa propre histoire, à s'effacer en orientant l'univers vers un cours différent. Mais le fait qu'il les reçoive prouvait que ses disciples et lui-même finiraient par accéder à une technologie permettant le voyage transluminique, qui leur ouvrirait la route des étoiles. Ils étaient les élus. En suivant le bon chemin, ils compléteraient la boucle temporelle et accompliraient leur destinée.

Aux yeux de Macy, des gens convaincus de leur immortalité étaient mûrs pour se faire tuer tôt ou tard, mais elle garda son opinion pour elle. L'expérience, et notamment la vie au sein de l'Église de sa mère, lui avait appris qu'il ne servait à rien de discuter avec des fanatiques comme Sada, dont le système de croyance était aussi hermétique que la boucle temporelle fermée qui en constituait le socle. En outre, Sada avait naguère été son amie, même si ses motivations apparaissaient désormais comme suspectes, et Macy espérait bien tirer profit des vestiges de leur amitié pour assurer sa survie.

La petite caravane franchit une brèche au sommet de la crête pour pénétrer sur un plateau semé de blocs de glace de toutes les tailles, dont certains grands comme une maison, surmontés d'une couche de poussière noire et émoussés par les impacts de micrométéorites ; large de plusieurs kilomètres, ce plateau était parcouru de crevasses en ligne brisée et s'achevait soudainement par un précipice. Les trikes firent halte et tous en descendirent. Par-delà ce point élevé, une plaine parsemée de cratères s'étendait au nord et à l'est.

Sada se colla à Macy et lui désigna un cratère en forme de cuvette à mi-chemin de l'horizon.

— *Tout près de la paroi, dans ce coin d'ombre. Tu le vois ?*

— Non.

— *Aux infrarouges, il est éblouissant.*

— Je n'ai pas d'infrarouges. Quelqu'un a plombé l'IA de cette saloperie de scaphe.

— *Crois-moi, il est visible comme le nez au milieu de la figure. À six kilomètres d'ici.*

— Mais *quoi donc* ?

— *Le rolligon.*

— Celui que Loc Ifrahim a volé ?

— *Évidemment.*

Tout autour d'elles, les Spectres s'affairaient autour de leurs motos et déballaient leur matériel. Ils déployaient ce qui ressemblait à des roquettes, des tubes effilés d'un mètre de long peints en jaune et noir, équipés de propulseurs compensateurs d'attitude complétant leur tuyère principale. Les lance-roquettes étaient montés sur harnais et munis d'un système de visée sur panneau rabattable.

Macy sentit un frisson glacé la parcourir.

— Vous voulez le *tuer* ? C'est ça que vous appelez un procès équitable ?

Des éclats de rire résonnèrent à ses oreilles.

— *Ce n'est qu'un appât*, dit un homme.

— *L'ennemi a envoyé un appareil pour l'exfiltrer*, enchaîna une femme. *On va le descendre.*

— *On va leur montrer à qui appartient ce ciel*, renchérit une autre femme.

— *Tu vas assister à la première bataille de la guerre*, conclut Sada, tout excitée.

Les Spectres chargèrent quatre lance-roquettes, contrôlèrent leur visée, puis déployèrent un radar à micro-ondes en orientant sa parabole vers le quadrant ouest du ciel. Un peu à l'écart de cette agitation, Macy supportait sans broncher les démangeaisons que son scaphe trop petit lui infligeait au niveau des coudes et des genoux, sans parler de son pied droit qui se gelait lentement suite à une avarie dans le logiciel de gestion de la chaleur. Elle parcourut les environs du regard, scrutant la plaine parsemée de rochers et les coteaux qui l'entouraient, y cherchant des issues de secours. Non seulement les Spectres n'arriveraient pas à abattre le vaisseau d'exfiltration, mais celui-ci risquait de les arroser en guise de représailles, elle en était persuadée. Dès que ça tournerait mal, elle tenterait de s'éloigner de ce point chaud le plus vite possible, même si elle n'avait quasiment aucune chance de s'en sortir. Sada et l'homme au pistolet ne la quittaient pas des yeux et jamais elle ne parviendrait à les neutraliser. Et même si elle réussissait à s'enfuir, il lui restait moins de six heures d'air. La voie ferrée était sacrément loin…

L'attaque survint sans prévenir, avec une incroyable soudaineté. Un frémissement parmi les Spectres, un cri d'alarme signalant un objet dans le ciel à huit heures, les quatre tireurs s'avançant et braquant leurs lance-roquettes sur le même point. Les missiles jaillirent l'un après l'autre, leurs tuyères laissant au-dessus du plateau un sillage de feu, la lueur des étoiles s'estompa au sein du ciel noir. Prolongeant leur trajectoire du regard, Macy repéra une étoile qui dérivait dans les hauteurs à l'ouest, puis la plaine tout entière fut illuminée par un flash pareil à un éclair qui aurait déchiré le ciel en deux. Quelque chose tombait du ciel, un objet en feu : le vaisseau d'exfiltration, certainement, qui sombrait vers l'est, s'écrasait par-delà l'horizon.

Un panache incandescent s'éleva vers le ciel et tout ce qui entourait Macy acquit soudain une ombre découpée avec netteté. Puis une onde de choc déferla sur la plaine, précédée par une muraille de poussière en expansion. Le sol se souleva sous les pieds de Macy et elle tomba sur son postérieur, les jambes coupées. La plupart des Spectres en firent autant et, un peu partout, des pierres et des rochers qui n'avaient pas bougé depuis deux ou trois milliards d'années dévalèrent lentement la pente douce menant au précipice. Un bref instant de calme, puis la première averse d'éjectas commença à tomber.

Le vaisseau s'était écrasé sur la surface de Dioné selon un angle oblique, ouvrant un nouveau cratère dans le régolite de glace. La plupart de ses débris avaient décollé vers le ciel, plus ou moins en ligne droite, mais quelques morceaux de roche s'étaient envolés tous azimuts, décrivant de longues paraboles du fait du vide et de la faible pesanteur. Un peu partout, cette grenaille volante engendrait des geysers de poussière et des étincelles quand elle heurtait les rochers, ou bien achevait sa course sur le sol en creusant la glace pilée et cimentée. Un bloc de glace plus gros que les autres emboutit un trike, l'envoyant rouler sur le plateau. Deux des Spectres furent tués sur place ; un autre s'enfuit à grands bonds et fut pulvérisé par un rocher volant.

Macy s'était déjà trouvée sous le feu. Son instinct prit le relais : elle se leva d'un bond et fila s'abriter à l'ombre d'un rocher de belle taille. Elle était presque arrivée au but lorsque Sada la heurta violemment, et toutes deux s'envolèrent de côté, glissant sur une petite pente qui débouchait sur une crevasse. Macy freina sa course en s'aidant des talons de ses bottes, s'arrêta au sein d'un nuage de poussière et agrippa le harnais de Sada avant qu'elle tombe. Elle resta immobile quelques instants, s'efforçant de reprendre son souffle. Très haut dans le ciel, des étoiles fugitives scintillaient dans la noirceur : des débris du vaisseau terrien accrochant la lumière du Soleil, des débris projetés par l'impact et tournant sur eux-mêmes dans leur chute, les gros comme les petits progressant à la même vitesse, en une démonstration parfaite de la célèbre loi de Galilée. Un propulseur brûlait encore en traversant la nuit, calice de carburant en feu, et il se fracassa sur une crête, s'éteignant alors même qu'il projetait tous azimuts un anneau de débris secondaires. Et puis ça tomba de partout, une pluie ininterrompue d'explosions fugaces et silencieuses. Macy roula sur elle-même pour s'éloigner de Sada et se laissa choir dans la crevasse.

Elle descendit quelques mètres en flottant, effectua sur une pente raide un atterrissage brutal qui la fit trembler dans son scaphe et ralentit sa course à l'aide de ses gants à friction, gagnant le fond de la crevasse en glissant doucement. Le canal à courte portée résonnait de cris et de hurlements, aussi le désactiva-t-elle. Le silence subit lui fit prendre conscience de son souffle court, de son pouls précipité dans ses tympans.

Même si les bords de la crevasse étaient éclairés par le Soleil, il faisait noir comme dans un four tout au fond, étant donné qu'il n'y avait pas d'air pour réfracter la lumière, mais ces ténèbres ne constituaient pas une cachette sûre, car les Spectres étaient équipés de la vision à infrarouge et le scaphe de Macy ne bénéficiait pas d'une isolation parfaite. Elle savait en outre que ses réserves d'air et de chaleur n'étaient pas éternelles. Certes, ses batteries étaient chargées à plein, mais elle serait à court d'air dans un peu plus de cinq heures. Si elle voulait s'échapper, elle ne devait pas traîner.

Elle courut le risque d'allumer son projecteur, le réglant à l'intensité minimale, découvrit un défilé sinueux surmonté de parois abruptes. Elle marcha jusqu'à son extrémité, avançant à tâtons jusqu'à ce qu'elle se retrouve dans un cul-de-sac. La faible pesanteur lui permettait d'escalader la paroi sans problème. Elle en agrippa bientôt le rebord, clignant des yeux pour atténuer l'éclat pourtant faible du Soleil. Le paysage qui l'entourait était aussi figé qu'une photo en noir et blanc.

Comme elle se hissait au niveau du sol, quelqu'un émergea de l'ombre portée d'un gros rocher à vingt mètres de là et braqua une arbalète sur elle, se tapotant le casque de sa main libre.

Macy ralluma sa radio.

— *Tu viens avec nous*, dit Sada.

— Il t'est impossible de prétendre que tu ne m'as jamais retrouvée, je suppose.

— *Fais demi-tour et mets le cap à l'ouest. Le rolligon s'est remis en route. On doit le rattraper avant que des gêneurs se pointent ici pour voir ce qui s'est passé.*

— Je comprends que Loc Ifrahim puisse être utile à votre cause, Sada, mais moi, je n'ai rien d'exceptionnel. Et je n'ai aucune responsabilité dans la mort de votre amie.

— *Je suis prête à le croire. Mais on nous a donné ordre de te ramener avec nous.*

— Tu peux t'épargner tout un tas d'ennuis en disant à Marisa Bassi que jamais je n'accepterai de l'aider.

— *Tu auras bientôt l'occasion de le lui dire toi-même*, déclara Sada.

Chapitre 5

Grâce à son entraînement, l'espion était en mesure d'anticiper et de gérer toutes sortes de difficultés, du contrôle d'identité de routine à l'interrogatoire en règle. Mais arrivé au terme du périple qui l'avait conduit à Paris, après qu'on eut largué sa capsule dans les bad-lands de Padua Chasmata, à l'autre bout de Dioné, il lui suffit pour s'introduire dans la cité de descendre du robot-tracteur qu'il avait emprunté et de gagner le sas le plus proche après avoir traversé la cohue du dépôt de marchandises. Une fois le sas pressurisé, il ôta son vidoscaphe et le rangea dans son sac de voyage, passa celui-ci sur son épaule et s'avança dans une artère paisible de la zone industrielle.

Lorsqu'il téléphona à l'IA des Services sociaux, elle l'identifia sans problème comme étant Ken Shintaro, vingt-deux ans, né à Bifröst sur Callisto, en train d'effectuer un *wanderjahr* qui l'avait conduit dans le système de Saturne. Lorsqu'ils atteignaient la majorité légale, le plus souvent fixée à quinze ans, nombre de jeunes Extros passaient un ou deux ans à voyager. Ils allaient de lune en lune en faisant du stop : conformément à la coutume, tout vaisseau était tenu de prendre au moins un passager par voyage. Ils vivaient de petits boulots et découvraient d'autres cités, d'autres cultures. La plupart finissaient par rentrer chez eux ; certains s'installaient dans une ville adoptive ; quelques-uns ne se fixaient jamais nulle part. Quant à son identité, un démon s'était infiltré dans le système de Jupiter plusieurs années auparavant afin d'introduire dans les archives un jeu de fausses identités qui n'attendaient que d'être endossées. N'importe quel administrateur ou IA dûment accrédité avait la possibilité d'étudier le dossier médical et génétique de Ken Shintaro, ses livrets scolaire et professionnel également banals, son niveau de karma tout à fait médiocre. N'importe quel citoyen ordinaire pouvait consulter sa biographie, composée de toutes pièces à partir de celles d'une dizaine de milliers d'Extros. Une vie fictive mais authentique dans ses moindres détails. Les marqueurs génétiques, empreintes digitales et oculaires qui l'identifiaient n'étaient autres que les siens ; ils étaient identiques à ceux de ses frères et de toutes les identités fantômes introduites dans la toile.

Ken Shintaro se vit allouer un crédit de subsistance et un studio situé dans un immeuble vétuste proche de la zone industrielle, et on lui proposa un assortiment d'emplois non qualifiés. Il sélectionna le premier sur la liste – ouvrier dans un tunnel fermier –, se rendit dans son minuscule appartement, ôta son justaucorps coloré et prit une longue douche, le visage protégé par un masque facial, savourant la chaleur de l'eau qui lui baignait le corps avant de disparaître dans le sol grillagé. Il avait déjà utilisé un modèle semblable sur la Lune mais, du fait de la pesanteur bien plus faible de Dioné, l'eau lui collait à la peau comme une couche de gel.

Il rasa ensuite le visage qu'on lui avait donné : le visage de Ken Shintaro. Plus rond que celui de ses frères, avec un nez plus épaté, une peau cireuse, une crête de cheveux blonds. Mais ses yeux étaient inchangés et ses dents également. Il passa la langue sur cette ligne d'ivoire si familière, puis consacra les minutes suivantes à arpenter son studio, à tester le matelas mince et dur du coin repos, à déplier la table et à la replier. À se convaincre de la réalité de tout cela, de la réalité de la ville qui lui était désormais ouverte. Il avait passé toute sa vie à s'entraîner pour cette mission et le jour J était arrivé, et tout lui paraissait à la fois étrange et familier, et l'heure était venue de se mettre au travail.

Il sélectionna dans une série de messages anodins celui qui confirmait son arrivée dans les délais prévus et l'envoya à une adresse anonyme surveillée par les agents des renseignements affectés à l'ambassade brésilienne de Camelot sur Mimas. Il ouvrit le message qu'on lui avait envoyé, tout aussi anodin, une vidéo montrant des enfants barbotant dans le petit bain d'une piscine, et ses bésiks décryptèrent le texte qui y était enchâssé. On lui confiait une nouvelle tâche en plus de sa mission : localiser et, si possible, faciliter l'exfiltration de deux personnes enlevées par des agents de Marisa Bassi et probablement séquestrées quelque part à Paris. Il mémorisa les détails du message puis effaça toute trace de celui-ci.

Le démon qui avait introduit les fausses identités dans les archives avait également créé des comptes de crédit et de kudos affectés à plusieurs détenteurs. L'un d'eux lui permit d'acheter le matériel dont il avait besoin : des produits chimiques d'usage courant, grâce auxquels nombre de Parisiens confectionnaient leurs réserves de vin et de bière. Il installa des cuves de fermentation emplies de nutriments dans un tunnel d'accès désaffecté, y introduisit de la levure ordinaire et revint trois jours plus tard, ajoutant aux cultures en cours des micropoints contenant des phages qu'il avait récupérés sous les ongles de ses pieds. Les phages transformèrent les cellules de levure en usines chimiques. L'une des cultures ainsi obtenues métabolisait l'urée pour produire un plastic simple mais efficace. Deux autres fabriquaient à la chaîne des particules virales. Une quatrième produisait du vin de table. Il congela les deux variétés de virus en suspension. Avec le plastic, il confectionna de méchantes petites bombes qu'il planqua en divers endroits de la ville en attendant le moment crucial. Quant au vin, il le mit en bouteilles et rangea celles-ci sur une étagère, pour justifier l'achat des produits chimiques auprès d'éventuels curieux. Puis il lava et stérilisa les cuves de fermentation et les rangea avec soin.

Tout cela lui prit une semaine de travail. En plus des six heures quotidiennes que Ken Shintaro devait effectuer dans le tunnel fermier. Mais il n'avait pas de temps à perdre, car le *Fleur de la Forêt* avait quitté l'orbite terrestre et ne tarderait pas à atteindre le système de Saturne.

Dès le lendemain de son arrivée à Paris, il avait téléchargé plusieurs démons dans la toile de la cité. Ils commencèrent à se manifester. La Bourse d'échange de biens et de karma connut quelques défaillances. Le débit de la toile ralentit à plusieurs reprises de façon drastique, car les démons monopolisaient ses processeurs pour effectuer des calculs sans intérêt. On constata des carences dans la distribution d'énergie. Ce furent d'abord des coupures temporaires, puis un black-out d'envergure qui affecta quartier après quartier pendant toute une journée.

La ville comprit qu'elle subissait une attaque. Le maire appela au calme et à la vigilance. Comme tous les arrivants de fraîche date, Ken Shintaro fut interrogé par un gardien de la paix, mais sa couverture était blindée.

Ken Shintaro aimait bien se promener en ville. Il visitait quantité d'immeubles, administratifs et résidentiels. Il traînait dans le parc proche de la villa où demeuraient Averne et ses assistants. Il aperçut Averne à plusieurs reprises et réussit même à pénétrer dans l'enceinte de la villa en se portant volontaire pour décharger une palette de provisions. Par la suite, il repassa dans le quartier tous les jours. Il effectuait aussi des randonnées à l'extérieur. Il traversait les fermes de kénobies. Il allait au spatioport pour regarder les vaisseaux arriver et partir. Il visita plusieurs abris situés à moins d'une journée de marche de la ville, y passant souvent la nuit avant de regagner son domicile.

Il existait plusieurs cafés, bars et saunas fréquentés par les Extros en *wanderjahr*, des lieux où ils échangeaient des ragots mais aussi des tuyaux sur les jobs et les moyens de transport, mais Ken Shintaro ne s'y rendait que rarement. Il était aimable mais quelque peu distant. Un jeune homme tranquille, studieux, sérieux. Il travaillait dur à la ferme et veillait scrupuleusement à accomplir sa part des corvées d'entretien dans l'immeuble où il habitait.

C'est ainsi qu'il fit la connaissance de Zi Lei, à laquelle il ne prêta cependant que peu d'attention, du moins au début. Tous deux appartenaient à une équipe de six résidents chargés de remplacer les collecteurs de poussière dans le recycleur d'air du bloc, ce qui les obligeait à enfiler une combinaison de protection avec masque, à déplacer les trémies disposées à la base du puits central, à fourrer la poussière dans des sacs destinés au compostage, à replacer les trémies et, pour finir, à passer l'aspirateur un peu partout. Cela fait, Ken Shintaro partagea du thé avec les autres résidents, les écouta bavarder un moment puis s'excusa et prit congé. Deux jours plus tard, il retrouva Zi Lei au Débat permanent sur la paix.

À l'origine, il s'agissait d'un forum public lancé par un petit groupe de citoyens pour critiquer et réfuter les discours et les tactiques bellicistes de Marisa Bassi, le maire de Paris, et pour proposer une alternative à sa politique. Depuis sa création, il tournait en continu. Sept jours sur sept, vingt-quatre heures sur vingt-quatre. N'importe qui pouvait prendre la parole et la garder, du moins jusqu'à ce que l'assistance décide de mettre fin au temps qui lui était imparti. Le silence valait approbation, même si, la plupart du temps, plus de la moitié des auditeurs ne semblaient prêter aucune attention aux orateurs, préférant former des groupes de discussion, distribuer de la nourriture ou des brochures autoéditées – Paris avait réinventé la presse à imprimer, les journaux et les livres –, ou encore se réfugier dans quelque nirvana virtuel. Leur réprobation se manifestait par des quolibets que suivaient des applaudissements au ralenti, les auditeurs attentifs étant bientôt rejoints par les autres, qui interrompaient leurs activités pour huer une personne dont les propos leur étaient jusque-là indifférents. L'orateur qui refusait de se taire se voyait appréhendé par des vigiles désignés par le public, qui l'évacuaient de l'estrade puis de la salle. Ce n'était pas une mince affaire, car certains s'empressaient de revenir à la charge afin de reprendre leur discours.

Seul le hasard semblait décider des réactions de l'assistance. Certains orateurs se faisaient siffler dès qu'ils montaient sur l'estrade ; un vieillard qui s'exprimait dans un langage de son invention eut droit à vingt minutes de silence respectueux. N'importe qui pouvait interrompre l'orateur pour poser une question ou faire un commentaire, et il n'était pas rare que de telles interruptions soient plus longues que les discours.

Ken Shintaro découvrit le Débat permanent sur la paix en suivant l'homme qui était sa *bête noire**. Il avait repéré Marisa Bassi dans un marché vert et éprouvé ce qui ressemblait à un *coup de foudre**. Grâce à ses séances de formation, il savait tout sur le maire de Paris, ayant visionné plusieurs heures de ses discours et étudié une adaptation vidéo de sa biographie, mais il eut néanmoins un choc en le voyant en chair et en os pour la première fois. Suivant sa progression depuis une allée parallèle à celle qu'il arpentait avec son entourage, il le regarda accueillir avec bonne humeur les vivats comme les huées, serrer la main des commerçants, goûter tous les produits qu'on lui présentait, des huîtres aux fromages en passant par les fruits, siroter cafés et sodas, faire halte pour écouter tous ceux qui souhaitaient lui parler. Puis il s'extirpa de la cohue du marché et, toujours suivi par une demi-douzaine d'assistants, traversa un parc pour pénétrer dans un tunnel ouvert dans un haut mur incurvé qui débouchait sur un amphithéâtre.

Ken Shintaro se glissa derrière lui. Les auditeurs étaient dispersés sur des filins de sangle tressée chichement éclairés qui formaient des gradins autour de l'estrade. Quelques-uns applaudirent à la vue de Marisa Bassi, d'autres se levèrent, mirent leurs mains en porte-voix et le huèrent, mais la plupart ne réagirent même pas. On en voyait certains qui discutaient en petit groupe ou consultaient leur ardoise, d'autres qui dormaient, le reste observant avec attention l'orateur qui tournait en rond sur une scène éclairée par des projecteurs, évoquant d'une voix lasse et éraillée des rêves perdus d'utopie, tandis que des larmes coulaient sur ses joues pour se perdre dans sa barbe grise. Les échos de sa voix amplifiée résonnaient dans les hauteurs, se mêlant aux pépiements de l'assistance.

Marisa Bassi dit à son entourage qu'il n'était pas venu ici pour parler mais pour écouter : il aimait bien prendre de temps à autre la température du débat. Oui, comme un médecin… pourquoi pas ? La bonne santé de la ville figurait au premier rang de ses préoccupations. On lui demanda quand serait réglé le problème du sabotage de la toile et il répondit que les meilleurs experts y travaillaient d'arrache-pied mais que l'ennemi était des plus subtil.

— Je te connais, dit-on à Ken Shintaro.

Son cœur fit un bond et il se retourna, découvrant une femme à deux pas de lui. Tous deux avaient la même taille, mais elle était mince et dotée d'une ossature délicate. Ses cheveux noirs lui retombaient sur le front comme un rideau coupé net. En la voyant poser sur lui ses yeux mobiles, il pensa aux poulets qu'un des résidents de son immeuble élevait dans le jardin clos, sans cesse à picorer dans la poussière, puis il reconnut la jeune femme. Elle vivait dans le même immeuble que lui ; tous deux s'étaient retrouvés de corvée dans le recycleur d'air ; elle s'appelait Zi Lei.

Il afficha un sourire et la pria de lui expliquer ce qui se passait dans l'amphithéâtre, et elle se lança dans un long discours à propos du Débat permanent sur la paix, se rapprochant de lui pour couvrir les huées dont l'assistance commençait à gratifier l'orateur.

— Dites-moi quelque chose d'utile ! s'exclama ce dernier. (Les mains sur les hanches, il continuait à tourner en rond, le visage luisant à la lueur des projecteurs.) Dites-moi ce que je dois faire pour être utile ! Vous ne connaissez rien à rien !

— Il est en colère car il ne peut gagner leurs cœurs, dit Zi Lei. La colère, c'est mal. Comme de l'air noir.

Il demanda à Zi Lei ce qui se passait ici. Cela l'intéressait parce que cela intéressait Marisa Bassi, qui, les bras croisés, observait les échanges virulents entre l'orateur et son public. Au bout de quelques instants, il glissa quelques mots à la femme de haute taille qui se tenait près de lui, laquelle se mit à rire à gorge déployée.

Zi Lei se lança dans un sermon sur l'esprit communautaire, mais le brouhaha était tel que Ken Shintaro n'en saisit que des bribes. L'orateur leva les bras au ciel, descendit de l'estrade pour aller s'asseoir et, soudain, Zi Lei bondit et se planta sous les projecteurs. Ken Shintaro se demanda s'il était censé la suivre. Non. Il resta où il était et le silence se fit peu à peu dans les gradins. Un minuscule drone flotta jusqu'à Zi Lei, amplifiant sa voix alors qu'elle déclarait qu'il y avait trop de mauvaises vibrations dans la salle et qu'on ne pourrait rien faire avant de les avoir évacuées. Un spectateur émit une objection, mais plusieurs autres, en majorité des jeunes, se levèrent pour exiger le silence.

Zi Lei se tenait immobile sous les feux des projecteurs. Son torse grêle frémit sous sa veste noire tandis qu'elle inspirait profondément, portait à sa gorge ses mains jointes et exhalait une longue pulsation, *ohmmmmmm-ohmmmmmm*, reprenant son souffle à chaque *oh* et produisant un son continu, comme une machine, et voilà que des membres de l'assistance l'imitaient, formant un puissant moteur sonore qui ronronna pendant deux bonnes minutes, jusqu'à ce qu'on entende les premiers applaudissements. Zi Lei fit aussitôt silence, s'inclina et quitta l'estrade, passant devant Ken Shintaro sans même le regarder.

Curieux et excité, il la suivit au-dehors. Il n'avait pas compris ce qui venait de se produire, mais il sentait que c'était important. On ne l'avait pas briefé là-dessus. Il venait de découvrir quelque chose. Lorsqu'il rattrapa Zi Lei et lui demanda ce que signifiaient ses bourdonnements, elle pêcha un tract dans son sac passé en bandoulière et le lui tendit, le plaquant tout froissé sur son torse. Dès qu'il l'eut attrapé, elle disparut, traversant l'esplanade en trois bonds et s'évanouissant entre les étals du marché vert.

Impression en caractères minuscules, recto et verso. Abondance des points d'exclamation. Quelques mots imprimés en capitales ou en encre de couleur, rouge et jaune. Il lut le texte à plusieurs reprises pour tenter de le déchiffrer. Apparemment, l'humanité était observée par des extraterrestres pleins de sagesse, mais le manque d'harmonie dans les vibrations universelles imprégnant le système de Saturne ne leur agréait point. Si l'on parvenait à rétablir cette harmonie, alors les Edda, car ainsi se nommaient les extraterrestres, seraient en mesure de se manifester. Grâce à eux, l'espèce humaine atteindrait alors un nouvel état de grâce.

En cherchant sur la toile, il découvrit que Zi Lei avait posté quantité de textes sur les Edda, ainsi qu'un journal intime détaillant ses réactions et ses sentiments à la lecture des messages qu'elle affirmait recevoir d'eux, plus des commentaires de personnes qui semblaient considérer son entreprise comme une fiction, une œuvre d'art. Grâce à ses séances de briefing, il savait que Paris était réputée pour ses artistes, ses conteurs et ses acteurs, et il supposait que les tracts et le journal intime de Zi Lei rentraient dans la catégorie des performances artistiques, ainsi du reste que son intervention lors du Débat permanent sur la paix. Même s'il trouvait étrange, voire effrayante, la façon dont elle avait brièvement captivé l'assistance. Et s'il existait une sorte d'harmonique susceptible d'accorder l'esprit des gens, de les amener à penser comme un seul être, à l'instar de l'entraînement militaire auquel on l'avait soumis en fin de formation ?...

Le lendemain, Ken Shintaro dut travailler au tunnel fermier. Il y avait beaucoup à faire. On avait repéré dans trois serres différentes des plantes mourantes qu'il fallait déraciner et exposer au vide de crainte que la maladie se répande. Par ailleurs, les ingénieurs prélevaient des échantillons de chaque monoculture de diatomées ; la production d'oxygène avait baissé de huit pour cent. Il entendit deux d'entre eux discuter du problème. À en croire le premier, la crise était encore plus grave à Xamba sur Rhéa, où on avait dû recourir à l'électrolyse de l'eau pour produire de l'oxygène ; le second déclara que sur Téthys, les deux cités d'Athènes et de Spartica avaient perdu leurs cultures de levure basique.

Ses frères étaient à l'œuvre, ils préparaient l'assaut final.

De retour à son studio, il trouva un exemplaire du tract de Zi Lei plié en deux devant sa porte, sous un bloc de plastique transparent en forme de larme. On y avait rédigé un message à l'encre rouge, en lettres capitales : « Es-tu l'un des nôtres ? »

Le lendemain, elle l'aborda pour lui demander s'il avait lu son exégèse. Il mit quelque temps à comprendre qu'elle voulait parler du tract ; elle s'était déjà embarquée dans sa harangue, aussi frénétique à l'oral qu'à l'écrit, expliquant que les Edda lui étaient d'abord apparus en rêve mais qu'elle apercevait désormais leurs agents ici et là.

— J'ai cru tout d'abord que tu en faisais partie. J'ai cru que tu étais un espion.

L'espace d'un instant, il sentit son cœur cesser de battre. C'était comme si Zi Lei avait vue sur l'intérieur de son crâne. Sur son moi secret. Puis il comprit qu'elle parlait des Edda et le calme redescendit sur lui, l'enveloppant de haut en bas.

— Je suis un visiteur, dit-il. Je suis né à Bifröst et j'ai entamé un *wanderjahr*.

— Je sais. J'ai fait des recherches sur toi.

Zi Lei souriait, et ses petites dents étaient aussi blanches que des grains de riz.

Ils se trouvaient dans le parc, près de la villa d'Averne. Quelques manifestants étaient plantés devant l'entrée du bâtiment carré, brandissant des stylos laser qui écrivaient des slogans dans l'air. « Aidez-nous en ces temps d'épreuves. » « La peste sur les maisons de la Terre. » « La paix n'est pas la réponse. » Ils voulaient qu'Averne rejoigne l'effort de guerre et invente des armes. « Des canons, pas des fleurs. »

Zi Lei lui redemanda s'il avait lu son exégèse ; optant pour la sincérité, il avoua qu'il ne l'avait pas comprise en dépit de plusieurs lectures.

— Tout est là, si tu lis avec attention, répliqua Zi Lei.

Puis elle s'en fut, affirmant qu'elle avait beaucoup de travail.

Il resta deux jours sans la voir et elle lui manqua. Pas autant que la compagnie familière de ses frères, la routine ordonnée de son enfance, mais avec la même acuité mélancolique, et son cœur fit un bond lorsqu'il trouva devant sa porte une mangue calant un bout de papier sur lequel il était écrit : « Tu as l'air fatigué. Ceci te fera du bien. »

Il la revit le soir même, au Débat permanent sur la paix. Il avait pris place à ses côtés, mais elle demeura un long moment sans lui adresser la parole, fronçant les sourcils en signe de concentration pendant que, sur scène, trois femmes relisaient un texte flottant dans l'air, y apportant des corrections en suivant les suggestions du public. Apparemment, il s'agissait d'une déclaration de soutien à la paix. Finalement, Zi Lei frissonna de la tête aux pieds et déclara qu'elle s'était efforcée de moduler les harmoniques mais que cela ne servait à rien, car quelque chose lui résistait, et elle se leva et sortit.

Ken Shintaro se précipita à sa suite, la retrouva assise sur un banc à l'autre bout de l'esplanade. Le visage livide, elle avait plaqué ses mains tremblantes sur ses tempes.

— C'est si dur, dit-elle.

— Je vais t'aider, proposa-t-il.

Il alla lui acheter un bol de nouilles. Il lui dit qu'il avait apprécié la mangue. Elle resta muette un long moment, remuant avec ses baguettes le bol de bouillon saturé d'huile où flottaient des nouilles serpentines. Il éprouva une bouffée de tendresse en la contemplant. Se rappela les soins qu'il prodiguait à ses frères malades ou blessés lors des exercices, et les soins qu'ils lui prodiguaient en retour. Il la pressa de boire un peu de soupe, sourit lorsqu'elle réussit à avaler quelques gorgées et déclara qu'elle se sentait mieux.

— C'est si dur, répéta-t-elle. Mais mon travail est très important. Moi seule peux empêcher la guerre, vois-tu.

Il l'écouta patiemment pendant qu'elle se lançait dans un nouveau monologue, portant sur la résolution d'harmonies entrelacées et la flotte de splendides vaisseaux patientant dans les profondeurs de Saturne, attendant que l'humanité se montre digne d'intégrer la grande civilisation galactique.

— On m'a montré en rêve des visions secrètes. J'ai fait serment d'user de ce savoir secret pour le bien de l'humanité. C'est dur, c'est très dur, mais j'y arriverai.

— J'ai des secrets, moi aussi.

Ces mots lui avaient échappé. Mais il n'était ni choqué ni horrifié par cette violation de ses consignes. Au lieu de cela, il éprouvait un léger vertige. Bonheur et soulagement.

Zi Lei se leva, lui répéta qu'elle avait beaucoup de travail et se pencha au-dessus de la table pour l'embrasser sur la bouche. Tous deux échangèrent un regard stupéfait. Puis elle se plaqua une main sur les lèvres et s'enfuit à petits bonds.

Le lendemain, alors qu'il regagnait son studio après les heures de travail, une femme l'aborda en se présentant comme une amie de Zi Lei.

Ken Shintaro se dit enchanté de rencontrer une amie de Zi Lei, car il espérait en être un lui-même.

— C'est de cela que je veux te parler.

Ils s'assirent devant une échoppe où l'on servait du thé. La femme déclara s'appeler Keiko Sasaki.

— Tu n'es pas à Paris depuis très longtemps, dit-elle.

C'était une affirmation plus qu'une question. Jeune et mince, Keiko Sasaki semblait d'un tempérament calme et pragmatique. Lorsqu'elle lui demanda s'il comptait rester longtemps, il haussa les épaules.

— Je sais ce que c'est, dit-elle. Moi-même, j'ai fait mon *wanderjahr* il y a deux ans.

Keiko Sasaki cita plusieurs villes où elle avait séjourné, notamment Bifröst. Elle parla des gens qu'elle avait connus, des emplois qu'elle avait occupés. Il l'écouta en acquiesçant et en souriant, se demandant si elle cherchait à le tester, à l'amener à révéler ses lacunes à propos de Bifröst.

— Évidemment, c'était plus facile à l'époque, conclut-elle. Aujourd'hui, avec ces rumeurs de guerre, il n'y a presque plus d'échanges entre Saturne et Jupiter. Tu redoutes probablement de ne jamais pouvoir rentrer chez toi.

— Pas vraiment.

En évoquant la guerre, elle avait éveillé sa méfiance. Il sirota son thé, extirpa un bout d'herbe coincé entre ses dents et le posa sur la soucoupe.

Keiko Sasaki dégusta elle aussi son thé. Puis elle dit :

— Tu as rencontré Zi Lei au Débat permanent sur la paix, je crois bien.

— À vrai dire, nous avons fait connaissance en effectuant une corvée d'entretien. Nous habitons le même immeuble.

Il se demandait si Keiko Sasaki l'avait suivi.

— Elle n'est pas bien, tu le sais. Elle travaille trop. Elle s'inquiète de la guerre. Et elle ne prend pas ses cachets... Savais-tu qu'elle était schizophrène ?

Il haussa les épaules, ne voyant quoi dire.

— Je suis l'amie de Zi, Ken. Je suis aussi son assistante sanitaire, la cité m'a chargée de veiller sur elle après qu'elle eut attenté à sa vie il y a deux ans de cela. En théorie, elle participe à un programme de thérapie cognitive dont le but est de l'aider à analyser et à gérer ses angoisses et ses fantasmes, et elle prend des médicaments pour compenser un déséquilibre en sérotonine. En pratique, elle ne fait ni l'un ni l'autre, sous prétexte qu'elle traverse une période d'intense créativité. Elle a parfaitement le droit d'agir de la sorte, bien entendu. Mon rôle se borne à lui donner des conseils. Mais si elle est capable d'entendre raison en temps ordinaire, elle se trouve présentement en phase maniaque, ce qui la rend particulièrement vulnérable. Et la situation actuelle contribue à alimenter ses fantasmes.

— La situation actuelle ?

— Le fait que nous risquons d'entrer en guerre d'un jour à l'autre.

Une certitude le gagnait peu à peu : cette conversation ne concernait pas seulement Zi Lei, son interlocutrice était une gardienne de la paix. Ainsi qu'on l'en avait averti, il y avait de fortes probabilités pour qu'il soit percé à jour. On n'avait cessé de lui rabâcher cela lors de sa formation et, depuis son arrivée à Paris, il se demandait constamment s'il n'était pas surveillé par des agents ennemis l'ayant déjà repéré. L'angoisse et le soupçon étaient ses compagnons de tous les jours, chaque passant lui semblait un ennemi en puissance, chaque conversation – que ce soit avec les commerçants, ses collègues de travail, les résidents de son immeuble – un piège tendu à son intention. Il vivait dans la peur en permanence, il ne cessait de surveiller et d'analyser ses paroles et ses gestes. À présent qu'il se pensait découvert, il se sentait pris dans l'œil du cyclone. Il n'éprouvait ni crainte ni colère ; en fait, il était soulagé à l'idée que l'inévitable s'était produit. Sa première impulsion, qu'il étouffa dans l'œuf, fut de demander à Keiko Sasaki comment elle l'avait démasqué, depuis quand elle savait la vérité, comment il s'était trahi. Mais tant qu'elle maintenait dans ses propos une certaine ambiguïté, tous deux étaient condamnés à jouer la comédie.

— Zi te considère comme un ami, dit-elle. Comme un allié.

— J'espère être son ami.

— Bien. Dans ce cas, puis-je te demander quelque chose ? Pas pour m'aider, mais pour aider Zi.

— Je peux toujours essayer.

— Si tu veux être l'ami de Zi, si tu veux l'aider, ce serait une bonne idée que de ne pas encourager ses fantasmes. Écoute-la, mais ne lui pose pas de questions. Essaie de lui parler d'autre chose. Et aussi, si tu le peux, de la tenir à l'écart du Débat permanent sur la paix.

— Elle s'y rend utile, pourtant.

— Au début, le Débat représentait une soupape de sûreté appréciable, mais c'est devenu de la pure parodie. Un point de ralliement pour les fantaisistes et les mécontents. Ils peuvent y donner libre cours à leurs émotions et à leurs délires paranoïaques. Dans le cas de certains d'entre eux, c'est exactement ce qu'il leur faut. Mais dans le cas Zi, c'est lui rendre un mauvais service que d'encourager ses fantasmes, et c'est ce qui se passe chaque fois qu'elle monte sur scène et fait bourdonner la salle en chœur. Elle ne se rend pas compte qu'on se moque d'elle. Elle ne voit que ce qu'elle souhaite voir. C'est pour elle une validation. Ce qui la pousse à s'enfoncer un peu plus dans son fantasme et accroît encore son aliénation. Elle en est arrivée à un point où elle refuse carrément de me parler. Elle pense que je suis une espionne ou un agent ennemi ayant pour mission de l'empêcher d'harmoniser les vibrations. Mais toi, elle te parle, elle t'aime bien, elle te fait confiance, et c'est pour cela que je te demande de l'aide.

— Je ferai tout ce que je peux, répondit-il.

Au bout de quelques instants, Keiko Sasaki lui rendit son sourire.

— Zi a besoin d'amis. Et si tu parviens à être le sien, tu seras aussi le mien.

— Nous nous reverrons pour en discuter, dit-il au sein du calme qui l'enveloppait.

Il savait que tous deux parlaient en code. Zi n'avait rien à voir avec ce qui les concernait, elle servait seulement de prétexte.

— Cela me plairait, dit Keiko Sasaki. Tu es un homme bon, Ken. Je suis sûre que nous aurons beaucoup de choses à nous dire.

Il passa ses options en revue pendant qu'il rentrait chez lui. Ils lui avaient clairement fait comprendre qu'ils savaient qui il était. À tout moment, ils avaient le pouvoir de mettre fin à la partie. Selon toute probabilité, ils avaient connaissance du travail qu'il avait accompli, des pièges subtils qu'il avait posés un peu partout, mais il ne pouvait s'en assurer de peur de tomber dans un piège qu'ils auraient tendu à son intention. Et il ne pouvait pas non plus avorter la mission. Si ses contrôleurs avaient les moyens de le contacter, il ne pouvait les joindre de son côté. Conclusion : il n'avait qu'une seule alternative. Soit il tentait de disparaître, de quitter la ville pour mener une existence de fugitif, se cachant dans des abris et des habitats vides d'occupants, effaçant la moindre trace de son passage avant de repartir. Cela lui donnerait une grande liberté de mouvement mais réduirait ses moyens d'action et lui interdirait les cibles situées à l'intérieur des villes. Soit il restait à Paris et continuait à jouer la comédie. Pendant que Keiko Sasaki s'amuserait avec lui, il lui rendrait la pareille tout en ourdissant ses plans afin de frapper les plus importantes des cibles qu'on lui avait assignées.

Le second de ces choix semblait préférable au premier. Il avait amplement le temps de faire œuvre utile avant l'arrivée du *Fleur de la Forêt*. Et à ce moment-là, la confusion serait telle qu'il parviendrait sûrement à s'éclipser, peut-être en emmenant Zi Lei avec lui. L'idée de s'évader avec elle le réconforta et le calma.

En attendant, il devait agir comme si de rien n'était. Il alla retrouver Zi Lei dans un bar situé dans le parc tout en longueur qui bordait la partie supérieure de la ville. Il était bâti sur une plate-forme perchée en haut d'un immense séquoia. En arrivant au sommet de l'échelle de corde qui permettait d'y accéder, il la découvrit assise devant le minuscule comptoir et il sentit son cœur se serrer puis se gonfler lorsqu'il prit place auprès d'elle, heureux et essoufflé.

Chapitre 6

Tout le monde s'accordait à dire que la guerre était imminente. Le *Fleur de la Forêt*, le vaisseau amiral brésilien, atteindrait dans quelques jours le système de Saturne, suivi de près par un bâtiment plus petit, non identifié pour l'instant. En attendant, les singlenefs, les remorqueurs et les drones appartenant à la Communauté du Pacifique et à l'expédition brésilo-européenne allaient où bon leur semblait entre les lunes et les anneaux de Saturne, et les systèmes de maintenance, de transport et de communication de toutes les villes subissaient des attaques en règle.

Un jour, la toile de Paris cessa totalement de fonctionner et plusieurs émeutes éclatèrent avant qu'elle soit remise en service. Nombre de notables, parmi lesquels tous les scientifiques, sorciers génétiques et ingénieurs environnement, reçurent un appel à la reddition. Tous les quartiers de la ville subissaient des black-outs les affectant au hasard. Cinq pour cent de la production des générateurs à fusion étaient désormais affectés aux antiques usines d'électrolyse afin de compenser la baisse de rendement des cultures de diatomées, qui produisaient désormais moins de soixante pour cent de l'oxygène nécessaire à la cité. Si l'on avait fini par identifier le virus affectant les récoltes des tunnels fermiers, il avait depuis muté pour produire de nouvelles souches auxquelles on ne connaissait aucun antidote.

La fièvre s'empara de la ville et de sa population.

Chaque citoyen reçut un kit de survie qui lui permettrait de respirer en cas d'urgence : une petite bonbonne d'air comprimé reliée à un casque gonflable équipé d'un collier à sceau. En théorie, toute personne surprise dans une zone frappée de décompression disposait grâce à ce système de deux minutes, délai que l'on espérait suffisant pour trouver un abri. En pratique, ce kit ne servait à rien. Contrairement à une fuite d'eau ou à un pneu crevé, une décompression explosive n'est pas une avarie bénigne. Dans un volume important comme celui de la cité sous tente, elle déclencherait un véritable cyclone. Incapables de se tenir debout, les gens seraient en outre frappés par des débris volants et aveuglés par l'eau qui apparaîtrait par condensation de la vapeur présente dans l'air dépressurisé. Même s'ils gardaient conscience et restaient indemnes, ils seraient trop choqués pour avoir le réflexe de se coiffer du casque gonflable, et la baisse soudaine de la température, qui descendrait en dessous du point de congélation de l'oxygène, ne laisserait aucun survivant.

Mais vu la situation actuelle, pour citer l'euphémisme en vigueur, les panacées comme ce kit de survie acquéraient une signification totémique sans rapport aucun avec leur véritable utilité. Les miliciens nommés par le maire avaient le pouvoir de contrôler tous les citoyens à tout moment, pour s'assurer qu'ils avaient bien leur kit sur eux et pour surveiller leurs mouvements. Identifiés par un brassard rouge, ils étaient armés de pistolets 9 mm en plastique et de matraques électriques fabriquées dans l'urgence à partir d'un modèle obsolète depuis plus d'un siècle. Ils montaient la garde dans toutes les stations de transport et devant tous les bâtiments, civils et administratifs, patrouillaient dans les parcs et les marchés, se postaient près des barricades érigées à tous les carrefours importants de la ville.

Visiteur piégé dans une ville qui s'était elle-même placée en état de siège, Ken Shintaro avait affaire aux miliciens à tous les check points ou presque. Dans un tel climat de fièvre, tout le monde était suspect, mais les étrangers l'étaient plus que les autres. Jusqu'ici, le conseil municipal s'était abstenu de les placer en rétention, mais nombre de miliciens les considéraient comme des combattants ennemis, tout du moins potentiellement, et Ken Shintaro avait déjà subi des contrôles musclés et même des fouilles au corps en public de la part de ces gardiens zélés du nouveau régime. Les Parisiens dans leur ensemble, qui avaient désigné leur cité comme le symbole de la résistance aux trois puissances terriennes, se montraient de plus en plus hostiles à l'égard de cités comme Camelot sur Mimas et Xamba sur Rhéa, sans parler de l'immense majorité des cités et des colonies du système de Jupiter, dont les habitants avaient décidé par référendum de n'opposer aucune résistance à une éventuelle incursion. Certes, la population de Paris n'aurait aucune peine à s'égailler parmi les centaines de refuges et d'oasis inhabités de Dioné, mais évacuer la ville serait à leurs yeux aussi grave que de capituler face à l'ennemi ; s'ils voulaient garder leur moral de rebelles, ils devaient rester sur place, ce qui signifiait vivre dans la peur constante d'une attaque, laquelle serait inévitablement suivie d'une défaite coûteuse en vies humaines, tout en niant farouchement la possibilité de ladite défaite.

Ils se considéraient donc comme des agneaux sacrifiés sur l'autel de leurs principes. Un bon citoyen se devait d'observer une vigilance de tous les instants, de se méfier de ses voisins, de guetter chez eux le moindre signe de panique, de défaitisme et de déloyauté. Tout étranger était un ennemi en puissance, ainsi d'ailleurs que toute personne hasardant une opinion contraire à ce que pensait la majorité, se plaignant des privations, même de façon modérée, ou ayant par le passé offensé quelqu'un qui détenait aujourd'hui une quelconque autorité.

Ken Shintaro supportait le harcèlement qui lui était imposé avec une bonne humeur teintée de stoïcisme. Un sourire confus ; une réponse vague à toute question pointue ; une approbation sans réserve à toute déclaration patriotique. Derrière ce masque, l'espion devait demeurer vigilant, exercer sur lui-même une surveillance constante, veiller à ce que son expression soit toujours amène, son attitude toujours serviable, se forcer durant les meetings à afficher un enthousiasme égal, voire supérieur, à celui des autres participants. Il lui avait été facile de paraître normal quand c'était ce que tout le monde attendait de lui, mais à présent que tous les habitants de Paris étaient pris de folie, il devait exercer deux fois plus d'effort pour ne rien dire ni faire de suspect, et il se demandait parfois quel effet ça ferait de jeter bas le masque et de se lâcher.

Bientôt, quand la guerre aurait éclaté, il aurait sa chance. En attendant, il devait faire semblant d'être aussi fou que les autres.

Afin de protéger la liberté de la cité, l'*habeas corpus* avait été suspendu, un référendum avait attribué les pleins pouvoirs au conseil municipal, et celui-ci avait délégué au maire, Marisa Bassi, une autorité si absolue qu'elle aurait fait l'envie d'un dictateur. On mit en place un rationnement draconien de l'eau et de la nourriture. La vie quotidienne dut tenir compte des alertes et des exercices de sécurité, des cours de maniement des armes, de combat de rue et de premiers secours, et on forma des brigades de volontaires chargés d'édifier des barricades, des hérissons tchèques, des abris, des bunkers et des tranchées, en ville et au-dehors. La participation à l'une ou l'autre de ces activités était obligatoire et, s'il n'en allait pas de même pour les meetings se déroulant chaque soir dans le principal parc de la ville, la quasi-totalité des citoyens en état de s'y rendre s'empressaient de le faire, formant une foule compacte qui écoutait les poètes, musiciens et autres artistes, communiant avec ferveur en attendant le discours de Marisa Bassi, qui les galvanisait chaque jour de sa ferveur patriotique.

Le thème de ces discours était toujours le même. « Pas question de se rendre. » « *No pasarán.* » « Partez de notre ciel. » Un discours ardent et cocardier, qui devait plus au patriotisme et à l'enthousiasme qu'à la puissance militaire et à l'habileté stratégique. Si les défenses terrestres de la cité couvraient plusieurs kilomètres au-delà de son périmètre, elles étaient rudimentaires et parfois improvisées, et, si les escadrons de volontaires ayant reçu un entraînement à la guérilla ou disposant pour manœuvrer de trikes, de rolligons, et de ceintures et de plates-formes volantes étaient fort impressionnants, ils étaient composés d'amateurs faiblement armés qui n'auraient aucune chance face à des drones et à des marines expérimentés. Le système de défense de la ville, tant vanté par son maire, et composé de lance-missiles et de canons électriques dissimulés dans des bunkers sur la surface de la lune, et de rochers intelligents et de satellites tueurs en orbite, n'était pas de taille à résister à l'ennemi, comme l'avaient déjà prouvé plusieurs escarmouches avec ses engins. Et une fois ces défenses tombées, la ville devrait se rabattre sur des techniques datant du XXe siècle, combat de rue et guerre des tranchées, pour affronter des troupes équipées de la technologie du XXIIIe siècle.

Mais même si Paris ne pouvait pas résister plus d'un jour ou deux à une attaque en règle, les rares voix prêchant le réalisme dans ce débat sur la guerre et insistant sur les aspects pratiques de la défense d'une cité sous tente étaient noyées dans la clameur de la populace. La vie de tous les jours était imprégnée d'une hystérie à peine contenue. Les enfants jouaient à la guerre et couraient partout, laissés sans surveillance ou presque ; certains formaient des bandes afin d'assister les miliciens, leur apportant boisson et nourriture ou bien leur servant de coursiers. Les adultes succombaient à la même excitation, mais, même s'ils proclamaient leur loyauté indéfectible et se déclaraient prêts à mourir pour leur ville, la plupart des citoyens étaient agités, angoissés, terrorisés. Plus que jamais, ils se rappelaient à présent que la tente et les dômes secondaires de la cité n'étaient que de fragiles bulles d'air, de lumière et de chaleur au sein d'une immensité de vide glacial. Tous étaient censés être sur le qui-vive, mais ils consommaient de plus en plus d'alcool et de drogue, succombaient de plus en plus à des accès de violence et de promiscuité préjudiciables au bien public.

Deux jours avant la date prévue pour le rendez-vous du *Fleur de la Forêt* et de son *sister-ship* autour de Mimas, Marisa Bassi proclama la loi martiale.

Ken Shintaro apprit l'événement lorsque ses voisins le réveillèrent à 6 heures du matin, tambourinant à sa porte et exigeant à grands cris qu'il les laisse entrer chez lui. Il parcourut les lieux du regard pour vérifier qu'il ne s'y trouvait rien de suspect puis s'exécuta. Plusieurs personnes s'engouffrèrent dans son studio, menées par Al Wilson, le responsable des corvées d'entretien dans son immeuble.

— Quand as-tu vu Zi Lei pour la dernière fois ? lança-t-il.

Son entraînement lui commandait de dire la vérité sauf si c'était incompatible avec sa mission. Il répondit donc :

— Hier.

Une femme examinait la cabine de douche. Un homme fouillait le placard. Un autre cherchait des empreintes digitales dans le coin repos. Tous les intrus portaient un brassard rouge. Leur excitation, leur hostilité étaient palpables. Il eut droit à des regards mauvais. De toute évidence, ils n'hésiteraient pas à le frapper. Son cœur battit un peu plus vite et son cuir chevelu le démangea. L'air frais lui horripilait la peau jusqu'au dernier centimètre carré.

— Pourquoi as-tu changé ton verrou ? lui demanda un homme planté sur le seuil. Le passe ne marche plus.

Autre règle apprise par cœur : si on te pose une question embarrassante, efforce-toi de ne pas répondre. Fais comme si tu ne l'avais pas entendue. Change de sujet.

— Zi a fait quelque chose de mal ? demanda-t-il.

— C'est nous que ça regarde, rétorqua l'homme sur le seuil. Et tu ferais mieux d'enfiler quelques fringues.

— J'étais en train de dormir.

Il se déplaça lentement, d'une démarche hésitante, gardant les yeux mi-clos comme s'il n'avait pas encore émergé du sommeil, mais il bouillonnait d'une énergie difficilement contenue et avait déjà élaboré un plan d'action. Éliminer Al Wilson d'un *atémi* à la gorge puis l'enjamber pour tuer l'homme sur le seuil, avec son regard mauvais et son petit bouc dont le dessin évoquait une toison pubienne. L'espace d'un instant, il se vit avec netteté passer à l'action et se rendit compte qu'il s'était tendu, comme prêt à frapper. Heureusement, personne n'avait rien remarqué.

— Peut-être qu'on devrait l'embarquer, dit la femme dans la cabine de douche.

— Il ne figure pas sur la liste, répondit Al Wilson.

— Il vient de Bifröst, insista-t-elle. Ça grouille de colombes là-bas. De *collabos*. Ils ont ouvert leur ville à ces enflures. C'est leur faute si tout a commencé.

Al Wilson fit la sourde oreille. Il semblait harassé, comme s'il était entouré d'obstacles qu'il devait contourner avec un soin infini.

— Nous devons trouver Zi Lei, dit-il. Tu fais partie de ses amis. Peut-être sais-tu où elle est. Où elle pourrait être.

— Elle n'est pas ici.

— Tu es sûrement moins con que tu en as l'air, dit l'homme sur le seuil. Arrête ce petit jeu et dis-nous ce que tu sais.

— Je ne sais pas où est Zi, dit Ken Shintaro en gratifiant l'autre du regard innocent qu'il travaillait chaque jour devant son miroir, ainsi d'ailleurs que toutes ses expressions. Qu'est-ce que tout cela signifie ?

— C'est une affaire de trahison, dit l'homme qui examinait le coin repos.

Il s'était mis à genoux pour passer la main sous le sommier.

— C'est pour sa propre sécurité, corrigea Al Wilson.

— Cette cinglée est entrée dans la clandestinité, intervint l'homme sur le seuil. Si on découvre que tu sais où elle est, on reviendra te faire ta fête.

— Si tu apprends quelque chose, fais-le-moi savoir, dit Al Wilson avec lassitude.

Son âge faisait de lui le chef *de facto* du petit groupe, mais, de toute évidence, l'homme sur le seuil n'hésiterait pas à en prendre le commandement s'il se sentait menacé.

— C'est pour sa propre sécurité ? répéta Ken Shintaro.

— C'est pour la sécurité de cette putain de ville, rétorqua l'homme sur le seuil.

Al Wilson agita une main.

— Allez, on s'en va. On a encore du pain sur la planche.

L'espion ferma la porte à clé après leur départ et se dépouilla de Ken Shintaro. Il fouilla le studio avec minutie au cas où on y aurait planqué un mouchard. Puis il accéda à la toile, consulta le décret instituant la loi martiale, ainsi qu'une dépêche annonçant que Marisa Bassi prononcerait un discours à 8 heures, et une autre informant la population que le Débat permanent sur la paix était définitivement clos. Ce n'était donc pas la guerre. C'était un problème local, une nouvelle poussée de fièvre. Et Zi Lei y était mêlée sans qu'il sache encore comment.

Elle ne répondit pas quand il l'appela. Très bien, il allait faire le tour de tous les lieux qu'elle lui avait fait découvrir en ville, en commençant par le Débat permanent sur la paix. Il allait la retrouver et lui venir en aide. Il rangea son studio et prit une douche, à l'eau chaude puis à l'eau froide. Alors qu'il s'habillait, Keiko Sasaki lui téléphona. Elle lui demanda s'il avait vu Zi Lei et il lui répondit que des miliciens étaient venus chez lui en croyant l'y trouver.

—*Ils pensent qu'elle appartient au mouvement pour la paix*, dit Keiko Sasaki.

—Eh bien, c'est la vérité.

Il revit Zi Lei sur la scène de l'amphithéâtre, bourdonnant et amenant le public à bourdonner en chœur avec elle. Il était impatient de mettre un terme à cette conversation, car il lui tardait de sortir et de prendre le pouls de la ville, mais il ne voyait pas comment l'interrompre sans éveiller les soupçons.

—*J'ai lancé une pétition pour faire annuler le mandat émis à son nom*, reprit Keiko Sasaki. *Mais cela prendra du temps, vu que presque toutes les personnes appréhendées ont fait l'objet d'une pétition semblable. Si jamais tu la vois, Ken, si jamais elle s'adresse à toi pour avoir de l'aide, veux-tu la mettre à l'abri, s'il te plaît ? Héberge-la dans ton studio, ou dans tout autre lieu sûr, et contacte-moi tout de suite. Si tu ne fais que l'apercevoir, dis-le-moi aussi. Tu veux bien ?*

—Oui, dit-il, car cette réponse lui paraissait la plus simple. Je dois y aller, maintenant, ajouta-t-il, et il raccrocha.

Il commença par passer devant l'amphithéâtre où se tenait le Débat permanent sur la paix. Gardiens de la paix et miliciens en bloquaient toutes les entrées. Au café où Zi Lei et lui prenaient souvent leur petit déjeuner, le garçon qui lui servit son café et son bol de céréales à la cannelle lui conseilla d'être prudent, car on procédait à des arrestations un peu partout en ville.

—Ce n'est pas trop tôt, commenta un client.

—Nous sommes en démocratie, répliqua un autre. Il est anormal d'arrêter une personne parce que nous sommes en désaccord avec elle.

Suivit un de ces débats bruyants que les citoyens de Paris prisaient tant : chacun des participants avait son opinion, chacun parlait plus fort que son voisin. Il dégusta tranquillement son petit déjeuner sans y prêter attention. Lorsqu'il s'en alla, les clients vociféraient encore.

Il traversa la ville suivant une trajectoire oblique, visitant tous les endroits où il était passé avec Zi Lei. Dans chaque quartier, les marchés verts étaient pris d'assaut par des consommateurs en quête de produits frais. Nombre de boutiques étaient closes. Les cafés et les bars qui avaient choisi de rester ouverts faisaient des affaires en or. Libérée de sa routine quotidienne, la ville avait des allures de carnaval. Dans un parc, les enfants se coursaient entre les lianes et les grosses branches d'un gigantesque banian, poussant des cris d'orfraie comme ils bondissaient et simulaient une chute, produisant maints bruits d'explosion et de détonation, expirant dans des ralentis spectaculaires avant de se relever d'un bond pour repartir au combat. Des groupes se massaient devant les portes d'entrée, échangeant commentaires et flasques d'alcool fort. Une petite foule contemplait un homme occupé à peindre le mot « Traître » en grosses lettres noires sur la porte d'un appartement en terrasse. Des escadrons de miliciens à brassard rouge montaient la garde aux carrefours et devant les bâtiments publics, scrutant les passants d'un air méfiant.

Il garda les yeux baissés en franchissant chaque check point, s'efforçant de paraître humble et inoffensif, de dissimuler la flamme d'excitation qui lui embrasait le cœur. Bientôt, il pourrait se dépouiller complètement de Ken Shintaro et montrer à tous ces gens qui il était vraiment.

Finalement, son errance apparente le conduisit devant la villa où demeurait Averne, la sorcière génétique. Une foule hostile s'était massée là, contenue par des gardiens de la paix postés devant le portail. Il demanda à une femme ce qui se passait et elle lui répondit qu'on venait d'arrêter Averne et son gang de pacifistes.

— Ils ne veulent pas nous laisser entrer, ajouta-t-elle, s'écriant dans la foulée à l'adresse des gardiens de la paix : Montrez-nous ce que ces traîtres mijotaient là-dedans !

Il lui demanda où l'on avait conduit les traîtres en question.

— Au centre de correction, m'a-t-on dit, répondit un homme.

— C'est ce qu'ils veulent nous faire croire, intervint un autre. À mon avis, ils les ont planqués dans une prison secrète. Comme ça, dans le pire des cas, ils leur serviront de monnaie d'échange pour traiter avec l'ennemi.

— Jamais nous n'accepterons de traiter avec l'ennemi ! s'exclama la femme.

— En tout cas, ils ne se trouvent plus en ville, dit un troisième manifestant. J'ai un cousin qui bosse aux entrepôts. Il les a vus embarquer dans des rolligons.

— Ce qu'il faut faire, dit la femme, c'est peindre une cible géante sur la plaine, les planter dans le mille, elle et les autres pacifistes, et voir comment ils réagissent.

Ken Shintaro s'éloigna lentement de la foule, et il avait entrepris de rebrousser chemin lorsque ses bésiks sonnèrent à 8 heures précises. Une alerte civique. Autour de lui, chacun arrêtait ce qu'il faisait pour chausser ses bésiks. Lorsqu'il en fit autant, il découvrit que tous les canaux retransmettaient le discours de Marisa Bassi. Le maire commença par évoquer le référendum qui avait assuré l'unité de la ville face à l'envahisseur. Il souligna la nécessité qu'il y avait à appréhender tous les fauteurs de trouble afin de garantir la sécurité de la cité, regrettant l'inévitable suspension de certains droits humains durant cette période de tension. Il demanda à tous les citoyens de garder leur calme et de faire leur devoir en poursuivant le cours de leur vie et en accomplissant leurs tâches quotidiennes.

—*Nombre d'entre vous, je le sais, veulent que je porte le fer chez nos ennemis. Voici ce que je leur dis : partez sur-le-champ et nous ne tenterons rien contre vous, ni assaut ni représailles. Mais si vous refusez de partir, préparez-vous à affronter les conséquences de cette décision. Préparez-vous à combattre un peuple uni et résolu à lutter jusqu'à la mort au nom de la liberté !*

Quelques miliciens applaudirent cette envolée. Il se demanda s'il devait les imiter puis vit que tous les autres citoyens, les passants comme les clients attablés à la terrasse d'un café à l'ombre d'un noisetier, reprenaient leurs activités, qu'ils aient été en train de marcher ou de bavarder. Il se remit lui aussi en marche et, peu de temps après, s'aperçut qu'il était suivi par un homme : le milicien qui était resté planté sur le seuil de son studio pendant que les autres le fouillaient.

Il ne cherchait nullement à passer inaperçu, le suivant à vingt mètres de distance, s'arrêtant en même temps que lui et repartant quand il repartait. Il consulta ses bésiks, qui lui apprirent qu'il s'agissait de Ward Zuniga, trente et un ans, ouvrier du bâtiment, sans attaches familiales, nombre d'amis réduit.

Il s'assit dans un parc et passa ses plans en revue, n'y discernant aucune faille. Ward Zuniga, qui s'était assis non loin de là, l'imita quand il se leva, le suivit dans un café, prit place à une table voisine de la sienne pendant qu'il mangeait des nouilles, puis le suivit jusqu'à son domicile, empruntant la passerelle sur ses talons pour s'arrêter en même temps que lui devant la porte de son studio.

—Je te tiens à l'œil, déclara-t-il. Je sais ce que tu fabriques.

—Qu'est-ce que je fabrique ?

— Pourquoi tu souris comme ça ? Qu'est-ce qu'il y a de drôle ?

— Sans doute suis-je excité par tout ce qui s'est passé aujourd'hui. Comme tout le monde.

— Toi ? Tu n'es pas comme tout le monde.

— Ah bon ?

Il pouvait tuer cet homme et planquer le cadavre dans son studio, mais que se passerait-il ensuite ? Il serait obligé d'entrer dans la clandestinité et, comme toute la ville serait à sa recherche, il aurait des difficultés considérables pour se déplacer.

— Tu es un étranger, dit Ward Zuniga. Un collabo.

Il comprit que l'homme s'en prenait à Ken Shintaro, de Bifröst sur Callisto. Il avait presque de la peine pour lui : son fumet de testostérone, son agressivité aveugle, la ridicule barbiche qui ornait son menton.

— Je comprends, dit-il. Par les temps qui courent, on doit se méfier des étrangers.

— Tu te fous de moi ? Si tu te fous de moi, tu vas le sentir passer.

Ils se regardèrent en chiens de faïence. C'était l'un de ces moments où les choses peuvent bifurquer. Puis Ward Zuniga pointa son index sur Ken Shintaro et lui répéta :

— Je te tiens à l'œil.

Ken Shintaro battit des cils et recula d'un pas, portant les mains à son torse en un geste instinctif.

Ward Zuniga sourit.

— Oui, mon vieux. J'ai plein de temps libre à te consacrer.

Et, cela dit, il tourna les talons et s'éloigna en flottant sur la passerelle.

Plus tard, passé minuit, l'espion se réveilla en entendant gratter à sa porte. C'était Zi Lei. Elle lui tomba dans les bras et, tout en la soutenant, il jeta un regard par-dessus son épaule, en direction de la passerelle et de la cour en contrebas. Personne dans les parages.

— Tu es tout nu, dit-elle après qu'il l'eut fait entrer et eut refermé la porte.

— J'étais en train de dormir.

— Oh ! et puis, ça m'est égal. Je suis au-dessus de ça.

— Tu trembles.

Il activa un gobelet de thé vert et le donna à Zi Lei, puis enfila son pantalon et s'assit près d'elle sur le sol.

Tenant son gobelet des deux mains, elle sirota le thé à petites gorgées et lui raconta qu'elle avait compris qu'elle aurait des ennuis dès l'annonce du référendum, que sa mission faisait d'elle une suspecte, qu'elle devait à tout prix se cacher quelque part. Elle avait passé toute la journée dans un réduit du sous-sol, attendant que tous les résidents soient endormis avant de venir le retrouver. Désormais, ajouta-t-elle, elle était devenue une espionne pour de vrai. Les Edda étaient en contact direct avec elle ; ils s'étaient implantés dans sa tête. Elle s'était dépouillée de son identité. Elle était sur le point de devenir autre chose. Elle avait changé, et la ville aussi était en train de changer. Bientôt, tout aurait changé, conclut-elle, puis elle bâilla à s'en décrocher la mâchoire et déclara qu'elle devait se reposer, même si elle avait beaucoup de travail, car elle était très, très fatiguée.

— Je sais.

Il lui prit le gobelet des mains et le posa par terre.

Zi Lei bâilla une nouvelle fois et entreprit de lui expliquer le nouvel ordre solaire, émettant un flot de paroles languissant mais régulier, tournant et tournant autour du sujet, jusqu'à ce qu'il se penche vers elle, la prenne dans ses bras et fasse le seul geste au monde susceptible de la faire taire : il l'embrassa sur la bouche.

Un petit glapissement de surprise, et elle céda. Ils se collèrent l'un à l'autre, elle posa la tête sur son épaule, il fit de même. Peu à peu, il sentit ses tremblements s'atténuer, puis il sentit se mouiller son torse nu : elle pleurait. Il émanait d'elle une odeur âcre mais point déplaisante, comme de la vieille sueur, qui lui rappelait le parfum réconfortant du gymnase où il avait passé tant d'heures à s'entraîner avec ses frères.

— J'ai eu si peur, dit-elle.

— Tu n'as plus besoin d'avoir peur maintenant.

— La vérité… c'est un si lourd fardeau.

— Je sais.

Il sentit son cœur se gonfler de tendresse, d'un mélange de pitié, d'amour et d'impuissance. Il devait se servir d'elle pour accomplir sa mission, il le savait, mais il s'obligea à penser qu'il agissait pour son bien. En outre, il ne pouvait pas la garder ici. Si Ward Zuniga découvrait sa présence, il serait obligé de le tuer, ce qui le mettrait en danger pour de bon.

Il examina son visage. Le somnifère qu'il avait dilué dans le thé faisait effet. Elle était à moitié endormie, ses pupilles devenaient des gouffres noirs.

— Tu es étrange, dit-elle. Un homme étrange. Pas comme les autres.

— Nous ne sommes pas comme les autres.

— Non…

Il lui dit qu'elle devait faire quelque chose pour lui et elle acquiesça d'un air ensommeillé, ouvrant la bouche comme une enfant obéissante, le laissant placer la capsule sur sa langue et l'avalant d'un coup. Il lui massa la gorge pour la faire passer, lui dit qu'il devait sortir quelques instants et l'encouragea à dormir.

— Embrasse-moi d'abord, dit-elle.

Il la prit dans ses bras et l'allongea dans le coin repos, puis sortit et alla réveiller Al Wilson. En trahissant Zi Lei, il gagnerait quelques kudos et la confiance des miliciens, et puis c'était pour son bien. Elle serait en sécurité en prison et, avec un peu de chance, elle serait détenue dans le même centre de correction qu'Averne et tous les participants du Débat permanent sur la paix.

Chapitre 7

Lorsque les deux gardiennes ouvrirent la porte de sa cellule une heure avant le petit déjeuner, Macy était déjà réveillée et achevait sa seconde série de flexions. Elle enfila sa salopette et chaussa ses sandales, sans prendre la peine de leur demander où elles la conduisaient. Au bout de six semaines d'incarcération, elle avait l'habitude qu'on vienne la chercher à toute heure du jour et de la nuit pour lui faire subir un énième interrogatoire dans un minuscule bureau anonyme. De longues séances, avec chaque fois un couple d'interrogateurs différent. Ils lui mettaient une coiffe IRM pour vérifier qu'elle ne mentait pas, puis entamaient leur litanie de questions.

Macy s'efforçait de ne jamais dévier de la vérité. Il ne servait à rien de mentir, puisqu'elle n'avait rien à cacher. Elle avait longuement discuté avec Averne de sa vie sur Terre et des raisons qui l'avaient amenée à s'exiler dans le Système extérieur, et, lors de ces interrogatoires, elle dut répéter cette histoire à maintes et maintes reprises. Elle évoqua son enfance, sa fuite hors du sein de l'Église de la Divine Régression, son passage à Pittsburgh, son recrutement par les Unités de réhabilitation et de reconstruction. Elle raconta sa sélection dans l'équipe de construction du biome, son entraînement, la mise en route du projet à Bifröst. La triste histoire du meurtre d'Ursula Freye. Sa défection, son séjour dans la cité d'À l'Est d'Éden et sa nouvelle évasion, sa vie au sein du clan Jones-Truex-Bakaleinikoff…

Elle ne refusa qu'une seule fois de répondre, lorsqu'on l'interrogea sur Newton Jones et les autres membres de ce qui était devenu sa nouvelle famille. Il n'était pas question pour elle de commenter ni de spéculer sur leurs opinions, de les ranger dans le camp de la paix ou dans celui des partisans de Marisa Bassi et de tous les patriotes extros qui voulaient chasser les vaisseaux terriens des systèmes de Jupiter et de Saturne. S'ils voulaient en savoir davantage sur les membres du clan, dit-elle aux interrogateurs, qu'ils aillent leur parler en personne.

Ils lui posèrent aussi des questions sur Loc Ifrahim, tout comme ils devaient poser à celui-ci des questions sur elle. Macy leur dit tout ce qu'elle savait en s'efforçant d'être la plus neutre possible. En se limitant aux faits, en oubliant la haine que lui inspirait cet homme. Et on lui posait et reposait sans cesse les mêmes questions, jusqu'à ce qu'elle finisse par douter de la réalité de ses réponses ; jusqu'à ce que sa vie lui fasse l'effet d'un récit qu'elle aurait vécu par procuration dans un monde virtuel. Elle n'était l'objet ni de menaces ni de brutalités, la nourriture était correcte, elle avait le droit de faire des exercices de gym dans sa cellule, de lire des livres sur la petite ardoise qu'on lui avait accordée, et elle veillait à ne pas sombrer dans la léthargie. Mais il lui était de plus en plus difficile de lutter contre la routine carcérale.

Quand on l'avait arrêtée, elle s'était crue promise à une parodie de procès, mais cette hypothèse semblait de plus en plus improbable. Newt et l'ensemble du clan Jones-Truex-Bakaleinikoff devaient se démener pour obtenir sa libération ou bien un jugement en bonne et due forme, elle le savait, mais elle ne croyait guère à leur réussite. À en croire les insinuations des gardiennes, Marisa Bassi et le conseil municipal de Paris étaient trop occupés par les préparatifs de guerre et la lutte contre les sabotages infligés à la toile et aux tunnels fermiers. Apparemment, Loc Ifrahim et elle étaient piégés dans des limbes judiciaires, considérés comme une monnaie d'échange d'une valeur douteuse, voire inexistante.

Les deux dernières séances s'étaient révélées différentes des précédentes, et nettement plus inquiétantes. Ses deux interrogateurs, un homme et une femme cette fois, étaient toujours polis mais, plutôt que de rabâcher les sujets habituels, ils l'avaient questionnée sur une longue liste de techniques de sabotage et lui avaient montré les photos de deux ou trois cents personnes, dont l'immense majorité lui était inconnue, lui posant sur chacune d'elles la même série de questions avant de la renvoyer dans sa cellule. Alors qu'on l'escortait pour la énième fois vers ce minuscule bureau trop bien éclairé, elle éprouva un petit choc en reconnaissant son interrogatrice du jour. Sada, vautrée sur une chaise longue, lui désigna l'autre en souriant et lui dit d'y prendre place.

Macy obtempéra. Sur la table qui les séparait était posé un petit couteau en céramique. Peut-être souhaitait-on la pousser à faire une connerie. Ou à lui rappeler les risques qu'elle encourait en refusant de coopérer. Elle fit de son mieux pour ne pas le voir.

— Tu as l'air plus en forme que je l'aurais cru, dit Sada après l'avoir détaillée quelques instants.

— Dans quel état pensais-tu me trouver ?

— Tu as l'air en bonne santé. Et même reposée. C'est une bonne chose.

— Toi, on dirait que tu viens de faire cent bornes à pied. Peut-être qu'on devrait changer de place. Tu sembles avoir besoin de repos et ce n'est pas ce qui manque ici.

Sada s'étira sur son siège, aussi voluptueuse qu'un chat.

— Ça ne me ferait pas de mal, je l'avoue. Je viens de faire un long et pénible voyage.

— Cette prison te plairait. J'en ai connu de bien pires. Et on ne peut même pas parler de prison, en fait. C'est plutôt un genre d'hôtel où on t'aurait confisqué les clés de ta chambre.

— Un long et pénible voyage, répéta Sada. Durant lequel j'ai œuvré pour que toute cette histoire se termine comme prévu. Œuvré pour le futur, pourrait-on dire.

Elle était vêtue d'un gilet blanc à lacets qui faisait ressortir ses petits seins et d'un pantalon moulant blanc. Ses cheveux étaient coupés ras. Un chapelet d'anneaux en fer surlignait son sourcil gauche. Sa joue était ornée d'un tatouage représentant la constellation de l'Hydre. Elle semblait bel et bien épuisée, avec sa peau cireuse, ses yeux cernés et injectés de sang, et cela faisait encore ressortir sa jeunesse. Une enfant costumée, un sourire engageant aux lèvres, impatiente de raconter tout ce qu'elle avait vu, tout ce qu'elle avait fait. Macy laissa le silence se prolonger. Elle n'avait pas envie de jouer à ce petit jeu.

— Je ne peux rien te dire de plus, mais tu verras bientôt par toi-même, dit Sada. Toi et tout le monde. Je ne me sens pas coupable de ce qu'il t'est arrivé, tu sais. Car c'était ainsi que les choses devaient tourner. Ce qui est en train de se passer transcende nos petites vies. C'est énorme, étrange et merveilleux.

— Si tu es venue ici pour te justifier de tes actions à mon égard, m'expliquer que tu agis pour la bonne cause, alors je préfère renoncer à ce café et regagner ma cellule.

Macy avait prononcé ces mots avec force mais sans colère. Sada ne lui inspirait pas de la colère, mais du chagrin. La pauvre s'était bel et bien égarée. Elle était piégée dans le fantasme d'un autre, un fantasme sinistre et dangereux.

Sada prit le couteau, le tourna et le retourna. Sa lame courbée évoquait la griffe d'un velociraptor. Des arcs-en-ciel glissaient le long de son fil, dont l'épaisseur ne devait pas être supérieure à un atome.

— Si je suis ici, dit la jeune fille, c'est parce que Marisa Bassi a un service à te demander.

— Tu travailles pour Marisa Bassi maintenant ?

— Nous avons toujours travaillé *avec* Marisa Bassi. C'est un instrument puissant.

— Toutes sortes de gens m'ont déjà demandé de coopérer, Sada. Aujourd'hui, c'est toi qu'on m'envoie. Je vais te dire la même chose qu'à eux. Je n'ai rien à voir avec la mort de ton amie ni avec celle du colonel Garcia, et vous n'avez aucun moyen de prouver le contraire. Donc, soit vous décidez de me mettre en examen et de me juger, soit vous me relâchez.

— Il ne s'agit plus de la mort de cette pauvre Janejean. Ils te soupçonnent désormais d'être une espionne. Une ennemie de la cité.

— Ils peuvent dire ce qu'ils veulent, ça ne signifie pas que ce soit la vérité.

Macy fit de son mieux pour ne pas broncher lorsque Sada se pencha vers elle. La jeune fille posa la pointe du couteau sur la table et le fit tourner.

— Tu es accusée d'espionnage. Et comme l'*habeas corpus* est suspendu, ils ne sont pas obligés de te libérer s'ils n'en ont pas envie. Ils peuvent te laisser enfermée ici sans te mettre en examen. Mais je peux t'aider, si tu veux bien me laisser faire.

— Marisa Bassi m'a déjà demandé mon aide, dit Macy. Il m'a demandé de dire la vérité sur la vie au Grand-Brésil. Et c'est ce que j'ai fait. Ce n'était sans doute pas ce qu'il souhaitait entendre, car mon récit ne parlait ni d'exploitation, ni d'esclavage, ni d'horreur. En tant que propagande, il n'avait aucune utilité. Mais c'était la vérité.

— Tu as connu des prisons pires que celle-ci, dis-tu.

— Une ou deux fois.

— Parle-nous de ces prisons, Macy. Parle-nous de la vie sur Terre et, cette fois-ci, dis-nous toute la vérité. (Sada planta la lame dans la table pour ponctuer chacune de ses phrases.) Explique-nous ce que ça signifie *vraiment* de vivre sous le joug d'une élite se reproduisant en circuit fermé. Dis-nous la vérité sur la répression et les atrocités. Dis-nous que les gens ordinaires sont traités comme des esclaves. Que la liberté de parole et la liberté de pensée sont brutalement réprimées.

— J'ai déjà dit la vérité, insista Macy. S'ils n'ont pas voulu l'entendre, ils peuvent la retrouver sur la toile.

— Tu veux que nous gagnions la guerre, pas vrai ? Tu peux nous y aider, modestement, en montrant aux gens la vraie nature de leur ennemi. En raffermissant leur résolution.

— En crachant de la propagande.

— Seuls nos ennemis se conduisent de la sorte.

— Tu veux que je mente, déclara Macy. Si je dis ce que tu souhaites m'entendre dire – ce que Marisa Bassi souhaite m'entendre dire –, je serai libérée. C'est ça, le deal ?

— Il aime cette ville, voilà ce qu'il veut que tu saches. Il fera tout pour la sauver. S'il l'estimait nécessaire, s'il pensait ainsi galvaniser son peuple, il te soumettrait à une parodie de procès à l'issue de laquelle tu serais fusillée pour espionnage. Au lieu de quoi, il te donne une dernière chance d'aider la ville et de t'aider toi-même.

— Pose donc cette question à M. Bassi. Il est prêt à mentir, à violer la loi, à emprisonner les gens qui ne pensent pas comme lui, et même à les tuer… Que cherche-t-il à sauver exactement ?

— À notre avis ? L'avenir de l'espèce humaine, tout simplement. Des choses comme la liberté, le changement, la diversité. Le genre de choses que tu appréciais tellement quand tu vivais avec Newton Jones et le reste de son clan. Je t'en prie, Macy. Réfléchis bien et coopère avec nous, c'est ta toute dernière chance.

— Je dois me décider tout de suite ?

— Oui.

— Il est arrivé quelque chose, n'est-ce pas ? D'abord, cet interrogatoire sur les techniques de sabotage, et maintenant ceci… La guerre a commencé ?

— Pas encore. Mais ça ne tardera plus. Et quand la guerre aura éclaté, plus personne n'aura envie de t'écouter. Réfléchis bien. Prends ton temps. Je vais te laisser seule quelques minutes si tu le souhaites. Mais je dois avoir ta réponse avant de partir, et on ne te reposera plus la question.

— Non, dit Macy.

— Non ?

— Dis-lui que j'ai déjà dit la vérité et que si elle ne lui plaît pas, c'est tant pis pour lui. Dis-lui que je refuse de mentir pour la bonne cause. Car une cause est-elle bonne si elle repose sur des mensonges ?

— C'est là ta réponse ?

— C'est la seule réponse possible à mes yeux.

— Je regrette qu'il en soit ainsi.

Sada lança le couteau dans les airs, le rattrapa et le passa à sa ceinture, après quoi elle quitta son siège avec souplesse.

Les deux gardiennes entrèrent et forcèrent Macy à se lever.

— Je le regrette aussi, dit-elle. Jamais je n'aurais dû t'embarquer dans cette histoire.

— L'histoire a suivi le cours qui devait être le sien, répliqua Sada. Tu ne le comprends pas encore, mais cela viendra.

Macy et Loc Ifrahim étaient incarcérés en compagnie d'autres détenus dits notables dans un centre de recherche reconverti en prison, situé une dizaine de kilomètres au nord-ouest de Paris : un blockhaus de plain-pied protégé par un petit dôme au milieu de champs de kénobies dispersés sur le bassin du cratère Romulus. Jusque-là, Macy n'avait quitté sa cellule que pour se rendre à la salle d'interrogatoire, mais on la conduisit ce jour-là à l'extérieur et elle vit qu'on avait érigé une grande cage grillagée à l'armature de fullerène, qui abritait des jardinets où poussaient des haricots et des fruits manipés. Une cinquantaine de détenus y étaient entassés. Tout comme Macy, ils étaient vêtus d'une salopette orange vif. Certains étaient attablés ou réunis en petits groupes ; d'autres étaient allongés dans un hamac ou couchés à même le sol, les bras levés pour se protéger de l'éclat des projecteurs. Deux drones flottaient à différentes hauteurs devant le grillage, leurs ventilateurs bourdonnant dans leurs ailes delta, leurs tasers et leurs canons à fléchettes saillant sous leur ventre, leurs caméras luisant d'un éclat rouge sang.

Les gardiennes dirent à Macy qu'on avait besoin de sa cellule pour héberger un nouveau prisonnier et la poussèrent sans ménagements dans la cage, refermant la porte derrière elle. Comme elle parcourait les lieux du regard, une femme aux cheveux blancs en bataille s'avança vers elle, la gifla et la poussa violemment, la plaquant contre un mur des toilettes et lui hurlant que tout était sa faute, *sa faute*, sa voix virant au suraigu en même temps qu'elle lui crachait ses postillons à la figure. Macy prit son élan et lui assena un coup de boule dans le nez, sans chercher à adoucir l'impact. Poussant un hurlement, la femme la lâcha et Macy prit appui sur le mur pour lui décocher un coup de pied au ventre. L'autre tituba et tomba sur le derrière. Elle avait les mains plaquées au sol et la tête basse, le sang coulait à grosses gouttes lentes de son nez cassé, souillant sa salopette orange. Quelqu'un dit à Macy qu'elle en avait assez fait ; quelqu'un d'autre lui posa une main sur le bras. Sans tenir compte de leur intervention, elle fit un pas en avant. Elle respirait par à-coups. Sa joue était enflée. Tous les occupants de la cage avaient les yeux braqués sur elle. La femme lui jeta un regard mauvais derrière un rideau de cheveux blancs.

— Déteste-moi si ça te chante, lui dit Macy. Mais on est tous dans la même galère. Si on essaie de s'entendre, ça ira un peu mieux.

— Ils m'ont arrêtée devant mes enfants, dit la femme. (Les larmes perlaient à ses paupières, des bulles de sang et de salive s'accrochaient à ses narines.) Ils m'ont arrêtée devant mes *enfants*...

On l'aida à se relever, on la conduisit vers une autre section de la cage. Personne ne demanda à Macy si elle se sentait bien. Elle aperçut un homme qu'elle connaissait vaguement : Walt Hodder, un ingénieur. Un sexagénaire calme et compétent, un bon citoyen respecté de tous, directeur du comité des transports municipaux ; il avait toujours prêché la prudence durant les discussions publiques et Macy avait dialogué avec lui *via* la toile à l'issue de son entretien avec Averne. Quand elle alla le rejoindre, il lui dit que tous les occupants de la cage avaient un lien avec l'initiative de paix et de réconciliation. Et que tous avaient été arrêtés en même temps ou presque. Marisa Bassi savait s'y prendre pour organiser un putsch, il fallait le reconnaître. Le conseil municipal avait proclamé l'état d'urgence. Les gardiens de la paix avaient fermé tous les sas et désactivé la voie ferrée. La ville était bouclée. On ne pouvait fuir nulle part. Averne, sa fille et ses assistants avaient été arrêtés. Ainsi que deux conseillers municipaux actifs dans le mouvement pour la paix. « Pour leur propre sécurité », à en croire Marisa Bassi. Des citoyens volontaires s'étaient bombardés auxiliaires de la police et avaient procédé à des interpellations parfois brutales. Les gardiens de la paix et les miliciens chargés de clore le Débat permanent sur la paix n'avaient pas été tendres avec ses participants. Tous ceux qui tentaient de leur résister avaient droit à un tabassage en règle. On ne comptait plus les côtes, les bras, les nez et les mâchoires cassés, sans parler des commotions diverses... Nul ne savait ce qui allait suivre.

— Les justes ont perdu la partie, dirait-on, commenta Macy.

À l'extérieur de la cage, l'un des drones était descendu pour venir la filmer en gros plan. Elle se détourna de lui. Dommage qu'elle n'ait pas pensé à demander à Sada ce qu'elle comptait faire. Ça ressemblait à un de ces coups montés dont elle avait le secret. Mais quel en était le but ?

— Si Bassi a les mains libres, c'est tout le monde qui aura perdu, dit Walt Hodder.

Chapitre 8

Peu après que l'*Uakti* eut franchi l'orbite de Phœbé, à treize millions de kilomètres de Saturne, deux singlenefs fondirent sur lui, calant leur delta-V sur le sien et le flanquant à dix kilomètres de distance. Une pulsation laser transmit un message destiné à Sri Hong-Owen, lui ordonnant de céder le contrôle de son bâtiment afin que celui-ci soit escorté jusqu'au *Gloire de Gaïa*. Quelques secondes plus tard, un drone se fixa à une écoutille proche de la queue de la navette et força l'accès au bus de contrôle. Les propulseurs compensateurs d'attitude pivotèrent de quinze degrés sur l'axe horizontal et le moteur principal entama sa séquence de pré-ignition.

— Nous devons nous préparer à un changement de trajectoire, semble-t-il, dit Yamil Cho à Sri.

Celle-ci ne tenait plus en place depuis qu'elle avait aperçu les singlenefs fonçant sur eux. Elle sentit monter en elle les prémices de la panique.

— Ils nous ont dit qu'ils nous escortaient jusqu'au *Gloire de Gaïa*. Et c'est précisément notre destination. J'ai accepté leur demande. Alors pourquoi cette manœuvre ?

En quittant la Terre, Sri entretenait l'espoir de se rendre à Arvam Peixoto. Tous deux avaient eu plusieurs conversations franches et exhaustives sur la route de Saturne, Arvam à bord du *Fleur de la Forêt*, Sri le suivant dans sa navette volée. Elle lui avait dit tout ce qu'elle savait sur le complot fomenté par Euclides, lui avait raconté tout ce qu'elle avait dû faire pour lui échapper. Même s'il ne pouvait approuver l'assassinat d'Oscar, lui avait-il répondu, il n'en admirait pas moins l'audace de son geste : cela ne manquerait pas d'exposer le complot au grand jour, et puis, de toute façon, la dernière heure du vieillard n'aurait pas tardé à sonner. Finalement, ils étaient parvenus à un accord. Arvam autoriserait Sri à vivre en exil dans le système de Saturne et ferait de son mieux pour protéger Alder et le centre de recherche, et Sri consacrerait son talent et son expertise au seul service d'Arvam. Elle décrypterait les secrets d'Averne et ferait d'Arvam un homme riche. Mais alors même qu'elle plaçait son sort entre les mains du général, qu'elle se donnait à lui corps et biens, elle redoutait d'avoir commis une horrible erreur.

Yamil Cho demeurait impassible.

— Nous nous dirigions vers Mimas parce que le *Gloire de Gaïa* était en orbite autour de Mimas. Si nous avons changé de cap, c'est parce qu'il s'est passé quelque chose depuis que nous avons vérifié la position du *Gloire de Gaïa*.

Il ouvrit une vue à longue portée dans l'espace mémo entre leurs couchettes anti-g. La petite lune apparaissait comme un point noir sur le mince trait de crayon dessinant les anneaux, une ombre chinoise sur fond de bandes ambrées parcourant l'équateur de Saturne. De minuscules étincelles s'en éloignaient. Yamil Cho zooma jusqu'à ce que ces étincelles deviennent des nuages de pixels. Un cartouche identifia chacun d'eux : le *Gloire de Gaïa*, le *Fleur de la Forêt*, le *Getúlio Dornelles Vargas* et une demi-douzaine de spationefs extros s'efforçant de les suivre.

— Où vont-ils ? demanda Sri. Et où allons-nous ?

— Il est trop tôt pour le dire. Mais nos trois vaisseaux ne semblent pas avoir la même destination.

Sri étudia les nuages de pixels sous le cartouche du *Gloire de Gaïa*.

— Dioné, dit-elle enfin. Le maire de Paris sur Dioné a fait de sa ville le centre de la résistance à notre présence. Arvam souhaitera s'occuper de lui personnellement. Sa vanité l'exige de lui.

Le moteur principal s'activa et l'accélération les écrasa sur leurs couchettes.

— Donc, c'est la guerre, dit Yamil Cho.

— La guerre ou quelque chose d'approchant, répliqua Sri. Apparemment, nous sommes arrivés juste à temps.

Cinquième partie

Une petite guerre tranquille

Chapitre premier

Le *Gloire de Gaïa* était gigantesque, un des plus gros spationefs jamais construits, mais il était bourré jusqu'à la gueule de matériel et de provisions et transportait en outre le double de sa capacité en passagers. Les officiers supérieurs logeaient à deux par cabine ; les officiers subalternes dormaient à tour de rôle dans des capsules de vie désactivées ; les officiers spécialistes et techniciens campaient dans les coursives, les débarras, les magasins d'armes et les tourelles. Le carré des spécialistes remplaçait l'infirmerie car celle-ci, située près de l'épine dorsale du bâtiment, avait été convertie en passerelle de combat autonome et abritait un triumvirat d'IA stratégiques et des cuves d'immersion pour les tacticiens embarqués, lesquels les avaient transformées en dortoir faute de place ailleurs sur le vaisseau. Chacun respirait la même atmosphère puant le graillon, la crasse et les flatulences, et chacun savait tout ce qu'il y avait à savoir sur son prochain, car tous vivaient littéralement les uns sur les autres. Seuls les membres du haut commandement et les officiers de la sécurité parvenaient à se ménager un semblant d'intimité.

Puis le *Fleur de la Forêt* effectua son rendez-vous avec le *Gloire de Gaïa* et le *Getúlio Dornelles Vargas*, et deux détachements de marines, sommeillant tels des chevaliers de conte de fées dans les cercueils d'hibernation occupant le gymnase zéro-g du *Gloire de Gaïa*, revinrent à la vie et durent se caser dans les quartiers déjà surpeuplés. Officiers supérieurs, techniciens et agents de la sécurité ne cessaient d'aller et de venir entre les trois vaisseaux. Tout le monde savait qu'ils préparaient la bataille à venir, bien avant que le général Arvam Peixoto s'adresse à l'ensemble des soldats pour leur dire de se tenir prêts et les assurer que tous les éléments étaient réunis pour leur garantir une victoire sans partage.

— L'ennemi ne s'en est pas encore rendu compte, mais nous avons déjà débuté une petite guerre tranquille, une guerre d'attrition et de diplomatie, de propagande et de subtil sabotage. Leur moral est en berne. Leurs réserves d'air, de nourriture et d'énergie sont sérieusement entamées. La moitié de leurs cités nous ont fait savoir qu'elles renonçaient à toute résistance. Nombre d'autres sont près de se rendre. Le reliquat tentera de combattre, mais nous ne manquerons pas de vaincre. Pas parce que nous sommes les plus forts, même si c'est la vérité, mais parce que notre cause est juste, notre cause est la bonne, et parce que chacun de nous entretient dans son cœur la flamme de la vertu et de la justice.

Cash Baker, qui suivait l'événement *via* l'espace mémo du mess des pilotes, dit à Luiz Schwarcz :

— C'est pas de sitôt qu'on va nous renvoyer à la maison, on dirait.

Le *Gloire de Gaïa* était en orbite autour de Mimas depuis son arrivée dans le système de Saturne. Il activa ses moteurs et se mit en mouvement vers Dioné, qui se trouvait à deux cent mille kilomètres de là. On s'attendait à une résistance farouche de Paris sur Dioné ; le général Peixoto en personne prendrait le commandement de l'offensive sur cette lune. Le *Fleur de la Forêt* mit le cap sur Rhéa. Le cortège de vaisseaux extros qui escortaient les deux spationefs, n'hésitant pas à les approcher au plus près pour les bombarder de nuées de gaz rares, les harceler de slogans au laser en lettres de cinquante mètres de haut et les inonder de drones gros comme des insectes, qui s'insinuaient en douce jusqu'à leur coque, parcourant des centaines de kilomètres dans un murmure gazeux, pour exploser en feux d'artifice inoffensifs ou se coller telles des bernacles afin de faire retentir dans les coursives hurlements de sirènes et pleurs de bébés, ce cortège de vaisseaux se mit lui aussi en branle. Mais ils ne tardèrent pas à être distancés à mesure que le *Gloire de Gaïa* et le *Fleur de la Forêt* accéléraient dans la nuit étoilée. Le plus résistant d'entre eux finit par projeter dans le vide un nuage de néon où il rédigea cet ultime adieu : « Bon débarras, crétins. »

En dépit d'un abondant règlement sur la sécurité en apesanteur, règlement renforcé par les mesures disciplinaires les plus strictes, le sol des coursives, des magasins et des salles se retrouva jonché de toutes sortes d'objets et de débris divers lorsque l'accélération exerça sa poussée le long de l'axe du *Gloire de Gaïa*. Cash Baker, Luiz Schwarcz et les autres pilotes donnaient un coup de main aux techniciens occupés à ranger les outils, les boulons, les bouts de fil et de câble, les copeaux métalliques et les globes de graisse et de refroidissant qui traînaient un peu partout dans le hangar, lorsque Vera Jackson se pointa pour leur annoncer la tenue d'un briefing spécial dans cinq minutes.

— C'est la guerre ? demanda Luiz, se faisant le porte-parole des pilotes.

— Pas encore, répondit-elle. (Mais, à en juger par son sourire, il y aurait bientôt de l'action.) Pas exactement. Toi et Cash, laissez tomber le ménage et suivez-moi.

Arvam Peixoto et une bonne partie de son état-major les attendaient dans la salle de briefing. Le général leur exposa la mission avec son franc-parler habituel. La base de la Communauté du Pacifique sur Phœbé venait de recevoir un ultimatum anonyme, d'où il ressortait qu'ils avaient six heures pour évacuer les lieux ; on leur avait lancé un bloc de glace depuis Ymir, l'une des plus éloignées des lunes excentriques de Saturne.

Le général ouvrit des photos dans l'espace mémo de la salle, des vues floues d'une patate criblée d'impacts, et ajouta que la Communauté du Pacifique avait envoyé un missile sur l'objet mais qu'il avait été désintégré par des armes cinétiques durant son ultime phase d'approche.

— Ce glaçon est équipé de systèmes de défense, ce qui en fait une cible difficile, dit-il. Les vaisseaux de la Communauté du Pacifique ne peuvent au mieux que le frôler en tangente, car il fonce droit sur eux et leurs moteurs classiques limitent leur capacité de manœuvre. Donc, nous allons les aider en interceptant et détruisant ce bloc de glace le plus vite possible. Cela montrera que le Grand-Brésil et l'Union européenne sont les amis de la Communauté du Pacifique, cela démontrera notre supériorité technologique et cela nous permettra de voir ce que les Extros ont dans le ventre. L'un de vous larguera une des bombes H que nous gardons en réserve ; les deux autres neutraliseront les systèmes de défense. Nous continuons à collecter des données sur ceux-ci. Dès que nous en aurons suffisamment, nous élaborerons un plan d'action qui vous sera communiqué dans la foulée. Mais, pour ne pas perdre de temps, vous partez sur-le-champ. Plus tôt vous serez sur zone, plus vous aurez de chances de détruire ce caillou ou, au pire, de modifier sa trajectoire. Vous avez bien compris ? Bon. Si vous avez des questions à poser, c'est le moment.

Luiz demanda si on connaissait les responsables de cette agression.

— Ils ne tarderont pas à se faire connaître, j'en suis sûr, répondit le général. D'autres questions ? Non ? Alors que Dieu et Gaïa vous accompagnent, et faites vite.

En moins de dix minutes, Cash était de retour au hangar, purgé et branché, moulé dans sa combi anti-g. Il échangea une poignée de main avec Luiz Schwarcz, Vera Jackson et chacun des techniciens, puis on l'inséra dans son oiseau et on brancha les ports. Exactement comme dans une mission de routine, les palpitations en plus, ce qui lui rappela son enfance lorsqu'il partait avec ses deux cousins à la chasse aux rats ou aux opossums dans les égouts de la ville.

Dès que son oiseau eut quitté le berceau de lancement pour s'éloigner du *Gloire de Gaïa* à une vitesse de vingt mètres par seconde, il se mit à rouler et à tanguer, cherchant à se pointer sur sa cible. Cash ne disposait que d'une série de coordonnées : le bloc de glace était si petit et si éloigné que ses systèmes, tant optique que radar, ne pouvaient encore le détecter ; Phœbé elle-même ne lui apparaissait que comme une grappe de pixels. Les singlenefs de Luiz et de Vera reproduisaient ses mouvements à tribord. Côté bâbord, la masse hérissée d'antennes et de canons du *Gloire de Gaïa* occultait une bonne partie du ciel. Derrière elle, les vaisseaux extros qui s'accrochaient encore, et, plus loin, le globe embrumé de Saturne.

Cash n'eut que quelques secondes pour enregistrer la scène, puis le moteur du singlenef s'activa. Il était en route.

Phœbé était un objet primitif capturé par Saturne à un moment où il avait quitté les confins du Système solaire. Son orbite, qui présentait un grand axe de quelque treize millions de kilomètres, soit plus de trente fois la distance Terre-Lune, était non seulement fortement inclinée par rapport au plan équatorial de Saturne mais en outre rétrograde. Le caillou qui l'approchait à grande vitesse avait traversé l'ensemble du système suivant un angle oblique et les trois singlenefs le rattrapaient peu à peu, montant au-dessus du plan équatorial de Saturne pour viser un point où leur trajectoire intercepterait celle de leur cible. Luiz estimait qu'il s'agissait du premier engagement de la guerre désormais imminente, mais Vera penchait plutôt pour une initiative isolée due à une bande d'exaltés.

— *Les manipés n'ont de consensus sur rien*, transmit-elle aux deux autres. *Ils n'ont pas de commandement central, rien qu'une série de groupuscules aux objectifs divers et variés. Et c'est pour ça que nous les vaincrons. Quand on aura réglé leur compte à deux ou trois cités hostiles, les autres s'empresseront de rendre les armes en acceptant nos conditions sans rechigner.*

— *Si ce bloc de glace atteint sa cible,* dit Luiz, *l'identité de ses envoyeurs importera peu. Ce sera la guerre. Tous ceux qui veulent en découdre passeront aussitôt à l'action. On n'aura pas le temps d'appliquer ta théorie des dominos.*

—*Il n'atteindra pas sa cible parce que nous l'en empêcherons. Si tu as des idées qui ne vont pas dans ce sens, je te conseille de les larguer vite fait.*

—*Puis-je soulever un autre point, mon colonel?* demanda Luiz.

—*Ne joue pas au plus malin, Schwarcz*, répliqua Vera. *Tu as une entière liberté de parole avec moi, tu le sais, du moins tant que tu ne verses pas dans la sédition. Et comme je suis de bonne humeur, je t'autorise même à insulter ma mère.*

—*Je pensais qu'ils avaient peut-être lancé plusieurs cailloux comme celui-ci sur Phœbé et ne nous en avaient signalé qu'un seul.*

— *C'est possible*, admit Vera. *Mais, pour le moment, Phœbé n'en a pas repéré d'autres, et nous non plus. Laisse ce genre de spéculation aux tacticiens, Schwarcz. Eux, ils pensent, nous, on agit. Inspire-toi plutôt de Baker et de moi-même. Au fait, Baker, tu es toujours réveillé?*

—Affirmatif, fit Cash.

—*Mon cul! Tu rêvassais à la fille qui t'attend sur Terre. Eh bien, fais comme si elle t'avait oublié et passait son temps à baiser et à faire des bébés. On t'a confié la mission la plus exaltante, la plus importante de ta carrière, et t'as intérêt à garder ta lucidité, pigé?*

—Affirmatif.

Mais il était difficile de rester aux aguets. Les capteurs de Cash, radar, optique et micro-ondes, balayaient une immense bulle d'espace avec une régularité de métronome, sans rien trouver dans un rayon de cinquante mille kilomètres excepté les deux autres singlenefs. Derrière eux, les échanges radio entre les lunes de Saturne et le réseau de communication des vaisseaux extros s'estompaient peu à peu, évoquant le bourdonnement d'une ruche par une chaude journée d'été. Il prit son mal en patience, lançant plusieurs check-lists et contemplant l'immensité du vide spatial, jusqu'à ce que les tacticiens du *Gloire de Gaïa* leur transmettent un paquet de données crypté contenant un examen détaillé de leur cible.

Les images étaient à peine mieux définies que celles que leur avait fait voir le général, mais les captures radar montraient que le missile de glace était de forme ovale, d'une longueur de cent vingt mètres et d'un diamètre de trente. À en juger par les cannelures sur l'un de ses flancs, on l'avait arraché à un bloc plus volumineux. Un moteur chimique était inséré dans une fosse à sa poupe et, selon les tacticiens du *Gloire de Gaïa*, les deux échos radar placés au milieu de l'ovale en des points diamétralement opposés correspondaient sans doute à des attaches pour voile solaire. Le moteur assurait le plus gros du delta-V de l'ensemble, ces voiles ayant permis d'effectuer des corrections de trajectoire par rayons laser à l'issue du lancement.

— *Étonnant que personne ne l'ait repéré*, fit remarquer Vera. *Avec son moteur qui brûlait et ses voiles qui reflétaient des gigawatts de lumière cohérente, il devait être visible de loin quand il a décollé.*

— *Un minuscule îlot de lumière au sein d'un océan de ténèbres*, répliqua Luiz. *Le volume englobé par l'orbite de Phœbé est d'environ un virgule sept multiplié par dix puissance vingt-quatre kilomètres cubes. Et ce truc est venu d'encore plus loin.*

Si le projectile avait été équipé de voiles solaires, il les avait larguées depuis longtemps, une fois qu'il avait atteint sa vitesse de croisière. Pour le moment, les tacticiens étaient incapables d'identifier le système de défense qui avait détruit le missile de la Communauté du Pacifique ; Cash et Vera devraient aborder le glaçon avec prudence avant de laisser Luiz larguer sa bombe H. Et ils devraient agir vite. Lorsqu'ils aligneraient leur delta-V avec celui de leur cible, celle-ci serait à moins de une heure de Phœbé.

Cash, Vera et Luiz parlèrent tactique jusqu'au moment du retournement, manœuvre à l'issue de laquelle ils commencèrent à décélérer. Ils s'étaient déplacés à une vélocité supérieure à celle du bloc de glace afin de le rattraper et ils devaient à présent la réduire dans une forte proportion, ce qui les amena à subir une pesanteur de 3 g, après quoi ils effectuèrent de légères corrections de trajectoire pour assurer l'intégrité de leur formation de vol : Cash et Vera avançaient de front à vingt kilomètres d'écart, Luiz les suivait à plusieurs centaines de kilomètres de distance. Leur cible grossissait en point de mire, une balle géante animée d'un lent mouvement de rotation, exhibant une surface criblée de fosses et de cratères. Toujours aucun signe des systèmes de défense. Phœbé flottait loin de là, écharde ténue que le télescope transformait en un globe rugueux pourvu de cratères illuminés, de longues crevasses et d'amas de matière accumulés en des glacis bordant les escarpements. On remarquait la présence d'un cratère d'impact de plus de quarante-cinq kilomètres de diamètre, dont la bordure formait un cirque fracturé d'une hauteur de quatre mille mètres, soit la moitié du mont Everest ; comme si un géant avait mordu dans cette petite lune, entamant sérieusement son profil. La Communauté du Pacifique avait établi sa base dans un cratère secondaire proche des titanesques falaises de ce cirque ; selon les estimations de Luiz, le bloc de glace frapperait Phœbé à proximité, voire à l'intérieur du bassin.

— Les types qui l'ont expédié connaissaient leur boulot.

— Nous aussi, on connaît le nôtre, dit Vera. *Prêt à lancer ton proxy, Cash ?*

— Affirmatif.

— À mon signal…

Les deux singlenefs éjectèrent leurs proxies, qui foncèrent vers le bloc de glace. Cash pilotait le sien par liaison interne, en se connectant sur son sensorium. Il voyait grossir le projectile en forme de balle, auquel l'image radar conférait une profondeur qui venait compléter les données visuelles et infrarouges. Il distinguait nettement la fosse où on avait enfoui le moteur, et les sphères disposées en cercle autour d'elle, sans doute des citernes de carburant. Les points d'attache supposés des voiles solaires lui apparaissaient comme des picots, et il entrevoyait deux larges bandes qui ceignaient le missile de glace de bout en bout…

Le proxy, parvenu à moins de dix kilomètres de son objectif, commençait à ralentir lorsque Cash perdit tout contact avec lui. Comme ça, sans prévenir. Le proxy de Vera était également hors service. Frappés tous les deux par quelque arme cinétique, ils filaient à l'aveuglette par-delà le bloc de glace. Depuis sa position, Luiz transmit à ses deux équipiers une capture vidéo montrant deux étincelles jaillissant de la poupe du bloc de glace et déclara que les bandes devaient être des canons électriques.

— Ils peuvent tirer vers l'avant et vers l'arrière et, comme ils ont des extrémités flexibles, leur angle de visée englobe la quasi-totalité du ciel. Et sans doute sont-ils fabriqués dans un fullerène supraconducteur, ce qui explique qu'on ne les capte que difficilement au radar.

Aucune importance, décréta Vera, ils allaient les dézinguer vite fait ; Cash et elle activèrent leurs lasers à rayons X et balayèrent la glace à bâbord comme à tribord, creusant des balafres calcinées dans la bande et y faisant naître des geysers à mesure que son matériel se désintégrait. Puis ils lancèrent des missiles basiques sur la fosse abritant le moteur, et celui-ci explosa dans un déchaînement de lumière. Même si le bloc de glace semblait à présent sans défense, Cash et Vera dépêchèrent une nouvelle paire de proxies et, comme ceux-ci s'approchaient, ils détectèrent une forte activité à la surface, et des panaches de poussière jaillirent de plusieurs cratères tandis qu'une nuée de minuscules drones se précipitaient sur les proxies mais aussi sur les singlenefs.

Cash lâcha une décharge de fléchettes, puis une pluie de paillettes dont le but était de semer la confusion parmi les drones, enclencha le rechargement du laser à rayons gamma, activa le système de mise à feu du moteur à fusion. Tout cela en moins d'une seconde, en même temps qu'il se mettait en mode hyper-réflexif. Tout semblait se dérouler à une cadence hiératique : les systèmes de son oiseau se révélaient d'une lenteur frustrante. Une gerbe d'éclairs lorsque ses fléchettes frappèrent cinq des drones ; une deuxième quand elles frappèrent la glace. Les autres continuèrent leur course, destinées à tomber vers Saturne en suivant une longue orbite excentrique. Les drones survivants fonçaient sur lui, passant outre aux leurres radio, visuels, infrarouges et radar par lesquels ses paillettes tentaient de les embrouiller. Son laser à rayons gamma tira et détruisit un drone, éjecta sa cellule énergétique à usage unique, en happa une autre, tira et détruisit un autre drone. Le processus se répétait à un dixième de seconde d'intervalle, mais, dans l'état de temps ralenti qui était le sien, Cash ne pouvait s'empêcher de le comparer au vieux fusil à pompe de son père, et les drones fondaient sur lui, ils étaient trop nombreux pour que le laser les élimine tous avant qu'ils l'atteignent.

Cash eut à peine le temps de sentir monter en lui l'horreur et la colère. C'était comme s'il pilotait un avion près de s'écraser, ou une voiture sur le point d'aller dans le décor. Le cœur au bord des lèvres, il se dit qu'il avait merdé, que ça n'aurait pas dû finir comme ça. Il avait l'étoffe des héros, après tout.

Il ne restait qu'une seule chose à faire et il la fit. Ça ne suffirait probablement pas à le sauver, mais il devait tenter le coup. Il mit les gaz à fond, mais les drones explosèrent lorsqu'il voulut traverser leur nuée. Un flash de radiations électromagnétiques grilla les capteurs pourtant blindés du singlenef ; le pourtour d'un nuage en expansion de diamants surchauffés emboutit sa proue.

La plupart des fragments se logèrent dans les couches du blindage frangible, mais quelques-uns pénétrèrent dans la coque proprement dite, où leur énergie cinétique les transforma en un plasma qui embrasa l'épiderme en composite, lequel projeta ses particules secondaires dans les substructures entourant le moteur et les réservoirs. Le choc consécutif à ces impacts multiples, ainsi qu'aux émissions des systèmes optiques saturés, des ganglions de contrôle et des batteries de capteurs endommagés, déferla sur l'interface de contrôle du vaisseau dans un éclair aveuglant et un vacarme assourdissant. L'IA de combat procéda à une déconnexion d'urgence, injecta huit milligrammes de sévoflurane dans les réserves d'oxygène de Cash, ce qui l'anesthésia avant que la rétroaction ait grillé ses synapses motrices et sensorielles.

Lorsqu'il revint à lui, un peu plus de quatorze minutes s'étaient écoulées depuis la frappe. Les dégâts subis par la poupe du singlenef se manifestaient sous la forme de fourmillements dans les pieds et les mollets. Il avait mal au crâne, il était aveugle et son palais dégageait un atroce goût de plastique cramé, similaire à celui qui l'avait imprégné plusieurs jours durant après qu'on eut remplacé ses dents par des plaques en plastique, aux premiers temps du programme J-2. Au bout de quelques instants de désorientation, son entraînement prit le relais. Il avait vécu des centaines d'épisodes de ce type en simulation. Il chercha en vain à accéder aux écrans d'affichage visuel et radar, puis ouvrit les rapports d'évaluation, refoulant sa consternation quand il vit la quantité de balises rouges marquant les relevés système. Quoique endommagé, le moteur tournait encore à quatre pour cent de sa puissance maximale ; l'IA de combat s'efforçait d'exécuter le dernier ordre qu'il lui avait donné avant d'être envoyé dans les vapes. Cash prit les commandes et coupa le moteur avec précaution, puis acheva son bilan d'évaluation du singlenef. L'une des trois cellules énergétiques d'urgence était hors service, l'un des réservoirs alimentant les propulseurs compensateurs d'attitude était vide, probablement suite à une fuite. Il avait perdu tous ses capteurs optiques. La plupart des caméras étaient intactes, mais le bus principal et tous les processeurs avaient été grillés par la surcharge. Le radar fonctionnait plus ou moins, excepté sur une fenêtre d'environ trente degrés ; lorsqu'il le lança, Cash découvrit qu'il se trouvait déjà à plus de deux mille kilomètres au-delà de Phœbé. Aucun signe du bloc de glace, ni des deux autres singlenefs, mais ces derniers étaient furtifs, et peut-être que la bombe H avait eu raison du missile de glace…

Il tenta de contacter Luiz et Vera, et ce fut à ce moment-là qu'il découvrit que son système de communication était grièvement mutilé, du fait des dégâts subis par l'antenne du transmetteur de micro-ondes et par les ganglions qui contrôlaient le système de visée du laser modulé. *Merde !* Il était muet, à moitié aveugle et privé de la quasi-totalité de ses forces, avec des réserves en carburant fortement réduites et un moteur si endommagé qu'il n'osait pas le rallumer tant qu'il n'en savait pas davantage sur son état ; encore heureux qu'il n'ait pas pris feu au moment de l'impact, ce qui aurait pu déclencher une fuite de plasma dans les champs de confinement et l'embrasement de l'habitacle. Les minuscules robots réparateurs s'attaquaient déjà aux dégâts les plus graves, mais il leur faudrait du temps pour émettre un diagnostic sur le moteur à fusion, et encore plus de temps pour le réparer.

Après mûre réflexion, Cash éjecta un de ses proxies. Et recouvra l'usage de la vue. Le disque aplati de Phœbé flottait derrière lui ; plus loin, à peine visibles en dépit de l'amplification réglée au maximum, les deux singlenefs, volant à plusieurs centaines de kilomètres d'écart et se rapprochant à vive allure de la petite lune. Quelques points lumineux scintillaient entre eux et Cash aperçut un éclair fugace qui devait être une explosion ; apparemment, Luiz avait largué sa bombe H sur le bloc de glace et vaporisé cette saloperie, et Vera et lui étaient occupés à traquer les débris les plus volumineux qui fonçaient sur Phœbé pour les démolir ou les dérouter... Donc, ils avaient survécu aux drones, mais, même s'ils savaient que Cash était encore en vie, ils n'étaient pas en mesure de le secourir. Seuls les remorqueurs du *Gloire de Gaïa* étaient équipés pour cette tâche.

Le vaisseau porteur se trouvait trop loin de là, mais peut-être pouvait-il contacter Luiz et Vera pour les informer de sa situation. Le proxy était équipé de plus d'une dizaine d'analyseurs, notamment un spectrographe laser. Il visa un point situé derrière Phœbé et commença à émettre des signaux : trois longs, trois courts, trois longs. C'était en vue de situations comme celle-ci qu'on leur avait appris le morse, et il remercia mentalement les instructeurs pour leur prévoyance. Trois longs, trois courts, trois longs. SOS. *Save Our Souls* : sauvez nos âmes.

Cash continua à émettre durant un long moment.

Personne ne répondit.

Chapitre 2

Selon les sites d'infos, les vaisseaux brésiliens avaient quitté Mimas et quelqu'un avait lancé un bloc de glace sur Phœbé pour obliger la Communauté du Pacifique à évacuer sa base ; peu après, le bruit courut dans Paris qu'on venait de commettre un meurtre atroce. L'atmosphère était si fiévreuse que cette rumeur fit l'effet d'un bidon d'essence jeté sur un brasier. En moins de quelques minutes, plusieurs centaines de citoyens convergeaient sur le lieu du crime.

Un homme avait traîné une femme dans son appartement, où il l'avait violée et tuée, puis il avait tenté de se suicider en s'ouvrant les veines. On l'avait vu sortir de chez lui, maculé de son sang et de celui de sa victime ; ses voisins n'avaient pas tardé à le maîtriser, aidés par des miliciens en poste au check point le plus proche ; il s'était confessé en pleurant. Les faits étaient des plus simples, mais toutes sortes d'affabulations se répandirent dans la foule en furie. La femme était une espionne qui avait tenté de séduire l'homme pour mieux l'éliminer, et il avait agi en état de légitime défense. L'homme était un assassin et on avait trouvé des explosifs à son domicile. Quelqu'un hurla « Traître ! » et la meute reprit ce cri en chœur. Lorsque des gardiens de la paix voulurent appréhender le meurtrier, la foule les attaqua et les piétina sans merci. On déshabilla l'homme, on l'attacha à un arbre dans le parc le plus proche et on le garrotta au moyen d'un câble, une bonne dizaine de bourreaux faisant leur office. D'autres gardiens de la paix arrivèrent sur place et tentèrent de détacher le cadavre, pour battre en retraite devant la meute enragée.

L'espion découvrit la scène une heure plus tard. Le cadavre tuméfié et sanguinolent était toujours attaché à l'arbre au centre du parc ravagé, gardé par un peloton d'hommes et de femmes à moitié saouls et armés de gourdins et de couteaux de cuisine. Cette vision le choqua et l'excita. Cette atmosphère d'hystérie le grisa. Il savait que le dénouement était proche. Dans quelques heures à peine, le *Gloire de Gaïa* se mettrait en orbite autour de Dioné. Tous les habitants de la cité savaient que la guerre était imminente.

Il venait de faire le tour de la ville pour procéder à ses ultimes préparatifs. Tout était prêt. Ses petits tours, ses petites surprises étaient en place. Il avait crypté un fichier contenant des dizaines d'heures de conversation enregistrées par le mouchard qu'il avait planqué dans la villa d'Averne, pour en télécharger les mises à jour quotidiennes dans ses bésiks chaque fois qu'il passait à proximité, et l'avait transmis à un compte anonyme géré par l'ambassade brésilienne à Camelot sur Mimas. Il ne lui restait plus qu'à attendre, à porter le masque de Ken Shintaro quelques heures encore. Il décida de regagner son studio, jugeant que ce serait moins dangereux que d'errer dans la ville enfiévrée. Ward Zuniga était de faction au check point placé devant l'entrée de son immeuble et il obligea Ken Shintaro à se déshabiller. Cet homme vindicatif, mesquin et bourré de préjugés, qui profitait sans vergogne de ses nouvelles fonctions pour humilier et brutaliser ses têtes de Turc, lui déclara que, contrairement à ce vieux naïf d'Al Wilson, il n'avait pas été dupe lorsque l'espion leur avait livré Zi Lei.

—Je te tiens à l'œil, dit-il à Ken Shintaro en lui jetant ses vêtements à la figure. Je sais que tu mijotes quelque chose.

Ken Shintaro souffrit en silence, et pourtant le secret qu'il recélait était impatient de franchir les lèvres de l'espion. Ce ne serait plus très long. Au meeting ce soir-là, la foule était colérique et agitée, parcourue de rumeurs qui s'entrecroisaient. Des vidéos flottant au-dessus de petits groupes diffusaient en boucle la frappe sur Phœbé. Grâce à l'arme nucléaire, les singlenefs brésiliens avaient dérouté le bloc de glace avant de le réduire en pièces, mais quelques-unes de ces dernières avaient atteint leur cible. Un chapelet d'explosions éblouissantes se dessina sur l'équateur de la lune contrefaite, et des nuages de poussière vinrent occulter la lueur faiblissante des cratères fraîchement creusés. La foule poussa des vivats à chaque nouvel impact puis acclama Marisa Bassi lorsqu'il déclara que cette frappe était l'œuvre d'agents soutenus par la cité. Il leur montra des clips vidéo où on les voyait au travail sur la surface accidentée d'Ymir. Une série d'explosions en ligne droite qui détachait un bloc de glace ovale. Des silhouettes en vidoscaphe qui logeaient un moteur à fusion dans une fosse éclairée par des projecteurs, disposaient un canon électrique en travers d'une pente formant un angle aigu sur fond de nuit étoilée. Le projectile de glace emporté sur une lance de flammes chimiques, orienté dans son vol par une paire de voiles solaires, le tout dessinant un triplet d'étoiles fonçant vers Phœbé.

Cris, hurlements, youyous, et un véritable triomphe sous la tente aux parois anguleuses lorsque cinq hommes et femmes tout de blanc vêtus rejoignirent Marisa Bassi sur l'estrade : les héros qui avaient soumis Phœbé à un bombardement de glace. Debout au fond de la salle, soulevé par la pression des corps qui l'entouraient de toutes parts, l'espion avait néanmoins l'impression d'être la seule personne réelle dans une scène fantasmée. Tout près, une femme hurlait à pleins poumons, en un déchaînement d'émotion insensée. Un jeune homme et une femme mûre échangeaient un baiser passionné. Un homme dit à un autre que la ville était devenue folle et un troisième se colla contre lui pour l'accuser de trahison ; s'ensuivit une brève bousculade, après quoi on sépara les deux antagonistes, qui ne cessèrent pas pour autant de s'insulter, et pendant ce temps-là, Marisa Bassi continuait à déblatérer, et la foule continuait à l'applaudir à tout rompre.

Personne n'avait envie de rentrer à la maison après ce meeting. Les lieux publics grouillaient de citoyens occupés à discuter, à rire et à faire la fête. Bars et cafés refusaient du monde. Dans un parc, un quatuor de percussionnistes faisait danser des fêtards bondissants. Un cercle de joyeux drilles se formait autour d'un couple en train de faire l'amour. Les miliciens en poste aux check points faisaient circuler pipes et flasques, quand ils n'acceptaient pas les verres et les joints que leur tendaient les passants.

L'espion observait tout cela d'un œil froid et rationnel, comme s'il s'agissait d'une exposition conçue pour illustrer toutes les facettes du vice et de la folie humains. L'exaltation s'emparait de lui. Il était proche du point culminant de sa vie. Depuis sa naissance, on l'avait éduqué et formé en vue de ce jour. C'était pour cela qu'on l'avait créé. Et voilà que le dénouement était tout proche. Il n'échouerait pas, car il ne pouvait pas se permettre d'échouer. Tout en parcourant la ville en proie aux émeutes, il sentit ses frères à ses côtés. Le secret qu'il détenait lui donnait des frissons.

On l'arrêta à un check point, car l'un des miliciens l'avait reconnu et exigeait un compte-rendu détaillé de ses mouvements. L'homme était ivre ou défoncé, et son équipier braquait son arme sur les passants, partant d'un rire aviné quand ils levaient les mains ou poussaient des cris indignés. L'espion expliqua qu'il revenait du meeting et qu'il n'arrivait pas à dormir, tout comme le reste des participants. Le milicien opina et lui conseilla de prendre un peu de repos, car la guerre ne tarderait pas à éclater et personne n'aurait plus le temps de dormir. Souriant de cette saillie, l'espion était à moitié déçu qu'on ne lui ait pas demandé ce qu'il faisait. « Je sabote la ville », aurait-il répondu, et ensuite il aurait abattu le milicien, dérobé son arme à son équipier et descendu toutes les personnes à proximité, continuant à tirer jusqu'à ce qu'on l'abatte.

Le milicien l'obligea à boire quelques gouttes d'alcool à sa flasque et lui ordonna de circuler. Il s'éloigna et, une fois hors de vue, recracha la gorgée de gnôle dans un massif de fleurs et s'essuya la bouche d'un revers de main. Le masque était toujours en place, mais il le sentait se dissoudre dans son visage. Son sourire, loin d'exprimer la vague bienveillance qu'affichait celui de Ken Shintaro, était un rictus de prédateur, qui s'accentua encore lorsqu'une jeune femme le remarqua et s'attarda sur lui. Il lui rendit son regard jusqu'à ce qu'elle tourne les talons et s'enfuie en courant, et il évalua sa démarche et son allure comme l'aurait fait un prédateur jaugeant sa proie.

Une demi-heure plus tard, la toile de la cité s'effondra. L'espace d'un instant, un étrange silence se fit, tandis que chacun se figeait pour consulter le même message : un appel émanant d'un démon implanté par l'espion. « Rendez-vous », dit-il, puis il disparut en même temps que tout le reste, du service téléphonique de base aux applications de défense récemment intégrées. Quelques secondes durant, tous restèrent sans voix, tentant vainement de faire fonctionner leurs bésiks, puis ils comprirent peu à peu que plus rien ne fonctionnait – qu'ils n'avaient pas affaire à une blague d'étudiants mais à une catastrophe sans précédent – et on entendit monter une cacophonie grandissante, où les cris et les invectives se mêlaient à des ordres auxquels plus personne n'obéirait désormais.

Puis les lumières s'éteignirent. Comme il faisait nuit à la surface de Dioné, les ténèbres furent aussi soudaines qu'absolues. Le vacarme monta de plus belle, un cri de désespoir qui ne se calma guère lorsque le système de secours prit le relais quelques secondes plus tard et que l'éclairage public se remit en route, deux fois moins puissant qu'auparavant, révélant des citoyens paniqués qui semblaient s'attendre à voir l'ennemi surgir des ombres massées un peu partout.

L'espion se trouvait à la lisière du parc au centre de la cité. Il se délecta des cris de terreur et de confusion. Bientôt, la panique croîtrait et se répandrait à mesure que les citoyens constateraient qu'une série d'explosions avait détruit la voie ferrée reliant la ville au reste de Dioné, sérieusement endommagé la principale usine de climatisation et anéanti des secteurs clés des réseaux de l'énergie, de l'eau courante et des égouts.

La première phase de sa mission était accomplie. Tout s'était déroulé conformément au plan et il ne doutait pas que ses frères avaient grippé les rouages économiques et civiques des autres villes sur les autres lunes, infligeant des dégâts irréparables à leurs réserves d'eau et de nourriture, sans parler des systèmes de recyclage qui assuraient la propreté et l'hygiène de leur atmosphère. La plupart d'entre elles ne tarderaient pas à se rendre, car il leur serait impossible de mobiliser une population trop occupée à assurer sa survie, mais le Grand-Brésil et ses alliés voulaient faire un exemple de Paris, qui s'était placée aux avant-postes de la résistance. La seconde phase de sa chute débuterait sous peu, et l'espion devait être prêt à y jouer son rôle.

Il se sentait d'une clarté supérieure, électrique, lorsqu'il se dirigea vers le sas qui lui servait à entrer et sortir de la ville, situé en bordure d'un dédale souterrain de hangars, excavé dans la glace dure comme le roc sous la paroi nord de la tente principale. Si l'espion avait choisi cette voie d'issue, c'était parce qu'elle était peu utilisée et proche de son lieu de travail, et c'était là qu'il avait planqué son vidoscaphe.

Il lui suffirait de sortir en attendant la véritable offensive. Il était à mi-chemin de son but lorsqu'il aperçut Ward Zuniga.

Le milicien était posté à l'une des barricades érigées en travers des avenues gazonnées de la ville. Coincée entre deux immeubles d'habitation, celle-ci était constituée de bidons remplis d'eau et surmontée d'un fouillis de barbelés intelligents. Ward Zuniga et son équipière, tous deux vêtus d'un vidoscaphe dont le casque était bouclé à leur ceinture, étaient plantés devant l'étroite ouverture et arrêtaient ceux qui tentaient de la franchir, leur ordonnant de gagner leur poste si on leur en avait assigné un ou, dans le cas contraire, de se trouver un abri sûr le plus vite possible.

Il existait deux autres avenues traversant la ville en ligne droite ; la prudence et le sens pratique commandaient de faire demi-tour. Mais l'espion poursuivit sa route, et il vit le visage de Ward Zuniga s'éclairer, l'entendit dire à son équipière que le type qui s'approchait était un étranger qu'il fallait enfermer par mesure de sécurité.

— Tu as raison, dit l'espion.

Il s'arrêta si près du milicien qu'il sentit son haleine parfumée à l'alcool éventé. On aurait dit qu'il mesurait dix mètres de haut, qu'il était invulnérable.

— Tu devrais vraiment m'enfermer, reprit-il. Tout ceci est mon œuvre. C'est moi qui ai tout fait.

Ward Zuniga tiqua, comme s'il avait du mal à assimiler cette déclaration, et l'espion, s'approchant vivement, lui prit son pistolet à même l'étui et recula d'un pas. Cela lui prit moins d'une seconde. Partagé entre la panique et l'étonnement, Ward Zuniga tâtonnait à la recherche de son arme et cherchait à comprendre ce qui lui arrivait. La milicienne voulut saisir sa matraque électrique, mais l'espion lui donna un coup de crosse à la tempe, et elle tomba comme une masse.

— Tu ne t'étais pas trompé sur mon compte, dit l'espion en braquant le pistolet sur le visage de Ward Zuniga.

Celui-ci ferma les yeux. Il tremblait de tous ses membres et levait les mains devant lui, les doigts bien écartés, comme pour repousser un obstacle, et l'espion constata qu'il ne pouvait pas le tuer. Il en aurait été différemment, peut-être, si la scène s'était déroulée dans le gymnase où il s'était si souvent entraîné à tuer, ou bien si Ward Zuniga avait tenté de s'enfuir, comme le père Solomon, ou encore s'il n'était pas resté si longtemps dans la peau de ce brave type de Ken Shintaro. Quoi qu'il en soit, il ne pouvait tuer cet homme de sang-froid. Il pointait son pistolet sur l'arête du nez de Ward Zuniga, son index était crispé sur la détente, et il s'ordonna de tirer, de tirer tout de suite, mais il ne le pouvait pas.

— Je vais t'épargner puisque, de toute façon, tu vas bientôt mourir, déclara-t-il. À l'instant du trépas, rappelle-toi que tu aurais pu arrêter tout cela. Que tu aurais pu sauver ta ville. Mais tu m'as laissé partir.

— Pitié, murmura Ward Zuniga. Pitié.

Il avait toujours les yeux clos lorsque l'espion l'écarta de son chemin pour franchir la barricade puis se mit à courir, décrivant des bonds prodigieux. Il croisa deux hommes qui le regardèrent fixement et entendit l'un d'eux pousser un cri. Une balle passa à quelques centimètres de sa tête et il aperçut un milicien planté au milieu d'une rue transversale, tenant son pistolet des deux mains et mettant l'espion en ligne de mire.

Il fit un bond encore plus puissant que les précédents, mais la balle du milicien le toucha à l'épaule et l'envoya bouler. Il se releva, le bras et l'épaule engourdis par l'impact, le sang coulant jusqu'à sa main. Sous le choc, il avait lâché le pistolet de Ward Zuniga. Il se trouvait dans l'herbe, quelques mètres derrière lui. Des gens criaient, lui ordonnaient de se rendre, progressaient vers lui avec un luxe de précautions. S'abritaient derrière la barricade. Se plaquaient contre les murs des immeubles d'habitation qui la bordaient. Filaient d'une ombre à l'autre. Une balle laboura le gazon à quelques centimètres des pieds de l'espion, et il se mit à courir, ne s'arrêtant que le temps de ramasser le pistolet.

Petit à petit, la souffrance se répandit dans les nerfs et les veines de son épaule, entre son bras et son cou. À peine s'il le remarqua. La dernière de ses cellules entonnait un hymne euphorique, une ode à la joie. Une nouvelle barricade se dressait devant lui, là où l'avenue gazonnée se divisait à la base d'un gigantesque pilier. Faisant appel à toutes ses forces, il se mit à bondir de plus en plus haut, survolant l'entrelacs de barbelés intelligents, qui réagirent à son passage et tentèrent de l'agripper par les talons. Il emboutit la rambarde d'une galerie d'entretien qui saillait à un coin du pilier, l'empoigna de sa main valide et, sur sa lancée, sauta par-dessus la galerie et atterrit de l'autre côté de la barricade, au milieu de trois miliciens si surpris par son apparition qu'ils ne tentèrent même pas de l'arrêter lorsqu'il zigzagua entre eux et reprit sa course.

La poursuite se prolongea jusqu'au sas. Il referma la porte derrière lui et s'y adossa un instant pour reprendre son souffle, un sourire diabolique aux lèvres. On martela la porte et il perçut un mouvement dans la fenêtre d'inspection qui y était découpée, mais l'IA, dont il s'était assuré la loyauté, refusait de faire entrer quiconque et il savait que plusieurs minutes seraient nécessaires pour découper le métal au chalumeau.

Son épaule blessée le brûlait et l'élançait ; son bras gauche pendait contre son flanc. Il pouvait ouvrir et refermer les doigts, mais il n'avait plus de force dans la main. Ôtant la chemise qu'il avait enfilée par-dessus son justaucorps, il en déchira un pan avec ses dents et le divisa en deux longueurs de tissu. Avec la première, il fit une compresse qu'il appliqua sur la plaie, avec la seconde un bandage enroulé autour de l'épaule pour tenir la compresse en place, sentant des éclats d'os bouger sous sa peau tuméfiée lorsqu'il fit un nœud avec ses dents et sa main droite.

Quelqu'un tira à deux reprises sur la fenêtre d'inspection ; les balles laissèrent des traînées noires sur la cloison en diamant.

Il attrapa le vidoscaphe dans l'armoire et entreprit de l'enfiler, hurlant de douleur pour se défouler lorsqu'il inséra son bras gauche dans la manche correspondante. Il scella le scaphe puis le casque, son souffle rauque résonnant dans la bulle de calme imprégnée d'une odeur de plastique, ordonna au sas d'ouvrir sa porte extérieure et sortit sur une aire plutôt vaste à la base du mur de la tente.

Un dédale de bunkers et de tranchées participant du système de défense de la ville s'étendait vers l'est et l'ouest dans le cratère Romulus. Le Soleil se lèverait dans une heure. L'immense croissant de Saturne dispensait une lumière safran sur les plates-formes du spatioport, les tentes et les blockhaus de la zone industrielle et les champs de kénobies.

Il ouvrit le paquet com du scaphe pour localiser la capsule qu'il avait fait avaler à Zi Lei, mais n'obtint aucune réponse. Elle ne pouvait pas l'avoir excrétée, vu que le matériau était conçu pour se coller à la paroi stomacale. Soit le lieu où elle était détenue bloquait les transmissions, soit il ne se trouvait pas à proximité de la ville mais derrière l'horizon.

À l'issue de quelques instants de réflexion, il demanda au paquet com d'émettre une pulsation par seconde et mit le cap à l'ouest, escaladant un chemin de fer à crémaillère qui accédait au sommet de la paroi du cratère, parallèlement à l'inclinaison de la tente de la ville. Il n'était monté que de quelques mètres lorsqu'il reçut un signal. Un calcul de triangulation tout simple – la racine carrée du produit du diamètre de Dioné et de son altitude par rapport au sol du cratère – lui donna une valeur approchée de la distance le séparant de l'horizon. Un peu plus de douze kilomètres. Il ouvrit une carte. Un petit centre de recherche était implanté à cette distance, au nord-est de la ville. Il se tourna vers les champs de kénobies, utilisa la fonction zoom de sa visière et distingua les bâtiments du centre, visibles sous la forme de perles de lumière sur fond de ciel noir, juste au niveau de l'horizon. Il descendit de quelques pas et le signal s'interrompit comme il perdait de vue le centre de recherche.

Parfait.

Il fit demi-tour, mettant le cap au nord le long d'une voie de contournement afin d'éviter les défenses. Parkings et hangars étaient uniformément déserts ; les volontaires de la défense civile avaient sans doute réquisitionné tous les véhicules. Il devrait faire la route à pied, progresser par bonds comme un danseur de ballet. Il se dirigeait vers le premier champ de kénobies lorsque le détecteur de mouvement de son scaphe émit un *bip*. Il regarda à gauche puis à droite, vit deux rolligons foncer vers lui sur une allée maillée. Comme le GPS de la ville était aussi mort que l'ensemble de sa toile, ils avaient dû le repérer au visuel. Il se dit que la même chose se serait produite s'il n'avait pas provoqué cette poursuite en ville et coupa court à travers le champ de kénobies.

On y trouvait des choses qui ressemblaient à des tournesols géants, plantés en rangs par milliers, avec d'épaisses tiges faisant le double de sa taille et surmontées d'une sorte d'antenne parabolique argentée, toutes pointées dans la direction du Soleil qui ne tarderait pas à poindre. Il traversa le champ en moins de cinq minutes et escalada la mince crête escarpée qui le bordait, vit les deux rolligons suivant des itinéraires parallèles à travers les rangées de kénobies, leva son arme et visa.

Le pistolet ne tira pas. À cette heure-ci, juste avant l'aube, la température était de – 200 °C. Un composant vital avait gelé.

Il rangea le pistolet et bondit de l'autre côté de la crête, traversant précautionneusement une zone parsemée de débris éjectés d'un petit cratère d'impact, fit halte dans une zone d'ombre d'un noir absolu, au pied d'un bloc rocheux en équilibre près du rebord, et se pencha pour jeter un coup d'œil derrière lui.

Les deux rolligons étaient arrivés sur la crête. Des silhouettes en émergeaient pour dévaler la pente dans sa direction.

Il n'était ni effrayé ni vraiment inquiet. Il se croyait capable de bondir d'une ombre à l'autre, hors de vue d'un observateur resté à bord d'un rolligon, de contourner la file de ses poursuivants et de foncer vers l'est dans le bassin du cratère. Il ouvrit une carte des environs pour élaborer un nouvel itinéraire vers le centre de recherche et, soudain, il y eut un éclair dans le ciel noir à l'ouest du croissant de Saturne et, l'espace d'un instant, sa farouche assurance le déserta. Si ses poursuivants avaient réquisitionné une plate-forme ou un scooter volant pour scruter le paysage depuis les hauteurs, ils n'auraient aucun mal à le repérer et à l'abattre comme un chien. Mais son radar lui apprit que l'objet lumineux était à plus de trente kilomètres de là, se déplaçait à plus de trois cents kilomètres à l'heure et freinait à tout va. Cet éclair était sans doute la flamme d'un moteur à réaction. Il activa la fonction zoom et découvrit un véhicule en forme de balai filant dans les hauteurs, liseré d'argent par le Soleil qui ne se lèverait que dans quelques minutes. L'instant d'après, la tête du véhicule se dissocia en deux dizaines de silhouettes en armure de combat : des marines quittant leur unité de transport pour se déployer et former un coin comme pour l'enfoncer dans le spatioport.

L'espion retrouva aussitôt son assurance. Il se pencha de nouveau pour regarder du coin de son rocher, vit que ses poursuivants remontaient vers les rolligons au pas de course et s'en fut dans la direction opposée, faisant le tour du cratère et franchissant la crête suivante. Celle-ci était plus haute que la première et il vit les rolligons foncer à travers le champ de kénobies pour regagner la ville ; il vit aussi des éclairs sur la plaine.

La guerre arrivait à Paris.

Une nuée d'étincelles peupla le ciel, les armes cinétiques propulsées d'au-delà l'horizon qui activaient leurs boosters pour fondre sur leurs cibles, plongeaient pour frapper bunkers et tranchées, projetaient vers les hauteurs des geysers de poussière et de débris incandescents. Un remorqueur décolla à l'autre bout du spatioport, pour être aussitôt abattu par un missile des marines. Sa proue se transforma en une fleur rouge à l'éclat fugitif; sa poupe, avec un moteur qui fonctionnait encore, boula sur la plaine comme un soleil de feu d'artifice. Des formes trapues tombèrent du ciel : des drones de combat dans leurs coussins protecteurs. Ils déchirèrent ces coussins alors même qu'ils débarquaient dans les champs de kénobies, se dressant pour former des tripodes et courant vers la ville. Nombre d'entre eux, atteints par les missiles des systèmes de défense, se vaporisèrent en nuages de débris métalliques. Les autres arrosèrent le glacis des défenses sans cesser de galoper, le soumettant à un feu nourri de minicanons, de fusées et d'armes cinétiques de gros calibre. Une phalange de robots constructeurs se mit en marche vers les drones, qui, prenant de la vitesse, bondirent sur eux et les réduisirent en pièces avec sauvagerie. Quelques-uns de ces robots étaient piégés et explosèrent, emportant plusieurs drones avec eux, mais une seconde vague venait d'être larguée et elle déferlait dans les champs de kénobies, fonçant à toutes jambes pour appuyer les marines.

Tout cela dans le silence absolu et la clarté glaciale du vide.

L'espion fit demi-tour et descendit de la crête. Sans la moindre cérémonie, le disque atrophié du Soleil apparut à l'horizon est et projeta un fouillis d'ombres sur la plaine piquetée de cratères. Une minute plus tard, l'espion perçut un mouvement devant lui et s'abrita dans la cuvette d'un petit cratère, d'où il aperçut en levant la tête deux rolligons fonçant vers le centre de recherche sur une route distante d'un kilomètre. Il parcourut du regard le paysage désert et, comme il sortait de son cratère, il fut soudain renversé tandis que le sol tressautait sous ses pieds.

Au sud, un point de lumière crût puis s'estompa, après avoir brillé un instant avec plus d'intensité que le Soleil. La visière de l'espion s'était transformée en miroir une microseconde après l'explosion, mais il dut battre des cils pendant quelque temps, chassant des images rémanentes encore grossies par ses larmes, avant de pouvoir ouvrir une carte afin de comprendre ce qui s'était passé : quelque chose avait frappé ou détruit l'une des usines à fusion de la ville et le champ de striction avait cédé.

Les rolligons avaient fait halte. Tous deux avaient freiné sec, le premier se retrouvant en travers de la route et le second carrément sur le bas-côté. L'espion se leva d'un bond et se lança à leur poursuite dès qu'ils repartirent. La guerre était déjà bien entamée, mais il lui restait à accomplir sa mission. Il devait retrouver Zi Lei et capturer Averne et la traîtresse Macy Minnot.

Chapitre 3

Lorsque l'éclairage se mit en route, inondant d'une lueur crue tout ce qui se trouvait sous les poutrelles de renfort et les panneaux solarisés de la tente, la plupart des occupants de la cage étaient endormis. Il était minuit passé de quelques minutes. Les détenus se levèrent ou descendirent de leur hamac, s'interrogeant sur ce qui se passait. Quelques-uns se mirent à applaudir sur un rythme lent mais soutenu, mais cela fut fort bref. Tous étaient nerveux et angoissés. Au bout de quelques minutes, un soudain tremblement secoua le sol. Puis un autre. Tout le monde était debout. Un homme s'écria que les gardiens allaient les tuer en dépressurisant le centre ; une femme se mit à hurler les prénoms de ses enfants, dont on l'avait séparée par la force ; une autre se planta au centre de la cage et entonna un mantra auquel se joignirent une dizaine de personnes, dont les voix montèrent sous le dôme. D'autres détenus se plaquèrent contre la paroi de la cage, face au blockhaus, et exigèrent à grands cris qu'on leur donne un vidoscaphe.

Macy dit à Walt Hodder que c'étaient eux qui avaient raison.

— Si la cité ou un autre point du cratère est frappé par des missiles ou des armes cinétiques, les débris risquent de retomber assez loin. Je parle d'expérience. Donc, même si cette prison ne fait pas partie des cibles de l'attaquant, nous devons l'évacuer. Ou à tout le moins enfiler un scaphe.

La terreur et l'excitation lui nouaient les tripes. La guerre avait enfin commencé, elle en était sûre. Tout allait bientôt changer. Elle se demanda où était Newt, espéra qu'il se trouvait en sécurité dans l'un des sous-sols de stockage de l'habitat du clan. Car s'il décidait de prendre les commandes de l'*Éléphant* pour aller au feu, il était perdu.

Walt Hodder réfléchit quelques instants puis dit :

— Le point faible de cette cage, c'est sa porte. Si nous trouvons un levier, nous pouvons la faire sortir de ses gonds.

— Vous voulez vous évader ? Et les drones ?

Walt Hodder fixa les deux machines qui flottaient à différentes hauteurs devant la cage.

— On a eu beau gueuler, ça n'a pas fait réagir les gardes, mais peut-être qu'une tentative d'évasion attirera leur attention. On pourra au moins entamer le dialogue.

— S'ils n'ordonnent pas aux drones de nous tirer dessus. À moins qu'ils préfèrent nous calmer avec leurs tasers.

— On n'a guère de chances de les raisonner, je sais. Mais il faut bien tenter le coup. Commençons par nous attaquer à la plomberie. Les tuyaux pourront nous servir de leviers.

— Et ces bancs fourniront les pivots, compléta Macy, qui se sentait nettement mieux à présent qu'elle pouvait agir. Cherchons donc quelques volontaires.

Les bancs placés de part et d'autre des tables avaient les pieds vissés au sol de la cage. Une dizaine de détenus secouèrent l'un d'eux de droite à gauche, jusqu'à ce que les vis soient suffisamment ébranlées pour qu'on glisse sous leur socle un tuyau prélevé dans une douche, grâce auquel on finit par le déloger. Walt Hodder décida qu'on aurait besoin de deux bancs vu le nombre de volontaires armés de leviers de fortune. Ils travaillaient sur le second lorsque retentit un cri. Macy mit un moment avant de comprendre ce qui venait d'arriver : les drones étaient tombés par terre, inertes.

Un prisonnier demanda ce que cela signifiait et elle lui répondit qu'ils devaient presser le mouvement. Ils étaient sur le point de récupérer le second banc lorsque deux femmes en vidoscaphe blanc, le casque bouclé à la ceinture, sortirent du bâtiment cubique abritant le garage et les sas du centre de recherche. L'une d'elles n'était autre que Sada Selene. Les nouvelles venues, qui étaient armées de pulsofusils, traversèrent la cour au pas de course sans accorder un regard aux prisonniers et entrèrent dans le blockhaus.

Macy et ses compagnons redoublèrent d'efforts. Ils venaient de libérer un premier pied lorsque plusieurs détonations étouffées retentirent à l'intérieur du blockhaus. Quelques instants plus tard, il en sortit un jeune homme à la barbe soigneusement taillée, en lequel Macy reconnut l'un de ses interrogateurs. Il avait traversé la moitié de la cour lorsqu'on entendit deux coups de feu, et il s'effondra face contre terre, sa chemise verte se parant d'une tache écarlate. La femme qui venait de l'abattre, une Spectre longue comme un jour sans pain vêtue d'un justaucorps blanc, s'approcha de la cage, se planta devant l'un des drones inertes, pointa son arme sur les détenus qui s'efforçaient encore de déloger le banc et leur dit d'arrêter sur-le-champ. Macy et ses compagnons reculèrent et la femme éleva la voix pour ordonner à tous les occupants de la cage de s'asseoir par terre.

Quelqu'un osa demander si la guerre avait commencé et elle le gratifia d'un regard méprisant.

— T'avais pas encore compris ? Tout le monde assis, j'ai dit !

Averne et sa fille, leurs cinq assistants et Loc Ifrahim sortirent du blockhaus, menottés par des liens en plastique, suivis par Sada et sa compagne, ainsi que deux hommes en justaucorps blanc. Le petit groupe fit halte au milieu de la cour tandis que Sada rejoignait la femme au pistolet.

— Ils étaient en train de démolir le mobilier, dit celle-ci.

— Une tentative d'évasion, observa Sada.

Calant le gros canon de son pulsofusil sur l'épaule de son vidoscaphe, elle appela Macy par son nom.

Macy se leva et s'approcha du grillage, consciente de tous les regards braqués sur elle.

— C'est ta dernière chance, lui dit Sada. Je peux te conduire en lieu sûr.

— Et les autres ?

— Ils seront en sécurité ici. Comme tu le vois, nous avons suffisamment d'otages, mais c'est par amitié que je te fais cette offre.

— J'accepte de te suivre si tu libères tous les autres.

— Non. Ils pourraient nous causer des ennuis.

— Alors je reste ici. Avec mes amis.

— La guerre a commencé, Macy. Et, pour le moment, ce sont les Brésiliens qui la gagnent. Ils ont quasiment neutralisé les défenses de la ville et ils ne tarderont pas à débarquer ici. Ta seule chance de leur échapper, c'est de venir avec nous.

— Ainsi, tu lâches Marisa Bassi. Et tu prends des otages afin de mieux négocier ta reddition.

— Nous n'avons pas l'intention de nous rendre, répliqua la femme au pistolet.

Sada s'esclaffa.

— Tu ne sais pas ce que nous avons fait, n'est-ce pas ? Vous étiez tous parqués ici quand c'est arrivé et je suppose que les gardiens n'ont pas jugé utile de vous informer. Macy, la guerre a commencé quand nous avons bombardé les squatters de Phœbé avec un bloc de glace. Les Brésiliens l'ont fait sauter avec une bombe H, mais certains de ses fragments ont atteint leur cible. Ils ont ouvert une *splendide* enfilade de cratères.

— Ils ne vous lâcheront pas, Sada. Peu importent le nombre et l'identité de vos otages, jamais ils ne pardonneront cet acte.

— Ils devraient nous remercier. Ils avaient besoin d'un *casus belli*, et nous le leur avons donné. Mais nous gagnerons la guerre. Sinon aujourd'hui, du moins sur le long terme. Sinon, comment pourrions-nous partir dans les étoiles et envoyer des messages à nos moi passés ?

— Je te souhaite bonne chance, dit Macy. Mais je ne pense pas qu'il y ait assez de chance dans l'univers pour t'aider.

— Eh bien, ça ne me dérange pas de te souhaiter bonne chance, à toi aussi, répliqua Sada. Peut-être que ça t'aidera à garder une longueur d'avance sur les Brésiliens. Si c'est ce qui se produit, je suis sûre que nous nous reverrons.

Lorsque Sada et la femme au pistolet se détournèrent d'eux, les prisonniers se relevèrent et se mirent à crier. Sans leur prêter attention, les Spectres poussèrent leurs otages vers le garage. Et, soudain, les deux drones s'élevèrent au-dessus du sol et foncèrent à leurs trousses. L'un des hommes s'effondra, la main crispée sur la fléchette plantée dans sa gorge, et, après quelques instants de confusion, les Spectres se jetèrent à terre et tentèrent d'abattre les drones, lesquels les criblèrent de fléchettes tranquillisantes. Rares furent celles qui ratèrent leur cible. Les otages poussèrent des cris de terreur et de joie mêlées. Sada courut vers le sas, mais une fléchette l'atteignit à la nuque, juste au-dessus du col de son vidoscaphe, et elle vacilla et tomba. Les assistants d'Averne, qui faisaient un rempart de leurs corps à la sorcière génétique et à sa fille, furent bientôt terrassés eux aussi. La femme en vidoscaphe venue avec Sada réussit à toucher l'un des drones, qui tomba aussitôt en vrille, mais, au même moment, l'autre lui plantait une fléchette dans le plastron et une dans la joue. Elle voulut l'arracher mais tomba à genoux et, alors qu'elle tentait de lever son arme, acheva de s'effondrer sur le sol.

Tous ceux qui avaient pris part à l'escarmouche étaient terrassés, excepté Loc Ifrahim, Averne et Yuli, toujours menottés. Le drone survivant s'immobilisa devant eux et, tandis qu'ils parcouraient les lieux du regard, un homme sortit du bâtiment abritant le garage et les sas et leur ordonna de ne pas bouger.

— Je suis un diplomate, déclara Loc Ifrahim. Un civil arrêté et incarcéré ici en violation de la loi.

— Je sais qui vous êtes, répondit l'homme.

Il s'avançait tête nue, vêtu d'un vidoscaphe gris clair maculé de poussière noire. Son visage était pâle et inexpressif, ses yeux dissimulés par une paire de bésiks.

— Si vous savez qui je suis, vous savez aussi que je suis dans votre camp, insista Loc Ifrahim.

— Ce n'est pas seulement à cause de vous que je suis ici, rétorqua l'homme.

Il fit le tour des Spectres pour ramasser leurs armes de poing et les jeter l'une après l'autre sur le toit du blockhaus, leur faisant décrire de gracieuses paraboles. Il se pencha sur Sada, s'empara de son pulsofusil et s'approcha de la cage, examinant les prisonniers l'un après l'autre pour s'arrêter finalement sur la femme qui avait entonné le mantra.

— Zi Lei, dit-il, je suis venu te sauver.

Chapitre 4

L'espion pénétra dans le centre de recherche par le sas attenant au garage. Il déboucha dans un vestiaire dont deux des cloisons disparaissaient derrière une armée de vidoscaphes orange vif accrochés à des râteliers, ôta son casque, chaussa ses bésiks et passa ses démons en revue. L'un d'eux obligea la toile locale à se soumettre à ses bésiks, deux autres s'introduisirent dans le système de sécurité protégeant l'IA du centre et entreprirent de le subvertir.

En moins de quatre-vingt-dix secondes, l'espion avait accès à toutes les caméras de surveillance du dôme et du blockhaus. Il vit dans celui-ci des hommes et des femmes gisant inconscients dans les bureaux : de toute évidence, il venait de se produire une émeute ou une mutinerie. Il vit Averne, sa fille et le diplomate Loc Ifrahim devant le blockhaus, menottés ainsi que les cinq personnes qui les accompagnaient et gardés par des hommes et des femmes tous vêtus de blanc, que ce soit d'un vidoscaphe ou d'un justaucorps. Il vit d'autres prisonniers dans une cage grillagée, tous assis par terre à l'exception d'une femme. Il reconnut Macy Minnot, en grande conversation avec une jeune femme en vidoscaphe blanc qui se tenait face à la cage. Ne voyant pas Zi Lei, il examina un par un les détenus assis et finit par la repérer.

Une vague de plaisir déferla sur lui. L'espace d'un instant, tandis qu'il observait Zi Lei assise en tailleur dans sa salopette orange, son visage chéri et familier, il oublia sa mission. Il oublia même son épaule blessée. Celle-ci le faisait horriblement souffrir, mais il avait interdit à son vidoscaphe de lui administrer de l'analgésique, car il avait besoin de toute sa concentration.

L'un des démons lui donna le contrôle des deux drones qui naguère flottaient dans l'air et surveillaient les prisonniers dans la cage.

Ensuite, il n'eut plus qu'à sélectionner ses cibles et laisser les machines faire le reste.

Il fallut moins de deux minutes pour neutraliser toutes les personnes se trouvant en dehors de la cage, hormis le diplomate, la sorcière génétique et sa fille. À ce moment-là, l'espion aurait dû appeler une équipe chargée d'évacuer ses cibles et veiller sur celles-ci en attendant son arrivée. Il n'en fit rien. Il voulait d'abord libérer Zi Lei. S'assurer qu'elle était en sécurité. Veiller à ce qu'elle gagne un abri sûr avant l'arrivée de l'équipe d'évacuation.

Il entra dans la cour et se débarrassa des armes appartenant aux victimes des drones et de leurs fléchettes tranquillisantes, puis appela Zi Lei. Ils se tinrent face à face, séparés par le grillage de la cage, et il lui dit qu'il était ravi de la retrouver saine et sauve, puis entreprit de lui expliquer qu'il allait la libérer et la laisser partir au volant d'un rolligon. Mais plutôt que de lui exprimer sa gratitude et son soulagement, ainsi qu'il l'avait imaginé, elle se mit en colère et faillit même pleurer, tandis que les autres prisonniers, le prenant sans doute pour un combattant de la ville, lui demandaient à grands cris de les libérer.

Il leur dit de se tenir tranquilles et, comme ils n'en faisaient rien, cala la crosse du pulsofusil sur sa hanche et ouvrit un petit cratère dans le sol de la cour. Durant le silence choqué qui suivit, il dit à Zi Lei qu'il avait agi comme il l'avait fait pour d'excellentes raisons. Il gardait les yeux fixés sur elle, dans l'espoir de lui transmettre sincérité et compassion, mais, grâce au drone survivant, il continuait à surveiller les trois prisonniers menottés derrière lui.

— Je t'ai demandé ton aide, dit Zi Lei. Je t'ai fait confiance, et tu m'as livrée aux gardiens de la paix. Pourquoi devrais-je me fier à toi maintenant ?

— Tu n'en as pas besoin. Tu n'as pas besoin de croire ce que je te dis. À l'exception d'une chose. Je suis venu pour t'aider.

L'espion aurait bien poursuivi, mais les autres prisonniers s'énervaient de nouveau. Certains lui adressaient des suppliques ; d'autres, comme Macy Minnot, avaient récupéré leurs outils de fortune et tentaient d'ouvrir la porte de la cage. Ils voulaient la faire sortir de ses gonds. Il lâcha une nouvelle décharge sur le sol et leur dit de reculer. Ça ne ressemblait à aucune des simulations sur lesquelles il avait travaillé. Plus question de suivre un scénario. Il ne jouait plus, il vivait, et cela l'emplissait d'excitation et d'espoir, d'exaspération et d'inquiétude. Zi Lei partageait ce dernier sentiment, et elle l'implora de ne blesser personne.

— La guerre a éclaté et tu dois quitter cet endroit, lui dit-il. Il y a deux rolligons au garage. Prends-en un. Sors du cratère et continue à rouler. Trouve-toi un abri ou une oasis, et attends-moi là. Je te retrouverai quand tout cela sera fini, je te le promets.

— Et mes amis ?

— C'est entre toi et moi, Zi. Ils devront risquer leur chance.

— Libère-les, Ken. Libère-nous tous. C'est pour cela que nous avons été réunis. Tu ne vois donc pas ? Ils œuvrent à travers toi à présent, mais tu leur résistes. Je sais que tu es un homme bon. Laisse-les faire le bien par ton entremise.

Il comprit qu'elle parlait des Edda de son fantasme et cela lui brisa le cœur.

— J'ai encore une chose à faire. Une seule, je te le jure. Ensuite, nous serons de nouveau ensemble et je pourrai tout t'expliquer.

— Je ne partirai pas sans mes amis, dit Zi Lei, et elle lui tourna le dos pour flotter jusqu'au centre de la cage.

L'espion l'appela et lui répéta qu'ils allaient partir ensemble ; et, comme elle ne répondait pas, il ordonna au drone de se placer face à la cage. Il ne voyait aucun autre moyen de régler le cas des prisonniers. Il devait les neutraliser avant de pouvoir ouvrir la porte, afin de libérer Zi Lei et de s'emparer de Macy Minnot ; sinon, ils tenteraient de s'en prendre à lui et il serait obligé d'en tuer quelques-uns, voire de les tuer tous. Et même s'il en était parfaitement capable, il ne se pensait pas de taille à affronter les conséquences de son geste. Plus tard, il expliquerait aussi cela à Zi Lei. Il lui expliquerait tout.

Il les vit en esprit monter dans un rolligon, tous les deux, sortir du cratère Romulus pour gagner la plaine, s'engager dans un paysage de cratères et de crêtes cannelées pour gagner l'une des nombreuses oasis dispersées sur la lune. Là, ils attendraient la fin de la guerre. Tous les deux, ensemble. Il conduirait les gens qu'on lui avait ordonné de capturer dans un abri, il appellerait l'équipe d'évacuation une fois cet abri sécurisé, puis il partirait avec Zi Lei. Il savait que tout ceci n'était qu'un fantasme, mais il s'en fichait. Il voulait que ce fantasme devienne réalité et cela seul lui importait.

— Ce que je dois faire… je le fais pour nous, déclara-t-il.

L'instant d'après, le drone commença à tirer.

Chapitre 5

Walt Hodder empoigna la fléchette plantée dans son torse, ses yeux se révulsèrent et il s'effondra près de Macy. Tous les occupants de la cage tombaient les uns après les autres, qu'ils soient restés immobiles ou qu'ils aient préféré courir. Le drone s'éleva dans les airs et, modifiant son angle de tir avec une précision mécanique, s'attaqua à présent aux prisonniers qui s'étaient réfugiés sous les tables ou derrière les corps de leurs camarades anesthésiés.

Zi Lei lançait des cris au jeune homme qui arborait un masque de résolution, le suppliant de cesser de faire du mal à ses amis. Et, de l'autre côté de la cour, Yuli gagna d'un bond le corps de la femme en vidoscaphe, arracha la fléchette logée dans son plastron et courut vers l'intrus. Il chancela quand elle lui sauta sur le dos, lâchant son pulsofusil pour mieux la déloger. Mais elle s'était déjà écartée d'un nouveau bond, en équilibre sur la plante des pieds telle une danseuse étoile, et elle l'observa calmement tandis qu'il retirait la fléchette qu'elle avait plantée dans son cou. Il fit deux pas en titubant dans sa direction et tomba à genoux, chercha le pulsofusil à tâtons. Elle le lui arracha, lui donna un coup de crosse, et il tomba à terre et cessa de bouger.

Le drone rasait la paroi grillagée et finissait de neutraliser les derniers prisonniers. Yuli fit pivoter le pulsofusil, le cala sur sa hanche et tira. Le drone fit un bond dans les airs, une aile carbonisée, et tomba en vrille. Elle tira une nouvelle fois et le pulvérisa, projetant des débris mécaniques tous azimuts ; sa troisième décharge désintégra le verrou de la porte.

Tandis que Yuli et Macy ouvraient celle-ci, Zi Lei se précipita vers l'intrus, s'agenouilla près de lui et lui posa la tête sur ses cuisses.

Ses bésiks étaient de travers et un filet de sang coulait d'une de ses narines, d'un rouge choquant sur sa peau livide. Il n'avait plus rien de menaçant désormais ; ce n'était qu'un jeune homme dolent, un chevalier novice qui avait échoué à sa première grande épreuve. Zi Lei se pencha un peu plus pour écouter son souffle rauque, ses cheveux noirs tombèrent sur lui comme une aile caressante, et elle ne releva les yeux que lorsque Macy lui demanda de qui il s'agissait.

— C'est Ken. Ken Shintaro. De Bifröst sur Callisto. Il fait son *wanderjahr.*

— Tu l'as rencontré en ville ? demanda Yuli.

Zi Lei acquiesça.

— Il est sans doute venu ici pour me sauver. Il voulait redresser ses torts après m'avoir livrée aux miliciens.

— Permets-moi d'en douter, rétorqua Yuli.

Elle tenait le pulsofusil des deux mains, veillant à ne pas le pointer sur Zi Lei et le jeune homme inconscient. Se tournant vers Macy et Averne, elle reprit :

— De toute évidence, c'est soit un traître, soit un agent brésilien infiltré. Il n'est pas venu ici pour redresser quoi que ce soit. Il voulait nous capturer, exactement pour les mêmes raisons qui ont poussé les Spectres à nous prendre en otages. Nous sommes des biens précieux. Des prises de guerre. C'est pour cela que nous n'avons pas été anesthésiées comme tous les autres.

— Une puissance supérieure œuvrait par son intermédiaire, mais il n'en avait pas conscience, reprit Zi Lei. S'il m'a livrée aux miliciens, c'était afin qu'on me conduise ici. Et quand on m'a conduite ici, il est venu à mon secours et a sauvé tout le monde.

— Je crois que j'y suis aussi pour quelque chose, railla Yuli. Et je suis prête à achever la tâche, si nécessaire.

— Rappelle-toi qui tu es, la réprimanda Averne. Nous n'avons rien en commun avec ceux qui se sont déclarés nos ennemis. Nous refusons de blesser ou de tuer quiconque.

— Je pourrais m'occuper de lui, dit Zi Lei.

— Je ne le pense pas, dit Yuli. Il est trop dangereux pour nous de l'emmener et pour toi de rester ici.

— Tu lui as donné ta confiance et il l'a trahie, dit Averne à Zi Lei. Réfléchis bien, ma chère. Peux-tu encore lui faire confiance à présent ? Lui faire vraiment confiance ?

Zi Lei baissa la tête pour contempler le jeune homme qu'elle berçait doucement. Elle ne la releva qu'au bout d'un long moment.

Ses yeux étaient mouillés de larmes mais son visage était résolu lorsqu'elle secoua la tête en signe de dénégation.

— Nous l'enfermerons ici, avec les Spectres, dit Averne. Il sera en sécurité. Et ses amis finiront sûrement par le trouver, tôt ou tard.

— À moins qu'il se libère et cause de nouveaux ennuis, fit remarquer Yuli.

— Et Loc Ifrahim ? demanda Macy.

— Le diplomate ? dit Yuli. Les Brésiliens voulaient le libérer, je suppose.

— Non… je veux dire, où est-il passé ?

Yuli jeta un regard circulaire sur la cour puis piqua un sprint vers le garage. Macy la suivit au pas de course, traversant le vestiaire pour se retrouver devant la porte intérieure du sas.

Elle était bloquée. À travers la fenêtre d'observation, elles virent Loc Ifrahim achever de sceller un vidoscaphe orange. Yuli martela le disque de verre avec la crosse du pulsofusil ; il se coiffa du casque, ramassa le couteau en céramique de Sada qu'il avait posé par terre – sans doute lui avait-il servi à se débarrasser de ses menottes –, appuya sur le bouton d'ouverture de la porte extérieure et disparut un instant derrière un voile de brume. Il se retourna, leur lança un geste d'adieu d'un air moqueur puis sortit, et la porte se referma derrière lui.

Le temps que Macy et Yuli trouvent des vidoscaphes à leur taille, les enfilent et traversent le garage pour gagner un autre sas, il n'y avait plus un signe du diplomate. Elles montèrent sur une galerie qui faisait le tour du dôme abritant le centre de recherche et scrutèrent le paysage environnant, mais ce fut en pure perte. Par-delà le patchwork gris-noir des champs de kénobies, la longue paroi du cratère s'étirait jusqu'à l'horizon. La partie supérieure de la ville, nichée sur la pente douce de cette paroi, brillait comme un puzzle de verre. De minuscules étincelles naissaient et mouraient tout autour d'elle.

— *Une chose est sûre,* dit Yuli *via* la radio à courte portée, *tu ne peux pas rester ici une minute de plus. Et ma mère pas davantage.*

— D'abord, assurons-nous que tous les détenus sont indemnes.

— *Laisse-moi m'occuper de ça. Je veillerai à ce qu'ils soient évacués. Les miliciens et les Spectres aussi. Mais il leur faudra du temps pour se remettre de ce tranquillisant. Et du temps, nous n'en avons pas. Tu dois partir tout de suite et conduire ma mère dans un abri sûr. Je suppose que tu en connais un… Après tout, ça fait un moment que tu vis ici.*

— Je vois une ou deux possibilités, répondit Macy.

— *Choisis une cachette vraiment bonne*, insista Yuli. *Ensuite, on trouvera un moyen pour évacuer ma mère de cette lune. Sur laquelle elle n'aurait jamais dû venir s'installer. L'heure est venue de nous regrouper et de réfléchir.*

— Et toi ?

— *Tu vois en moi une petite fille*, dit Yuli. *Détrompe-toi. Mieux vaut me considérer comme un monstre. Retournons à l'intérieur. Il ne sera pas facile de persuader ma mère de se rendre à l'évidence. J'aurai besoin de toutes les bonnes volontés.*

Chapitre 6

Arvam Peixoto tenait à superviser sur le terrain la fin de la bataille de Paris et il insista pour que Sri Hong-Owen l'accompagne. Il accepta qu'elle emmène Yamil Cho, mais ce fut là sa seule concession et ils quittèrent le spationef à bord d'un transport de troupe abritant des techniciens, des marines et une paire de drones de combat. Après une descente à grande vitesse, ils survolèrent la plaine située au sud des cratères Remus et Romulus puis reprirent de l'altitude pour franchir une cordillère escarpée dominant un champ de débris rocheux, pour finalement se poser près d'un petit dôme pressurisé salement touché. Les poutres de son armature étaient tordues et fracturées, ses quelques panneaux encore intacts blanchis par le givre.

L'écoutille principale du transport s'ouvrit et déversa trois véhicules de l'avant blindés, à bord desquels se trouvait le contingent de marines et de techniciens, qui foncèrent sur la route au sommet de la crête. On venait tout juste de sécuriser la seule usine à fusion encore en état de marche et les techniciens avaient pour mission de vérifier ses systèmes de contrôle, ses chambres de réaction, ses échangeurs thermiques et ses transformateurs, puis de désamorcer d'éventuels pièges et tentatives de sabotage. Sri et Yamil Cho embarquèrent avec Arvam Peixoto dans un quatrième VAB pour gagner la gare située au sommet de la tente de la ville, encadrés par les deux drones de combat.

Arvam leur expliqua qu'ils avaient plus ou moins éliminé le périmètre de défense à l'issue de plusieurs percées consécutives, mais qu'il subsistait encore des poches de résistance dans la ville, sans parler des nombreux snipers qui tiraient systématiquement sur tout intrus s'égarant dans leur ligne de mire. Il s'animait, se faisait exubérant, désignant tel cratère où s'était déroulée une escarmouche, s'interrompant pour parler à son aide de camp, écoutant un message téléphonique, puis disant à Sri qu'ils n'en avaient plus pour très longtemps. Les marines avaient pénétré dans la gare au sommet de la ville et dans les dépôts de marchandises à sa base. Il suffisait aux deux divisions de progresser l'une vers l'autre et de réaliser leur jonction.

— Nous cherchons à entrer en communication avec le maire afin d'exiger sa reddition, expliqua Arvam. Nous avons déjà été approchés par deux notables prêts à accepter un armistice mais, d'après nos informations, ils n'ont aucun lien avec le haut commandement. D'ailleurs, nous ne savons même pas s'il en existe un ; il est possible que le maire lui-même n'ait pas le pouvoir de mettre fin aux hostilités.

Il accepta un appel téléphonique puis examina l'ardoise que lui tendait son aide de camp. Il donna l'ordre de déployer des marines autour de la villa d'Averne et de s'assurer que le parc où coulait la rivière était systématiquement fouillé et patrouillé, avant de se retourner vers Sri.

— La bataille a été rude à l'extérieur et elle le sera plus encore à l'intérieur. Cette ville est la leur. Ils en connaissent tous les coins et les recoins, sans parler des chemins les plus pratiques pour se déplacer sans se faire repérer… Mais ne vous inquiétez pas pour ça. J'ai de bonnes nouvelles pour vous. La villa d'Averne vient d'être sécurisée. Souriez, professeur-docteur. Vous êtes dans le camp des gagnants. Vous êtes aux avant-postes de l'histoire. Car aujourd'hui, nous sommes en train d'écrire l'histoire. Quand Paris sera tombée, les autres villes tomberont à leur tour. Une leçon brutale mais nécessaire. Et, avec un peu de chance, tous vos vœux seront exaucés.

— Vous avez investi la villa, mais Averne vous a échappé.

— Pour le moment.

— Nous ne savons même pas si elle est encore sur Dioné. Ni si elle est encore en vie.

— Où qu'elle soit, morte ou vive, vous serez la première à examiner sa dernière demeure. Et, dans pas longtemps, vous aurez accès à tous les lieux où elle pratiquait sa magie. Si elle est morte, déchiffrer tous ses secrets devrait vous occuper le reste de votre vie.

Cela dit, le général se détourna d'elle pour accepter un autre appel.

Sri avait du mal à dissimuler les pressentiments qui la rongeaient. À ses yeux, il était indispensable de capturer Averne vivante, mais la bataille de Paris entrait dans sa phase finale et non seulement la sorcière génétique était introuvable, mais on ignorait en outre où

Marisa Bassi l'avait fait incarcérer après qu'elle eut été arrêtée en compagnie de sa fille et de ses assistants. Et l'espion qui s'était infiltré dans Paris plusieurs semaines plus tôt ne donnait pas non plus signe de vie. Il avait placé un mouchard dans la villa et transmis plusieurs heures d'enregistrement avant l'effondrement de la toile de Paris, mais, jusqu'à présent, il ne s'était pas identifié auprès des forces d'invasion. En attendant, Sri se retrouvait à la merci d'Arvam, qui l'exploitait sans vergogne, prêt à la jeter dès qu'il n'aurait plus besoin de ses services. Et il tenait aussi Berry, toujours endormi dans son cercueil d'hibernation. Un otage que Sri lui avait livré de son plein gré en guise de garant de sa coopération. Au moins Alder était-il en sécurité. C'était son seul réconfort : savoir que son fils courageux et compétent était sain et sauf, bien à l'abri dans sa forteresse de la solitude, affairé à protéger et à poursuivre l'œuvre de sa vie.

Le VAB franchit une brèche ouverte dans une crête effondrée et la ville apparut devant lui. Une longue tente, tout en facettes et en cannelures, collée à la paroi intérieure du cratère et s'arrêtant au niveau de son bassin, dessinant un coude en son milieu pour se prolonger parmi un semis de blockhaus et de petits dômes. D'épaisses volutes de fumée se massaient contre les panneaux sur toute la longueur de la ville, occultant ses parcs et ses bâtiments. Paris brûlait. Sri sentit une pointe d'excitation et d'appréhension. Averne se trouvait à proximité. Sinon dans la ville, du moins quelque part dans le bassin du cratère. Il le fallait. À tout prix.

Le VAB emprunta une rampe pour se diriger vers un sas dont on avait démoli les portes extérieures. Dans la chambre, on remarquait des traînées de suie, des impacts de balle et des traces de grenaille. La plupart des lampes étaient détruites. Tous les occupants du véhicule scellèrent leur vidoscaphe et débarquèrent, se déplaçant avec précaution dans la pesanteur quasi onirique, pour gagner un petit sas auxiliaire qui débouchait sur une esplanade couverte. Après que les drones de combat les eurent rejoints, ils descendirent un escalator en panne inséré dans un tube de verre qui contournait une cascade en fer à cheval, la source de la rivière qui traversait la ville en son centre.

Les pompes qui assuraient la circulation de cette rivière avaient été désactivées ou endommagées. La cascade était à sec, ainsi que la rivière dont le lit passait entre des prés et des bosquets où brûlaient des feux mal éteints. Un escadron de marines en vidoscaphe gardait une route qui sinuait entre les arbres. Arvam Peixoto ôta son casque et le jeta à son aide de camp, échangea une poignée de main avec chacun des marines et entraîna leur lieutenant à l'écart pour lui parler pendant quelques minutes, après quoi il lui donna une tape sur l'épaule et rejoignit Sri et les autres.

— La voie est libre jusqu'au bout, déclara le général. Vous pouvez tous ôter vos casques, au fait. L'air est parfaitement respirable.

Les marines avaient récupéré une demi-douzaine de trikes à deux places, équipés de gros pneus conçus pour une faible pesanteur et de calandres en composite peintes de couleurs vives. Sri laissa le guidon à Yamil Cho pour s'asseoir derrière lui, et ils suivirent Arvam Peixoto et son aide de camp sur la route blanche et pentue. Les deux drones de combat les escortaient, leur carrosserie pivotant de gauche à droite, faisant le guet. Ils virent défiler des arbres couverts de plates-formes, de passerelles et de filets de sécurité, d'imposants bosquets de buissons en fleur, des prés entraperçus. Des nuées de fumée se massaient à différents niveaux de l'armature de la tente aux panneaux en facettes, dérivaient autour des bancs de chandeliers accrochés au toit. Les lieux étaient imprégnés d'une forte odeur de viande grillée et de caoutchouc brûlé. Non loin de la route, un drone de combat abattu gisait en flammes au milieu d'arbres déracinés, dégageant une telle chaleur que Sri la sentit sur ses joues au passage. Elle vit en esprit la forêt s'embraser ; puis la ville tout entière. Elle partagea ses craintes avec Yamil Cho, qui lui dit que personne ne viendrait éteindre l'incendie.

— Soit ils sont occupés à se battre, soit ils sont planqués dans leurs abris.

Une fourche se présenta à eux et ils prirent à gauche, passant sur un pont qui enjambait la rivière. Sous le tablier ils découvrirent deux cadavres en vêtements civils, étendus l'un contre l'autre dans le lit asséché. Leur sang dessinait une mare écarlate entre les rochers. Sur l'autre rive, un bâtiment blanc au toit plat était en feu. Une colonne de fumée noire et dense montait d'une brèche ouverte dans sa façade, des panaches plus petits de chacune de ses fenêtres. L'esplanade qui s'étendait devant lui était jonchée de cadavres.

Ils quittèrent la route pour s'engager sur une piste bordée par des alignements de cyprès, qui débouchait sur un immeuble de plain-pied aux murs d'un blanc éblouissant. Le cœur de Sri fit un bond. Elle le reconnut grâce aux photos de l'espion : la villa où Averne et ses assistants avaient séjourné avant leur arrestation.

Elle avait l'air intacte. On avait placé devant sa porte un barrage de barbelés intelligents et plusieurs marines en vidoscaphe montaient la garde au coin de sa façade, observant la ville en train de brûler.

Une fois descendu de son trike, Arvam Peixoto prit Sri par le bras et franchit le barrage avec elle, suivi par son aide de camp, Yamil Cho et les deux drones. L'un des marines l'avertit que la zone n'était pas encore sécurisée, mais le général lui répondit par un haussement d'épaules et, d'un geste plein d'emphase, désigna la ville à Sri et lui dit que si Averne se planquait là, on ne tarderait pas à la faire sortir de son trou.

Par-delà un parc boisé dont les pelouses étaient hachurées d'allées blanches, le centre-ville apparaissait encadré par l'arche servant de solution de continuité entre la section oblique de la tente et la section horizontale qui se prolongeait dans le bassin du cratère. Parmi les parcs et les esplanades répartis sur les deux berges de la rivière désormais à sec poussaient des bâtiments en forme d'hélice ou de ruche, où les immeubles de bureaux se mêlaient aux résidences, les uns comme les autres drapés dans des tentes secondaires transparentes aux formes organiques, et, derrière eux, s'étendaient les quartiers plus anciens de la ville, conçus selon un schéma d'urbanisme plus rigide. Des panaches de fumée montaient un peu partout, venant nourrir une chape grise massée dans les hauteurs. On entendait résonner des coups de feu, des cris de guerre et des rafales répétées. Arvam désigna plusieurs points chauds et expliqua que les citoyens de Paris avaient dressé des barricades à intervalles réguliers le long des avenues ainsi que sur les principaux ponts. Le moindre bâtiment était farouchement défendu et certains combattants se déplaçaient grâce aux tunnels de maintenance.

— Mes hommes risquent leur vie pour nettoyer chaque pâté de maisons et ils ont à peine avancé vers le suivant que ces salopards surgissent derrière eux et se mettent à les canarder. C'est eux qui ont allumé la plupart de ces incendies. Apparemment, ils préfèrent brûler leur ville plutôt que de se rendre, ce qui explique que nous ayons décidé d'en finir le plus vite possible.

Il y eut un sifflement strident, ponctué par un bruit sourd, et un projectile s'écrasa entre les arbres derrière la villa. Puis ce fut un buisson de roses blanches proche de celle-ci qui explosa dans un geyser de flammes rouges et de fumée noire. Des mottes de terre encore fumantes retombèrent au ralenti.

Arvam éclata de rire.

— Des obus ! Ils nous attaquent au mortier !

Les drones s'élevèrent dans les airs, sortant leurs armes en éversion, et une troisième explosion inonda les lieux de poussière. Yamil Cho plaqua Sri au sol ; l'aide de camp s'accroupit ; Arvam dégaina son pistolet et lâcha une rafale en visant le parc. L'instant d'après, les drones ouvrirent le feu, des jets de flamme jaillirent des canons chantournés de leurs armes sans recul, et, dans un bruit assourdissant, leurs balles traçantes arrosèrent le parc puis se concentrèrent sur un bâtiment situé sur son pourtour. Sa façade se désintégra ; son toit s'effondra. Une silhouette qui en sortait en courant se retrouva prise entre deux feux et finit déchiquetée dans un buisson.

Les deux machines cessèrent le feu en même temps. Elles restèrent figées comme des statues tandis qu'un filet de fumée montait de leurs armes. Rompant le silence, Arvam Peixoto ordonna aux marines gardant la villa de les rejoindre sur-le-champ et de sécuriser les bâtiments bordant le parc. Ils s'exécutèrent, se déployant au pas de course juste avant qu'un autre mortier passe à l'action. Frappé de plein fouet par l'explosion, l'un d'eux s'envola dans les airs et retomba, roulant quelques mètres puis s'immobilisant. Les drones remirent la sauce, démolissant la façade du bâtiment le plus proche de celui qu'ils venaient de détruire, puis s'arrêtèrent net.

Deux marines se penchèrent sur leur camarade touché. L'un d'eux se tourna vers Arvam et secoua la tête, et le général lui dit de laisser l'homme sur place.

— Gelez-le et en avant ! Vous avez une guerre à gagner.

Les marines produisirent un sac à viande, roulèrent le mort à l'intérieur, le refermèrent en le scellant et actionnèrent la tirette pour lancer la réaction chimique qui porterait sa température intérieure à 2 °C.

— Je veux que ces bâtiments soient nettoyés sans tarder, dit Arvam à son aide de camp.

Les drones lancèrent des missiles antichar filoguidés à droite comme à gauche, fracassant les bâtiments sis à la lisière du parc et incendiant leurs ruines. Les marines bondirent à la charge alors qu'une pluie de débris retombait des nuages de poussière et de fumée en expansion.

— Ce sont des irréductibles, expliqua Arvam. Des acharnés. Des kamikazes. Même si nous arrivons à joindre Marisa Bassi, ces gars-là n'accepteront jamais de se rendre. Mais il faut quand même essayer. Après tout, nous ne sommes pas des barbares.

— Ils ne se sont pas si mal débrouillés, pour des civils armés de simples mortiers, fit remarquer Yamil Cho.

L'échauffourée avait dû l'exciter, car il n'avait pas l'habitude de faire de tels commentaires.

— Un coup de pot, dit Arvam d'un air enjoué.

Apparemment, rien ne pouvait entamer sa belle humeur.

— Peut-être qu'ils vous avaient reconnu, dit Sri, qui lui en voulait toujours de l'avoir exposée au danger.

— Oui, peut-être, fit-il.

En fait, cette idée semblait l'enchanter. Il mit une main en visière et regarda les marines disparaître l'un après l'autre entre deux immeubles fumants, puis dit à Sri qu'il avait un petit travail à lui confier : voir si Averne avait laissé quelque chose d'intéressant avant de partir.

Le mur d'enceinte de la villa était grêlé d'impacts de balles, mais il tenait encore debout. Un petit tunnel fermé par une porte à chaque extrémité conduisait à un jardin aménagé sous une verrière à l'armature de fullerène dessinant une toile d'araignée, et dont les panneaux se partageaient entre le rose et le jaune. Entre les massifs de plantes tropicales étaient installées des capsules de sommeil. Sur un côté, une colonnade donnait sur une série de vastes pièces ; on en avait évacué les tapis et les poufs pour les disperser dans le jardin, certains d'entre eux se retrouvant dans le bassin d'une fontaine où l'eau jaillissait du sommet d'un rocher noir pour dévaler le long de ses flancs. Sur le mur blanc qui faisait face à la colonnade, on avait dessiné en rouge le symbole de la paix.

Ils trouvèrent dans une pièce des piles de livres imprimés. Lorsque Sri en ramassa un, il s'ouvrit à la première page et une voix de jeune homme déclama : « Serai-je le héros de ma propre histoire ou quelque autre y prendra-t-il cette place ? C'est ce que ces pages vont apprendre au lecteur [1]… » Un sentiment qui collait tellement avec sa présente situation qu'elle en fut un peu choquée, comme si un inconnu s'était approché d'elle en silence pour lui murmurer ces mots à l'oreille.

Il ne lui fallut que quelques minutes pour conclure qu'il ne restait rien des objets personnels d'Averne, exception faite des livres et d'une écharde de plastique que lui apporta Yamil Cho. Cet objet s'anima dès qu'elle le toucha, affichant le segment en boucle d'une vue panoramique, celle d'une caverne au sol recouvert d'étranges formes organiques. Elle le rangea dans l'une des poches scellées de son vidoscaphe et, après avoir fait à deux reprises le tour du jardin, conclut qu'il n'avait rien d'extraordinaire. Elle ignorait ce qu'elle s'était attendue à trouver, mais elle n'en était pas moins déçue. Toutes les

1. *David Copperfield*, par Charles Dickens, traduction de P. Lorain. (*NdT*)

plantes appartenaient à des espèces banales : palmiers de Floride, bambous, palmiers dattiers, acacias en fleur. Un figuier s'étalait devant le mur adjacent à l'entrée. Yamil Cho repéra un petit lézard accroché à l'une de ses branches, dont la peau présentait la même couleur et la même texture que l'écorce grise et lisse, et qui vira à l'écarlate puis au noir lorsque Sri l'arracha à son perchoir pour lui trancher un doigt et le ranger dans un tube à échantillons. Un criquet livide long comme deux fois son pouce était enfermé dans une cage en bambou. Lorsque Sri en tapota les barreaux, il entonna une mélodie d'une voix cristalline.

— Mozart, je pense, dit Arvam, ce qui n'alla pas sans étonner Sri.

— J'ai vu plusieurs spécimens identiques dans un marché vert de Bifröst, dit-elle. Cet animal est répandu sur toutes les lunes.

— Emportez-le, dit Arvam. Et vérifiez tout le reste.

— Les plantes sont tout aussi banales. Rien d'exceptionnel dans le lot.

— Ce lézard avait l'air ordinaire avant que vous l'attrapiez.

— Le caméléonisme est une modification toute banale.

Arvam la fixa sans rien dire puis saisit l'ardoise que lui tendait son aide de camp et lui tourna le dos.

Sri se mit au travail avec une colère froide, prélevant des échantillons de toutes les plantes et les glissant dans des tubes que Yamil Cho étiquetait au fur et à mesure. Ils avaient passé la moitié du jardin au peigne fin lorsqu'on entendit un bruit ressemblant à celui d'une porte claquant dans un souterrain. Une soudaine brise fit ployer les bambous et frémir les feuilles des arbres ; des aiguilles de pin se plantèrent dans les oreilles de Sri ; les portes du tunnel d'accès se refermèrent. Au-dessus de leurs têtes, la verrière se mit à geindre et à grincer, et les couleurs pastel de ses panneaux se firent plus lumineuses à mesure que la fumée se dissipait au-dehors, révélant les chandeliers accrochés au toit de la tente, dont l'éclat cru contrastait avec la noirceur du ciel.

À l'autre bout du jardin, Arvam Peixoto rendit l'ardoise à son aide de camp, lui ordonnant de localiser la brèche, et Sri comprit que Paris venait de perdre son atmosphère.

Chapitre 7

La route était longue jusqu'à la ville, et traversait un terrain accidenté, des cratères d'abord puis des champs de kénobies au parcellaire dense. Toutes les deux ou trois minutes, Loc se retournait pour scruter le paysage en quête d'un mouvement ou d'un éclair de couleur, mais il semblait s'être tiré d'affaire. Il se répéta qu'il n'avait pas le choix, qu'il était seul face à un ennemi supérieur en nombre et que la fuite était la seule solution. Il se répéta qu'il se vengerait. Il allait se rendre aux premiers soldats brésiliens qu'il trouverait sur sa route, exiger d'être conduit à un officier, expliquer à celui-ci qu'il savait où se trouvait Averne et insister pour diriger l'équipe chargée de la retrouver. La sorcière génétique constituait une prise de choix ; il ne manquerait pas d'être récompensé pour sa capture. C'était cette perspective, et l'idée du sort qu'il ferait subir à Macy Minnot quand on la lui confierait à des fins d'interrogatoire, qui lui soutenait le moral tandis qu'il courait et bondissait dans un vidoscaphe de détenu trop petit pour lui, avec son ombre longiligne pour seule compagnie.

Cela faisait presque une heure qu'il marchait, et il avait consommé plus de la moitié de ses réserves d'air, lorsqu'il sortit du dernier champ de kénobies pour escalader un tas de gravats et déboucher sur une route maillée qui traversait un plateau encombré de gravats en direction de la paroi du cratère, qui évoquait une chaîne de collines s'incurvant jusqu'à l'horizon. La longue tente de la ville grimpait une pente douce, aussi éclatante qu'une écharde de soleil sous le ciel noir. De chaque côté de sa structure, mais aussi le long de la crête de la paroi, des panaches de poussière naissaient pour mourir aussitôt : signe qu'un bombardement était en cours. La scène ressemblait à une miniature nette et précise, avec le silence pour seul fond sonore.

Il venait à peine de s'engager sur la route qu'il tomba sur l'épave distordue d'un rolligon frappé par un missile. Dans le cratère fraîchement creusé, on trouvait des fragments de composite et de verre, ainsi que des cadavres et des membres épars figés par le gel, mais il ne vit pas la moindre arme et se remit en marche. Il finit par quitter la route pour couper court à travers la plaine en direction du spatioport, où deux superbes vaisseaux de transport étincelaient à la lumière du Soleil qui venait de se lever, frappés du drapeau vert du Grand-Brésil et du drapeau bleu de l'Union européenne. Son vidoscaphe ne disposait que d'une radio à courte portée qui ne captait strictement rien. Il ne pouvait donc contacter les attaquants pour s'identifier et faire connaître ses intentions ; il en était réduit à avancer les mains en l'air en signe de reddition et espérer qu'on ne l'abattrait pas sans sommations.

Loc s'approchait d'un groupe de blockhaus au bord du terrain d'atterrissage surélevé lorsqu'un petit nuage de poussière apparut à sa gauche, suivi de plusieurs autres qui semblaient converger sur lui. Comprenant qu'on lui tirait dessus, il recula précipitamment et tomba sur le dos. Cela lui sauva sans doute la vie. Avant qu'il ait eu le temps de se relever, un objet se fracassa sur le sol à quelques mètres de là et un éclair muet projeta des débris qui se déployèrent en disque horizontal au-dessus de sa tête.

Il rampa à reculons pour s'abriter sous un amas de blocs de glace et y resta jusqu'à ce que ses tremblements s'estompent et que son sang soit purgé de son excès d'adrénaline. De toute évidence, il ne pourrait jamais arriver aux vaisseaux de transport ; il n'avait aucun moyen de communiquer avec les troupes brésiliennes et son vidoscaphe orange frappé de chiffres noirs sur le torse l'identifiait comme un criminel extro en fuite. Non, il devait gagner directement la ville.

Loc avait moins de une heure d'air à présent, et il en consomma une portion substantielle tandis qu'il louvoyait entre les palissades, les fossés et les chausse-trapes que les citoyens de Paris avaient construites avec soin pour les abandonner dès le début de l'offensive. Il dut descendre dans quantité de tranchées pour poursuivre sa route, à tel point qu'il renonça à les compter, mais la chance lui sourit lorsqu'il tomba sur cinq cadavres gisant dans un cratère tout frais. Ils étaient tous armés et l'un des pistolets était encore en état de marche.

Il distinguait à présent les dépôts de marchandises de la ville et vit qu'ils avaient été détruits et que leurs sas étaient gardés par des drones de combat qui le descendraient sûrement s'il s'approchait de trop près. Heureusement, il avait visité Paris peu après avoir été affecté dans le système de Saturne et, tout en jouant au touriste, avait collecté des informations sans doute vitales pour le projet d'invasion. Il existait quantité de voies d'accès aux dômes et aux tentes secondaires et, à l'issue de quelques instants de réflexion, il mit le cap à l'est, où une rangée de tunnels fermiers étaient disposés perpendiculairement à la tente principale.

Le sas situé à l'extrémité du premier tunnel était bloqué par un amas de glace et le toit de la ferme était défoncé : les rangées de buissons et les parcelles de maïs étaient gelées et plongées dans les ténèbres. Le deuxième tunnel était intact, verdoyant et éclairé, mais son sas était également bloqué, et il en allait de même du troisième et du quatrième. Loc ravala sa panique – il ne lui restait plus que dix minutes d'air – et, après quelques secondes de réflexion, repéra une échelle de service, y grimpa et, effectuant des bonds de plus en plus prodigieux, courut le long du toit du tunnel. Des rangées de buissons couverts de baies étaient visibles sous les panneaux transparents, d'un vert fabuleusement vif qui lui refila le mal du pays. Il fit un dernier bond et décrivit une gigantesque parabole qui lui fit franchir les deux cents mètres et quelques séparant le tunnel de la tente principale, ce qui représentait un record sur Terre mais n'avait rien d'extraordinaire sur Dioné. Il avait visé à la perfection. Se ramassant sur un panneau, il rebondit et tomba vers la galerie qui courait en contrebas, s'agrippa à sa rambarde et fit une pause pour souffler, sentant son cœur lui marteler les côtes et son souffle rauque résonner dans son casque.

Le capitonnage de la tente s'étendait de toutes parts. Çà et là, de fins panaches de vapeur jaillissaient sur fond de ciel noir : des fuites d'air dues à des joints affaiblis par les explosions voire des brèches ouvertes par les armes cinétiques et énergétiques. Cela lui rappela le péril qu'il courait : plus que quelques minutes d'air dans son scaphe. Lorsqu'il s'avança sur la galerie, chaque souffle lui parut plus pénible que le précédent et il eut toutes les peines du monde à conserver son calme, notamment lorsque la première écoutille qu'il trouva sur sa route refusa de s'ouvrir, son mécanisme ayant été enrayé de l'intérieur. Il se remit en marche, haletant sous l'effort, le cœur battant la chamade, et trouva une seconde écoutille. Celle-ci s'ouvrit sans problème et il se précipita dans le sas et la referma derrière lui. Il entendit un sifflement lorsque la cabine se pressurisa et s'empressa d'ôter son casque pour avaler plusieurs goulées d'air frais, puis il ouvrit la porte intérieure, découvrant une nouvelle galerie courant entre la tente et le toit d'un immeuble d'habitation, dont la forme cubique lui apprit qu'il se trouvait dans la portion originelle de la ville, construite avant que celle-ci s'étende à la paroi du cratère.

Trente secondes plus tard, Loc était au niveau de la rue, debout à l'entrée d'une ruelle, empoignant le pistolet qu'il avait prélevé sur un cadavre et scrutant une large avenue bordée de grands noisetiers. Un nuage de fumée occultait le plafond de la tente et atténuait l'éclat des chandeliers. Des tourbillons y marquaient l'emplacement des fuites d'air. On entendait les coups de feu retentir à proximité mais aussi dans le lointain, parfois entrecoupés d'une explosion ou du cri strident d'une arme énergétique. À sa gauche, les immeubles d'habitation disparaissaient dans une brume grise ; à sa droite, une barricade bloquait l'avenue. Un véhicule quelconque l'avait forcée et des cadavres en vidoscaphe gisaient de part et d'autre de la brèche. Bien. Cela signifiait que les attaquants avaient pris cette position pour s'enfoncer plus avant dans la ville ; cela signifiait qu'il était en terrain conquis. Ne lui restait plus qu'à trouver quelqu'un à qui se rendre. Il envisagea d'ôter son vidoscaphe, qui faisait de lui une cible particulièrement voyante, mais il se rappela le tunnel fermier fracassé et les fuites d'air dans le toit de la tente, et conclut qu'il valait mieux le conserver au cas où surviendrait une dépressurisation massive.

Il atteignit la barricade en trois enjambées et s'accroupit devant un muret de bidons de plastique remplis d'eau. Les morts avaient été dépouillés de leurs armes, les hommes comme les femmes. La plupart avaient reçu le coup de grâce. Loc rassemblait son courage pour gagner la prochaine barricade lorsqu'on poussa un cri derrière lui. Il se retourna et vit deux hommes plantés au milieu de la chaussée jonchée de gravats, braquant leurs pulsofusils sur lui. Tous deux étaient des Extros ; tous deux portaient un vidoscaphe dont le casque était accroché à leur ceinture comme un fruit grotesque.

— Ami ! s'écria Loc en s'empressant de lever les mains.

— T'as intérêt à lâcher ce pistolet, mon ami, répondit l'un des deux hommes, un quadragénaire au crâne dégarni sur lequel il avait rabattu ses quelques cheveux blonds. Et tant que t'y es, débarrasse-toi aussi du couteau passé à ta ceinture.

Loc se baissa pour poser par terre le pistolet et le couteau en céramique puis se redressa. Le blond lui ordonna de faire quelques pas de côté et son compagnon vint récupérer le pistolet puis recula.

— Tu pourrais nous dire ce que tu fiches ici et pourquoi tu portes un vidoscaphe de détenu ? demanda le blond.

— Ça m'a tout l'air d'être un ennemi, dit son compagnon en fixant Loc d'un œil dur.

Sans lui prêter attention, Loc répondit au blond :

— Oui, j'étais détenu dans un centre de correction. Certains d'entre nous se sont portés volontaires pour le combat, mais notre rolligon a été touché par un missile sur la route. Je suis le seul survivant.

— Ah bon ? fit le second homme. Comment t'es entré dans la ville ?

— Je suis venu à pied.

— Et ces salauds ne t'ont pas arrêté aux dépôts ?

— Je suis passé par un sas de maintenance, sur le toit.

— Lâche-le, Ward, tu vois bien qu'il est des nôtres, dit le blond. (Il cala son pulsofusil sur son épaule et s'approcha pour serrer la main de Loc.) Al Wilson.

— Corey Wilcox, dit Loc.

C'était le nom d'un de ses interrogateurs.

Al Wilson lui présenta son ami Ward Zuniga et lui expliqua qu'ils faisaient partie des équipes de tireurs isolés qui harcelaient l'ennemi par-derrière.

— Lève la tête, dit-il.

Un drone flottait dans les hauteurs, sa coque triangulaire à demi occultée par la fumée.

— C'est comme ça qu'on t'a repéré, Corey, reprit Al Wilson. C'est aussi comme ça qu'on repère l'ennemi. Mais fini de rigoler maintenant. Il est temps de livrer notre dernier combat.

— Orientez-moi vers les positions ennemies, dit Loc. Je veux en flinguer le maximum pour venger mes camarades.

— Il vaudrait mieux que tu viennes avec nous, rétorqua Al Wilson.

— Vous me rendrez mon pistolet ? s'enquit Loc avec un sourire.

— Plus tard.

— Pour le moment, tu fais l'éclaireur, dit Ward Zuniga. Allez, vas-y. On va passer par les appartements de l'immeuble d'en face.

Ils traversèrent l'immeuble en question. Dans le patio de la résidence, ils découvrirent des cadavres d'hommes, de femmes et d'enfants gisant parmi les débris de la verrière fracassée. Toutes les fenêtres étaient brisées et il en sortait le plus souvent des nuages de fumée. Un petit passage en fond de cour conduisait à une autre avenue, où des gens s'affairaient à reconstruire une barricade détruite, abattant les arbres plantés sur un rond-point voisin pour dégager leur champ de tir.

Al Wilson s'entretint brièvement avec une jeune femme puis la suivit de l'autre côté de la barricade. Ward Zuniga agrippa Loc par le bras et lui dit de ne pas rester sans rien faire. Il le poussa en direction d'un groupe d'hommes et de femmes qui remplissaient des bidons en plastique à une fontaine et les traînaient jusqu'à la barricade, où leurs camarades faisaient la chaîne pour les poser en haut de celle-ci.

Ces bidons ne pesaient presque rien vu la faible force de gravitation, mais ils n'en étaient pas moins difficiles à manier. Baignant dans sa sueur, Loc ne refoulait qu'à grand-peine sa colère et son hystérie montante. Il avait traversé la surface hostile de la lune, il s'était fait canarder par ses compatriotes, il avait failli périr étouffé avant de pouvoir entrer en ville, et voilà qu'il se retrouvait à bosser pour les manipés. Mais il n'avait aucune chance de s'éclipser en douce : il y avait trop de monde autour de la barricade et cette fouine de Ward Zuniga, confortablement assis sur un bidon, son pulsofusil sur les cuisses, ne le quittait pas des yeux. Loc n'avait d'autre choix que de trimer et de ronger son frein en attendant que survienne une occasion. Il leva les yeux et vit un homme corpulent s'avancer parmi les résistants en distribuant moult poignées de mains.

C'était Marisa Bassi, le maire de Paris. Loc, qui l'avait rencontré naguère lors d'une réception, détourna les yeux et s'affaira à remplir son bidon, craignant d'être reconnu. Comme le maire s'approchait, Ward Zuniga se leva pour aller lui serrer la main et Loc en profita pour s'éloigner un peu. Il trouva Al Wilson en train de discuter avec un homme qui consultait son ardoise. Toujours de bonne humeur, Al Wilson apprit à Loc que Marisa Bassi avait été capturé par des soldats ennemis il y avait à peine deux heures mais qu'il avait réussi à leur échapper et à rejoindre la Bourse, où il avait émis un ultime appel aux armes.

— C'est fantastique, dit Loc. Mais qu'est-ce qu'il fait ici ?

— Il organise la dernière bataille, naturellement.

Al Wilson montra l'ardoise à Loc – une vue aérienne de la ville obtenue à partir des images transmises par les drones encore en activité – et lui expliqua que l'ennemi, qui avait pénétré par le haut et le bas, tentait d'opérer la jonction de ses forces au centre.

— On a piégé la plupart des immeubles sur sa route et emprunté des tunnels de maintenance pour nous placer sur ses arrières. Quand leurs forces se rejoindront, ça sera l'enfer. Nous, on tiendra nos positions pour les dézinguer à mesure qu'ils battront en retraite.

Loc sentit son estomac se nouer.

— Comment pouvez-vous être sûrs qu'ils passeront par ici ?

— Parce que nos hommes vont les y conduire, répondit Al Wilson en lui tapant dans le dos. On a encore une chance de l'emporter. Et même si Paris devait tomber, la guerre continuera jusqu'à ce qu'on ait chassé ces enfoirés de Dioné et de tout le système de Saturne.

On faisait circuler des flasques. On se portait des toasts, on buvait à la régalade. Profitant de cette pause dans le travail, et de l'inattention de ses gardes-chiourmes, Loc commença à se frayer un chemin dans la foule. S'il ne tentait pas de s'éclipser tout de suite, il risquait de ne plus pouvoir le faire. Il allait mourir ici, parmi ces crétins prêts à se sacrifier dans un baroud d'honneur aussi grandiose que stupide. Mais avant qu'il ait pu s'éloigner de la barricade, Ward Zuniga se planta devant lui et l'encouragea à boire un coup, affirmant qu'il semblait avoir besoin d'un peu de courage.

Loc essuya le goulot, avala une gorgée de brandy aux fruits écœurant et, en rendant la flasque, demanda à récupérer son pistolet.

— On verra ça en temps et en heure, répondit la brute, visiblement réjouie. En attendant, retourne bosser.

Loc traînait un énième bidon vers la barricade lorsqu'un nouveau frisson d'excitation parcourut la foule. Certains résistants se massèrent autour de leurs ardoises ; d'autres montèrent en haut de la barricade. Une lueur écarlate éclairait la fumée dans le lointain et on entendit résonner un bruit de tonnerre. Le sol frémit doucement. Tout autour de Loc, les applaudissements retentirent. Le piège venait de se refermer. Ces crétins faisaient sauter leur propre ville dans l'espoir de se sauver.

Par-delà le rond-point aux arbres abattus, un épais rideau de fumée noire déferla sur l'avenue et il en émergea un homme chevauchant un trike lancé à pleine vitesse, qui freina si sèchement devant les hérissons tchèques posés sur la chaussée que sa machine se cabra un instant sur les roues arrière. En descendant d'un bond, l'homme escalada la barricade en hurlant que l'ennemi était à ses trousses. Une demi-douzaine de mains secourables se tendirent vers lui pour l'aider à monter. Il était très jeune, très grand et très maigre. Son vidoscaphe blanc était maculé de sang au niveau de la cuisse et ses yeux immenses fixèrent ses interlocuteurs sans les voir tandis qu'il répétait, à bout de souffle, que l'ennemi allait surgir d'un instant à l'autre, qu'on lui donne un flingue, bon sang !

Marisa Bassi s'avança parmi les résistants massés au pied de la barricade, leur arrachant les ardoises des mains pour les inciter à passer à l'action.

— Notre heure de gloire est arrivée ! s'exclama-t-il.

Il avait la voix éraillée, il était hâve et mal rasé, mais il débordait d'énergie. On lui tendit un pulsofusil et il le brandit vers les hauteurs en l'empoignant des deux mains.

— Oui, notre heure de gloire ! Le combat que nous allons livrer sera honni ou célébré, mais je vous promets que jamais on ne l'oubliera ! Jamais on ne vous oubliera ! Ce n'est pas pour votre vie que vous vous battez, mais pour notre cité et pour la liberté de tous nos mondes !

Marisa Bassi garda sa pose à la con pendant que des vivats saluaient sa rhétorique pleine d'emphase. Loc baissa la tête lorsque les yeux du maire passèrent à son niveau ; puis Al Wilson apparut à ses côtés, hilare et en sueur, et lui donna un pistolet. Comme on se pressait derrière lui, Loc n'eut d'autre choix que de grimper sur la barricade. S'il tentait de s'enfuir, ces exaltés l'abattraient comme un chien, il le savait.

Il trouva une place aux côtés d'Al Wilson, tout près du sommet. Tapis les uns contre les autres, les gens scrutaient la rue entre les planches de la palissade, se coiffaient de leur casque et le scellaient, contrôlaient le bon fonctionnement de leurs armes. Loc attrapa son casque mais se rappela dans un frisson qu'il était presque à court d'air. Un muscle tressautait sous son maxillaire, ses membres étaient parcourus de tremblements et il craignait de tomber dans les pommes sans prévenir. Le rideau de fumée noire descendait l'avenue dans une lenteur onirique et les drones de combat en surgirent avec une telle soudaineté qu'on aurait dit qu'ils venaient de se matérialiser.

L'espace d'un instant, il ne se passa rien. Puis les drones foncèrent et tout le monde ouvrit le feu, Loc excepté, lorsqu'ils bondirent vers la barricade sur leurs pattes arachnéennes. Des explosions secouèrent les immeubles bordant la chaussée et les drones furent pris dans des rets aux mailles poisseuses, une toile qui se contracta sitôt formée et les souleva dans les airs.

Tout le monde tirait de plus belle, produisant un vacarme assourdissant. Les fusils à compression rugissaient comme des fauves. Ces armes redoutables tiraient en guise d'obus des cylindres de béton poli, capables de fracasser le métal et de broyer la chair. Mais les drones se libéraient déjà de leurs filets et faisaient donner leurs armes. Leurs projectiles labourèrent l'avenue herbue, ricochèrent sur les poutres, frappèrent la barricade. L'eau jaillit des bidons troués et plusieurs résistants tombèrent, touchés à la tête ou à la poitrine. L'un d'eux hurla et pivota sur lui-même, aspergeant ses camarades du sang qui jaillissait de son bras à demi arraché. Poussant un grognement de surprise, Al Wilson se tourna vers Loc pour lui exhiber les chairs à vif de son visage puis s'effondra.

Loc tomba à la suite du mort, se laissant rebondir doucement au pied de la barricade. Un volontaire pressé de prendre sa place lui marcha sur la main et il se mordit les lèvres pour ne pas crier. Il balaya les environs du regard sans bouger la tête puis, lentement et précautionneusement, commença à s'éloigner en rampant. Mais il n'était qu'à mi-chemin du bout du barrage lorsqu'on l'agrippa par le col de son vidoscaphe pour le retourner sur le dos. Découvrant le visage furibond de Ward Zuniga, il leva son arme et tira, tira, jusqu'à ce que l'autre tombe à la renverse, le vidoscaphe criblé d'impacts de balles explosives. Le vacarme des détonations était tel, les fusils à compression ajoutant leur musique industrielle au chant classique des armes à feu, que personne ne prêta attention à l'escarmouche.

Loc se releva en hâte et se mit à courir, ne s'arrêtant qu'une fois dans l'entrée de l'immeuble d'habitation le plus proche. Jetant un regard derrière lui, il vit un drone de combat sauter par-dessus la barricade. En dépit des quelques membres qu'il avait perdus, il volait dans les airs avec la grâce d'un danseur de ballet, et il tua trois combattants d'une balle dans la tête avant que l'un des fusils à compression l'envoie dans le décor. Puis le centre de la barricade explosa dans un geyser de feu et de poussière qui projeta dans les airs des corps et des membres arrachés. Loc se retourna et remonta en courant le tunnel menant au patio de la résidence, trébuchant sur un cadavre de femme, tombant face contre terre et rebondissant sur le mur avant de reprendre sa course, pour se retrouver à peine sorti de la résidence dans les bras d'un marine en vidoscaphe blindé.

Loc lui hurla qu'il était un ami puis, se ressaisissant, répéta sa phrase en portugais tandis que le marine empoignait sa carabine à canon court. Loc distingua son reflet dans la visière du casque. Son vidoscaphe orange était aspergé de sang et son visage était celui d'un dément.

—Je suis un diplomate ! hurla-t-il. Un prisonnier de guerre !

Soudain, un vent surgi de nulle part déversa sur eux une ondée de poussière, de débris et de feuilles arrachées aux arbres convulsifs. Loc sentit ses oreilles claquer. Une banderole arrachée à ses attaches descendit la rue en rampant comme un serpent et se drapa autour du marine, et Loc dégaina son pistolet et tira dans la visière du casque.

Sa première balle dessina une étoile sur son reflet ; la seconde le fracassa. Le marine s'effondra, toujours drapé dans la banderole.

Dans l'immeuble d'en face, les flammes qui dévoraient les appartements derrière les vitres brisées s'éteignirent d'un coup. Il régnait soudain un calme inquiétant. Loc avait besoin de respirer mais ne savait comment faire. On aurait dit que des poignards lui déchiraient les poumons. Il attrapa son casque passé à sa ceinture et s'en coiffa maladroitement. Une brise lui caressa le visage et il aspira une goulée d'air, recrachant du sang par le nez. La chape de fumée dans les hauteurs avait disparu. Les chandeliers luisaient d'une lueur tranchante.

Un voyant s'alluma sous son menton, l'avisant que sa réserve d'air était presque épuisée, tandis qu'une lueur rouge apparut à la lisière de son champ visuel. Il se retourna et vit une lumière qui clignotait au-dessus de la porte d'entrée de l'immeuble, à présent refermée. Celle située à l'autre bout avait dû en faire autant, transformant le tunnel en sas de secours. Il ouvrit le boîtier d'accès fixé au mur, lut le mode d'emploi et abaissa le levier approprié. La porte s'ouvrit dans un frisson et, agrippant le cadavre du marine, il le traîna dans le sas avec lui. À l'issue de quelques instants de réflexion, il jeta le pistolet le plus loin possible dans l'avenue, puis referma la porte de l'intérieur.

Loc débarrassa le marine de son casque pendant que le sas se pressurisait. Ses tripes se nouèrent quand il vit les dégâts qu'avaient infligés ses projectiles au visage et à la nuque de l'homme ; il lui enleva son micro et ses écouteurs en maîtrisant sa révulsion et, après les avoir nettoyés du sang qui les maculait, ôta son casque et se coiffa des écouteurs. Il passa d'un canal à l'autre, écoutant les messages que se transmettaient les marines, et comprit qu'ils avaient ouvert une brèche dans la tente pour éteindre les incendies avant qu'ils deviennent incontrôlables et qu'ils éliminaient à présent les dernières poches de résistance en nettoyant la ville quartier par quartier. Il activa le microphone et indiqua sa position et précisa qu'un homme était mort, répétant son message jusqu'à ce que, enfin, une voix lui demande de s'identifier.

— Loc Ifrahim. Je suis Loc Ifrahim. Le diplomate emprisonné par le gouvernement de Paris. Votre homme a été abattu alors qu'il me portait secours. Je me trouve dans un abri sûr mais je ne peux pas en sortir. Je suis équipé d'un vidoscaphe extro mais ma réserve d'air est presque épuisée.

La voix lui demanda si le marine était mort ou blessé, et Loc lui expliqua qu'il l'avait conduit dans un sas de secours pour tenter de le ranimer, sans succès.

— Il est mort en héros, ajouta-t-il, se félicitant d'avoir eu la présence d'esprit de se débarrasser du pistolet.

— *Restez où vous êtes, monsieur*, dit la voix. *Nous nous sommes calés sur la balise du spécialiste Bambata. Nous arrivons tout de suite.*

Dix minutes plus tard, Loc embarquait sur une luge de transport. Après qu'on eut chargé le corps du marine à côté de lui, la luge s'envola au-dessus des toits de la résidence et, continuant à accélérer, s'engouffra dans un trou ouvert dans le flanc de la tente. À travers le hublot attenant à sa couchette anti-g, Loc vit la ville rapetisser derrière eux, se réduisant à une étoile tombée du ciel à la lisière de la bordure commune des cratères Remus et Romulus, les deux cratères finissant eux aussi par s'estomper derrière la luge, perdus dans une plaine qui s'incurva pour devenir croissant lorsque le véhicule gagna le côté nuit de la lune.

Loc fut conduit sans cérémonie à bord du *Gloire de Gaïa*. Un technicien médical le soumit à un examen superficiel et on lui donna une cabine ridiculement petite, ainsi que des vêtements propres et un repas tiède composé de riz, de haricots et d'une viande hachée non identifiable. Une sergent-chef tenta de le convaincre de rédiger un rapport préliminaire, mais Loc lui répondit qu'il ne parlerait qu'au général Peixoto en personne. Il avait à lui transmettre des informations de la plus haute importance concernant Averne, la sorcière génétique.

La sergent-chef lui promit de faire le nécessaire mais, au bout d'une heure d'attente, elle n'était toujours pas revenue. Persuadé qu'elle l'avait oublié, voire carrément laissé tomber, Loc s'efforça de gagner la passerelle de commandement, mais les gardes en poste à la coursive d'accès refusèrent de se rendre à ses arguments. Lorsqu'un capitaine harassé lui ordonna de regagner sa cabine, Loc péta les plombs et lui dit qu'il serait châtié pour avoir empêché un diplomate d'accomplir son devoir. Réagissant par un haussement d'épaules, le capitaine ordonna à un marine de raccompagner M. Loc Ifrahim à ses appartements et menaça celui-ci de le faire mettre aux fers s'il était de nouveau surpris à traîner dans les parages.

Une nouvelle heure s'écoula. Loc passa en revue tout ce qu'il devait dire, le récit qu'il devait concocter afin d'être traité en héros et d'obtenir une juste récompense pour les sacrifices qu'il avait consentis au nom du Grand-Brésil. Il imagina plusieurs méthodes garantissant que ce crétin de capitaine paierait pour son impudence. Il s'efforça de chasser de son esprit l'idée que Macy Minnot et Averne parviennent à lui échapper.

Finalement, la sergent-chef qui lui avait demandé un rapport préliminaire revint lui dire qu'il avait de la visite. Loc se leva et lissa sa combi trop grande pour lui. Mais ce ne fut pas le général qui entra dans sa cabine ; son visiteur n'était autre que Sri Hong-Owen. Une fois le premier choc passé, Loc Ifrahim afficha son plus beau sourire et lui déclara qu'il était surpris, plaisamment surpris de la retrouver dans d'aussi étranges circonstances.

— Contentez-vous de me dire où elle est, répondit sèchement Sri Hong-Owen.

— Elle était dans la même prison que moi, mais elle ne s'y trouve sûrement plus à présent.

Loc marqua une pause, savourant la colère et le désespoir de son interlocutrice. Les choses avaient changé depuis leur dernière rencontre. Cette fois-ci, c'était lui qui avait les atouts dans son jeu.

— Vous êtes vraiment venue jusqu'ici pour la retrouver ?

— Si vous ne pouvez pas me dire où elle est, je perds mon temps, rétorqua la savante.

— Je partage votre inquiétude. Cela fait des heures que j'aurais dû transmettre cette information à qui de droit, mais j'en ai été empêché par des subalternes sans imagination. Mais, désormais, nous avons une chance d'œuvrer ensemble pour la gloire du Grand-Brésil. Venez ici. Veuillez vous asseoir. Je vais tout vous expliquer.

Chapitre 8

Adoptant la vitesse maximale dont elle était capable, Macy s'engagea sur une route traversant le cratère Romulus en direction du nord-ouest et franchit un col pour descendre vers la plaine sur un chemin en lacets. Elle avait outrepassé l'IA du rolligon. Même si celle-ci disposait d'une base de données exhaustive sur le réseau routier de Dioné, ainsi que d'un schéma de comportement induit lui permettant de s'adapter à tous les chemins de traverse, elle ne possédait aucun talent tactique proprement dit et Macy ne l'estimait pas capable d'esquiver assez vite une attaque de missiles. Une fois sortie du cratère Romulus, elle ne vit plus aucun signe de la guerre, mais il n'était pas pour autant question de se relâcher. Assise dans la cabine avant du rolligon, Macy ne quittait pas l'écran radar des yeux et scrutait le paysage lunaire tout en dévalant la route encaissée.

Averne avait pris place sur un banc, près du siège de pilotage où trônait Macy. Elle n'avait quasiment rien dit depuis leur départ, se réfugiant dans un état de transe ou de fugue, et Macy avait vite renoncé à lui parler. Toutes deux avaient scellé leur vidoscaphe, au cas où le pire viendrait à se produire.

Le Soleil montait dans le ciel noir, tel un projecteur balayant une scène vide d'acteurs. La route obliqua vers l'est, suivant des lobes de lave torrentielle cimentés par des dépôts de poussière, coupant court à travers les crêtes les plus basses. Puis une étoile rouge poignit à l'horizon : la gare de Double Cratère. La route se mit à courir parallèlement à la voie ferrée supraconductrice et magnétique, soutenue par une enfilade de pylônes, qui empruntait une large crête entre deux cratères de taille moyenne. Arrivée au point culminant de son parcours, elle se divisait en deux et l'îlot placé entre les deux voies formait alors la gare, une grosse bulle abritant une salle d'attente au premier étage et, au rez-de-chaussée, les diverses machines indispensables aux modules de vie. Au sud, le rebord d'un cratère en forme de cuvette s'étendait à droite comme à gauche, englobant une vaste plaine où trois oasis luisaient telles de minuscules émeraudes. Au nord, le terrain évoluait en un chaos de plaques et de coteaux qui débouchait sur un vaste cratère ovale au sol fracturé, antique trace d'un très grand impact oblique.

Averne frémit comme le rolligon s'immobilisait devant la gare et Macy lui expliqua qu'elle allait faire un tour à l'intérieur pour voir si le réseau téléphonique dédié fonctionnait encore. Elle était impatiente de savoir ce qui se passait au sein de son clan. Elles descendirent du rolligon l'une après l'autre. Macy se sentit horriblement vulnérable pendant qu'Averne sortait du véhicule; elle n'aurait pas été surprise de voir un peloton de marines surgir de derrière les pylônes soutenant la voie ferrée. Cette nervosité persista après que les deux femmes eurent franchi le sas pour entrer dans la gare, et, avant d'oser enfin ôter son casque, elle fouilla avec soin les toilettes, les douches et les couchettes qui tapissaient un mur comme du bois de chauffage.

Averne parlait à l'un des vendeurs automatiques, lui dictant une longue série d'instructions. Macy se rendit à l'autre bout de la gare, s'assit dans une cabine et dit à l'ardoise de la mettre en liaison avec Newton Jones.

Le réseau téléphonique reliait tous les oasis, refuges et habitats au moyen de câbles supraconducteurs doublant la voie ferrée et d'antennes relais micro-ondes disposées le long de celle-ci à intervalles réguliers. À présent que les satellites de communication étaient désactivés, c'était la seule façon qu'avaient les Extros de se contacter et ils l'utilisaient à pleine capacité. Macy dut rejoindre une file d'attente avant d'obtenir sa connexion.

Newt décrocha aussitôt. Comme s'il attendait son appel. Si son œil gauche était tuméfié, son sourire était toujours aussi éclatant.

— *Tu vas bien*, dit-il.

— Oui. Et toi ?

Le voir sur l'écran la comblait de bonheur.

— *Écoute*, dit-il. *L'ennemi a lâché une cohorte de démons dans le réseau téléphonique. Les administrateurs système se démènent pour les neutraliser, mais ça ne va pas se faire tout seul. En attendant, chaque appel est crypté et scindé en plusieurs paquets, chacun de ces paquets étant transmis par une série de connexions aléatoire pour réduire les risques d'interception et de localisation. Mais comme personne ne sait vraiment si ça marche, fais gaffe à ce que tu dis.*

— De toute façon, je ne comptais pas rester en ligne très longtemps. Je voulais m'assurer que tout allait bien.

— *Comme tu le vois.*

— Tu as un œil au beurre noir.

— *Ce n'est rien. J'ai voulu foncer à Paris pour aller à ta recherche et deux de mes cousins ont fait de leur mieux pour me retenir.*

— Ravie de constater qu'ils ont pu te faire entendre raison. Est-ce que tout le monde est en sécurité ?

— *Oui.* (Un temps, puis :) *La fille de ta nouvelle meilleure amie m'a informé de ton évasion.*

— Elle t'a contacté ? Est-ce qu'elle va bien ?

— *Elle m'a appelé il y a une heure et m'a chargé de te dire que Walt Hodder avait pris la direction des opérations. Et que Sada était bouclée avec les gardiens. Je présume que tu sais ce que cela signifie.*

— Cela signifie que je dois un signalé service à la fille de ma nouvelle meilleure amie.

— *Sauf erreur de ma part, tu auras vite l'occasion de payer ta dette. Elle m'a également dit que sa mère avait besoin d'un véhicule. Nous avons voté et décidé que c'était à nous de le lui fournir.*

— On en reparlera quand je serai à la maison.

Newt fit non de la tête.

— *Nous avons évacué l'habitat, c'était une cible trop tentante. Je ne peux pas te dire où nous sommes, pas au téléphone, mais je peux te fixer un rendez-vous. Tu te rappelles le premier site que tu as contribué à réparer ?*

— Évidemment.

— *Je te retrouve là-bas. Ne traîne pas.*

Et il raccrocha.

Macy fit part à Averne du message de Yuli et ajouta :

— Apparemment, elle contrôle la situation.

— Elle sait se débrouiller toute seule, rétorqua Averne. Et elle a raison : nous devons quitter Dioné par des routes différentes. Même si je le regrette, car nous risquons de ne plus nous revoir avant très, très longtemps.

— Il faut nous remettre en route, dit Macy après une brève pause.

— D'abord, buvons ce potage que la machine nous a préparé suivant mes instructions. Ensuite, je dois aller aux toilettes. J'ai passé plus de temps dans les lunes que sur la Terre, mais jamais je n'ai pu m'habituer à pisser dans une éprouvette.

Le potage était excellent – des nouilles, des dés de tofu et des haricots verts, dans un bouillon parfumé au chili, au citron et au gingembre –, mais Macy le but trop vite et se brûla la langue. Puis elle se mit à faire les cent pas dans la gare, les yeux fixés sur le paysage lunaire au-dehors, pendant qu'Averne satisfaisait ses besoins naturels et remettait son vidoscaphe. La guerre ne leur laisserait aucun répit. Et elle voulait retrouver Newt le plus vite possible.

Comme elle s'engageait sur la route qui descendait de Double Cratère, elle vit un wagon filer sur la voie ferrée en direction de l'ouest. En dépit des hostilités, les trains et les téléphones fonctionnaient toujours et tous les membres du clan avaient trouvé un abri sûr. Il y avait encore de l'espoir. Une fois au niveau du sol, elle quitta la route pour emprunter une piste qui sinuait vers le nord-est à travers des collines jonchées d'éjectas pour déboucher dans une plaine gris foncé. Quelques kilomètres de plus, et elle aperçut enfin la petite oasis étincelant à l'horizon.

Elle était blottie contre la paroi d'un modeste cratère. Une tente aux panneaux anguleux et à l'armature de fullerène abritant un jardin encombré de plantes tropicales, une tache verdoyante au sein de cette désolation. Il n'y avait aucun signe de l'*Éléphant*, et pas davantage d'un quelconque véhicule terrestre, mais, quand Macy et Averne franchirent le sas de l'oasis pour déboucher sur une esplanade gazonnée, elles furent accueillies par une petite foule d'hommes, de femmes et d'enfants, qui les saluèrent par des vivats, des coups de sifflet et des applaudissements, et Newt s'avança, prit Macy dans ses bras et l'emporta dans une valse endiablée qui la laissa en proie au vertige et à l'hilarité.

Les occupants de l'oasis étaient des réfugiés venus de Paris, une cinquantaine de personnes appartenant à deux familles élargies et une trentaine de couples et de célibataires. Ils étaient arrivés plus de deux semaines auparavant et tenaient à remercier Averne pour ses conseils, à lui offrir un repas et à l'interroger sur certains des aspects les plus obscurs de l'écosystème de l'oasis. Ils étaient également friands de nouvelles fraîches, mais il devint vite évident qu'ils en savaient plus que Macy sur le déroulement des combats. Les caméras de surveillance de la ville étaient restées branchées sur le réseau téléphonique jusqu'à ce que l'ennemi investisse la tente principale. Macy parvint bientôt à échapper au comité d'accueil pour aller se promener avec Newt dans un dédale d'allées, de tonnelles et de ponts parcourant le jardin foisonnant qui occupait plus de la moitié de l'oasis. Newt attendait un appel de ses amis qui projetaient de saboter le réseau de satellites de surveillance mis en place par l'ennemi autour de Dioné dès le début de l'offensive en braquant sur eux des antennes paraboliques pour les bombarder de grenaille intelligente et de lasers aux rayons X de qualité industrielle, ce qui aurait pour effet de neutraliser les satellites relais assurant l'intégrité du réseau.

— Ces bidules sont blindés mais mes copains ont déjà percé de jolis trous dedans, ce qui m'a permis entre autres choses de venir ici sans me faire repérer, expliqua Newt à Macy.

Il précisa qu'il avait planqué l'*Éléphant* à cinq kilomètres de là, sous une toile de camouflage.

— Tous les autres ont également dissimulé leurs véhicules, ajouta-t-il. Ils sont garés de l'autre côté de la crête.

— J'ignorais qu'on trouvait un garage par ici.

Ils étaient perchés côte à côte sur un rocher saillant au-dessus d'une mare bordée de grands roseaux où de gigantesques libellules d'un bleu électrique volaient en vrombissant. La quasi-totalité de l'eau disparaissait sous un pavage de feuilles de nymphéas. On voyait nager au-dessous d'elles plus de deux dizaines d'espèces de poissons différentes. Et de part et d'autre de ce plan d'eau s'étendait une véritable jungle, où poussaient à profusion lianes et buissons, bambous et bananiers. L'air était d'une tiédeur agréable. Et dire qu'à quelques mètres à peine, derrière les panneaux en composite de diamant, il régnait une température de – 180 °C.

— Il y a une rampe qui enjambe la bordure du cratère, dit Newt. C'est en l'empruntant qu'on arrive aux champs de kénobies.

— J'ignorais qu'on trouvait aussi des champs de kénobies.

Newt ouvrit de grands yeux innocents.

— Il te suffisait de grimper et de regarder en contrebas. L'entrée du garage est tout près de la rampe, sous un surplomb rocheux. Ensuite, tu n'as plus qu'à suivre le tunnel. Tu trouveras également des ateliers et une petite usine.

— Ce serait une excellente cachette, si la tente n'était pas aussi visible.

— La plupart des oasis et des refuges sont parfaitement visibles, mais ce n'est pas en les regardant qu'on peut découvrir ce qu'ils contiennent. Et on en compte plus de cinq mille sur Dioné. L'ennemi pense en termes de villes, de centralisation, de structure pyramidale, de hiérarchies. Pas nous. Paris est certes la plus grande ville de Dioné, mais ce n'est pas la capitale. Et quatre-vingt-quinze pour cent des espaces habitables de Dioné consistent en des lieux comme celui-ci. Quand ils ont débarqué, nos grands-parents et nos arrière-grands-parents avaient besoin de se blottir les uns contre les autres pour mieux résister à un environnement hostile. Mais nous sommes ici chez nous à présent. Nous n'avons plus besoin de villes.

Macy visualisa plusieurs milliers de petites communautés dispersées sur la surface de Dioné, chacune avec sa propre centrale d'énergie et son propre écosystème sur mesure, reliées par des routes, la voie ferrée et un réseau de communication robuste et décentralisé…

— Si j'étais paranoïaque, dit-elle, je conclurais que l'attitude belliciste de Marisa Bassi était un leurre destiné à tromper l'ennemi. À le persuader que Paris constituait sa cible principale afin qu'il se concentre sur elle et épargne toutes les autres.

— Plein de gens sont morts d'avoir écouté la propagande de Marisa Bassi, dit Newt. Il nous aurait fallu un cœur de pierre pour planifier une telle stratégie. Marisa Bassi est le seul responsable de son sort.

— Je croyais que tu étais de son avis. Que tu voulais la guerre. Je craignais que tu te lances dans je ne sais quelle opération kamikaze.

— Eh bien, j'étais prêt à le faire jusqu'à ce qu'on me ramène à la raison, dit Newt en palpant son coquard et en se fendant d'un sourire penaud.

— Non, je parle de quelque chose de vraiment stupide. Monter à l'abordage d'un vaisseau brésilien, par exemple.

— Pourquoi aurais-je fait une chose pareille ? Je ne suis pas un pacifiste, mais je ne suis pas davantage un cinglé du genre de Marisa Bassi. Nous n'aurions pas pu empêcher la guerre, vu que l'ennemi était bien décidé à la faire. Mais ça ne veut pas dire qu'il l'a gagnée. Ça ne veut pas dire qu'on ne peut pas renverser le cours des choses.

— Je ne peux pas rester ici, dit Macy. Et je ne peux pas non plus me planquer au sein du clan. À en croire Yuli, l'espion ou l'agent infiltré qui a débarqué dans le centre où j'étais détenue n'était pas seulement à la recherche d'Averne et de Loc Ifrahim. Je figurais aussi sur sa liste. Et même si ce n'est pas le cas, on tiendra sûrement à me retrouver et à me faire payer ma défection. Pour faire un exemple. Où que j'aille, je représenterai un danger pour ceux qui m'entourent.

— Averne m'a dit qu'elle connaissait un abri sûr. Et peut-être même plusieurs. On peut construire pas mal de choses en cent ans, surtout quand on se fait aider de robots spécialistes. Mais elle pensait à un abri en particulier.

— Celui où elle doit retrouver Yuli.

— Yuli et quelques autres.

— Elle t'a dit où il se trouve, pas vrai ?

— Ouais.

— Tu vois : elle te fait confiance mais elle se méfie de moi. Parce que je ne suis pas une Extro.

— Ne te déprécie pas comme ça. Si elle m'en a parlé, c'est parce qu'elle souhaitait que je l'y emmène. Tu veux être du voyage ?

— Pour aller où exactement ?

— Sur Titania. L'une des lunes d'Uranus.

— C'est là que ta mère a vécu autrefois, non ?

— Exactement.

— Ne te fâche pas, mais je dois te poser une question. Ça lui fait quoi de te voir partir ?

— Je n'ai pas l'intention de partir. Du moins, pas définitivement. Et je l'ai convaincue du bien-fondé de cette idée, et le clan avec elle, parce que ça évitera à l'*Éléphant* de se faire confisquer et parce qu'on ramassera plein de kudos pour avoir aidé Averne.

— Nous reviendrons ici, alors.

— Tu sais, tu as déjà fait pas mal de chemin.

— Oui. Mais je ne suis pas sûre de vouloir vivre aussi loin. Pas pour toujours, du moins.

— Tu pourras revenir dans quelques années. Quand les choses se seront tassées. Quand les Brésiliens auront cessé de te rechercher. Certes, on devra te maniper un peu pour modifier ton apparence. Quelques petits changements cosmétiques pour te faire ressembler à une indigène.

Macy réfléchit à cette proposition. Tout bien considéré, elle n'avait rien contre le fait de se faire passer pour une Extro.

— Rien d'irréversible, avertit-elle.

— Absolument.

— Et quand tu parles d'années, ce sont des années de trois cent soixante-cinq jours. Pas les trente ans et quelques que Saturne met à parcourir son orbite.

— Entre les deux, disons.

Soudain, Newt se leva et, d'un coup de pied, se propulsa en direction de la mare où il chut avec une lenteur irréelle.

Macy le suivit d'un bond, et ils nagèrent, s'esclaffèrent et s'éclaboussèrent à foison, et après ils montèrent sur une berge de douce mousse jaune et sèche. Les gunneras y déployaient leurs feuilles vert foncé pareilles à des ombrelles. Un essaim de papillons aux ailes argentées batifolait autour d'une vigne en fleur qui recouvrait une paroi rocheuse. Macy et Newt se défirent de leurs justaucorps et s'allongèrent dans la douce lumière filtrée par les frondaisons mouvantes, qui dessinaient une mosaïque changeante sur leurs corps, lui long et pâle, elle compacte et basanée… Elle se dit soudain qu'un observateur extraterrestre aurait pu les considérer comme relevant de deux espèces apparentées mais distinctes, qu'il y avait entre un homme et une femme des différences plus profondes qu'entre un Extro et un humain ordinaire.

— Qu'est-ce qu'il y a de si drôle ? demanda Newt.

Elle le lui dit et il rit de bon cœur, ajoutant que c'était peut-être vrai pour le moment mais que des changements radicaux s'annonçaient.

— Ceux qui voulaient nous faire la guerre ont convaincu leurs gouvernements que nous altérions de façon dangereuse le cours de l'évolution humaine. Pour emporter la décision, ils ont exagéré l'importance de quelques manips pratiques ou cosmétiques. Ils ont délibérément confondu réalité et spéculation. En vérité, l'immense majorité des Extros sont opposés aux changements trop radicaux. Ils n'ont cessé de voter contre. Les gens y sont tout aussi hostiles que les Terriens les plus bellicistes. Mais à présent, les plus radicaux d'entre nous fuient encore plus loin. Ils seront libres de faire tout ce qu'ils voudront. Dégagés de toute contrainte, de toute restriction. La guerre les a libérés.

— Une liberté qui se paie bien cher, fit remarquer Macy. La guerre. Tous ces morts, passés, présents et à venir.

— Ce qui est fait est fait, on ne peut le défaire, répliqua Newt. Nous ne pouvons qu'aller de l'avant et espérer le meilleur.

Au bout d'un temps, ses bésiks bipèrent : le réseau des satellites de surveillance ennemis était complètement détruit ; il pouvait partir en toute sécurité. Ils enfilèrent leurs justaucorps et regagnèrent en hâte le hameau de petits immeubles collectifs entourant l'esplanade proche du sas. Averne et la femme que l'on avait élue sorcière génétique de l'oasis se trouvaient au niveau de maintenance, en grande conversation avec l'IA dédiée.

— Écoutez les machines, disait Averne. Elles sont plus intelligentes que vous le croyez. Tant que vous leur expliquez exactement ce que vous voulez, elles vous donneront de bons conseils. Et vous avez ici un très beau lieu de vie. Un lieu de vie robuste. Je crois que c'est vous la responsable de l'excellente qualité du sol, ajouta-t-elle en se tournant vers Macy. J'aurai plein de travail à vous donner. Si vous souhaitez m'accompagner, bien sûr.

— Tout était arrangé d'avance, à ce que je vois, dit Macy, aussi étonnée que ravie.

Il était temps de partir. Newt enfila son vieux vidoscaphe blanc, dont le plastron était orné d'une reproduction ringarde de la *Nuit étoilée* ; Macy et Averne eurent droit à des modèles flambant neufs d'un noir mat. Macy cala sur son épaule le pulsofusil qu'elle avait récupéré au centre de recherche après sa libération ; Averne accepta la guirlande que lui offrait un éphèbe timide et en couronna son casque.

Une fois à l'extérieur, la sorcière génétique souleva avec précaution les fleurs saisies par le gel, gagna le bas-côté et les reposa, taches d'or et de blanc sur la poussière marron. Puis elle suivit Macy et Newt jusqu'au rolligon. Lorsqu'ils arrivèrent près de l'*Éléphant*, celui-ci était prêt à décoller. Macy aida Newt à se débarrasser de la toile de camouflage et découvrit que le remorqueur était bardé de réservoirs externes pleins de carburant et qu'on l'avait peint en noir.

— Protection antiradar, expliqua Newt. J'ai aussi truqué son immatriculation. Impossible de faire un lien avec le clan, ni même avec toi ou moi.

Ils décollèrent dix minutes plus tard, parcourant à basse altitude la distance les séparant de l'hémisphère opposé à Saturne. Après que le Soleil eut disparu à l'horizon ouest, Newt redressa l'*Éléphant* sur sa poupe et le pointa vers le ciel.

Ses amis avaient quasiment éliminé le réseau de surveillance par satellites et le vaisseau amiral brésilien était stationné sur l'autre face de Dioné ; l'*Éléphant* se trouvait à trente mille kilomètres de la lune et poursuivait son accélération lorsqu'il finit par se faire repérer. Macy était branchée sur le système com ; lorsqu'elle capta l'appel préenregistré les sommant de se rendre pour la seconde fois, elle demanda à Newt s'ils allaient être pris pour cible.

— L'ennemi a descendu pas mal de spationefs avant la bataille de Paris, mais il ne semble pas vouloir s'en prendre aux réfugiés. Jette un coup d'œil au ciel… tu comprendras.

Exception faite de quelques singlenefs brésiliens ultrarapides, presque aucun bâtiment ne circulait entre la bordure extérieure des anneaux et l'orbite de Japet. Newt attira son attention sur des signaux radar non identifiés : vaisseaux détruits par des missiles ou des mines IEM, cadavres emportés en orbite autour de Saturne. Mais, un peu plus loin de la planète, on distinguait plus de cinquante vaisseaux en train d'accélérer vers divers points du ciel.

— Comme des graines de pissenlits emportées par une brise d'été, dit Macy, qui dut lui expliquer ce qu'était un pissenlit.

— Le seul problème, c'est que nous devons aller vers l'intérieur avant de partir pour l'extérieur, dit Newt. Le mieux serait d'utiliser l'appui gravitationnel de Saturne pour gagner de la vitesse.

Dioné disparut bientôt derrière eux. L'*Éléphant* passa les orbites de Téthys, d'Encelade et de Mimas, fonçant vers la gloire des anneaux. Newt avait l'intention de traverser leur zone d'ombre pour ensuite frôler Saturne, parvenant à une vélocité maximale avant de mettre le cap sur Neptune. Ils étaient presque arrivés à la division Keeler, à la lisière de l'anneau A, lorsque retentit un signal d'alarme. Quelque chose fondait sur eux en oblique, un objet se mouvant à une vitesse phénoménale.

Chapitre 9

Après avoir patiemment écouté Loc Ifrahim, dont le récit alambiqué était avant tout conçu pour le mettre à son avantage, Sri avait envie de le traîner jusqu'au sas le plus proche et de le balancer dans le vide sans lui laisser le temps d'enfiler un vidoscaphe. Le diplomate jurait lui avoir dit tout ce qu'il savait, mais elle était sûre qu'il lui avait caché des informations vitales tout en arrangeant les rares éléments authentiques de sa fable afin de se faire mousser. Et, par-dessus le marché, il estimait devoir être récompensé de ses efforts alors que, selon toute évidence, il n'avait rien fait excepté prendre ses jambes à son cou.

Lorsqu'elle lui fit part de son sentiment, il lui rit au nez et lui apprit qu'il savait ce qu'elle avait dû faire pour venir jusqu'ici.

— Après avoir été capturé et emprisonné par les Extros, je me suis servi de ma tête pour leur échapper et je les ai combattus lors de la chute de Paris. Bref, j'ai fait mon devoir. Mais vous, vous avez assassiné votre mentor et volé un vaisseau. Tout ça pour assouvir votre ambition dévorante. Alors, avec tout le respect que je vous dois, professeur-docteur, je ne pense pas que vous soyez en position de porter un jugement sur moi.

— Nous verrons, trancha Sri.

Loc Ifrahim répondit à son regard furibond par une œillade d'une insolence calculée. Rien à voir avec le jeune homme retors et obséquieux qu'elle avait connu à Bifröst. Il n'hésitait plus à afficher son ambition et son mépris.

— Nous sommes tous les deux des domestiques, professeur-docteur. Ce qui nous distingue, c'est que mon astre est ascendant alors que le vôtre est sur le déclin.

— Je vous déconseille de me sous-estimer.

Cela dit, Sri s'empressa de sortir de la minuscule cabine de peur de céder à la colère.

Il la suivit jusqu'au seuil et lança :

— On dira de moi que je suis un héros, professeur-docteur ! Que dira-t-on de vous ? Je me le demande.

Elle contacta Arvam Peixoto, qui se trouvait toujours à Paris, où il supervisait les opérations de nettoyage, ainsi que la sécurisation et la mise en étanchéité de l'immeuble où il comptait installer son quartier général. Elle était persuadée que Loc Ifrahim lui avait caché des informations précieuses, affirma-t-elle.

— Nous devrions le soumettre à la question.

— *Surtout pas*, répliqua Arvam. *Ne serait-ce que parce qu'il appartient au service diplomatique.*

— Mais aussi parce qu'il travaille pour vous, dit Sri, étonnée de sa propre audace.

Elle avait toujours pensé que c'était sur ordre d'Arvam Peixoto que Speller Twain et Loc Ifrahim avaient saboté le projet Biome, mais jamais elle n'avait osé lui en demander confirmation, craignant qu'il la châtie de sa témérité en mettant un terme à leur alliance malaisée, voire tout simplement à sa carrière. Ses soupçons étaient donc restés informulés. Elle avait encaissé le coup, elle était allée de l'avant. Mais à présent, elle se sentait tellement lasse, tellement frustrée, que l'accusation avait enfin franchi ses lèvres. Sauf que cela n'avait pas d'importance, comprit-elle. Leur alliance, si c'en était bien une, appartenait désormais au passé. Sri était entièrement à sa merci, ce qui l'autorisait à se montrer d'une totale franchise. Finis les mensonges et les dissimulations.

Arvam souriait.

— *Vous êtes en colère parce que vous ne voulez pas croire que votre créature a échoué dans sa mission*, dit-il.

— C'est votre agent tout autant que le mien. Si je suis en colère, c'est parce que ce soi-disant serviteur du gouvernement et des familles ment comme il respire afin de se poser en héros. Laissez mon secrétaire s'occuper de lui. Nous ne tarderons pas à être fixés.

— *Je prendrai soin de M. Ifrahim. Quant à son témoignage, je vais envoyer un peloton jeter un coup d'œil au centre de recherche où il prétend avoir été incarcéré en compagnie d'Averne et de Mlle Minnot.*

— Vous devriez aussi envoyer quelques *marines* dans l'habitat du clan Jones-Truex-Bakaleinikoff. C'est là que Macy Minnot a élu domicile.

— Alors elle n'y est sûrement pas retournée, car elle savait que c'était par là que nous commencerions à la chercher. Non. Nous allons fouiller ce centre de recherche et, ensuite, nous aviserons.

— Laissez-moi vous aider, implora Sri.

À l'issue d'une brève discussion, le général l'autorisa à accéder aux données de surveillance collectées par le système de gestion stratégique du *Gloire de Gaïa*.

Elle ne tarda guère à trouver ce qu'elle cherchait. Même si les archives contenaient plusieurs heures d'images montrant les affrontements dans Paris sous quantité de points de vue, tournées par des VAB, des drones de combat et des caméras embarquées, celles portant sur le reste du cratère Romulus étaient fort rares. Heureusement, un transport de troupe avait filmé en vol un groupe de fugitifs en vidoscaphe orange s'égaillant à partir du centre de recherche et, même s'il était impossible de déterminer leur identité et leur destination, Sri parvint à lancer une recherche globale à partir de ces données.

Quelques minutes plus tard, l'IA lui proposait quantité d'images d'Extros en vidoscaphe orange, tantôt tués ou capturés par les marines, tantôt fuyant la ville pour gagner divers abris ou sortir du cratère. Elle s'intéressa plus particulièrement à deux séquences reconstituées à partir des captures des satellites de vidéosurveillance. La première montrait un rolligon franchissant un col dans le quadrant nord-ouest de la bordure du cratère. On distinguait nettement le vidoscaphe orange que portait son conducteur et il roulait dans la direction de l'habitat Jones-Truex-Bakaleinikoff. La seconde, postérieure de quelques heures à peine, montrait le même rolligon, toujours conduit par une personne en vidoscaphe orange, s'éloignant d'une gare du chemin de fer équatorial. Après avoir croisé un wagon en approche, il mettait le cap au nord, quittant la route pour s'engager dans une contrée aride. La séquence s'arrêtait là, le satellite espion ayant disparu derrière l'horizon. Les Extros avaient détruit certains de ces satellites et compromis l'intégrité du réseau ; soixante et onze minutes s'étaient écoulées avant qu'on dispose de nouveau d'images de cette zone, et le rolligon avait disparu des écrans.

Sri se demanda s'il avait fait étape à la gare, y déposant un ou plusieurs passagers qui avaient ensuite emprunté le wagon, mais l'officier des renseignements qu'elle contacta lui dit qu'ils n'avaient pas encore pris le contrôle du système de gestion du chemin de fer. Celui-ci était hautement décentralisé et leurs démons rencontraient une résistance considérable.

— Vous avez des gens sur place, non ? Je veux que quelqu'un consulte sans tarder les archives du réseau de transport. Vérifiez si, oui ou non, un passager est monté à bord de ce wagon en gare de Double Cratère à 5 h 10, temps universel. Commencez par examiner les caméras de vidéosurveillance de la gare.

Quoique intimidé par Sri, le jeune officier tint bon.

— Je regrette, madame, mais je n'ai pas l'autorité nécessaire pour prendre une telle initiative.

— À qui dois-je m'adresser, alors ?

— Au commandant Vaduva ou au général Peixoto, madame.

Ce fut en vain que Sri tenta de contacter l'un et l'autre, et, après leur avoir laissé des messages, elle retourna aux images tournées par les satellites espions. Supposons que ce rolligon se soit planqué quelque part. Elle connaissait sa vitesse et son cap, elle savait qu'il était arrivé à destination durant cet hiatus de soixante et onze minutes. Un calcul tout simple, et elle détermina un périmètre de recherche englobant pas moins de sept oasis. Il faudrait du temps pour les fouiller toutes, mais cela restait faisable. Sri était sur le point de contacter Arvam Peixoto pour lui dire de dépêcher des marines sur place lorsqu'elle eut une idée et posa une question à l'IA.

Au bout de quelques secondes, celle-ci lui confirma qu'un vaisseau avait quitté Dioné deux heures après qu'on eut perdu la trace du rolligon ; à en juger par sa trajectoire, il avait décollé non loin du point où le rolligon avait disparu. Les radars le suivaient à la trace, ainsi que tous les spationefs emportant des réfugiés. La plupart de ces derniers quittaient le système, mais ce bâtiment, qui était l'un des derniers à avoir décollé, se dirigeait vers Saturne, sans doute parce qu'il comptait user de son appui gravitationnel pour augmenter sa vélocité.

Sri s'abîma dans ses réflexions puis fit venir Yamil Cho, qui attendait son bon vouloir devant la porte de sa cabine, pour lui donner ses instructions.

— Je pense que cela ne posera pas de problème à un homme aussi ingénieux que vous l'êtes.

— Bien sûr que non. (Yamil Cho marqua une pause et reprit :) N'oubliez pas, madame, que le cercueil d'hibernation de votre fils se trouve à bord du *Gloire de Gaïa*. Nous aurons du mal à l'en faire sortir sans nous faire repérer.

— Je ne l'ai pas oublié. Il ne quitte jamais mon esprit. Mais nous sommes obligés de l'abandonner. Non seulement parce que nous ne pouvons pas l'emporter, mais aussi parce qu'il est garant de mon intention de revenir.

Berry serait plus en sécurité ici, se dit-elle. Et puis, de toute façon, il était retenu en otage depuis le début. Cela ne changerait rien à son statut.

Yamil Cho partit en reconnaissance au pas de course, revenant un quart d'heure plus tard pour guider Sri vers un sas situé au niveau de la quille du vaisseau. Dans son antichambre chichement éclairée, ils trouvèrent un mur couvert d'outils adaptés à l'apesanteur et un autre de vidoscaphes. Ils enfilèrent deux de ceux-ci en s'entraidant. Yamil Cho sélectionna plusieurs outils sur les râteliers et les passa à son ceinturon, puis attacha un câble à celui-ci et en fixa l'autre extrémité au scaphe de Sri. Ils entrèrent dans la cabine, la dépressurisèrent et sortirent dans l'espace.

Le paysage glacial et piqueté de cratères de Dioné se déroulait doucement en contrebas. Le *Gloire de Gaïa* se déplaçait d'est en ouest au-dessus de l'hémisphère opposé à Saturne, et la géante gazeuse affleurait à l'horizon, globe rose saumon et terre de Sienne frappé des ombres parallèles des anneaux. Yamil Cho actionna son pistolet à réaction et Sri fut arrachée à cette vue à couper le souffle pour être remorquée sous le ventre du *Gloire de Gaïa* en direction de la navette à aile delta que Yamil Cho et elle avaient volée pour fuir la Terre et devaient voler une nouvelle fois.

Comme il n'y avait pas de place pour l'*Uakti* dans les soutes du vaisseau amiral, on l'avait fixée à la coque au moyen des pinces utilisées par les navettes qui transportaient à son bord des hommes et du matériel durant la phase préparatoire de sa mission en orbite terrestre. Sri dut patienter vingt minutes, cramponnée à un étançon et s'attendant à voir surgir des soldats d'un moment à l'autre, pendant que Yamil Cho activait manuellement les moteurs commandant l'ouverture des pinces.

La navette se libéra enfin. Yamil Cho hala Sri jusqu'à son sas. Dès qu'ils se trouvèrent dans la cabine, sanglés à leurs couchettes anti-g, il activa les systèmes, lança la séquence de mise à feu du moteur principal et enclencha les propulseurs compensateurs afin de s'écarter du *Gloire de Gaïa*. Le contrôle du trafic spatial les héla dès que le moteur principal se mit en route et qu'ils filèrent en direction de Saturne, laissant derrière eux Dioné et le vaisseau amiral. Sri s'identifia et dit à l'officier qu'elle n'accepterait de parler qu'au général Peixoto. Lorsque celui-ci la contacta deux minutes plus tard, elle lui dit qu'elle se lançait à la poursuite d'Averne et lui envoya un fichier contenant les résultats de ses recherches dans les données de surveillance.

Arvam transmit ce fichier à son aide de camp et fit remarquer à Sri qu'elle aurait pu au moins lui demander la permission.

—*Je suis très déçu. Apparemment, vous hésitez encore à m'accorder votre confiance pleine et entière.*

—Je vous ai confié la vie de mon fils cadet, répliqua Sri.

Elle lui expliqua que le cercueil d'hibernation de Berry se trouvait toujours à bord du *Gloire de Gaïa*.

—*Je veillerai sur lui jusqu'à ce que vous soyez revenue de cette mission donquichottesque*, dit Arvam.

—Si Loc Ifrahim a dit vrai, Averne et Macy Minnot étaient détenues au même endroit. Je pense qu'elles se trouvent toutes les deux à bord de ce remorqueur et tentent de sortir de votre champ d'intervention.

—*Supposons que tel soit le cas. Qu'allez-vous faire si vous les rattrapez ? Votre navette n'est pas armée.*

—Elles ne le savent pas.

—*Hum. Je devrais quand même envoyer un singlenef pour vous soutenir, au cas où. Ne vous inquiétez pas. Le plus proche mettrait plusieurs heures à vous rattraper, ce qui vous laisserait le temps de vous couvrir de gloire.*

Sri ne répondit rien. Elle n'allait pas le remercier de cette interférence.

— *Vous serez sans doute ravie de savoir que le peloton de marines que j'ai envoyé au centre de recherche a trouvé votre créature*, reprit Arvam. *Vivante, mais à peine. On l'avait assommée avec un tranquillisant, auquel elle a mal réagi. Nous n'avons pas encore pu recueillir son rapport, mais les marines ont également récupéré des vidéos de surveillance. Plus de cinquante personnes étaient détenues dans ce centre. Parmi lesquelles M. Ifrahim et Macy Minnot. Et aussi Averne et sa fille.*

—Sur ce point-là, au moins, Loc Ifrahim n'a pas menti.

—*D'après les images tournées à l'intérieur de l'unique bâtiment, M. Ifrahim disait aussi la vérité en évoquant un conflit entre gardiens. Malheureusement, le système de surveillance s'est crashé peu après la victoire d'une faction sur l'autre. Votre créature l'a probablement saboté afin de faciliter la capture des cibles dont elle était chargée. Nous en saurons davantage quand elle aura repris connaissance.*

—De toute évidence, c'est Loc Ifrahim qui a tenté de le tuer, dit Sri. Capturer Averne et Macy Minnot lui aurait apporté la gloire, mais elles lui ont filé entre les doigts. Soumettez-le à la question, vous dis-je. Et vos marines devraient essayer de localiser les autres prisonniers. À tout le moins, ils pourront attester de la perfidie d'Ifrahim.

—*Mes hommes ont mieux à faire. Nous contrôlons plus ou moins la ville, mais nous avons plusieurs milliers de prisonniers sur les bras et nous n'avons toujours pas retrouvé Marisa Bassi. Soit il a péri, auquel cas son cadavre n'a pas encore été identifié, soit il a réussi à fuir.* (Arvam marqua une pause pour échanger quelques mots avec une personne située hors champ, puis se retourna vers la caméra.) *Le contrôle du trafic spatial a repéré le remorqueur que vous poursuivez, mais nous avons un problème. Un singlenef a modifié sa trajectoire pour l'intercepter.*

—Dites-lui qu'il ne doit attaquer en aucun cas. Dites-lui d'attendre mon arrivée sur zone.

—*Nous avons déjà tenté de le faire. Mais, pour le moment, impossible d'entrer en liaison avec le pilote sur nos canaux cryptés. Il doit s'agir d'un des trois singlenefs chargés de détourner le bloc de glace que des fanatiques avaient envoyé sur la base de Phœbé. Comme l'offensive était imminente, nous avons remis à plus tard la récupération de celui qui avait été touché, d'autant plus que nous le pensions perdu corps et biens. Apparemment, nous nous trompions.*

—Essayez les canaux publics, dit Sri en sentant ses tripes se nouer. Essayez tout ce que vous trouverez. Averne est à bord de ce remorqueur, j'en suis sûre. Vous devez faire tout ce qui est en votre pouvoir pour que votre pilote ne l'attaque pas.

Chapitre 10

Le singlenef de Cash Baker mit un sacré moment à se soigner. L'IA de combat passa des heures à faire redémarrer les fonctions de contrôle et à les rerouter autour des circuits définitivement grillés, procédant au préalable à maintes simulations virtuelles de toutes les phases de l'opération ; les fêlures de son épiderme multicouches se retricotèrent avec une lenteur infinitésimale ; il avait atteint l'apex de son orbite, à quelque quinze millions de kilomètres de Saturne, lorsque les micro-robots affairés eurent récupéré des débris de la couche en céramique isolante de la chambre de fusion en quantité suffisante pour forger des rustines temporaires. Alors qu'il remettait le cap sur Saturne, Cash recouvra peu à peu le contrôle des systèmes de propulsion et d'astrogation. C'était comme s'il avait eu les jambes paralysées dans un accident et parvenait enfin à agiter les orteils, à sentir ses hématomes, à plier les genoux…

Certains dégâts étaient irréparables. Cash ne pouvait ni se brancher sur le réseau de combat ni contacter un bâtiment ami, son moteur de cryptage ayant subi une faille logique fondamentale ; la seule façon de régler le problème, c'était de télécharger un patch, ce pour quoi il avait précisément besoin du logiciel affecté. Et son système d'astrogation avait aussi perdu de son intégrité : effet de moiré dans les captures visuelles, échos radar aberrants, dysfonctionnement persistant des antennes capteurs… Mais au moins était-il en fusion avec son oiseau, au moins avait-il retrouvé l'usage de ses sens, disposant d'une vue imprenable le long d'un axe formant un angle de trente degrés avec le plan équatorial de Saturne, ses anneaux et son cortège de lunes.

Les IA reconstituaient patiemment les données perdues lors de la défaillance du moteur de cryptage, utilisant les ressources du puissant système optique embarqué pour déterminer la position et le delta-V de tous les vaisseaux évoluant dans le ciel. Selon toute évidence, la guerre avait éclaté. Le spationef de la Communauté du Pacifique avait quitté l'orbite excentrée de Phœbé pour se diriger vers le système intérieur, sans doute vers Japet. Le vaisseau amiral brésilien s'était mis en orbite autour de Dioné ; le *Fleur de la Forêt* approchait de Rhéa ; le *Getúlio Dornelles Vargas* était resté à proximité de Mimas. Les singlenefs, que l'on reconnaissait à la signature spectrographique de leurs moteurs à fusion, poursuivaient des vaisseaux extros quand ils ne bombardaient pas la surface de diverses lunes. En analysant plusieurs vues au comparateur à clignotement, les IA parvinrent également à localiser les vaisseaux détruits par un singlenef ou une bombe IEM, dont la température diminuait progressivement tandis qu'ils adoptaient des trajectoires orbitales excentriques.

Les pertes de l'ennemi étaient marquées en rouge, celles des alliés en bleu et le reste était figuré en blanc. On comptait au moins une trentaine de points rouges à l'intérieur de l'orbite de Japet, mais un nombre équivalent de points blancs fuyait encore. Le plus gros de l'action en cours se déroulait dans un cercle d'un rayon de cinq cent mille kilomètres correspondant à l'orbite de Rhéa. À mesure de sa progression, Cash vit des points bleus traquer les derniers points blancs encore présents autour des lunes intérieures et dans le système des anneaux, procédant par interception géodésique ultrarapide, rattrapant leurs cibles en usant des corps célestes voisins comme appuis gravitationnels. Une bataille au déroulement dicté par la mécanique newtonienne. Temps, vitesse, direction.

Cash n'était toujours pas en mesure de s'y joindre lorsqu'il approcha l'orbite de Japet, à quatre millions de kilomètres de Saturne. Les réparations étaient presque terminées, mais la majorité d'entre elles étaient provisoires et il ignorait combien de temps elles tiendraient. Par ailleurs, ses réserves d'air, de carburant et d'énergie étaient sérieusement entamées, le système de contrôle de son canon électrique ne fonctionnait toujours pas, mais ses proxies, son laser pulsé et ses lasers à rayons gamma étaient tous opérationnels. Il pouvait encore participer aux combats mais il devrait choisir une cible précise et la choisir avec soin.

Il se brancha sur le système d'astrogation et passa ses options en revue. La meilleure chose à faire était de suivre l'exemple des vaisseaux extros en fuite : se rapprocher de Saturne. De cette façon, il accroîtrait ses chances de trouver une cible en balayant les trajectoires que les bâtiments partis de Dioné et de Téthys devaient emprunter s'ils voulaient utiliser la géante gazeuse comme appui gravitationnel. Le problème, c'était que cela l'obligerait à effectuer une correction de trajectoire au plus vite, ce que les IA lui déconseillaient. Il utiliserait la moitié de ses réserves de carburant, pousserait son moteur endommagé à la limite de ses capacités et, une fois la manœuvre effectuée, il se retrouverait coincé sur une orbite fortement inclinée par rapport au plan équatorial, avec une période de quelque deux cent quarante-huit heures et un grand axe de vingt et un millions de kilomètres. Il ne disposerait plus du carburant nécessaire pour rallier l'une des lunes et n'aurait plus qu'à espérer qu'on le repère et qu'on vienne le récupérer. Dans le pire des cas, il pourrait toujours ordonner au singlenef de le placer en hibernation. Deux ou trois ans d'attente, et du diable si on ne le retrouvait pas avant l'expiration de ce délai...

Et puis merde. Cash circonvint les IA et, une demi-heure plus tard, il activa le moteur pour la première fois depuis l'accident : une brève et forte poussée qui culmina à 1,38 g. Ça secouait un peu, l'efficience restait inférieure à quatre-vingts pour cent, mais les réparations tenaient le coup. Il avait retrouvé son oiseau. Il pouvait de nouveau se battre.

La plupart des spationefs extros ayant survécu ou échappé à une attaque, du fait de leur habileté ou du seul hasard, s'éloignaient dans les ténèbres par-delà Saturne, mais on trouvait encore des retardataires à proximité de la géante gazeuse. Cash les étudia avec attention avant de choisir sa cible, un remorqueur récemment parti de Dioné. Un de ces hideux engins servant à transporter des marchandises d'une lune à l'autre, avec un profil radar particulièrement ténu ; on avait tenté de le rendre furtif, ce qui était hautement suspect. La fenêtre d'opportunité dont il disposerait en croisant sa trajectoire serait fort mince, compte tenu de sa vélocité relative élevée, mais il n'avait pu trouver mieux dans les parages.

Il peaufina les paramètres de sa seconde correction de trajectoire afin d'être sûr de frôler sa cible au plus près, poussant le moteur endommagé au maximum de ses capacités, puis se cala sur une accélération de 0,3 g et entama la phase préparatoire de la mise en route des systèmes d'armement. Il n'éprouvait aucun remords à l'idée d'attaquer un bâtiment civil. Une fois la guerre déclarée, les ordres étaient d'intercepter puis d'immobiliser ou de détruire tous les vaisseaux extros circulant à l'intérieur de l'orbite de Japet, la plus extérieure des lunes habitées. Et les Extros avaient déclaré la guerre en lançant ce bloc de glace vers la base de la Communauté du Pacifique sur Phœbé.

Sans parler du traitement qu'ils avaient infligé à son vaisseau. Et puis, qui savait ce que transportait ce remorqueur, quels passagers il avait embarqués ? Il était de son devoir de l'attaquer. C'était pour ça qu'on l'avait formé ; c'était pour ça qu'il était ici. Et puis, il était temps pour lui de se venger. De montrer à ces enfoirés d'Extros qu'ils ne réussiraient pas de sitôt à éliminer un gars de sa trempe. Tandis qu'il chargeait ses armes et égrenait ses check-lists, Cash s'efforça de juguler son excitation montante. Il avait un boulot à faire et il voulait le faire au mieux.

Le singlenef franchit l'orbite de Mimas, filant à toute allure vers le système des anneaux. Cash avait souvent volé autour de Saturne, mais jamais il n'avait vu les anneaux sous cet angle. Un arc ou un pont tressé de millions de rubans lumineux – avec çà et là la solution de continuité d'une étroite fosse d'un noir d'encre – qui décrivait une courbe très étirée montant vers un pic pour redescendre ensuite et passer sous le ventre de Saturne...

L'espace d'un instant, il se laissa emporter par un sentiment de plénitude océanique. Il se rappela les nuits d'été enfuies, qu'il passait allongé sur le toit de son immeuble, près de tomber pour l'éternité parmi les étoiles au dessin rigide qui peuplaient la noirceur du ciel, sachant qu'il leur était lié par les photons issus de leur feu thermonucléaire qui avaient voyagé pendant des centaines ou des milliers d'années dans l'espace interstellaire rien que pour s'abîmer au fond de ses yeux.

La même physique qui déterminait le cheminement de la lumière des étoiles et des anneaux de Saturne lui imposait des choix tactiques pour livrer sa part de guerre.

Cash piqua au-dessus des torsades excentriques de l'anneau F, prêt à fondre sur le remorqueur qui se dirigeait à présent vers la division Keeler. Dans un coin de son champ visuel, un voyant rouge se mit à clignoter pour égrener un compte à rebours, qui s'acheva comme le canon lançait ses proxies qui accélérèrent vers leur cible. Cash s'était inséré dans la boucle de leurs systèmes de contrôle : il avait l'impression de tenir en laisse des lévriers fougueux. Le remorqueur se lança dans une série de manœuvres d'évitement condamnées à l'avance, et c'est à ce moment-là que le système com de Cash se mit à biper. Message en texte clair émanant, s'il fallait en croire l'adressage, du général Arvam Peixoto en personne. Il lui ordonnait de désactiver ses proxies et de cesser sur-le-champ les hostilités.

Ce message semblait bien provenir du *Gloire de Gaïa*, mais, privé de son moteur de cryptage, Cash n'avait aucun moyen de dire s'il était authentique ou s'il s'agissait d'un faux concocté par les Extros pour faire diversion. Une demi-seconde de réflexion, et il répondit : « Vérifier autorité. »

Loin au-dessus des anneaux, le remorqueur effectuait une correction de trajectoire : la fonction prédictive de l'IA du singlenef suggéra qu'il se préparait à traverser le plan des anneaux pour embrouiller les proxies. Cash ajusta l'attitude du singlenef et entama son propre changement de trajectoire. Une poussée qui le secoua un peu, mais le remit sur une approche avant interception.

Nouveau message. Ses états de service, accompagnés d'un ordre de battre en retraite.

Mon cul! Ce document ne prouvait rien, vu le battage médiatique qui avait entouré l'opération Sonde-Abysse, et Cash brûlait d'un désir de vengeance inextinguible, et voilà qu'il se rapprochait encore du remorqueur, qu'il arrivait presque au niveau de ses proxies. Il commença à charger le laser à rayons gamma… et quelque chose au sein des systèmes de contrôle se dressa contre lui. Un démon. Il crut tout d'abord qu'on l'avait inséré dans l'un des messages et qu'il avait franchi les pare-feu. Puis il vit que c'était un dispositif bien trop complexe, quelque chose d'énorme et de redoutable qui était tapi depuis le début dans les profondeurs du système de contrôle, une sûreté intégrée enclenchée par quelque signal crypté.

Il passa en mode hyper-réflexif, mais il était trop tard, il avait perdu le contrôle du moteur et du système d'astrogation. Le singlenef tournoyait autour de son axe, ses propulseurs donnant des bouffées convulsives. Il tenta de reprendre les choses en main, mais sans succès, et le moteur poussé au maximum l'éloigna encore du remorqueur.

Qu'ils aillent se faire foutre! Il contrôlait toujours les proxies et ils avaient presque rattrapé le remorqueur. Pas question de le lâcher. C'était le point culminant de sa carrière et il n'autoriserait personne à l'en frustrer. Il lui suffisait de tenir bon, mais le démon martelait ses défenses avec la férocité d'une mer de tempête, abattant tampons et pare-feu les uns après les autres. Il était dans la situation d'un homme debout sur la pointe des pieds dans une chambre close se remplissant d'eau, s'efforçant de caler sa tête dans une bulle d'air qui allait en s'amenuisant. Le démon prit d'assaut les systèmes d'armement et, en dépit du fait que les proxies étaient encore trop loin du remorqueur, Cash les activa avant que le démon ait le temps de les éliminer. Il vit leurs éclairs fugaces devant lui, puis le démon lui fondit dessus et, en même temps que les derniers vestiges de contrôle de son oiseau, il perdit tous ses capteurs sensoriels.

Cash n'avait conscience que de son corps, emmailloté comme une momie dans sa combi anti-g. Écrasé par une noirceur et un silence absolus. Comme si on l'avait enterré vivant. Il s'obligea à se détendre et à reprendre son calme – il serait intolérable d'être piégé ainsi alors que sa conscience hyper-réflexive décuplait la durée de chaque seconde –, et, au bout de quelques battements de cœur, il recouvra l'usage de ses capteurs sensoriels. Soit parce que l'une des IA avait trouvé un moyen de circonvenir le démon, soit parce que celui-ci avait relâché son emprise sur lui une fois sa mission accomplie. Cash n'en savait rien et il s'en fichait.

Le moteur était coupé et il n'avait plus accès aux systèmes de propulsion, de communication et d'armement. Mais au moins avait-il recouvré sa vision dans le spectre électromagnétique.

Le remorqueur franchissait en souplesse la division Keeler, non loin de la bordure de cet arc étincelant qu'était l'anneau A. Apparemment, il était intact. Et le singlenef de Cash tombait lui aussi vers le plan des anneaux. Il se déplaçait à une telle vitesse qu'un halo de plasma ionisé accompagnait sa course dans l'atmosphère ténue d'oxygène moléculaire résultant de l'action des rayons ultraviolets sur la glace des anneaux. Sa trajectoire le conduirait à tracer une longue rainure à travers l'anneau A. Celui-ci semblait foncer sur lui à une vitesse aveuglante, se réduisant à une myriade de points lumineux filant tous dans la même direction, comme un essaim ordonné en couloirs aériens. Large de plus de deux cent cinquante mille kilomètres, l'anneau ne faisait que dix mètres d'épaisseur, soit la hauteur d'un bâtiment de deux étages. Même si Cash le traversait suivant un angle peu élevé, il y avait de grandes chances pour que son vaisseau ne subisse aucun dégât.

Puis, dans un éclair, le large plan des anneaux s'effondra pour former une barre éblouissante. Et une particule de basalte, une sphère de moins de un millimètre de diamètre, polie et érodée par des milliards d'années de collisions microscopiques, emboutit le nez du singlenef et explosa en une demi-douzaine de fragments incandescents. La plupart furent stoppés par la mousse à mémoire de forme qui comblait tous les espaces vides du compartiment interne, mais deux d'entre eux pénétrèrent dans le module de vie. Le premier dissipa son énergie cinétique dans le gel où baignait le corps de Cash, mais le second fracassa sa visière de réalité virtuelle et lui traversa le crâne et le cerveau, y laissant un sillon calciné. Il n'eut même pas le temps de se rendre compte qu'il était touché.

Chapitre 11

Soudain, le singlenef changea de direction et ses proxies explosèrent incontinent à plus de mille kilomètres à tribord de l'*Éléphant*. Ils venaient d'être sauvés, par l'intervention du hasard ou par un acte délibéré, d'une façon qu'il leur était impossible de deviner. Mais, alors que l'*Éléphant* s'enfonçait dans la partie intérieure des anneaux pour gagner le point où l'appui gravitationnel de Saturne lui permettrait de mettre le cap sur Uranus, Newt repéra un bâtiment brésilien qui venait de quitter Dioné pour se lancer à leur poursuite. C'était l'*Uakti*, une navette orbitale modifiée arrivée dans le système de Saturne deux jours après le *Fleur de la Forêt*. Pour le moment, elle se trouvait à quelque trois cent mille kilomètres de là, bien loin de la lisière des anneaux, mais elle filait vite.

— Ils cherchent à établir le contact, annonça-t-il. Leur faisceau laser est calé sur nous et transmet en boucle un message émanant d'une dénommée Sri Hong-Owen. Vous voulez l'entendre ?

Comme Averne ne réagissait pas, Macy répondit :

— Je crois savoir ce qu'elle veut.

Les deux femmes étaient étendues côte à côte sur des couchettes dans un module de vie étroit au possible. Newt se trouvait dans la cabine de pilotage. Tous portaient un vidoscaphe au casque scellé et avaient bouclé leur harnais anticollision. Le grondement continu du moteur à fusion leur faisait vibrer le crâne et l'épine dorsale.

— Si tu penses qu'elle veut nous contraindre à la reddition, tu ne te trompes pas, dit Newt.

— Est-ce qu'elle peut nous rattraper ?

— Si nous conservons notre trajectoire actuelle, elle y parviendra sûrement.

La vue panoramique diffusée par l'espace mémo fut remplacée par un plan de vol en 3D : deux flèches lumineuses décrivant des courbes autour de Saturne et s'élevant l'une après l'autre au-dessus des anneaux ; la seconde, nettement plus rapide que la première, la rattrapait entre les orbites de Titan et d'Hypérion, à treize millions de kilomètres de Saturne.

— Ça, c'est ce qui se passera si on garde le cap sur Uranus, commenta Macy.

— Ouais. Mais nous avons encore le choix.

Le plan de vol repartit de zéro, se figeant alors que l'*Éléphant* approchait de Saturne, et l'image zooma pour montrer que la masse de la géante gazeuse le séparait désormais de la navette brésilienne.

— Si nous corrigeons notre trajectoire juste avant de voler de la vitesse à Saturne, notre vecteur résultant sera davantage altéré que dans le cas de figure précédent, expliqua Newt. Et si je passe à l'action pendant que notre amie se trouve encore sous l'horizon de Saturne, elle ne comprendra la situation qu'au bout d'un certain temps. Suffisant, je le suppose, pour que nous trouvions une cachette.

Le plan de vol effectua une rotation et un zoom arrière pour proposer une vue d'ensemble du système, et on vit quatre trajectoires potentielles reliant Saturne à autant de ses lunes, chacune étant affectée du delta-V, de la masse de carburant requise et de la durée de transit correspondants.

— Titan, trancha Averne.

— Titan, c'est jouable, dit Newt. En fonction de la rapidité de réaction de notre amie, nous nous placerons en orbite autour de Titan avec une avance comprise entre quarante-huit et deux cent quatorze minutes. Ce qui nous conduira à affronter quelques problèmes. Ainsi que vous l'avez sans doute remarqué, l'*Éléphant* est un brave spationef qui n'est cependant pas conçu pour pénétrer dans une atmosphère. Nous devrons donc emprunter une des aérocoques de Tank Town pour descendre sur la surface. Et je vous rappelle que nous sommes poursuivis par une navette orbitale. Si nous descendons, elle n'aura aucune peine à nous suivre.

Macy s'inquiéta de l'excitation qui perçait dans sa voix. Il était ravi de se retrouver sur le fil du rasoir, d'avoir une chance de prouver sa valeur.

— Je connais des gens à Tank Town et je leur parlerai, déclara Averne. Ils mettront sur orbite une aérocoque téléguidée et je la piloterai pour gagner un endroit où je serai en mesure de rencontrer le professeur-docteur Hong-Owen afin de m'entretenir avec elle.

— Elle veut vous capturer, dit Macy. Ça m'étonnerait que vous arriviez à la faire changer d'avis.

— Croyez-vous à la sérendipité ? demanda Averne.

— Si je savais ce que c'est, je pourrais vous le dire, répondit Newt.

— Un heureux hasard, proposa Macy.

— Cela signifie que je peux fixer les conditions de la rencontre, dit Averne. Sur Titan.

Elle insista pour se rendre seule sur cette lune, et sa logique était imparable. L'*Éléphant* ne pouvait pas distancer son poursuivant, il devait donc se poser ailleurs. Sur les trois lunes qu'ils pouvaient atteindre avant d'être rattrapés par l'*Uakti*, deux, Atlas et Hélène, étaient trop petites pour lui fournir une cachette digne de ce nom, et un spationef brésilien s'était placé en orbite autour de la troisième, à savoir Rhéa. Ne restait donc que Titan. Sauf que l'*Éléphant* ne pouvait pas se poser sur Titan et qu'il n'était pas question de l'abandonner en orbite. Et comme, de toute évidence, Sri Hong-Owen ne s'intéressait qu'à Averne, celle-ci se refusait à mettre en danger la vie de ses deux compagnons. Elle descendrait donc sur Titan afin d'y affronter sa poursuivante, et Macy et Newt seraient alors libres de partir pour Uranus. Ils tentèrent de la dissuader, mais la sorcière génétique décréta qu'il n'existait pas d'autre alternative. Soit elle descendait seule sur Titan, soit elle restait à bord de l'*Éléphant* et ils seraient alors capturés tous les trois.

— J'ai entendu pas mal de rumeurs à propos du travail que vous avez accompli sur Titan, remarqua Newt. Et si certaines d'entre elles étaient fondées ?

— Je n'écoute jamais les rumeurs, répondit Averne.

— Vous avez envisagé une surprise pour elle, insista Newt. J'en suis sûr.

— Et vous jouissez de la situation, ça se voit, renchérit Macy.

— C'est un jour qui sort de l'ordinaire, ça c'est sûr.

Ils traversèrent les annelets occupant la bordure interne du système des anneaux et effleurèrent les nuages rayés de Saturne. Dès que leur poursuivant disparut derrière l'horizon, Macy perçut la vibration accompagnant le déclenchement des propulseurs. Puis la force de gravitation de Saturne empoigna leur vaisseau et le projeta vers le ciel comme une fronde l'aurait fait d'un caillou, leur vélocité augmentant de cinquante pour cent tandis que la rotation de la géante gazeuse ne diminuait même pas d'une yoctoseconde.

Dans des circonstances ordinaires, ils auraient rallié leur destination sans consommer une goutte de carburant, la gravitation de Saturne les ralentissant à mesure qu'ils s'en éloignaient, si bien qu'arrivés à proximité de Titan, ils se déplaceraient à une vitesse proche de sa vélocité orbitale, une minuscule correction de trajectoire suffisant alors à leur injection en orbite. Mais Newt continua à mettre les gaz afin de garder ses distances avec la navette, et il ne les couperait qu'au moment d'effectuer la manœuvre de retournement précédant la phase de décélération, sans quoi la vitesse de l'*Éléphant* serait trop élevée pour que la force de gravitation de la lune puisse le capturer.

En obliquant vers Titan, le remorqueur traversa la division Cassini, passant de l'ombre à la lumière. Il avait franchi la bordure extérieure des anneaux lorsque le vaisseau brésilien émergea à l'horizon saturnien. Il n'avait pas coupé son moteur et avait aligné sa trajectoire sur la leur. La ruse de Newt avait foiré. Soit leurs poursuivants avaient une chance de tous les diables, soit, ce qui était plus probable, on les avait informés de la correction de trajectoire de l'*Éléphant*.

— Ça ne nous laisse quasiment plus de marge, dit Newt. Ils arriveront en orbite autour de Titan soixante-dix-neuf minutes après nous.

— Il est temps que je contacte les gens de Tank Town, dit Averne. S'ils mettent l'aérocoque sur orbite tout de suite, pourrez-vous l'aborder avant que l'*Uakti* nous ait rattrapés ?

— S'ils la placent où je le leur demande, il n'y aura pas de problème, répondit Newt.

Averne et lui eurent une longue conversation avec le contrôle du trafic spatial de Titan. Quand ils y eurent mis un terme, Macy dit à la sorcière génétique :

— Si nous connaissions vos intentions, nous serions peut-être en mesure de vous aider.

— L'essentiel, c'est qu'ils atterrissent où je le souhaite.

Et Averne refusa d'en dire davantage.

Les heures s'écoulèrent. La toile du système était hors service, mais Newt réussit à capter des émissions de Japet et des lunes intérieures, et c'est ainsi qu'ils apprirent que Paris avait fini par tomber, qu'on se battait avec férocité sur Téthys, autour d'Athènes et de Spartica, et que Bagdad sur Encelade s'était officiellement rendue. Un témoin des événements rapporta avec un calme étonnant que deux remorqueurs avaient tenté d'emboutir le *Fleur de la Forêt*, le premier ayant succombé aux armes cinétiques et le second à l'assaut d'un singlenef. On signalait que des commandos de la Communauté du Pacifique soumettaient l'une après l'autre les exploitations fermières isolées de Japet. Mais toute cette frénétique et meurtrière activité semblait dérisoire comparée au panorama serein et majestueux de Saturne et de ses anneaux, qui s'éloignait doucement derrière l'*Éléphant*. Sur cette toile de fond aussi vaste qu'inhumaine, la guerre était aussi insignifiante que le conflit entre deux poignées de microbes dans les eaux infinies de l'océan.

Newt coupa le moteur de l'*Éléphant*, procéda à la manœuvre de retournement et remit les gaz. Ils devaient à présent ralentir pour se caler sur la vitesse orbitale de Titan. Leur poursuivant ne les lâchait pas. Comme il continuait à accélérer, il se rapprochait sans cesse d'eux.

Macy centra l'image de l'espace mémo sur l'étoile brillante de l'*Uakti*. La distance les séparant de la navette ne cessait de décroître, sa vitesse relative ne cessait de croître. Elle sentit monter en elle l'angoisse et la consternation. S'ils s'étaient mépris sur les intentions de leurs poursuivants, peut-être allaient-ils continuer à accélérer, rattraper l'*Éléphant* pour l'immobiliser au moyen d'un proxy ou d'une arme cinétique puis l'arraisonner après avoir fait le tour de Titan pour réduire leur vitesse. Les deux bâtiments n'étaient plus séparés que par trente mille kilomètres, mais ils se rapprochaient à une vitesse moins importante. Au bout de quelques instants, Macy comprit que l'*Uakti* avait coupé son moteur à fusion. Ses propulseurs émirent un éclat fugitif lorsqu'elle effectua sa manœuvre de retournement, puis son moteur à fusion se ralluma, émettant une lumière plus intense que le disque rabougri du Soleil. Elle continua à suivre l'*Éléphant*, les deux bâtiments tombant désormais à la même vitesse vers le croissant embrumé de Titan.

Aux tout débuts de l'âge de l'espace, les rêveurs avaient imaginé une Titan riche en azote et en hydrocarbures, mais il était plus facile d'extraire le CHON des dépôts de chondrites carbonées de Japet et des lunes intérieures que de le collecter dans l'atmosphère de Titan et celle-ci, avec son linceul de gaz frigorifiés et son puits gravitationnel contraignant, était aussi attractive qu'une banlieue de l'enfer. Rares étaient les Extros à avoir choisi d'y vivre : une poignée d'ermitages et d'oasis, plus la collectivité anarchiste de Tank Town, sur les berges de la mer de Lunine, qui bricolait d'étranges kénobies et produisait des plastiques exotiques et autres dérivés de la chimie organique. Pas plus de cinq cents âmes en tout, dispersées sur une lune dont le diamètre dépassait cinq mille kilomètres, ce qui la rendait plus grosse que Mercure. Jusqu'ici, la guerre ne l'avait pas touchée.

L'*Éléphant* se plaça en orbite équatoriale et ses passagers découvrirent une petite étoile devant eux : l'aérocoque lancée par le contrôle du trafic spatial de Tank Town. Que les citoyens de cette ville aient risqué l'un de leurs appareils dans une telle aventure témoignait de la réputation d'Averne. Cela leur rapporterait certes pas mal de kudos, mais qui pouvait en estimer la valeur future alors que les trois grandes puissances de la Terre étaient sur le point de prendre le contrôle du système de Saturne ? Mais l'aérocoque était bien là, devant eux, pareille à un gros coquillage de palourde blanc sur fond de nuages ocre. Newt avait calculé les trajectoires orbitales des deux bâtiments avec une telle précision que remorqueur et aérocoque entamaient déjà leur rendez-vous, et un frisson parcourut l'*Éléphant* comme ses propulseurs compensaient son mouvement. Macy se sentit fière de lui.

Averne avait déjà enfilé son vidoscaphe et gagné le sas. Après leur avoir adressé un bref adieu, elle dépressurisa, ouvrit la porte extérieure et sortit pour franchir les trente mètres la séparant de l'aérocoque, saisissant une poignée près de l'écoutille et se propulsant dans celle-ci avec grâce.

— Deux siècles bien sonnés, et agile comme un singe, commenta Newt. Elle contacte Sri Hong-Owen pour lui fixer un rendez-vous. Tu veux écouter ?

Macy écouta le bref message et dit :

— C'est sans doute la personne la plus intelligente que j'aie jamais rencontrée. Un authentique génie. Le problème, c'est qu'elle n'est pas psychologue.

— C'est le moins qu'on puisse dire.

— Donc, il n'est pas question que nous l'abandonnions, d'accord ?

— J'ai deux ou trois potes à Tank Town, dit Newt. Des camarades de vol. Laisse-moi les contacter et on verra si nous parvenons à un accord. En attendant, je crois qu'on ferait mieux de changer d'orbite, comme si on se préparait à repartir.

Sur l'image de l'espace mémo, le moteur chimique de l'aérocoque entama sa mise à feu, et le petit appareil ralentit pour quitter son orbite et descendre vers la surface de Titan.

Chapitre 12

Titan était d'une taille équivalente à celle de Ganymède et de Callisto mais, alors que les deux lunes joviennes avaient depuis longtemps perdu leur atmosphère, cet astre glacial était drapé dans un dense manteau d'azote et de méthane, un halo orangé de smog photochimique. Des particules d'hydrocarbures, formées par l'action des ultraviolets sur le méthane des hautes couches de l'atmosphère, descendaient jusqu'à la surface pour s'agréger en masses noires que les vents équatoriaux transformaient en océans de dunes de cent mètres de haut courant en rangées parallèles sur des centaines de kilomètres. Des averses de méthane et d'éthane emplissaient les lacs et les mers, grossissaient les fleuves qui creusaient des réseaux de ravines dans les *highlands* de glace et se déversaient dans les bassins des plaines.

Tandis que l'*Uakti* progressait vers le lieu du rendez-vous sous un ciel occulté d'un horizon à l'autre par une chape orangée, Sri fut frappée par le caractère familier du paysage. Ils survolaient une plaine volcanique, où les dômes et les caldeiras se disputaient de vastes champs de lave sombres hachurés de chenaux, de fissures et d'effondrements volcaniques. Les plus larges de ces derniers étaient emplis de méthane et d'éthane liquides qui luisaient comme des nappes de pétrole à la lumière terne imprégnant les lieux.

L'*Uakti* glissa en direction d'un dôme volcanique aplati, couronné d'une caldeira dont les parois affaissées entouraient un bassin peu profond de dix kilomètres de diamètre rempli de glace noircie. Un cône secondaire rugueux, un volcan mis en abyme, était planté dans cette caldeira telle une pupille légèrement excentrée par rapport à son iris. Une éblouissante balise verte clignotait à hauteur de son sommet, signalant la position d'une plate-forme d'atterrissage. Un peu plus loin, on distinguait un petit dôme juché sur une terrasse.

Tout cela, elle n'eut que quelques instants pour le percevoir, puis la navette fila et négocia un virage à cent quatre-vingts degrés, à l'issue duquel Yamil Cho présenta à Sri les données collectées par le radar, les micro-ondes et l'imagerie multibandes. La lave d'eau congelée qui emplissait la caldeira formait un bouchon de plus de soixante mètres d'épaisseur surmontant un flot d'eau à l'état liquide. Des kénobies arborescents couvraient les flancs du cône secondaire et la paroi de la caldeira, dont le sol restait toutefois dégagé, sans doute parce que la température y était plus élevée et par conséquent létale pour des organismes prospérant à – 180 °C. Le dôme aménagé sur le cône secondaire était pressurisé mais paraissait désert. Trois kilomètres plus à l'est, à peu près au centre de la caldeira, une silhouette solitaire se dressait sur une crête surplombant une petite cheminée en activité.

— Elle a tenu sa promesse, dit Sri.

— Rien ne prouve qu'il s'agit d'Averne, tempéra Yamil Cho. Primo, nous ignorons combien de personnes vivent ici. Secundo, il n'y a aucune trace de l'aérocoque.

— Elle a dû la renvoyer à la colonie. À Tank Town.

— Se transformant du coup en naufragée. Ce n'est pas bon signe. Et même s'il s'agit d'Averne, il est possible que d'autres personnes aient monté une embuscade. En se planquant dans des tranchées ou à l'abri de ces pseudo-arbres. Par ailleurs, il y a sous la bordure un truc que j'aimerais voir de plus près. Nous devrions faire un autre survol avant de nous poser.

— Si quelqu'un se manifeste, ce ne sera qu'un technicien ou un assistant. Probablement terrifié et facile à impressionner. Averne nous a dit qu'elle voulait discuter, et c'est ce que nous allons faire. Veuillez atterrir sans tarder, monsieur Cho. Pouvons-nous nous poser près d'elle ?

— Je déconseille d'atterrir sur le sol de la caldeira, madame. Même s'il est suffisamment épais pour supporter notre poids, il est composé de glace. Les rétrofusées liquéfieront sa couche superficielle, qui pourrait bloquer les patins en gelant.

— Va pour la plate-forme d'atterrissage, alors. Nous finirons la route à pied.

Yamil Cho survola de nouveau la caldeira et enclencha les rétrofusées. Sri se retrouva projetée contre la toile amortissante de sa couchette lorsque la navette descendit vers le cône secondaire.

L'appareil flotta quelques instants au-dessus de la surface scarifiée de la plate-forme puis s'y posa dans un nuage de vapeur condensée, s'immobilisant après avoir rebondi sur ses patins.

Ce fut Yamil Cho qui brisa le silence.

— Puis-je vous faire remarquer que si Averne se trouve bien dans la caldeira, vous serez obligée de vous entretenir avec elle par radio et que vous pourriez le faire sans quitter ce bâtiment ?

— Ce serait fort grossier, monsieur Cho. Par ailleurs, si nous lui montrons que nous avons peur d'elle, cela lui donnera un avantage sur nous.

— Si vous insistez...

Quand on lui ordonnait d'aller à l'encontre de sa volonté, Yamil Cho pouvait se montrer aussi dédaigneux qu'un chat vexé.

— Cela ne signifie pas pour autant que nous aurons les mains vides, ajouta Sri. Nous nous trouvons dans son domaine, dans l'un de ses jardins secrets. Nous devons nous attendre à des surprises désagréables. Donc, nous prendrons des pistolets, mais sans toutefois les lui montrer. Et s'il faut en faire usage, tâchez de ne pas la tuer, monsieur Cho. Je n'ai pas fait tout ce chemin pour repartir avec le cadavre d'Averne. Efforcez-vous de la toucher au bras ou à la jambe. De la neutraliser, rien de plus. L'intégrité de son vidoscaphe en sera certes affectée, mais je pourrai procéder à une amputation si nécessaire.

— Entendu, madame.

Sri suivit Yamil Cho dans le sas puis sur l'aire d'atterrissage aux couleurs pâles, lui emboîtant le pas pour s'engager sur une allée traversant une étroite terrasse. S'il n'y avait eu l'étrange ciel orangé, ce lieu sinistre enchâssé dans les rochers et dominant une forêt ombrageuse courant le long d'un coteau encaissé lui aurait rappelé son royaume antarctique. Elle pensa à ses fils. Alder à la tête du centre de recherche ; Berry endormi comme un innocent dans son cercueil d'hibernation à bord du *Gloire de Gaïa*. Si seulement ils avaient pu être à ses côtés pour assister à son triomphe ! Enfin, elle aurait bientôt le loisir de leur raconter toute l'histoire.

L'éclairage du dôme transparent s'activa comme ils s'en approchaient. Yamil Cho insista pour le fouiller. Pendant qu'il explorait les lieux, inspectant les douches et les dortoirs, ouvrant et refermant les placards, Sri fit le tour de la structure et découvrit un garage où étaient parqués des trikes à roues maillées, dont les batteries étaient branchées sur des chargeurs. Elle en poussa une à l'extérieur pour la garer devant le sas, et ce fut là que la trouva Yamil Cho lorsqu'il finit par ressortir du dôme.

— *Il vaudrait mieux que ce soit moi qui pilote, madame*, dit-il par le canal à courte portée.

— Je vous en prie.

Sri céda sa place. Yamil Cho empoigna le guidon et s'engagea sur un sentier qui plongeait dans la forêt de kénobies. Ceux-ci ressemblaient à des champignons géants plutôt qu'à des arbres : une tige noire de quatre ou cinq mètres de haut, surmontée d'un dôme noir aux formes délicates, composé de quatre feuilles triangulaires reliées les unes aux autres par des crochets disposés sur leur pourtour. Tous tremblaient doucement sous la brise. Sri s'accrocha à la barre de sécurité du trike tandis que Yamil Cho fonçait sous les frondaisons mouvantes de cette forêt irréelle. Puis la pente se radoucit et ils roulèrent sur le sol gelé de la caldeira, contournèrent des affleurements évoquant des pièces de jeu d'échecs et des cheminées d'où montaient des panaches de vapeur dont les retombées ornaient les blocs de glace noire tels des flocons de neige, cahotèrent sur des plis gelés, pour s'arrêter enfin à plusieurs dizaines de mètres du promontoire noueux qui se jetait au-dessus d'une nappe de liquide évoquant une feuille de plomb, ou encore une polynie dans la glace de mer antarctique, fumant au sein d'une coque de dépôts minéraux et entourée d'un champ de neige étincelant.

Sur une crête se tenait une silhouette en vidoscaphe noir, appuyée à un grand bourdon, qui les observa tandis qu'ils descendaient du trike et que Sri s'engageait sur un sol ridé pour se diriger vers elle. Une certitude glacée l'envahit : tous les épisodes de sa vie aboutissaient à l'instant présent, l'instant de son triomphe. Celui-ci était inévitable. Yamil Cho s'écarta sur sa droite pour prendre l'ennemi de flanc. Qu'il fasse ce qui lui chante. Elle poursuivit sa route, contourna une petite cheminée torse qui crachait une vapeur retombant sous forme de poudreuse, se concentra sur le terrain pour éviter de trébucher. La petite mare fumante au pied de la corniche débordait d'un liquide ressemblant à de l'eau, et qui en était sans doute. Ici, l'eau était de la glace fondue. De la lave. Saturée d'ammoniac, probablement, ce qui lui permettait de demeurer liquide jusqu'à – 97 °C, sauf que la température ambiante était considérablement plus basse, si bien qu'une source d'énergie thermique devait expliquer que ce bassin contienne du liquide. Soit le volcan était plus actif qu'il y paraissait, soit une pile à fission était planquée quelque part et chauffait l'eau subglaciaire au moyen de câbles supraconducteurs.

Des choses poussaient au bord de la mare, des excroissances spongieuses grosses comme le doigt, bariolées de couleurs primaires.

Plus loin, on avait taillé dans la corniche de glace de minuscules terrasses recouvertes de disques gris perle évoquant des lichens.

La radio de Sri bipa et elle sentit un frisson de plaisir la parcourir lorsque s'afficha l'identité de l'appelant. Averne. Elle ne s'était pas trompée, elle avait eu raison de suivre l'intuition qui l'avait conduite dans cet étrange jardin, au fin fond du système de Saturne, en ce lieu où l'attendait son triomphe.

— Je m'appelle Sri Hong-Owen, déclara-t-elle de but en blanc. Je suis venue vous demander de revenir à la maison.

— *Je sais qui vous êtes*, répondit Averne. *Si vous voulez vous entretenir avec moi, il est inutile d'avancer davantage. Et dites à votre ami de rester où il est.*

— Cela suffira, monsieur Cho, dit Sri.

— *Entendu, madame.*

Il se trouvait à cent mètres de là, au bout de la corniche, un peu en dessous du niveau où se tenait Averne.

— J'ai fait un long chemin pour vous rencontrer, dit Sri à celle-ci. J'ai volé un vaisseau spatial et abandonné tous mes biens sur Terre. Et j'ai laissé un de mes fils en otage à bord d'un spationef brésilien. Vous comprendrez, j'espère, que je suis animée des meilleures intentions.

— *Je me contenterai de vous donner une chance d'expliquer ce que vous attendez de moi*, répliqua Averne.

— Les kénobies sur les flancs du volcan... je suppose qu'ils n'utilisent pas le Soleil comme source d'énergie.

— *Si c'était le cas, ils ne pousseraient guère.*

— Il y a dans cette atmosphère très peu de sources d'énergie non fermentables. Et j'ai remarqué que vos kénobies ne poussaient pas à l'extérieur de la caldeira. Peut-être utilisent-ils son énergie thermique.

— *Ils produisent de l'énergie électrique à partir du différentiel de température de leurs racines.*

— Dans ce cas, pourquoi ressemblent-ils autant à des arbres ? Pardonnez-moi, mais voilà qui suggère un certain manque d'imagination.

Elle brûlait du désir de comprendre tout ce qu'Averne avait créé en ce lieu, mais elle tenait aussi à lui prouver qu'elle était son égale, une sorcière génétique digne de son respect.

— *Ces parasols ont besoin d'une importante surface de contact pour absorber les hydrocarbures présents dans l'atmosphère*, répondit Averne.

Et elle entreprit de lui expliquer que les feuilles étaient des plaques de graphène recouvertes de fines veines de polymères catalytiques qui happaient les molécules organiques de l'air pour les pomper dans une matrice de méthane liquide, laquelle les envoyait dans le tronc où elles se combinaient pour former des molécules plus complexes.

— J'aurais conçu un organisme proche de l'éponge, commenta Sri. Quelque chose qui transporte les flux d'air à portée de larges surfaces de contact internes. Cela aurait été bien plus efficient.

— *De telles éponges poussent dans le bassin volcanique à vos pieds. À tout le moins, leur structure génétique doit davantage à l'éponge qu'à tout autre organisme. On trouve aussi dans le mélange un peu d'holothurie et un peu d'archéobactérie.*

— Je présume qu'elles produisent des électrons libres par oxydation de l'ammonium.

— *Évidemment.*

— Des arbres sur les coteaux ; des éponges dans les mares. Et des pseudo-lichens sur les rochers. Ça ressemble beaucoup à la Terre, lâcha Sri en faisant sentir sa réprobation.

— *Nos critères de beauté nous viennent de la Terre*, répondit Averne. *Il me plaît de les appliquer à la conception de mes jardins.*

— Les gens comme nous n'ont pas besoin de critères. Et puis, seul le hasard règne. Nous devrions être libres de créer ce que nous voulons.

— *Je choisis librement de créer ceci.*

— Nous pourrions faire de grandes choses ensemble. Sans autre limite que notre imagination.

— *Je pourrais faire ce que je veux ?*

— Naturellement.

— *Pourtant, vous souhaitez disposer de ma liberté.*

— Si j'ai risqué tout ce que j'avais pour venir ici et vous parler, c'est parce que je sais que je peux vous aider. Je peux vous conduire en lieu sûr. Je peux vous donner tout ce dont vous avez besoin. Un espace de travail. Des assistants. Des ressources à foison. Je peux être votre avocate, votre protectrice… et même votre collaboratrice, si vous le souhaitez. Mais, sans moi, vous ne serez qu'une réfugiée ordinaire.

Averne sembla réfléchir à cette proposition durant un moment puis pria Sri de demander à son ami de ne pas s'approcher davantage.

— *Je cherche à avoir une meilleure vue de la mare*, répondit Yamil Cho d'une voix mielleuse que Sri ne lui connaissait pas. *Je ne voulais pas vous effrayer.*

— *Et je ne veux pas qu'il vous arrive malheur*, rétorqua Averne.

Elle était appuyée sur son bourdon, qu'elle empoignait des deux mains au niveau de son épaule. Il s'achevait à chaque extrémité par ce qui ressemblait à un pommeau d'argent et lui rendait cinquante centimètres de hauteur.

— *S'agirait-il par hasard d'une menace ?* lança Yamil Cho.

Sri ordonna à son secrétaire de faire silence et de ne plus bouger, puis se retourna vers Averne.

— Votre dernier espoir, c'est moi. Si vous tombez entre les mains d'autres que moi, ils vous dépouilleront de tout votre savoir. Ce ne sera pas une expérience agréable, et elle sera automatiquement suivie de votre élimination pure et simple.

— *Il faudrait d'abord qu'ils m'attrapent.*

— Le seul fait que nous avons cette conversation prouve que vous ne pouvez pas rester cachée indéfiniment.

— *C'est moi qui vous ai invitée ici, vous l'oubliez.*

Sri était ravie de cette petite bravade. Elle signifiait qu'Averne était humaine, après tout, et dotée de faiblesses susceptibles d'être exploitées : l'orgueil, la vanité, la peur.

— La guerre est finie, dit-elle. Votre camp l'a perdue. Le mien l'a gagnée. Vous ne pouvez prétendre échapper aux conséquences de ce fait, pas plus que les Extros peuvent prétendre vouloir se détacher du reste de l'humanité.

— *Le goéland argenté.*

Quelques instants d'intense réflexion, puis Sri dit :

— Je ne suis pas sûre de vous suivre.

— *Une espèce d'oiseau de mer jadis très répandue des deux côtés de l'Atlantique. Elle a disparu au cours de la Renverse, je crois bien.*

— Ah ! J'ai procédé à des travaux de restauration en Antarctique. J'y ai ressuscité deux espèces d'albatros et cinq de manchots. Ainsi que des skuas. Une personne travaillant dans l'hémisphère Nord a peut-être ressuscité ces goélands. C'est facile à vérifier.

— *Le goéland argenté présentait un problème en taxinomie classique, avant la généralisation de l'analyse du génome. À cette époque, rappelez-vous, on considérait que les membres d'une espèce formaient un groupe de reproducteurs isolé dont les gènes ne se combinaient pas avec ceux des autres groupes. Il existait diverses sous-espèces de goéland argenté le long des rivages oriental et occidental de l'Atlantique. Un continuum sur un cercle géographique pas tout à fait fermé.* (Pour illustrer son propos, Averne leva son bourdon et décrivit un demi-cercle avec son extrémité.) *Chacune de ces sous-espèces pouvait se croiser avec sa voisine. Mais les deux sous-espèces de chacune des extrémités de la chaîne ne pouvaient se croiser entre elles : leur union était toujours stérile.*

— Cette petite leçon d'histoire a une morale, je suppose.

Sri était irritée de voir la sorcière génétique profiter d'une lacune mineure dans ses connaissances pour altérer le cours de la conversation.

— *Vous et les vôtres êtes persuadés que les Extros veulent se dissocier de l'humanité. Devenir une autre espèce. Totalement distincte de l'espèce terrienne d'origine. Vous ne voyez pas qu'il existe un continuum.* (Averne dessina de nouveau un demi-cercle.) *Il en va de même, d'ailleurs, des plus extrémistes parmi les miens. Chacune des extrémités de ce continuum est prête à détruire l'autre, mais si vous détruisez le segment de l'humanité le plus éloigné de vous, c'est son voisin mitoyen qui prendra sa place. Et qui devra être détruit à son tour. Et ça continuera comme ça, segment après segment, jusqu'à ce qu'il n'en reste plus qu'un seul. Qui finira par se détruire lui-même.*

— Vous croyez que c'est ce que je pense ? Eh bien, détrompez-vous. Je ne crois pas à ces vieilles lunes que sont l'espèce et le séparatisme. Je ne crois pas que la vie se réduise à la survie et à la reproduction des gènes. Non, je crois à la puissance et à l'adaptabilité infinies de la vie. Je crois en l'exploration de toutes ses expressions potentielles. Et c'est aussi ce que vous croyez, je le sais. Ces créations que je vois en sont la preuve manifeste.

Sri avait la gorge à vif, le cœur battant la chamade, et elle se sentait toute nue devant le regard froid et scrutateur d'Averne. Mais l'euphorie la gagnait néanmoins. Elle avait renoncé à toute prudence pour exposer ses convictions les plus sincères, les poser aux pieds d'Averne comme pour lui jeter un défi. Que la sorcière génétique décide de le relever ou de le mépriser, qu'elle accepte de coopérer ou qu'elle ne le fasse que sous la contrainte, le credo de Sri serait à ses yeux la pierre de touche de leur collaboration.

Durant un long moment, on n'entendit que les sifflements et les gargouillis de la vapeur s'échappant des cheminées et de la bise soufflant sur les rochers. Puis Averne déclara :

— *Vous venez de me faire une proposition, professeur-docteur Hong Owen. Permettez-moi de vous faire une contre-proposition. Venez avec moi. Travaillez avec moi.*

— Pourquoi souhaiterais-je faire une chose pareille ?

— *Parce que le genre de travail que vous souhaitez accomplir sera bientôt interdit sur Terre, je le sais. Le climat politique a changé. Les modérés qui autorisaient l'utilisation de l'ingénierie génétique pour hâter la régénération des écosystèmes de la planète perdent du terrain face aux*

*Verts extrémistes. Et ces derniers considèrent l'ingénierie génétique comme une interférence avec la loi naturelle qui confine à l'*hybris. *Qu'elle ait permis de nourrir des milliards d'êtres humains durant le changement climatique et la Renverse qui l'a suivi n'a aucune importance à leurs yeux. Ils la jugent aussi préjudiciable à ce qu'ils appellent Gaïa que la dépendance pétrochimique qui a alimenté le réchauffement global. Ils s'emploient déjà à détruire les cultures génétiquement modifiées. Ils projettent de mettre un terme à plusieurs programmes de recherche, notamment les vôtres. Et s'ils sont venus jusqu'ici pour s'emparer de nos cités et de nos habitats, c'est parce qu'ils redoutent ce que nous pourrions accomplir, ce que nous pourrions devenir.*

» *Vous n'avez plus d'avenir sur Terre, professeur-docteur, ni dans une quelconque dépendance terrienne. Mais je peux vous conduire loin de l'hégémonie de la Terre. Si vous m'accompagnez, je vous montrerai des choses fabuleuses et vous donnerai les outils pour créer vos propres merveilles.*

Avant que Sri ait pu répondre, on entendit résonner un lointain craquement évoquant le tonnerre.

— *Ça suffit*, dit Yamil Cho. *Vous avez entendu ce bruit ?*

— Taisez-vous, ordonna Sri, furieuse et choquée par son intervention.

— *Elle n'arrête pas de vous embobiner sans que vous vous en rendiez compte*, enchaîna Yamil Cho. *Elle vous fait miroiter de prétendues merveilles pendant que son piège se referme sur nous. Car nous sommes piégés. Ce bruit, c'était un bang supersonique. Un objet s'approche de nous : une aérocoque, à en juger par son écho radar.*

— *Ma proposition est sincère*, reprit Averne. *Vous avez déjà renoncé à votre vie d'avant, professeur-docteur Hong-Owen. Il ne vous reste qu'à faire le dernier pas et à m'accompagner.*

— *Ça suffit*, répéta Yamil Cho.

Il avait dégainé son pistolet pour le pointer sur Averne tandis qu'il s'avançait vers elle sur la crête.

— Arrêtez tout de suite, lui ordonna Sri.

— *Je n'en ferai rien. Je ne suis plus votre serviteur. Et Averne n'est plus votre trophée.*

— À qui revient-elle, alors ?

Mais Sri le savait déjà ; elle comprenait à présent pourquoi on l'avait autorisée à traquer Averne.

— *Le général Peixoto estime que vous n'avez plus à cœur de défendre les intérêts de la famille. Et, à en juger par ce que je viens d'entendre, il ne se trompe pas.* (Yamil Cho se retourna vers Averne.) *Suivez-moi. Si vous ne m'obéissez pas, je vous loge une balle dans la jambe, j'attends que vous ayez perdu conscience et je vous transporte jusqu'à notre navette. Telle est* ma *proposition.*

Sri leva son arme et en pressa la détente, mais il ne se passa rien. Partant d'un petit rire, Yamil Cho lui demanda si elle le croyait assez stupide pour lui confier un pistolet chargé. Et, soudain, prise d'une colère noire et bouillonnante, Sri lui lança cette incantation :

— Forfait inacceptable ! Meurs ! Meurs ! *Meurs !*

Et il mourut. Se prit la tête entre les mains, chancela, tomba par terre.

Sri prit son élan. Trois bonds, et elle sautait par-dessus l'étroite mare pour atterrir sur une terrasse de la crête, encaissant le choc qui la parcourut de la pointe des pieds au sommet du crâne. L'espace d'un instant, le poids de son recycleur d'air menaça de la faire basculer dans la mare. Mais elle s'accrocha aux aspérités du rocher de glace, glissa les doigts et les pieds dans des crevasses, se hissa sur la crête et, arrachant le pistolet de la main de Yamil Cho, se redressa et le pointa sur Averne.

Qui se tenait à vingt mètres de là, appuyée sur son bourdon, indomptable silhouette noire, le visage pâle et serein derrière la visière de son casque.

— *Je devrais être impressionnée, je suppose*, lâcha-t-elle.

— Une simple sûreté intégrée, dit Sri.

Elle l'avait mise en place alors qu'elle altérait Yamil Cho pour affûter ses réflexes et lui permettre de contrôler ses rythmes de sommeil. Ce n'était pas qu'elle se méfiait spécialement de lui. En fait, elle se méfiait de tout le monde : tous ses serviteurs, mais aussi ses deux fils, étaient équipés de systèmes semblables. Dans le cas de Yamil Cho, il s'agissait d'un simple circuit parasite de son oreille interne, qui ne réagissait qu'à la voix de Sri et contrôlait des stents placés dans ses artères carotides. En recevant le signal codé, il avait provoqué une rupture qui avait à son tour déclenché une hémorragie cérébrale massive.

— *Avez-vous tué votre créature afin de me démontrer vos bonnes intentions ?* s'enquit Averne.

— Il m'a trahie. Jamais je ne tolère cela.

Sri avait recouvré son self-control, mais elle demeurait incapable de réprimer un léger tremblement de sa main armée.

— *Ma proposition tient toujours*, dit Averne. *Voulez-vous venir avec moi ? Nous pouvons être parties d'ici avant l'arrivée de cette aérocoque.*

—Vous vous trompez pour ce qui est de la Terre. Les choses ont changé pour le moment, mais ils comprendront bientôt qu'ils ont besoin de moi. Qu'ils ont besoin de *nous.*

—Vous êtes une scientifique. Ne vous laissez pas aveugler par l'orgueil.

—J'aurais préféré que vous acceptiez de votre plein gré mon offre de partenariat, mais tant pis. Vous allez me suivre et nous allons travailler ensemble, comme deux égales.

Sri sentit un immense soulagement déferler sur elle lorsque Averne se dirigea vers elle, adoptant une faible allure vu le poids de son vidoscaphe et s'appuyant sur son bourdon tous les deux pas.

—*Et le cadavre de votre créature ?* demanda-t-elle.

—Qu'il pourrisse ici, répliqua Sri, indifférente.

—C'est une profanation de mon jardin. Et un gaspillage de biomasse. Il peut nourrir mes vers des glaces.

—Des vers des glaces ?

—*Dans la mare*, dit Averne en agitant son bourdon.

Sri baissa les yeux et vit que de gros tubes noirs un peu raides sortaient des crevasses aux bords lisses qui couraient dans les profondeurs.

—Non, dit-elle, soupçonnant une ruse. On le laisse où il est. Et débarrassez-vous aussi de ce ridicule bâton.

Derrière la visière de son casque, le sourire d'Averne fut soudain éclipsé par les reflets verts et rouges de plusieurs voyants. Elle ouvrit les bras en croix et laissa choir le bourdon en contrebas de la crête, en plein milieu de la mare.

Sri comprit aussitôt qu'elle avait commis une erreur. Mais avant qu'elle ait pu faire un geste, voire pousser un cri, le bourdon plongea dans l'eau gelée, y sombrant sans paraître en perturber la surface, pour finir sa course au sein des vrilles noires ; celles-ci explosèrent aussitôt dans un geyser qui jaillit dans les airs avec une vitesse confondante, formant un nuage de vapeur qui entra en expansion au-dessus de la crête, pour se réduire l'instant d'après à une tempête de neige qui s'évanouit après avoir dispersé ses volutes autour d'Averne et de Sri. La mare était pleine à ras bord d'un grouillement de tentacules qui en débordèrent dans toutes les directions, se divisant à mesure qu'ils étendaient leur emprise sur le sol, se répandant sur toutes choses comme un roncier dont la prolifération était vue en accéléré. Un bouquet de filaments parvint sur la crête et se dédoubla autour de Sri, fouettant les airs et menaçant de l'étreindre. Elle recula précipitamment, perdit l'équilibre et tomba à la renverse sur le dos. Avant qu'elle ait pu se relever, elle se retrouva piégée dans un cocon qui lui enveloppa les bras, les jambes et le torse, et qui accentua son étreinte sur elle quand elle tenta de se débattre.

— *Je vous conseille d'observer une immobilité absolue*, dit Averne.

La sorcière génétique se tenait au centre d'une nuée confuse de filaments noirs. Aucun d'eux ne la touchait ; lorsqu'elle s'avança d'un pas, elle poussa des masses de fils extra-fins comme si elle écartait un banal rideau, laissant au sein du nuage figé une béance dont les contours correspondaient à ceux de son vidoscaphe, et Sri comprit que celui-ci devait être recouvert d'une couche inhibitrice.

— *Les tentacules grâce auxquels s'alimentent mes vers des glaces contiennent des capsules homologues aux nématocystes des cnidaires telles la méduse et l'anémone de mer*, expliqua Averne en baissant les yeux vers Sri. *À leur instar, ils projettent des filaments lorsqu'ils sont stimulés. Ces filaments sont intelligents et thermotropiques, fort proches de ceux équipant les mines incapacitantes et non létales. Ils se tendent vers tout corps dont la température est supérieure à celle de son environnement immédiat, puis se fixent à lui en se divisant. Comme vous pouvez le constater en ce moment même. Si vous bougez un peu trop, professeur-docteur, les tentacules le percevront et se contracteront autour de vous afin de vous attirer dans la mare.*

— Le bâton, dit Sri, partagée entre la terreur et la stupéfaction.

Elle empoignait toujours le pistolet, mais sa main et son poignet étaient plaqués contre sa cuisse par le cocon.

— *Sa pointe creuse contenait une solution saturée de proline et de chlorure de potassium pour stimuler la réaction des tentacules. Et, juste avant votre arrivée, j'ai ajouté une substance à l'eau de la mare pour attirer les vers à la surface. En général, ils vivent dans les profondeurs des sources hydrothermales. Ce sont des créatures plutôt lentes, dont la longueur atteint parfois les cinq mètres. Il leur suffit pour survivre d'absorber l'hydrogène et l'ammonium fixés par leurs bactéries symbiotiques, mais, pour croître et se reproduire, ils ont besoin de matière organique. Comme je n'ai jamais pris le temps de concevoir le reste du biome que je comptais affecter aux sources, ces vers doivent être nourris à intervalles réguliers. En général, nous abattons quelques parasols. Mais un cadavre humain fera tout aussi bien l'affaire.*

Elle se pencha sur Yamil Cho et, faisant preuve d'une surprenante dextérité, descella son casque et le lui ôta. Une couche de givre lui para aussitôt le visage. La sorcière génétique le débarrassa également de son recycleur d'air puis se redressa et, de la pointe du pied, commença à faire bouger le corps. Les filaments qui l'enserraient se contractèrent, le déplaçant par côté pour négocier un éperon de glace, puis il disparut derrière la bordure de la crête.

Sri l'entendit tomber dans la mare. Son casque était immobilisé par les filaments qui le tenaient, mais elle pouvait tourner la tête à l'intérieur, et elle vit un nuage de vapeur monter au-dessus de l'eau puis se réduire en une éphémère bourrasque de neige.

— Qu'allez-vous faire de moi ? demanda-t-elle.

— Les filaments se désintégreront dans quelques heures. Tant que vous vous tenez tranquille, vous ne risquez rien.

Et, cela dit, Averne s'écarta d'un pas et se fraya un chemin parmi les rets de filaments noirs, disparaissant de son champ visuel.

— Si vous me libérez, j'oublierai cet incident, lui dit Sri. Et nous travaillerons en égales, toutes les deux.

— Je vous conseille d'étudier mes jardins avec beaucoup de soin avant de m'adresser de nouveau la parole.

— Les choses ne s'arrêteront pas là. De ma vie je ne cesserai jamais de vous rechercher, vous le savez, et j'ai l'intention de vivre très longtemps.

Averne ne répondit pas.

Au bout d'une minute, Sri eut l'horrible pressentiment qu'elle serait naufragée ici pour toujours, et elle lança :

— Si vous me prenez ma navette, il me sera encore plus facile de vous retrouver.

Pas de réponse. Sri essaya tous les canaux mais ne capta que le silence, abstraction faite du grésillement ténu des filaments sur la glace tout autour d'elle, et des sinistres plaintes du vent.

Elle restait là, immobile sur la crête, telle la victime sacrificielle de quelque cérémonie occulte. Sentant un frisson insidieux glacer ses omoplates, ses fesses et ses talons, contemplant les pics et les cañons glacés des montagnes de nuages ternes qui barraient le ciel d'un horizon à l'autre, s'efforçant de ne pas penser à ce qui lui arriverait si Averne avait menti à propos de ses vers des glaces. Mais la sorcière génétique n'avait aucune raison de mentir, tenta-t-elle de se persuader. Elle serait bientôt libre. Elle avait de l'air pour une journée et de l'eau en quantité. Elle survivrait à cette épreuve.

Quelque temps plus tard, l'aérocoque plana dans les hauteurs tel un ovni dans les rêves paranoïaques de jadis. Sri se demanda si elle allait finir prisonnière ou otage, se demanda comment elle expliquerait cette histoire à Arvam Peixoto. Il lui serait facile de concocter un récit faisant reposer toute la responsabilité sur Yamil Cho, songea-t-elle, et elle se jura que, quoi qu'il arrive, elle mettrait sa menace à exécution : elle passerait le restant de ses jours à la recherche d'Averne.

Chapitre 13

Newt posa l'aérocoque tout près de la navette au centre de la plate-forme, l'immobilisant sur ses coussins d'air et la maintenant en équilibre afin de pouvoir décoller sur-le-champ si nécessaire, et Macy et lui scrutèrent les parages en quête de signes de vie. La navette était froide et hermétiquement scellée, la plaque de glace noire qui l'entourait était vide de tout objet. Newt finit par couper les propulseurs, dont le vrombissement se réduisit à un murmure, et par laisser reposer le bâtiment sur ses patins.

Macy se redressa sur sa couchette anti-g, étreignit l'épaule de Newt et lui déclara qu'elle allait prendre les choses en main.

— Tiens-toi prêt à décoller en cas de pépin.

— Je veux.

Il lui sourit derrière la visière de son casque. Tous deux avaient conservé leur vidoscaphe, car l'aérocoque ne disposait pas de sas.

— Ne traîne pas, ajouta-t-il. Et fais gaffe à la pesanteur. Si tu te casses une jambe, je ne sais pas si je pourrai te récupérer.

La pesanteur sur la surface de Titan ne s'élevait qu'à 0,14 g, mais elle était nettement supérieure à celle de Dioné. Si la thérapie génique, les drogues et la médecine par les plantes avaient protégé Macy des effets de la faible pesanteur sur les os et les muscles, la prison l'avait empêchée de suivre son régime d'exercices et elle se sentait un peu mal à l'aise lorsqu'elle ouvrit l'écoutille et descendit de l'aérocoque pour atterrir sur le sol de la lune. Plaquant son pulsofusil contre le plastron de son vidoscaphe, elle fit le tour de l'appareil, examina l'allée qui contournait le volcan secondaire pour gagner le dôme puis alla jusqu'au bord de la plate-forme d'atterrissage et, l'espace d'un instant, oublia ses craintes pour s'abandonner à la vision émerveillée d'un monde nouveau.

Devant elle, un coteau foisonnant de dômes d'un noir de jais juchés sur des tiges élancées, oscillant doucement sous une brise gracieuse qui frôlait son casque en sifflant, débouchait sur une plaine de verglas de plusieurs kilomètres de large, frappée çà et là de traces de neige cunéiformes marquant l'emplacement de cheminées en activité, le tout ceint par la paroi interne d'une caldeira. La partie inférieure de celle-ci disparaissait sous une forêt de ces parasols noirs, sa crête nue et cannelée se dressait face à un ciel de brume orangée.

Newt lui demanda si elle avait repéré Averne ou les passagers de la navette.

— Pas encore. Peut-être devrais-je fouiller ce dôme.

— *Occupe-toi d'abord de la navette. Quand ce sera fait, on pourra respirer.*

Le vidoscaphe de Macy l'informa que quelqu'un souhaitait lui parler sur l'un des canaux visuels. C'était Averne.

— *J'espère que vous n'envisagez pas de dérober cette navette. Ils vous suivront à la trace si vous faites ça.*

— *Nous sommes venus vous secourir*, dit Newt.

— *Je présume que c'est en partie pour cela que vous avez risqué votre vie et votre spationef pour me suivre. Mais je n'en avais pas besoin et c'était inutile.*

Macy demanda à Averne où elle se trouvait et la sorcière génétique lui conseilla de regarder la bordure est.

— *Juste au-dessus des arbres.*

Une longue saillie plate s'étirait sous un surplomb de glace noire. Lorsque Macy zooma dessus, elle découvrit Averne en vidoscaphe noir, occupée à dégager de sa bâche de protection argentée un petit biplan juché sur sa catapulte. Macy transmit l'image à Newt, qui conseilla à Averne de regagner au plus vite la plate-forme d'atterrissage car ils devaient repartir sans tarder.

— *Les Brésiliens nous ont envoyé un spationef aux trousses.*

Newt avait repéré cet appareil fonçant vers Titan pendant qu'il marchandait l'usage de l'aérocoque avec ses amis de Tank Town, se retrouvant contraint de leur céder tout leur capital de kudos ainsi qu'un pourcentage substantiel de leurs bénéfices des cinq années à venir.

— *En fait, je crois que je vais rester ici quelque temps*, dit Averne.

La sorcière génétique avait le souffle éraillé par l'effort, mais elle paraissait d'un calme olympien.

— *Où sont les occupants de la navette ?* demanda Newt.

— *Regardez au centre de la caldeira.*

Au bout d'une minute, Macy repéra une silhouette en vidoscaphe bleu allongée sur une crête de glace, ligotée au sein de ce qui ressemblait à un fouillis de barbelés issu d'une mare bouillonnante située en contrebas.

— *Elle est seule ?* demanda Newt.

— Elle est vivante ? demanda Macy.

— *Elle était accompagnée d'un garde du corps, mais celui-ci n'est plus. Et elle était toujours vivante quand je l'ai quittée.* (Averne leur décrivit les vers des glaces et leur expliqua comment elle les avait activés lorsque Sri Hong-Owen l'avait menacée.) *Je vous conseille de renoncer à la secourir comme à la capturer, du moins pour le moment. À moins que vous disposiez d'une réserve d'acide 3-hydroxyanthranilique. C'est la seule façon d'empêcher les filaments de se coller à vos scaphes.*

— *Je crois qu'on est à court*, dit Newt.

— On ne va pas la laisser ici, dit Macy.

— *Les filaments finiront par la lâcher*, précisa Averne. *Tant qu'elle ne tente pas de se débattre, elle ne risque rien.*

— *Vous aviez tout prévu, je le parierais*, dit Newt.

— *Absolument pas. L'occasion s'est présentée à moi suite à un concours de circonstances des plus fortuit. Faites attention à ce que vous dites, au fait. Ne communiquez que sur des canaux à courte portée. Et partez du principe que vous êtes écoutés. Qui sait de quoi est capable la technologie militaire brésilienne ?*

Macy demanda à la sorcière génétique ce qu'elle avait l'intention de faire.

— Si vous ne pouvez pas entrer dans les détails, au moins donnez-moi une idée de ce que je dois dire à Yuli.

Il y eut un bref silence. Le vent soufflait sur le vidoscaphe de Macy, qui se tenait au bord de la plate-forme telle une cariatide sans entablement, les yeux fixés sur la caldeira où Averne achevait de plier la bâche de protection pour dégager la queue d'un petit biplan rouge.

— Je lui ai plus ou moins promis de veiller sur vous, insista-t-elle.

— *Une mission que vous avez accomplie de façon admirable*, dit Averne. *Et je vous en remercie. Quant à ma fille, dites-lui que j'ai besoin du temps de la réflexion. Dites-lui que j'ai désormais conscience d'avoir péché par excès d'optimisme ou de simplisme en me croyant capable d'exercer une influence sur le comportement collectif des Extros et des dirigeants actuels de la Terre. Dites-lui que j'ai besoin de comprendre comment et pourquoi j'ai échoué à promouvoir la paix et la réconciliation alors que, de toute évidence, ces options étaient les plus souhaitables pour l'immense majorité de la population humaine.*

» *Dans le Système extérieur, nous croyons depuis longtemps en la perfectibilité de l'esprit humain, nous croyons que la bonté est une valeur sûre, que le bonheur est non seulement bénéfique mais constructif. Au cours du siècle écoulé, nous avons édifié une profusion de sociétés fondées sur des principes de tolérance, de mutualisme, de rationalisme scientifique et d'authentique démocratie. Et, sur Terre, les peuples se sont unis pour guérir ensemble les plaies infligées par la Renverse, le changement climatique et deux siècles de capitalisme débridé. J'espérais voir ces deux admirables courants de l'histoire humaine s'unifier et poursuivre leur œuvre d'espoir en tant que partenaires plutôt que rivaux, partageant le meilleur de leurs talents et de leurs réussites. Mais, au lieu de cela, c'est la guerre qui nous est échue, et je dois tout repenser en profondeur. Je dois revenir aux questions fondamentales sur la condition humaine.*

» *Peut-être que les réductionnistes ont raison. Peut-être que des esprits sélectionnés pour résoudre les problèmes qu'affrontaient les tribus de chasseurs-cueilleurs des plaines africaines il y a deux cent mille ans ne sont pas aptes à gérer les difficultés et les stress de la civilisation qu'ils ont façonnée par la suite. L'échec de notre phylogénie nous condamne à suivre le rythme de notre inventivité. À moins que nous souffrions d'un défaut plus enraciné en nous, quelque chose utile à la survie de nos gènes mais nuisible à la civilisation et au bonheur personnel. Si nous faisons la guerre, c'est peut-être parce que nous ne pouvons pas nous empêcher d'être ce que nous sommes, parce que l'instinct de la meute est plus proche de notre nature que les aspirations de l'individu. Parce que les mobiles et le potentiel de notre prochain nous inspirent de la crainte et de la méfiance. Parce que nous ne pouvons nous empêcher de convoiter ce que nous ne possédons pas. Parce que nous sommes incapables d'oublier les vieilles rancunes, de surmonter les schémas de comportement archaïques. Est-ce que ce sont les dirigeants stupides et pervers comme Marisa Bassi qui conduisent à leur perte les peuples innocents, ou bien ces peuples élisent-ils des dirigeants comme lui, dont les qualités sont à l'image de leurs désirs ? Ou bien ne sommes-nous, les bons comme les méchants, qu'une écume emportée par la vague des événements, impuissante à les arrêter comme à les diriger ? Peut-être que l'histoire de l'humanité se réduit à l'histoire de la meute, que les contes de jadis où des héros changeaient le monde ou le sauvaient ne sont que cela, des contes pour enfants. Des mensonges lénifiants.*

» *Je ne sais pas,* conclut Averne. *Je ne sais pas. Je suis vieille, je suis fatiguée, et tout ce que je croyais prouvé de façon irréfutable n'est plus à présent que confusion. Je dois réfléchir à tout cela, et à bien d'autres choses encore.*

La sorcière génétique avait fait démarrer le biplan et montait à son bord.

—*Si vous restez sur Titan, les Brésiliens se lanceront à votre recherche*, l'avertit Newt.

—*J'ai beaucoup de jardins ici*, répondit Averne.

—*Même s'ils échouent à vous capturer, vous ne pourrez plus repartir. Venez avec nous tant que c'est encore possible.*

—*Mais je n'ai pas l'intention de repartir. Pas avant très, très longtemps.* (Averne demanda à Macy d'ouvrir un second canal à courte portée, ainsi qu'un tampon dans le paquet com de son scaphe.) *Je ne peux pas vous accompagner. De toute évidence, cela ne ferait que vous mettre en danger. Mais je peux vous donner quelque chose qui vous sera sûrement utile.*

Tandis que plusieurs gigaoctets d'informations étaient transmis à Macy, Averne scella le cockpit transparent de son biplan et en démarra le moteur. L'hélice se mit à tourner et, dans un claquement sec qui résonna sur toute la caldeira et dont l'écho rebondit de paroi en paroi, la catapulte propulsa l'avion dans les hauteurs en émettant un panache de vapeur. Après avoir viré au niveau du pic qui se dressait au-dessus de la plate-forme d'atterrissage, il fila par-delà la bordure de la caldeira, grimpant dans la brume orangée qui emplissait le ciel d'un horizon à l'autre, devenant une tache rouge, puis un point rouge, puis plus rien.

Macy et Newt discutèrent de la suite des opérations, convenant que s'ils réussissaient à s'emparer de la navette, tâche fort difficile s'il en était, les Brésiliens ne renonceraient jamais à les capturer.

—*Mais peut-être qu'on peut dérober ses secrets*, dit Newt.

Macy se dirigea donc vers elle, se hissant jusqu'à l'écoutille du sas et, après l'avoir refermé et pressurisé, elle entra dans une cabine chichement éclairée. Quand il eut examiné les images qu'elle lui avait transmises, Newt lui expliqua comment se brancher sur le système de contrôle. Elle téléchargea un démon qui eut vite fait de soumettre l'IA et envoya à l'*Éléphant*, *via* l'aérocoque et son paquet com, les paramètres d'opération du moteur à fusion amélioré des Brésiliens ainsi que les données relatives à ses schémas de diagnostic et de réparation. Cela lui prit cinq minutes, et cinq autres furent nécessaires à un second démon pour effacer les systèmes de propulsion et d'astrogation de la navette ; si Sri Hong-Owen parvenait à se libérer, elle devrait patienter jusqu'à l'arrivée des secours.

Une fois ces tâches accomplies, Macy ressortit de la navette et prit le temps d'admirer une dernière fois l'étrange beauté de la caldeira avant de retrouver Newt à bord de l'aérocoque. Il n'attendit pas qu'elle ait fini de se sangler à sa couchette pour décoller. Le vaisseau brésilien pouvait débarquer d'une minute à l'autre. Il adopta un angle accentué, activa le moteur principal et traversa plusieurs kilomètres de smog avant de déboucher dans la noirceur du vide spatial. Ils retrouvèrent l'*Éléphant* au-dessus de la face nocturne de Titan, l'approchèrent en faisant crachoter leurs propulseurs. Lorsqu'ils eurent quitté l'aérocoque pour retrouver l'espace confiné mais familier du module de vie du remorqueur, le petit disque écarlate du Soleil poignait derrière la couche extérieure floue de l'atmosphère de Titan et une écharde de lumière allait s'élargissant pour former un croissant sur son pourtour.

Macy suivit l'approche du vaisseau brésilien tandis que Newt activait le moteur à fusion de l'*Éléphant* et calculait les paramètres de la poussée qui leur ferait quitter l'orbite. Plus de vingt semaines leur seraient nécessaires pour atteindre Uranus, car ils ne pouvaient courir le risque d'utiliser de nouveau Saturne comme appui gravitationnel, et ils ignoraient si quelqu'un serait là pour les attendre à leur arrivée, mais cela leur était égal. Ils auraient tout le temps pour planifier le reste de leur vie, l'essentiel étant pour eux d'échapper aux forces qui avaient conquis le système de Saturne.

Ainsi donc, Macy prenait de nouveau la fuite. Cela semblait un acte récurrent dans sa vie. Sauf que, cette fois-ci, elle n'était pas seule, elle savait où elle allait, et Newt et elle s'étaient emparés d'un trésor de données techniques qui permettrait peut-être aux Extros d'élaborer un moteur à fusion nouveau modèle par rétro-ingénierie. Sans parler du petit cadeau d'Averne. Macy faisait défiler les en-têtes de l'immense base de données lorsque Newt lui demanda sur quoi portait celle-ci.

— Sur la vie.

Elle lui en donna un bref aperçu : vastes matrices de données géniques, cartes de protéomes, espaces trophiques multidimensionnels et intriqués.

— Tu penses pouvoir en tirer quelque chose ?

— Je vais m'y efforcer.

— On est prêts à partir. Tu veux faire le compte à rebours ?

— On peut s'en passer.

— Entendu.

Et Newt mit les gaz.

Macy s'enfonça doucement dans sa couchette tandis que le grondement assourdi du moteur à fusion faisait vibrer ses os et que l'*Éléphant* se mettait à geindre et à grincer, s'ajustant à l'effort d'accélération. Le Soleil passa au-dessus d'eux comme ils décrivaient une courbe ascendante en survolant la face diurne. La nuit rampa sur les sommets orangés des nuages puis Titan disparut derrière le petit vaisseau spatial tandis qu'il fonçait vers les ténèbres extérieures.

Chapitre 14

Il se réveilla baignant dans une lumière rouge et dans la rumeur, à la fois proche et lointaine, des pompes et des ventilateurs. L'atmosphère étouffante puait l'ozone et le désinfectant. Nu, en apesanteur, il reposait dans un cocon auquel le reliait un cathéter, coincé dans un espace rectangulaire délimité d'un côté par une cloison de métal noir et des trois autres par un rideau de tissu gris. Il avait la bouche sèche et la langue gonflée par la soif. Sous un bandage en tissu à demi-vie qui s'accrochait à elle comme une sangsue, son épaule palpitait d'une façon qui n'avait rien de douloureuse.

On l'avait secouru, on l'avait transporté à bord d'un vaisseau brésilien. Ainsi, la guerre était finie. Sa mission accomplie.

Des bribes de souvenirs lui revinrent. Un montage serré d'images éphémères. La bataille dans les quartiers de Paris. Un spationef s'écrasant sur une plaine déserte. Des machines s'affrontant dans un silence furieux. Les rolligons qui le poursuivent dans les champs de kénobies. Il avait retrouvé Zi Lei ainsi que ceux qu'il avait ordre de capturer. Puis un hiatus. Il lui était arrivé quelque chose, il avait été blessé, puis on l'avait secouru et transporté ici.

Il luttait pour s'extraire du cocon lorsqu'un technicien médical passa la tête par le rideau. Il lui demanda de l'eau mais l'autre fit la sourde oreille, se contenta de serrer les sangles qui l'immobilisaient, d'examiner sa blessure et de lui prendre le pouls et la température, faisant montre de l'efficience sèche et impersonnelle d'un boucher examinant un quartier de viande, puis il appliqua l'extrémité d'une baguette à un point de sa gorge situé sous son maxillaire. Une brève secousse, et il se rendormit aussitôt.

Lorsqu'il se réveilla de nouveau, un jeune homme pâle l'étudiait avec attention, flottant dans les airs adossé à la cloison métallique, sur laquelle il prenait appui du bout des doigts. Un casque de cheveux noirs, des sourcils noirs à demi épilés au-dessus d'yeux bleu azur, un sourire ironique et entendu.

Il reconnut ces yeux, l'intelligence qu'ils recélaient, et il s'humecta les lèvres et dit :

— Vingt-sept.

— Comment vas-tu, Dave ? demanda Dave n° 27.

— Très bien, Dave. Et toi ? On t'a donné des cheveux, je vois.

— On t'a bien plus changé que moi. Comment va ton épaule ?

— Ce n'est rien.

— On t'a tiré dessus, semble-t-il.

— Je te raconterai ça si tu m'apportes à boire.

Dave n° 27 s'éclipsa, revenant quelques instants plus tard avec une gourde remplie d'eau. Pendant qu'il étanchait sa soif, Dave n° 27 lui expliqua qu'il se trouvait à bord du *Gloire de Gaïa*, où l'avaient transporté les marines qui l'avaient trouvé enfermé dans un centre de recherche situé quinze kilomètres au nord-est de Paris sur Dioné.

— On t'avait injecté une dose de tranquillisant à laquelle tu as mal réagi. Et tu avais aussi reçu un coup sur la tête. Tu ne te souviens de rien ?

Il se rappelait avoir été touché par balle, et il raconta brièvement comment il était sorti de la ville pour gagner le centre de recherche, où étaient détenus Averne, la traîtresse Macy Minnot et le diplomate Loc Ifrahim. Il s'abstint de préciser qu'il les avait localisés grâce au transmetteur que Zi Lei avait avalé à son initiative.

— Je les ai retrouvés. Mais ils n'étaient pas tout seuls. Sans doute les détenus étaient-ils trop nombreux. Je présume que je n'ai rien pu faire.

— Tu as été blessé. Tu as eu de la chance de t'en tirer vivant.

Il se rappela vaguement une conversation dont il était le sujet et dit :

— J'ai échoué.

— Ridicule, déclara Dave n° 27. La guerre est finie. Paris est capturée. La plupart des villes qui n'avaient pas rendu les armes dès la déclaration de guerre ont subi le même sort. Tu as participé à notre victoire. Grâce à ton action et à celle de nos frères, ces villes ont vu leur infrastructure affaiblie et leur population démoralisée. Tu n'as pas échoué, bien au contraire.

Ce n'était ni à sa mission ni à la guerre qu'il pensait.

— Tu as vu le feu, toi aussi ? demanda-t-il.

— Pas encore, mais cela ne tardera pas.

Dave n° 27 lui expliqua avec enthousiasme qu'il était vital de s'infiltrer dans les villes du Système extérieur afin de débusquer les chefs de la résistance encore en liberté. Quantité de vaisseaux extros avaient fui les lunes de Jupiter et de Saturne pour gagner Uranus, ajouta-t-il. On n'avait pas encore élaboré de campagne dans ce sens, mais on y enverrait forcément des espions.

— Ils auront encore besoin de nous, conclut-il. Tu verras.

— Donc, la guerre n'est pas finie pour nous.

— C'est pour cela que nous avons été créés. À ton avis, pourquoi prend-on la peine de te rafistoler ? Nous vivons des temps exaltants. Et nous allons accomplir de grandes choses.

— Ça ne ressemblait pas à ce que je m'attendais à trouver. Ça ne ressemblait pas à notre entraînement.

— Évidemment ! Nous en reparlerons quand tu seras reposé. Je veux tout savoir sur ce que tu as fait.

— Tu veux bien desserrer un peu mes sangles avant de partir ? Elles me font un peu mal.

Une fois que son frère eut pris congé, il se reposa quelque temps tout en scrutant les souvenirs fragmentaires portant sur ce qui lui était arrivé après son arrivée au centre de recherche. Il se rappelait dans sa totalité sa brève discussion avec Zi Lei, la colère et la honte qui l'avaient envahi, le pincement au cœur qu'il avait ressenti quand elle avait refusé de le suivre, quand elle s'était détournée de lui... Mais il ne se rappelait pas grand-chose de ce qui avait suivi. À un moment donné, il gisait quelque part, si faible qu'il ne pouvait même pas ouvrir les yeux, écoutant impuissant des gens qui discutaient de son sort.

Quelqu'un était partisan de le tuer, mais une femme, Zi Lei peut-être, ou peut-être pas, avait affirmé qu'ils n'avaient rien en commun avec ceux qui s'étaient déclarés leurs ennemis. « Nous l'enfermerons ici », avait-elle ajouté et, un peu plus tard – mais peut-être était-ce un effet de son imagination –, Zi Lei s'était penchée sur lui pour lui murmurer qu'il était un homme bon qui ne savait plus distinguer le bien du mal, elle en était convaincue.

Il resta suspendu dans son cocon pendant un temps indéterminé, examinant le reflet spectral de son visage sur la peinture noire de la cloison, tout comme, dans une autre vie, il avait examiné son reflet sur le plastron d'un vidoscaphe. Le visage qu'il avait devant lui n'était plus celui avec lequel il était né, mais ce n'était pas non plus un masque. Le masque qui lui avait dévoré la peau. Jadis, il avait été le numéro huit. Dave n° 8. Aujourd'hui, il était Ken Shintaro. Vingt-deux ans, né à Bifröst sur Callisto, en train de faire un *wanderjahr* qui l'avait conduit dans le système de Saturne… Il y avait eu la guerre, mais la guerre était finie.

Il dégagea son bras droit de sous les sangles, débrancha délicatement son cathéter, ouvrit la fermeture à glissière du cocon et s'en extirpa. Passant discrètement la tête par le rideau, il scruta l'allée étroite bordée de compartiments identiques au sien puis, d'un coup de pied, se propulsa sur toute sa longueur. Moins d'une minute plus tard, il se trouvait dans un sas, enfilant un justaucorps puis un vidoscaphe. Celui-ci n'était pas tout à fait à sa taille, mais il ferait l'affaire. Il fixa le casque à sa ceinture et partit en quête de capsules de largage, qu'il trouva sans peine dans une soute dédiée. Il désactiva l'alarme de l'une d'elles, monta à son bord et entama la séquence d'évacuation. Ce truc n'était guère plus qu'un cercueil équipé d'un moteur chimique à usage unique, mais il le conduirait où il souhaitait aller.

Une décharge d'air comprimé poussa la capsule hors de son tube. Il attendit d'être suffisamment éloigné de la masse du *Gloire de Gaïa* puis pivota de quatre-vingt-dix degrés en donnant des propulseurs. Il survolait Dioné à reculons, niché dans son vidoscaphe au creux de la cabine capitonnée, branché sur l'esprit simplet de la machine. Les contrôles VTH projetaient des lignes de code sur la visière de son casque. Un médaillon affichait le paysage lunaire qui se déroulait en contrebas, un chaos de crêtes, de collines et de crevasses arborescentes évoquant des rivières asséchées, des plaines étincelantes parsemées de cratères de toutes les tailles, dont chacun était bordé à l'ouest par une ombre formant parenthèse.

Des étincelles vertes sur le sol pâle des cratères, sur la plaine qui allait en roulant.

Zi Lei se trouvait quelque part là-dessous, parmi les dix mille réfugiés dispersés dans les oasis, les habitats et les refuges. Nombre d'entre eux restaient sans doute loyaux à Marisa Bassi et à la résistance, des combattants farouches et endurcis qui risquaient de le percer à jour. À condition qu'il survive d'abord à son atterrissage. À condition qu'il ne soit pas éliminé par les marines, voire par ses propres frères. Il allait affronter toutes sortes de dangers, sans même avoir la certitude de retrouver un jour Zi Lei, laquelle était toujours susceptible de se détourner de lui, mais cela lui était égal.

Tout ce qui comptait, c'était que la guerre était finie.

Il activa le moteur de la capsule et, dans un jaillissement de feu, tomba du ciel pour fondre sur la lune. Plus rien ne serait jamais pareil.

CPI
AUBIN IMPRIMEUR

IMPRIM'VERT
Votre imprimeur agit pour l'environnement

Achevé d'imprimer en septembre 2010
N° d'impression L 74012
Dépôt légal, octobre 2010
Imprimé en France
35294436-1